James Lee Burke

DUNKLER SOMMER

Roman

Aus dem Amerikanischen
von Daniel Müller

WILHELM HEYNE VERLAG
MÜNCHEN

Die Originalausgabe erschien 2016 unter dem Titel
THE JEALOUS KIND bei Simon & Schuster, New York

Der Verlag weist ausdrücklich darauf hin, dass im Text enthaltene externe Links vom Verlag nur bis zum Zeitpunkt der Buchveröffentlichung eingesehen werden konnten. Auf spätere Veränderungen hat der Verlag keinerlei Einfluss. Eine Haftung des Verlags ist daher ausgeschlossen.

Unter www.heyne-hardcore.de
finden Sie das komplette Hardcore-Programm,
den monatlichen Newsletter
sowie alles rund um das Hardcore-Universum.

Weitere News unter
www.heyne-hardcore.de/facebook

Verlagsgruppe Random House FSC® N001967

Copyright © 2016 by James Lee Burke
Copyright © 2018 der deutschsprachigen Ausgabe
by Wilhelm Heyne Verlag, München,
in der Verlagsgruppe Random House GmbH
Redaktion: Thomas Brill
Umschlaggestaltung: Johannes Wiebel, punchdesign, München
unter Verwendung von Motiven von Shutterstock.com (argus, Andrey Bayda)
Gesetzt aus der Adobe Garamond Pro
Satz: Greiner & Reichel, Köln
Druck und Bindung: CPI books GmbH, Leck
Printed in the Czech Republic

ISBN 978-3-453-27134-0

www.heyne-hardcore.de

*Für Deen Kogan,
aus Dank für ihre immerwährende
Unterstützung der Künste.*

Kapitel 1

Es gab eine Zeit in meinem Leben, in der ich jeden Morgen von Angst und Beklemmungen erfüllt aufwachte, ohne zu wissen, warum. Angst war für mich eine gegebene Tatsache, eine Konstante, die ich fest in meinen Tagesablauf einkalkulierte, wie einen kleinen Stein im Schuh, den man einfach nicht loswird. Ein Erwachsener mag das rückblickend als eine Form von Mut bezeichnen. Möglich, dass es das war, sonderlich spaßig fühlte es sich allerdings nicht an.

Meine Geschichte beginnt an einem Samstag im Jahr 1952. Es war Frühling, mein Junior-Jahr an der Highschool neigte sich dem Ende zu, und ich hatte mir den Wagen meines Vaters geliehen, um ins fünfzig Meilen südlich von Houston gelegene Galveston zu fahren, wo ich mich mit meinen Highschool-Freunden am Strand treffen wollte. Eigentlich gehörte das Auto gar nicht meinem Vater, sondern war eine Leihgabe seiner Firma; ausschließlich von ihm selbst und nur für Dienstfahrten zu benutzen. Dass er mir den Wagen auslieh, war ein enormer Vertrauensbeweis. Meine Freunde und ich verbrachten einen wunderbaren Tag am Strand, wo wir Touch-Football im Sand spielten. Als sie gegen Abend ein Lagerfeuer errichteten, beschloss ich zur dritten Sandbank südlich der Insel hinauszuschwimmen, der letzten Stelle vor dem offenen Meer, an der die Füße noch den Boden berührten. Das Wasser dort war nicht nur tief und kalt, sondern auch Hammerhairevier. Noch nie zuvor hatte ich das allein versucht, und als ich einmal zusammen mit einer Gruppe von Freunden bis zur dritten Sandbank hinausgeschwommen war, hatten die meisten von uns bereits einiges intus gehabt.

Ich watete durch die Brandung, holte tief Luft, tauchte durch die erste Welle und begann zu schwimmen. Ich erreichte die erste Sandbank, dann die zweite, aber ich hielt nicht an. Ich schwamm weiter und drehte mein Gesicht zwischen den Zügen zur Seite, um Luft zu holen. Dann erblickte ich die letzte Sandbank und sah, wie die Wellen über die Untiefe spülten und die Möwen im Schaum nach Futter pickten.

Ich stellte mich aufrecht hin. Auf meinem Rücken kribbelte der Sonnenbrand. Die einzigen Geräusche, die ich hörte, waren das Gekreische der Möwen und das Platschen des gegen meine Lenden schlagenden Wassers. Ich konnte ein Frachtschiff mit einem Schleppkahn dahinter sehen, die kurz darauf am Horizont verschwanden. Ich warf mich kopfüber in eine Welle und sah unter mir den sandigen Boden in die Dunkelheit gleiten. Das Wasser war plötzlich kühler als zuvor, die Wellen hart wie Beton. Die Hotels, die Palmen und auch das Vergnügungspier am Strand waren auf Miniaturgröße geschrumpft. Eine dreieckige Flosse schnitt durch die Dünung, tauchte in einer Welle unter und hinterließ eine Blasenkette an der Wasseroberfläche.

Dann schnürte sich mein Herz zusammen, aber nicht wegen des Haifischs. Ich war mitten in einen Schwarm von Quallen hineingeschwommen. Es waren große Exemplare mit bläulich-rosafarben schimmernden Gasblasen und hauchzarten Tentakeln, die sich um Hals oder Schenkel eines Menschen schlingen und dort problemlos Schäden anrichten konnten, wie sie auch ein Schwarm gereizter Wespen zustande bringt.

Das Erlebnis mit den Quallen schien wie ein Symbol für mein Leben zu sein: Ganz gleich, wie sonnendurchflutet der Tag auch scheinen mochte, ich wurde stets von einem Gefühl der Gefahr begleitet. Und das war keineswegs eingebildet. Das dumpf dröhnende Brummen einer frisierten Auspuffanlage an einem aufgemotzten Ford Coupé, gefolgt von einem achtlosen Blick in Richtung der Jungs mit den Ducktail-Frisuren, den Velourslederschuhen und den Drapes, und in Sekundenschnelle konnte man zu Brei geschlagen werden. Schon mal eine Dokumentation über die Fünfziger gesehen? Was für ein Witz.

Ein Psychologe würde wahrscheinlich sagen, dass meine Ängste eine Externalisierung der Probleme in meinem Elternhaus waren, und vielleicht hätte er damit sogar recht. Andererseits habe ich mich stets gefragt, wie viele Psychologen schon gegen fünf oder sechs mit Ketten, Spring- oder Rasiermessern bewaffnete Kerle angetreten sind; Kerle, die es nicht interessiert, ob sie leben oder sterben, und die Schmerz wie Eiscreme runterschlucken. Vielleicht sah ich die Welt aber auch nur als undeutliches Bild, wie in einem trüben Spiegel, und war in Wahrheit selbst das Problem. Tatsache ist, dass ich immer Angst hatte. Wie an jenem Abend, als ich durch die Quallen schwamm. Die Berührung mit nur einer von ihnen war so gefährlich, wie ein Elektrokabel anzufassen, und meine Furcht so groß, dass ich mir beim Schwimmen in die Badehose pinkelte und spürte, wie der warme Urin über die Innenseite meiner Oberschenkel glitt. Selbst als ich den Quallen entkommen war und mich zu meinen Highschool-Freunden am Lagerfeuer gesellt hatte, wo ich mit einer kühlen Flasche

Jax in der Hand den Funken des Feuers dabei zusah, wie sie in einen türkisfarbenen Himmel aufstiegen, konnte ich das hartnäckige Gefühl von Angst und Schrecken nicht abschütteln, das wie glühende Kohlen in meinem Magen brannte. Über meine Familie und das Leben bei uns zu Hause sprach ich so gut wie nie mit meinen Freunden. Meine Mutter konsultierte regelmäßig Wahrsager, belauschte die Telefongespräche der Nachbarn über den Gemeinschaftsanschluss und hatte mir als Kind ohne Unterlass Einläufe verabreicht. Sie verriegelte die Türen, hielt die Jalousien geschlossen und wetterte oft gegen den Alkohol und dessen Wirkung auf meinen Vater. Theatralik, Depression und tief empfundener Gram waren ihre ständigen Begleiter. Gelegentlich sah ich einen warnenden Ausdruck in den Augen unserer Nachbarn aufblitzen, wenn meine Eltern in einem Gespräch erwähnt wurden, und dann wirkte es stets, als würden sie mich davor beschützen wollen, die ganze Wahrheit über mein Zuhause zu erfahren. In diesen Momenten empfand ich Scham, Schuld und Wut, ohne genau zu wissen, warum. Dann saß ich in meinem Zimmer und hätte am liebsten etwas Hartes und Schweres in der Hand gehalten, aber ich wusste nicht, was. Mein Onkel Cody war ein Geschäftspartner von Frankie Carbo, einem Mitglied von Murder Incorporated, und hatte mich mal Benjamin »Bugsy« Siegel vorgestellt, als dieser mit Virginia Hill im Shamrock Hotel logierte. Manchmal dachte ich über diese Gangster nach – sinnierte über das Selbstvertrauen in ihren Gesichtern und die Kälte in ihren Augen, wenn sie jemanden ansahen, den sie nicht leiden konnten – und fragte mich, wie ich mich wohl verhalten würde, wenn ich in ihre Haut schlüpfen und über ihre Macht verfügen könnte.

Der Tag, an dem ich unbeschadet durch die Quallen schwamm, ohne verletzt zu werden, war der Tag, der mein Leben für immer veränderte. Denn an diesem Tag betrat ich ein Land, das weder Flagge noch Grenzen hat; einen Ort, an dem man seine Schutzinstinkte und seine Vorsicht vergisst und sein Herz auf einem Steinaltar offenbart. Ich spreche von dem Moment, an dem man sich zum ersten Mal Hals über Kopf verliebt und nicht im Entferntesten daran denkt, dass einem das Herz gebrochen werden könnte.

Ihr Name war Valerie Epstein. Sie saß in einem pinkfarbenen Cabrio, einem dieser lang gezogenen Cadillacs, die man damals nur »Boat« nannte. Der Wagen parkte vor einem Drive-in mit neonfarbener Fassade, das sich in der Nähe des Strandes befand. Ihre Schultern waren nackt und von einem leichten Sonnenbrand überzogen. Ihr kastanienbraunes Haar war voll und dicht, frisch gewaschen, von goldenen Strähnen durchzogen und mit einem Bandana auf dem Kopf zusammengebunden, wie bei den Frauen, die während des Krieges in den Rüstungsbetrieben gearbeitet hatten. Sie aß Pommes frites mit den Fingern und hörte dem großen, gut aussehenden Burschen zu, der neben ihr auf dem Fahrersitz des Cadillacs saß. Sein Haar war leicht gegelt und sonnengebleicht, seine Haut blass und frei von Tätowierungen. Er trug eine dunkle Brille, obwohl die Sonne bereits zerschmolzen und tief im Himmel stand und der Tag sich abzukühlen begann. Er ließ eine Vierteldollarmünze über die Fingerknochen seiner linken Hand wandern, wie ein Zocker aus Las Vegas oder ein Mensch, der den einen oder anderen geheimnisvollen Trick draufhatte. Sein Name war Grady Harrelson. Er war zwei Jahre älter als ich und hatte die Highschool bereits abgeschlossen, was bedeutete, dass ich wusste, wer er war, wohingegen er keine Ahnung hatte, wer ich war. Grady hatte breite, knochige Schultern, wie ein Basketballspieler, und trug ein verwaschenes lilafarbenes T-Shirt, das an ihm jedoch irgendwie stylish aussah. In der Highschool war er zum bestaussehenden Jungen gewählt worden, und zwar nicht nur einmal, sondern gleich zweimal. Für jemanden wie mich war es ein Leichtes, einen Kerl wie Grady zu hassen.

Ich weiß nicht, warum ich überhaupt ausstieg. Ich war müde, mein Rücken fühlte sich steif an, unter meinem Hemd bedeckte eine trockene Schicht aus Sand und Salz meinen Körper, und ich hatte noch fünfzig Meilen nach Houston vor mir, da ich den Wagen vor Einbruch der Dunkelheit meinem Vater zurückbringen musste. Am Horizont glitzerte bereits der Abendstern in einem blauen Lichtstreifen. Ich hatte Valerie Epstein schon zweimal aus der Ferne gesehen, aber noch nie aus nächster Nähe. Vielleicht wertete ich die Tatsache, dass ich sicher durch einen Schwarm Quallen geschwommen war, unbewusst als eine Art Omen. Valerie Epstein war Junior an der Reagan Highschool in Nord-Houston, eine als Spitzenschülerin bekannte Elftklässlerin mit süßem Lächeln und toller Gesangsstimme. Selbst die Halbstarken mit den Pomadenfrisuren, die Ketten unter ihren Autositzen deponierten und mit Springmessern in ihren Hosentaschen durch die Gegend liefen, behandelten sie wie eine Adlige.

Setz dich wieder ins Auto, iss deinen Krabbenburger, und fahr nach Hause, sagte eine Stimme in mir.

Für mich war geringes Selbstbewusstsein kein Schritt zurück, sondern einer nach vorn. Und obwohl ich vollkommen allein war, wollte ich noch nicht nach Hause fahren. Es war Samstag, und ich wusste, dass mein Vater irgendwann in der Dämmerung aus dem Icehouse kommen und nach Hause torkeln würde, während die Nachbarn ihre Gärten wässerten und so taten, als könnten sie ihn nicht sehen. Ich hatte Freunde, aber die meisten von ihnen kannten mich nicht wirklich, und eigentlich kannte ich sie ebenso wenig. Am liebsten hätte ich diese Hülle aus Raum und Zeit, in der sich mein Leben abspielte, auf einen anderen Planeten katapultiert.

Ich ging zur Toilette. Der Weg dorthin führte zwischen der Beifahrerseite von Gradys Cabrio und einem silberfarbenen Metallpfeiler entlang, auf dem ein Lautsprecher montiert war. »Red Sails In The Sunset« lief gerade. In Höhe des Cabrio bemerkte ich, dass Valerie sich gerade mit Grady stritt und kurz davorstand, in Tränen auszubrechen.

»Alles in Ordnung bei euch?«, sagte ich.

Grady drehte den Kopf zu mir und starrte mich mit ausgestrecktem Hals und ungläubigem Zwinkern an. »*Was* hast du gesagt?«

»Ich dachte nur, ich frag eben, ob alles in Ordnung ist.«

»Verzieh dich, Sattelratte.«

»Was ist eine Sattelratte?«

»Bist du taub, oder was?«

»Ich will nur wissen, was eine Sattelratte ist.«

»Ein Kerl, dem einer abgeht, wenn er an Fahrradsätteln von kleinen Mädchen schnuppert. Und jetzt zieh Leine.«

Die Musik verstummte. Meine Ohren knackten. Ich sah, wie sich die Lippen der Menschen in den anderen Autos bewegten, aber ich konnte nichts hören. Dann sagte ich: »Hab ich aber keine Lust drauf.«

»Ich glaub, ich hab mich gerade verhört!«

»Ist ein freies Land.«

»Nicht für neugierige Blasenbeißer wie dich.«

»Lass ihn zufrieden, Grady«, sagte Valerie.

»Was ist ein Blasenbeißer?«, sagte ich.

»Ein Kerl, der in der Badewanne furzt und die Blasen mit dem Mund auffängt. Hat dir jemand Geld gegeben, damit du hier den Affen machst?«

»Ich wollte nur auf die Toilette gehen.«

»Dann geh, verdammt.«

Dieses Mal erwiderte ich nichts. Irgendjemand, wahrscheinlich einer von Gradys Freunden, schnipste mir eine brennende Zigarette in den Nacken. Grady öffnete die Fahrertür, sodass er sich zu mir wenden und mit mir sprechen konnte, ohne sich den Hals verrenken zu müssen. »Wie heißt du überhaupt, Hamsterfresse?«

»Aaron Holland Broussard.«

»Dann pass mal auf, *Aaron Holland Broussard!* Ich steh kurz davor, dir den Kopf abzureißen, ihn in die Kloschüssel zu stopfen und noch mal draufzupissen, bevor ich spüle. Na, was hältst du davon?«

Das Knacken in meinen Ohren begann erneut. Der Parkplatz und das über die Autos ragende Vordach des Drive-in schienen zur Seite zu kippen, die knalligen Rot- und Gelbtöne der Restaurantfassade wie schmelzendes Lakritz an den Fenstern herunterzulaufen.

»Zunge verschluckt, oder was?«, fragte Grady.

»Eine Mitschülerin hat mir neulich erzählt, warum du zum bestaussehenden Jungen gewählt wurdest. Die Mädchen hielten dich für einen Schwulenmagnet und hatten Mitleid mit dir. Ein paar von den Jungs aus der Footballmannschaft haben mir dasselbe berichtet. Sie meinten, du hättest unter den Tribünen im Footballstadion jede Menge Riemen poliert.«

Ich hatte keine Ahnung, woher die Worte kamen. Es schien fast so, als wäre die Verbindung zwischen meinen Gedanken und meinem Mund gekappt. Einem älteren Jungen gegenüber eine große Klappe riskieren – das gab es an meiner Highschool nicht. Ganz besonders dann nicht, wenn dieser Kerl in River Oaks wohnte und sein Vater sechs Reismühlen und ein Ölbohrunternehmen besaß. Aber es sollte noch schlimmer kommen. Ich stand neben Gradys Cabrio und starrte wie hypnotisiert in die Augen von Valerie Epstein. Tiefliegend, leuchtend und von violetter Farbe – es waren die schönsten und geheimnisvollsten Augen, die ich je gesehen hatte. Und sie machten etwas mit mir, das ich nie für möglich gehalten hätte, denn plötzlich schaltete mein kleiner Freund mitten auf dem Parkplatz des Drive-in auf Autopilot. Ich schob meine Hand in die Hosentasche und versuchte die Beule unter meinem Hosenschlitz zur Seite zu drücken.

»Hast du jetzt etwa 'nen Steifen gekriegt?«, sagte Grady fassungslos.

»Das sind meine Autoschlüssel. Da ist ein Loch in meiner Hosentasche.«

»Sicher doch«, sagte er. Ein Lachen begann sein Gesicht zu verzerren. »Alle mal aufgepasst, ihr werdet diesen Kerl lieben! Der Junge schlägt hier tatsächlich in aller Öffentlichkeit ein Zelt auf. Hat jemand vielleicht eine Kamera dabei? Ist wohl schon lange her, dass du das letzte Mal einen weggesteckt hast, oder, Sattelratte?«

Mein Gesicht stand in Flammen. Ich hatte das Gefühl, in einem dieser Träume gefangen zu sein, in denen man vor der Klasse steht und sich in die Hose macht. Dann tat Valerie Epstein etwas, für das ich ihr ewig dankbar sein werde und das mich wohl davor bewahrte, mir die Pulsadern aufzuschneiden. Sie warf Grady ihre Pommes frites samt Ketchup ins Gesicht. Zuerst war er zu schockiert, um glauben zu können, was sie getan hatte. Dann begann er die Pommes von seiner Haut und seinem Hemd zu zupfen, als wären es dicke Blutegel, und warf sie auf den Asphalt. »Okay, Schwamm drüber. Du bist ganz offensichtlich gerade nicht du selbst. Aber bitte beruhige dich wieder. Willst du vielleicht, dass ich mich bei diesem Jungen entschuldige? Gut, pass auf. Hey, Kumpel. *Tschuldigung,* hörst du? Ja, du bist gemeint, Arschgesicht. Hier, willst du auch ein paar Pommes? Ich steck dir gleich welche in die Nase.«

Sie stieg aus dem Wagen und schlug die Tür zu. »Du bist erbärmlich«, sagte sie, riss sich die Kette mit dem Absolventenring vom Hals und warf sie auf den Sitz des Cabrio. »Du brauchst nicht mehr anzurufen oder vorbeizukommen. Du brauchst auch keine Briefe zu schicken. Und wehe, deine Freunde tauchen bei mir auf, um Entschuldigungen für dich aufzusagen.«

»Ach, komm schon, Val. Wir sind doch ein Team«, sagte er und wischte sich das Gesicht mit einer Serviette ab. »Willst du vielleicht noch 'ne Cola?«

»Es ist vorbei, Grady. Du bist, was du bist. Egoistisch, unehrlich, respektlos und grausam. Und ich, in meiner Dummheit, dachte wirklich, dass ich dich ändern könnte.«

»Wir kriegen das hin, Val. Ich versprech's dir.«

Sie wischte sich mit der Hand über die Augen, antwortete aber nicht. Ihr Gesicht war nun ruhig, auch wenn sie immer noch so hastig atmete, als hätte sie Schluckauf.

»Tu mir das nicht an, Val«, sagte er. »Ich liebe dich. Das kannst du doch nicht machen. Willst du wirklich zulassen, dass ein Trottel wie der hier uns auseinanderbringt?«

»Lebwohl, Grady.«

»Wie willst du denn nach Hause kommen?«, sagte er.

»Darüber brauchst du dir keine Gedanken mehr zu machen.«

»Ich lasse dich nicht auf der Straße stehen. Komm schon, steig ein. Langsam, aber sicher machst du mich wütend.«

»Wirklich? Was für eine Tragödie«, sagte sie. »Weißt du, was mein Vater über dich gesagt hat? ›Grady ist kein schlechter Kerl. Er ist einfach nur unfähig, ein guter zu sein.‹«

»Komm zurück. Bitte.«

»Ich wünsche dir ein schönes Leben«, sagte sie. »Auch wenn ich mir beim Gedanken an unsere Küsse am liebsten den Mund mit Waschpaste ausbürsten würde.«

Dann drehte sie sich um und ging, wie die schöne Helena, als diese Attika den Rücken zuwandte. Ein warmer Windstoß trieb ein paar Zeitungsseiten die Promenade entlang und wirbelte sie hinauf in den Himmel. Orangefarbene Sonnenstrahlen drangen durch die Wolken im Westen, während der Horizont sich verdunkelte, auf der anderen Seite des Seawall Boulevard die Wellen am Strand brachen und die Wedel der Palmen trocken im Wind raschelten. Ich konnte das Salz und die Meeresalgen und die winzigen Muscheln riechen, die am Strand vertrockneten, und es roch nach einem Neuanfang. Ich schaute Valerie hinterher, wie sie durch die Autos zum Boulevard ging und die von ihrer Schulter herabhängende Strandtasche bei jedem Schritt auf und ab hüpfte. Grady stand neben mir, schwer atmend, sein Blick ebenso wie der meine auf Valerie fixiert. In seinen Augen allerdings lag die Erkenntnis endgültigen Verlusts, ein Ausdruck, der mich an eine Grundströmung erinnerte, wie sie aus den Tiefen des Meeres aufsteigt, kurz bevor ein Sturm über die Küste hereinbricht.

»Tut mir leid«, sagte ich.

»Kannst von Glück reden, dass wir hier in der Öffentlichkeit sind und ich nicht das mit dir tun kann, was ich gern tun würde. Aber ich sag dir was: Besser, du suchst dir ein tiefes Rattenloch und verkriechst dich«, sagte er.

»Anderen die Schuld zuzuschieben, wird dir jetzt auch nicht weiterhelfen«, sagte ich.

Er wischte sich einen Ketchupfleck von der Wange. »Ich hatte gehofft, dass du so etwas sagen würdest.«

Kapitel 2

Am nächsten Tag besuchten mein Vater und ich die Mittagsmesse. Meine Mutter war zwar als Baptistin erzogen worden, ging aber in keine Kirche mehr. Sie war in fürchterlicher Armut aufgewachsen und von ihrem Vater alleingelassen worden. Mit siebzehn Jahren hatte sie einen sehr viel älteren Mann geheiratet, einen Handlungsreisenden. Ihre Scheidung hielt sie später geheim, als hätte sie damit ihren Wert als Person gemindert und sich als unwürdige Kandidatin für die von ihr so sehr ersehnte soziale Anerkennung erwiesen. Jeden Sonntag bereitete sie uns ein spätes Frühstück, und danach fuhren mein Vater und ich in seinem Firmenwagen zur Kirche. Wir sprachen nur selten während der Fahrt.

Ich habe nie verstanden, warum meine Mutter meinen Vater geheiratet hatte. Sie küssten sich nie, hielten noch nicht mal Händchen, zumindest sah ich das nie. In ihren Augen wohnte eine Einsamkeit, die mich zu der Überzeugung brachte, dass es Gefängnisse in mannigfaltigen Formen und Größen gab.

Während des Gottesdienstes konnte ich die Reste der vergangenen Nacht an der Kleidung meines Vaters riechen; den Biergeruch und den Zigarettenqualm. Noch bevor der Priester den Segen sprach, flüsterte mein Vater mir zu, er hätte Magenprobleme und würde in Costen's Drugstore auf der anderen Straßenseite auf mich warten. Als ich nach dem Gottesdienst dort ankam, stand er an der Theke, trank Kaffee und unterhielt sich mit dem Ladenbesitzer über das Footballteam der Louisiana State University. »Magst du vielleicht eine Lime Coke?«, fragte mich mein Vater.

»Nein, danke, Sir. Kann ich heute Nachmittag den Wagen haben?«, sagte ich.

»*Dürfte* ich den Wagen *ausleihen*.«

»Dürfte ich heute Nachmittag den Wagen ausleihen?«

»Eigentlich wollte ich ja zur Bowlingbahn«, sagte er. »Heute ist da Ligabowling.«

Ich nickte. Mein Vater war kein Bowler und interessierte sich auch nicht dafür. Die Bowlingbahn hatte jedoch eine Klimaanlage und eine Bar.

»Komm doch mit«, sagte er. »Vielleicht kannst du auch ein paar Bahnen bowlen.«

»Ich habe noch ein paar Sachen zu erledigen.«

Mein Vater war ein gut aussehender Mann, elegant und mit tadellosen Umgangsformen. Selbst wenn er allein war, setzte er sich nie zum Abendessen oder zum Frühstück an den Tisch, ohne dazu ein Sakko anzuziehen. Er hatte seinen besten Freund am 11. November 1918 in den Schützengräben Europas verloren und verabscheute seither nicht nur den Krieg und die landesweite Begeisterung für das Militär, sondern auch die kriegsverherrlichende Rhetorik von Politikern, die andere Männer an die Front schickten, damit diese dort an ihrer statt litten und starben. Aber er trank. Und irgendwie wurden all seine Tugenden von dieser Tatsache überlagert und ausradiert. »Du hast eine neue Freundin?«

»Ich habe noch nicht mal eine alte.«

»Dann bist du gerade dabei, diese Situation zu ändern?«, sagte er.

»Das würde ich gern.«
»Wer ist sie?«
»Ich kenn sie noch nicht so doll.«
»*Ich kenne sie noch nicht sonderlich gut.*«
»Ja, Sir.«
Ich nahm den Bus nach Nord-Houston. Im Winter zuvor hatte mir ein Freund ein Haus an einem Boulevard gezeigt – ein einstöckiges Gebäude im viktorianischen Stil, im Schatten von Eichenbäumen gelegen und mit breiter Veranda – und gesagt, es sei das Zuhause von Valerie Epstein. An den Namen des Boulevards konnte ich mich nicht mehr erinnern, aber ich wusste noch ungefähr, wo er sich befand. Als ich an der Strippe zog, die dem Busfahrer signalisierte, dass er halten sollte, spürte ich, wie sich mein Magen zusammenschnürte, als würde eine winzige Flamme durch meine Eingeweide nach oben kriechen.

Ich stand in den Abgasen des Busses und starrte auf die Palmen am Straßenrand und die Häuser, in denen einst die reichsten Bürger der Stadt gelebt hatten, bevor sie hinaus nach River Oaks gezogen waren. Ich war tief in Feindesland eingedrungen, und ich wusste, dass mein Bürstenschnitt, meine polierten Schuhe, meine Anzughose und mein gestärktes weißes Hemd in dieser Gegend so wirkten wie Blutstropfen im Haifischbecken.

Ich ging los. Kurz darauf glaubte ich in einer Nachbarstraße das Dröhnen eines Wagens mit frisierter Auspuffanlage zu hören. An der Ecke stand eine farbige Frau hinter einer Bank und wartete auf den Bus. Sie hielt ihre Handtasche fest umklammert und lehnte sich nach vorn, wie über die Reling eines Schiffes, um erst in die eine, dann in die andere Richtung zu schauen. Auf dem Boulevard waren außer ihr keine

Farbigen zu sehen. Es waren die Jahre, in denen junge Weiße noch regelmäßig Jagd auf Schwarze machten. Ich versuchte sie anzulächeln, aber sie schaute zur Seite.

Als ich einen weiteren Häuserblock hinter mir gelassen hatte, erkannte ich Valeries Haus. Im Vorgarten standen zwei Virginia-Eichen, von denen Louisiana-Moos herabhing, und auf der Veranda war eine Schaukel zu sehen. An der Seite des Hauses befand sich ein Obst- und Gemüsegarten, hinter dem Gebäude konnte ich einen Geräteschuppen und einen mit einer Schweißausrüstung beladenen Pick-up-Truck ausmachen, der auf einer Rasenfläche unter einem riesigen Pekannussbaum parkte. Hinter mir erklang wieder das tiefe Dröhnen eines Wagens mit frisierter Abgasanlage. Ich drehte mich um und sah einen 1941er Ford mit Doppelauspuff, in die Karosserie eingelassenen Scheinwerfern und einem Motor, der sehr viel kraftvoller klang als ein konventioneller V8. Auch am Aufbau des Wagens hatte man viel gearbeitet: Sämtliches Chrom war entfernt, einige Teile ausgebessert und neu verzinnt und alles mit einer mattgrauen Grundierung angestrichen worden. Ein Blick auf die Insassen genügte, und ich wusste, dass ich gleich ein paar echt harte Typen von der Northside kennenlernen würde; streitlustige Halbstarke, die wir wegen ihrer Pomadenhaare nur Greaser nannten. Oder Ducktails, wegen ihrer an Entenärsche erinnernden Frisuren.

Ihre Markenzeichen? Ein träge starrender Blick; leicht gekrümmte Schultern; bis zur Brust aufgeknöpfte Hemden mit hochgestelltem Kragen, deren Manschetten selbst im Hochsommer stets geschlossen blieben; Drapes genannte Hosen, die oben weit geschnitten waren, sich nach unten aber verengten und von einem dünnen Veloursledergürtel unterhalb des Bauchnabels gehalten wurden; stets ein Esslöffel Pomade in den am Hinterkopf gescheitelten Haaren und Eisenbeschläge unter den spitz zulaufenden Schuhen, mit denen sich im Bedarfsfall auch die Zähne des Gegners eintreten ließen. Auf der Haut zwischen linkem Daumen und Zeigefinger trugen sie das Pachuco-Kreuz tätowiert, und in ihren Augen suchte man vergeblich nach so etwas wie Mitleid oder Gnade. Mir ist klar, dass man heutzutage denken könnte, dass es sich bei diesen Burschen lediglich um ein paar fehlgeleitete Jugendliche handelte, die mit ihrem Kleidungsstil und ihrem Auftreten ihre Ängste kaschieren wollten. Meiner Erfahrung nach war das jedoch nicht der Fall. Ich war damals der Meinung und bin es noch heute, dass die meisten von ihnen selbst dann noch feuern würden, was die Kanonen hergeben, wenn das Deck bereits unter Wasser steht und ihr Untergang besiegelt ist – und dass sie damit dem entsprechen, was George Orwell einst von Leuten sagte, die wahrhaft mutig sind.

Der Ford hielt mit gurgelndem Auspuff an der Bordsteinkante. »Sieht aus, als hättest du dich verlaufen«, sagte der Greaser auf dem Beifahrersitz.

»Das hab ich in der Tat«, antwortete ich.

»Oder du verkaufst Bibeln.«

»Jetzt, wo du's sagst, Kumpel. Eigentlich such ich nämlich die Kirche der Assembly of God. Ihr habt auch keine Ahnung, wo die hier sein könnte, oder?«

Ich sah an seinen Augen, dass ihm meine nachlässige Ausdrucksweise auffiel. Er war nicht nur intelligenter, als ich gedacht hatte, sondern ohne Zweifel auch gefährlich.

»Spielst du jetzt den Dummen?« Er steckte sich eine Lucky Strike in den Mund, zündete sie aber nicht an. Sein Haar war tintenschwarz, seine Wangen hohl, seine Haut blass. Er kratzte sich am Hals. »Haste Streichhölzer für mich?«

»Ich rauche nicht.«
»Wenn du keine Bibeln verkaufst und auch kein Feuer hast, wozu taugst du dann? Bist du überhaupt für irgendetwas zu gebrauchen, Boy?«
»Wahrscheinlich nicht. Aber wie wär's, wenn du dir das ›Boy‹ in Zukunft sparst?«, sagte ich. »Eure Kiste finde ich ziemlich stark. Wo habt ihr die Auspufftöpfe her?«
Er nahm die Zigarette aus dem Mund, klemmte sie zwischen Daumen und Zeigefinger ein, drehte sie hin und her und nickte dabei, als würde er gerade zu einer tiefsinnigen Einsicht kommen. »Jetzt weiß ich wieder, wo ich dich gesehen habe. In dieser Auspuffprinzenbar in Downtown. Wie heißt die noch gleich, Pink Elephant?«
»Was sind Auspuffprinzen?«
»Typen wie du. Woher hast du die Gürtelschnalle?«
»Beim Junior-Rodeo gewonnen. Wildpferd- und Bullenreiten.«
»Hast du dafür in den Boxen Schwänze gelutscht?«
Ich wandte den Blick von ihm ab. Die Straße war heiß und strahlte hell. Die Rasenflächen hatten ein sattes Grün, die Luft war feucht, und das grelle Weiß der Häuser trieb einem die Tränen in die Augen. »Ich nehm's dir nicht übel, dass du so etwas sagst. Auch ich hatte Vorurteile gegenüber Leuten, die der Mutterschoß anders geformt hat.«
»Woher hast du denn den Spruch?«
»Aus der Bibel.«
»Willst du uns damit sagen, dass du schwul bist?«
»Wer weiß?«
»Glaub ich dir sogar. Du hast einen schönen Mund. Vielleicht solltest du dir einen Lippenstift zulegen.«
»Fick dich, Mann«, sagte ich.

Er öffnete langsam die Tür und trat auf den Asphalt. Er war größer, als er im Auto gewirkt hatte. Sein Hemd war aufgeknöpft, der Wind plusterte die Ärmel auf. Sein Bauch war flach, seine Drapes hingen tief auf seinen Hüften. Mit seinen Augen suchte er mein Gesicht ab, als würde er eine Laborratte studieren. »Kannst du das noch einmal sagen?«

Ich hörte, wie hinter mir eine Fliegengittertür mit quietschendem Geräusch aufging und wieder zufiel. Der Greaser hatte seinen Blick von mir abgewandt. Valerie Epstein war die Verandatreppe heruntergestiegen und stand nun unter den Virginia-Eichen in ihrem Garten, wo sie sich zum Schutz vor der Sonne die Hand über die Augen hielt. »Bist du das?«, sagte sie.

Ich wusste nicht, ob sie mich oder den Greaser am Bordstein meinte, und tippte mir mit dem Zeigefinger auf die Brust. »Meinst du mich?«

»Aaron Holland? Das war doch dein Name, richtig?«, sagte sie.

»Ja«, sagte ich und merkte, wie meine Stimme plötzlich dünn wurde.

»Hast du mich gesucht?«, sagte sie.

»Ich wollte nur schauen, ob du gut nach Hause gekommen bist.«

Der Greaser stieg wieder in den Ford und schloss die Tür. Er schaute zu mir hoch, direkt in meine Augen. »Du solltest es mal am einarmigen Banditen versuchen. Scheinst jede Menge Glück zu haben«, sagte er. »Wir sehen uns.«

»Ich freu mich schon drauf. War schön, dich kennenzulernen.«

Der Wagen fuhr davon. Ich schaute Valerie an. Sie trug ein weißes Sommerkleid, bedruckt mit Blumenmotiven.

»Ich dachte schon, jetzt hätte mein Stündlein geschlagen«, sagte ich.

»Warum?«

»Wegen diesen Schlägern.«

»Das waren keine Schläger.«

»Dann eben Schmalzköpfe.«

»Manchmal sind sie etwas übereifrig, wenn es um den Schutz des Viertels geht. Aber das ist schon alles.«

Der Wind drückte ihr das Kleid gegen Hüften, Bauch und Oberschenkel. Ich war so nervös, dass ich meine Arme vor meiner Brust verschränken musste, damit meine Hände nicht mehr zitterten. Ich versuchte mich zu räuspern. »Wie bist du von Galveston nach Hause gekommen?«

»Mit dem Greyhound-Bus. Und du wolltest nur mal nachfragen, ob ich gut angekommen bin?«

»Magst du Minigolf?«

»Minigolf?«

»Das macht richtig Spaß«, sagte ich. »Ich dachte nur, dass du vielleicht ein oder zwei Runden mit mir spielen würdest. Also, falls du nichts anderes vorhast, meine ich.«

»Komm rein. Du siehst aus, als könntest du etwas zu trinken vertragen.«

»Du bittest mich ins Haus?«

»Was habe ich denn gerade gesagt?«

»Du hast gesagt, ich soll mit reinkommen.«

»Also?«

»Ja, ich denke, ich könnte ein Glas kaltes Wasser vertragen. Das mit den Schmalzköpfen ist mir rausgerutscht. Manchmal sage ich Dinge, die ich nicht so meine.«

»Sie werden es überleben. Kommst du?«

Ich hätte den Grand Canyon den ganzen Weg bis nach Te-

xas gezogen, um mit Valerie Epstein an einem Tisch zu sitzen.
»Ich hoffe, ich störe dich nicht allzu sehr. Ich hatte schon Gewissensbisse, weil ich dich gestern nicht gesucht habe, aber ich musste erst meinem Vater das Auto zurückbringen.«
»Ich denke, du hast ein gutes Herz.«
»Wie bitte?«
»Du hast schon verstanden.«
Ich hörte die klimpernden Geräusche von Windspielen, den Gesang der Vögel und in der Ferne etwas, das wie eine explodierende Kette von Knallfröschen klang. Und ich wusste, dass ich Valerie Epstein sehr wahrscheinlich für den Rest meines Lebens lieben würde.

Sie führte mich in die Küche, wo sie einen Krug mit Limonade aus dem Eisschrank holte. Die Wände waren weiß und gelb gehalten, sämtliche Oberflächen glänzten. Sie nahm zwei Gläser, warf ein paar Eiswürfel und jeweils einen Minzzweig hinein, füllte sie mit Limonade und stellte sie mit Papierservietten als Untersetzer auf dem Tisch ab. »Das da im Garten ist mein Vater«, sagte sie. »Er baut Pipelines.«
Ein muskulöser Mann mit Latzoverall und nacktem Oberkörper schraubte an dem Pick-up unter dem Pekannussbaum. Seine Haut war von der Sonne gebräunt, die goldenen Haarlöckchen auf seinen Schultern von glitzerndem Schweiß überzogen, sein Profil wie aus Zinn geschnitten.
»Er sieht aus wie Alexander der Große. Ich meine, wie das Bild auf der Münze«, sagte ich.
»Komischer Vergleich.«
»Na ja, Geschichte ist mein Lieblingsfach. Ich lese alles darüber, was ich in die Hände kriege, genauso wie mein Vater. Der ist übrigens Erdölingenieur.«

Ich wartete darauf, dass sie etwas erwiderte, aber sie sagte nichts. Schlagartig wurde mir klar, was ich ihr gerade mitgeteilt hatte: Mein Vater war ein gebildeter Mann, ihr Vater wahrscheinlich nicht. »Nun, ähm, eigentlich wollte ich nur sagen, dass er auch in der Erdölbranche arbeitet.«
»Bist du immer so nervös?«
Wir hatten uns mittlerweile an den Tisch gesetzt, auf der Küchentheke sorgte ein Ventilator für etwas Abkühlung.
»Manchmal kommen die Worte einfach falsch aus meinem Mund heraus. Ich wollte dir nur erzählen, wie mein Vater auf den Ölfeldern gelandet ist, aber dann bin ich durcheinandergekommen.«
»Na dann los, erzähl's mir.«
»Er war als Chemiker in der Zuckerindustrie auf Kuba tätig. Nach einem Vorfall auf einem Fährschiff von New Orleans nach Havanna hat er den Job hingeschmissen und arbeitete von da ab an den Pipelines. Dann erwischte ihn die große Depression, und er konnte nie das werden, was er eigentlich sein wollte, nämlich Schriftsteller.«
»Was ist auf diesem Schiff passiert, dass er deswegen seine Anstellung als Chemiker aufgab?«
»Er war als Soldat im Ersten Weltkrieg. Eines Tages begann die deutsche Artillerie auf den Schützengraben zu feuern, in dem die Truppe meines Vaters lag, und schoss ihre Verteidigungsanlagen regelrecht in Stücke. Nach dem ersten Beschuss kam der Befehlshaber der Deutschen mit einer weißen Flagge aus seinem Graben und forderte den Captain meines Vaters auf, sich zu ergeben. Er sicherte die Versorgung der Verwundeten und die korrekte Behandlung der restlichen Truppe zu. Der Captain meines Vaters lehnte das Angebot jedoch ab. Später flog ein deutscher Doppeldecker über die Gräben

und winkte mit den Tragflächen, um anzuzeigen, dass er sich auf friedlicher Mission befand. Er warf Flugblätter über den Linien ab, aber der Captain wollte immer noch nicht aufgeben. Die Deutschen setzten dann auf Eisenbahnwaggons montierte Geschütze ein, und als diese das Feuer eröffneten, töteten sie in dreißig Minuten die Hälfte der Männer in der Einheit meines Vaters.

Zehn Jahre später war mein Vater auf diesem Fährschiff nach Havanna unterwegs und traf an Bord seinen ehemaligen Befehlshaber wieder, den Captain aus dem Schützengraben. Mein Vater bestand darauf, etwas mit dem Mann zu trinken, hauptsächlich, um selbst vergeben und vergessen zu können. Der Mann sprang allerdings noch in derselben Nacht über Bord. Mein Vater hat die Schuld für diese Tragödie stets bei sich selbst gesucht.«

»Das ist eine traurige Geschichte.«

»Die meisten wahren Geschichten sind traurig.«

»Du solltest auch Schriftsteller werden.«

»Warum?«

»Weil ich glaube, dass du ein netter Junge bist.«

»Irgendwie passen diese beiden Aussagen nicht zusammen«, sagte ich.

»Vielleicht sollen sie das auch nicht.« Sie lächelte, und als sie dann Luft holte, veränderte sich das Licht in ihren Augen. »Du musst vorsichtiger sein.«

»Weil ich in die Heights gekommen bin?«

»Ich spreche von Grady und seinen Freunden.«

»Ich glaube, Grady Harrelson ist ein Aufschneider.«

»Grady hat eine dunkle Seite, und diese Seite hat nichts mit Aufschneiderei zu tun. Dasselbe gilt für seine Freunde. Du solltest ihn nicht unterschätzen.«

»Ich habe keine Angst vor ihnen.«

»Vorsicht und Angst sind zwei verschiedene Dinge.«

»Vielleicht stimmen ja ein oder zwei Sachen nicht mit mir, und niemand weiß etwas davon. Vielleicht steht diesen Burschen ja eine große Überraschung bevor, wenn sie mich herausfordern.«

»Erstens glaube ich dir nicht. Zweitens ist es nicht normal, sich mit seinen Makeln zu brüsten.«

»Manchmal glaube ich, in mir würden zwei oder drei verschiedene Menschen leben. Einer von denen hat eine Ballonhupe wie Harpo Marx.«

»Interessant.«

»Meine Mutter meint, ich hätte eine etwas zu lebendige Fantasie.«

Ich sah, wie ihre Aufmerksamkeit schwand.

»Ich muss morgen einen Aufsatz über John Steinbeck abgeben«, sagte sie. »Besser, ich fange langsam damit an.«

»Verstehe.«

»Ich bin froh, dass du vorbeigekommen bist.«

Ich kam mir dumm vor, versuchte aber, mir nichts anmerken zu lassen. Ich konnte ihren Vater bei der Arbeit an seinem Pick-up sehen, wie er mit angespannten Unterarmmuskeln an einem Schraubenschlüssel zog. Ich wollte, dass sie mich ihm vorstellte. Ich wollte über Trucks, Pipelines und Bohreinsätze reden. Ich wollte noch nicht gehen. »Sonntagabend ist der ideale Zeitpunkt für eine Partie Minigolf. Die Sterne stehen am Himmel, eine leichte Brise weht aus dem Süden heran, und gleich nebenan gibt es einen Wassermelonenstand mit Picknicktischen.«

»Siehst du? Du redest wie ein Schriftsteller. Lass uns ein anderes Mal etwas unternehmen.«

»Sicher«, antwortete ich. Ich hatte noch nicht mal meine Limonade ausgetrunken. »Ich finde allein raus. Du solltest besser mit deinem Aufsatz anfangen.«
»Jetzt sei nicht sauer.«
»Bin ich nicht, Miss Valerie. Danke für die Einladung.«
»Du musst mich nicht ›Miss‹ nennen.«
Ich stand vom Tisch auf. »Mein Vater stammt aus Louisiana. Er hält mir dauernd Vorträge über gute Manieren, korrekte Ausdrucksweise und solche Sachen.«
»Das finde ich schön.«
Ich wartete und hoffte, dass sie mich bitten würde, noch zu bleiben.
»Ich bring dich hinaus«, sagte sie.
Wir gingen durch einen dunklen Flur, der nach Holzpolitur roch. An den Kleiderhaken an der Wand hingen eine Arbeitsmütze und eine Herrenregenjacke, ein Pullover der Jugendorganisation 4-H und eine Jeansjacke mit Spitzen an den Ärmelbündchen. Darunter standen Herrengaloschen und weiße Gummistiefel, wie sie ein Teenager tragen würde. Morgenröcke oder Damenhüte, Hausschuhe oder Sonnenschirme, Schals oder Tücher konnte ich allerdings nicht im Flur entdecken.

Zudem war das Wohnzimmer von einer Strenge erfüllt, die ich zuvor nicht bemerkt hatte. Vielleicht hing der Eindruck mit dem Mobiliar zusammen, das aus dem vorigen Jahrhundert stammte, vielleicht auch mit der Radio-Plattenspieler-Kombination, auf der eine Topfpflanze stand, dem leeren Kamin oder der Sitzgarnitur, die so wirkte, als würde nie jemand auf ihr Platz nehmen. Bisher hatte ich gedacht, Valerie Epstein hätte ein perfektes Zuhause. Nun war ich mir nicht mehr so sicher.

»Ist deine Mutter da?«, fragte ich.
»Sie ist im Krieg gestorben.«
»Das tut mir leid.«
»Ihr nicht. Sie tat, was sie für richtig hielt.«
»Wie meinst du das?«
»Als ihre Familie aus Paris floh, war ihr Bruder zurückgeblieben. Meine Mutter ließ sich wieder ins Land schmuggeln und wurde von der Gestapo gefasst. Wir glauben, dass sie nach Dachau deportiert wurde.«
»Wie schrecklich, Valerie.«
»Komm, ich begleite dich noch nach draußen«, sagte sie und hakte sich bei mir unter.

Die Verandaschaukel schwang im Wind leicht vor und zurück, die Bäume rauschten, gelber Staub wurde in den Himmel hinaufgewirbelt. »Kann ich deine Telefonnummer haben?«

»Die steht im Telefonbuch. Du solltest dich lieber beeilen.« Sie schaute zum Himmel hinauf. »Und pass auf, dass du keinen Ärger bekommst. Hörst du? Halt dich von Grady fern, ganz gleich, wie sehr er dich auch provoziert.«

»Mein Vater gibt mir heute Abend das Auto. Wir könnten zum Wassermelonenstand fahren. Wie sieht's aus? Ich hol dich um acht ab und bring dich eine Stunde später wieder heim.«

»Wie kann man nur so dickköpfig sein?«
»Ich nenne das Überzeugung.«
»Und Punkt neun bin ich wieder zu Hause?«
»Versprochen«, sagte ich.
In den Winkeln ihrer Augen tauchten kleine Fältchen auf.

Es regnete den Großteil der Nacht. Als ich morgens aufwachte, war die Sonne rosafarben, der Himmel blau und die Gehwege von nassen Streifen und Schatten überzogen. Ich mochte die Stichstraße, in der sich unser kleiner Bungalow befand. Alle Häuser in dieser Straße bestanden aus Stein und hatten mit Obstbäumen und Blumen bepflanzte Vorgärten. Die Straße endete vor einer Wand aus Bambus, hinter der sich eine Weide mit ein paar zweihundert Jahre alten Virginia-Eichen befand. Ich setzte mich mit meiner Sandwichtüte auf die Stufen unserer Eingangstür und wartete auf meine Mitfahrgelegenheit zur Schule. Jeden Morgen holte mich mein bester Freund Saber Bledsoe in seinem 1936er Chevy ab. Der Wagen war ein Schrotthaufen auf vier Rädern, an dem Saber unzählige Stunden geschraubt und gewerkelt hatte, um ihn mit Ersatzteilen von der Müllhalde seinen Vorstellungen entsprechend aufzumotzen. Es war allerdings ein qualmendes Wrack geblieben, dessen Gestank und Geknatter man schon aus einem Häuserblock Entfernung wahrnehmen konnte.

Es gab eigentlich nichts, wozu Saber nicht fähig gewesen wäre – ganz besonders, wenn er das Gefühl hatte, seinen Mut unter Beweis stellen zu müssen. Gelegentlich zündete er in der Schule Kanonenschläge in den Rohrleitungen der Toiletten – für gewöhnlich in den Pausen, wenn viele Schüler und Lehrer die WCs benutzten –, sodass im ganzen Gebäude das Wasser aus den Kloschlüsseln spritzte. Oft legte er sich auch mit Mr. Krauser an, dem meistgehassten Lehrer der Schule, vielleicht sogar der gesamten Stadt. So schlich Saber sich einmal ins Lehrerzimmer und stopfte einen mit Formaldehyd getränkten Frosch aus dem Biologieunterricht in den Krautsalat von Mr. Krauser, der sich dann in der Mittagspause auf der Lehrertoilette übergeben musste. Ein anderes Mal legte sich Saber in dem Zimmer über dem Unterrichtsraum von Mr. Krauser mit heruntergelassener Hose auf den Bauch und steckte seinen kleinen Freund durch ein Loch im Fußboden. Wie eine obszöne Glühlampe baumelte sein ganzer Stolz dann von der Decke in Krausers Unterrichtsraum, bis dieser endlich entdeckte, warum seine Schüler grinsten, als würden sie jeden Moment wie pralle Luftballons zerbersten.

Ich war fest entschlossen, dass es ein guter Tag werden würde. Wahrscheinlich hatte niemand die Sache mit meiner Erektion auf dem Parkplatz des Drive-in mitbekommen. Und was die Sache mit Grady Harrelson anging? Nun, dann hatte ich mich eben mit ihm angelegt. Was konnte er schon groß unternehmen? Er hatte seine Chance gehabt. Und die Halbstarken in den Heights? Von denen hatte Valerie gesagt, sie seien nur ein paar Jungs aus der Nachbarschaft.

Ich hatte Valerie Epstein zum Wassermelonenstand ausgeführt und wieder nach Hause gefahren. Anschließend hatten wir auf ihrer Verandaschaukel gesessen, und als dann ein Blitz im Park einschlug, hatte ich sogar ihre Hand gestreichelt. Nichts war geschehen, niemand hatte sich um uns gekümmert.

War es möglich, dass ich in den Heights einen Ort gefunden hatte, an dem meine Probleme mich zufriedenließen? Einen Ort, an dem mein Leben nicht von Angst bestimmt wurde?

Nein.

Kaum saß ich im Auto, merkte ich, dass Saber mächtig aufgeregt war. Er setzte zurück auf die Straße und fuhr Richtung Westheimer Road. Der Ganghebel vibrierte in seiner Hand. Er hatte die T-Shirt-Ärmel bis zu den Achseln hochgeschlagen und schaute mich an. Dann begann sein Kopf wie an einer Feder hängend auf und ab zu wippen, und er setzte sein Saber-Bledsoe-Starren auf, eine mit schielenden Augen und offenem Mund einhergehende Fratze, mit der er seine Fassungslosigkeit über die Dummheit seines Gegenübers zum Ausdruck brachte.

»Warum machst du's dir eigentlich so schwer, Junge? Meld dich doch lieber gleich bei einem Selbstmordkommando in Korea an«, sagte er.

»Ich versteh kein Wort, Saber.«

»Es heißt, du hättest dich vor einem Drive-in in Galveston mit Grady Harrelson angelegt und wärst danach in den Heights aufgetaucht, um Valerie Epstein durch die Gegend zu kutschieren.«

»Wer hat dir das erzählt?«

»Frag lieber, wer es mir *nicht* erzählt hat. Außerdem hast du wohl ein paar Greasern gesagt, dass sie sich mal ficken sollen? Einem bestimmten Greaser im Speziellen?«

»Das kannst du unmöglich wissen.«

»Die Schmalzlocke, mit der du dich angelegt hast, heißt Loren Nichols. Vor einiger Zeit hat der Kerl im Prince's Drive-in jemandem mit einer Luftdruckpistole in die Brust geschossen.«

Saber hatte hellrote Haare, oben als Flattop geschnitten, an den Seiten nach hinten gekämmt. Seine Augen waren grüne Schlitze, sein Blick wirkte stumpf wie das Starren einer Eidechse. Er sprach wie ein Peckerwood, mit der Mundart der verarmten weißen Landbevölkerung, und war von einer nervösen Energie erfüllt, die an eine ständig auf- und zuklappende Tür erinnerte. Er zog sich mit dem Mund eine Zigarette aus seiner Camel-Schachtel.

»Die sind gestern Abend bei mir zu Hause aufgetaucht,

Aaron«, sagte er, die Zigarette wippend zwischen seinen Lippen. »Jemand muss denen meinen Namen gesteckt haben.«
»*Wer* ist bei dir aufgetaucht?«
»Loren und seine drei Greaser-Freunde.«
Ich hatte das Gefühl, meine Magenwand würde aufreißen.
»Was wollten sie?«
»Dich.«
»Und was hast du ihnen gesagt?«
»Dass mein alter Herr besoffen ist und einen Baseballschläger hat. Und dass sie deshalb lieber ihre erbärmlichen Ärsche aus meiner Einfahrt hieven. Und rate mal, was dann passiert ist. Bevor ich zu Ende gesprochen hatte, kam mein Alter tatsächlich aus der Garage getorkelt, mit einer großen Rohrzange in der Hand.«
»Lass uns die Sache vergessen, Saber.«
»Vergessen? Nach der zweiten Stunde wird die ganze Schule davon sprechen. Stimmt es wirklich, dass du Grady Harrelson und Valerie Epstein auseinandergebracht hast?«
»Nein.«
»Ist auch egal. Spätestens heute Nachmittag wird diese Story Legendenstatus haben. Und du bist tatsächlich mit ihr ausgegangen, oder?«
»Mehr oder weniger.«
»Wow, das ist ungefähr so, als hättest du Doris Day flachgelegt. Du bist ein verdammter Held, Mann. Hat sie eine Schwester? Ich wäre interessiert, Aaron. Verdammt interessiert sogar.«

Kapitel 3

In der vierten Unterrichtstunde stand für Saber und mich Metallwerken auf dem Plan. Der Lehrer für dieses Fach war Mr. Krauser, der lebende Beweis, dass die Menschheit vom Affen abstammt. Er war im Krieg als Panzerkommandant in Frankreich und Deutschland gewesen und erzählte gern Geschichten darüber, wie er und seine Kameraden zum Spaß mit ihren Shermans französische Bauernhäuser plattgewalzt hatten. Einmal, so die Legende, war einer der Panzer in einen unter dem Haus liegenden Keller eingebrochen, was Krauser zum Schießen fand. Er hatte uns auch erzählt, wie er als Lektion für seine Männer einen älteren deutschen Zivilisten am Kragen gepackt, auf die Straße geschleift und dessen Haus in Beschlag genommen hatte. Vor nicht allzu langer Zeit hatte sich Krauser beim Bowlen in betrunkenem Zustand ein Messer von einem Schüler geliehen und einem anderen Bowler den Schlips abgeschnitten.

Saber war der einzige Schüler an unserer Highschool, der wusste, wie man Krauser Stachelschweinborsten in den Leib trieb und täglich dafür sorgte, dass die Wunden nicht verheilten. Krauser war überzeugt davon, dass Saber derjenige gewesen war, der seinen kleinen Freund durch das Loch in der Decke seines Klassenraums gesteckt hatte. Aber er konnte es nicht beweisen, und so suchte er ständig nach Vorwänden, um sich Saber vorknöpfen zu können. Saber allerdings benahm sich im Metallwerken tadellos, ganz im Gegensatz zu anderen Jungs, die es teilweise bis zum Äußersten trieben. Unsere Highschool befand sich nur einen Steinwurf entfernt von River Oaks, einem im Schatten grüner Bäume gelegenen Stadtteil mit palastähnlichen Villen. Das Einzugsgebiet der Schule war allerdings riesig und reichte nicht nur bis in die knallharten Arbeiterviertel von Nord-Houston, sondern sogar bis rüber nach Wayside und hoch bis zum Jensen Drive, wo einige der hartgesottensten Kids des Planeten wohnten. Beim Metallwerken waren diese Jungs Naturtalente. Drei von ihnen bedienten die Gießstation, wo sie Modelle im Sand abformten und die Formen mit Aluminium ausgossen – nicht selten Reproduktionen von Schlagringen, die dann für einen Dollar das Stück verkauft wurden, wahlweise mit rundgeschliffenen oder scharfkantig belassenen Konturen. Krauser zog es vor, derartige Dinge nicht zu sehen, ebenso schaute er weg, wenn die Tyrannen der Klasse andere Schüler drangsalierten. Und es war nicht so, dass er aus Angst darüber hinwegsah. Ich glaube, im Grunde seines Wesens war Krauser einer von ihnen. Er liebte es, sich an schmächtige Kids heranzuschleichen, seine Finger in ihre Oberarme zu bohren und Sprüche à la »Kriegst wohl zu Hause nichts zu essen, was?« vom Stapel zu lassen.

Wenn so etwas geschah, fand Saber stets Wege, um sich für die Opfer zu revanchieren und Krauser bloßzustellen. Es kam vor, dass er Sachen sagte wie: »Was soll ich mit diesem Pinsel hier machen, Mr. Krauser? Während Sie für kleine Jungs waren, hat Kyle Firestone dem armen Jimmy McDougal gesagt, er soll die Hände in die Hosentaschen stecken, und ihm dann den Pinsel in den Mund geschoben. Schauen Sie sich doch nur mal diese Sauerei an, alles voll mit Spucke. Wollen Sie den Pinsel haben, oder soll ich ihn auswaschen?«

An diesem Vormittag war alles anders. Anstatt Saber zu beobachten, schaute Mr. Krauser durch die offene Tür zu einem 1941er Ford mit grauer Grundierung, der gerade am Baseballfeld gehalten hatte. Vier junge Männer stiegen aus und strichen sich die Haare zurück. Sie trugen Drapes und spitz zulaufende Schuhe. Sie lehnten sich gegen die Kotflügel und Scheinwerfer des Wagens und zündeten sich Zigaretten an, obwohl sie sich auf Schulgelände befanden. Krauser drehte den Kopf und schaute über die Schulter zu mir. »Komm mal her, Broussard.«

Ich legte mein Halbjahresprojekt zur Seite, einen Zahnradabzieher, den ich gerade an der elektrisch betriebenen Drahtbürste polierte. »Ja, Sir?«

Krauser hatte eine breite Oberlippe, weit auseinanderstehende Augen, einen anmaßend starrenden Blick, lange Koteletten und eine starke Körperbehaarung, die schwarz unter seinen Hemdsärmeln hervorquoll. Seine Gesichtszüge schienen stets sonderbar gedrungen oder gequetscht, als würde er permanent ein unsichtbares Gewicht auf seinem Kopf tragen. Sobald man ihn anblickte, wollte man nur noch wegschauen, hatte aber gleichzeitig Angst, er würde dadurch ahnen, was man für ihn empfand.

»Hab gehört, du hattest ein kleines Abenteuer in den Heights?«

»Ich? Nein.«

»Kennst du diese Brüder da draußen?«

Ich schüttelte den Kopf und bemühte mich um einen neutralen Gesichtsausdruck.

»Mit denen legt man sich besser nicht an«, sagte er.

»Ich will keinen Ärger, Mr. Krauser.«
»Dachte ich mir schon.«
»Wie meinen Sie das, Sir?«
Seine Augen musterten mich von Kopf bis Fuß. »Hast du in letzter Zeit etwas Arbeit in deinen Körper gesteckt?«
»Na ja, ich habe zwei Jobs. Einen im Supermarkt und einen an der Tankstelle.«
»Das ist keine Antwort auf meine Frage, aber egal. Steck dein Hemd in die Hose, und komm mit.«
»Was haben Sie vor?«
»Ich zeig dir jetzt mal, wie man mit solchen Situationen umgeht. Die Kerle glauben, du hättest in ihrem Pussy-Revier gewildert. Dämliche Aktion, Broussard.«
»Woher wissen Sie, dass ich in den Heights war?«
»Hab's in der ersten Stunde gehört. Glaub mir, ich kenne solche Typen. Es gibt nur einen Weg, um denen beizukommen, mein Sohn. Wenn du einen faulen Zahn im Mund hast, dann musst du ihn rausziehen.«
»Ich will gar nicht, dass Sie etwas wegen der Sache unternehmen, Sir.«
»Hat hier irgendjemand gesagt, dass du eine Wahl hast?«
Ich wusste nicht, was Krauser vorhatte, und traute ihm eigentlich nicht über den Weg. Gerechtigkeit interessierte ihn nicht die Bohne. Ich konnte ihn atmen hören, konnte das Testosteron riechen, das in seine Kleidung eingebügelt schien. Wir gingen zum Baseballfeld hinüber. Als wir dort ankamen, war mir übel, und ich sah kleine Punkte vor meinen Augen herumschwirren.
»Was treibt ihr Brüder hier?«, sagte Krauser.
Der Größte der Gruppe, der Bursche, der mich vor Valeries Haus angesprochen hatte, strich sich mit beiden Händen die

Haare zurück, als wären Krauser und ich gar nicht anwesend. Er trug graue Drapes mit einem schwarzen Ledergürtel und ein lilafarbenes Hemd aus Kunstseide mit langen Ärmeln. Er erinnerte mich an Chet Baker, den Jazztrompeter: Er hatte die gleichen hohlen Wangen und dunklen Augen, dazu einen Gesichtsausdruck, der nicht unbedingt aggressiv, sondern eher wie der eines Menschen aussah, der die Unabwendbarkeit des Todes akzeptiert hatte. Eine eigenartige Ausstrahlung für einen Burschen, der aller Wahrscheinlichkeit nach nicht älter als neunzehn war.

»Was mit den Ohren?«, sagte Krauser.

»Gibt's 'ne Regel dagegen, dass man hier eine raucht?«, sagte der groß gewachsene Greaser.

»Direkt hinter dir steht ein Schild mit dem Hinweis ›Herumlungern verboten‹«, sagte Krauser.

»Da ist doch 'ne Polizeistation auf der anderen Straßenseite, oder? Gehen Sie rüber, und sagen Sie denen, Loren Nichols ist hier. Und dann richten Sie den Herren und Damen aus, dass sie mich mal am Arsch lecken können. *Sie* können übrigens dasselbe tun.«

»Du bist doch der Typ, der in einem Drive-in auf einen Mann geschossen hat.«

»Mit 'ner Luftdruckpistole. Der Kerl hat meiner Schwester bei einem Picknick der Junior-Highschool unters Kleid gefasst. Aber ich schätze mal, das stand nicht in den Zeitungen, oder?«

Ich hörte die Pausenklingel, und die Schüler strömten aus den Klassenräumen in die Gänge und auf den Schulhof. Bislang hatten mich weder Loren Nichols noch seine Freunde auch nur angeschaut, und ich glaubte fast, die Unterhaltung wäre gleich vorüber, sodass ich mit Saber in die Cafeteria gehen und all die dummen Dinge vergessen könnte, die seit Samstagabend geschehen waren. Vielleicht gäbe es ja sogar die Möglichkeit, mit Loren Nichols Frieden zu schließen. Eins musste ich ihm lassen: Er war ein eindrucksvoller Bursche. Der Moment schien wie ein Zwischenspiel im allgemeinen zeitlichen Ablauf; ein Augenblick, in dem sich die Geschichte sowohl zum Guten als auch zum Schlechten wenden konnte.

Mr. Krauser legte seine Hand auf meine Schulter. Ich hatte das Gefühl, ein Eiszapfen würde auf der Haut meines Brustkorbs hinabgleiten. »Mein junger Freund Aaron hier hat mir erzählt, wie ihr Typen ihn behandelt habt«, sagte er. »Und jetzt taucht ihr hier auf, um ihn noch ein bisschen mehr zu ärgern, nicht wahr? Was meint ihr, sollen wir deswegen unternehmen?«

Loren schaute von Krauser zu mir und stellte den Kopf schräg. »Ich schlage vor, wir kaufen ihm ein Kleidchen. Ist doch wirklich ein süßer Bursche.«

»Die Schüler unserer Schule respektieren die Autorität der Lehrerschaft«, sagte Krauser. »Und deshalb melden sie Kerle wie euch, anstatt sich auf euer Niveau herunterzulassen.«

»Ich habe nichts und niemanden gemeldet. Das ist eine gottverdammte Lüge«, sagte ich. Der Schweiß brannte mir in den Augen, und das Licht der Sonne schien in Millionen kleiner Nadeln zu zersplittern. »Sagen Sie denen, dass es nicht stimmt, Mr. Krauser.«

»Ihr lasst Aaron ab jetzt zufrieden, klar?«, sagte Krauser stattdessen. »Ich will nicht noch einmal hören, dass ihr ihn belästigt. Und von Saber Bledsoe lasst ihr gefälligst auch die Finger.«

»Ist 'ne richtige kleine Hosenscheißer-Farm, in der Sie hier unterrichten.«

»Treib's nicht zu weit, Boy, sonst reiß ich dir die Eier vom Stamm und wickle sie dir um den Hals«, sagte Krauser.

Loren stellte einen Fuß auf die Stoßstange, kratzte sich an der Innenseite seines Oberschenkels und schaute zur Schule. »Hat mich gefreut, Ihre Bekanntschaft zu machen. Ziemlich starke Truppe, die Sie in dem Laden hier versammelt haben. Auf der anderen Straßenseite beginnt River Oaks, nicht wahr? Wird wohl besser sein, wir machen uns wieder auf den Weg in unseren Teil der Stadt.«

»Gute Idee, Boy. Sei auch in Zukunft ein cleverer Bursche, und lass Aaron und Saber zufrieden«, sagte Krauser.

Die Greaser stiegen in den Wagen und fuhren davon. Vom Asphalt hallte das Dröhnen ihrer Doppelauspuffanlage wider. Vor Scham, Übelkeit und Angst zitterten mir die Knie. Krauser legte seine Hand auf meine Schulter und drückte zu. Er massierte sie regelrecht und schraubte seine Finger wie einen Zahnarztbohrer in die Nervenstränge hinein. »Gott sei Dank, mein Kleiner, jetzt bist du sicher. Sabers Freunden helfe ich immer gern. Sag mir Bescheid, wenn ich noch etwas für euch tun kann.«

Er nahm die Hand von meiner Schulter und ließ mich auf dem Rasen stehen wie einen Holzpfeiler. Ich konnte nichts mehr hören, kein einziges Geräusch, nicht mal das Rasseln der Kette an dem Fahnenmast neben dem Baseballfeld.

»Diesen Schwanzlutscher krieg ich dran«, schimpfte Saber auf dem Heimweg. Mit einer Literflasche Jax zwischen den Beinen saß er am Steuer seines Chevy.

»Welchen Schwanzlutscher?«, fragte ich.

»Krauser, wen denn sonst? Ich werde ein paar Gefallen einfordern müssen, aber das wird schon. Ich kenne da nämlich einen Kerl, der ist ein Meister in Sachen Foto-Observierung. Ich wette, Krauser ist ein Sexmonster. Ich werde ihn erwischen, wie er 'ne Politesse durchrammelt oder Schafe vögelt oder so was, und dann mache ich tausend Abzüge und lasse sie von einem Flugzeug über der Schule abwerfen.«

Ich schaute stur geradeaus und sagte kein Wort. Ich spürte immer noch Krausers Finger, wie sie sich in meine Schulter bohrten und nach einer schwachen Stelle suchten.

»Nimm dir das ja nicht so zu Herzen«, sagte Saber. »Oh mein Gott, wie ich diesen Scheißkerl hasse. Du bist ein verdammt aufrichtiger Kerl, Aaron, hörst du? Du hast Krauser einen Lügner genannt! In der ganzen Schule gibt es niemanden, der die Eier dafür hätte. Ich wette, der Kerl macht heute Nacht kein Auge zu. Du hast ihn bloßgestellt, und zwar vor den Greaser-Ärschen! Außerdem bist du ein Musiker, Aaron. Was ist denn Krauser bitte schön? Ein Nichts.«

»Die glauben jetzt aber, dass ich ein Verräter bin.«

»Ach, scheiß auf die Typen. Du bist ein verdammtes Vorbild für Kerle wie mich, Aaron«, sagte Saber. »Irgendwie habe ich das Gefühl, dass die Sache stinkt. Loren Nichols hat in Gatesville gesessen. Typen mit so einer Akte fangen keinen Ärger in diesem Teil der Stadt an, außer sie sind scharf drauf, ein paar Jahre als staatlich geprüfte Baumwollpflücker auf einer Gefängnisfarm abzureißen.«

»Ich bin in sein Revier eingedrungen.«

»Na und? Das machen die Jungs von der Müllabfuhr jeden Tag. Glaub mir, da steckt irgendwas Größeres dahinter. Aber Krauser soll ja aufpassen. Er hat nämlich einen schlafenden Riesen geweckt – die Armee von Bledsoe.«

»Er will dich in die Sache hineinziehen, Sabe.«

»Und das hat er auch geschafft.«

An der nächsten roten Ampelkreuzung legte Saber den Kopf in den Nacken, nahm einen Schluck aus der Flasche und begann mit dem Bier zu gurgeln, während er gleichzeitig den Motor im Leerlauf aufheulen ließ, ohne sich auch nur einen Deut um die ungläubig starrenden Blicke aus den anderen Autos zu kümmern.

Mein Vater hatte ein kleines Büro im hinteren Teil des Hauses, in dem ein Sekretär mit Bücherregal stand. Es war ein Erbstück von seinem Vater; einem Anwalt, den Franklin Roosevelt in Louisiana zum Leiter einer für staatliche Großbauprojekte verantwortlichen Behörde namens Public Works Administration ernannt hatte und zudem einer der wenigen Männer mit der notwendigen Courage, um gegen Huey Long bei dessen Amtsenthebungsverfahren auszusagen. Mein Vater arbeitete seit Jahren an einer Familiengeschichte, bei der er besonders das Leben seines Großvaters beleuchten wollte, der als junger Konföderierten-Leutnant den Shenandoah-Feldzug von Generalmajor »Stonewall« Jackson mitgemacht hatte.

Eine Schreibmaschine benutzte er dazu nie. Stattdessen schrieb er Seite um Seite mit der Hand, manchmal bis spät in die Nacht hinein, und rauchte dabei Zigaretten, deren Reste am nächsten Morgen im Toilettenbecken schwammen. In seinen Regalen standen Kisten voll mit Briefen, die von unterschiedlichen Schlachten berichteten – Manassas und Fredericksburg, Cross Keys und Malvern Hill, Chantilly, Chancellorsville und Gettysburg. Einige stammten aus dem Gefangenenlager für Konföderierte auf Johnson's Island in Ohio. Die Tragödie meines Vaters betraf fast alle Mitglieder seiner Familie. Ihr Oberhaupt war ein großzügiger und ehrlicher Mann gewesen und aus ebenjenem Grunde verarmt und zu Beginn des Zweiten Weltkriegs als Almosenempfänger gestorben. Seine Familie war überzeugt davon, dass ihre vornehme und von Privilegien bestimmte Welt mit ihm untergegangen war, und so begannen sie zu trinken und tauschten die Gegenwart gegen die Vergangenheit ein, bis ihnen das eigene Leben entglitten war.

Ich ging in das Büro meines Vaters und setzte mich auf einen Stuhl. Er schrieb mit einem dicken, alten Füllfederhalter, aus dem Tinte leckte. Eine glimmende Zigarette lag in einer Mulde seines Aschenbechers, eine Thermoskanne mit Kaffee stand auf dem Schreibtisch, das Fenster war einen Spaltbreit offen, damit der Deckenventilator die Abendluft ins Zimmer sog. Der Himmel war von purpurnen, lilafarbenen und schwarzen Wolken durchzogen, die wie die Abgasfahnen eines Hochofens aussahen. Ich könnte wahrscheinlich eine ganze Menge über die Texte meines Vaters sagen, aber die einprägsamsten Wörter, die er je zu Papier brachte, fanden sich in einem einzelnen Satz auf der ersten Seite seines Manuskripts: »Nie zuvor in der Menschheitsgeschichte haben derart viele gute Männer so ehrenhaft für eine dermaßen schmachvolle Sache gekämpft.«

»Na, wie geht's, mein Junge?«, sagte er.

Es war ein seltener Moment. Er war gut aufgelegt und roch nicht nach Alkohol. Ich zog mir einen Stuhl an seinen Schreibtisch heran.

»Ich habe ein Problem«, sagte ich.

»So schlimm wird es schon nicht sein, oder?«

»Ich bin mit ein paar Typen aus den Heights aneinandergeraten.«

»Versuch doch bitte, nicht ständig ›Typen‹ zu sagen, Aaron.«

»Das sind aber keine Jungs mehr, Daddy.«
»Haben sie dich beleidigt?«
»Sie sind heute an der Schule aufgetaucht. Ich musste mit Mr. Krauser den Unterricht verlassen und zu ihrem Wagen gehen. Mr. Krauser meinte, er würde mir zeigen, wie man mit solchen Leuten umgeht.«
»Vielleicht wollte er dir einen Freundschaftsdienst erweisen. Ich hatte auch so einen Lehrer in meiner Schulzeit an der St. Peter's. Alle Schüler haben zu ihm aufgeschaut, und ich habe ihn stets in guter Erinnerung behalten.«
»Mr. Krauser hat mich bloßgestellt.«
»Ich verstehe nicht ...«
»Er sagte, ich hätte diese Kerle bei ihm angeschwärzt. Einer von ihnen meinte dann, ich sollte mir besser ein Kleid anziehen.«
»Wahrscheinlich wollte dein Lehrer diese Leute nur zur Rechenschaft ziehen.«
»Mr. Krauser hat es auf Saber abgesehen. Jetzt hat er mich benutzt, um an ihn ranzukommen.«
»Es ist eine ehrenhafte Sache, sich für seine Freunde einzusetzen, aber Saber kann auf sich selbst aufpassen. Und was diese Burschen angeht, ich wette, du wirst sie nie wiedersehen.«
»Der ganze Ärger hat mit einem Mädchen aus den Heights angefangen. Am Samstagabend bin ich in einen Streit zwischen ihr und ihrem Freund geraten. Der Kerl wohnt in River Oaks, und ich glaube, dass er keine Skrupel hat; ein richtig fieser Typ.«
»Du sollst nicht ständig ...«
»Ja, ja, aber er ist nun mal ein fieser Typ, Daddy. Ich weiß nicht, was ich tun soll.«

»Vielleicht sollten wir uns alle mal unterhalten. Ich meine, falls diese Burschen noch einmal auftauchen. Und wenn es eine Prügelei gibt, dann gibt es eine Prügelei.«

»Es geht nicht um eine Prügelei, Dad. Dieser Typ, Loren Nichols, der hat mit einer Luftdruckpistole auf einen Mann geschossen.«

»Eine BB-Gun?«

»Genau. Eine von diesen Pistolen, mit denen man Federbolzen auf Dartscheiben schießt. Die Treffer sind wie die von Kleinkaliberwaffen.«

»Das hört sich nach einer von Sabers Geschichten an. Möchtest du, dass ich mit Mr. Krauser spreche?«

»Mr. Krauser ist ein verdammter Heuchler. Warum sollte er dir die Wahrheit sagen, nachdem er einer Horde Halbstarker Lügengeschichten über mich aufgetischt hat?«

»Achte bitte auf deine Ausdrucksweise, Aaron. Hast du Lust, eine Limonade trinken zu gehen?«

Es war aussichtslos. Ich faltete die Hände, schob sie zwischen meine Oberschenkel und ließ den Kopf hängen. »Nein, Sir.«

»Lass uns eine Nacht drüber schlafen, Junge. Morgen schaut die Sache bestimmt schon ganz anders aus.«

Er rückte seine randlose Brille zurecht und wandte sich wieder der Manuskriptseite auf seinem Schreibtisch zu. In wenigen Augenblicken enteilten seine Gedanken an einen weit entfernten Ort, vielleicht an einen Hügel in Virginia, wo das Zischen von Kartätschen und Artillerieschrot die warme Luft zerschnitt, während ein dem Tode geweihter Trommler stumm und hilflos auf das Grauen um ihn herum starrte.

Ich ging in die Küche und schaute meiner Mutter dabei zu, wie sie gerade einen Kuchen aus dem Ofen holte. Sie war eine attraktive Frau und zog oft die Blicke anderer Männer auf sich, an denen sie aber ebenso wenig Interesse hatte wie an ihren Schmeicheleien. Wenn man sich ihr ohne Vorwarnung näherte, schien es stets, als würde sie im Moment der Überraschung aus einem Tagtraum aufschrecken. Gelegentlich brach sie auch ohne Grund in Tränen aus. Dann lief sie im Kreis umher, presste krampfhaft die Hände ineinander und bewegte die Lippen, als wäre sie in ein Gespräch vertieft. Ihre Eigenarten waren so sehr ein Teil ihres Lebens, dass sie fast schon wieder normal schienen. »Ach, hallo, meine kleine Schlafmütze. Hast du ein Nickerchen gemacht?«

»Ich habe nicht geschlafen.«

»Wo bist du gewesen?«

»Ich habe mich mit Daddy unterhalten.«

»Sag ihm, das Abendessen ist fertig. Hast du deine Hausaufgaben schon gemacht?«

»Ich fühle mich nicht so gut. Ich glaube, ich werde heute lieber nichts mehr essen.«

»Was ist los, mein Junge?«

»Nichts. Ich gehe ein bisschen raus.«

»Du gehst raus? Was willst du draußen? Warum führst du dich so eigenartig auf?«

»Mach dir keine Sorgen, Mutter. Alles bestens.«

»Warum hast du diese Falte zwischen den Augen? Irgendetwas stimmt nicht, wenn man diese Falte sehen kann. Komm zurück, Aaron.«

Ich öffnete die Fliegengittertür, trat ins Freie und lief durch den überdachten Teil der Zufahrt hinaus zur Straße und auf dem Fußgängerweg den Häuserblock hinunter. Ich ging, bis mir die Füße wehtaten. Dann streckte ich den Daumen raus und fuhr per Anhalter weiter, ohne festes Ziel. Bei Einbruch der Dunkelheit war ich in einem Teil der Stadt angelangt, in dem sich nachtaktive Ganoven und Gestalten der Unterwelt vergnügten und die Zehn Gebote keine Gültigkeit besaßen.

Lärm drang aus den weit offen stehenden Türen der Kneipen und Barbecue-Restaurants auf die Straße. Die erhöhten Gehwege mit den im vorigen Jahrhundert in den Asphalt eingelassenen Metallringen zum Festmachen der Pferde waren von Pappbechern und Bierdosen übersät und vor den Wasserspeiern der Dachrinnen rostbraun verfärbt. Vor den Schönheitssalons und Barbershops standen Lautsprecher, aus denen die Musik von Ruth Brown, Big Joe Turner, Guitar Slim, LaVern Baker und Gatemouth Brown erklang. Hier mischten sich Mexikaner, Weiße aus der Arbeiterschicht und Farbige. Kleidungsstile, Auftreten und Dialekte verschmolzen, und alle glichen sich in ihren Lastern, ihrer Armut und ihrem unredlichen Streben nach Profit. Die einzigen Repräsentanten gesellschaftlicher Autorität waren ein paar schwarze Polizeibeamte, denen es allerdings untersagt war, Weiße zu verhaften. Sie hockten in einem ramponierten Streifenwagen, der unauffällig in der Nähe einer verlassenen Tankstelle unter einer Eiche parkte. Die Prostituierten trugen in dieser Gegend oftmals entweder Pistolen oder Rasiermesser bei sich, auf den Gehwegen lungerten im Zoot-Suit-Stil der Vierzigerjahre gekleidete Zuhälter und Drogenhändler herum, und für ein kostenloses Bier fand sich immer eine gute Seele, die aus dem Schnapsladen holte, wonach es einem weißen Teenager verlangte – in meinem Fall eine Dose Starkbier.

Ich setzte mich auf den Bordstein und trank. Das Bier war warm und schmeckte wie mit Feuerzeugbenzin versetztes Weizenkeimöl. Ich hörte ein Geräusch, das so klang, als würde jemand ein Elektrokabel in eine Pfütze halten. Erst dachte ich, das Leuchtreklameschild über der Pfandleihe hinter mir wäre für das zischende Surren verantwortlich, aber mit dem Schild war alles in Ordnung. Ich stand auf, warf die leere Starkbierdose in eine Mülltonne und schaute mir die Auslage der Pfandleihe an. Saxophone, Trompeten, Posaunen und Schlagzeugteile glitzerten dort, und in einem der Schaufenster entdeckte ich sogar eine Akustikgitarre von Gibson, eine J50, wie ich auch eine zu Hause hatte. Daneben lagen reihenweise Ausweismarken von Privatdetektiven sowie Handschellen, Schlagringe, Totschläger, mit Bleikernen verstärkte Lederklatschen und Pistolen aller Art.

Ich hatte sieben Dollar in der Tasche. Ich ging in den Laden und kaufte ein Springmesser mit dünnem, schwarzem Griff, einer fünfzehn Zentimeter langen, schlanken Klinge und einer starken Feder. Mit einer leichten Berührung des Daumens sprang die Klinge aus dem Griff und schickte ein Gefühl der Macht durch meine Hand, das fast schon etwas Sexuelles an sich hatte.

Mit dem Springmesser in der Gesäßtasche meiner Jeans ging ich die Straße hinunter, vorbei an der verlassenen Tankstelle und dem dort parkenden Streifenwagen. Ich war mir sicher, die Polizisten hatten mich beobachtet. Aber sie waren schwarz, und ich war weiß, deshalb wusste ich, dass sie mir nichts anhaben konnten. Ich hatte ein schlechtes Gewissen, weil ich die ungerechte Behandlung farbiger Polizeibeamter ausnutzte, schämte mich jedoch nicht genug, um umzukehren und von meinem Ziel abzulassen.

Was mein Plan war? Wohin ich ging? Ich hatte keine Ahnung. Ich wusste nur, dass ich zu einem unbekannten Ort unterwegs war, um Dinge zu tun, die vollkommen losgelöst von der Person schienen, die ich eigentlich war. Es kam mir vor, als würde ich auf ein Karussell steigen und mich in der Musik der Dampforgel und den an der Achse montierten Spiegeln verlieren, während die Pferde und Kinder sich immer weiter und weiter drehten, ohne zu ahnen, dass ich zu ihrem Beschützer geworden war.

Zumindest war es das, was ich mir einredete.

Kapitel 4

Als ich in den frühen Morgenstunden wieder zu mir kam, stand ich neben einer Telefonzelle unter einer von Kondenswasserperlen überzogenen Straßenlaterne, irgendwo in Nord-Houston. Ich hatte noch fünfzehn Cent in der Tasche, aber keine Scheine mehr im Portemonnaie. Die Luft roch nach Klärgas, den toten Käfern in den Regenrinnen der Häuser und nach dem Altöl, das Tankstellenbesitzer aus Zweihundertliterfässern in nicht allzu weit entfernten Flussbetten entsorgten. Ich steckte ein Fünf-Cent-Stück in das Münztelefon und rief Saber an. »Du musst mich abholen.«

»Wo bist du?«, sagte er.

Ich schaute durch die Scheibe der Telefonzelle auf die Straßenschilder und las sie vor. »Das müsste in der Nähe von North Shepherd Drive sein. Ich hab ein paar Lücken in meiner Erinnerung.«

»Hattest du wieder einen deiner Aussetzer?«, sagte er.

»Ja, mir fehlen ungefähr drei Stunden.«

»Das wird meinen Leuten gar nicht gefallen.«

»Ich kann auch zu Fuß gehen.«

»Quatsch. Du bleibst, wo du bist. Die Armee von Bledsoe lässt ihre Verwundeten nicht auf dem Schlachtfeld zurück. Hast du irgendetwas getan, worüber wir uns Sorgen machen müssen?«

Ich schob die Hand in die Hosentasche. Das Messer war

noch da. Ich zog es hervor und drückte auf den Knopf. Die Klinge sprang heraus, sauber und von einem feinen Schmiermittelfilm überzogen, noch ganz so wie beim Kauf. »Alles in bester Ordnung.«

»Dann halt die Füße still und bleib cool. Ich bin auf dem Weg.«

Meine Eltern waren außer sich. Ich erzählte ihnen, ich wäre in einer Hängematte in Sabers Garten eingeschlafen, während die Bledsoes mich schon längst daheim gewähnt hätten. Irgendwann mitten in der Nacht wäre ich dann vollkommen verwirrt und von Moskitos zerstochen aufgewacht und hätte an die Fliegengittertür auf der Rückseite ihres Hauses geklopft.

»Warum hast du niemandem Bescheid gesagt, dass du zu Saber gehst?«, fragte mein Vater. Er trug seinen Pyjama, überall im Haus war Licht.

»Tut mir leid, dass ihr euch Sorgen wegen mir gemacht habt«, sagte ich.

»Wir sprechen später darüber«, sagte mein Vater mit einem bitteren Ausdruck im Gesicht.

In den Augen meiner Mutter standen die Tränen. Die Hände hatte sie so fest ineinandergepresst, dass die Nägel sich in ihre Handballen gruben. »Irgendwann bekomme ich wegen dir noch mal einen Nervenzusammenbruch, Aaron. Nicht genug mit der ewigen Trinkerei deines Vaters, jetzt fängst du auch noch an. Ich kann es doch an dir riechen. Wo bist du gewesen?«

»Du hast doch gesehen, dass Saber mich heimgebracht hat«, antwortete ich.

»Lüg mich nicht an«, sagte sie.

Mein Vater ging in sein Büro, schaltete die Schreibtischlampe ein und starrte auf die Manuskriptseiten auf der Unterlage seines Arbeitstischs. Er nahm eine Seite zur Hand und las sie. Dann setzte er sich an den Schreibtisch und schaute aus dem Fenster hinaus in die Dunkelheit wie ein Mann, für den der Blick in eine schwarze Kiste eine Art zu leben darstellte.

Am nächsten Morgen verpasste ich die ersten drei Stunden und schaffte es gerade noch so vor dem Klingeln in den Metallwerkunterricht. Ich legte meine Tasche mit den Büchern auf meinem Arbeitstisch ab. Mit etwas Glück würde mir Mr. Krauser einen Flurpass ausstellen; eine schriftliche Erlaubnis, auf die Toilette zu verschwinden, wo ich mir das Gesicht waschen und mich auf die Klobrille hocken könnte, um etwas abzukühlen und meine Gedanken zu ordnen. Aber auch ohne Flurpass war ich vorerst sicher vor meinen Eltern und den Konsequenzen meiner Handlungen, ganz gleich, worin diese bestanden haben mochten – zumindest bis zum Unterrichtsende um drei Uhr nachmittags. So saß ich an meinem Arbeitstisch, senkte den Blick und versuchte etwas zu dösen. Die Fenster in der Metallwerkstatt standen einen Spaltbreit offen, und ich konnte das gemähte Gras im Wind riechen, das mir wie ein Fingerzeig von Mutter Natur auf die bevorstehenden Sommerferien vorkam – das baldige Ende all meiner Probleme in der Schule. Als ich die Augen öffnete, sah ich Mr. Krauser, der vor der Tür seines Büros an der Stirnseite des Metallwerkraums stand und mit dem Finger auf mich zeigte. »Hey, Broussard. In mein Büro. Sofort«, sagte er.

Als ich eingetreten war, zog er die Tür hinter mir zu und

drehte den Schlüssel im Schloss herum. Auf seinem Gesicht waren rote Flecken zu sehen, und Schweißperlen lagen auf seiner Oberlippe, als hätte er an der Gießstation gearbeitet.

»Habe ich etwas falsch gemacht, Sir?«, fragte ich.

»Ich will nur etwas klarstellen, bevor ich dich auf der anderen Straßenseite in der Polizeistation von River Oaks abliefere.«

»In der Polizeistation?«

»Ihr Burschen werdet mich nicht in euren Mist hineinziehen. Ist das klar?«

»Ich weiß nicht so recht, worum es eigentlich geht, Sir.«

»Ich hatte gerade Besuch von einem Polizisten in Zivil. Er hat bei euch zu Hause angerufen, aber deine Mutter sagte ihm, du hättest verschlafen und wärst gerade auf dem Weg in die Schule. Daraufhin habe ich ihm zugesichert, dich später in der Polizeistation abzuliefern. Außerdem habe ich ihm erzählt, dass du ein guter Junge bist. Du schuldest mir also einen großen Gefallen.«

»Was könnte ein Polizist von mir wollen?«

»Das ist hier nicht das Thema. Das Thema ist die Unterhaltung, die wir gestern mit den vier Dreckfinken in dem aufgemotzten Ford hatten. Ich habe ihnen gesagt, dass sie sich unerlaubterweise auf Schulgelände aufhalten. Und ich habe ihnen gesagt, dass sie das Gelände verlassen sollen. Das, und *nur* das war der Inhalt unseres Gesprächs. Richtig?«

Er nickte beim Sprechen, wartete darauf, dass ich ihm zustimmte, und starrte mich an, seine Augen hart wie Glas. Sein Büro hatte kein Fenster, und es kam mir vor, als würde sein Körpergeruch sämtlichen Sauerstoff in dem Raum aufsaugen.

»Sie haben behauptet, dass ich ein Verräter bin. Und Sie haben mich reingelegt, Mr. Krauser. Was ist passiert?«

»Wag es ja nicht, jetzt *mir* diese Sache anzuhängen, du kleines Stinktier.«

»Sie haben Loren Nichols gedroht, dass sie ihm die Genitalien abreißen und um seinen Hals wickeln würden. Was ist geschehen? Wurde er angegriffen oder verletzt? Haben Sie deshalb solche Angst?«

»Ich hoffe, der Polizist schiebt dir nachher seinen Schlagstock so weit den Arsch hoch, dass du Holzsplitter spuckst.«

In der Polizeistation brachte mich ein Streifenpolizist in einen kleinen Raum, wo ein groß gewachsener Mann mit breitem Hals aus dem Fenster hinausschaute, hinüber zu dem Highschool-Campus auf der anderen Straßenseite. Er trug Cowboystiefel, einen braunen Anzug, ein weißes Hemd und eine Krawatte mit Aufdruck, der einen Sonnenuntergang über einer Sumpflandschaft zeigte. Hinter ihm, auf einem leeren Metallschreibtisch aus Armeebeständen, lag ein Fedora mit der Krone nach unten. Der Mann drehte sich um und starrte mir mit bleifarbenen Augen ins Gesicht. An seinem Gürtel hing eine Polizeimarke und ein Pistolenholster, in dem ein verchromter Stupsnasenrevolver steckte. »Ich bin Detective Merton Jenks. Setz dich«, sagte er.

»Sind meine Eltern hier?«

Er kratzte sich an der Wange, ohne den Blick von mir abzuwenden. Die Haut um seine Augen war körnig, als bestünde sie bis zum Haaransatz hinauf aus Hornschuppen. Ich konnte nicht anders, als an ein Reptil aus einer Jahrmillionen zurückliegenden Zeit zu denken, das sich durch eine Eierschale gearbeitet hatte. Ich setzte mich, schaute ihn an und versuchte seinem Blick standzuhalten. Er hatte meine Frage nicht beantwortet.

»Trägst du eine Klinge bei dir?«, fragte er.

»Ein Messer? Nein, Sir.«

»Mach deine Tasche leer, und leg alles auf den Schreibtisch.«

»Ja, Sir.«

»Habe ich gesagt, dass du dazu aufstehen kannst?«

»Nein, Sir.«

Meine Hände zitterten, als ich meine Habseligkeiten aus den Hosentaschen zog. Er setzte sich auf die Kante des Schreibtischs und schaute mir zu. »Und wie nennst du das hier?«, sagte er.

»Ein Taschenmesser. Für die Bindfäden und Verpackungen im Lebensmittelladen.«

»Du tütest Lebensmittel ein?«

»Ja. Ich trag sie den Kunden auch raus zu ihren Autos. Manchmal arbeite ich auch an einer Tankstelle.«

»Das ist ein guter Job für einen Jungen. Autos volltanken, Reifen aufpumpen und all diese Sachen«, sagte er mit einem leichten Lächeln. »Das machst du doch da, oder?«

»Ja, Sir, und Ölwechsel auch.«

»Was hast du gestern Abend getrieben?«

»Nicht viel. Ich bin ein bisschen spazieren gegangen.«

»Und wohin bist du gegangen?«

»Kann ich nicht so genau sagen. Ich habe manchmal Aussetzer.«

»Was für Aussetzer?«

»Blackouts, wenn ich schlecht drauf bin. Die vergehen aber schnell wieder. Haben mehrere in meiner Familie. Ist wohl erblich.«

»Weißt du, wer Loren Nichols ist?«

»Ein Typ, mit dem ich Ärger hatte, oben in den Heights. Gestern ist er mit seinen Freunden in der Schule aufgekreuzt.«

Ich drückte meinen Rücken durch und holte tief Luft. Vielleicht ging es ja um Loren Nichols und seine Freunde und nicht um mich.

»Mit einem 1941er Ford, der Loren und seinem Bruder gehört?«

»Es war ein 1941er Ford, aber ich weiß nicht, wer der Besitzer ist.«

»Und du hast dich nicht zufällig an diesem Wagen zu schaffen gemacht, oder?«

»Nein, so etwas mache ich nicht. Sind meine Eltern auf dem Weg?«

»Du meinst: ›Nein, *Sir*‹?«

»Ja, Sir, das meinte ich.«

»Loren sagt, er hätte dich gestern Abend in den Heights gesehen, nicht weit entfernt von seinem Haus. Warst du in den Heights?«

»Ich habe diesen Typen nie etwas getan. Die sind auf mich zugekommen und wollten einen Streit vom Zaun brechen. Ich verstehe nicht, was hier vor sich geht, Mr. Jenks.«

»*Detective* Jenks. Du hast meine Frage nicht beantwortet. Warst du in den Heights oder nicht?«

»Ich weiß nicht, wo ich war. Hat jemand die Reifen an dem Wagen aufgeschlitzt? Haben Sie mich deshalb nach einem Messer gefragt?«

»Du kannst dich also nicht daran erinnern, wo du warst oder was du getan hast, richtig? Moment bitte, das notiere ich mir lieber ganz genau.« Er tastete seine Taschen ab, als wüsste er nicht recht, in welcher von ihnen Stift und Papier steckten. Schließlich zog er beides aus seiner Hemdtasche heraus und begann zu schreiben. Beim ersten »i« rammte er die Mine so heftig in den Notizblock, als würde er einen Dartpfeil werfen.

»Ich weiß zumindest, dass ich keine Reifen zerstochen habe«, sagte ich.

»Wenn du einen Blackout hattest, wie kannst du dann wissen, was du getan hast?«

Ertappt. Ich wusste keine Antwort.

»Würdest du ein Auto anzünden?«

»Nein, das ist doch verrückt.«

»Und doch hat genau das jemand getan. Nur die Ventile der Reifen zu zerschneiden war ihm offenbar nicht genug.«

»Loren Nichols behauptet, ich hätte sein Auto in Brand gesteckt?«

Er schaute sich seine Notizen an. »Eins nach dem anderen. Hast du oder hast du nicht seine Reifen zerstochen?«

»Da wohnt ein Mädchen in den Heights, das ich besuchen wollte. Vielleicht war ich deshalb in der Gegend. Ihr Name ist Valerie Epstein.«

»Du warst auf Muschijagd? In den Heights? Und es ist natürlich Zufall, dass du in der Nähe des Ford gesehen wurdest, der den Typen gehört, mit denen du, wie du selbst zugibst, Ärger hast?«

»Sie haben kein Recht, so über Miss Valerie zu sprechen.«

»Aufstehen.«

»Sir?«

Er riss den Stuhl unter mir weg und schleuderte ihn gegen die Wand. Ich landete auf dem Boden. »Glaubst du wirklich, ich komme extra von Downtown hier rüber, weil zwei Flachzangen das Auto abgefackelt wurde? Zwei Ex-Knackis mit Gatesville-Erfahrung noch dazu? Bist du wirklich so blöd?«

Ich rappelte mich auf, aber meine Kniegelenke fühlten sich an, als würden sie nicht richtig ineinandergreifen. »Es ist trotzdem nicht richtig von Ihnen, solche Dinge zu sagen.«

Dieses Mal hielt ich seinem Blick stand. Meine Augen wurden nicht feucht. Er griff den Stuhl mit einer Hand, riss ihn hoch und knallte ihn vor dem Schreibtisch auf den Boden. »Hinsetzen.« Als ich mich nicht bewegte, zog er eine Schreibtischschublade auf und holte ein Telefonbuch hervor. »Tu, was ich dir sage, oder ich reiß dir den Arsch auf, Boy.«

Ich setzte mich, wandte meinen Blick aber nicht einen Moment von seinem Gesicht ab, auch wenn ich die ganze Zeit blinzeln musste. Er zog ein rechteckiges Schwarz-Weiß-Foto aus seiner Jackentasche und legte es vor mir auf den Tisch.

»Kennst du dieses Mädchen?«

»Nein.«

»Schau das Foto an, nicht mich.«

»Ich kenne sie nicht.«

Auf dem Fotostreifen war zweimal dasselbe Mädchen zu sehen, einmal von vorn, einmal von der Seite fotografiert. Sie trug einen übergroßen Baumwollpullover mit grauen und weißen Streifen. Am Boden des Fotos mit Vorderansicht war ihre Gefängnisnummer zu sehen. Sie war höchstens neunzehn, wenn überhaupt. Ihr Haar war struppig und durcheinander, wie Bindfaden, der sich in einem Kamm verfangen hat. Ihre Augen schienen überzuquellen vor Traurigkeit und Verzweiflung.

»Du hast sie noch nie gesehen? Und da bist du dir sicher?«, sagte er.

»Ja, ich bin mir sicher.«

»Und du hast dir nicht spontan überlegt, mal eine Mexenmuschi zu probieren?«

»Warum fragen Sie mich so etwas?«

»Ihr Name war Wanda Estevan. Sie war eine Prostituierte in Galveston.«

»Sie *war* eine Prostituierte?«

»Jemand hat ihr das Genick gebrochen. Auch möglich, dass sie aus einem Auto geworfen wurde. Vielleicht hat ihr auch jemand im Wagen das Genick gebrochen und sie dann auf die Straße geworfen. Sie lag zwei Blocks von dem abgefackelten Ford entfernt.«

»Was hat ihr Tod mit dem ausgebrannten Wagen zu tun?«

»An ihrer Jeans wurde Benzin und Schmierseife gefunden. Es war die gleiche Kombination wie bei der Brennpaste, mit der das Auto abgefackelt wurde. Ziemliches Rätsel, findest du nicht? Habt ihr Benzinkanister in der Tankstelle, an der du arbeitest?«

»Natürlich. Es bleiben immer wieder Leute mit leerem Tank stehen.«

»Und in der Garage deiner Eltern auch?«

»Nein, Sir.«

»Warst du heute früh am Morgen mit Saber Bledsoe unterwegs?«

»Ja, Sir, er hat mich in den Heights abgeholt und nach Hause gefahren.«

»Du hast gesagt, du wüsstest nicht genau, ob du in den Heights gewesen bist oder nicht. Sieht so aus, als hätten da ein paar Ratten ziemlich große Löcher in deine Erinnerungen gefressen.«

Wieder wusste ich nichts zu sagen. Er steckte sich eine Pall Mall in den Mund und riss am Schreibtisch ein Zündholz an. Die Flamme loderte an der Zigarettenspitze auf. Er tat ein paar Züge und zupfte sich einen Tabakkrümel von der Lippe. »Wir haben einen Benzinkanister in Bledsoes Garage gefunden. Der Kanister enthielt Schmierseife. Ich würde sagen, dein Freund hat Dreck am Stecken.«

Als ich nach Hause kam, ging ich auf die Toilette und übergab mich in die Kloschüssel. Dann holte ich das Messer unter meiner Matratze hervor und ließ die Klinge herausspringen. Auf einer Seite der Schneide sah ich, kaum wahrnehmbar, sehr feine Gummireste, wie sie an einem Messer zurückbleiben können, wenn man das Ventil eines Autoreifens abschneidet. Ohne anzuklopfen, trat plötzlich mein Vater in mein Zimmer. »Kannst du mir das erklären?«
»Dieses Taschenmesser hier?«
»Ich würde es eher als die Waffe eines Kriminellen bezeichnen. Woher hast du es?«
»Aus einer Pfandleihe.«
Seine Augen ruhten auf dem Regal über meinem Schreibtisch, wo ich einen verrosteten Revolver ohne Zylinder, eine Zigarrenschachtel voller Indianerkopf-Pennys und meine Sammlungen mit Pfeilspitzen, alten Angelködern und Minié-Geschossen aufbewahrte. Es dauerte eine Weile, bis er etwas sagte. »Du legst das Messer jetzt ins Regal. Es wird dieses Zimmer nicht mehr verlassen.«
»Ja, Sir.«
»Worüber sprechen die Priester in unserer Kirche für gewöhnlich, wenn sie sich zum Thema Sünde äußern?«
»Sex.«
»Richtig. Den Krieg oder Gewalt im Allgemeinen erwähnen sie dabei so gut wie nie. Tatsächlich ist aber genau das der wahre Feind, zusammen mit der Gier, natürlich. Lass dir von niemandem etwas anderes erzählen. Ein Mann, der ein Messer wie dieses bei sich trägt, ist ein von Angst getriebener Mensch.«
Wenn mein Vater so sprach, schien er eine andere Person zu sein – erhaben, gerecht und derart klar in seinen Gedan-

ken, wie ich es selten bei anderen Menschen erlebt hatte. Er duldete keine Waffen im Haus und rührte sie selbst nur einmal im Jahr an, wenn er mit dem Chef seiner Firma auf einen Hochsitz drüben in der Nähe von Anahuac stieg, um Enten zu jagen. Vor einiger Zeit, als ein Einbrecher wiederholt in unsere Garage eingedrungen war, hatte mein Vater einen Mauerstein in einen Hutkarton gelegt, diesen in Geschenkpapier eingewickelt, eine Schleife drumgebunden und das Paket auf den Fahrersitz des Autos gestellt. Die dazugehörige Karte hatte folgenden Wortlaut:

Sehr geehrter Herr Einbrecher,

während Sie diesen Mauerstein stahlen, war eine Schrotflinte Kaliber .12 auf Ihren Hinterkopf gerichtet. Sollten Sie noch einmal zurückkehren, wird der Empfang weitaus weniger gnädig ausfallen. Ich möchte Ihnen nicht zu nahe treten, aber Sie scheinen mir kein besonders guter Einbrecher zu sein. Ich schlage vor, Sie schließen sich einer Glaubensgemeinschaft an oder üben Ihren Beruf in einer anderen Gegend aus. Ich hoffe, Sie nehmen sich die Zeit, um ernsthaft über diese Optionen nachzudenken.

Mit freundlichen Grüßen,
Ihr Opfer,
James Eustace Broussard

Unser Einbrecherfreund ließ sich nie wieder blicken.
    Ich klappte das Springmesser zusammen, legte es ins Regal und setzte mich aufs Bett. Meine Gibson lag mit den Saiten nach unten auf der Decke. Ich legte sie mir übers Knie und

griff einen E-Akkord. »Ich fühle mich ein wenig krank, Daddy«, sagte ich.

»Macht dein Magen wieder Probleme?«

»Er macht keine Probleme. Er fühlt sich immer so an. Als hätte ich ein Geschwür in der Magenwand.«

Ein Schatten huschte über sein Gesicht. »Hat dieser Detective dir wehgetan?«

»Er hat mir den Stuhl unterm Hintern weggezogen, und ich bin auf dem Boden gelandet. Aber das ist nicht das Problem.«

»Wenn das nicht das Problem ist, was dann?«

»Er meinte, dass zwei Blocks von dem ausgebrannten Auto entfernt eine mexikanische Frau ermordet wurde, eine Prostituierte. Der Detective glaubt, ihr Tod hätte etwas mit der Brandstiftung an dem Wagen zu tun. Außerdem hat die Polizei den Benzinkanister gefunden, der bei der Tat benutzt wurde. Er stand in Sabers Garage.«

Es entstand eine lange Pause. Ich konnte ihn nicht ansehen. »Daddy?«, sagte ich. Aber er antwortete nicht. »Daddy, sag doch was.«

»In was hast du uns da nur hineingezogen, mein Sohn?«

Am nächsten Tag kam Saber nicht zur Schule. Möglicherweise hatte ihn sein Vater verprügelt, vielleicht schwänzte er aber auch nur. Sabers Vater, Mr. Bledsoe, stammte aus dem ländlichen Alabama. Er war kein schlechter Mensch, jedoch ungebildet, unsicher und von Angst erfüllt. Er arbeitete in einer Abdeckerei und musste sich jeden Abend mit Ajax, Waschpaste und einer steifen Bürste den Dreck vom Körper schrubben. Ich sprach Saber nie auf die blauen Flecke an seinem Körper an, und im Grunde war ich überzeugt davon, dass Mr. Bledsoe seinen Sohn nicht absichtlich verletzte. Wenn er getrunken hatte, erinnerte er mich an ein blindes, in einem Kreis aus Speeren gefangenes Schwein.

Nach Unterrichtsschluss um drei Uhr fuhr ich per Anhalter zu dem kleinen Holzrahmenhaus von Sabers Familie an der Grenze des Stadtbezirks West University. Saber lag auf einem Werkstattrollbrett unter seinem Chevy. Nur seine Beine waren noch zu sehen und lagen ausgestreckt auf dem Gras. Ich packte seine Knöchel und zog ihn unter dem Auto hervor.

»Was zum Teufel soll das?«, sagte er. Er hatte einen Schraubschlüssel in der Hand und rieb sich das Auge, in das etwas Rost gerieselt war.

»Warum warst du nicht in der Schule?«

»Hatte keine Lust, alle naselang dumme Fragen zu beantworten. Außerdem wollte ich heute den geteilten Krümmer und die neuen Auspufftöpfe montieren. Ich hab die Dinger vorhin mit Öl befüllt und dann ausgebrannt. Durch die Rußschicht dröhnen die Teile jetzt wie Hölle.«

»Die Cops wollen uns nach Gatesville schicken, und du hast nichts Besseres zu tun, als einen Doppelauspuff an deine Kiste zu schrauben?«

Im Schatten des Wagens wirkte Sabers Haut dunkel. Er zog die Knie an die Brust und wischte sich mit dem Hemd die Schmieröltropfen von der Wange. »Keine Ahnung, woher der Benzinkanister kam. Das hab ich auch dem Detective gesagt. Mein alter Herr hat's ihm auch noch mal gesteckt. Ich war richtig stolz auf ihn. Er hat dem Bullen ins Gesicht gesagt, dass er sich den Scheiß sonst wohin klemmen kann.«

»Ich sag's dir nicht gern, Sabe, aber das ist kein besonders schlauer Zug gewesen.«

»Fand ich schon. Die sind hinter uns her, Aaron. Ich hab's dir gesagt.«

»Wen meinst du mit *die*?«

»Frag dich doch mal, womit das alles angefangen hat.«

Ich schüttelte den Kopf.

»Brauchst nicht den Dummen spielen«, sagte er. »Es geht um Valerie Epstein.«

»Nein, das tut es nicht.«

»Du fährst sie besuchen, und als Nächstes tauchen Loren Nichols und seine Greaser-Kumpels vor ihrem Haus auf. Einen Tag später kreuzen dieselben Typen dann in der Schule und vor meiner Garage auf. Und in der Zwischenzeit lacht sich Krauser ins Fäustchen und tunkt seinen Pimmel richtig tief in die Abschlussball-Bowle rein.«

»Ich kann dir gar nicht sagen, was deine bildreiche Sprache gerade mit meinem Hirn anstellt.«

»Und wer ist der Typ mit dem Freifahrtschein bei der ganzen Sache?«, fragte er.

»Sag du's mir.«

»Hör auf, hier den Ahnungslosen zu mimen. Du sprichst schließlich mit dem großen Bledsoe, der texanischen Antwort auf das Orakel von Delphi.« Er warf seinen Kopf in den Nacken, spuckte in die Luft und fing seinen Speichel mit dem Mund wieder auf.

»Du bist unglaublich.«

»Ich weiß. Und ich weiß auch, dass Grady Harrelson ein dummer Wichser ist, wie er im Buche steht. Ich denke, wir sollten ein paar Hausbesuche machen.«

Ohne auch nur einen weiteren Gedanken an den Rest der Welt zu verschwenden, kroch er unter seinen Wagen zurück und widmete sich wieder dem Doppelauspuff.

River Oaks war wie ein fremdes Land. Es war nicht einfach nur ein Stadtteil von Houston, in dem einige der schönsten Häuser in ganz Amerika oder vielleicht sogar der ganzen Welt standen. Es war eine Geisteshaltung. Im Gegensatz zum Garden District in New Orleans wurden die Villen von River Oaks nicht mit dem alten Süden, also den Südstaaten vor dem Bürgerkrieg und den hässlichen Erinnerungen an Peitsche, Brandeisen und Auktionspodest, in Verbindung gebracht. Unter dem Blätterdach eines urbanen Waldes standen hier Häuser, die so weiß und rein waren wie Hochzeitstorten, wohlversehen mit schattigen Rasenflächen von satter, blaugrüner Farbe sowie Gärten, Rankgerüsten und offenen Pavillons, an denen Pflanzen mit Blüten so groß wie Grapefruits emporkletterten. Und all das wurde mit dem Öl bezahlt, das wie Schokoladensirup aus dem Boden sprudelte, wahre Ozeane schwarzen Goldes, die ein wohlwollender Schöpfer hinterlassen hatte.

Streifenwagen waren auf diesen Straßen nur selten zu sehen. Es gab auch keinen Grund dafür, denn ein Berufskrimineller wäre niemals in einen Tempel wie River Oaks eingedrungen. Der Nachmittag hatte sich bereits abgekühlt, und Schatten bedeckten die Straßen, als wir zum Haus von Grady Harrelson fuhren. Sabers neue Auspufftöpfe dröhnten auf dem Asphalt. Ich fragte ihn, woher er wusste, wo Grady wohnte.

»Vor einem Jahr hat er im Shamrock meine Cousine in voller Montur in den Swimmingpool gestoßen. Beim Highschool-Abschlussball bin ich ihm dann hinterhergefahren. Seine Alten waren ausgeflogen, und er dachte wohl, er könnte in aller Ruhe mit seiner Ballkönigin zu Hause eine Nummer schieben. Aber nichts da. Ich hab ein totes Stinktier genommen und ihm das Vieh mit einem Besenstil durch den Postschlitz in der Haustür geschoben.«

»Das glaub ich dir nicht.«

»Dann frag ihn doch mal danach. Als ich weg bin, hat seine Freundin geschrien wie am Spieß, und das Haus war so hell erleuchtet wie ein Weihnachtsbaum.«

Ich schaute ihn von der Seite an. Sein Gesichtsausdruck war ernst. Der große Bledsoe log niemals – ganz besonders dann nicht, wenn es um seinen Ein-Mann-Kreuzzug gegen Heuchelei und Verlogenheit ging. Manchmal wünschte ich mir, seine Geheimnisse zu kennen, aber trotz meines jungen Alters wusste ich damals bereits, dass er einen hohen Preis für sie gezahlt hatte. »Ich weiß nicht, ob das eine gute Idee ist.«

»Ganz ohne Spähtrupp geht es nun mal nicht«, sagte er. »Wir notieren uns die Nummernschilder und schauen mal, wer da so kommt und geht. Ich habe Kontakte in der Zulassungsstelle.«

»Der Vater von Grady Harrelson wird uns zu Fischfutter verarbeiten lassen.«

»Genau deshalb machen wir das hier ja. Wir besorgen uns die Koordinaten dieser Typen und lassen den Rest von der Artillerie erledigen.«

»Hast du den Verstand verloren?«

»Grady will dir schaden, Aaron. Und das werde ich nicht zulassen.« Er legte seine Hand auf meinen Unterarm und hielt ihn fest, vielleicht ein wenig zu lang. »Du bist für mich wie Familie, Mann. Die einzige, die ich habe.«

Wir befanden uns mittlerweile am äußeren Rand von River Oaks, in einer Gegend, in der die Gärten vor den Häusern mehrere Hektar groß waren, wo die Menschen in dreistöckigen Bauten lebten, mit großzügig angelegten und durch weiße Säulen verzierten Veranden, wo die Einfahrten eigene Wendeschleifen besaßen und im Schatten riesiger Bäume lagen, die im Wind knarzten. Der Himmel war hellblau, die Rasenflächen dunkel unter dem Blätterdach, und die Luft roch nach Blumen, Chlor und Grillfleisch. Die Inneneinrichtungen der Häuser schienen goldene Lichtstrahlen durch die Fenster nach draußen zu senden.

Saber begann sein enzyklopädisches Wissen über die Harrelsons abzuspulen, das ich größtenteils wahrscheinlich ignoriert hätte, wäre es nicht aus seinem Mund gekommen. Er hatte ein Gedächtnis wie ein Elefant und konnte sich einfach alles merken.

»Pass auf, der alte Harrelson macht nicht nur in Reis und Öl, sondern steckt auch mit diesen Mafiatypen aus Galveston unter einer Decke, die gerade nach Vegas expandieren«, sagte er. »Du weißt, wen ich meine.«

»Was soll das heißen?«

»Dein Onkel ist mit ein paar von diesen Typen befreundet. Aber keine Bange, Aaron, ist keine große Sache.«

»Sprich nicht so über meine Familie. Woher hast du diesen Mist überhaupt? Aus diesen Herrenmagazinen mit den notgeilen Japanern auf den Titelseiten, die nackte Frauen an Holzpfähle fesseln?«

»Du weißt Bescheid. Die beste Informationsquelle des Landes«, sagte er. »Willst du mir sagen, unsere Schullektüre wäre besser? *Silas Marner. Das Haus mit den sieben Giebeln.* Ich wette, das ist das Zeug, was die bösen Buben unten in der Hölle bis in alle Ewigkeit lesen müssen. Du weißt schon, Hitler, Tojo und die ganze Bande.«

Er ließ den Wagen ausrollen, lenkte ihn zum Bordstein

und hielt unter dem breiten Blätterdach einer Eiche. Der Motor keuchte und hustete wie ein krankes Tier. Vor uns konnten wir die Flutscheinwerfer sehen, die auf die Fassade des Hauses der Harrelsons gerichtet waren. Neben dem Gebäude gab es einen Garten mit Swimmingpool, in dem allem Anschein nach gerade eine Party stattfand. Als Saber ein Fernglas aus dem Handschuhfach holte, spürte ich, wie mein Herz plötzlich gegen meine Rippen hämmerte. Er wusste sofort, was ich dachte. »Die können uns nicht sehen«, sagte er. »Ich les dir jetzt die Nummernschilder vor, und du schreibst auf, was ich dir diktiere.«

»Das ist doch Wahnsinn.«

»Nimm die Scheuklappen ab, Aaron. Was glaubst du denn, wie diese Leute zu Geld gekommen sind? Harte Arbeit vielleicht? Ich wette mit dir, dass es in diesem Haus da vorn nur so von Gangstern wimmelt. Was meinst du, wie Grady aus dem Marine Corps rausgekommen ist?«

»Grady Harrelson war bei den Marines?«

»Hat sich direkt nach der Highschool verpflichtet. Kurz bevor er nach Korea sollte, fiel ihm allerdings ein, dass er Asthma hat. Sein alter Herr hat dann ein paar Beziehungen spielen lassen. Der Typ ist nicht nur ein Mistkäfer, sondern auch noch ein Hosenscheißer.«

»Er mag ein Lump sein, aber ich glaube nicht, dass er ein Feigling ist.«

Saber begann die Nummernschilder vorzulesen, hielt dann aber inne und nahm das Fernglas von den Augen, um die Linsen zu säubern. »Das glaub ich jetzt nicht«, sagte er, als er wieder hindurchsah.

»*Was* glaubst du nicht?«

Er kratzte sich im Schritt. »Mein kleiner Freund ist gerade

aufgewacht und zum Appell angetreten. Hier, schau's dir an, Mann. Schon mal solche Melonen gesehen? Diese Bongos kommen direkt aus dem Himmel.«

Ich ließ mir das Fernglas geben und schaute in Richtung Swimmingpool. Neun oder zehn Kerle, alle ungefähr in Gradys Alter, tummelten sich dort am Beckenrand, grillten oder sprangen vom Sprungbrett in den Pool. Der offensichtliche Mittelpunkt der Party war eine schwarzhaarige Frau, ungefähr Ende zwanzig, mit dunkler Haut. Sie lag auf einem Liegestuhl, ihr weißer Badeanzug klebte wie ein nasses Taschentuch an ihrem Körper.

»Wer ist sie?«, sagte ich.

»Mexikos Antwort auf Esther Williams.« Er riss mir das Fernglas aus den Händen und schaute wieder hindurch. »Hab ich dir nicht gesagt, dass die Harrelsons Verbindungen nach Galveston haben?«

»Du meinst, sie ist eine Professionelle?«

»Nein, Aaron, sie ist wahrscheinlich eine Vorschullehrerin von der St. Anne's Elementary. Junge, Junge, du kannst echt von Glück reden, dass ich dir sage, wie der Hase läuft«, sagte er. »Jetzt schau dir doch nur mal diese Braut an. Ich krieg hier gleich 'nen Abgang, verdammt. Ist doch kriminell, dass eine Frau so scharf aussehen darf.«

»Kennst du diese Typen?«, fragte ich.

»Gradys Freundeskreis. Jungs, die zur Militärakademie mussten, weil ihre Eltern sie nicht wollten. Weißt du, was uns von denen unterscheidet?«

»Dass sie reich sind?«

»Die haben keine Gefühle, Mann. Nach unserer Aufklärungsmission fahr ich dich rüber zu Valerie. Das schwirrt dir doch schon die ganze Zeit im Kopf rum, oder?«

»Ich will ihr sagen, dass wir nichts mit dem abgefackelten Wagen von Loren Nichols zu tun haben.«

»Sicher doch. Andernfalls würde es ihr gewiss das Herz brechen.«

»Hör auf damit, Saber.«

Aber Saber hörte mir nicht mehr zu. Seine Aufmerksamkeit galt einem Burschen, der auf das hohe Sprungbrett geklettert war und in unsere Richtung starrte.

»Los, schmeiß die Karre an«, sagte ich.

Saber schüttelte eine Zigarette aus seiner Schachtel. »Wegrennen? Wo ist deine Ehre, Mann? Unter deinem Sitz liegt ein Reifenheber aus Gusseisen. Ehrlich gesagt, hätte ich nicht übel Lust, einem dieser Kerle den Schädel einzuschlagen, bis seine Hirnmasse über die Büsche am Straßenrand spritzt.«

»Ist das dein Ernst? Was ist los mit dir? Los, mach die Kiste an.«

»Zu spät. Aber keine Panik, okay? Da müssen wir jetzt durch. Sieh es einfach als Chance.«

Ein meeresgrüner Cadillac mit Heckflossen rollte schaukelnd durch die Einfahrt auf die Straße, während hinter uns ein Buick mit verchromtem Kühlergrill auftauchte. Wir saßen in der Falle. Die Partygäste stiegen aus den Autos, während Grady selbst mit der Frau im Schlepptau durch die Kamelienbüsche in seinem Garten lief. Er öffnete die Gartenzauntür und trat mit Sandalen und Badehose bekleidet auf den Kamm des zwischen Straße und Grundstück verlaufenden Versickerungsgrabens. Dort angekommen, nahm er die Arme hoch, sodass man seine Achselhöhlen sehen konnte, und wickelte sich ein Handtuch um den Kopf wie einen Turban. Er war sehr wahrscheinlich der attraktivste Kerl, den ich je gesehen hatte, und ich konnte einfach nicht verstehen, wie ein Bursche, der so viel hatte, ein solcher Mistkerl sein konnte. Er beugte sich zu uns hinunter, um zu schauen, wer im Wagen saß. »Bledsoe?«

»Der Auserwählte höchstpersönlich«, sagte Saber. »Alles fit im Schritt, Harrelson? Gefällt mir, deine Hütte. Hab gehört, du hast neulich das Hausmädchen im Atomschutzbunker geknallt.«

»Steile Auspuffrohre, Mann.«

»Ich hab immer gewusst, dass du Geschmack hast.«

»Aber warum steht deine Scheißkiste vor meinem Haus?«

»Wir sind da in eine Situation reingeraten und dachten, du könntest uns vielleicht weiterhelfen«, antwortete Saber. »Aaron wollte dir im Drive-in keinen Ärger machen, aber anstatt das zu kapieren, hast du ihn für die Trennung von deiner Freundin verantwortlich gemacht. Dabei hat er nur zur falschen Zeit Hallo gesagt. Ziemlich uncool, wenn du mich fragst. Seit diesem Vorfall macht uns irgendjemand das Leben schwer und versucht uns einen Telefonmast in den Hintereingang zu rammen, wenn du verstehst ...«

»Einen ganzen Telefonmast? Traurige Geschichte, Mann.«

»Irgendjemand hat ein Auto abgefackelt, um ein paar dieser Schlägertypen aus den Heights gegen uns aufzuhetzen.«

Grady stützte sich mit den Händen auf dem Dach des Chevy ab und schien über Sabers Worte nachzudenken. Die Frau hatte sich einen blauen Bademantel aus Seide über ihre Schultern gelegt und schaute sich die Szene von der anderen Seite des Gartenzauns aus an. Die dunklen Augen und die schwarzen Haare, die in feuchten Locken in ihrem Nacken herunterhingen, sahen aus wie bei einer Filmschauspielerin in einer besonders niederträchtigen Rolle.

»Hast du irgendjemanden auf dieser Straße gesehen, Bledsoe?«, fragte Grady.

»Nicht eine Menschenseele.«

»Könnte das ein Hinweis auf eure momentane Situation sein?«

»Du meinst, ihr könntet uns in Stücke reißen und anschließend durch den Gully drücken, ohne dass sich irgendein Schwein dafür interessiert?«

»Deine Auffassungsgabe ist wirklich sensationell. Aber wir wollen natürlich nicht, dass euch etwas zustößt. Schließlich bist du ein kleiner, netter Kerl. Also frage ich dich noch einmal: Was hast du mit deiner Scheißkarre vor meinem Haus zu suchen, kleiner, netter Kerl?«

Saber streckte die Nase in die Höhe und tat so, als würde er etwas erschnuppern. »Sag mal, habt ihr hier eigentlich Stinktiere in der Gegend?«

»Was?«

»Riechst du das nicht? Da muss eins dieser Viecher aus dem Flussbett oder direkt aus der Kanalisation gekrochen sein. Vielleicht solltet ihr lieber die Marines rufen und die ganze Gegend hier mal anständig säubern lassen. Du weißt schon, ›Semper fi!‹ und der ganze Bums. Dann geht's hier rund, und zwar ohne Pardon, damit die kleinen Stinker ein für alle Mal ausgerottet werden. Andernfalls dieseln euch die Biester hier die ganze Nachbarschaft zu, und die Leute fangen noch an zu glauben, ihre Scheiße würde nicht stinken.«

Tu es nicht, Saber. Bitte, bitte, bitte, tu es nicht.

»Zu viel Feuerzeugbenzin geschnüffelt, du Mistkäfer?«, sagte Grady.

»Hab gehört, du warst für eine Weile bei den Marines. Mein alter Herr war auch da, sogar in Iwo Jima. Hast du es noch nach Korea geschafft, bevor sie dich ausgemustert haben?«

»Erzähl mir noch was von den Stinktieren.«

»Na ja, man muss ein bisschen aufpassen, denn bevor man sichs versieht, kommen die Biester durch den Postschlitz in deine Bude gekrochen, während du gerade dabei bist, die Stadtmatratze durchzurammeln. Wie nennt man das noch mal gleich? Coitus interruptus?«

»Aussteigen.«

»Einen Scheiß werd ich«, sagte Saber.

Ich öffnete die Beifahrertür, stieg aus dem Wagen und schaute über das Autodach zu Grady. »Die Sache betrifft nur dich und mich. Saber hat nichts damit zu tun. Wir hätten nicht herkommen sollen, und deshalb verschwinden wir jetzt auch wieder.«

»Ihr verschwindet erst, wenn ich es euch sage. Ihr habt nämlich meine Frage noch nicht beantwortet. Warum verdammt noch mal parkt ihr vor meinem beschissenen Haus?«

»Ich will wissen, ob du mir Loren Nichols auf den Hals gehetzt hast«, sagte ich.

Ich sah ein Zucken unter Gradys linkem Auge, als hätte jemand mit einer Nadel über seine Gesichtshaut gestrichen. »Wer zum Teufel ist Loren Nichols?«

»Der Kerl, dem das Auto abgefackelt wurde«, sagte Saber.

»Du steigst jetzt aus deiner Schrottkiste aus, du schlitzäugiger Freak«, sagte Grady.

Die Änderung seines Tonfalls war wie ein Elixier für Gradys Freunde. Sie schlossen den Kreis enger um uns, ihre Körper muskulös, braungebrannt und vom Wasser des Pools benetzt. Saber hatte gesagt, dass Typen wie Grady anders waren, unfähig zu empathischem Verhalten. Und damit lag er nicht ganz falsch. Sie warfen ihren Müll aus dem Autofenster auf die Straße, benutzten vulgäre Ausdrücke in Gegenwart von Menschen, die sie für wertlos hielten, und zeigten angesichts der Leiden der Armen und Schwachen keinerlei Gemütsregung. Als ich sah, wie sich die Burschen um Sabers erbärmliche Karikatur eines Hotrods drängten, erinnerte ich mich an eine Szene, die schon einige Jahre zurücklag. Auf der Rückseite des Country Clubs in River Oaks verlief eine Senke, und ganz in der Nähe gab es einen von Kiefern umgebenen Teich, in dem Brachsen und Sonnenbarsche schwammen. Die Kids aus den umliegenden Nachbarschaften kamen oft an diesen Weiher, um mit Ködern und Bambusstangen zu angeln. Eine Woche nach Weihnachten, an einem warmen, sonnigen Tag, saß ein kleiner Junge mit seiner Rute unten am Ufer, wo er zwischen den Seerosenblättern angelte. Er war mit seinem neuen Fahrrad gekommen und hatte es oben auf der Böschung abgestellt. Dann tauchte ein Auto voll mit Halbstarken am Teich auf, alles Country-Club-Mitglieder. Der Wagen hielt an. Ein groß gewachsener Junge stieg aus, griff sich das Fahrrad und warf es in hohem Bogen die Böschung hinunter ins Wasser, wobei nicht nur der Lack zerkratzt, sondern auch die Schutzbleche verbogen wurden. Der kleine Junge begann zu weinen. Die Burschen in dem Auto lachten nur und fuhren davon.

Ich musste an Sabers Kommentar über den Reifenheber unter dem Sitz denken – aber nicht wegen der Gefahr, die uns drohte, sondern wegen der Erinnerung an den kleinen Jungen und sein Fahrrad.

»In der Liebe und im Krieg ist alles erlaubt«, sagte ich.

Grady wandte seinen Blick von mir ab und schaute ins Leere. »Was soll dieses Gerede?«

»Es bedeutet: Tu, was du willst. Ich hab keine Angst.«

»Ich glaube, ihr beide braucht eine Abkühlung im Pool.«

Die Beifahrertür stand immer noch halb offen. Ich lehnte mich hinein, schob die Hand unter den Sitz und zog das Reifeneisen heraus. Ich hielt es lose in meiner Rechten, sodass die Steckschlüsselnuss am Ende des Werkzeugs mein Knie berührte.

Grady schaute seine Freunde an. »Unglaublich, dieses Arschloch, oder?«

»Du selbst hast die Karten gegeben, Grady«, sagte ich. »Was ist nun? Lust auf ein Tänzchen?«

»Mit einem Anruf kann ich dir das Leben zur Hölle machen«, sagte er.

»Mein Leben ist schon die Hölle.«

»Vielleicht musst du nur mal wieder richtig ficken, Junge. Du weißt schon, alle Öffnungen füllen. Ich kann Valerie anrufen. So gut wie die hat mir noch keine einen geblasen.«

Ich blickte ihm direkt in die Augen, mit versteinerter Miene und ohne zu blinzeln, aber ich spürte, wie sich meine Finger mit jeder Sekunde fester um den Holm des Reifenhebers schlossen. Er schaute erneut zu seinen Freunden, als würde er seine Begeisterung über den Witz mit ihnen teilen wollen. Keiner von ihnen erwiderte seinen Blick. Er schaute wieder zu mir. »Was ist eigentlich los mit dir? Hast du einen Dachschaden, oder was?«

»Nichts ist mit mir. Ich werde erst nächste Woche ein Senior, du hast schon einen Abschluss. Du bist eine große Nummer. Ich bin ein Niemand.«

»Verstehe, du versuchst hier einen Vorfall zu provozieren und willst dann Anzeige gegen mich erstatten. Aber das wird nicht funktionieren, Broussard.« Er begann mit Kopf und

Schultern zu kreisen wie ein Boxer, der sich lockermachen will. Sein Selbstvertrauen sank, und die anderen merkten es.

»Sag, wann's losgehen soll, Grady. Oder entschuldige dich für den Kommentar über Valerie.«

»Du kommst zu mir nach Hause, brichst einen Streit vom Zaun, und ich soll mich entschuldigen? Das ist wirklich köstlich, Mann. Du bringst mich fast zum Lachen.«

Die Frau mit dem blauen Bademantel trat auf die Straße. Sie trug Huarache-Sandalen, und auf einem ihrer Schneidezähne war ein Streifen von ihrem Lippenstift zu sehen. Sie legte ihre Hand in Gradys Nacken und streichelte seinen Haaransatz mit einem ihrer Fingernägel. Dann flüsterte sie ihm etwas ins Ohr, wobei ihre Augen die ganze Zeit auf mich gerichtet waren. Er schien ihr zuzuhören, wie ein Kind seiner Mutter zuhört.

»Steig wieder ein, Aaron«, hörte ich Saber sagen.

»Alles in Ordnung«, sagte ich.

»Nein, steig wieder in den Wagen«, sagte er.

»Hör besser auf deinen Freund«, sagte die Frau zu mir.

»Wer sind Sie?«, fragte ich.

Sie zwinkerte mir zu. Ihre Lippen waren zu einer Blume von glänzend roter Farbe zusammengepresst, ihre Augen dunkler und glänzender als noch eine Sekunde zuvor.

Ich schob das Reifeneisen unter den Sitz, und ein paar Sekunden später rollte Sabers Wagen durch einen langen Tunnel aus Virginia-Eichen, deren Stämme das röhrende Echo des Doppelauspuffs zurückwarfen. Meine rechte Hand zitterte. Der Holm des Reifenhebers hatte einen roten Abdruck auf meiner Handfläche hinterlassen, der wie eine Verbrennung aussah.

Kapitel 5

Saber fuhr nach Norden in Richtung Heights, zum Haus von Valerie Epstein. »Was zum Henker ist da gerade passiert?«, sagte er. »Wer war die Braut?«
»Keine Ahnung.«
»Sah fast so aus, als könnte sie Grady kontrollieren. Warum wirft sie sich solchen Typen an den Hals, wenn *ich* auf dem Markt bin? Ich meine, hast du mich mal den Dirty Bop tanzen sehen?«
»Das Schauspiel muss ich wohl verpasst haben.«
»Das ist nicht witzig. Ich bin ein sagenhafter Tänzer.« Er zog an seinem Schwanz und versuchte ihn in der Hose auszurichten. »Verdammt, das bringt mich um, Mann. Ich muss mich jetzt irgendwie erleichtern.«
»Könntest du dich bitte deinem Alter entsprechend verhalten?«
»Tu ich doch.«
»Ich wusste gar nicht, dass dein Vater bei den Marines war.«
»War er auch nicht. Er war bei den Navy-Bautruppen, den Seabees, und hat sich den Großteil des Krieges in San Diego den Arsch platt gesessen.«
»Warum hast du Harrelson erzählt, dein alter Herr wäre bei den Marines gewesen?«
»Damit er sich beschissen fühlt. Mieser als die Klabusterbeere, die er ohnehin schon ist. Wenn ich die Chance kriege,

einem Kerl wie Harrelson ins Gehirn zu pissen, dann mache ich das auch.«

Er schaltete runter und trat das Gaspedal des Chevy durch. Die aufgeschreckten Vögel erhoben sich in den bordeauxroten Himmel, während wir immer tiefer in die Heights vordrangen.

Wie es damals war? Ganz gewiss nicht so, wie alle Welt glaubt. Niemand hörte Frank Sinatra oder Bing Crosby oder Perry Como. Deren Musik fanden wir einfach nur mies. Und Lawrence Welk war wie Wasserfolter für uns. Im Jazz gab es die Cool School und die Honk School. Pres Young war von der Cool School, Flip Phillips war honk, aber im besten Sinne. Er und Pres und Buck Clayton und Norman Granz tourten mit der Konzertreihe *Jazz at the Philharmonic* durch Amerika. Landauf, landab lief der Country von Hank und Lefty in den Jukeboxen der Arbeiterkneipen, und die meistgespielte Rhythm-and-Blues-Nummer war »Rocket 88« von Jackie Brenston, bei der Ike Turner am Klavier saß. Und Politik? *Was war das?* Mein Vater meinte mal, Senator McCarthy verfüge über die Herzenswärme und den geistigen Tiefgang einer Bowlingkugel, worauf Saber ihn fragte, wer Senator McCarthy sei. Das eigentliche Thema dieser Zeit war der Klassenkampf. Wir wussten nur nicht, dass wir mittendrin waren.

»Was ist das?«, sagte Saber und fuhr langsamer.

Nicht weit von Valeries Haus war auf der Straße ein verkohltes Stück Asphalt zu sehen, drum herum jede Menge Glasscherben und Gummifetzen. Ich ahnte, dass Saber uns mal wieder direkt in die Höhle des Löwen gefahren hatte.

»Das ist die Stelle, an der Loren Nichols' Karre abgefackelt wurde. Los, fahr schon. Bring uns hier weg«, sagte ich.

»Der Kerl wohnt in dieser Bruchbude da?«

Aufgebockt auf Betonziegeln stand zwischen einigen Virginia-Eichen ein zweistöckiges weißes Haus aus dem neunzehnten Jahrhundert mit einem kahlen Vorgarten, verrosteten Regenrinnen und einem von den flechtenüberzogenen Ästen der Eichen eingedrückten Dach. Auf der Veranda stand Loren Nichols, mit einem Bier in der Hand. Er trug kein Hemd, dafür aber Hosenträger. Auf einem Holzstuhl vor ihm saß eine alte Frau mit zerzaustem Haar und einer Haut so verschrumpelt wie die Oberfläche einer ausgetrockneten Cremedose. Ihr Hals schien geknickt, als hätte man sie gerade vom Galgen geschnitten. Loren hastete die Treppenstufen hinunter und rannte mit der Bierdose in der Hand durch den Vorgarten. »Komm sofort zurück, Boy! Ich reiß dir den Arsch auf«, schrie er.

Saber zeigte ihm den Mittelfinger und fuhr weiter. Eine Sekunde später prallte die von Loren geschleuderte Bierdose scheppernd von der Heckklappe ab und rollte über den Asphalt.

»Halt an«, sagte ich.

»Wegen einer Bierdose?«, sagte Saber.

»Ich will aussteigen.«

»Nein, verdammt! Dieser Typ ist ein fieser Scheißkerl, Aaron. Der hat Gatesville überlebt, Mann.«

Ich drückte die Tür auf und sprang aus dem noch fahrenden Wagen. Loren kam auf mich zu. Sein Oberkörper sah so blass und hart aus wie ein Walknochen. Ich trat einen Schritt zurück und hob die Hand. »Ich habe deine Kiste nicht angesteckt! Kann sein, dass ich die Reifen zerstochen hab, aber mit dem Feuer hatte ich nichts zu tun.«

»Wer dann?«

»Wahrscheinlich die Typen, die dieses mexikanische Mädchen ein paar Blocks von hier auf die Straße geworfen haben.«
»Was weißt du über das Mädchen?«
»Nichts.«
»Dann halt besser die Fresse, Arschloch. Sie war nämlich meine Cousine.«
»Kein Grund für Beleidigungen.«
»Was zum Teufel glaubst du eigentlich, wer du bist?«
»Ein Junge, der nicht auf Streit aus war, bis er von dir und deiner Truppe angefeindet wurde.«
Auf Lorens Unterarmen und seiner Brust traten knotige grüne Venen hervor. Er atmete durch den Mund, seine Augen schienen mich nicht wahrzunehmen. Er schlug mir mit dem Handballen auf das Brustbein.
»Lass das lieber«, sagte ich.
»Wenn ich will, mach ich das den ganzen Tag lang. Hast du eine Klinge?«
»Nein.«
»Wie hast du dann die Reifen zerstochen, wenn du keine Klinge dabeihast?«
»Ich sagte, dass ich *vielleicht* deine Reifen zerstochen habe.«
Er schlug mir gegen die Stirn. »Ich kann dir die Haut vom Leib ziehen, Boy.«
»Das weiß ich.«
»Gib zu, dass du meinen Wagen angesteckt hast.«
»Hab ich aber nicht.«
Er verpasste mir eine Backpfeife. »Lüg mich nicht an.«
Die Seite meines Gesichts stand in Flammen, und ich spürte, dass mir Tränen über die Wange liefen. »Ich habe euch Typen doch gar nichts getan.«
»Du denkst, du kannst hier hoch in die Heights kommen

und uns als Fußabtreter benutzen? Marschierst einfach so in unser Gebiet, um einen wegzustecken?«

»Ich habe niemanden als Fußabtreter benutzt.«

Er hob die Hand, als würde er mir noch eine Ohrfeige verpassen wollen. »Ich drück deinen Schädel gleich durch den Gullydeckel, Mann. Ich mach's wirklich, verdammt. Ich schwöre, ich reiß dir die Rübe von den Schultern. Wer hat dir geholfen?«

»Niemand«, sagte ich und wischte mir mit der Hand über das Gesicht.

Saber war aus dem Wagen gestiegen. Die Beifahrertür stand noch offen, und ich sah, wie er unter den Sitz langte und das Reifeneisen hervorzog.

»Bist du ein Schisser, oder was?«, sagte Loren.

»Menschen, die sich prügeln, sind schwach.«

Er versuchte, meine Nase zwischen seinen Fingerknöcheln einzuklemmen. »Versuch nicht vor mir abzuhauen, Boy. Du wirst jetzt auf die Knie gehen. Es läuft so, wie ich sage.«

Während ich versuchte, seine Hand zur Seite zu stoßen, kam Saber auf uns zu, den Reifenheber hinter seinem Bein versteckt.

»Warum hast du mein Haus beobachtet?«, sagte Loren.

»Warum sollte ich dein Haus beobachten? Deine Bude interessiert mich nicht die Bohne.«

»Weil Klabusterbeeren wie du das nun mal gerne machen. Ich hab gehört, du bist ein richtiges Muttersöhnchen, und dein alter Herr soll ein Alki sein.«

»Du weißt nichts über mich.«

»Wasch dir das Gesicht, Junge. Kannst meinen Gartenschlauch benutzen.«

»Halt dich raus, Saber«, sagte ich.

Loren wurde klar, dass er Saber vergessen hatte. Er drehte sich zu ihm, und es wirkte, als würde er träumen.

»Leg das Ding weg, Saber«, sagte ich.

»Na, was willst du, Pissnelke?«, sagte Loren und schob seine rechte Hand in die Hosentasche.

»Schau mich an, Loren«, sagte ich.

»Was willst du schon wieder?«, sagte er.

Ich dachte über etwas Schlaues nach, das ich sagen könnte, aber mir fiel nichts ein. Ich fühlte mich wie ein hilfloses Kind, das gerade sieht, wie sein bester Freund kurz davorsteht, eine Grenze zu überschreiten und möglicherweise den größten Fehler seines Lebens zu begehen. Der Wind strich warm wie Blut über mein Gesicht und trocknete die Tränen auf meiner Wange.

Mein erster Schlag traf Loren Nichols direkt auf den Mund und ließ seine Lippen aufplatzen. Noch nie hatte ich ein derart erstauntes Gesicht gesehen. Er hielt sich die Hand unter das Kinn, damit ihm das Blut nicht auf Brust und Drapes troff. Ich hatte mich noch nie richtig geprügelt und wusste nicht recht, was ich als Nächstes tun sollte. Dann sah ich, wie Schmerz und Schock aus seinen Augen verschwanden, und ließ es einfach geschehen, ohne weiter nachzudenken.

Ich setzte beide Fäuste ein und schlug so heftig zu, dass meine Fingerknöchel aufrissen und kurz darauf von einer Blutschicht überzogen waren. Er stolperte über den Bordstein hinter ihm und versuchte seinen Unterarm hochzuheben, um sein Gesicht zu schützen. Ich erwischte ihn trotzdem an Kopf und Nacken. Als er dann nach Gnade heischend zu mir aufblickte, versenkte ich meine Faust in seinem Auge.

Meine Mutter war die Erste gewesen, die die Lücken in meinen Tagen als Aussetzer bezeichnet hatte – sehr wahrscheinlich, weil es in ihrer Familie viele Menschen gab, die an Filmrissen und Blackouts litten. Die Hollands waren eine gewalttätige Sippe gewesen. Menschen, die ihre Waffen nicht nur gegen andere richteten, sondern auch gegen sich selbst. Mein Großvater zum Beispiel, ein Texas Ranger, hatte John Wesley Hardin hinter Gitter gebracht, was vor ihm sogar Wild Bill Hickok versucht, aber nicht geschafft hatte. Und meine Mutter war eine Frau, die in ihrem Kopf oftmals Orte aufsuchte, zu denen sich normale Menschen nicht vorwagten.

Ich glaube, Loren Nichols wurde sich seines Fehlers ziemlich schnell bewusst und hätte ihn am liebsten ungeschehen gemacht. Doch dafür war es nun zu spät. Ich trieb ihn vor mir her, durch den kahlen Vorgarten und die morschen Verandatreppen hinauf, und schlug und trat sogar dann noch auf ihn ein, als er schon vor der alten Frau lag, deren von Wahnsinn erfüllte Augen allerdings nichts zu sehen schienen.

Zum ersten Mal in meinem Leben wurde mir klar, dass ich in der Lage war, mit bloßen Händen einen anderen Menschen zu töten. Meine Umgebung schien zu zerschmelzen und verwandelte sich in einen rot-lilafarbenen Brei, während Loren Nichols' Gesicht mit jedem meiner Schläge unförmiger wurde. Dann spürte ich plötzlich Sabers Arme, wie sie sich um meinen Brustkorb schlangen und mich nach hinten wegzogen, während ich erneut nach Loren trat, ihn aber verfehlte.

Ich versuchte mich loszureißen, doch es war vorbei. Das Adrenalin war verflogen. Meine Kräfte verließen mich und sickerten durch meine Fußsohlen wie Wasser in den Boden. Die alte Frau begann am ganzen Leib zu zittern und presste einen Klagelaut hervor, während der vor ihr liegende Loren sich zu einer Kugel zusammenrollte. Sein Gesicht sah nicht mehr wie das eines Menschen aus.

»Verdammt, jetzt sitzen wir in der Scheiße«, sagte Saber. »Hörst du mich, Aaron? Komm wieder zu dir, Mann. Das hier ist Feindesland. Wenn seine Freunde uns in die Finger kriegen, reißen sie uns mit Kneifzangen die Zähne aus dem Mund.«

Er packte mich, hob mich hoch und trug mich wie eine Tonne zur Straße, wo er mich auf dem Rasenstreifen vor dem Gehweg zu Boden warf. Ich starrte zu ihm hinauf. Der Himmel, die Bäume und die Häuser drehten sich immer schneller.

»Bist du das, Saber?«, fragte ich. »Hast du mich gerade zu Boden geworfen? Was zum Teufel soll das, Mann?«

Ich brachte Saber dazu, mich zu der Gasse hinter Valerie Epsteins Haus zu fahren.

»Und du willst in diesem Zustand zu ihr gehen?«, sagte er und schaute meine Kleidung und meine Hände an.

»Erst mal werde ich mich mit ihrem Gartenschlauch sauber machen.«

Valeries Garten lag tief im Schatten, neben der Garage raschelten die Wedel der Bananenpflanzen im Wind. Die Luft roch nach Düngemittel und dem feuchten Boden der Blumenbeete. Ein Geruch wie eine frische Wunde in der Erde, ein Geruch wie ein Grab. Ich hörte eine Sirene, aber das Heulen schien noch ein paar Blocks entfernt.

»Sie kommen«, sagte Saber.

»Nichols hat angefangen.«

»Ich hab Angst«, sagte er.

»Es ist nur die Polizei. Im Fall der Fälle steht unser Wort gegen seins.«

»Nein. Ich meine den Ausdruck auf deinem Gesicht. Das warst nicht du.«

»Erzähl doch nicht so einen Quatsch.«

Aber seine Worte hallten noch eine ganze Weile in meinem Schädel nach. Neben der Garage ging ich in die Hocke, zog mein T-Shirt aus und öffnete den Hahn des Gartenschlauchs. Ich wusch mir die Hände und Arme, spülte das Blut und den Dreck aus meinem Hemd, wrang es aus, zog es wieder an und trocknete mir die Hände an der Hose ab. Als ich Valerie durch das Fliegengitter der Hintertür sah, stand ich auf. Ich wusste nicht, was ich zu Saber sagen sollte.

»Habe ich Nichols übel zugerichtet?«, fragte ich ihn.

»Er wird eine Zeit lang nicht in den Spiegel schauen wollen.«

»War die Frau seine Großmutter?«

»Ich glaube, das war seine Mutter. Irgendwer hat erzählt, sie wäre mal in einer Irrenanstalt in Wichita Falls gewesen.«

»Wenn die Cops dich mit mir erwischen, wanderst du hinter Gitter.«

»Willst du mir sagen, dass ich mich verziehen soll?«

»Nein, ich will dir nur sagen, dass ich vielleicht nicht nach Hause gehe.«

»Wegen der Sache mit Nichols?«

»Ich soll keine Probleme ins Haus bringen. Ist ein ungeschriebenes Gesetz in unserer Familie. Mein Vater meinte mal, dass ich besser nicht wiederkomme, falls ich irgendwann davonlaufe.«

»Das hat dein alter Herr zu dir gesagt?«

»So ist er manchmal.«

Valerie öffnete die Fliegengittertür.

»Willst du, dass ich gehe?«, fragte Saber. »Brauchst es bloß zu sagen.«

»Tu, was du denkst.«

»Hältst du mich für blöd?«

»Ach, nun hab dich doch nicht so«, sagte ich. Er warf seine Autoschlüssel in die Höhe und fing sie wieder auf. »Du weißt echt, wie man jemanden in die Wüste schickt.« Er startete den Chevy und fuhr mit halb durchgetretener Kupplung und Vollgas davon, als würde das Dröhnen der Auspufftöpfe den Schmerz verdrängen, den ich ihm gerade zugefügt hatte.

Valerie hielt die Tür mit der Hüfte auf. Sie trug ein weißes Kleid, das mit kleinen roten Herzen bedruckt war und einen schwarzen Saum hatte. »Was ist denn mit dir passiert?«

»Kleine Auseinandersetzung mit Loren Nichols.«

»Bist du verletzt?«

»Nicht wirklich.«

»Hat Loren dich angegriffen?«

»Er glaubt, ich hätte sein Auto abgefackelt.«

»Das ist doch lächerlich. Du siehst schlimm aus.«

»Und ich dachte, Frauen finden das faszinierend«, sagte ich. »Ist dein Vater zu Hause?«

»Warum fragst du?«

»Weil ich mich ein wenig schäme.«

»Weswegen?«

»Wegen allem. Ich meine, ich habe gerade Loren Nichols verprügelt. Wo ist dein Vater?«

»Er arbeitet in Beaumont. *Was* hast du getan?«

»Nichols verprügelt. Wäre Saber nicht dazwischengegangen, hätte ich es vielleicht zu Ende gebracht. Ich bin nicht gerade stolz drauf.«

Ich sah, wie der Glanz aus ihren Augen verschwand. Sie musterte mein Gesicht. Dann blinzelte sie und schaute die Gasse hinunter und auf den Staub, der in den Himmel hinaufstieg. »Komm rein.«

»Wozu? Ich wollte dir nur sagen, dass ich sein Auto nicht angezündet habe.«

Sie führte mich an der Hand ins Haus, zog das Fliegengitter zu, verriegelte die Tür und schaute noch einmal durch das Fenster zur Gasse hinaus. Ich konnte hören, wie sie atmete. »Erzähl mir alles noch mal von Anfang an.«

»Ich habe ihn verprügelt, und ich konnte nicht aufhören. So etwas habe ich noch nie erlebt.«

»Ich werde mit ihm sprechen. Ich kenne auch seinen Bruder. Es ist wichtig, dass wir etwas wegen der Sache unternehmen, und zwar möglichst bald.«

»Du meintest, er wäre kein Schläger, sondern nur ein Junge aus der Nachbarschaft.«

»Du kannst nicht einfach in die Heights kommen, jemanden zusammenschlagen und dann wieder nach Hause gehen.«

»Das habe ich aber gerade getan. Und er hat es verdammt noch mal verdient.«

»Was du getan hast, ist Wahnsinn, Aaron.«

»Du denkst, du kennst diese Kerle, Valerie, aber das stimmt nicht. Sie sind böse und niederträchtig, schlecht bis ins Mark.«

»Ich bin hier aufgewachsen, Aaron, als Jüdin in einem Viertel, dessen Einwohner mich als Christusmörderin beschimpfen. Erzähl mir also bitte nicht, wie diese Leute sind. Setz dich lieber hin.«

»Wozu?«

»Du hast eine Platzwunde an der Stirn«, sagte sie. »Ich

glaube dir übrigens nicht, dass du Loren verprügelt hast. Wahrscheinlich übertreibst du einfach gewaltig.«

»Das kannst du ja mal Loren sagen. Im Moment fühle ich mich einfach nur mies, weil ich Saber habe hängen lassen. Er meinte, ich wäre die einzige echte Familie, die er hat.«

»Wir rufen ihn später an. Vielleicht können wir gemeinsam etwas unternehmen und Minigolf spielen gehen.«

Ich glaube, in diesem Moment verliebte ich mich noch einmal in Valerie Epstein, und dieses Mal wusste ich, dass ich sie mehr liebte als das Leben selbst.

»Warum grinst du so?«, sagte sie.

»Weil ich nicht aufhören kann, an dich zu denken.«

Über uns drehten sich die hölzernen Blätter eines Deckenventilators und warfen Schatten auf Valeries Gesicht. Ohne ein Wort zu sagen, fixierte sie meine Augen.

»Du bist die einzige Person auf dieser Welt, mit der ich zusammen sein will«, sagte ich. »Du bedeutest mir mehr als meine Eltern oder Saber oder irgendjemand anders auf diesem Planeten. Ich würde alles für dich tun.«

Der Ausdruck in ihren Augen hatte sich verändert. Sie legte mir die Hand auf die Stirn, als hätte ich Fieber. »Du bist ein sonderbarer Bursche. Du versuchst mit aller Macht, schlecht von dir selbst zu denken. Aber das ist falsch. Weißt du das nicht?«

»Würdest du mit mir davonlaufen?«

»Erzähl keinen Unsinn«, sagte sie und nahm ihre Hand wieder von meiner Stirn. »Ich setz dir einen Kaffee auf. Wir können auch Sandwiches machen.«

»Ich will keine Sandwiches.« Ich stand auf. Wir waren fast gleich groß, und ihr Gesicht war nur wenige Zentimeter von meinem entfernt. »Ich will für immer mit dir zusammen sein,

Valerie. Wir könnten nach Louisiana gehen. Ich kann da auf den Ölfeldern arbeiten oder auf einer Ranch. Glaub mir, ich verstehe was von Pferden und Rindern.«

Ich griff ihren Unterarm und legte ihre Hand auf mein Herz.

»Aaron«, sagte sie.

»Du bist die eine, Valerie. Für mich wird es nie wieder ein anderes Mädchen geben. Es ist mir gleich, ob Loren Nichols und seine Freunde mich umbringen.«

»Aaron, bitte.«

Ich schlang meine Arme um sie und schob meine Hände mit gespreizten Fingern über ihren Rücken. Der Geruch ihres Haars und die Wärme ihrer Haut stiegen mir in die Nase. Das Licht der Abendsonne fiel durchs Fenster auf ihren Kopf und ließ die goldenen Strähnen in ihrem kastanienbraunen Haar aufleuchten, während die Schatten der Ventilatorblätter um uns herumwirbelten.

Dann spürte ich, wie sie sich auf meine Füße stellte und sich an mich schmiegte. Mein ganzer Körper fühlte sich an, als würde er in eine Wanne mit warmem Wasser gleiten. Meine Männlichkeit erwachte, meine Finger erforschten ihren Rücken. Ich ging mit ihr auf den Füßen ins Wohnzimmer, und es war, als würden wir tanzen. Dann trat sie einen Schritt zurück, und ich hatte das Gefühl, plötzlich zu taumeln, als wäre ich ein Ballon mit durchtrennter Schnur, der nun einsam und allein im Wind davonschwebt.

»Habe ich etwas falsch gemacht?«

»Nein, natürlich nicht«, sagte sie. Sie nahm meine Hand und führte mich die Treppe hinauf in ihr Zimmer. Die Fenstervorhänge waren offen, und ich konnte die Spitze des Pekannussbaums im Garten hinter dem Haus sehen, ebenso die Wolken, die im Westen wie blutige Streifen den Himmel durchzogen. Wir zitterten beide, als wir uns entkleideten. Mir blieben die Worte im Hals stecken, und ich kann mich nicht mehr genau daran erinnern, was ich zu ihr sagte, als ich sie schließlich nackt sah. Noch nie hatte sich eine Frau vor mir ausgezogen. Ich war noch nicht einmal in einem Burlesque-Theater gewesen und hatte nie mehr mit einem Mädchen getan, als im Autokino zu knutschen.

Sie zog die Decken auf ihrem Bett zurück, legte sich hin und wartete darauf, dass ich zu ihr stieg. Ihre Arme lagen seitlich neben ihrem Körper, und ihre Finger öffneten und schlossen sich vor Anspannung und Aufregung. Ich küsste sie auf den Mund, küsste ihre Augen, ihre Brüste, ihren Bauch. In meinem Kopf hämmerte es, und die Wunden an meinen Fingerknöcheln hinterließen rosafarbene Streifen auf den Kissen und Laken. Als sie mich in sich aufnahm, tauchte ich mein Gesicht in ihr Haar und hätte schwören können, dass ich den Ozean roch und den Wind rauschen hörte. Es war, als würde ich in eine unter Wasser gelegene Höhle voll feingliedriger Seefächer und Zitteraale gleiten, und jede neue Welle trug mich tiefer und tiefer zu einem Ort hinab, den ich nie wieder verlassen wollte.

Dann schloss ich die Augen und gab mich voll und ganz hin. Ich sah, wie eine Rakete in den Himmel aufstieg, hoch oben in einem hellen Feuerwerk explodierte und als Sternenschauer langsam zur Erde und durch die Zimmerdecke auf unser Bett herabschwebte.

Kapitel 6

Ich fuhr mit dem Bus nach Hause. Mein Vater war spät von der Arbeit gekommen und anschließend ins Icehouse gegangen. Er wusste nicht, dass ich dem Abendessen ferngeblieben war. Meine Mutter fing mich an der Tür ab. Ihr Gesicht sah aus wie ein zerknülltes Stück Papier, ihr Make-up hatte sich so weit aufgelöst, dass der Leberfleck an ihrem Kinn zu sehen war. »Wo warst du? Ich habe die ganze Stadt abtelefoniert.«
»Ich habe ein Mädchen in den Heights besucht und musste mit dem Bus zurückfahren. Ich habe zweimal angerufen, aber die Leitung war besetzt. Tut mir leid.«
»Was für ein Mädchen? Dein Vater will nicht, dass du dich in den Heights rumtreibst.« Ihre Augen zuckten, ihre Hände waren zu Fäusten geballt.

Ich war erschöpft und wollte nur noch in mein Zimmer, wollte mich auf die Matratze unter der Bettkrone werfen und schlafen, als wäre ich von einem Loch in der Erde verschluckt worden, in Sicherheit vor der mich umgebenden Gewalt und Grausamkeit. Meine Mutter griff meinen Unterarm, streichelte mit Daumen und Zeigefinger mein Handgelenk und schaute sich meine Fingerknöchel an. »Hast du dich geprügelt?«

Ich war überrascht. Normalerweise beschäftigte sie sich mit der Realität nur in teelöffelgroßen Portionen. Sie hatte eine Gebärmutterentfernung durchgemacht, einen Nervenzusammenbruch erlitten und sich einer Elektroschocktherapie unterzogen – Erfahrungen, die sie tief erschüttert und in ein von Angst erfülltes Wesen verwandelt hatten. Vor langer Zeit schon war mir aufgegangen, dass es Menschen gab, die zwar keine Lügner sein mochten, aber unfähig waren, die Wahrheit zu sprechen oder mit ihr umzugehen. Und zwischen diesen beiden Dingen bestand ein großer Unterschied.

»Ich bin mit einem anderen Jungen aneinandergeraten«, sagte ich. »Kein Anlass zur Sorge.«

»Dr. Bienville hat meine Medikation erhöht, Aaron. Seitdem bin ich öfter verwirrt. Warum bist du mit diesem Jungen aneinandergeraten? Hat dich jemand geärgert oder provoziert? Verhältst du dich deshalb so eigenartig in letzter Zeit?«, fragte sie. »Und könntest du bitte losgehen und deinen Vater holen? Im Icehouse wurde jetzt ein Fernseher aufgestellt, damit die Gäste länger bleiben und mehr Bier trinken.«

»Ich hole ihn, Mutter.«

»Sprich mit ihm über den Ärger, den du hattest.«

»Ja, das werde ich«, sagte ich.

»Und lass die Sache mit dem Mädchen in den Heights. Deinem Vater würde es nicht gefallen.«

»Verstehe.«

Ich ging zum Icehouse und trottete an der Seite meines Vaters zurück nach Hause. Der Widerschein von weit entfernten Blitzen zuckte durch die Wolken. Der Wetterdienst hatte vor Hurrikans an den Küsten von Louisiana und Texas gewarnt, und vor wenigen Stunden hatte ich meine Jungfräulichkeit verloren und versucht einen Greaser zu Tode zu prügeln. Trotzdem schien es kein Thema zu geben, weder wichtig noch belanglos, über das ich mich mit meinem Vater hätte austauschen können. Ich fragte mich, wie es wohl wäre, an einem warmen Abend wie diesem, der nach Blumen und dem Wasser der Sprinkleranlagen in den Vorgärten roch, mit seinem Vater auf dem Gehweg entlangzuspazieren wie mit einem guten Freund. Vielleicht, sagte ich mir selbst, würde das eines schönen Abends auch passieren, wenn ich nur daran glaubte.

Bis ein Uhr lag ich schlaflos im Bett und starrte an die Decke, um dann am nächsten Morgen mit dem Gefühl aufzuwachen, dass der schlimmste Tag meines Lebens vor mir lag: Polizisten an unserer Haustür, Handschellen um meine Gelenke, eine Anzeige wegen schwerer Körperverletzung, obendrein noch ein rasender Mr. Epstein, außer sich vor Wut über das, was ich und seine Tochter getan hatten.

In der Schule wartete ich den ganzen Tag über darauf, dass ein Streifenwagen auf den Lehrerparkplatz rollte und man mich ins Direktorzimmer rief. Aber es passierte nicht. Das einzig Sonderbare an diesem Morgen war das Verhalten von Mr. Krauser. Während des Metallwerkunterrichts starrte er Saber und mich unentwegt an, als würde er uns etwas sagen wollen, konnte es aber nicht.

Um Viertel nach sieben an diesem Abend schaute ich aus dem Fenster und sah, wie Mr. Krauser gerade seinen Wagen am Bordstein vor unserem Haus parkte. Er stieg aus und blieb an der Rasenkante stehen, wo er mit unsicher wirkenden Bewegungen an seiner Kleidung herumnestelte, seine Krawatte zurechtrückte und seine Brust rausstreckte. Auf dem Beifahrersitz saß ein junger Bursche, den ich kannte. Sein Name war Jimmy McDougal – ein androgyn wirkender Junge, ohne Körperbehaarung und mit hauchdünnen blonden Augenbrauen. Nachdem er die Schule abgebrochen hatte, sah ich

ihn öfter Basketball in der YMCA-Sporthalle spielen. Bei den Sprungwürfen drohte ihm jedes Mal die Sporthose von seinen schmalen Hüften zu rutschen.
»Wer ist dieser Mann?«, sagte meine Mutter.
»Satan«, antwortete ich.
»Wer?«, fragte sie.
»Das ist Mr. Krauser«, sagte ich, mehr zu meinem Vater als zu meiner Mutter.
Mein Vater saß mit einem Buch von Ernest Hemingway, der Geschichtensammlung *Männer ohne Frauen,* unter einer Leselampe. »Der Lehrer, der dir mit diesen Rowdys in den Heights helfen wollte?«, sagte er.
»Das sind nicht nur Rowdys, Daddy. Und Mr. Krauser hilft niemandem mit irgendetwas.«
Er warf einen Blick auf seine Taschenuhr. Wahrscheinlich dachte er an das bevorstehende Baseballspiel, oder vielmehr an dessen Übertragung auf dem kleinen Fernseher im Icehouse. Für gewöhnlich saß mein Vater bei den Spielen allein an einem der langen Tische unter der Markise und trank, ohne sich sonderlich für das Geschehen auf dem Bildschirm zu interessieren. »Dann wollen wir mal sehen, was er will«, sagte er.
Mr. Krauser hatte vor dem Besuch weder geduscht noch die Kleidung gewechselt. Als ich ihm die Tür aufmachte, konnte ich den getrockneten Schweiß in seinem Hemd riechen, ein Geruch so schwer, trostlos und intensiv wie der eines in der Mannschaftsumkleide liegen gelassenen Handtuchs. Sein Lächeln ließ mich an ein Grinsen denken, das jemand auf eine Zuckermelone gemalt hatte. »Ich hoffe, ich störe nicht«, verkündete er, als er bereits mitten im Wohnzimmer stand. »Ihr Haus gefällt mir. Wie nennt man dieses Vordach an der Seite?«

Mein Vater legte das Buch beiseite und erhob sich aus dem Sessel, um Krauser die Hand zu reichen. »Ich bin James Broussard, Mr. Krauser. Und dieses *Vordach* ist eine überdachte Einfahrt, die man in Louisiana *Porte-cochère* nennt. Was kann ich für Sie tun?«

»Wenn ich das richtig sehe, haben wir beide viel gemeinsam.«

»Ach ja?«, sagte mein Vater.

»Mein Panzer war das erste amerikanische Militärfahrzeug, das über die Brücke von Remagen rollte. Wie ich höre, waren Sie im Ersten Weltkrieg ja in ...«

»An einem Ort, der keine Rolle spielte. Was führt Sie zu uns, Sir?«

In Momenten wie diesen hielt ich meinen alten Herrn für den besten Typen auf der ganzen Welt, auch wenn er das Wort »Typ« verabscheute.

»Ich arbeite als Betreuer in einem der Sommerlager am Guadalupe River drüben im Texas Hill Country«, sagte Mr. Krauser. »Es gibt noch ein paar offene Stellen für Gruppenleiter, und ich dachte an Aaron und seinen Freund Saber.«

Damals arbeiteten viele Highschool- und Junior-Highschool-Lehrer als Betreuer in Sommerferienlagern und erhielten fünfundzwanzig Dollar für jedes Kind, das sie zur Teilnahme bewegen konnten. Mir taten jedoch diejenigen leid, die sich das ganze Jahr auf das Lager freuten, nur um dann am ersten Tag herauszufinden, dass sie Mr. Krauser als Betreuer für ihre Ferienhütte abbekommen hatten.

»Das ist nett von Ihnen«, sagte mein Vater. »Warum haben Sie bei diesem verantwortungsvollen Amt ausgerechnet an meinen Sohn gedacht? Von Saber mal ganz abgesehen.«

»Beide Jungs haben Führungspotenzial, jede Menge Potenzial sogar. Der Tag im Lager beginnt pünktlich um null siebenhundert mit einem Trompetenweckruf. Da oben lernen die Jungs Disziplin, Mr. Broussard, was nicht heißen soll, dass Aaron es nötig hätte.«

Mein Vater hatte schlanke Hände. Die Rückseiten waren von der Sonne gebräunt und überzogen von Sommersprossen und lilafarbenen Venen, die unter der Haut wie zusammengeknotete Bindfäden aussahen. Immer wenn er Anstoß an den Worten anderer Menschen nahm, rieb er sich mit den Fingern der einen über die Rückseite der anderen Hand, ohne dass irgendjemand erahnen konnte, woran er gerade dachte. »Wissen Sie, Mr. Krauser, wenn ich eine zweite Amerikanische Revolution lostreten wollte, würde ich mir zehn Jungs vom Schlage eines Saber Bledsoe suchen und im Zentrum von Boston von der Kette lassen.«

»Saber ist kein schlechter Junge, Mr. Broussard. Ein bisschen viel Fantasie vielleicht, aber genau deshalb würde ich ihn gern jetzt schon unter meine Fittiche nehmen und die schlechten Angewohnheiten im Keim ersticken.«

»Was sagst du dazu, Aaron?«, fragte mich mein Vater.

»Ich arbeite diesen Sommer an der Tankstelle«, antwortete ich.

»Da hören Sie es«, sagte mein Vater zu Mr. Krauser.

»Es gibt einhundert Dollar pro Monat plus Kost und Logis«, sagte Krauser.

Er wartete. Meine Mutter stand etwas abseits und starrte mit sonderbarem Blick auf den Hinterkopf unseres Gastes.

»Habe ich etwas Falsches gesagt?«, fragte Krauser.

»Nein, keineswegs. Ich wünsche Ihnen noch einen schönen Abend, Sir«, antwortete mein Vater.

»Was macht der McDougal-Junge in Ihrem Wagen?«

»Er hilft mir im Haushalt und beim Rasenmähen«, sagte Krauser.

»Er ist krank«, sagte meine Mutter.

»Ma'am?«

»Der Junge ist ambulanter Patient in einer Klinik. Er hatte eine schlimme Kindheit und braucht Hilfe und Fürsorge.«

Krauser nickte. »Das stimmt. Und deshalb tue ich für ihn, was ich kann.«

Sie trat näher an ihn heran. »Ich kenne Ihre Sorte.«

»Wie bitte?«

»Ich kenne Männer Ihres Schlages. Oft schon habe ich Kerle wie Sie beobachtet. Das Äußere und die Ausdrucksweise mögen sich unterscheiden, aber der Charakter ist stets derselbe.«

»Ich verstehe nicht, was Sie mir sagen wollen, Miz Broussard.«

»Oh doch, das verstehen Sie sehr wohl.«

Krausers Blick wanderte von meinem Vater zu mir. Dann schaute er durch die Fliegengittertür in unseren Garten und zu den Blumenkästen auf der schattigen Veranda, in denen unsere beiden weißen Katzen, Snuggs und Bugs, schliefen.

»Ich hätte nicht herkommen sollen«, sagte er.

»Es war mir eine Freude«, sagte mein Vater. »Eine schöne Zeit im Sommerlager wünschen wir Ihnen. Irgendwann müssen Sie uns mal davon berichten.«

Dann ging Krauser zur Tür hinaus. Sein Gestank hing in der Luft wie eine besudelte Flagge am Fahnenmast.

»Deine Alten haben Krauser rausgeschmissen?«, sagte Saber zu mir, als er mich am Samstagmorgen an der Tankstelle in West University besuchte, wo ich eine Teilzeitstelle hatte.

»Ja, haben sie. Ich glaube allerdings, dass er es noch nicht so richtig kapiert hat.«

Schon ganz früh um sieben Uhr war Saber mit einer Thermoskanne Kaffee aufgekreuzt. Er hatte mir offensichtlich verziehen, dass ich ihn weggeschickt hatte, um mit Valerie allein zu sein. Ich schwor mir in diesem Moment, ihn nie wieder so zu enttäuschen.

»Was hat Krauser vor?«, fragte er.

»Keine Ahnung. Vor irgendetwas hat er aber Angst.«

»Du hast recht«, sagte er und sah einem Mädchen mit langen Beinen nach, das gerade an der Tankstelle vorbeiradelte.

»Er weiß wahrscheinlich, dass ich im Bilde bin.«

»Im Bilde über was?«

»Meine Informanten haben ihn beim Pink Elephant gesichtet. Möglich, dass er ein verkappter Hinterlader ist.«

»Ach, komm schon, Saber.«

»Ich hab nichts gegen die Typen. Tun ja keinem was. Ich hab nur was gegen diese Scheißhausfliege, die uns den Krieg erklärt hat. Was hab ich Krauser denn jemals getan, außer meinen Riemen durch ein Loch in der Decke seines Unterrichtsraums zu hängen? Ist dir eigentlich schon mal aufgefallen, dass der Kerl ständig so aussieht, als hätte er Verstopfung? Ich wette, die Scheiße staut sich bei dem so weit zurück, dass sie ihm aufs Gehirn drückt. Aber jetzt muss ich dich mal was fragen.«

»Was?«

»Valerie Epstein.« Er unterbrach den Augenkontakt, schaute mich dann aber wieder an. »Hast du?«

»Habe ich was?«

»Du weißt schon.«

»Ende der Unterhaltung.«

»Bin ich dein bester Freund oder nicht?«, sagte er. »Wer

sorgt dafür, dass du keinen Ärger bekommst, hä? Na, sag schon, wer?«

»Vielen Dank für deine Mühe.«

»Mal ehrlich, Aaron, warum willst du dir das Leben schwermachen? Wenn es dich überkommt, kannst du doch einfach Fünf gegen Willi spielen.«

»Halt die Klappe, Saber.«

Manchmal verhielt sich Saber eigenartig oder sagte Dinge, über die ich nicht allzu genau nachdenken wollte. Er hatte noch nie eine Freundin gehabt, noch nie ein Mädchen zum Tanz ausgeführt und sich auch noch nie auf eines dieser harmlosen Coke-Dates eingelassen. Er redete zwar ständig über irgendwelche Schauspielerinnen, sonderte sich aber stets ab, wenn wir eine Pyjamaparty besuchten oder mal mit einer gemischten Gruppe in den hinteren Reihen des Autokinos saßen, wo Bier getrunken wurde und die Jungs die Mädchen neckten, bis sie irgendwann Autos anhoben, um das enge Gefühl unterhalb der Gürtellinie loszuwerden.

»Loren Nichols hat uns nicht verraten«, sagte er.

»Scheint Charakter zu haben, der Bursche«, sagte ich.

»Der? Spar dir das Gerede. Die Sache ist noch lange nicht durch.«

Ein Cadillac hielt an den Zapfsäulen, der Fahrer hupte. Ich ignorierte ihn und sagte zu Saber: »Könntest du bitte mal Klartext sprechen?«

»Bei der Sache geht es um Grady Harrelson. Es geht immer um einen Kerl wie Harrelson, nie um irgendeinen Greaser aus Nord-Houston.«

»Du kannst ganz einfach reiche Leute nicht ausstehen, Saber.«

»Warum sollte ich auch?«, sagte er.

Ich dachte darüber nach, fand aber keine Antwort auf seine Frage.

Gegen sechs Uhr, als wir gerade schließen wollten, rollte der Wagen von Detective Jenks an die Tankstelle. Unser Chef hatte bereits Feierabend gemacht, und so waren außer mir nur noch zwei schwarze Kollegen da, die sich hinten mit ein paar Würfeln die Zeit vertrieben. Damals heuerte man weiße Kids für Jobs wie diesen an, weil Schwarzen weder der Umgang mit Geld noch der direkte Kundenkontakt erlaubt war. Ich schaute zu den beiden Schwarzen hinüber und war wie immer von der Haltung beeindruckt, mit der sie trotz der harten Zeiten, die sie durchgemacht hatten, das Leben angingen. Der Jüngere der beiden war mit der Big Red One, der traditionsreichen 1. US-Infanteriedivision, in Korea gewesen und später für seine herausragenden Leistungen im Kampfeinsatz mit dem Bronze Star ausgezeichnet worden. Zudem war er Träger des Purple Heart. Der ältere Mann hatte am Hals eine Narbe, die wie ein geflochtenes Seil aussah. Beigebracht hatte sie ihm ein gehörnter Ehemann in Mississippi. Wie die meisten Farbigen in jener Zeit erkannten meine zwei schwarzen Kollegen einen Cop in Zivil auf den ersten Blick. Sie steckten ihre Würfel weg und drehten Jenks und mir den Rücken zu, um sich unter dem Wasserhahn die Hände zu waschen. Ich war auf mich allein gestellt.

»Los, steig ein«, sagte Jenks.

Ich ließ meinen Schwamm in den Eimer fallen und warf mir das Polierleder über die Schulter. »Wozu?«, fragte ich und versuchte zu lächeln.

»Ich sag's nicht zweimal.«

Ich stieg ein und setzte mich auf den Beifahrersitz. Im Inneren war es warm, es roch nach Staub und altem Stoff. Jenks trug Fedora, Krawatte und Jackett und wirkte viel zu groß für den Wagen, ganz so, als würde er mit seinem Gewicht und seiner Größe jeden Moment den Sitz, den Dachhimmel oder das Lenkrad zermalmen. »Mach die Tür zu.«

»Ja, Sir.«

»Du hast dem Nichols-Burschen die Scheiße aus dem Leib geprügelt?«

»Ich habe mich nur verteidigt.«

»Mit einer Zaunlatte?«

»Ich hatte Glück. Ist er denn in Ordnung?«

»Ja, aber dir hat er das ganz bestimmt nicht zu verdanken. Du solltest im Ring stehen, Junge. Weißt du, wer Lefty Felix Baker ist?«

»Der beste Boxer in Houston. Fünf Jahre hintereinander Golden-Gloves-Mittelgewichtschampion von Texas.«

»Ich habe ihn gecoacht. Lefty ist ein guter Junge. Er hätte leicht auf die schiefe Bahn geraten können wie einige der Burschen, mit denen er aufwuchs. Aber er hat die Kurve gekriegt.«

»Stecke ich in Schwierigkeiten, Detective Jenks?«

»In meinem Job als Detective beackere ich das gesamte Stadtgebiet. Weißt du, mit welchen Kids ich die meisten Schererein habe? Mit euch Pissnelken aus Südwest-Houston. Ihr glaubt, ihr seid besser als all die anderen Leute da draußen. Hätte ich die Wahl, würde ich lieber nur mit Schwarzen und Mexikanern zu tun haben. Die klauen vielleicht, aber einigen von denen bleibt auch nichts anderes übrig. Ihr hingegen randaliert und zerstört fremdes Eigentum, als wäre es euer gottgegebenes Recht. Manchmal würde ich euch Typen echt am liebsten in einen Holzhäcksler stecken.«

»Was wollen Sie von mir, verdammt?«

»Zuallererst mal, dass du dich gewählter ausdrückst, kapiert?«

Zu allem Überfluss rollte just in diesem Moment Sabers 1937er Chevy aus einer Seitenstraße. Mit röhrendem Auspuff holperte er über den abgesenkten Bordstein auf den Parkplatz der Tankstelle. Saber hatte eine Flasche Jax in der Hand und die im Autokino gestohlenen und ans Radio seines Wagens angeschlossenen Lautsprecher voll aufgedreht. Als er mich und Detective Jenks erblickte, wurde er weiß wie eine Wand.

»Mach den Motor aus, schmeiß das Bier weg und steig hinten bei mir ein«, sagte Jenks zu Saber.

Saber stieg aus seinem Wagen und stellte das Bier neben dem Vorderreifen ab.

»Wegschmeißen, hab ich gesagt!«

»Ja, Sir«, sagte Saber. Er schleuderte die Flasche auf den Rasenstreifen neben dem Boulevard, öffnete die Hintertür des Wagens von Detective Jenks und kroch auf den Rücksitz, als würde er einen Tigerkäfig betreten.

Jenks drehte sich um. »Willst du mir unbedingt das Leben schwermachen, Bledsoe?«

»Nein, will ich nicht, Sir«, sagte Saber.

»Wenn wir hier fertig sind, sammelst du die Flasche auf und wirfst sie in den Mülleimer, klar?«

»Ja, Sir.«

»Ihr Jungs wollt doch sicher noch ein paar Dragster-Rennen in eurem Leben fahren, oder? Ihr wollt noch ein paar Mädchen im Drive-in befummeln, euer Geld mit Bier und Hurerei durchbringen und irgendwann mal diese Hosenscheißerfabrik abschließen, die ihr Highschool nennt, nicht wahr?«

»Jawohl, Sir, das ist der Plan«, sagte Saber.
Halt die Klappe, Saber. Bitte.
Jenks stieg aus dem Wagen, ging zum Kofferraum und kam mit einem Leinenbeutel voller Akten wieder. Er ließ die Tür offen, als er sich hinters Steuer setzte, und begann einen Stapel maschinengeschriebener Berichte und Schwarz-Weiß-Fotografien durchzublättern. »Hier ist ein Fahndungsfoto, das du schon einmal gesehen hast. Ich will, dass du es dir noch einmal anschaust. Und ich rate dir, dieses eine Mal in deinem Leben nicht zu lügen. Also: Hast du dieses Mädchen schon einmal gesehen?«

»Das ist diese Wanda, die Cousine von Loren Nichols, der man das Genick gebrochen hat«, sagte ich.

»Wo hast du sie gesehen?«

»Auf dem Fahndungsfoto, das Sie mir bei unserem ersten Treffen gezeigt haben«, sagte ich.

»Nur auf dem Foto und sonst nirgends? Es kann nicht sein, dass dir in der Zwischenzeit noch was eingefallen ist?«

»Nein, Sir.«

»Ich glaube nämlich, dass sie mehr als einmal einen Rudelbums mit Anstellen und Abklatschen für eine Gruppe Highschool-Boys durchgezogen hat. Ihr wisst doch, was ich damit meine, oder?«

»Nein«, sagte ich.

»Wie steht's mit dir?«, sagte er zu Saber.

»Mir geht's wie Aaron.«

Jenks kratzte sich an der Nasenspitze. »Schon eigenartig, oder? Man findet das arme Ding mit gebrochenem Genick auf der Straße, und nur zwei Blocks weiter fackelt ihr beiden Lorens Kiste ab.«

»Das haben wir nicht getan, Sir«, sagte ich.

»Na ja, zumindest wirkt keiner von euch beiden intelligent genug für so etwas«, sagte er. »Hier sind noch ein paar Fotos für euch.«

Er zog ungefähr fünfzehn Bilder hervor, alle verschieden groß und an unterschiedlichen Orten aufgenommen. Sie wirkten wie Fotos, die jemand zusammengesammelt, in eine Kiste geworfen und in einem Schrank verstaut hatte. Zu sehen waren elegant gekleidete Männer und Frauen in glitzernden Abendkleidern beim Essen in exklusiven Clubs; ein Mann mit Mittelscheitel und Sommer-Tuxedo beim Händeschütteln mit Tommy Dorsey; ein mit Blumenkränzen behängtes Rennpferd im Siegerkreis, dessen Besitzer eine Brille mit runden, dunklen Gläsern trug; ein im Bau befindliches Casino mitten in der Wüste; ein Fahndungsfoto von einem Mann mit einem breitkrempigen Fedora; eine nackte Frau mit wundervollen Brüsten, die sich auf einem Eisbärenfell vor einem Kamin aalte und dabei ein Auge wie bei einem verführerischen Zwinkern zukniff.

Jenks zeigte jedem von uns die Fotos, eins nach dem andern. Wir sagten nichts.

»Na, Gedächtnislücke?«, fragte er.

»Ich kenne den Mann auf dem Fahndungsfoto«, antwortete ich.

Jenks schaute auf den Boulevard hinaus, ob amüsiert oder gelangweilt, konnte ich nicht beurteilen. »Ach ja? Dann verrätst du mir vielleicht auch seinen Namen?«

»Bugsy Siegel.«

»In welchem Magazin hast du sein Foto gesehen?«

»Mein Onkel hat ihn mir mal im Shamrock Hotel vorgestellt. Mein Vater hat ihm das nie verziehen.«

»Wie heißt dein Onkel?«

»Cody Holland. Mr. Siegel war mit Frankie Carbo im Shamrock.«

Jenks verdrehte die Augen. »Cody Holland, der Boxpromoter?«

»Ölunternehmer ist er auch.«

»Weißt du denn, wer Frankie Carbo ist?«

»Ein Geschäftspartner von meinem Onkel.«

»Geschäftspartner? Wer hat dir nur diese Ausdrücke beigebracht, Boy? Frankie Carbo war ein Mitglied von Murder Incorporated.«

»Deswegen war mein Vater so wütend.«

»Hast du noch jemanden auf diesen Fotos erkannt?«

Aus dem Augenwinkel konnte ich Saber sehen, über dessen Oberlippe sich Schweißperlen gesammelt hatten. »Nicht wirklich«, sagte ich.

»Was zur Hölle soll das bedeuten?«

»Könnte sein, dass ich die Lady vor dem Kaminfeuer schon mal gesehen habe.«

»Lass mich raten, sie wohnt in einem der Häuser auf deiner Zeitungsroute und bezahlt dich in Naturalien?«

»Ich glaube nicht, dass sie zu dieser Art Frauen gehört«, sagte ich.

»Junge, hat dich der Arzt mit 'ner Kneifzange aus dem Bauch deiner Mutter gezogen, oder was? Wo hast du diese Frau gesehen?«

»Ich weiß es nicht mehr. Ich erinnere mich nur daran, eine nette Frau gesehen zu haben, die wie die auf dem Bild aussah. Das ist alles.«

»Diese Frau war also nett, ja? Die nackte Frau war nett oder wie?«

»Vielleicht bringe ich gerade etwas durcheinander.«

»Dieses Foto stammt aus dem Koffer eines Toten. Man fand ihn erfroren in einer Schneewehe, circa zweitausend Fuß über Reno, Nevada. Irgendetwas hat ihm so viel Angst eingejagt, dass er versuchte, barfuß und ohne Mantel über das Sierra-Nevada-Gebirge zu fliehen. Und du erzählst mir jetzt, du hättest diese Frau schon mal hier in Houston gesehen?«

»Im Haus von Grady Harrelson in River Oaks«, sagte Saber.

Ich hätte Saber am liebsten ins Gesicht gebrüllt, einen Korken in seinen Mund gestopft und seinen Kopf mit Trommelstöcken bearbeitet.

»Du meinst das Haus von Clint Harrelson?«, sagte Jenks.

Saber nickte. »Vor zwei Tagen. Da lief gerade eine Poolparty. Grady schiebt Hass auf Aaron, weil er glaubt, Aaron hätte ihm die Freundin ausgespannt. Also sind wir hin, um die Sache zu klären.«

»Und du bist sicher, dass sie es war?«

»Wie viele Frauen sehen bitte schön aus wie die da?«, sagte Saber.

»Aha, du bist also ein Kenner, wenn es um Frauen geht?«, sagte Jenks.

»Hab einiges gesehen«, sagte Saber.

Jenks klemmte das Foto ans Armaturenbrett und betrachtete es eingehend. »Das ist Cisco Napolitano, Boys. Sie hat's mit so ziemlich jeder großen Nummer in der Mafia getrieben. Wie eng seid ihr mit dem Harrelson-Bengel befreundet?«

»Überhaupt nicht«, antwortete ich.

»Dann war es also Zufall, dass ihr bei der Poolparty in seinem Haus in River Oaks aufgetaucht seid, oder wie?«

»Ich glaube, Grady hat Loren Nichols auf mich angesetzt«, sagte ich.

»Warum sollte sich Harrelson mit einem Penner von der Northside wie Nichols einlassen?«, sagte Jenks.

»Das kapieren wir ja auch nicht«, sagte Saber.

»Warum wolltest du mir nicht erzählen, dass du die nackte Frau schon mal gesehen hast?«, sagte Jenks.

»Sie schien nett zu sein und hat uns Harrelsons Schlägertypen vom Hals gehalten«, sagte ich.

»Harrelson treibt sich mit harten Jungs rum?«, sagte Jenks. »Ich habe gesehen, wie sie einen Kerl auf einer Motorhaube festgehalten und bewusstlos geprügelt haben.«

Jenks knüllte eine leere Pall-Mall-Packung zusammen und warf sie aus dem Fenster. Anschließend holte er eine neue aus dem Handschuhfach, riss den roten Zellophanstreifen von der Packung und starrte ins Nichts. Meine Worte schienen vom Wind verschluckt.

»Sir, haben Sie gehört, was ich gesagt habe?«, fragte ich.

»Ich habe gesehen, wie Grady und seine Freunde sich einen Kerl vorgeknöpft und übel zugerichtet haben.«

»Okay, ich hab's gehört.«

»Was sollen wir tun, Sir?«

Seine Haut hatte die Beschaffenheit von Schinkenrinde.

»Raus mit euch. Und sammelt die Bierflasche auf.«

»Haben wir was Falsches gesagt?«, fragte ich.

»Haltet euch von Cisco Napolitano fern. Die lässt euch am Metzgerhaken aufhängen und in Streifen schneiden. Wie seid ihr kleinen Stinker überhaupt in diese Sache reingeraten?«

»Bei allem Respekt, Sir, aber ich glaube nicht, dass wir das Problem sind«, sagte ich.

Er warf mir einen finsteren Blick zu. Dann fuhr er weg, als wären wir gar nicht da. Saber schrieb etwas in das Notizbuch, das er in seiner Hemdtasche bei sich führte. »Cisco

Napolitano hat er gesagt? Wie schreibt sich das, verdammt? Ich fürchte, der Anblick dieser Prachtmelonen wird mich den Rest meines Lebens verfolgen.«

»Sie hat mit Leuten in Vegas und der Mafia zu tun«, sagte ich.

»Na und? Sie scheint jedenfalls jüngere Typen zu mögen. Vielleicht ist sie ja sogar 'ne Nymphomanin. Hast du nicht gemerkt, wie sie meine Kiste angestarrt hat? Ich glaube, die steht auf uns.«

Kapitel 7

Sechs Tage später begannen die Sommerferien, und ich hatte nur noch eine Sache im Kopf. Valerie Epstein. Ich besaß ein Scheckkonto mit dreihundertfünfundachtzig Dollar, dazu dreizehn Silberdollarmünzen, gut verstaut in einer Munitionskiste aus Armeebeständen. Als angehender Zwölftklässler und frischgebackener Senior erlaubte mir mein Vater, unserem Nachbarn dessen Wagen abzukaufen, einen 1939er Ford. Der Mann hatte gerade seinen Einberufungsbefehl erhalten, und sehr wahrscheinlich hieß sein Einsatzziel Korea. Ich hatte nun also mein eigenes Auto und konnte jederzeit in die Heights hochfahren. Das Beste daran: Dieser Ford war nicht einfach nur irgendein fahrbarer Untersatz. Er hatte eine Doppelauspuffanlage, ein Zephyr-Getriebe und einen Merc-Motor mit gefrästen Zylinderköpfen, dazu eine scharfe Nockenwelle sowie ein lang übersetztes Hinterachsdifferential und brachte es in fünf Sekunden von null auf hundert.

Ich konnte mein Glück kaum fassen. Wenn ich nach der Arbeit nach Hause kam, nahm ich ein Bad, zog mir frische Sachen an und fuhr hoch in die Heights, um Valerie Epstein abzuholen, die sehr wahrscheinlich schönste und intelligenteste Teenagerin in ganz Houston. Ihr Name besaß Melodie und Rhythmus und klang wie ein Sonett oder ein Gebet. Ich dachte die ganze Zeit an sie. Ich ging mit Valerie im Kopf ins

Bett, und wenn ich aufwachte, flackerten immer noch Bilder von ihr hinter meinen Augenlidern.

Eigentlich war Hurrikansaison, aber es gab keine Hurrikans. Stattdessen war der Himmel bei Sonnenaufgang von lila-, purpur- und orangefarbenen Wolken bedeckt, und vom Golf wehten nach Blumen duftende Brisen zu uns herüber. Oft fuhren wir zum nahe der Rice University gelegenen Bill Williams' Drive-in und aßen Grillhähnchen von Papptellern oder gingen in eine zeltüberdachte Rollschuhbahn an der South Main Street, wo riesige Ventilatoren für angenehme Temperaturen sorgten und die Planen über unseren Köpfen wabern ließen, während wir zu Orgelmusik auf dem Oval unsere Runden drehten. Einmal gingen wir auch im Swimmingpool des Shamrock Hotels schwimmen und konnten auf der anderen Straßenseite die zahllosen Bohrtürme auf den Kuhweiden sehen, die tagein, tagaus Unsummen in die Taschen von Schulabbrechern pumpten. Irgendwie hatte ich das Gefühl, durch meine Liebe zu Valerie die ganze Welt umarmen zu können.

Hin und wieder gingen wir in einen der vielen Nachtclubs am Galveston Beach tanzen, die Alkohol an Minderjährige ausschenkten, und fuhren mit der Achterbahn, ohne uns Gedanken um das Schild mit der Aufschrift »Baufällig« am Kartenschalter zu machen. Ich war überglücklich in Valeries Anwesenheit, und meine Angst vor Halbstarken und Greasern schien mit einem Mal verschwunden. Es fühlte sich ganz so an, als besäßen wir einen Pass, mit dem es keine Grenzen für uns gab. Und fuhr dann eine dieser Klapperkisten vorüber, vollbesetzt mit biertrinkenden Raubeinen, dann war es nicht mehr als genau das: ein Auto voller Kids aus benachteiligten Elternhäusern, die wenigstens einen Abend lang das Gefühl haben wollten, glücklich zu sein.

Zehn Tage nach meinem Gespräch mit Jenks, ich stand gerade in der Abschmiergrube unter dem Wagen eines Kunden und ließ das Öl im Kurbelgehäuse ablaufen, hörte ich eine Stimme, die ich eigentlich nie wieder hatte hören wollen. Meine Ohren knackten, und ich öffnete ein paarmal den Mund in der Hoffnung, dass der durch die Garage pfeifende Wind die Stimme des Besuchers verzerrt hatte und es in Wirklichkeit eine andere Person war.

Mein Kollege Walter, der schwarze Korea-Veteran, beugte sich nach vorne, sodass er unter den Wagen schauen konnte. »Hier ist jemand, der mit dir sprechen will, Aaron.«

»Wie hat der Kerl dich gerade genannt?«

»Das fragst du ihn besser selbst.«

Ich kletterte aus der Abschmiergrube und wischte meine Hände an einem Lappen ab. Im Gegenlicht der Sonne sah ich einen groß gewachsenen Burschen vor mir. Er trug Drapes, Veloursiederschuhe, ein Hemd mit aufgestelltem Kragen und hatte die Haare mit reichlich Gel zu einem Ducktail gekämmt. Er trat aus dem Sonnenlicht heraus in den Schatten und rollte dabei einen Zahnstocher zwischen den Lippen hin und her. Die Schwellung und die Blutergüsse in seinem Gesicht waren fast verschwunden, aber eine seiner Augenbrauen sah immer noch aus wie ein defekter Reißverschluss.

»Was willst du?«, sagte ich.

»Kanntest du meine Cousine Wanda?«

»Das Mädchen mit dem gebrochenen Genick? Warum sollte ich sie gekannt haben?«

»Findest du das etwa witzig?«

»Ich habe eine viel bessere Frage für dich. Hast du eben ernsthaft ›Los, hol ihn her, Boy!‹ zu meinem Kollegen Walter gesagt?«

»Zu dem Nigger?«
Ich warf den Lappen beiseite. »Der Mann ist Purple-Heart-Träger und hat den Bronze Star verliehen bekommen. Ich kann dir deine Visage gern noch einmal zu Brei schlagen.«
»Jetzt mach mal halblang und hör mir zu.«
»Ich hab genug von dem Mist, Loren.«
»Hab ich dir vielleicht erlaubt, mich mit meinem Vornamen anzusprechen?«
»Entschuldigung, Mr. Nichols. Ich wusste nicht, dass Sie eine so bedeutende Person sind.«
»Du sitzt auf einem ganz schön hohen Ross, Mann.«
Ein Stück den Boulevard hoch stand im Schatten einer Virginia-Eiche ein Pick-up, dessen Aufbau nur mit einer dreckig-vanillefarbenen Grundierung beschichtet war. Der Fahrer trug Jeanshemd und Baseballcap und sah aus wie ein Farmarbeiter. Er gehörte zu der Gruppe von Lorens Freunden, die mir vor Valeries Haus zugesetzt hatten. Als ich ihn jetzt sah, fielen mir die Ähnlichkeiten auf.
»Ist das dein Bruder da draußen?«
»Ich bin wegen meiner Cousine hier. Den Cops ist ein totes mexikanisches Mädchen vollkommen egal. Meinem Bruder und mir aber nicht. Und ich denke, du weißt etwas.«
»Du fragst mich, ob ich etwas über deine Cousine weiß? Ich bin nur an einem Sonntagmorgen eine Straße in den Heights entlanggelaufen, und dann seid ihr Typen aufgetaucht und habt beschlossen, mein Leben auf den Kopf zu stellen. Ich weiß nichts über dich oder deine Familie, und ehrlich gesagt würde ich es auch gern dabei belassen.«
»Du hast mein Auto angezündet. Oder doch nicht?«
»Ich habe es nicht angezündet. Saber auch nicht.«
Er zog den Zahnstocher aus dem Mund und steckte ihn in

die Brusttasche seines Hemds. »Deine Familie hat doch Beziehungen, oder?«
»*Beziehungen?*«
»Ich höre, dein Onkel kennt da ein paar Leute. Du weißt schon ...«
»Er macht in Öl und ist Boxmanager. Das heißt nicht, dass er kriminell ist.«
»Ja, aber er kennt gewisse Leute, nicht wahr? Und vielleicht kennst du ja auch ein paar dieser Leute.«
Ich konnte seine Naivität kaum fassen. In Lorens Vorstellung gehörte ich einer Welt an, in der Menschen aus wohlhabenden Nachbarschaften ohne große Anstrengungen seine Probleme lösen konnten. Ich kam jedoch nicht aus dieser Welt.
»Pass auf, Loren, ich hab das Gefühl, dass ich dir sagen kann, was ich will, es wird dich nicht weiterbringen«, erklärte ich ihm. »Es tut mir leid, dass ich dir wehgetan habe. Du hättest mich anzeigen können, hast es aber nicht getan. Ziemlich korrekter Zug von dir, finde ich.«
»Bild dir bloß nichts drauf ein.«
»Grady Harrelson hat dir gesagt, dass du mir auf die Pelle rücken sollst, stimmt's?«
Er kämmte seinen Ducktail zurück. »Falsch geraten, Pissnelke. Der Kerl hat mir überhaupt nichts gesagt.«
»Warum bist du dann mit deinen harten Jungs vor Valeries Haus aufgetaucht und hast versucht, dich mit mir anzulegen?«
»Aus Prinzip.«
»Schau mir ins Gesicht und sag das noch mal«, sagte ich.
»Wir sehen uns, Kleiner.«
Er drehte sich um und ging in Richtung des Pick-ups.

»Hey, Nichols!« Ich konnte das Gespräch nicht so enden lassen. »Ganz gleich, wie die Sache ausgeht, eins muss man dir lassen: Du hast Schneid. Ich meine, du hast dich in Gatesville durchgebissen, und das wissen die Leute. Das ›Kleiner‹ kannst du dir trotzdem sparen.«

Er blieb stehen und blickte zu mir zurück. »Man braucht keinen Grips, um Zeit abzusitzen. Man braucht Grips, um keine Zeit abzusitzen.«

»Lass uns die Sache bereden, Mann. Vielleicht sind wir ja auf derselben Seite. Hat Harrelson was gegen dich in der Hand?«

»Eine Flachzange wie der?«

»Woher weißt du dann überhaupt, wer er ist?«

»Der ist genauso wie ihr anderen Typen auch. Er mischt sich gern unters gemeine Volk und genießt es, im Elend zu stochern. Der kommt nur zu uns hoch, um sich zu vergnügen und im Reservat zu wildern.«

»Für mich ist eure Nachbarschaft kein Elendsviertel. Und ich bin nicht wie Grady Harrelson.«

Er sah zu meinem 1939er Ford. Die Motorhaube war offen und gewährte einen guten Blick auf den Doppelvergaser des Mercury-Achtzylinders. »Deine Kiste?«

»Ja, meine Kiste.«

»Nicht schlecht«, sagte er. »Tu dir selbst einen Gefallen, Holland. Fahr mit deiner Karre spazieren, geh mit deinem Mädchen aus, aber halt dich von der Küche fern. Du verträgst die Hitze nicht.«

»Bei dir hab ich doch ganz gute Arbeit geleistet, oder?«

Er steckte sich den Kamm zwischen die Zähne und schob mit den Händen die Haare nach hinten. »Glückssache. Nächstes Mal hast du besser eine Klinge dabei.«

Nach der Arbeit fuhr ich nach Hause, wusch mich und zog mir frische Sachen an. Anschließend fuhr ich zu Valerie und erzählte ihr von Loren Nichols und seinem Besuch in der Tankstelle. »Aus dem Kerl werde ich einfach nicht schlau. Er hat Mumm, sicher, aber warum verhält er sich ständig wie ein Ekelpaket?«

Wir saßen auf der Verandaschaukel. Sie trug eine weiße Bluse, dazu mit Blumenmotiven bedruckte Shorts, wie man sie bei kleinen Mädchen sieht. Ihr Vater war im Haus. »Er ist wie viele Jungs hier aus der Gegend. Sie haben keine Angst vor der Welt, in der sie leben. Sie haben Angst vor der Welt, die sie erwartet.«

»Woher hast du nur all diese schlauen Sprüche?«

Sie stieß mir mit dem Fuß gegen den Knöchel.

»Lust auf ein Eis?«, sagte ich.

»Gute Idee.«

Ich schaute über meine Schulter. »Meinst du, dein Vater würde gern mitkommen?«

»Er ist mit einer Freundin zum Kino verabredet.« Sie schob sich ein Stück Juicy Fruit zwischen die Zähne, schaute mich an und begann den Kaugummi mit offenem Mund zu kauen. Der Rasensprenger schwenkte herum und tränkte das Blumenbeet.

»Wir können auch ein anderes Mal Eis essen gehen. Ich meine, wenn dein Vater hier ist und mit uns kommen kann«, sagte ich.

»Ja. Er wollte sich ohnehin mal mit dir unterhalten.«

»Wie bitte?« Ich hatte das Gefühl, gerade rückwärts in einen Fahrstuhlschacht gefallen zu sein. »Worüber denn?«

»Jetzt rate mal.«

»Verdammt, Valerie, spann mich nicht so auf die Folter.«

»Komm mit«, sagte sie.
Sie nahm meine Hand und führte mich ins Haus. Ihr Vater telefonierte gerade in der Küche und warf mir durch die Tür einen Blick zu. Im Flur hing ein Schaukasten mit einem Foto, auf dem er, ein Knie auf dem Boden aufgestützt, neben anderen Männern an einem Lagerfeuer posierte. Sie hatten zerzauste Haare und Koteletten, trugen verschmutzte Kleidung und hatten sich Tücher um die Köpfe gewickelt. Alle waren mit einer Grease Gun ausgerüstet, der Maschinenpistole der US-Fallschirmspringer mit herunterklappbarem Schulterbügel. Nur drei der Männer auf dem Foto waren rasiert. Einer war Mr. Epstein, der zweite Marschall Tito, und der dritte ähnelte dem Hauptdarsteller aus dem Film *Asphalt-Dschungel*.

Mr. Epstein legte den Hörer auf und winkte mich in die Küche. Er hatte einen olivfarbenen Teint, sein Haar war flachsfarben und kräuselte sich an den Spitzen, die Ärmel seines kurzen Hemds spannten an den Bizepsmuskeln. »Setz dich.«

»Stimmt irgendetwas nicht?«, fragte ich.

»Werden wir gleich sehen. Also, was hast du zu sagen?«

»Worüber?«

»Über dich und Valerie.«

»Darüber, dass wir ein Paar sind?«, fragte ich nach und hatte das Gefühl, meine Stimmbänder würden mich gleich im Stich lassen.

»Nenn es, wie du willst. Du wirkst wie ein netter Junge. Zumindest denkt meine Tochter so, und das ist alles, was zählt. In meinem Haus gilt folgende Regel: Ich zwänge Valerie nicht meinen Willen auf. Sie ist wie ihre Mutter; sie hat keine Angst, und sie lässt sich nicht von anderen kontrollieren. Trotzdem ist sie immer noch mein kleines Mädchen, und

das bedeutet, dass kein Junge oder Mann sie beleidigen, missbrauchen oder respektlos behandeln wird. Sollte das dennoch geschehen, trete ich auf den Plan. Kannst du mir folgen?«
»Ja, Sir.«
»Noch irgendwelche Fragen?«
»Nein, Sir.«
»Gut. Das war's.« Er nahm seine Teetasse und trank einen Schluck.
»Das war's?«
»Richtig. Das war's.«
Viel klarer hätte er sich nicht ausdrücken können.
»Ist das Sterling Hayden da auf dem Foto im Flur?«, fragte ich.
Er nickte und wartete auf einen Kommentar oder eine Frage zu dem Bild. Ich ahnte jedoch, dass ich besser schwieg.
»Was weißt du über ihn?«, fragte er.
»Er hat dem Ausschuss für unamerikanische Umtriebe Namen geliefert.«
»Und was hältst du davon?«, fragte er.
»Ich habe keine Meinung dazu.«
»Wie steht's mit deinen Eltern? Was denken die darüber?«
»Mein Vater sagt, dass diejenigen, die Namen geliefert haben, besser daran getan hätten, die Klappe zu halten und die bittere Pille zu schlucken. Mein Vater hasst den Krieg, wissen Sie. Er war 1918 drüben, in den Gräben. Er meint, Russland versucht uns in Stellvertreterkriege zu verwickeln und mithilfe seiner Verbündeten ausbluten zu lassen.«
Mr. Epstein nickte, auf seinen Augen lag jedoch bereits dieser Schleier, den man oft bei Erwachsenen bemerken kann, wenn sie einem nicht mehr zuhören. »Clint Harrelson. Schon mal getroffen?«

»Der Vater von Grady Harrelson? Nun, ich weiß, wer er ist.«

»Der Mann hat eine rechtsradikale Organisation gegründet, die nur allzu gern mitansehen würde, wie man Leute wie mich zu Flüssigseife verarbeitet. Ich bin einige Male mit ihm aneinandergeraten, und seine Organisation hat mich in ihrer Zeitung als Kommunisten bezeichnet.«

»Aber Sie sind doch kein Kommunist, oder, Mr. Epstein?«

»Im Moment nicht.«

»Wie meinen Sie das, Sir?«

»Ich glaube, Harrelson junior war hinter Valerie her, um seinem Vater etwas zu beweisen. Ich habe Mr. Harrelson vor dem Rice Hotel gesagt, dass ich ihn erschießen werde, wenn er oder sein Sohn Leid über meine Familie bringen.«

Er nahm noch einen Schluck aus der Teetasse. Sie sah klein aus in seiner Hand.

»Sie haben Clint Harrelson gesagt, dass Sie ihn erschießen würden?«

»Ja, aber das war ein Fehler. Ich werd's nicht noch einmal machen.«

»Ich fürchte, ich kann Ihnen nicht folgen, Sir.«

»Drohungen bringen nichts. Wenn dich jemand angreift, setzt du ihn außer Gefecht, ansonsten hältst du die Klappe. Ein Mensch mit bösen Absichten hat keine Angst vor Drohungen. Er hat Angst, wenn du schweigst.«

Er zwinkerte mir zu.

Als ich an diesem Abend nach Hause kam, saß ich eine ganze Weile in meinem dunklen Zimmer. Oben brummte der Dachventilator vor sich hin und sog die Luft durch die mit Fliegengittern versehenen Fenster ins Haus. Ich stimmte die

Saiten meiner Gibson und spielte einen Song nach dem anderen, ohne über die Akkorde nachzudenken. Ich konnte nicht glauben, was geschehen war. In seinem eigenen Haus, in Hörweite seiner Tochter, hatte Mr. Epstein über die mögliche Ermordung eines anderen Mannes gesprochen; genauer gesagt, den Vater eines Burschen, mit dem ich zur Schule gegangen war. Wer genau das Ziel seines Hasses war, spielte für mich keine Rolle. Tatsache war, Mr. Epstein hatte einen Mord in Erwägung gezogen. Dass ich mit seiner Tochter schlief, machte die Sache nicht gerade leichter für mich.

Man muss sich dazu vielleicht klarmachen, dass solche Worte in jener Zeit noch eine andere Wirkung hatten. Ich war Katholik, und die Vorstellung, einem Menschen vorsätzlich das Leben zu nehmen, war ungeheuerlich. Mein zweites Problem war Valerie. Auch wenn ich selbst es nicht so empfand, verstießen wir in den Augen vieler Menschen gegen ein Gottesgebot. Ich liebte Valerie, mit ihr hatte sich mein gesamtes Leben verändert. Für mich gab es nichts Unmoralisches an unserer Liebe – sie strahlte und war so rein, unschuldig und natürlich wie die Flamme einer Gebetskerze. Ich konnte nicht glauben, dass Gott anderer Meinung sein sollte. Wenn ich mich jedoch in meinen Gedanken vergrub, spürte ich einen Druck an der Seite meines Schädels, als würde ich einen zu engen Hut tragen.

Noch nie hatte ich so dringend mit meinem Vater reden wollen wie an diesem Abend. Er saß im Wohnzimmer und las, aber ich ging nicht zu ihm. Stattdessen legte ich mich hin und ließ Snuggs und Bugs, meine getigerte Katze Skippy und meinen kleinen Vogelhund Major in mein Bett krabbeln. Sie streckten ihre feuchten Nasen in die kühle Luft, die durch das Fliegengitter hereinzog.

Ich versuchte mir ein Gespräch mit meinem Vater vorzustellen; ein Gespräch über die Morddrohungen von Mr. Epstein und die Tatsache, dass ich mit dessen Tochter schlief. Wie er wohl reagiert hätte? Schwer zu sagen. Manchmal kriegte er schon Wutanfälle, wenn ich ein nicht stubenreines Wort verwendete.

Ich hätte versuchen können, mit meiner Mutter zu sprechen, aber allein der Gedanke daran verstärkte meine Angst und meine Beklemmungen. Es war nicht ihre Schuld. Ihr Vater hatte sie früh alleingelassen und der Güte fremder Menschen und verbitterter Verwandter anvertraut. Jetzt schien es, als würden sie die bösen Geister aus Kindertagen nicht mehr loslassen. Sie glich einem Glas, das bedrohlich wackelnd an der Kante der Spüle stand und jeden Moment ins Abwaschbecken fallen und zerbersten konnte. Wenn sie mich fragte, wo ich gewesen war und was ich unternommen hatte, und ich sie belog, hatte ich nicht das Gefühl, etwas Falsches zu tun.

Und so entschied ich, dass der Schweigepakt noch mindestens einen weiteren Tag Bestand haben sollte, legte meine Gitarre beiseite und versuchte die Worte von Mr. Epstein aus meinen Gedanken zu vertreiben. Ich schaltete das Radio ein, regelte die Lautstärke herunter und legte mich zwischen meinen vierbeinigen Freunden zur Ruhe. Eingetaucht in die Brise und die Gerüche der Nacht, lauschte ich der Stimme von Jo Stafford, die schon Millionen von G.I.s in den Schlaf gesungen hatte.

Nachdem meine Eltern am nächsten Morgen zur Arbeit gegangen waren, tauchte Saber bei uns zu Hause auf. Saber hatte zwei Jobs. Zum einen arbeitete er in einer Bowlingbahn, wo er die Pins einsammelte und wieder aufstellte – ein Job, den nur Farbige und die härtesten der weißen Kids machten. Zum anderen trug er den *Houston Chronicle* aus. Für andere Austräger war eine Zeitungsroute eine Zeitungsroute. Für Saber jedoch war sie Krieg, und er selbst kam sich dabei vor wie Karl der Große, der sich bei der verlustreichen Schlacht von Roncesvalles durch die engen Windungen des Pyrenäenpasses kämpfen musste. Nachdem er die einhundertfünfzehn Zeitungen zusammengerollt und mit Bindfaden verschnürt hatte, stapelte er sie wie Artilleriegeschosse auf dem Beifahrersitz und der Rückbank seines Wagens und stürzte sich in den Kampf. Wie Handgranaten schleuderte er sie über das Dach seines Chevy hinweg und durch Sprinkleranlagen hindurch auf die Veranden der Abonnenten, obwohl er sie auch einfach an einem trockenen Fleckchen auf dem Gehweg hätte ablegen können. Wenn er zum Kassieren an die Haustür seiner Kunden stürmte, zog er den in den Vorgärten angeleinten Bulldoggen für gewöhnlich eine Zeitungsrolle über den Schädel und kickte die Blumentöpfe derjenigen vom Verandageländer, die mit den Zahlungen im Rückstand waren. Vor den größeren Gebäuden parkte er den Wagen am Bordstein, warf sich den mit Zeitungen bestückten Leinensack über die Schulter und sprintete durch den Apartmentkomplex. Er polterte die Treppen hoch und runter, schmiss die Zeitungen auf die Türmatten und stürmte durch den Hinterausgang des Gebäudes wieder hinaus in die Sonne, ganz so wie ein Tiefseetaucher, der durch die Wasseroberfläche an die Luft schießt.

Jetzt saß er auf der Treppe hinter dem Haus, trank eine Tasse Kaffee und schaute mir dabei zu, wie ich die Futternäpfe meiner behaarten Freunde füllte. »Mit dir und Valerie alles in Ordnung?«, fragte er mich.

»Warum sollte etwas nicht in Ordnung sein?«

»Immer wenn dir irgendetwas Sorgen bereitet, kümmerst du dich ganz besonders liebevoll um Major und deine Katzen.«

»Erzähl keinen Quatsch. Die Tiere können sich ihre Näpfe nicht selber füllen.«

»Krauser verfolgt mich«, sagte er.

»Ach, hör doch auf«, erwiderte ich.

»Ich hab ihn gestern Abend in meinem Rückspiegel gesehen ... und heute Morgen auch.«

»Das ist Zufall. Er wohnt nur ein paar Blocks von eurem Haus entfernt.«

»Ein paar Blocks? Eher eine halbe Meile. Ich hab sein Auto beim Pink Elephant gesehen.«

»Saber, ich will das gar nicht hören. Was hast du da überhaupt verloren?«

»Ich hab das Arschloch observiert, Mann. Jimmy McDougal saß in seinem Wagen. Irgendwann kam der Wichser wieder aus dem Club und ist weggefahren. Erinnerst du dich an Jimmy? Läuft seit seiner Geburt nur auf zwei Töpfen, der arme Kerl. Warum fährt Krauser mit dem Jungen zu einem Drecksloch wie dem Pink Elephant?«

»Das geht uns nichts an.«

»Tut es sehr wohl, wenn er uns verfolgt«, sagte Saber.

»Bist du dir damit sicher?«

»Ich hätt's auch lieber anders. Ist nicht so, als würde mir die Vorstellung Spaß machen, dass ein ausgewachsener Kerl den Riemen dieses armen Jungen blank lutscht, verstehst du?«

»Du weißt wirklich, wie du es ausdrücken musst, Saber.«

Er schaute zu meinen Haustieren, die aus ihren Näpfen fraßen. »Ich denk darüber nach, zu den Marines zu gehen.«

»Du bist erst siebzehn.«
»Ich könnte die Unterschrift meines Alten fälschen. Und bevor er's mitkriegt, bin ich in Parris Island.«
»Hör auf, so verrückte Sachen zu erzählen.«
»Jeden Tag werden wir tiefer in diesen Schlamassel hineingezogen. Die Sache treibt einen Keil zwischen uns.«
»Was?«
»Du hast mich schon verstanden«, sagte er.
»Erzähl doch nicht so was. Wir waren schon immer Kumpels, und das wird auch so bleiben.«
»Neulich hast du mir gesagt, dass ich mich verpissen soll, weil du mit einem Mädchen in die Kiste springen wolltest. Ich mach dir keinen Vorwurf draus, aber besonders toll fühlt sich das auch nicht an.«
»Da hab ich nicht nachgedacht.«
»Doch, das hast du. Du hast so lange nachgedacht und so lange nichts gesagt, bis ich verschwunden war«, sagte er.
»Es tut mir leid, Valerie auch.«
»*Ihr* tut es leid? Weswegen sollte es ihr denn bitte schön leidtun?«
»Sie hat auch Gefühle und macht sich Gedanken. Du kennst sie nicht.«
»Sie war die Freundin von Grady Harrelson, Mann. Du willst mir doch nicht sagen, sie hätte nicht gewusst, was für ein Flachwichser der Kerl ist, oder? Warum die Trennung? Ist ihr etwa aus dem Nichts eingefallen, dass Harrelson ein Scheißkerl ist? ›Und übrigens, Grady, in meinem Oberstübchen ist gerade eine Glühbirne angesprungen. Drunter steht: Du bist ein Arschloch. Hier ist dein Absolventenring. Schönes Leben noch.‹«
»Ich habe sie nicht danach gefragt.«

»Ich wette, da gibt es eine Menge Sachen, die du sie nicht gefragt hast.«
»Wie bitte?«
»Hat sie's mit Harrelson getrieben, bevor sie mit dir in der Kiste war? Gab es vor Grady schon andere Kerle?«
»So kannst du nicht über sie reden.«
»Warum lässt du zu, dass diese Leute sich zwischen uns drängen, Aaron?«
Tränen standen in seinen Augen. Ich lief ihm nach, durch die überdachte Einfahrt, aber er war bereits bei seinem Chevy. Mit Vollgas donnerte er die Straße hinunter. Zurück blieben nur die Gummispuren auf dem Asphalt und die ätzend schwarze Wolke aus den Auspuffrohren seines Wagens.

Kapitel 8

Ganz gleich, wo ich hinschaute, ich sah nur Dunkelheit. Ein mexikanisches Mädchen war gestorben, und möglicherweise hatte ihr Tod mit mir zu tun. Der Vater meiner Freundin drohte, einen Mann zu töten, und erzählte mir davon. Saber glaubte, dass Mr. Krauser uns verfolgte und zudem Teil einer Verschwörung war, in der es um Homosexualität und Pädophilie ging. Und was noch schlimmer war: Er hatte in mir Zweifel über die Art der Beziehung zwischen Valerie und Grady Harrelson geschürt. Sie war zu intelligent, um nicht bemerkt zu haben, was für ein Kerl er war. Warum hatte sie gerade ihm ihre Jungfräulichkeit geschenkt? Oder hatte es schon jemanden vor ihm gegeben?

Ich konnte das Bild von Grady und Valerie, das Bild ihrer nackten, ineinander verschlungenen Körper einfach nicht loswerden. Ich rief sie zu Hause an, aber niemand ging ans Telefon. Hatte sie vergessen, dass es mein freier Tag war? Wir hatten uns doch zu einem Ausflug nach Galveston verabredet, um auf den Molen angeln zu gehen. Keine zehn Minuten später hatte ich insgesamt noch dreimal im Haus der Epsteins angerufen.

Denk nach, sagte ich mir. Ich hatte nichts Falsches getan, zumindest nicht vorsätzlich. Meiner Ansicht nach hatte ich das Recht, diejenigen zur Rede zu stellen, die glaubten, ihre Probleme auf meinem und Sabers Rücken austragen zu können. Der Mann, den ich seit jeher als eine Geißel in meinem Leben empfunden hatte, schien plötzlich ein Nebendarsteller. Ein Kerl, der aus Sorge um seinen Arbeitsplatz ein übertrieben maskulines und unzivilisiertes Image pflegen musste, mehr Trottel als Bösewicht und im Grunde harmlos. Ich spreche von Mr. Krauser.

Er lebte allein in einem flachen Haus mit Kiespressdach, das einem MG-Bunker ähnelte. Die glasierten Steine der Außenwände sahen aus wie Plastik. Im Vorgarten gab es weder Büsche noch Blumenbeete. Das St.-Augustine-Gras des Rasens hatte eine giftgrüne Farbe, seine Halme wirkten so steif und unnatürlich wie die Borsten einer Fußmatte. Im Garten hinter dem Haus gab es neben einer aus Stroh gefertigten Zielscheibe zum Bogenschießen ein mit Plastikplanen ausgelegtes Erdloch, das als Swimmingpool diente, und eine Hundehütte, in der Krausers Dobermann schlief, sofern er nicht gerade den Nachbarskatzen oder den Hasen der Gegend den Garaus machte. Der Rasen wies eine Vielzahl gelb gefärbter Vertiefungen auf; eine Folge der Hundehaufen, die Krauser in einen von summenden Fliegen umschwärmten Mülleimer schaufelte.

Als er die Tür öffnete, trug er ein schweißgetränktes Jersey der Texas A&M University mit abgeschnittenen Ärmeln, dazu eine kurze Sporthose, die Hosenbeine hochgerollt bis in den Schritt. Er schien freudig überrascht, mich zu sehen.

»Broussard, was gibt's, mein Großer?«

»Ich muss mit Ihnen sprechen, Mr. Krauser.«

»Worüber denn?«

»Eine etwas heikle Angelegenheit.«

»Komm rein. Weiberprobleme oder was?«

»Nein, Sir.«

Er zog die Tür hinter mir zu und schloss von innen ab. Dann schob er den Fenstervorhang ein Stück zur Seite und spähte nach draußen. Die Klimaanlage lief auf Hochtouren, die Luft im Haus war eiskalt. »Wo ist Saber?«
»Wegen ihm bin ich hier, teilweise zumindest.«
»Wenn es um die Ferienlagerjobs für euch beide geht, dafür ist es jetzt zu spät. Komm mit nach hinten, ich stemme gerade Gewichte. Hol dir eine Limo aus dem Eisschrank, wenn du magst.«

Ich folgte ihm in einen fensterlosen Raum mit Betonfußboden. In der Mitte des Raums stand eine schwarze Bank mit schweißnasser Lederpolsterung, die Langhantel auf der dazugehörigen Ablage war mit einigen fünfzig Pfund schweren Scheiben bestückt. An der Wand war ein Ständer mit weiteren Hanteln und Gewichten angebracht, daneben hingen Verdienstauszeichnungen verschiedener Highschool- und College-Sportclubs; eine gerahmte Sammlung mit Militärorden, Bandschnallen, mehreren Rang- und einem Verbandsabzeichen; ein auf einem rosafarbenen Samtkissen gespannter Damenslip, dazu eine Karte mit der Aufschrift »Die Befreiung Frankreichs: Schritt für Schritt«; eine Plakette mit den gekreuzten Schwertern der Kavallerie; Fotos von Krauser beim Bowling, bei Trapezkunststücken, beim Softball mit kleinen Jungs, beim Spielen mit seinem Dobermann; ein Belobigungsschreiben einer Organisation namens Patriots Unlimited aus Dallas und eine Kriegsflagge der Konföderierten. In der Ecke stand ein alter Schreibtisch aus Holz. Die darauf stehende Lampe war aus einem deutschen Stahlhelm und einer Artilleriegeschosshülse gefertigt. Auf dem Helm prangte ein SS-Zeichen, einige Zentimeter daneben klaffte ein Einschussloch mit silberfarbenem Rand. Auf der Schreibunterlage lag ein Dolch mit verchromter Klinge und weißem Griff, in den mit goldener Farbe der Doppelblitz der SS eingearbeitet war. Krauser griff sich eine Neunzig-Pfund-Hantel und begann mit Bizeps-Curls. Seine venenüberzogenen Oberarmmuskeln schwollen beim Anheben an, sodass sie aussahen wie weiße Cantaloupe-Melonen. »Na los, spuck's aus, Broussard.«

»Mir und Saber sitzen ein paar Leute im Nacken, Mr. Krauser. Das Problem ist, wir wissen nicht, warum.«

»Geht's um diesen Abschaum aus den Heights?«

»Ich glaube eher, dass es mit Leuten aus der Unterwelt zu tun hat.«

»Ach, was. Blödsinn.«

»Ich denke nicht, dass das Blödsinn ist.«

Er pumpte weiter, acht, neun, zehn Mal. Die Eisenscheiben auf der Hantelstange klapperten bei jedem Anheben, der Schweiß trat ihm aufs Gesicht, und sein Körper verströmte einen strengen Geruch.

»Sir, ich möchte Sie um Ihre Hilfe bitten«, sagte ich.

»Du machst dir zu viele Gedanken, mein Junge.«

»Es geht nicht um einen Streit mit ein paar harten Jungs aus den Heights. Ich glaube, wir haben es hier mit richtig finsteren Gestalten zu tun, böse Menschen ohne Skrupel oder Mitleid«, erklärte ich. »Wissen Sie, Mr. Krauser, es gibt da ein paar Dinge an Ihnen, die ergeben einfach keinen Sinn.«

Er legte die Hantel auf einer Gummimatte ab und atmete ein paarmal tief durch. »Was hast du da gerade gesagt?«, fragte er, die Nasenflügel geweitet.

»Saber meint, Sie wären ihm nachgefahren.«

»Wie bitte? Ich habe in meiner Freizeit nichts Besseres zu tun, als irgendwelchen schlitzäugigen Vollidioten hinterherzufahren?«

»Warum sind Sie zu uns nach Hause gekommen und haben Saber und mir einen Job angeboten? Sie können uns beide nicht ausstehen.«

»Weil ich es gut gemeint habe, darum. Aber das kam ja eher schlecht bei deinen Eltern an.« Er nahm sich zwei Kurzhanteln mit jeweils dreißig Pfund und begann zu pumpen. Seine Augen weiteten sich.

»Saber hat Sie beim Pink Elephant gesehen, zusammen mit Jimmy McDougal.«

Krauser veränderte den Griff an den Kurzhanteln, indem er die Hand umdrehte, und stemmte sie aus der Brust gerade nach oben. Mit zusammengepressten Zähnen zählte er zehn Wiederholungen mit. An seiner Nase baumelte ein Schweißtropfen. Anschließend ließ er die Hanteln auf den Ständer fallen. »Um das mal klarzustellen: Es gibt Kids, die sich in diesen Läden rumtreiben, weil sich niemand um sie kümmert. Andere gehen dorthin, weil sie gern Schwule verprügeln. Die meisten von denen sind selbst schwul, wissen es aber nicht. Jimmy McDougal ist einer dieser Burschen, für die sich niemand interessiert. Ich bin zum Pink Elephant gefahren, um mir einen dieser Schwanzlutscher vorzuknöpfen, die Jimmy mit nach Hause genommen haben. Ich hab dem Kerl gesagt, was ich mit ihm mache, wenn er das noch mal versuchen sollte. Und wo ich gerade mal da war, hab ich ihm gleich noch einen handfesten Vorgeschmack auf die Prügel gegeben, die ihn erwartet. Und was Bledsoe betrifft: Der hat mich beim Pink Elephant gesehen, weil er da Stammgast ist, auch wenn er vorgibt, aus einem anderen Grund da zu sein. Stimmt's oder hab ich recht?«

»Sie liegen falsch.«

»Netter Versuch, mein Sohn.«

Er warf mir einen finsteren Blick zu, aber ich hielt seinem Starren stand. Als er merkte, dass ich nicht blinzeln würde, schaute er weg. Er wischte sich mit dem Handrücken den Schweiß aus den Augen. »Ich muss jetzt duschen. Dann kriege ich Damenbesuch. Ich will, dass du verschwunden bist, wenn die Lady hier eintrifft.«
»Warum haben Sie die Tür abgeschlossen?«
»Einbrecher. Und jetzt zieh Leine.«
»Ich glaube, Sie haben Angst, Mr. Krauser.«
»Angst?« Seine Stirn war von winzigen Knötchen überzogen. Er riss sein Jersey hoch und zeigte auf seinen Oberkörper. »Hier hat mich ein SS-Leutnant aufgeschlitzt. Aber ich hab dem Kerl das Messer abgenommen und ihm damit die Nase abgeschnitten. Dann hab ich ihm eine Kugel in den Schädel gejagt. Das da drüben auf dem Schreibtisch ist sein Helm, sein Messer liegt auf der Unterlage. Mit Typen wie dir, Broussard, wische ich mir noch nicht mal den Arsch ab.«

Es war ein klassischer Krauser-Kommentar: erst selbstbeweihräucherndes Gequatsche, dann ein geschmackloser Tiefschlag. Dieses Mal jedoch war ich gewappnet. Ich trat näher an ihn heran und hielt die Luft an, um die widerliche Mischung aus Mundgeruch, Testosteronmief und Schweißgestank nicht einatmen zu müssen. Unbeholfen, als stünde er auf wackligen Füßen, machte er ein paar Schritte zurück.

»Sie sind grausam zu anderen, weil Sie jeden Morgen aufwachen und Angst haben, Mr. Krauser. Ich weiß das, weil es mir auch mal so ging. Aber ich bin darüber hinweg, und im Grunde muss ich Ihnen danken. Sie sind ein negatives Vorbild für uns. Sie sind das, was niemand von uns jemals werden will.«

Ich schloss die Tür auf und trat hinaus in die Hitze. Erst

dachte ich, er würde mir folgen und versuchen, mich im Vorgarten zu erwischen, aber er tat es nicht. Ich wartete sogar kurz am Auto, um zu sehen, ob er noch rauskam. Die Sonne verschwand hinter einer Wolke, und ich stieg in meinen Wagen und fuhr los, ohne Plan, ohne Ziel.

Ich war noch nicht weit gekommen, da sah ich ein Cabrio mit weißem Verdeck. Der Wagen wurde langsamer, als würde der Fahrer nach einer Hausnummer Ausschau halten. Es war ein schwarz-roter Oldsmobile Rocket 88, ein absolutes Spitzenmodell und ein hypercooles Gefährt – zu cool für Leute, die mit einem Kerl wie Krauser zu tun hatten. Ich fuhr auch ein wenig langsamer, bis ich mit dem Wagen auf gleicher Höhe war. Eine Frau saß am Steuer. Sie hielt an, nahm die Sonnenbrille ab, schüttelte ihr Haar und strich sich eine Strähne aus dem Mundwinkel. »What's the haps?«, sagte sie.

»Sind Sie nicht die Lady, die neulich bei Grady Harrelson war?«, sagte ich. »Miss Cisco?«

»Wer hat dir meinen Namen verraten?«

»Ein Kommissar vom Houston Police Department.«

Sie zog die Augenbrauen hoch. »War wohl nichts los auf dem Revier, was?«

»Wollen Sie zu Mr. Krauser?«

»Vielleicht. Gegenfrage: Lust auf einen kleinen Ausflug? Ich lass dich auch fahren. Vielleicht gehen wir einen Cherry-Milchshake trinken? Ich könnte die Dinger den ganzen Tag lang schlürfen.«

»Ich hab gerade viel zu tun.«

»Was denn? Teller waschen, Tische wischen?«

»Ich arbeite in einer Tankstelle.«

»Hast du eine Freundin? Ich wette, du hast eine ... so ein gut aussehender Kerl wie du hat bestimmt eine. Geschniegelt und gestriegelt und rechtschaffend noch dazu. Ein bisschen draufgängerisch vielleicht, aber das gefällt den Mädchen. Mir zumindest gefielen solche Kerle immer.«

»Warum sprechen Sie so mit mir?«

»Weil du mich an jemanden erinnerst, den ich mal kannte. Los, spring rein. Ich beiße nicht.« Sie trug eine weiße Bluse, ein schulterfreies Modell, wie Jane Russell es in ihren Filmen anhatte. Neben ihrem Mund war ein Leberfleck, und ihr Haar hatte einen lilafarbenen Glanz.

»Wenn Sie anständige Männer mögen, warum verschwenden Sie dann Ihre Zeit mit Arschgeigen wie Grady Harrelson?«

»Meine Güte, du hast aber ein ganz schön loses Mundwerk, oder? Komm, steig ein. Wer wagt, gewinnt.«

Ich fühlte mich wie ein Narr und ein Dummkopf, aber ich wusste nicht, warum. »Ich kannte Bugsy Siegel.«

»Was du nicht sagst. Hast im Flamingo mal Craps mit ihm gespielt, oder was?«

»Mein Onkel heißt Cody Holland. Mit zwölf ist er von zu Hause ausgerissen und durch die Welt gezogen. Später hat er als Türsteher im Cotton Club und als Leibwächter von Owney Madden gearbeitet und sich mit einem Box-Stipendium das Studium finanziert. Einer seiner Geschäftspartner war bei Murder Incorporated.«

Sie lachte. »Du bist süß. Ich wünschte, du wärst nicht das sprichwörtliche Haar in der Suppe.«

»Ich bin was?«

»Du bist auf dem besten Weg, dich in eine gefährliche Situation zu manövrieren, Kiddo. Besser, du bleibst ab jetzt in deinem Viertel.«

»Was erzählen Sie da für einen Käse?«

»Ich kannte mal einen Burschen, der sah genauso aus wie du, und er redete auch so. Kein Witz. Du könntest sein Zwillingsbruder sein. Bestell deiner Süßen, dass sie ein Glückspilz ist. Und das mit dem Cherry-Shake war ernst gemeint.«
»Gabeln Sie öfter Highschool-Kids auf?«
»Ein Mädchen wie ich tut, was es tun muss. Kannst du jetzt bitte diesen ernsten Blick abstellen? Und was Grady Harrelson und seine Freunde betrifft, hast du recht. Eine Bande Scheißkerle. Und genau darum geht's mir ja. Warum willst du zulassen, dass sie dein Leben kaputtmachen?«
»Wieso verbringen Sie dann Zeit mit diesen Typen?«
»Ist besser, als sich in einer Cocktailbar den ganzen Abend lang den Hintern begrapschen zu lassen. Deine Eltern haben ganze Arbeit geleistet. Du bist ein guter Junge. Denk an mich, wenn du mal einen Cherry-Shake trinken willst.«
Sie warf mir einen Kuss zu und fuhr weiter zu Krausers Haus. Als ich am nächsten Stoppschild hielt, war mein Kopf wie ein Korb voller Schlangen.

Eine halbe Stunde später parkte ich im Schatten von Valeries Einfahrt. Den Wagen auf der Straße abzustellen, wo Lorens Freunde ihn erkennen und in Einzelteile zerlegen konnten, war keine Option. Ich ging zur Tür und klingelte. Es regte sich jedoch nichts. Und so stellte ich mich unter die großen Fenster und sprang hoch, um einen Blick ins Innere zu erhaschen. Hinter einem Raumtrenner sah ich Valeries Gesicht, das Haar in ein Handtuch gewickelt.
»Bist du verrückt geworden? Was soll das?«, schimpfte sie.
»Warum spannst du durch unsere Fenster?«
»Ich hab den ganzen Vormittag versucht, dich zu erreichen. Wo warst du?«

»Einkäufe erledigen.«
»Ich muss mit dir reden. Dringend. Eine Angelegenheit von globaler Bedeutung sozusagen.«
»Ich dachte, wir fahren nach Galveston«, sagte sie.
»Erst müssen wir ein paar Sachen klären.«
»Hör auf, so zu schreien.«
Sie kam zum Hintereingang und öffnete mir die Tür. Als ich an ihr vorbei ins Haus ging, streifte ich sie leicht und konnte den Duft riechen, der auf ihrer Haut lag; ein Duft nach Erdbeeren. Sie trug verwaschene Jeans und ein kurzärmliges Denimhemd, auf das Kakteen sowie gelbe und rote Blumen genäht waren. Das Handtuch hatte sie abgenommen, und ihr feuchtes Haar fiel ihr nun in lockigen Strähnen auf Wangen und Hals.
»Komm, wir fahren einen Cherry-Milchshake trinken«, sagte ich.
»Einen Cherry-Shake? Dann fahren wir nicht nach Galveston?«
»Ich kann nicht klar denken. Ich habe gerade mit einer Frau gesprochen, die sehr wahrscheinlich zur Mafia gehört. Sie erzählte etwas von Cherry-Milchshakes, und deshalb habe ich Milchshakes im Sinn. Sie sprach auch über dich. Zumindest glaube ich das. Saber hat auch über dich gesprochen … Wie lange bist du mit Grady Harrelson zusammen gewesen?«
»Was spielt denn das für eine Rolle?« Als ich nicht antwortete, sagte sie: »Ich war zwei Monate mit ihm zusammen. Warum?«
»So lange hast du gebraucht, um herauszufinden, was für ein Kerl er ist?«
»Ja, *so lange*. Was ist mit dir los?«
»Ich kann mir nicht vorstellen, dass es so lange dauerte.«

»Es interessiert mich nicht, was du dir vorstellen kannst. Es ist die Wahrheit. Wenn es ihm in den Kram passt, kann Grady auch aufmerksam und nett sein. An dem Abend, als du uns im Drive-in angesprochen hast, habe ich eine andere Seite von ihm gesehen.«
»Was für eine Seite?«
Ihr Mund war geschlossen, ihre Lippen fest aufeinandergepresst, als würde sie gerade entscheiden, wie lange sie mein Verhalten noch tolerieren sollte. »Ein mexikanisches Mädchen stieg aus einem Wagen und kam zu uns rüber, um Hallo zu sagen«, begann Valerie. »Sie hatte ein Pachuco-Kreuz auf der linken Hand tätowiert, wie man es oft bei Straßenkindern sieht. Die Situation schien sie zu verwirren. Sie wusste nicht, was sie sagen sollte, und schaute hilflos in der Gegend umher. Irgendwie tat sie mir sogar leid. Dann ging sie wieder, gedemütigt vor Gradys abscheulichen Freunden. Er schwor mir, er hätte keine Ahnung, wer das Mädchen war. Ich ging zur Toilette, und als ich zurückkam, hörte ich, wie Grady zu einem seiner Freunde sagte: ›Schaff die Nutte von hier weg. Und sag ihr, dass nur noch ein Fettfleck von ihr übrig bleibt, wenn sie mich noch mal nervt.‹«

»Und davor hattest du keine Ahnung, was Grady für ein Kerl ist?«

»Ich weiß nicht, was in dich gefahren ist, Aaron. Aber wenn du dir vorgenommen hast, mich zu verletzen, dann klappt das ganz gut.«

»Ich habe mich nur gefragt, warum du mit einem Kerl wie Grady zusammen warst. Das ergibt keinen Sinn für mich. Wie sollte es auch? Du bist ...«

»Und du hast dich mit einer Frau von der Mafia über mich unterhalten?«

»Ja, ich hatte sie schon mal im Haus der Harrelsons gesehen. Heute hat sie mich gefragt, ob ich ein Mädchen hätte, und ich habe ihr gesagt, dass sie besser aufpasst, wie sie über dich spricht.«

»Warum erzählst du mir diesen Quatsch eigentlich? Warum jetzt? Wir wollten doch angeln fahren.«

»Ich wollte dir gerade sagen, dass du ein von Grund auf guter Mensch bist und dass ich deshalb nicht begreife, wie du mit einem Kerl wie Grady Harrelson zusammen sein konntest. Mich hast du an diesem Abend im Drive-in jedenfalls komplett verändert.«

»Erzähl kein dummes Zeug. Menschen ändern sich nicht«, sagte sie. »Sie werden zu ausgewachsenen Versionen von dem, was sie schon immer waren. Irgendwann hören sie einfach auf, sich und anderen etwas vorzumachen. Das ist alles.«

Mein Schädel fühlte sich klein und eng an, meine Wangen glühten. Ich konnte nicht sprechen.

»Es gibt Menschen, die sind von Neid getrieben«, sagte sie. »Sie können sich selbst nicht lieben und sind deshalb unfähig, andere zu lieben oder ihnen zu vertrauen. Man kann ihnen nicht helfen. Und genau das ist es, was mich so an dir ärgert.«

»Ich glaube, das ist die schlimmste Sache, die je ein Mensch zu mir gesagt hat.«

»Ich gehe jetzt hoch und lege mich hin«, sagte sie. »Ich fühle mich nicht so gut. Vielleicht werde ich auch einen langen Spaziergang machen. Allein. Du findest sicher selbst raus.«

Ich weiß nicht, wie lange ich noch im Wohnzimmer stand, während der Wind durch das Haus strich und der Holzboden im Obergeschoss unter ihren Schritten knarrte. »Komm runter, Valerie!«, rief ich.

Ich hörte eine Tür knallen und dachte im ersten Moment,

dass Valerie sie im Zorn zugeschlagen hatte; ein Wutanfall, der sicherlich irgendwann vorüber wäre und eine Versöhnung in Aussicht stellte. Aber dann schlugen auch andere Türen im Haus zu, und mir wurde klar, dass der Wind, in seinem unschuldigen Wesen, mich getäuscht hatte – eine Täuschung, die das Gegenteil des böswilligen Betrugs war, den ich soeben an mir selbst begangen hatte. Ich hatte zugelassen, dass Argwohn das Vertrauen in den von mir geliebten Menschen untergrub, und so wurde mir das Geschenk, das ich gerade erst bekommen hatte, entrissen und höchstwahrscheinlich bald schon einem anderen gegeben. Schlimmer noch: Ich wusste, es war meine eigene Schuld. Falls eine Hölle existierte, so war ich soeben in sie hinabgestiegen.

Meine Mutter arbeitete in einer Bank und hatte in der Regel früher Feierabend als mein Vater. Ich saß gerade mit den Katzen und Major im Garten hinter dem Haus und spielte auf meiner Gibson, als ich sie durch die Fliegengittertür sah. Mit zwei Gläsern Eistee kam sie die Treppenstufen herunter und setzte sich mir gegenüber an den Redwood-Tisch. Ihr Gesichtsausdruck war nachdenklich, weniger irritiert und besorgt als sonst. »Machst du dir wegen irgendetwas Gedanken, Aaron?«

»Nein, eigentlich nicht.«

»Weißt du, Sorgen rauben uns das Glück und stärken die Mächte der Dunkelheit.«

»Hört sich an wie ein Spruch aus einer Blockkirche in San Angelo. Vielleicht wäre er besser dortgeblieben.«

»Diesen ›Spruch‹, wie du ihn nennst, habe ich 1931 gelernt, als ich von Sonnenaufgang bis Sonnenuntergang auf den Baumwollfeldern schuftete. Wenn du heute genug zu essen hast, dann sorg dich nicht um morgen, denn der nächste Tag wird für sich selber sorgen.«

Ich schaue auf die Klarheit und die Ruhe in ihrem Gesicht. Momente wie diese waren selten im Leben meiner Mutter, aber wenn sie auftraten, veränderte sich ihr Wesen derart, als hätte sie einen Exorzismus hinter sich gebracht. Heutzutage nennt man diesen Wandel bipolare Störung. Damals hatten die Menschen noch keinen Namen dafür.

»Ich bin zu Mr. Krauser gegangen«, sagte ich. »Er meinte, er hätte Jimmy McDougal vor einem Homosexuellen beschützt, der im Pink Elephant verkehrt. Außerdem würde nicht er, sondern Saber im Pink Elephant ein und aus gehen.«

»Dann glaubt Mr. Krauser, Saber wäre homosexuell?«

»So habe ich ihn verstanden.«

Sie tippte mit den Fingernägeln gegen ihr Glas. »Und, was hältst du davon?«

Ich zögerte, mich ihr anzuvertrauen. In ihrem wechselhaften Wesen glich sie meinem Vater, mit dem Unterschied, dass sie sich nicht in Wut und Rage flüchtete, sondern zu den Pillen im Arzneimittelschränkchen griff oder in der Einsamkeit und der Dunkelheit des Schlafzimmers untertauchte. Das Gefängnis meiner Mutter waren ihre Gedanken, und wo auch immer sie hinging, sie konnte dieser Finsternis nicht entkommen.

»Einmal, mit fünfzehn, als wir bei Saber zu Hause waren, fragte er, ob wir uns nicht nackt ausziehen und miteinander ringen sollten.« Ich schaute auf meine Hände. Es war still, aber meine Ohren klingelten. Ich sah, wie sie ihr Glas anhob, die daran klebende Serviette nahm und langsam in ihrer Hand zerknüllte.

»Und, was habt ihr gemacht?«, fragte sie.

»Ich habe einen Witz darüber gerissen. Und Saber meinte dann, er hätte nur Spaß gemacht.«

»Und so solltest du diese Angelegenheit auch in Erinnerung behalten, Aaron. Es ist nichts, weswegen du dir Sorgen machen müsstest. Was damals geschehen ist, war nicht schlecht oder böse. So darfst du nicht darüber denken.«

»Meinst du wirklich?«, sagte ich und schaute ihr ins Gesicht.

»Mr. Krauser sagt also, er würde Jimmy McDougal beschützen, was?«, fragte sie. Es war offensichtlich, dass das vorherige Thema für sie bereits abgehakt war.

»Du klingst, als wüsstest du etwas über Mr. Krauser, das andere nicht von ihm wissen.«

»So könnte man es ausdrücken. Ich erkenne einen Lügner und einen Tyrannen, wenn ich einen sehe. Und ich erkenne weißen Abschaum, wenn er vor mir steht. Ist Mr. Krausers Nummer im Telefonbuch?«

Unser Telefon stand im Flur. Ich saß im Wohnzimmer und konnte hören, wie sie Krausers Nummer wählte. Die Katzen und Major waren mir ins Haus gefolgt. Sie hatten es sich auf der Sitzgarnitur bequem gemacht wie ein Publikum, das auf den Beginn der Vorführung wartet. Die Stimme meiner Mutter klang klar und sachlich, ihr Akzent weniger nach Texas und eher nach dem Internat in New Orleans, das sie dank der Großzügigkeit einer wohltätigen Familie für kurze Zeit besucht hatte.

»Mr. Krauser? Hier spricht Mrs. Broussard, die Mutter von Aaron. Wie ich höre, halten Sie Aarons Freund Saber Bledsoe für einen zwielichtigen Charakter ... Sie haben ihn wohl im Pink Elephant gesehen. Können Sie mir vielleicht erklären, was *Sie* dort getan haben? Ich verstehe. Warum sind Sie dann mit Jimmy McDougal zu diesem Nachtclub gefahren, wenn Sie nicht wollten, dass Jimmy in die Nähe der Männer kommt, die diesen Ort frequentieren? Mr. Krauser, ich werde Sie nicht melden, aber lassen Sie mich eins klarstellen: Sollte herauskommen, dass Sie lügen oder meinen Sohn beziehungsweise einen seiner Freunde schlecht behandelt haben, werde ich Sie in aller Öffentlichkeit zur Verantwortung ziehen und Ihnen mit einer Reitpeitsche Manieren beibringen. Dann können Sie allen, die es wissen wollen, Ihr schändliches Verhalten erklären, insbesondere dem Leiter der Schulbehörde. Vielen Dank für Ihre Zeit.«

Es gibt gute Tage, die man niemals vergisst. Und es gibt Tage, an denen jemand Kerosin in einen mit Holzscheiten bestückten Küchenofen schüttet und dabei nicht einen Moment an die Wirkung des brennenden Streichholzes denkt, das er durch das Kochloch fallen lässt.

An diesem Abend rief ich Saber an und erklärte ihm, dass es mir leidtue, sollte ich jemals seine Gefühle verletzt oder ihm Unrecht zugefügt haben. Ich sagte ihm auch, dass er der beste Kerl war, den ich kannte, und dass auch Valerie so über ihn dachte, auch wenn das gelogen war. Dann schlug ich vor, mal wieder auszugehen und unser Lieblingsnachtlokal zu besuchen, das Cook's Hoedown – die Spelunke, von der Elvis später meinte, sie sei sein liebster Auftrittsort gewesen. Er sagte zu. Ich packte meine Gibson ein, warf den Gitarrenkoffer auf die Rückbank meines Wagens und machte mich auf den Weg, um Saber abzuholen. Es war eine schlechte Idee.

Kapitel 9

Der Club befand sich auf der Capitol Street. In den 1930er- und 1940er-Jahren hatten alle großen Western-Bands und -Stars dort gespielt, sogar Hank Williams. Im Cook's Hoedown arbeitete ein Discjockey namens Biff Collie, der mich stets durch die Hintertür in den Laden schleuste und mir hin und wieder erlaubte, mit meiner Gibson auf der Bühne Platz zu nehmen und die Band zu begleiten. Bis zum heutigen Tag erzähle ich stolz, dass ich in diesem Club mit Floyd Tillman spielte, der für »Slippin' Around« verantwortlich zeichnete, und mit Jimmy Heap auf der Bühne stand, der »The Wild Side Of Life« aufnahm, den bekanntesten Song in der Geschichte der Country-Musik. Dass ich dabei ganz hinten im Schatten saß, wo meine Akustikgitarre zwischen dem Schlagzeug und den verstärkten Instrumenten komplett unterging, unterschlage ich meistens.

Der Laden war im Grunde eine Bierkneipe mit einer kleinen Tanzfläche und einem bodenständigen Publikum. Meinen Eltern hätte es sicherlich nicht gefallen, dass ich an diesem Ort Zeit verbrachte. Nur wenige Teenager aus meinem Viertel besuchten das Cook's Hoedown, und diejenigen, die es taten, waren in erster Linie an dem großen Angebot ungebildeter Mädchen aus Arbeiterfamilien interessiert. Das grobe Wesen dieser Kultur, die handbemalten Krawatten, die eng geschnittenen Hosen, die zweifarbigen, vorn spitz zulaufenden Stiefel, die Stetsons mit den nach unten gebogenen Krempen, die wie Schneekristalle glitzernden Pailletten auf den Hemden mit den Druckknopfreihen – all das ergab ein trügerisches Gesamtkunstwerk. Ein Kunstwerk, das größer als es selbst war und dem Publikum suggerierte, Ruhm und die glitzernde Welt der Stars lägen nur einen schwieligen Händedruck entfernt. Sogar Saber schien von Ehrfurcht erfüllt, als ich von der Bühne stieg und meine Gibson im Gitarrenkoffer verstaute. »Heiliger Bimbam, ich kann immer noch nicht glauben, dass du da oben stehst und mit diesen Leuten spielst«, sagte er.

»Das ist nichts Besonderes«, sagte ich.

»Ja, klar doch, *nichts Besonderes*. Das war Leon Payne, verdammt!«

Payne hatte »The Lost Highway« für Hank Williams geschrieben. Ich wollte mir jedoch nicht anmerken lassen, wie stolz ich war, und so erwiderte ich nichts.

»Mein bester Freund spielt Akustikgitarre für Leon Payne und meint, das wäre nichts Besonderes! Ich schätze mal, Musikfans werden das anders sehen. Komm, Junge, darauf ein Bier«, sagte Saber. »Schau mal, die Mädchen da drüben, die haben ein Auge auf uns geworfen.«

Die Sache mit den Mädchen stimmte zwar nicht, aber ich wollte Saber nicht den Spaß verderben. Im Cook's Hoedown wurde, ähnlich wie in vielen anderen Nachtclubs und Bierkneipen auch, kein Alkohol an Minderjährige ausgeschenkt. Also gingen wir zu einem Laden namens Copacabana, drüben auf der Main. Der Eingang war mit künstlichen Palmen dekoriert und deren Stämme mit weißen Lichterketten umwickelt, an den Fenstern hingen Bambusjalousien. Im Inneren des Clubs war es ziemlich dunkel, dafür gab es eine Klimaanlage und eine Jukebox, die allerdings nur an den Wochentagen lief. Bei der Kellnerin an der Bar konnte man Bier bestellen oder Champale, einen nach Schaumwein schmeckenden Malztrunk. Wenn man etwas Härteres wollte, musste man seine eigene Flasche mitbringen und zu gepfefferten Preisen sogenannte Setups bestellen, zu denen ein paar Gläser, ein kleiner Kübel mit Eiswürfeln sowie Sodawasser, Coca-Cola oder andere nichtalkoholische Getränke zum Mixen gehörten. Die mitgebrachte Spirituosenflasche blieb hinter der Bar. An den Freitag- und Samstagabenden sorgte ein Jazztrio für Unterhaltung, manchmal auch eine Sängerin. Neben der Herrentoilette hockte ein uniformierter Cop, der allerdings weder den Alkoholverkauf an Minderjährige unterband noch die Gäste behelligte, außer es gab handfesten Streit, oder er erkannte einen Gast mit Bewährungsstrafe.

Wir setzten uns in der dunkelsten Ecke an einen Tisch und bestellten bei der Kellnerin zwei Flaschen Champale. Saber zündete sich eine Zigarette an. Als er sich dabei über das brennende Streichholz hinter der hohlen Hand beugte, warf er mir aus seinen zusammengekniffenen Augen einen geheimnisvollen Blick zu. »Na, hast du gesehen, wer da auf dem Parkplatz vom Cook's war?«

»Wer auch immer es gewesen sein mag ... Warum hast du es mir nicht gleich erzählt?«

»Ich wollte deinen Blutdruck schonen.«

»Dann behalt es besser für dich.«

»Es war Harrelson. Mit drei anderen Typen. Sie saßen in seinem rosafarbenen Cabrio.«

»Was treibt Harrelson beim Cook's?«

»Am Hintereingang lungern immer ein paar Mädchen

aus den Sozialsiedlungen rum. Von denen lässt er sich gern einen blasen und schmeißt sie dann an irgendeiner Landstraße raus.«

»Hör auf, dir dauernd diese Schauergeschichten auszudenken, Saber. Der Kerl ist auch so schon schlimm genug.«

»Wie dem auch sei, ich hab ihm jedenfalls die Zunge rausgestreckt, ein paarmal den Vogel gezeigt und den Doppelstinkefinger hinterhergeschoben. Keine Ahnung, ob er mich gesehen hat. Mann, ist das kalt hier drin. Schau dir mal die Typen da in der Ecke an.«

Eine Unterhaltung mit Saber war oft so, als würde man mit dem Fahrer eines Betonmischers sprechen, der sein Fahrzeug gerade rückwärts durch einen Uhrenladen manövrierte.

»Welche Typen?«

»Die in den Anzügen. Und sag mir nicht, das wären keine Gangster.«

»Sprich nicht so laut«, sagte ich.

»Sieht aus, als wäre die Maschine aus Palermo gerade gelandet.«

Ich drehte mich langsam um und gab vor, Ausschau nach der Toilette zu halten. Die Kellnerin schob einen Servierwagen zu dem fraglichen Tisch, stellte dort eine batteriebetriebene Kerze auf und legte den drei Männern Besteck bereit. In ihrer Mitte stand ein mit Eiswürfeln gefüllter Kübel, in dem eine Champagnerflasche steckte. Obwohl der Club keine Küche hatte und meines Wissens nach auch kein Essen anbot, servierte sie den beiden älteren Männern Steaks mit Folienkartoffeln. Der jüngere Mann, dessen lässig nach hinten gelegter Arm von der Stuhllehne herunterbaumelte, aß nicht, sondern nippte nur hin und wieder an seinem Champagnerglas. Keiner der Männer sprach. Als die Kellnerin ihren Tisch verließ, stopfte sich der Älteste von ihnen eine Serviette in den Kragen und beugte sich über sein Essen.

Es war Frankie Carbo, der Geschäftspartner meines Onkels; der Mann, der Boxkämpfe manipulierte, wie Arnold Rothstein es 1919 mit der World Series getan hatte. Ich hatte seine Hand geschüttelt, und auch die von Bugsy Siegel, und es sollte Jahre dauern, bis ich die Worte fand, um den Ausdruck in den Augen beider Männer zu beschreiben. Sie sahen dich, aber gleichzeitig sahen sie dich auch nicht. Sie nahmen dich nicht wahr, denn das warst du ihnen nicht wert. Stattdessen steckten sie dich mit denen in eine Schublade, die sie zu ihrem Amüsement benutzten und erniedrigten.

Carbo war sicherlich mal ein attraktiver Mann gewesen. Jetzt allerdings war sein Gesicht teigig, sein Hals runzelig und schlaff, sein dunkles Haar kringelte sich und hatte graue Spitzen. Ich sah, wie er in meine Richtung blickte, und schaute weg.

»Hab's dir doch gesagt«, meinte Saber.

»Das ist Frank Carbo«, flüsterte ich. »Du hältst jetzt besser die Klappe.«

»Der Gangster, den du mal im Shamrock kennengelernt hast? Ich wusste es. Siehst du den jungen Burschen?«

»Nein.«

»Das ist Vick Atlas, und der Typ, der wie Mickey Mouse ohne Ohren aussieht, ist sein alter Herr. Soll ein ziemlich durchgeknallter Kerl sein. Der Sohn hat wohl auch nicht mehr alle Tassen im Schrank. Man sagt, dass sie bei den Puffgeschäften in Galveston mitmischen.«

»Schau mich an, Saber, und nur mich. Schau nicht mehr zu diesem Tisch da rüber. Hast du mich verstanden? Und sprich leiser.«

»Keine Panik, Junge«, antwortete er, während seine Finger auf dem Tisch trommelten. »Du solltest vielleicht mal über Medikamente nachdenken. Ich werd schließlich nicht ewig da sein, um dich rauszupauken.«

»Besser, wir gehen wieder ins Cook's«, sagte ich. »Harrelson und seine Freunde sind jetzt sicherlich schon verschwunden.«

Sabers Blick glitt zur Seite und blieb dort an etwas oder jemandem haften.

»Was ist los?«

»Ärger auf zwei Uhr.«

»Wer?«, fragte ich, weil ich mich nicht umdrehen wollte. In meinem Magen rumorte es.

»Du hast recht.« Saber grinste gezwungen. »Harrelson ist tatsächlich aus dem Cook's verschwunden. Ich wusste, dass er meinen liebevollen Handgesten nicht widerstehen kann.«

Grady und seine Freunde setzten sich an einen Tisch neben der Jukebox, ganz in der Nähe von Carbo. Dann ging Grady rüber an den Tisch der drei Männer, schüttelte Vick Atlas die Hand und kehrte wieder zu seinem Platz zurück. Zuerst glaubte ich, er würde mich ignorieren. Ich hätte es besser wissen sollen. Grady zeigte in meine Richtung und sagte etwas zu seinen Freunden.

»Nicht drauf reagieren«, meinte Saber. »Schau einfach zu, was ich mache. Du musst das als Chance begreifen. Es ist an der Zeit, dass Harrelson in der Öffentlichkeit bloßgestellt wird.«

»Bloßgestellt? Wofür?«

»Keine Ahnung, aber ein Kerl wie der hat doch alle möglichen Leichen im Keller. Man muss ihn bloß an der richtigen Stelle packen. Entspann dich. Ich hab alles unter Kontrolle.«

Die Kellnerin brachte eine Runde langhalsiger Bierflaschen an den Tisch von Harrelson. Er nahm einen Schluck, beugte seine Schultern nach vorn und schien seinen Freunden eine Geschichte zu erzählen. Jedes Mal, wenn sie lachten, schaute er zu mir herüber und grinste. In meinem Kopf hörte ich ein Geräusch, das so klang, als würde jemand die höchste Saite einer Gitarre spannen. Harrelson stand auf und kam zu uns an den Tisch. Er trug schwarze Drapes mit einem schmalen, purpurfarbenen Wildledergürtel, dazu Quastenslipper und ein mit blauen Vögeln bedrucktes Hawaiihemd. Die oberen Knöpfe des Hemds waren offen, sodass man die Goldkette um seinen Hals sehen konnte, ebenso den Pickel auf seiner Brust, den er gerade befingerte.

»Was willst du, Grady?«, sagte ich.

»Sie hat dich rausgeschmissen?«, fragte er.

»Wer hat mich rausgeschmissen?«

»Valerie.«

»Wie kommst du darauf?«, sagte ich, während mein Herz so weich wie Gelatine wurde.

»Sie hat mich angerufen. Sie hat es zwar nicht mit diesen Worten ausgedrückt, aber ich denke, dass sie das gemeint hat.«

»Du hast mit Valerie telefoniert?«

»Red ich Chinesisch?«

»Ich glaube dir nicht.«

»Und woher weiß ich dann, dass du gehen musstest? Willst du den Rest der Story hören?«

»Kein Interesse.«

»Dachte ich mir. Ich bin dann nämlich anschließend zu ihr rüber und hab sie beruhigt, wenn du verstehst, was ich meine.« Er nahm einen Schluck aus seiner Flasche. »Machte den Eindruck, als wär sie schon 'ne ganze Weile nicht mehr gevögelt worden.«

Ich sah den Ausdruck auf Sabers Gesicht. Er griff meinen Unterarm und presste ihn auf den Tisch. »Du bist ein verlogener Scheißkerl, Harrelson«, sagte er. »Geh wieder zurück zu deinen Schmalzkopffreunden.«

»Was hast du gerade gesagt?«

»Schau dich doch nur mal an«, sagte Saber. »Für das Marine Corps hat's nicht gereicht, und jetzt rennst du mit Drapes und Mexikanerschlappen rum und tust so, als wärst du ein ganz harter Bursche. Seit wann treibst du dich eigentlich mit Mickey Mouse junior rum, hä? Mit diesem Kerl auch nur gesehen zu werden ist schon eine Schande. Ach ja, ich hab übrigens ein paar Fotos, wie du's mit dieser Braut treibst ... Wie hieß die gleich noch mal? Na ja, egal. Sind jedenfalls ein paar großartige Schnappschüsse dabei, Mann!«

»Du wolltest es nicht anders«, sagte Grady. Er winkte seine Freunde herbei. »Das müsst ihr hören, Leute. Und sagt Vick Bescheid, er soll auch rüberkommen. Der Knabe hier möchte noch mal zum Besten geben, was er gerade über Italiener gesagt hat.«

Saber wusste wirklich, wie er es anstellen musste.

»Du hast mit mir Ärger, Grady, nicht mit ihm«, sagte ich.

»Nein, stimmt nicht. Du bist nicht mehr im Spiel, Broussard. Verstanden? Was auch immer zwischen dir und Valerie war, es ist vorbei.«

»Ich glaube nicht, dass du bei ihr warst. Sie würde dir nicht mal die Tür öffnen.«

»Soll ich wirklich die schmutzigen Details auspacken? Sie steckt einem die Zunge in den Mund, wenn sie abgeht. Sie mag es in der Reiterstellung. Sie kann in einem Ritt drei Höhepunkte haben. Hört sich bekannt an? Oder bist du gar nicht so weit gekommen?«

Ich stand auf, stieß meinen Stuhl nach hinten weg und schlug ihm mit der flachen Hand so heftig ins Gesicht, dass ihm das Kinn gegen die Schulter knallte. Einen Streifen rot wie Ketchup am Mund, trat er einen Schritt zurück. Noch nie hatte mich jemand so angestarrt, wie Grady es in diesem Moment tat. Es war, als hätte ich eine tief in ihm schlummernde Finsternis erweckt, von der niemand wusste.

Vick Atlas schob sich zwischen uns. Er war klein, hatte einen untersetzten Körper, und sein Aussehen war voller Widersprüche. Seine Lippe war verunstaltet, seine Gesichtsbehaarung glich einer Schicht Metallspänen, die er für den angestrebten Dreitagebart-Look mittels Rasierklinge in Form gehauen hatte. Er trug Schuhe mit verstecktem Absatz und einen gebügelten Anzug ohne Krawatte, darunter ein knittriges weißes Hemd, einen Gürtel und Hosenträger. Wahrscheinlich war er Anfang zwanzig, hätte aber glatt als Vierzigjähriger durchgehen können. »Das ist mein Freund, den du gerade geschlagen hast«, sagte er zu mir.

»Er hat's verdient«, sagte ich.

»Falsche Antwort, mein Junge.«

»Wer bist du eigentlich, dass du jemanden ›mein Junge‹ nennen kannst?«, fragte ich.

»Du hast keine Ahnung, vor wem du hier eine große Klappe riskierst, oder?«, sagte er. »Bist wohl gerade erst vom Südpol eingeflogen und hast noch einen Pinguin im Arsch stecken, was?« Ein Tropfen seines Speichels landete auf meinem Kinn.

»Ich kümmere mich später um den Kerl, Vick«, sagte Grady.

»Wie ich höre, habt ihr einen Witz über Italiener gemacht?«

»Sein Kumpel hat dich als Mickey Mouse junior bezeichnet«, sagte Grady. »Glaub mir, Vick, dieser Kerl wird bald schon auf Stumpen durch die Gegend kriechen.«

»Hört sich an, als wärt ihr zwei Typen hergekommen, um euch einen Namen zu machen«, sagte Vick.

Ich wollte ihn für eine Karikatur halten; sein schwarzes, seidenes Haar für eine Perücke; die stumpfe Aggressivität in seinem Blick für eine Reflexion des Lichts und nicht etwa für ein Zeichen des bodenlosen Hasses, der in ihm loderte, weil sein Vater ihn misshandelt oder ein plastischer Chirurg einen Fehler begangen hatte. Fünf Minuten zuvor hatten wir uns noch Sorgen wegen des Ärgers mit einer Handvoll verzogener Burschen aus wohlhabenden Familien gemacht. Jetzt standen wir nur wenige Meter von Männern entfernt, die Boxkämpfe manipulierten, mit Drogen handelten, Prostitution ermöglichten und Morde begingen – und das alles nur aus einem einzigen Grund. Gier.

»Grady hat meine Freundin beleidigt«, sagte ich. »Was hättest du in meiner Situation getan?«

»Ich wäre nie in deiner Situation. Du und dein Kumpel, ihr habt euch über Italiener lustig gemacht. Viele meiner Freunde sind aber Italiener. Und damit geht es bei dieser Sache ums Prinzip, würde ich sagen. Die Frage ist nun, was wir wegen der Angelegenheit unternehmen. Hey, hörst du mir überhaupt zu?«

»Ja, tue ich. Wir gehen jetzt«, sagte ich.

Vick Atlas schaute Saber an. »Und du hast mich Mickey Mouse junior genannt?«

Saber blinzelte. »Ja, ich schätze, das war ich.«

»Ein Kerl mit Augen wie Münzschlitze sollte keine Witze über das Aussehen anderer Leute machen.«

»Tut mir leid.«

»Starrst du mich jetzt etwa an? Starrst du auf meine Lippe? Denkst du, dass ich ein Freak bin? Findest du meinen Anblick abstoßend?«

»Nein«, sagte Saber.

»Dann willst du mir sagen, dass ich dir leidtue, oder was? Kriegst du deshalb keinen Ton mehr raus? Denkst du vielleicht, das wird dir den Hals retten? Schau mich an, wenn ich mit dir rede. Ich schneid dir die Nase ab, du Clown.«

»Ich habe mich doch schon entschuldigt. Wenn dir das nicht reicht, leck mich«, sagte Saber.

Ich sah, wie Frankie Carbo sich auf seinem Stuhl zur Seite drehte, zu dem uniformierten Polizisten schaute und mit den Fingern schnipste. Der Polizist war ein riesiger Kerl. In der Brusttasche seines Hemds steckte eine Zigarettenschachtel, auf der anderen Seite war seine Dienstmarke befestigt. Mit einem gutmütigen Lächeln im Gesicht kam er zu uns.

»Na, wie steht's bei dir, Mike?«, sagte Vick Atlas und schüttelte dem Polizisten die Hand. »Hier ist alles in Ordnung.«

»Kleine Diskussion, hä?«, sagte der Polizist.

»Du weißt doch, wie's manchmal so geht«, erwiderte Atlas und zog eine Geldscheinklammer aus der Hosentasche. »Ich spendiere den Jungs jetzt eine Runde, und dann verschwinden wir von hier. Wenn die Streithähne mich lassen, natürlich. Also, wie sieht's aus, Leute? Champale für alle?«

»Scheiß auf die Runde«, sagte Saber.

»Siehst du, was ich meine, Mike?«, sagte Atlas.

Saber stand auf.

»Langsam, langsam«, sagte der Polizist. »Ihr beiden werdet mir jetzt noch etwas Gesellschaft leisten und bei mir im Laden bleiben. Ist nämlich ein verdammt einsamer Job.«

»Wir wollen einfach nur nach Hause gehen, Officer«, sagte ich.

»Das werdet ihr auch. Mit Geduld und Zeit kommt man weit. Glaubt mir«, erwiderte der Polizist.

Er zwinkerte mir zu, klopfte Vick auf die Schulter und ging wieder zurück zu seinem Posten an der Toilettentür. Anschließend marschierten Vick, Grady und seine Freunde geschlossen zur Vordertür des Copacabana hinaus. Der alte Atlas und Carbo schauten nicht einmal in unsere Richtung. Ich steckte ein Zehn-Cent-Stück in die Jukebox und ging wieder an den Tisch zurück. Der Polizist lächelte mir zu.

»Mir ist hundeelend«, sagte Saber.

»Ich denke, wir können jetzt gehen.«

»*Ich denke, wir können jetzt gehen?* Hörst du dir eigentlich selbst zu? Ich fühle mich, als hätte mir jemand den Kopf auf den Boden gedrückt und ins Ohr gespuckt, verdammt.«

»Könnte schlimmer sein.«

»Wie das?«, sagte Saber. Er winkte dem Polizisten zu. »Hey, Officer, ist die Luft rein?«

Der Polizist gestikulierte mit den Fingern in Richtung der Eingangstür, als wollte er uns sagen, die Welt gehöre uns.

»Danke schön! Und weiter so!«, sagte Saber. »Ganz Texas verlässt sich auf Sie!« Er reckte die Faust in die Höhe, aber der Polizist schenkte uns nur einen müden Blick.

Grady hatte uns reingelegt. Mit einem simplen Manöver hatte er es geschafft, uns zum persönlichen Feind von Vick Atlas zu machen und diesem gleichzeitig das Gefühl zu geben, sein Freund und Beschützer zu sein. Saber war direkt in die Falle getappt, aber wie immer konnte ich ihm nicht wirklich böse sein.

Wir gingen hinaus in die feuchte Luft der Nacht, die

schwer war vom Geruch des Straßenteers und der vom Asphalt aufsteigenden Hitze. Von draußen wirkte der Club jetzt irgendwie schäbig. Die Bambusjalousien hingen schief in den Fenstern, nicht wenige der Neonlichter an der Fassade waren durchgebrannt. Vom Eingang aus konnte ich mein Auto sehen. Ich hatte es unter einer Straßenlampe geparkt, die Fenster heruntergekurbelt, die Türen unverschlossen. Damals glaubten wir noch an das selbst gestrickte Märchen von der Sicherheit der Orte, an denen wir lebten, und machten uns keine Sorgen, schon gar nicht um Autoeinbrüche. Glücklicherweise hatte ich die Gibson in den Kofferraum gelegt.

Das Innere des Wagens war komplett mit Urin besudelt. Auf dem Fahrersitz hatte sich eine Pfütze gebildet, das Armaturenbrett und das Lenkrad tropften. Auf dem Parkplatz gab es keine Möglichkeit, die Sauerei zu beseitigen, also setzten wir uns in mein Auto und versanken in einer Welt aus Bierpisse. An der nächsten Tankstelle spritzten wir den Innenraum mit einem Wasserschlauch aus. Anschließend zogen wir hinter dem Gebäude unsere Hemden und Hosen aus, wuschen uns in der Toilette und begaben uns, nur noch mit Unterhosen bekleidet, wieder zu meinem Wagen. Die Passanten gafften, vorbeifahrende Autos hupten. Ich sah, wie Saber einen hinter der Tankstelle liegenden Ziegelstein aufhob und in den Fußraum legte.

»Was willst du damit machen?«, fragte ich.

»Ich hab die Schnauze voll davon, mich dauernd herumschubsen zu lassen«, sagte er.

»Wirf den Stein raus.«

»Angriff ist die beste Verteidigung.«

»Das sagen nur Leute, denen irgendeine Genitalseuche das Hirn zerfrisst«, sagte ich.

»Es steckt viel Wahrheit in Sprüchen, die man in Mannschaftsumkleiden hört.«

»Saber!«

»Jetzt krieg dich wieder ein und fahr los, okay? Ich fühl mich elend. Wir sind von oben bis unten voll mit Pisse.«

Ich ließ den Motor an und bog von der Tankstelle auf die Straße, wobei ich fast mit einem entgegenkommenden Wagen zusammenstieß. Saber beugte sich nach vorn, und ich konnte die sich unter seiner Haut abzeichnenden Rippen sehen. Er schaltete das Radio ein, dann wieder aus.

»Nimm dir die Sache nicht so zu Herzen«, sagte ich. »Du hast dich vorhin toll verhalten und wolltest mich aus der Schusslinie nehmen.«

»Diese Typen brauchen eine Lektion«, sagte er.

»Was für eine Lektion?«

»Eine Lektion, die sie nicht erwarten. Wenn wir es nicht tun, wird alle Welt auf uns rumtrampeln.«

Ich versuchte gar nicht erst, mit Saber zu diskutieren. So sehr ich den Pazifismus meines Vaters auch respektierte, richtig wohl hatte ich mich noch nie damit gefühlt. Mein Vater war in den Schützengräben Europas zu dieser Einstellung gelangt. Wenn ich jedoch versuchte, denen zu vergeben, die mir unrecht getan hatten, fühlte ich mich schwach und bedeutungslos, so als verdiente ich die Demütigungen, die sie mir zufügten. Nun stank mein Wagen nach Urin, und alles darin – die Sitze, die Türgriffe, das Lenkrad, sogar die Knöpfe des Radios – haftete an meiner Haut wie Klebeband. Und das alles hatte ich Grady Harrelson und seinen Freunden zu verdanken.

Wir fuhren die South Main hinunter.

»Fahr zum Herman Park«, sagte Saber.

»Wozu?«

»Harrelson fährt da manchmal Rennen. Möglich, dass er Atlas eine Show liefern will.«

»Und was machen wir, wenn wir da sind?«

»Das überleg ich mir noch.«

»Nein, kommt nicht in die Tüte.«

»Da gibt es einen Wasserhahn und einen Gartenschlauch beim Zoo. So wie ich jetzt stinke, kann ich nicht nach Hause.«

Der Herman Park war ein weitläufiger, mitten in der Stadt gelegener Wald voller Virginia-Eichen und Kiefern. Er befand sich direkt am South Main Boulevard, nicht weit entfernt von der Rice University, und beherbergte neben einem Zoo auch einen Spielplatz sowie zahlreiche Picknicktische und Grillstellen. Nachts jedoch herrschten dort andere Regeln, denn dann wurde der Park zuweilen von Jugendlichen heimgesucht, die nicht nur kamen, um Spaß zu haben, sondern sich dort mitunter ernsthafte Verletzungen beibrachten. Zudem gab es im Herman Park ein Netz aus asphaltierten Wegen – kleine Straßen, die sich durch den mit Louisiana-Moos behangenen Wald schlängelten. Fuhr nachts ein Auto durch den Park, glitzerten die Blätter im Licht der Scheinwerfer, und die Schatten der Bäume sahen mit ihren ausgefransten Silhouetten aus wie biblische Ungeheuer vom Schlage eines Behemoth.

Ich hörte zwei Autos, die gerade um eine Kurve rasten. Eins klang nach einem eher kleinen Fahrzeug mit heulendem Motor, dem der Fahrer in den niedrigen Gängen alles abverlangte. Ihm dicht auf den Fersen: ein größerer Wagen, der mit schaukelnder Karosserie in die Kurve schoss und dabei eine Radkappe verlor. Mit blechernem Scheppern rollte sie auf dem Asphalt entlang.

»Das ist er«, sagte Saber.

»Woher weißt du das?«

»So was spüre ich einfach. Jetzt heißt es wir gegen die.«

»Mach nicht so eine große Sache aus der Angelegenheit, Sabe. Es ist doch nur Grady Harrelson und seine Bande von Schwachköpfen.«

»Hast du nicht den Ausdruck in seinem Gesicht gesehen, nachdem du ihm eine gepfeffert hast? Den Kerl würde ich nur zu gern allemachen. Ich könnte jeden Einzelnen von denen ins Jenseits schicken. Fahr hier ran. Da kommen sie, die Schwanzlutscher.«

Er hatte recht. Ein roter Austin-Healy kam herangeschossen und schlitterte um die Kurve. Die drei Kerle auf dem Vordersitz lachten und hielten Bierdosen in den Händen. Kurz dahinter folgte Gradys rosafarbenes Cabrio. Vorn stand jemand auf dem Sitz und hielt sich an der Windschutzscheibe fest. Ich dachte zuerst, er würde schreien und die Faust in die Luft emporrecken. Aber so war es nicht. Er hielt einen Kanonenschlag in der Hand, den der Kerl auf dem Rücksitz hinter ihm gerade anzündete. Erst im letzten Moment, kurz bevor der Knaller in seinem Gesicht zu explodieren drohte, schleuderte der Beifahrer ihn aus dem Wagen.

Ich fuhr auf den Rasen und schaltete die Scheinwerfer aus. Die beiden Fahrzeuge rasten an uns vorbei.

»Wir suchen jetzt diesen Schlauch, spritzen uns ab und verschwinden von hier«, sagte ich.

»Weißt du eigentlich, dass diese Typen uns immer etwas voraushaben?«

»Nein, sie haben uns nichts voraus.«

»Doch. Sie müssen nie einen Preis für irgendetwas bezahlen«, sagte er. »Wir schon. Und deshalb ziehen wir immer wieder den Schwanz ein. Bevor das Spiel überhaupt beginnt, haben die schon einen haushohen Vorsprung. Und das wissen sie auch.«

Ich sah Saber an. Er hatte die eigenartige Gabe, die Niedertracht in den Herzen derer erkennen zu können, bei denen andere nur eine Mönchsrobe sahen.

»Jetzt starr mich nicht so an, als würde ich dir damit was Neues erzählen!«, sagte er. »Warum sonst bricht eine Rattenfresse wie Vick Atlas vor den Augen eines Bullen einen Streit vom Zaun?«

»Okay, ich verstehe, was du meinst.«

»Nein, du verstehst überhaupt nichts, Aaron. Mein Alter hatte ganz recht mit dem, was er über dich und deinen Vater gesagt hat. Ihr Broussards glaubt echt, ihr könntet über Wasser gehen.«

»Hör auf mit dem Mist.«

Er fand einen Kaugummistreifen im Handschuhfach, wickelte ihn aus und steckte ihn sich in den Mund. Dann seufzte er. »Weißt du, du solltest in einer dieser Bands im Cook's spielen. Ich war mächtig stolz auf dich, als du da oben auf der Bühne gesessen hast.«

»Lächle, wenn du durch den Qualm der Kanonen schreitest«, sagte ich. »Das treibt die bösen Kerle in den Wahnsinn. Ein großer Mann hat das mal gesagt.«

»Ach ja? Wer denn?«

»Ich.«

Aber Saber war wie ein Vogel, der nicht mehr singen mochte. Mit toten Augen starrte er aus dem Fenster. In der Ferne hörte ich die beiden Autos, wie sie mit heulenden Motoren in unsere Richtung rasten. Die Scheinwerfer flackerten bereits um die Kurve und huschten über die Bäume. Ich griff nach den Schlüsseln im Zündschloss, jederzeit bereit, den Motor anzulassen.

»Lass sie vorbeifahren«, sagte Saber.

Ich schaltete das Radio ein. Hank Williams sang »Cold, Cold Heart«. Ich dachte an Valerie und hätte am liebsten losgeheult. Der Austin-Healy und Grants Cabrio kamen auf uns zu, hinter ihnen stob das Laub in die Höhe. Ich hörte noch einen Kanonenschlag explodieren. Als die beiden Autos an uns vorbeidonnerten, startete ich den Motor. Ich sah, wie Saber den Arm aus dem Fenster streckte und etwas über das Dach schleuderte. Dann krachte es, als wäre eine Glasscheibe zersprungen.

»Was zum Teufel hast du getan?«, sagte ich.

»Du meintest doch, ich soll den Ziegelstein wegwerfen.«

Ich schaute in den Rückspiegel. Das Cabrio schlingerte auf der Straße hin und her und wurde langsamer. Als hätte der Motor plötzlich den Geist aufgegeben, rollte es auf den Rasen und kam dort zum Stehen. Die Türen wurden aufgestoßen, und die Insassen drängten nach draußen. Im Licht der Scheinwerfer bewegten sich ihre Silhouetten wie die von verwirrten Strichmännchen in einem Animationsfilm.

»Gib Gas!«, sagte Saber.

Meine Hände zitterten. Ich konnte nicht klar denken.

»Reiß dich zusammen, Mensch, und bring uns hier weg!«, schimpfte er.

Ich startete den Motor, fuhr auf den Asphalt und beschleunigte behutsam, damit der Zwillingsauspuff nicht zum Leben erwachte. Im zweiten Gang und ohne Licht folgte ich dem Weg um die Kurve. Die schmale Straße war grau, gewunden und holprig, ihr Belag im Mondlicht gesprenkelt wie die schuppige Haut einer Schlange. Schweigend fuhren wir bis zur South Main Street. Keiner von uns wollte den anderen ansehen. Denn dann hätten wir uns eingestehen müssen, was wir gerade getan hatten.

Kapitel 10

Zwei Tage vergingen. Vier Mal telefonierte ich mit Valerie. Ich wäre auch zu ihr nach Hause gefahren, aber ich wollte vorerst weiteren Ärger im Norden der Stadt vermeiden – zumindest so lange, bis ich mit Sicherheit wusste, was bei dem Vorfall im Herman Park passiert war. »Der Vorfall« – so nannte ich in meinen Gedanken das Ereignis, bei dem ein Ziegelstein in die Windschutzscheibe eines heranrasenden Autos gekracht war.

Am Mittwochvormittag um 9:14 Uhr sah ich bei einem Blick aus dem Wohnzimmerfenster einen Wagen vor unserem Haus. Es war Detective Merton Jenks. Er parkte nicht am Bordstein, sondern in der Einfahrt. Wahrscheinlich wusste er, dass meine Eltern zur Arbeit gegangen waren. Ich ging hinaus und begrüßte ihn auf der Veranda. Er hatte zwei kleine Eiscremebecher und zwei Holzlöffelchen in der Hand.

»Hier, hab ich auf der Westheimer gekauft, im Eisladen an der Feuerwehr. Ganz nette Gegend, in der du hier wohnst.«

»Ich wollte gerade los zur Arbeit«, log ich.

»Du musst mit mir reden, Junge. Und versuch besser nicht, mir irgendwelche Geschichten zu erzählen. Wenn du mir nicht die Wahrheit sagen kannst, dann halt besser komplett die Klappe. Eine Sache musst du aber so oder so tun: mir zuhören. Also pflanz deinen Arsch auf den Stuhl, und sperr die Löffel auf.«

»So können Sie nicht mit mir reden.«
»Ich rede mit dir, wie es mir verdammt noch mal in den Kram passt.«
Er trug einen Fedora, aber keine Jacke. Die Hemdsärmel hatte er hochgerollt, sodass ich die Tätowierung auf seinem Unterarm sehen konnte: ein roter Fallschirm mit einem Schriftband, auf dem »101 Airborne« stand. Er drückte mir einen der Eiscremebecher und ein Löffelchen in die Hand.
»Im Herman Park hat jemand einen Ziegelstein auf das Auto von Grady Harrelson geworfen. Wusstest du davon?«
»Nein, Sir, davon höre ich zum ersten Mal. Ist Grady etwas passiert?«
»Als ich ihn das letzte Mal gesehen habe, ging's ihm gut. Fährst du manchmal nachts durch den Park?«
»Nicht oft.«
»Ein paar Jungs haben deinen Wagen vor ein paar Nächten in der Nähe des Zoos gesehen. War wohl da geparkt. Vielleicht warst du ja doch da und hast mit deiner Freundin rumgemacht? Sind dir irgendwelche Rowdys aufgefallen?«
»Nein, Sir. Keine Rowdys, keine knutschenden Liebespärchen. Ich treibe mich nicht nachts im Herman Park rum.«
»Wie steht's mit Bledsoe? Vielleicht hat er sich ja deine Kiste zum Rummachen ausgeliehen?«
»Nein, Sir, das hat er nicht getan.«
»Freut mich, das zu hören. Iss dein Eis, Junge.«
»Hat Gradys Wagen Schaden genommen?«
»Der Ziegelstein ist durch die Windschutzscheibe geflogen und hat einen Kerl namens Vick Atlas am Auge getroffen. Möglich, dass sie's ihm rausnehmen müssen.«
»Das Auge?«
»Wie ich's gesagt hab. Bringt mich schon zum Nachden-

ken, warum das jemand tun würde. Hast du zu dem Thema was zu sagen?«

»Nein, Sir«, erwiderte ich, während meine Innereien zu Wasser zerflossen.

»Hier kommt meine Theorie: Wenn du es gewesen bist, würdest du es mir sagen. Wenn es Bledsoe war, sagst du nichts und machst einen auf TSKA.«

»Wie bitte?«

»Taub. Stumm. Keine Ahnung.«

Ich antwortete nicht.

»Zwei der Jungs behaupten, sie hätten deinen Wagen gesehen. Das sind Harrelsons Freunde, die das behaupten, nicht die von Atlas. Atlas meint, er hätte nichts gesehen, außer den Stein. Außerdem behauptet er, noch nie etwas von dir oder Bledsoe gehört zu haben. Was sagt dir das, Aaron?«

»Ich weiß es nicht.«

»Ich glaube, das weißt du sehr wohl.«

Die Eiscreme in meinem Becher begann zu schmelzen. Ich hatte noch nichts davon gegessen. Mir war hundeelend. Es fühlte sich an, als wäre eine Giftwolke in meine Lungen gekrochen und hätte mein Blut verfaulen lassen.

Jenks stellte seinen Eisbecher auf einer Stufe der Ziegelsteintreppe ab. Snuggs und Bugs krochen hinter einem Hortensienstrauch hervor und schauten ihn an. Jenks hob Bugs hoch und streichelte sie. »Ich werde dir jetzt ein paar Sachen erzählen, die ich normalerweise nicht mit einem Tatverdächtigen besprechen würde. Du denkst, dein Problem ist der Harrelson-Bengel. Aber da liegst du falsch. Der Vater ist das Problem. Wenn es in Texas Nazis gäbe, wäre er einer von ihnen. Du fragst dich, warum Loren Nichols dir an die Kehle wollte? Nichols' Bruder arbeitet in einer von Harrelsons Reismühlen. Du fragst dich, warum Grady sich mit Abschaum wie Vick Atlas rumtreibt? Der Mob erledigt die Drecksarbeit für Clint Harrelson. Harrelson selbst baut in der Zwischenzeit im ganzen Land Jugendferienlager auf. Wenn er seine Pläne durchsetzen kann, werden deine Kinder Braunhemden.«

»Nehmen Sie mich jetzt fest, Sir?«

Er setzte Bugs auf die Erde und schaute mich lange an. Es fiel mir schwer, seinen Blick zu halten. Seine Augen wanderten zu meinem Bauch. »Deine Gürtelschnalle gefällt mir. Bist du Rodeoreiter?«

»Ja, aber nur Amateurklasse.«

»Die Atlas-Familie wird dir Schaden zufügen. Sie werden dich wahrscheinlich nicht töten, aber sie werden dir etwas antun, das du sehr lange mit dir herumtragen wirst. Der Vater und der Sohn sind beide geistesgestört. Wenn ich so könnte, wie ich wollte, würde ich jedem von denen eine Kugel verpassen. Aber Leute wie ich können für gewöhnlich nicht so, wie sie wollen.«

Der Himmel war in ein dunkleres Blau getaucht; zu rein und makellos, um echt zu sein, eher wie abgefüllte Tinte als Luft. Auch die Bäume schienen ein satteres Grün angenommen zu haben, und aus den Blumenbeeten an der Straße quollen sämtliche Farben des Regenbogens hervor, während das Sonnenlicht wirr auf den Dächern der Nachbarhäuser tanzte. Es war ein unwirklicher, trügerischer Anblick. »Mein Großvater war Texas Ranger. Er hat John Wesley Hardin ins Gefängnis gesteckt.«

»Über die Taten unserer Vorfahren zu sprechen bringt uns nicht weiter, mein Junge. Red mit deinen Eltern über die Angelegenheit, und versuch nicht, die Sache selbst in die Hand zu nehmen. Die fressen dich mit Haut und Haaren, Boy.«

»Meine Eltern brauchen nicht noch mehr Kummer.«
»Dann sprich mit mir. Dann weißt du, wer wirklich auf deiner Seite steht.«
»Saber Bledsoe steht auf meiner Seite.«
Ich sah, wie sich Jenks' Kiefermuskeln anspannten. Er schob den Deckel auf seinen Eiscremebecher und drückte ihn mir zusammen mit dem Löffelchen in die Hand. »Hier, schmeiß das für mich in den Müll.«
»Ich weiß, dass Sie helfen wollen, Detective Jenks. Ich sehe nur keinen guten Ausweg aus dieser Geschichte.«
Er wischte sich die Hände mit einem Taschentuch ab. Die Spitzen seiner Cowboy-Stiefel waren auf Hochglanz poliert. Er ließ seine Fingergelenke knacken. »Weißt du, warum junge Männer in den Krieg ziehen?«
»Weil sie ihr Heimatland verteidigen wollen?«
»Nein, Kriege sind dazu da, die Probleme junger Burschen zu lösen. Verstehst du, was ich dir sagen will?«
»Ich bin mir nicht sicher.«
Dann tat er etwas, mit dem ich nicht gerechnet hatte. Er klopfte mir auf die Schulter. Eine Minute später rollte sein Wagen davon. Ich schaute zum Himmel hinauf. Er war nicht blau, sondern von Regenwolken durchzogen, die aussahen wie dreckige Lappen. Der Wind war voller Staub und getrocknetem Tierdung von der Weide am Ende der Straße. Auf dem Gehweg verdampften die Wassertropfen der Rasensprenger, und in der Luft blühte ein Geruch nach Fischlaich, stehendem Abwasser, Tierkadavern und dem Inhalt von Nachttöpfen, als wäre der geheimnisvolle Kreislauf der Schöpfung angehalten und von einem Universum ersetzt worden, das gegen sich selbst Krieg führte. Ich hatte das Gefühl, den Verstand zu verlieren.

Ich musste mit Valerie sprechen. Als ich mich auf den Weg in die Heights machte, brach ein Gewitter über die Stadt herein. Der Regen war so stark, dass er einem die Sicht nahm. Die Palmen am Boulevard bogen sich im Wind, im Park gingen Blitze nieder. Die Abflüsse waren mit Unrat verstopft, das Regenwasser stieg über die Bordsteinkanten und Gehwege und flutete die Vorgärten. Das Krachen der Donnerschläge war ohrenbetäubend. Draußen im Park, weit nach vorn gegen den Wind gebeugt und ein paar Bücher gegen die Brust gepresst, kämpfte sich eine einsame Figur durch die Pfützen.

Ich erkannte sie schon von Weitem. Wahrscheinlich hätte ich sie sogar in einer Menschenmenge von der Größe Chinas erkannt. Niemand sonst hatte kastanienbraunes Haar mit goldenen Strähnen. Niemand sonst trug rosafarbene Chucks ohne Socken, dazu weiße Shorts mit Blumenmotiven, ein Baseballcap und ein Leinenhemd mit Spitzenstickereien. Niemand sonst würde mitten in einem Gewitter über ein offenes Softballfeld laufen und die Bibliotheksbücher gegen die Brust pressen, damit sie trocken blieben, anstatt seinen Kopf mit ihnen zu schützen.

Ich schaltete runter, fuhr durch die Versickerungsmulde am Straßenrand und über den Gehweg in den Park hinein. Die Reifen meines Wagens fanden keinen Halt und schleuderten Wasser, Matsch und Rasenfetzen in die Höhe. Ich hielt an, ließ den Motor laufen und die Tür offen und sprintete durch den Regen. Ein paarmal rutschte ich aus und stürzte beinahe. Ich konnte sehen, wie sie mich mit zusammengekniffenen Augen anblinzelte, der Himmel über uns schwarz und unbarmherzig.

Ich nahm ihr die Bücher ab, griff ihren Arm und lief mit

ihr im Schlepptau zum Wagen. Sie stolperte und fiel. Ich half ihr auf, schob meinen Arm um ihre Taille und drückte sie an mich. Als wir den Wagen erreichten, schob ich sie auf den Beifahrersitz durch, sprang hinterher und knallte die Tür hinter mir zu. Atemlos sanken wir in die Sitze, die Bücher fielen auf den Boden.

»Wo kommst du denn her?«, fragte sie.

»Von zu Hause.«

»Und woher hast du gewusst, wo ich bin?«

»Wer sonst würde bei einem Gewitter wie diesem über ein Softballfeld laufen?«

Sie schob sich die nassen Haare aus den Augen und schaute mir ins Gesicht. Sie lächelte, etwas zaghaft zu Beginn. Dann schaute sie durch die Windschutzscheibe nach draußen, während ich den Wagen aus dem Park hinaussteuerte.

Sie gab mir zwei Badehandtücher, damit ich mich im Wohnzimmer abtrocknen konnte, während sie sich oben umzog. Dann ging sie in die Küche und holte eine Schüssel Kartoffelsalat und Fried Chicken aus dem Eisschrank. Ich wusste jedoch, dass ich keinen Bissen hinunterkriegen würde, bevor ich nicht die in mir nagenden Zweifel und die Schuldgefühle ansprach, die sich wie Käferlarven durch mein Herz fraßen.

»Grady Harrelson hat im Copacabana ein paar gemeine Dinge über dich gesagt.«

»Was für Dinge?«

»Persönliche Dinge über eure Beziehung.«

»Was genau, Aaron?«

»Er hat erzählt, wie er mit dir Liebe gemacht hat.«

»Er hat behauptet, er hätte mit mir geschlafen?«

Ich schaute aus dem Fenster, mit leerem Blick, und starrte auf die Regentropfen, die wie Quecksilber von den Bananenwedeln perlten.»Er ist ins Detail gegangen. Ich habe ihn geschlagen.«

»Was auch immer er dir erzählt hat, es ist gelogen«, sagte sie.

»Dann hast du nicht mit ihm ...«

»Hast du nicht gehört, was ich gesagt habe?«

»Er meinte, du hättest ihm gesagt, wir hätten uns getrennt.«

»Grady ruft jeden Tag hier an, ganz egal, wie oft ich auflege. Neulich hat er gefragt, wo du bist. Ich sagte ihm, ich wüsste es nicht und dass ich momentan weder ihn noch dich sehen wollte. Es tut mir leid, dass ich das gesagt habe.«

Sie wartete auf eine Antwort, aber ich sagte nichts.

»Machst du dir Gedanken darüber, dass ich keine Jungfrau mehr war, als wir zusammenkamen?«, sagte sie.

»Nein, das interessiert mich überhaupt nicht.«

»Der Junge war in der Zwölften, ich in der Zehnten. Wir wollten heiraten, zumindest redeten wir uns das ein. Kurz nach seinem Abschluss wurde seine Reserveeinheit einberufen. Er fiel in der Schlacht von Heartbreak Ridge.«

»Das tut mir leid, Valerie. Von all dem wusste ich nichts.«

»Schon gut. Mittlerweile geht es wieder. Lange Zeit ging es nicht.«

»Es gibt da noch eine Sache, die ich dir erzählen muss«, sagte ich. »Aber es ist gut möglich, dass du dann nicht mehr mit mir zusammen sein willst.«

»So schlimm kann es doch gar nicht sein, oder?«

Aber ich hörte, dass ihrer Stimme das Vertrauen in die Worte fehlte.

»Saber hat im Herman Park einen Ziegelstein aus meinem Auto auf Gradys Cabrio geschleudert.« In der Stille konnte

ich den Regen gegen das Fenster trommeln hören. »Der Stein hat einen Kerl namens Vick Atlas getroffen.«
»Vick Atlas aus Galveston?«
»Ja.«
Ich sah, wie sie mit einem Mal blass wurde.
»Möglich, dass er ein Auge verliert«, sagte ich. »Heute Morgen war ein Detective bei uns zu Hause.«
»Ach, Aaron.«
Ich wandte meinen Blick von ihr ab.
»Wissen deine Eltern Bescheid?«, fragte sie.
»Meine Eltern hatten beide kein besonders gutes Leben. Ich versuche, ihnen nicht noch mehr Kummer zu bereiten.« Ich fühlte mich wie ein Idiot, wie jemand, der Probleme bekommen hatte und nun wollte, dass andere Menschen ihn vor sich selbst schützten. »Ich sehe keinen Ausweg ... außer wenn ich Saber ans Messer liefere.«
»Er muss zur Polizei gehen. Von sich aus und allein. Du hast nichts getan«, sagte sie.
»Sie werden ihn nach Gatesville schicken.«
»Er wollte niemanden verletzen. Das werden sie beim Urteil sicher berücksichtigen.«
»Loren Nichols saß in Gatesville, weil er mit einer Luftpistole auf einen Kerl geschossen hat, der seine Schwester belästigt hatte.«
»Dein Freund Saber verhält sich ganz und gar nicht wie ein Freund.«
»Saber hat mir beigestanden, wenn alle anderen sich weggeduckt haben. Er hat es stets mit den fiesen Typen und Tyrannen aufgenommen und es ihnen heimgezahlt. Außer mir hat er niemanden.«
Es war offensichtlich, dass sie darauf nichts zu sagen wuss-

te. Wie sollte sie auch? Sie war siebzehn. Ich wäre am liebsten wieder raus, zurück in den tobenden Sturm, und hätte sie mit mir genommen, damit wir zusammen im Regen verschwinden oder von einem gigantischen Tornado aufgesaugt und hinaus aufs Meer getragen würden.

»Vielleicht könnte ich ja mit Vick Atlas reden«, sagte ich.

»Mein Vater kennt die Atlas-Familie. *Du* hältst dich besser von ihnen fern.«

»Woher kennt dein Vater diese Leute?«

»Er war beim OSS, dem Nachrichtendienst des Kriegsministeriums. Daraus wurde später die CIA. Die Atlas-Familie hat Lucky Luciano dabei geholfen, aus dem Gefängnis freizukommen. Und sie haben ihn dabei unterstützt, Casinos in der Nähe von Navy-Werften einzurichten, in denen die Arbeiter ihren Lohn verspielen sollten, sodass sie gezwungen waren, weiterhin in den Werften zu arbeiten. Du kannst nicht zu Leuten wie der Atlas-Familie gehen, um mit ihnen zu ›reden‹.«

»Kann ich euer Telefon benutzen? Ich sollte eigentlich um drei auf der Arbeit sein. Aber bei diesem Sturm sind bestimmt sämtliche Ampeln ausgefallen, und der Verkehr versinkt im Chaos.«

»Bleib bei mir«, sagte sie. »Du musst aufhören, die Dinge auf eigene Faust anzugehen, ohne vorher mit jemandem darüber zu sprechen. Verstehst du das?«

»Was soll ich nur tun, Valerie?«

»Nichts. Bleib bei mir. Mehr musst du nicht tun. Bleib einfach bei mir. Ich will dich hier bei mir.«

»Ich will nicht, dass dir etwas zustößt.«

»Die werden mir nichts tun. Das würden sie nicht wagen.«

»Was meinst du damit?«

»Niemand legt sich mit meinem Vater an.«

»Er kommt mir nicht wie ein gewalttätiger Mann vor.«

»Nicht unbedingt«, antwortete sie. Sie ging zum Fenster und starrte in den Regen hinaus, auf die vom Wind gepeitschten Bäume. »Wir kommen aus verschiedenen Welten, Aaron. Der Unterschied zwischen Juden und Nichtjuden hat nichts mit Religion zu tun. Der Unterschied liegt in dem Wissen um die Dinge, zu denen die Menschen fähig sind. Weißt du eigentlich, dass du der liebenswürdigste Bursche bist, den ich je kennengelernt habe?« Sie drehte sich um. Und beinahe konnte ich die Worte, die sie zurückgehalten hatte, auf dem von ihrem Atem beschlagenen Fensterglas sehen. »Verstehst du, was ich gerade gesagt habe?«

»Ich glaube, dieser Junge, der in der Schlacht von Heartbreak Ridge gefallen ist, war der feinste Kerl, der je gelebt hat.«

Sie stellte sich hinter meinen Stuhl und liebkoste meinen Kopf. Dann küsste sie mein Haar, und ich spürte ihren Atem in meinem Ohr. »Ich werde immer bei dir sein«, sagte sie. »Das schwöre ich dir. Du bist mein Pegasus, mein geflügeltes Pferd, das mich aus dem Sturm davonträgt.«

Ich versuchte mich umzudrehen, aber sie ließ meinen Kopf nicht los. Ich wollte für immer in ihren Armen liegen, und der Sturm sollte meinetwegen ewig währen. Und sollte er doch irgendwann enden müssen, so hoffte ich, dass er die Welt reinwaschen würde, auf dass am Rand des Ozeans ein Licht so hell wie die Schöpfung selbst hervorbräche.

Am nächsten Morgen jedoch stieg die Sonne heiß in den Himmel empor, und die schwüle Luft war erfüllt vom Gestank der toten Käfer in den Dachrinnen und der verendeten Fische, die den Meteorologen zufolge mit dem Regen aus den

Wolken gefallen waren. Um acht Uhr wurde Sabers Vater gefeuert und musste die Abdeckerei, in der er neun Jahre gearbeitet hatte, für immer verlassen.

Saber kam zur Tankstelle, um es mir zu erzählen. Überall auf der Tankinsel lagen abgerissene Äste und Zweige herum. Auf der anderen Seite des Boulevards hatte der Sturm eine Virginia-Eiche aus dem Boden gerissen, die nun wie ein gezogener Zahn in einem Vorgarten lag. Wir standen unter dem Dach bei den Zapfsäulen, wo ich den Wagen eines Kunden betankte. Während wir uns unterhielten, schaute Saber sich in einem fort über die Schulter.

»Was hat der Boss von deinem Vater gesagt?«, fragte ich.

»Dass sie Kosten senken müssen und deshalb ein paar der älteren Arbeiter entlassen.«

»Was hat dein Vater gesagt?«

»Er war der Einzige, der gehen musste. Was soll er da sagen, außer ›Danke für die schöne Zeit, ihr Arschlöcher!‹?«

Ich schaute mich um, ob jemand Saber gehört haben könnte. An der Ecke hielt ein Bus. Ein Zucken huschte über Sabers Gesicht, als sich die Falttüren öffneten. Hinten stiegen ein paar Schwarze aus, dann fuhr der Bus weiter. Saber kniff die Augen zusammen, als wäre das Licht zu grell. »Gestern hat jemand schwarzes Krepppapier um unseren Türgriff gewickelt. Es war mit Hundescheiße beschmiert, sodass sich derjenige, der es abzieht, kräftig einsaut.«

»Vielleicht können die Cops ja Fingerabdrücke nehmen«, sagte ich.

»Fingerabdrücke? Von einem Haufen Hundescheiße?«

»Vielleicht waren es nur irgendwelche Kids.«

»Ach, hör auf damit, Aaron.«

»War Jenks bei dir?«

»Nein.« Er wartete. Falten legten sich auf seine Stirn. »War er denn bei dir?«

Ich schloss den Tankdeckel des Wagens, gab dem Fahrer sein Wechselgeld und schaute zu, wie er auf den Boulevard fuhr. »Ja, Jenks war gestern bei mir. Der Ziegelstein hat Vick Atlas am Auge erwischt.«

Saber gab ein Geräusch von sich, das sich anhörte, als hätte er einen Schlag in den Magen kassiert.

»Du hast deinem Dad nicht erzählt, was passiert ist, oder?«, fragte ich.

»Nein«, sagte Saber. »Weißt du, mein alter Herr ist nicht über die siebte Klasse hinausgekommen, und jetzt hat er wegen mir keinen Job mehr. Ganz ehrlich? Am liebsten würde ich nach Korea gehen und mich da abknallen lassen.«

»Wir müssen es jemandem erzählen«, sagte ich.

»Machst du Witze? Denk nicht mal dran.«

»Wir werden die Sache nicht ewig geheim halten können, Saber«, sagte ich. »Die Atlas-Familie … das sind Kriminelle. Was, wenn sie versuchen, meinen Leuten etwas anzutun? Ich muss sie doch warnen.«

Saber wirkte fast so, als würde er gleich in Tränen ausbrechen. Ich betankte ein weiteres Auto und tauschte anschließend die Tülle an der Zapfpistole aus. Saber starrte mit leerem Blick auf den Boulevard, als hätte er keine Ahnung, wo er war. Ich hätte alles gegeben, um die schlechten Entscheidungen zurücknehmen zu können, die ich in letzter Zeit getroffen hatte, und den Schmerz ungeschehen zu machen, den sie für meinen besten Freund gebracht hatten. Nur wenige Wochen zuvor waren wir noch Teil einer Nachkriegsära gewesen, die niemand in dieser Form erwartet hatte. Kein anderes Land auf der Welt besaß eine derartige Macht, einen solchen Einfluss. Überall lag Musik in der Luft, eine Gallone Normalbenzin kostete achtzehn Cent, und Wartungsarbeiten wie Fenster waschen, Ölstand messen, Reifen aufpumpen waren umsonst. Diese kleinen und vergleichsweise unglamourösen Dinge sorgten in ihrer Summe für ein Vertrauen, das den Menschen sogar die Angst vor Tod und Vergänglichkeit zu nehmen schien, auch wenn Joseph McCarthy zur gleichen Zeit die Verfassung mit Füßen trat und Unmengen junger G.I.s an Orten starben, die wir weder auf einer Landkarte finden noch korrekt aussprechen konnten oder wollten. Ich ging zu Saber rüber und legte ihm meine Hand auf die Schulter.

»Du musst mir vertrauen, Sabe. Wenn wir uns richtig verhalten, brauchen wir keine Angst zu haben.«

»Wirst du deinem Dad erzählen, was passiert ist?«

»Was, wenn ich's tue?«

»Mein Alter macht sich Sorgen, wenn die Fleischwurst zehn Cent mehr kostet. Bei deinem Alten geht es immer nur um Ehre und Anstand. Der hält es für nobel, das eigene Haus abzufackeln, solange die Kapelle dabei ›Dixie‹ spielt. Drei Mal darfst du raten, wer von uns beiden am Ende richtig gefickt sein wird.«

Kapitel 11

Mein Mutter erlaubte keinen Alkohol im Haus. Zum Trinken ging mein Vater ins Icehouse, zur Bowlingbahn oder in die Garage, wo er eine Flasche unter dem Reserverad im Kofferraum seines Wagens deponiert hatte. Es war beschämend für ihn, so zu leben, und beschämend für meine Mutter, sich so zu verhalten, aber sie sahen keinen anderen Weg.

Nach dem Abendessen setzte ich mich mit meiner Gibson an den Redwood-Tisch im Garten hinter dem Haus. Durch Zufall hatte ich mal Lightnin' Hopkins gesehen, wie er im Herzen von Houstons Schwarzenviertel vor einer Bar in der Dowling Street spielte. Er gab damals »Down By The Riverside« zum Besten, und es war das traurigste und zugleich wunderschönste Bluesstück, das ich je gehört hatte. Ich wusste zwar nichts über den Ursprung des Songs, aber ich verstand, worum es ging. Wenn ich spürte, dass sich einer meiner Blackouts anbahnte, schnappte ich mir die Gibson und sang ebenjenen Song.

Gonna lay down my sword and shield,
Down by the riverside,
I ain't gonna study war no more,
Down by the riverside,
Ain't gonna study war no more.

Irgendwie wusste ich, dass er nicht über den Krieg sang, sondern über etwas noch Schlimmeres – die Zerstörung der menschlichen Seele vielleicht oder deren Verpfändung. Ich fragte mich, wie ein Mensch das Unglück, das man Lightnin' und seinem Volk auferlegt hatte, überstehen konnte. Und ich fragte mich, ob das texanische Gefängnis, in dem er eingesessen hatte, schlimmer war als jenes, das ich mir selbst geschaffen hatte.

Ich hörte, wie mein Vater die Fliegengittertür öffnete und zur Garage ging. »Daddy?«

Sichtlich überrascht schaute er mich an.

»Ich muss dir was erzählen«, sagte ich.

Er schaute zum Garagentor. »Und ich muss erst mal nach dem Reifen sehen. Hat es ein paar Minuten Zeit?«

»Ja, Sir.«

Ich hörte, wie das Garagentor über den Asphaltboden schabte. Dann war es kurz still, und er drückte das Tor wieder zu. Er kam über den Rasen zu mir an den Tisch und fingerte dabei in seiner Tasche nach seinen Lucky Strikes, die er im Haus vergessen hatte.

»Hol dir ruhig erst deine Zigaretten«, sagte ich.

»Schon in Ordnung. Ich will sowieso weniger rauchen. Also, was hast du auf dem Herzen?«

Der heilige Augustinus hatte gemeint, dass man mit der Wahrheit achtgeben sollte, um andere nicht zu verletzen. Und ich glaube, er hat es nicht einfach so dahergesagt. Mein Vater gab keinen Ton von sich, während ich ihm die Vorkommnisse im Copacabana und im Herman Park schilderte. Sein Gesichtsausdruck jedoch war der eines Mannes, der barfuß auf einer steinigen Straße läuft. Seine rechte Hand zitterte, die auf der Tischplatte liegenden Fingerspitzen rutschten leicht hin und her, an seiner Schläfe trat eine blau pulsierende Vene hervor.

Als ich fertig war, räusperte er sich und schaute auf die Silhouette meiner Mutter, die in der Küche das Geschirr abwusch. »Eigentlich ist das unsere Aufgabe.«
»Ich geh ihr helfen.«
»Nein, sie wird's schon verstehen. Und dieser Junge wird tatsächlich sein Auge verlieren?«
»Er ist kein *Junge*.«
»Spielt keine Rolle.«
»Ja, Sir. Zumindest hat's mir der Detective so gesagt.«
»Und Saber will nichts wegen der Sache unternehmen?«
»Er hat Angst. Sein Vater wurde gerade gefeuert.«
»Gefeuert? Wann?«
»Heute Morgen.«
»Weswegen?«
»Es gab keinen Grund.«
»Du glaubst, diese Gangster stecken dahinter?«
»Oder der Vater von Grady Harrelson.«
Mein Vater räusperte sich noch einmal und starrte auf die Garage.
»Soll ich dir ein Glas Wasser holen?«, fragte ich.
»Und der Name des Jungen ist Atlas?«
»Ja, Sir.«
»Was weißt du über ihn?«
»Er ist ein schlechter Mensch.«
»Hast du in dem Nachtclub auch mit seinem Vater gesprochen?«
»Nein, Sir.«
»Du darfst keinerlei Kontakt mit diesen Leuten haben. Ganz gleich, ob sie dich auf der Straße ansprechen, dich aus

einem vorbeifahrenden Auto heraus beschimpfen, dich mitten in der Nacht am Telefon bedrohen – du antwortest ihnen nicht. Unter keinen Umständen. Verstanden?«

»Ja, Sir. Aber was spielt das für eine Rolle?«

»Jedes Wort, das du an einen bösen Mann richtest, wird entweder dich entwürdigen oder ihn bestärken. Was diese Menschen fürchten, ist die Einsamkeit und die Stille, weil sie dann ihren eigenen Gedanken ausgeliefert sind.« Er schaute in den Abendhimmel hinauf. Der Mond war gelb, umgeben von einem hellen Ring, der aussah wie der Strahlenkranz über dem Kopf eines byzantinischen Heiligen. »Hol einen Regenschirm. Ich fahr den Wagen raus. Wir treffen uns vor dem Haus.«

»Wo fahren wir hin?«

»Na, was glaubst du wohl?«

Ich bereute bereits, mich meinem Vater anvertraut zu haben. Vielleicht hatte Saber recht. Mein Vater gehörte zu einer Generation von Südstaatlern, die mit ihrem Hang zu Selbstzerstörung und Verelendung den Eindruck vermittelten, Neurosen und ein Leben in Armut seien erstrebenswerte Tugenden.

»Soll ich dir deinen Hut und deinen Mantel mit rausbringen?«, fragte ich.

»Ja, das wäre nett. Danke«, erwiderte er. »Und sag deiner Mutter, dass wir bald zurück sind.«

Mein Vater hielt am Bordstein. Bis auf das Licht des Fernsehers lag das Haus der Bledsoes im Dunkeln. Das galt auch für die Mehrzahl der Nachbarhäuser. Das Heim von Sabers Familie wirkte wie eine Gleisarbeiterhütte, die man vergessen hatte abzureißen, als man ringsherum eine moderne

Siedlung errichtete. Der Fernseher der Bledsoes, ein kleiner Schwarz-Weiß-Bildschirm in einem klobigen Plastikgehäuse, stammte aus der Produktion eines Mannes namens Madman Muntz, der 1951 nach Houston gekommen war und Tausende dieser Geräte für fünfzig Dollar das Stück verkauft hatte. Die Garantiezeit für seine Produkte hatte dreißig Tage betragen. Im Vorgarten stand am Ende einer langen Grasschwade der Rasenmäher. Es sah danach aus, als hätte jemand den Mähvorgang abrupt unterbrechen müssen. Die am Vortag oder noch früher geleerte Mülltonne stand immer noch neben der Versickerungsmulde an der Straße.

Mein Vater nahm seinen Hut ab und klopfte an die Fliegengittertür. Ich konnte Saber und seine Mutter sehen, die auf einer mit Stoff bezogenen Couch vor dem Fernseher saßen. Trotz des Klopfens blieben ihre Blicke weiter fest auf den Bildschirm gerichtet. Mr. Bledsoe erhob sich aus seinem Polstersessel und kam zur Tür. Er trug Pantoffeln, eine abgeschnittene Hose und T-Shirt, sein Haupthaar sah aus wie Unkraut auf einem Felsbrocken. Er starrte uns an, machte aber keine Anstalten, die Fliegengittertür zu öffnen. »Ich weiß, warum Sie hier sind.«

»Wir würden gern mit Ihnen und Saber sprechen«, sagte mein Vater.

»Wir wollten gerade schlafen gehen.«

»Unsere Schwierigkeiten werden nicht beim Schlafen verschwinden, Sir«, sagte mein Vater.

»Schwierigkeiten? Wir haben keine Schwierigkeiten. Es ist nichts passiert.«

Weder Saber noch seine Mutter schauten in unsere Richtung.

»Ganz offensichtlich hat Ihr Sohn Ihnen erzählt, was geschehen ist, andernfalls würden Sie nicht den Grund unseres Besuchs erahnen«, sagte mein Vater.

Mr. Bledsoe starrte uns weiter an; ein müder Mann, dessen Vokabular kaum mehr als ein paar Hundert Wörter umfasste; ein Mann, der sich selbst nicht kannte und bis auf ein heruntergekommenes Haus und das kaputte Fliegengitter vor seinem Gesicht, das ihn vom Rest der Welt trennte, nicht viel hatte.

»Dürfen wir reinkommen?«, sagte mein Vater.

»Die haben mir meinen Job genommen. Die werden mir auch mein Haus nehmen und meinen Jungen. Genau das werden die tun, egal, was Sie sagen.«

»Wir müssen zur Polizei gehen«, sagte mein Vater.

»Einen Scheiß muss ich.«

»Damit bürden Sie meinem Sohn die Angelegenheit auf, Mr. Bledsoe.«

»Ihr Junge ist nicht in Gefahr. Wenn er zu den Bullen gehen will, dann ist das verdammt noch mal ganz allein seine Sache.«

»Damit haben Sie gerade zugegeben, dass Saber den Ziegelstein geworfen hat.«

»Nein, Sir. Gar nix hab ich zugegeben.«

»Mein Sohn ist kein Verräter.«

Mr. Bledsoe starrte nun ins Leere, als würde er dort etwas sehen, das außer ihm niemand sah. »Jeder kümmert sich um seine eigene Sippe.«

»Könnten Sie bitte rauskommen und mit uns reden?«

»Gibt nix zu reden. Ich hab ihn schon den Gürtel spüren lassen.«

»Weil der Junge die Wahrheit gesagt hat?«

Mr. Bledsoe reckte das Kinn in die Höhe und schaute uns

herausfordernd an. »Wenn Sie Ihren Sohn auch ab und an mal verbimsen täten, dann hätte er Saber nicht zu einem Nachtclub und anschließend in einen Park geschleppt, in dem die beiden nichts zu suchen hatten.«

»Also muss Aaron entweder Ihren Jungen verraten oder aber die Konsequenzen tragen, die sich aus Sabers Ziegelsteinwurf ergeben?«

»Ich hab nix von 'nem Ziegelstein gesagt. Wenn Sie so was erzählen, gehen Sie besser woandershin.«

»Ich hoffe, Sie können mir verzeihen, was ich jetzt sagen werde, Mr. Bledsoe.«

»Keine Ahnung, wovon Sie reden, Mann.«

Mein Vater setzte zu einer Erklärung an, hielt dann aber inne. »Wir wünschen Ihnen und Ihrer Familie alles Gute. Wenn wir Ihnen helfen können, rufen Sie uns doch bitte an.«

»Wird nicht passieren«, sagte Mr. Bledsoe.

Mein Vater setzte seinen Hut wieder auf. Es war ein klassischer Fedora, die Krempe vorn leicht nach unten gebogen. Er hatte kleine Augen, dunkles Haar und glatte Züge, die über sein wahres Alter hinwegtäuschten und die konsumierten Alkoholmengen nicht erahnen ließen. Ich fragte mich, wie er wohl aussehen mochte, wenn er nicht rauchen und trinken würde. Wir setzten uns in den Wagen, mein Vater startete den Motor. Dann schaute er nach oben, hinauf zum dunstig gelben Glanz des Mondes, der mit seinem sonderbaren Leuchten an ein Lagerfeuer im Schnee erinnerte.

»Was wolltest du zu Mr. Bledsoe sagen?«, fragte ich.

»Dass sein Verhalten unehrenhaft ist.«

»Warum hast du es nicht getan?«

»Mr. Bledsoe ist ein ungebildeter und armer Mann. Wir

machen keinen besseren Menschen aus ihm, indem wir ihn kritisieren.«

Auf der Heimfahrt sprachen wir kein Wort miteinander. Nachdem mein Vater den Wagen in die Garage gefahren hatte, hoffte ich, dass er mir ins Haus folgen und mit mir gemeinsam die Küchenarbeit erledigen würde, als Team. Stattdessen sagte er mir, er müsse noch die Reifen überprüfen. Zehn Minuten später ging ich hinaus. Der Mond war hinter ein paar Wolken verschwunden und der Garten erfüllt von Schatten, so zackig und scharfkantig wie Schwertspitzen. Mein Vater saß bei geöffneter Tür auf dem Beifahrersitz seines Wagens und trank in kleinen Schlucken aus einem Pappbecher. Die Augen hatte er geschlossen, als würde er einen weltlichen Segen empfangen, dessen Wesen niemand außer ihm selbst jemals verstand.

Am folgenden Morgen ging ich besonders früh zur Arbeit, damit ich den Nachmittag freinehmen und Valerie zum Minigolf ausführen konnte. Ich war einigermaßen überrascht, an diesem Vormittag das schwarz-rote Olds-Cabrio von Cisco Napolitano zu sehen, wie es den Boulevard hinunterfuhr. Miss Cisco saß hinter dem Steuer. Sie nahm die Ausfahrt zu unserer Tankstelle und hielt an den Zapfsäulen. Sie trug einen Schal und eine Brille, weiße Shorts und ein rosafarbenes Oberteil mit Nackenband, das einen großzügigen Blick auf ihren Busen gewährte.

»Na, Kleiner, what's the haps?«, sagte sie zu mir.

»Sind Sie aus New Orleans?«

»Wie kommst du darauf?«

»Weil die Leute aus New Orleans so sprechen.«

Sie setzte die Brille ab und gab ihren Augen einen Moment

Zeit, mein Gesicht zu fokussieren. »Komm, spring rein, wir drehen 'ne Runde. Keine Diskussionen dieses Mal.«

»Wozu?«

»Wie ich das sehe, steckst du ziemlich tief in der Klemme. Und ich bin diejenige, die dir da wieder raushelfen kann.« Ich sagte meinem Kollegen an der Tankstelle, dass ich kurz Pause machen und bald wieder zurück sein würde. Er warf einen Blick auf den Olds und die bildhübsche Dame hinter dem Lenkrad und starrte mich ungläubig an. Ich stieg in den Wagen und ließ mich in den gemütlich weichen Ledersitz sinken. Noch bevor ich die Tür zugezogen hatte, trat sie aufs Gas.

»Wohin fahren wir?«

Sie kniff mir in den Oberschenkel und grinste hinter ihrer Sonnenbrille.

»Was soll das?«, fragte ich irritiert.

»Jetzt sei nicht so ernst. Deine Jungfräulichkeit ist nicht in Gefahr. Du bist doch noch Jungfrau, oder? So oder so, ich belästige jedenfalls keine kleinen Jungs.«

Sie bog vom Boulevard ab und fuhr auf den Campus der Rice University, wo sie im Schatten eines Footballstadions parkte. Sie zog ein Fotoalbum mit Ledereinband aus dem Handschuhfach, schlug eine Seite auf und reichte es mir.

»Weißt du, wer das ist?«

»Bugsy Siegel und Virginia Hill.«

»Und wer steht da neben ihnen?«

»Sie?«

»Richtig. Ich, zwanzig Jahre jung.«

»Wer ist der Mann an Ihrer Seite?«

»Wie sieht er denn aus?«

Ich schaute sie an. »Wie ich?«

»Er war Schauspieler. Ich hab ihn auf einer Gartenparty bei Jack Warner kennengelernt, der damals direkt neben Bugsy Siegel wohnte. Er war meine erste große Liebe.«

»Was ist mit ihm geschehen?«

»Er ist an einer Überdosis Heroin gestorben, wahrscheinlich ein Hotshot. Du weißt doch, was das ist, oder?«

»Nein.«

»Bei einem Hotshot steckt dir der Dealer sehr reinen Stoff zu, für den du unter Umständen noch nicht bereit ist. Er wollte damals das Studio wechseln, aber Hollywood ist ein Ort, an dem man sich besser an die Regeln hält. Auch Vegas funktioniert so. Wenn du in ihre Welt kommst, Aaron, musst du nach ihren Regeln spielen. Die Mafia kannst du nicht verklagen. Hörst du mir zu?«

»Ich wollte mit all dem nichts zu tun haben.«

»Meine Güte, bist du schwer von Begriff. Da drüben ist ein Hotdog-Stand. Geh los, und hol mir einen.«

»Wie bitte?«

»Ich hab Hunger. Na los, mach schon, hol mir einen Hotdog!« Sie gab mir drei Dollar aus ihrer Handtasche. »Mit Relish, Ketchup, Senf und Zwiebeln. Und hol auch einen für dich. Und zwei Cokes, okay? Ich geh derweil mal im Stadion pinkeln. Na los, beeil dich.«

Ich ging zu dem Imbissstand. Als ich zurückkam, untersuchte sie gerade im Rückspiegel einen Sonnenfleck unter dem Auge und brachte ihr Haar in Form. Sie klopfte mit den Fingerspitzen auf das Armaturenbrett, um mir zu zeigen, wo ich das Essen und die Drinks hinstellen sollte.

»Was hatten Sie für einen Eindruck von Bugsy Siegel?«, fragte ich.

Sie griff nach ihrem Hotdog und nahm einen großen Bissen. Die herabtropfende Sauce fing sie mit dem Handrücken auf. »Er war ein Psychopath. Was uns wieder zu unserem Thema zurückbringt.«

»Ich wünschte, Sie würden die Dinge nicht miteinander vermischen.«

»Du hast dich gehörig in die Scheiße geritten, Kiddo. Jetzt lass uns schauen, dass wir dich da wieder rausziehen. Unser Problem ist nicht Vick ›Hohlbirne‹ Atlas. Unser Problem ist sein Vater, Jaime Atlas. Du darfst jetzt aber nicht denken, er wäre ein liebender Vater, der Rache für das Unrecht will, das seinem Sohn angetan wurde. Nein, Hohlbirne ist der persönliche Besitz vom alten Jaime, und du und dein Kumpel, ihr habt diesen Besitz beschädigt, indem ihr ihm einen Ziegelstein ins Gesicht geworfen habt.«

»Ich habe überhaupt nichts geworfen.«

»Also war's dein Freund?«

»Warum haben Sie mich überhaupt hierher gebracht, Miss Cisco?«

»Sag deinem Freund, er soll zu den Bullen gehen und sich stellen. In der Zwischenzeit solltest du über einen freiwilligen Armeedienst nachdenken. Deine Alten können für dich unterschreiben. Wenn du mit dem Dienst fertig bist, ist die ganze Sache sicherlich vergessen.«

Sie wischte sich die Finger mit einer Papierserviette ab. Ein Wagen des Sicherheitsdienstes der Universität hielt neben uns. Der Mann hinter dem Lenkrad trug eine Pilotensonnenbrille und eine Uniformmütze mit schwarzgelacktem Schirm. »Ohne Parkausweis im Wagen können Sie hier nicht stehen, Ma'am.«

»Ich fahre in einer Minute weiter, Officer.«

»Sie müssen *jetzt* weiterfahren, Ma'am.«

Ohne ihn noch einmal anzusehen, zeigte sie ihm den Mittelfinger, ließ den Motor an und fuhr vom Campusgelände auf die Straße, wo sie unter einer Virginia-Eiche parkte.

»Gehen Sie mit allen Menschen so um?«, fragte ich.

»Ach, halt doch die Klappe. Hast du eine Ahnung, was es heißt, zur *Familie* zu gehören?«

»Nein.«

»Gottverdammt, ich weiß wirklich nicht, warum ich das überhaupt tue. Vielleicht sollte ich dich einfach untergehen lassen. Ehrlich gesagt, hätte ich momentan nicht übel Lust, dir sogar eine Ankerkette um den Hals zu legen.«

»Ich weiß auch nicht, warum Sie das tun.«

Sie schaute geradeaus und seufzte beim Ausatmen. »Der Vater von Grady Harrelson ist stiller Teilhaber an den Geschäften von ein paar finsteren Gestalten. Und Jaime Atlas muss sich sein Pfund Fleisch holen, da er andernfalls keine Deals mit Clint Harrelson mehr machen wird. Du oder dein Freund – einen von euch wird's erwischen. Aber das ist nicht garantiert. Vielleicht seid ihr auch beide dran.«

»Das kann ich dann auch nicht ändern.«

Sie schob mir eine Strähne aus der Stirn. Ich zog meinen Kopf von ihrer Hand zurück.

»Na hör mal, Kleiner! Ich reiß mir ein Bein für dich aus, und du behandelst mich wie eine Aussätzige?«, sagte sie. »Du bist wirklich ein sonderbarer Bursche. Möglich, dass bei dir schon Hopfen und Malz verloren ist und du die Mühe nicht wert bist. Was meinst du?«

»Ich wollte nicht, dass all diese Dinge geschehen.«

»Erzähl das mal den Leuten, die sich für Hitler begeistert haben.«

Sie setzte ihre Brille auf, ließ den Motor an und schaltete

das Radio ein. Ich dachte, sie würde einen Sender mit Musik auswählen, stattdessen entschied sie sich für die Aktienmarktberichte. Sie sprach kein Wort mehr mit mir, und als ich an der Tankstelle ausstieg und mich umdrehte, um ihr zu danken, fuhr sie weg, ohne mir zu antworten.

Um drei Uhr fuhr ich nach Hause, nahm ein Bad und zog mir frische Sachen an. Ich wollte mich gerade auf den Weg zu Valerie machen, als mein Vater heimkam und das Auto unter dem überdachten Teil der Einfahrt parkte. Mit einer Papiertüte in der Hand stieg er aus dem Wagen.

Ich ging zu ihm hinaus. »Du bist ja heute schon früh wieder da.«

»Wo ist deine Mutter?«, fragte er.

»Einkaufen.«

»Komm doch bitte kurz mit hinters Haus.«

Er öffnete das Tor und hockte sich auf die Treppenstufen der Hintertür. Dann stellte er die Papiertüte neben sich ab und wartete darauf, dass ich mich zu ihm setzte.

»Ja, Sir?«

»Die schlimmste Angst meines Lebens hatte ich, als ich Anfang 1918 zum ersten Mal aus dem Schützengraben springen und auf das Schlachtfeld rennen musste. Ich bin später noch vier Mal raus, aber beim ersten Mal war die Angst einfach unbeschreiblich. Wer nicht da gewesen ist, kann nicht verstehen, wie sich dieser Moment anfühlte. Es geht einfach nicht.«

Er sprach nur selten vom Großen Krieg, und wenn er sich mal darauf bezog, dann erwähnte er nie seine Erfahrungen als Soldat. Die meisten Leute, die ihn gut zu kennen meinten, wussten noch nicht einmal, dass er in Europa gekämpft hatte. Wenn andere vom Krieg sprachen – ganz besonders, wenn sie es auf großspurige Art taten und die Ereignisse glorifizierten –, wandte er sich ab und verließ den Raum. Die Papiertüte neben ihm war zerknittert und sah ihrer Form nach so aus, als würde sie einen länglichen, aber gekrümmten Gegenstand enthalten, ein Stück Lende vielleicht oder ein paar Bücher von ungewöhnlicher Größe.

»Denkst du, dass ich die Schule hinschmeiße und zur Armee gehe?«, sagte ich.

»Nein, ich denke, du machst dir Gedanken darüber, dass böse Menschen in dein Leben treten könnten. Und genau darüber möchte ich mit dir sprechen. Wenn man die Leiter aus dem Schützengraben hochkletterte, war es sehr wahrscheinlich, dass der vorangehende Mann sich besudelt hatte. Dann war man gezwungen, seinen Gestank einzuatmen und ihm die Hand in den Rücken zu stemmen, damit er nicht rückwärts auf einen drauffiel. Und man hasste ihn dafür. Oben auf dem Schlachtfeld gab es kein Zurück mehr. Man musste vorwärtsrennen, durch ihre Stacheldrähte hindurch, in Hunderte ihrer Kugeln hinein, während links und rechts die Kameraden zu Boden gingen. Nach dem ersten Mal glaubte ich, ich könnte es nicht noch einmal tun. Ich sagte es meinem Leutnant, einem Briten, der in unserem Expeditionskorps diente. Er war ein wirklich feiner Kerl und meinte zu mir: ›Corporal Broussard, denken Sie nicht drüber nach, bevor es geschieht. Und denken Sie auch nicht drüber nach, wenn es vorbei ist.‹ Ich folgte diesem Ratschlag für den Rest des Krieges und fand in ihm den Trost, nach dem andere vergeblich suchten.«

Ich wusste nicht, warum er mir diese Dinge erzählte, und das sagte ich ihm auch.

»Das kann ich gut verstehen«, antwortete er. »Diese Männer, die uns Böses wollen, werden uns möglicherweise besuchen. Wenn das geschieht, werden wir ihnen mit den Mitteln entgegentreten, die die Situation verlangt.«

Er öffnete die Papiertüte und zog eine Pistole heraus, die in einem Army-Canvasholster steckte. Sie wirkte schwer, war aus brüniertem Stahl und hatte geriffelte Griffschalen. »Das ist ein Colt 1911 mit Kaliber .45, eine Automatikpistole. Einfach zu bedienen, aber mit verheerender Wirkung. Zuerst ziehst du das Magazin aus dem Griff und lädst es, indem du diese Patronen hier gegen die Kraft der Feder hineindrückst. Dann schiebst du das Magazin wieder in den Griff und ziehst den Schlitten zurück. Fertig. Nimm die Waffe nur aus dem Holster, wenn du auch vorhast, mit ihr zu schießen.«

»Weiß Mutter davon?«

»Deine Mutter war diejenige, die wollte, dass ich eine Waffe kaufe. Aaron?«

»Ja, Sir?«

»Wenn du einen Mann tötest, wird dich sein Gesicht für den Rest deines Lebens begleiten.«

»Kann ich sie mal halten?«, fragte ich.

Er reichte mir den Colt. Das Magazin war nicht eingeschoben. Das Metall und die geriffelten Griffschalen fühlten sich kalt und schwer an. Allein durch ihr Gewicht vermittelte die Waffe ein beruhigendes Gefühl, versprach Kraft und Macht, die traumgleich, fast schon erotisch waren. Ich schob meinen Finger durch den Abzugsbügel und zielte auf eine Kaladie in dem Blumenbeet, das meine Mutter vor der Garagenwand unserer Nachbarn angelegt hatte. Plötzlich sprang mein Hund Major hinter den Pflanzen hervor und starrte in die Mündung der Waffe. Er zog sich hinter die Kaladien und Elefantenohren zurück, als wäre ich ein Fremder.

»Alles in Ordnung, Major«, sagte ich. »Komm her, kleiner Kerl. Brauchst keine Angst haben.«

Mein Vater nahm mir den Colt ab und schob mit dem Handballen das Magazin in den Griff zurück. Dann steckte er die Waffe in das Holster und schloss die Lasche.

»Warum hat Major denn Angst?«, sagte ich. »Er hat doch noch nie eine Pistole gesehen.«

»Instinkt«, antwortete mein Vater. »Ich lege den Colt in die rechte untere Schublade meines Schreibtischs. Dort bleibt er, es sei denn, es tritt eine Situation ein, die seinen Einsatz unumgänglich macht. Du wirst nicht damit herumspielen. Und du wirst ihn nicht deinen Freunden zeigen. Hast du mich verstanden?«

»Ja, Sir«, sagte ich. »Heute ist eine Frau namens Cisco Napolitano zur Tankstelle gekommen. Sie verkehrt mit Leuten, die in Las Vegas die Strippen ziehen. Sie meinte, Jaime Atlas wird erst Ruhe geben, wenn er sein Pfund Fleisch bekommen hat.«

Mein Vater erhob sich von den Treppenstufen. »Gut. Dann bedank dich bei ihr für die Warnung. Und falls einer dieser Gangster anrufen sollte, sagst du ihm bitte, dass ich im Icehouse bin und mich später melden muss, okay?«

Ich liebte Minigolf, und ich liebte es, Minigolf mit Valerie zu spielen. Es machte Spaß, die roten Stoffbahnen entlangzuputten und dem Ball dabei zuzusehen, wie er über kleine Brücken und Wasserwege rollte, Miniaturwindmühlen passierte und am Ende in das Loch plumpste.

Der Abend war kühl, es wehte eine leichte Brise. Die Luft roch nach dem Wasser der Sprinkleranlagen und Grillfleisch. Nachdem wir neun Löcher gespielt hatten, aßen wir Wassermelonen an dem Imbissstand auf der anderen Straßenseite. Aus einem Lautsprecher, der in der Astgabel einer Eiche mit weiß bemaltem Stamm befestigt war, erklang Tommy Dorseys »Song of India«. Dann hörte ich einen Doppelauspuff, der röhrte wie kein zweiter: pulsierend, kehlig, fast schon opernhaft, das motorisierte Äquivalent einer klassischen Ode. Es waren die von Hand frisierten und mit Öl ausgebrannten Endschalldämpfer an Sabers Chevy. Er parkte den Wagen am Straßenrand und stieg aus. Er trug eine Jeans, ein weißes T-Shirt und halbhohe, mit Ketten behängte Stiefel. Mit den Händen strich er sich das Haar zurück und täuschte ein Selbstvertrauen vor, von dem ich ahnte, dass es jede Sekunde in sich zusammenbrechen könnte.

Ich war froh, ihn zu sehen. Von Saber als eine Art Benedict Arnold zu denken, einem gemeinen Verräter, konnte ich nicht ertragen. Menschen wie Saber wurden ans Kreuz genagelt oder per Lobotomie ausgeschaltet. Sie gingen keine Kompromisse ein, steckten niemals auf und ordneten sich nicht der Masse unter.

»Dachte ich mir doch, dass ihr hier seid«, sagte er, während sein Blick kurz von mir zu Valerie wanderte.

»Das ist Saber, Valerie«, sagte ich.

»Wie geht's, Miss Valerie?«, sagte er und setzte sich an den Picknicktisch.

»Du musst nicht ›Miss‹ zu mir sagen.«

»Hab ich mir von Aaron abgeschaut.« Er konnte ihr nicht ins Gesicht sehen. Wenn Mädchen in der Nähe waren, war Saber nicht zu gebrauchen. Einmal kletterte er sogar aus einem Fenster im zweiten Stock, um vor einem Mädchen zu fliehen, das mit ihm tanzen wollte.

»Was ist mit deinen Armen passiert?«, sagte Valerie.

»Bin vom Dach gefallen.« Er verschränkte die Arme, um die roten Striemen auf seiner Haut zu verstecken. Auch auf seiner Wange prangte ein blutunterlaufener Streifen von der Breite eines Gürtels. »Ich könnte auch ein Stück von dieser Melone vertragen. Hempstead-Melonen, das sind die besten.«

»Ist dein Dad wieder auf dich losgegangen?«, fragte ich.

»Er kann nicht klar denken. Wenn er wieder nüchtern ist, wird's schon gehen.«

»Dein Vater hat dir das angetan?«, sagte Valerie.

Er schaute stur geradeaus, gefangen in seiner Scham. Valerie schnitt ein Stück von der Wassermelone ab und schob es auf einer Papierserviette zu ihm rüber. »Aaron meint, du bist der beste Freund, den er jemals hatte, und dass alle Welt dich respektiert.«

In den Ästen der Bäume hingen Lichterketten. Ich konnte nicht sagen, ob der Glanz in Sabers Augen allein durch die Reflexion der Glühlampen bedingt war.

»Woher wusstest du, dass wir hier sind?«, fragte ich.

»Hab deine Mom angerufen. Sie hat's mir gesagt. Krauser ist heute bei uns zu Hause vorbeigekommen. Kurz davor war Jenks zu Besuch.«

»Was wollte Krauser?«

Saber schaute Valerie an und war offensichtlich unsicher, wie viel er vor ihr sagen konnte. »Er arbeitet wohl nebenberuflich als Bewährungshelfer und meinte, er wüsste genau, dass ich irgendwann in Gatesville lande. Er sagte, er könnte mich in einem Jugendlager unterbringen, wo ich sicher wäre.«

»Du meinst ein Sommerferienlager?«

»Nein, irgend so eine politische Geschichte.«

»Was haben deine Eltern dazu gesagt?«, fragte ich.

»Meine Alten sind beide nach der Grundschule abgegangen, Aaron. Sie halten Krauser für 'ne große Nummer, 'nen Intellektuellen, den beschissenen Chef im Houstoner Schulsystem.« Er blickte zu Valerie. »Sorry.«

Sie lächelte ihn mit den Augen an.

»Halt dich fern von Krauser, Saber. Du darfst ihm kein Wort glauben«, sagte ich.

»Versuch das mal meinem alten Herrn zu erklären. Der kann gar nicht genug von Krausers Kriegsgeschichten kriegen.« Er begann Krauser nachzuäffen. »Und dann jagt einer unserer Jungs aus South Carolina diesen SS-Panzer hoch. Einfach mit dem Flammenwerfer draufgehalten. Von da an nannte die ganze Einheit ihn nur noch den Feuerspucker.«

»Alles in Ordnung, Sabe?«, sagte ich.

»Sicher.«

»Macht aber nicht den Eindruck«, sagte ich.

»Ich glaub, ich werde mich stellen«, sagte er.

»Sicher, dass du das tun willst?«

»Jenks meinte, sie haben den Ziegelstein gefunden und werden ihn jetzt auf Fingerabdrücke untersuchen.«

»Wenn das stimmt, warum sollte er dir davon erzählen?«, sagte ich. »Warum haben sie dich nicht gleich festgenommen?«

»Weiß nicht. Ich weiß gar nichts mehr.«

Ein Auto fuhr an uns vorbei. Es hatte gerade Auspuffrohre und röhrte wie ein Müllaster. In dem Wagen saßen ein paar große Kerle. Die Ärmel ihrer Hemden abgeschnitten oder bis in die Achselhöhle hochgerollt, ließen sie ihre tätowierten Arme aus den heruntergelassenen Fenstern baumeln. Einer der Jungs brüllte etwas zu uns herüber. Saber starrte ihnen hinterher, bis sie an der nächsten Kreuzung abbogen. »Kennst du die Typen?«, fragte er Valerie.

»Ich konnte ihre Gesichter nicht sehen.«

»Und den Wagen? 49er Hudson.«

»Nein, ich kann mich nicht erinnern, den Wagen schon mal gesehen zu haben«, sagte sie.

»Hast *du* die Kerle erkannt?«, fragte er mich.

»Nein.«

»Die sehen nach Ärger aus«, sagte er. Er starrte auf die Straße, dann auf mich. »Ich glaube, die verfolgen uns.«

»Das sind einfach nur irgendwelche Typen. Wenn die auf Ärger aus wären, hätten sie angehalten.«

»Kann man nicht wissen.«

»Was ist los, Saber?«, fragte ich.

»Nichts. Ich sag nur, dass diese Kerle nicht zufällig hier vorbeigondeln. Und ich sag dir noch was: Die hängen mir zum Hals raus.«

»Hast du Lust, eine Runde Minigolf mit uns zu spielen?«, sagte ich.

»Nee, muss nach Hause. Fühl mich nicht so gut. Außerdem muss ich langsam mal den Arsch hochkriegen. Du weißt doch, Regel Nummer eins der Armee von Bledsoe: Dem Feind nicht das Feld überlassen und unter allen Umständen verhindern, dass er sich in einer vorteilhaften Position einnistet!«

»Warum verbringst du nicht etwas Zeit mit uns?«, sagte Valerie.

»Ich?«, sagte er.

»Demnächst findet doch das Rodeo und die Rindermesse statt«, sagte sie. »Mein 4-H-Club nimmt auch daran teil.«

»Klingt ziemlich simpatico«, sagte er.

»Darf ich dir einen Rat geben?«, sagte sie.
»Nur zu.«
»Hör auf, gegen diese Leute anzukämpfen. Auf die eine oder andere Weise werden sie alle verschwinden.«
»Ich glaube nicht, dass es so läuft.«
»Doch, das tut es. Alles andere bildest du dir ein.« Sie streckte ihren Arm aus und drückte seine Hand. Ich glaube, sie hatte ihn fast überzeugt.
Der Wagen mit den großen Kerlen fuhr wieder an uns vorbei, dieses Mal noch langsamer. Der oberkörperfreie Beifahrer hatte das Fenster heruntergelassen, sich in den Türrahmen gesetzt und streckte uns nun über das Dach hinweg den Zeigefinger entgegen. Saber stand vom Picknicktisch auf. Unter dem Stoff seiner Jeans war knapp über dem Stiefel eine längliche Wölbung zu sehen.
»Setz dich hin«, sagte ich.
»Ich hab die Schnauze voll von diesen Typen«, sagte er. Dann schlug er eine Hand in die Beuge seines anderen Armes, um ihnen mit der reichlich obszönen Regenschirm-Geste zu zeigen, dass sie ihn mal gernhaben konnten. Das Auto fuhr weiter und passierte die Kreuzung; die geraden Auspuffrohre ließen die Luft vibrieren. Ich zog das Hosenbein seiner Jeans hoch. »Und was willst du damit anstellen?«
»Selbstschutz. Und mir nicht mehr jeden Scheiß gefallen lassen. Sorry, Miss Valerie.«
»Gib mir das Ding, Saber«, sagte ich.
»Ich geb's dir, wenn Kerle wie Krauser und Typen wie die in dem Hudson uns zufriedenlassen.«
Der längliche Gegenstand unter seiner Jeans war ein an seinem Unterschenkel festgeschnallter britischer Kommandodolch in einer Lederscheide. Er war dunkelblau, komplett

aus Stahl gefertigt, hatte eine zweischneidige Klinge und eine rasiermesserscharfe Spitze – eine absolut mörderische Waffe, die man bei Vorlage eines Rabattcoupons aus gängigen Männermagazinen für 2,95 Dollar erwerben konnte.

Saber wischte seinen Platz ab und warf die Serviette in den Mülleimer.

»Bleib doch noch bei uns«, sagte Valerie.

»Danke, aber ich muss los. Wir sehen uns«, sagte er. »Gib mir Bescheid, falls die Typen noch mal zurückkommen. Und schreib dir das Nummernschild auf. Ich glaube, es ist langsam an der Zeit, ein paar Hausbesuche zu machen.«

Als er zu seinem Wagen ging, zündete er sich eine Zigarette an. Mit einer wütenden Handbewegung schnipste er das Streichholz fort, ohne sich auch nur einen Moment um das hochgeschlagene Hosenbein zu kümmern oder es gar über den Griff des Dolchs zurückzuschieben.

Valerie starrte mich an. »Hat er vorhin *Jenks* gesagt?«

»Das ist der Detective, der uns das Leben schwermacht, seitdem Loren Nichols das Auto abgefackelt und das mexikanische Mädchen ermordet wurde«, sagte ich.

»*Merton Jenks?*«

»Ja, so heißt er. Kennst du ihn?«

»Jenks war mit meinem Vater zusammen beim OSS«, antwortete sie.

Kapitel 12

Ich hatte noch nie zuvor in meinem Leben Handschellen tragen müssen. Oder war mit dem Gesicht gegen ein Auto gedrückt und unter den Armen und im Schritt abgetastet worden. Es geschah an der Tankstelle, am nächsten Morgen, vor den Augen von meinem Boss und einigen Kunden. Ein Detective in Zivil zog meine Arme nach hinten, legte die Bügel der Handschellen um meine Gelenke und schob die Zahnrasten so weit ins Schloss, dass meine Haut gequetscht wurde. Dann drehte er mich um und schob mich durch die offene Autotür auf den Rücksitz. »Steck die Füße raus.«

»Raus?«

Er hatte ein schmales Gesicht, große Ohren, sein Atem stank nach Nikotin, und seine Augen strahlten eine Gereiztheit und eine Boshaftigkeit aus, die nichts mit mir oder der Situation zu tun haben konnten. Er wirkte, als würde er ein unsichtbares Kreuz schleppen müssen und so viel Schaden in der Welt anrichten wollen wie nur irgend möglich. »Du gehst doch zur Schule, oder? Also wirst du ja wohl verstehen, was ich sage. Füße raus!«

»Sie wollen, dass ich meine Füße aus dem Wagen rausstrecke?«

Ich schaute ihm wieder in die Augen, wartete aber nicht auf eine Antwort. Stattdessen drehte ich mich zur Seite und ließ meine Füße aus der Wagentür baumeln. Er zog mir die

Schuhe aus, warf einen Blick auf die Sohlen und schob sie in eine Papiertüte.
»Sir, was machen Sie da?«, sagte ich.
»Füße einziehen«, sagte er und schlug die Tür zu.
Es war eine kurze Fahrt zu Krausers Haus. Ein Streifenwagen und ein Transporter vom Tierschutzverein SPCA mit Käfigaufbau parkten am Straßenrand. Ich konnte Sabers Hinterkopf durch die Heckscheibe des Polizeiautos erkennen. Krauser stand im Vorgarten. Er trug Chucks, ein gelbes Muskelhemd, das einen Blick auf seine stark behaarten Schultern und Oberarme gewährte, und eine mit Farbspritzern übersäte Hose. Sein Gesicht war aufgequollen, als wäre er von Bienen gestochen worden.

Der Beamte, der mir die Handschellen angelegt hatte, hieß Hopkins. Im Wagen hatte er den Hut abgenommen; auf seiner Stirn war nun ein blasser Streifen zu sehen. Er schaute mich durch das Metallgitter an, das den Fahrerbereich von den Rücksitzen trennte. »Hab mit Detective Jenks über euch Burschen gesprochen. Keine Ahnung, warum der euch alles durchgehen lässt. Aber das ist seine Sache, bei mir weht ein anderer Wind. Der Mann, der da im Garten steht, ist Träger des Purple Heart und des Bronze Star. Für das, was ihr Typen ihm angetan habt, sollte man euch echt die Scheiße aus dem Leib prügeln. Dein Kumpel in dem Streifenwagen da drüben meint, es wäre alles deine Idee gewesen. Stimmt das?«

»Was für eine Idee?«

»Letzte Chance, Kleiner. Entweder du oder er. Andernfalls geht ihr beide unter. Er hat dich schon ans Messer geliefert.«

»Saber soll mich beschuldigt haben?«

»Er sagte: ›Es war Aarons Idee. Ich bin nur mitgegangen.‹«

»Für mich sieht's so aus, als wäre er gerade erst angekommen. Wann wollen Sie denn mit ihm gesprochen haben?«
Hopkins wandte seinen Blick von mir ab. »Hab deine Gürtelschnalle gesehen. Kleiner Tipp: Besser, du reitest dieses Mal nicht bis zum Buzzer. Andernfalls landest du in Gatesville.«
»Ich habe nichts getan.«
»Du hast bereits eine Akte bei uns, Boy. Glaubst du vielleicht, deine Scheiße würde nicht stinken? Glaubst du wirklich, dass du mit dieser Nummer davonkommst?«
»Mit welcher Nummer?«
Ich konnte sehen, wie die Haare in seinen Nasenlöchern bebten. Er stieg aus und zog die Hintertür des Wagens auf. Die Pupillen in seinen Augen erinnerten mich an die Spitzen verbrannter Streichhölzer. Er griff meinen Oberarm. »Keinen Mucks, Junge, außer man fragt dich etwas«, sagte er. »Und dumm in der Gegend rumgaffen brauchst du auch nicht. Kapiert?«
Krauser starrte mich an, als wir die Einfahrt zu seinem Haus hinaufgingen. Sein Gesicht war von den Ratschern und Schnitten einer hastig geführten Rasierklinge überzogen. An seinem Kinn klebte ein blutiger Schnipsel Toilettenpapier. Eins seiner Augen war angeschwollen, das andere war eingesunken und tränte, als wäre es entzündet.
»Ich weiß nicht, was hier passiert ist, Mr. Krauser, aber ich hatte nichts damit zu tun«, sagte ich.
»Broussard?«
»Ja, Sir.«
Er blinzelte und schaute Hopkins an. »Was hat er Ihnen erzählt?«
»Besser, Sie gehen ins Haus, Mr. Krauser. Trinken Sie ein Glas Wasser, und kühlen Sie sich etwas ab«, sagte der Detec-

tive. »Und keine Bange, wir kriegen die Wahrheit schon raus aus diesen Jungs.«

»Bledsoe ist der Anführer, der gehört in den Jugendknast«, sagte Krauser. »Und der da ist eine Schlange, dem dürfen Sie nicht eine Sekunde den Rücken zuwenden.«

Die Cops des anderen Streifenwagens holten Saber. Er trug ebenfalls Handschellen und ging barfuß. Sein T-Shirt war im Nackenbereich stark ausgebeult, auf seiner Hose prangte in Kniehöhe ein Grasfleck, und seine Ellbogen waren abgeschürft und blutig. Hopkins schob mich die Einfahrt entlang.

»Ich möchte meine Eltern anrufen«, sagte ich.

Er antwortete nicht. Ich trat auf einen kleinen Gegenstand, einen Kronkorken oder einen Kieselstein. Es tat so weh, dass ich auf einem Bein weiterhüpfen musste. Dann gingen wir um die Ecke des Hauses. Die Sonne brannte auf den Garten nieder. Die Feuchtigkeit hing wie ein Gespinst aus feinen, langen Glasfäden in der Luft, und ein schwerer Kotgeruch schlug mir entgegen. Ein Schwarm brummender Fliegen belagerte den Mülleimer. Der Dobermann lag mit ausgestreckten Beinen auf dem Rasen, nur wenige Zentimeter entfernt von seinem leeren Wassernapf. Der Wind drückte ein Stück Fleischpapier, überzogen von einer kupferroten Flüssigkeit, gegen den Maschendrahtzaun.

»Und Sie glauben, wir hätten das getan?«, sagte ich.

»Trägst du eine Zehneinhalb?«, fragte er.

»Schuhgröße?«

»Nein, *Hutgröße,* du Komiker.«

»Ja, meine Schuhgröße ist zehneinhalb.«

»Los, die Treppe hoch.«

»Harrelson oder Atlas stecken hinter dieser Sache.«

»Wer bitte schön?«

»Hätten Sie tatsächlich mit Jenks gesprochen, hätte er Ihnen von denen erzählt.«

»Er hat mir erzählt, dass ein anderer Bursche wegen euch sehr wahrscheinlich ein Auge verlieren wird. Das reicht mir. Und jetzt schieb deinen Arsch ins Haus.«

»Ich will meine Eltern anrufen.«

»Du hast hier gar nichts zu wollen, Boy.«

»Wenn Sie glauben, dass ich Ihnen helfe oder mit Ihnen zusammenarbeite, haben Sie sich geschnitten.«

»Du wirst tun, was man dir sagt.«

Die Hintertür war offen. Jemand hatte das Fliegengitter mit einer scharfen Klinge oder einem Teppichmesser diagonal aufgeschlitzt und das Türschloss aus dem Holzrahmen gebrochen. Hopkins drückte mir seine Fingerknöchel in die Wirbelsäule. Mir lief der Schweiß von der Nase. Gelb wie Eidotter brannte die gleißende Sonne vom Himmel herunter; die vom Asphalt und dem St.-Augustine-Gras aufsteigende Hitze legte sich wie eine Wolldecke auf meine Haut. Wenn ich versuchte, meine Hände zu bewegen, rissen die zu engen Handschellen die Haut an meinen Gelenken auf, und der salzige Schweiß brannte in den Wunden. Hopkins bohrte mir abermals seine Fingerknöchel in die Wirbelsäule.

»Verdammter Scheißkerl«, sagte ich.

»Was hast du da gerade gesagt?«, fragte er.

Von meiner Nase tropfte der Schweiß, meine Augen brannten, Garten und Haus sah ich nur noch verschwommen. »Entschuldigung.«

»Rein mit dir«, sagte er.

»Warum? Ich habe gestern Abend mit meiner Freundin Minigolf gespielt. Heute Morgen bin ich von zu Hause direkt zur Arbeit gefahren. Was immer auch hier passiert sein mag, ich kann es gar nicht gewesen sein.«

»Rein mit dir, Boy! Ich sag's nicht noch einmal.«

»Ich will einen Zeugen.«

»Einen Zeugen? Wozu?«

»Für das, was auch immer Sie jetzt tun werden.«

Außer uns war niemand im Garten. Ich konnte Saber und die anderen Cops in der Einfahrt hören. Saber war entweder hingefallen oder hatte sich auf den Boden gesetzt, sodass die Polizisten ihn in den Garten schleifen mussten. Hopkins zündete sich eine Camel an, nahm einen Zug und ließ den Qualm langsam aus seinem Mund rollen. Er schaute seine Zigarette an, richtete dann den Blick auf mich. »Rauchst du?«

»Nein, Sir.«

»Besser so. Eines Tages muss ich auch die Finger von den Dingern lassen.«

Er packte mich am Arm und stieß mich durch die Tür. Ich stolperte und fiel gegen die Wand. »Ich habe Mr. Krauser nichts getan. Aber Ihr Auftritt an der Tankstelle vorhin wird mich sehr wahrscheinlich den Job kosten. Nur damit Sie's wissen: Alle in der Schule hassen Mr. Krauser. Er ist ein gemeiner und grausamer Mistkerl, und alle Welt weiß das. Ich will jetzt meinen verdammten Anruf.«

»Den kriegst du im Knast.«

Ich wusste, dass es keine Rolle spielte, was ich sagte. Hopkins gehörte zu der Sorte Menschen, die glaubt, dass es eine Errungenschaft ist, Macht über andere zu haben, und die Gewalt als einen Beleg für den Mut eines Mannes ansieht.

Er schnipste seine Zigarette durch das aufgeschlitzte Fliegengitter in den Garten und führte mich in eine Art Vorzimmer. Der Boden in diesem Raum glänzte, denn er war frisch gestrichen. In der Farbe waren Fußabdrücke zu sehen. Hopkins nahm einen meiner Schuhe aus der Papiertüte, hockte sich hin und drückte ihn in eine der Fußspuren. Dann tat er das Gleiche noch einmal mit dem anderen Schuh. »Passen beide. Oder was meinst du?«

»Und wenn schon. Ich bin nicht durch die Farbe gegangen. Ich war nicht hier. Zumindest gestern und heute nicht.«

Er antwortete nicht. Die anderen Cops brachten Saber durch die Hintertür herein. Einer von ihnen trug Sabers Schuhe und reichte sie Hopkins. Nach drei Versuchen hatte der Detective einen Abdruck gefunden, der zu Sabers Schuh passte. Anschließend drückte er auch den zweiten Schuh in eine der Fußspuren. Er stand auf und streckte seinen Rücken durch. »Und keiner von euch beiden will hier gewesen sein? Das ist eure Story?«

»Diese Fußspuren da können von sonst wem stammen«, sagte Saber.

Hopkins drehte unsere Schuhe um. »Und wie kommt dann diese Farbe an eure Sohlen?«

»Sie haben doch die Schuhe gerade selbst in die Farbe gedrückt«, sagte Saber. »Wir haben's gesehen, Mann.«

»*Die* Farbe hier ist schon seit drei Stunden trocken.« Er ging wieder in die Hocke, fuhr mit den Fingern über den Boden und rieb seinen Daumen über die Fingerspitzen. »Hier, seht ihr?«

Durch die Hintertür sah ich einen Mitarbeiter des Tierschutzvereins, der Krausers Dobermann in ein Segeltuch einwickelte und aus dem Garten trug. Hopkins ging in den Kraftraum und drehte sich zu uns herum. »Bringt die beiden Burschen mal her. Ich will sehen, ob sie stolz auf ihr Werk sind.«

Ich ging voran, Saber folgte. Die Farbe des Vorraums blieb an meinen Fußsohlen kleben. Auf den ersten Blick schien im Kraftraum alles in Ordnung. Die Kurzhanteln waren auf dem Ständer angeordnet, die mit Fünfzig-Pfund-Scheiben bestückte Langhantel lagerte auf der Ablage der ledergepolsterten Bank, und an den Wänden hingen, wie bei meinem letzten Besuch, die verschiedenen Erinnerungsstücke aus Krausers Leben. Erst als sich meine Augen an das schwache Licht gewöhnt hatten, erkannte ich die methodische Sorgfalt, mit der die Einbrecher all die Gegenstände zerstört hatten, mit denen sich Krauser jeden Tag aufs Neue versicherte, wer er war.

Sie hatten das Glas aus den Rahmen an den Wänden geschlagen und anschließend die Belobigungsschreiben, die Fotos, die Militärauszeichnungen und im Grunde Krausers gesamtes Leben zu Konfetti verarbeitet. Mit Zangen hatten sie seine Ehrenmedaillen und Infanterie-Kampfabzeichen verstümmelt. Die Konföderierten-Kriegsflagge hing in Streifen zerschnitten von der Wand, jeder einzelne Fetzen mit einem Schleifchen versehen. Die aus einem deutschen Stahlhelm gefertigte Lampe lag am Boden, umgedreht und an die Wand gelehnt. Als Hopkins mit der Spitze seines Schuhs dagegen tippte, lief ein gelbes Rinnsal aus dem Stahlhelm auf den Beton. Der Nazi-Dolch mit dem weißen Griff und den goldfarbenen SS-Blitzen war verschwunden.

Niemand sagte etwas. Aus der Klimaanlage im Fenster tropfte Wasser; ihr brummender Motor arbeitete auf Hochtouren. So sehr ich Krauser auch verabscheute, in diesem Moment tat er mir leid.

»Warum habt ihr das getan?«, sagte Hopkins. »Dieser Mann hat seinem Land gedient, und das ist der Dank, den er von euch bekommt?«

»Wir haben diesem Arschloch nie was getan«, sagte Saber.
»Und wie nennst du dann das hier?«, sagte Hopkins.
»Das fragen Sie mich?«, erwiderte Saber. »Das Ding da neben deinem Fuß ist übrigens sein Purple Heart. Und ja, ich frage *dich*.«
»Ich bin der Kerl, der seinen Pimmel durch ein Loch in der Decke von Krausers Biologieraum hat baumeln lassen. Der Typ, der einen toten Frosch in den Kohlsalat von diesem Mistkerl gesteckt hat. Und Sie wollen jetzt wirklich von mir wissen, was ich von diesem Mist hier halte?«
»Wir brennen drauf, es zu erfahren«, sagte Hopkins.
Saber stieß einen Laut aus, der sich anhörte wie das Zischen eines zerstochenen Basketballs. Er versuchte sich zurückzuhalten und kniff das Gesicht zusammen. Seine Knie begannen zu zittern, das unterdrückte Lachen ließ seine Brust beben, Tränen schossen ihm in die Augen.
»Wie ich das hier nennen würde, wollen Sie wissen?«, sagte er. »Wie ich das nennen würde? Was denken Sie denn, Mann? Das ist ein gottverschissener Geniestreich!«

Ich hätte nie gedacht, dass Gefängnisse so laut wären. Im Harris County Jail herrschte ein unvorstellbarer Krach. Menschen schrien die Korridore hinunter oder aus den Fenstern hinaus; Zellentüren knallten; Radios plärrten; Wassereimer schabten auf dem Betonfußboden entlang; ein gutes Dutzend Männer, mit Handschellen hintereinander an eine lange Kette gefesselt, polterte auf dem Weg zum Gericht eine Eisentreppe hinunter; ein Wahnsinniger, die Hände durch den Essensschlitz gesteckt, hämmerte mit einem Blechtablett gegen die Tür seiner Einzelzelle. Die Lautstärke dieser Kakophonie blieb permanent gleich. Das Gebäude schien sie zu subsummieren, wie ein Sturm es tut, und wenn man seine Handfläche gegen die Wand presste, konnte man spüren, wie der Lärm in den Gefängnismauern pulsierte, als würde sich dort ein Gefäßsystem befinden.

Wir saßen zu acht in einer rechteckigen Zelle mit vier Metallpritschen, die mit Scharnieren und Ketten an den Wänden befestigt waren. Der Toilettensitz war verschwunden, die Kloschüssel von teefarbenen Flecken überzogen. Außer Saber und mir waren da noch: ein Betrunkener, der in einer Blutbank eine Schlägerei angezettelt hatte; ein beim Voyeurismus erwischter Handzettelverteiler; ein Scheckbetrüger, der nur sechs Tage nach seiner Entlassung wieder wegen eines faulen Schecks eingefahren war; ein bereits mehrfach Verurteilter, der gegen seine Bewährungsauflagen verstoßen hatte; und zwei Autodiebe aus Mexiko, deren freie Oberkörper von vernarbten Stichwunden und Knast-Tätowierungen überzogen waren. Man hatte den Eindruck, sie alle kannten einander bereits oder hatten zumindest gemeinsame Freunde. Zudem schienen sie das System als das zu akzeptieren, was es war, ohne mit ihrer Umgebung oder ihrem Schicksal zu hadern.

Ich konnte einen Telefonanruf tätigen und versuchte es im Büro meines Vaters. Er war aber nicht da, und so musste ich seiner Sekretärin eine Nachricht diktieren, wohlwissend, wie peinlich das für ihn sein würde. Um vier Uhr kam ein Vertrauenshäftling, ein sogenannter Trusty, der eine weiße Baumwollhose und ein weißes T-Shirt mit der Rückenaufschrift »HARRIS COUNTY PRISON« trug. Er schob einen Servierwagen vor das Gitter unserer Zelle und reichte uns ein Tablett durch den Essensschlitz, auf dem acht Fleischwurst-Sandwiches lagen, dazu acht Blechtassen mit Kool-Aid.

»Wann kommt der Kautionsagent?«, fragte Saber.

»Zuerst müsst ihr zur Anklageverlesung.«
»Und wann ist die?«
»Morgen früh.«
»Ich hab eigentlich nicht vor, morgen früh noch hier zu sein.«
»Gibt Grießbrei, Würstchen und Kaffee zum Frühstück. Ist ziemlich lecker.«
Der Trusty schob seinen Wagen weiter den Korridor entlang.
»Komm zurück, du!«, rief Saber. »Hey, ich spreche mit dir!« Er drückte seinen Kopf gegen die Gitterstangen, dann griff er sie mit beiden Händen und begann an ihnen zu rütteln.
»Entspann dich«, sagte einer der Mexikaner. »Du musst ruhig bleiben. Und schrei den Trusty nicht an, sonst spuckt er dir ins Essen.«
»Dann hab ich Neuigkeiten für den Mistkerl. Ich werd den Fraß sowieso nicht anrühren.«
»Das ist dumm«, sagte der Mexikaner. »Besser, du tanzt hier nicht aus der Reihe, Mann. Du bist jetzt im Gefängnis.«
»Danke für die Information.«
Ich legte meine Hand auf Sabers Schulter. »Dein Dad wird bald hier sein. Oder mein alter Herr.«
Ich hatte unrecht. Die Stunden vergingen, und im Flur wurden die Lichter eingeschaltet. Eine Minute nach elf Uhr machte es mit einem Mal *klack,* und alle Lampen waren aus. Bis auf die Notausgänge und das Wärterhäuschen am Haupttor versank das gesamte Gebäude in Dunkelheit.
Um sieben Uhr war der Trusty wieder da und brachte einen Kessel Fertiggrießbrei, einen Aluminiumeimer mit Würstchen und eine große Kanne Kaffee. Eine Stunde später wur-

den wir hintereinander mit Handschellen an eine lange Kette gefesselt und zur Anklageverlesung gebracht. Unter der Handvoll Zuschauer im Verhandlungssaal befand sich auch mein Vater. Sabers Vater war nicht gekommen. Unsere Anklage lautete auf Einbruch, Diebstahl und Sachbeschädigung. Unsere Kaution wurde auf fünfhundert Dollar festgelegt, was zu jener Zeit eine Menge Geld war.

Mein Vater hatte es in bar dabei. Saber drehte sich immer wieder um und schaute zum Eingang des Gerichtssaals. Aber Mr. Bledsoe kam nicht. Nach einer halben Stunde war der Papierkram für meine Freilassung auf Kaution erledigt. Saber hingegen bekam Gefängniskleidung aus Jeansstoff ausgehändigt und wurde aufgefordert, diese anzuziehen, da er in einen Trakt im oberen Teil des Gebäudes verlegt werden sollte. Ich konnte die Angst und den Schmerz in seinen Augen sehen. »Wahrscheinlich besorgt dein Dad gerade das Geld«, sagte ich.

»Nein, tut er nicht. Er wird besoffen sein. Die Angelegenheit kümmert ihn einen Scheißdreck.«

»Tut mir leid, Saber«, sagte ich. »Leg dich nicht mit diesen Kerlen an, hörst du? Ganz gleich, was sie sagen oder tun.«

»Kinderspiel. Die Zeit hier drinnen sitz ich auf einer Arschbacke ab.« Beim Zuknöpfen seines Gefängnishemds übersah er ein Knopfloch. Es schien fast so, als wären seine Finger mit einem Mal taub geworden.

»Sei vorsichtig«, sagte ich etwas leiser. »Sei vorsichtig mit dem, was du zu den Leuten hier sagst, verstanden? An einem Ort wie diesem gibt es keine Geheimnisse.«

»Vielleicht find ich ja ein paar neue Freunde hier drinnen.«

»Was meinst du?«

»So hat sich's nun mal ergeben, Aaron. Ich bin hier. Du

gehst nach Hause. Ich hab dir doch gesagt, dass die hinter uns beiden her sind. Sieht so aus, als hätte ich zur Hälfte recht behalten.«

Draußen, in der frischen Morgenluft und dem Verkehrslärm von Houstons Innenstadt, ging ich an der Seite meines Vaters zu seinem Wagen. Drinnen, im Gefängnis und umgeben von hartgesottenen Verbrechern, bezog Saber gerade seine Zelle.

»Hast du es getan?«, fragte mein Vater.
»Nein, Sir.«
»Dein Wort drauf?«
»Ja, Sir.«
»Was ist mit Saber?«
»Er würde Mr. Krausers Hund nicht töten. Da bin ich mir ziemlich sicher.«
»Ich habe mit diesem Hopkins gesprochen, dem Kerl, der euch verhaftet hat. Er meinte, der Mitarbeiter des Tierschutzvereins hätte gesagt, der Hund wäre mit Schlaftabletten und nicht mit Gift getötet worden.«
»Woher will er das wissen?«
»Bei Gift kommt es zu Krämpfen und Erbrechen. Krausers Hund ist aber einfach nur eingeschlafen. Glaubst du immer noch, dass Saber nichts mit der Sache zu tun hat?«

Er wartete auf meine Antwort.

»Können wir ihm einen Kautionsagenten besorgen?«, fragte ich.

»Vielleicht ist er fürs Erste besser im Gefängnis aufgehoben. Außerdem können wir uns nicht in die Familienangelegenheiten anderer Leute einmischen.«

»Hopkins hat die Sohlen unserer Schuhe in die Farbe auf dem Fußboden von Mr. Krausers Haus gedrückt.«

»Ich denke, es ist an der Zeit für eine Unterhaltung mit Mr. Harrelson.«

»Mit Grady?«

»Nein, mit seinem Vater.«

Wir gingen über die Straße zu Kelly's Steakhouse, einem der Lieblingsorte meines Vaters in der Innenstadt. Sein Gesicht wirkte unbekümmert, vielleicht sogar ausgeglichen. Der Fedora saß leicht gekippt auf seinem Kopf, seine Kleidung roch frisch, nicht nach Zigarettenqualm. Und ich fragte mich, ob dieser Morgen mehr für uns bereithielt als nur einen neuen Tag.

Kapitel 13

Ich war überrascht davon, wie leicht wir einen Gesprächstermin mit dem als zurückgezogen und introvertiert geltenden Clint Harrelson erhielten. Mein Vater rief ihn an, und Mr. Harrelson lud uns in sein Haus ein. Als wir durch das Tor mit den Metallspitzen gingen und das Grundstück der Harrelsons betraten, bemerkte ich, wie mein Vater die Details der Umgebung aufsaugte. Ich wusste, was er dachte. Das Anwesen der Harrelsons war, zumindest stilistisch, eine Kopie des Hauses in Louisiana, in dem mein Vater 1899 das Licht der Welt erblickt hatte. Dieser Ort hier jedoch – mit seinen gepflasterten Fußwegen und den Virginia-Eichen, den Kamelienstäuchern und den cremefarbenen Säulen der Gebäude, dem smaragdgrünen Rasen, dem rosa- und lavendelfarbenen Blauregen und der Tiefgarage unter dem Wohnhaus – war echt. Weder Abstraktion noch Teil einer Nach-Bürgerkriegsära, von der mittlerweile nicht viel mehr blieb als eine vor sich hin rottende Erinnerung an einen verdreckten Bayou.

Grady hatte keine Geschwister, eine Mutter gab es auch nicht. Den Leuten erzählte er, dass sie in einer Klinik in Mexico City an Brustkrebs gestorben war, aber einige behaupteten, sie wäre bei einem Flugzeugabsturz zusammen mit ihrem brasilianischen Liebhaber, einem bekannten Polospieler und wohlhabenden Kaffeeplantagenbesitzer, ums Leben gekommen. Wie auch immer sie gestorben sein mochte, sie musste all ihre Gene auf ihren Sohn übertragen haben, denn Grady sah kein bisschen wie sein Vater aus. Texas war voll von großmäuligen Ölbaronen ohne Anstand und Benehmen, die während des Krieges ein Vermögen gescheffelt hatten und eine Art Raubtierkapitalismus mit einer an John Wayne angelehnten Vorstellung des einfachen und unprätentiösen Südens vereinten – Männer, die es nicht abwarten konnten, eine Ladung Kautabak auf den Rasen vor der Country-Club-Terrasse zu spucken. Mr. Harrelson war keiner von ihnen. Er war ein eher asketisch wirkender Mann mit einer dünnen und blutlosen Nase, auf der eine Stahlrahmenbrille saß, einem V-förmigen Kinn, kurz geschorenen Haaren von weiß-goldener Farbe und einer breiten Stirn. Er trug einen weißen Bademantel, Pantoffeln an seinen kleinen Füßen und hatte ein Buch in der Hand, als er uns begrüßte. »Ach ja, Mr. Broussard.« Er schaute auf seine Armbanduhr. »Auf die Minute. Kommen Sie doch rein.«

Er machte keinerlei Anstalten, mich zur Kenntnis zu nehmen. Mein Vater wartete darauf, dass er die Hand ausstreckte, aber er tat es nicht.

»Das ist Aaron, mein Sohn«, sagte mein Vater.

»Ja, ähm, gut. Wie geht's?«, sagte Mr. Harrelson. »Folgen Sie mir doch bitte.« An der Treppe blieb er stehen. Sie war breit genug, um mit einem Truck in das Obergeschoss zu fahren. Handlauf und Stufen waren aus Zypressenholz gefertigt; die auf Hochglanz polierte Maserung glänzte bernsteinfarben. »Unsere Gäste sind hier, Grady!«

Seine Stimme hatte keine Melodie und schien vollkommen akzentfrei. Seine Augen waren von graublauer Farbe. Sie zeigten weder Interesse noch Missfallen und schienen eher nach innen als nach außen gerichtet. Mr. Harrelson wirkte auf mich wie ein Mathematiker oder ein Chemiker, nicht wie der Besitzer einiger Reismühlen und eines Bohrunternehmens. Er strahlte eine penible Reinlichkeit aus, eine Art antiseptische Aura, bei der ich mich fragte, ob seine Drüsen überhaupt produktionsfähig waren. Hätte er ein botanisches Äquivalent gehabt, wäre es wahrscheinlich eine Gewächshauspflanze gewesen, die ihres Chlorophylls beraubt nie im Leben das Sonnenlicht gesehen hatte.

Er ging in das Wohnzimmer und setzte sich in einen Polstersessel neben dem Kamin. Auf dem Kaffeetisch stand ein Teeservice mit genau einer Tasse. Er zog die Augenbrauen hoch und zeigte auf ein Sofa auf der anderen Seite des Kamins. »Na dann schauen wir doch mal, ob ich die Sache richtig sehe: Erst ging es nur um das Epstein-Mädchen, und nun wurde ein Ziegelstein durch die Windschutzscheibe von Gradys Wagen geschleudert, richtig? Und jetzt möchte Ihr Sohn sich zu der Tat bekennen, sich entschuldigen oder Schadenersatz zahlen, und Sie, Mr. Broussard, wollen wahrscheinlich, dass ich mit dem Vater von Vick Atlas spreche. So oder so ähnlich verhält es sich doch, nicht wahr?«

Ich schaute kurz zu meinem Vater. Die sozialen Taktlosigkeiten, die Mr. Harrelson in seinen Augen bereits begangen hatte, waren zu viele, um sie zu zählen.

»Sie haben ein sehr schönes Haus«, sagte mein Vater. »Beim Hereinkommen habe ich Ihre Kameliensträucher bewundert. Sie erinnern mich an den Ort meiner Kindheit.«

Mr. Harrelson legte das Buch in seiner Hand mit der aufgeschlagenen Seite nach unten auf den Tisch. Er schlug seine Knie übereinander, wobei sich sein Bademantel ein wenig öffnete, und kratzte sich an einer Stelle unter dem Auge. Auf beiden Seiten des Kamins standen weiße Bücherregale. Ausgehend von den Titeln, waren es Sachbücher über Geschichte und Wirtschaft. Die einzigen Romane, die ich in der Sammlung ausmachen konnte, stammten von Ayn Rand.

»Wollen Sie mir vielleicht sagen, warum Sie hier sind?«, sagte Mr. Harrelson.

»Mein Sohn wird beschuldigt, Dinge getan zu haben, mit denen er nichts zu tun hat. Heute Morgen wurde er wegen Einbruchs angeklagt. Die Vorstellung, dass ihm jemand die Schuld für diese und andere Delikte in die Schuhe schieben will, ist nur schwer erträglich.« Er hielt seinen Blick auf Mr. Harrelson.

»Sind Sie genauso empört über die Tatsache, dass der Atlas-Junge ein Auge verlieren könnte?«, sagte Mr. Harrelson.

»Ja, durchaus. In diesem Zusammenhang treibt mich allerdings noch eine andere Sache um. Die Mitglieder der Atlas-Familie sind Kriminelle. Wie ich höre, befand sich Ihr Sohn neulich in der Gesellschaft von Vick Atlas, dessen Vater und einem Gangster namens Frankie Carbo. Scheint Ihnen das ein guter Umgang für Grady?«

Mr. Harrelson strich sich mit einem Fingerknöchel über die Nase und schaute zur Treppe. »Komm runter, Grady.«

Barfuß kam Grady die Stufen hinunter und dann zu uns ins Wohnzimmer. Er trug ein über dem Bauchnabel abgeschnittenes T-Shirt und eine tiefhängende Levi's ohne Gürtel. Sein Teint war dunkler als zuvor, sein Körper so weich und geschmeidig wie warmer Talg. »Was gibt's, Pop?«

»Dieser Gentleman hier behauptet, du hättest dich mit einem Gangster namens Carbo getroffen.«

»Das stimmt nicht. Ich habe Vick Atlas in einem Nachtclub getroffen. Vick saß allerdings an einem anderen Tisch und hat sich erst später zu uns gesellt. Mehr ist nicht passiert.«

»Du hast in Aarons Auto uriniert«, sagte mein Vater.
»Bei allem Respekt, Sir, aber so etwas tue ich nicht.« Ich versuchte, Blickkontakt mit Grady herzustellen, aber er ließ sich nicht darauf ein.
»Nun, Sie haben es gehört«, sagte Mr. Harrelson. »Unsere Wahrnehmung vergangener Ereignisse scheint stark voneinander abzuweichen. Ich würde es gern dabei belassen. Es wird eine polizeiliche Untersuchung zu der Angelegenheit mit dem Ziegelstein geben, und ich für meinen Teil werde die Ergebnisse dieser Untersuchung akzeptieren.« Er wandte sich zu seinem Sohn. »Ich glaube, das eigentliche Problem ist das Epstein-Mädchen. Ihr Vater ist ein Kommunist. Für gewöhnlich fällt der Apfel nicht weit vom Stamm. Aber das ist nur meine Meinung. Möchtest du noch etwas zu Mr. Broussard oder Aaron sagen, Grady?«

»Ich bin bereit, Aaron die Hand zu geben«, sagte Grady.

»Also, wie sieht's aus?«, sagte Mr. Harrelson. »Und ansonsten lassen wir einfach die Gerichte diese Angelegenheit regeln. Grady hatte noch nie Ärger, und er hat auch noch nie jemandem wehgetan.«

Die Arme vor der Brust verschränkt, den Blick auf den Boden gerichtet, wirkte Grady wie die personifizierte Demut. Draußen war das in den Boden eingelassene Sprinklersystem angesprungen, das erste dieser Art, das ich zu Gesicht bekam. Mit einem Mal schossen überall im Garten Wasserstrahlen aus der Erde, tanzten spiralförmig durch die Luft und benetzten Beete, Rasen sowie Patio. Sie klatschten gegen die Stämme der Virginia-Eichen, trafen Rankgerüste und Glastüren und zerstäubten in der Abenddämmerung zu einem feinen Nebel. Gleichzeitig schalteten sich die Unterwasserlichter des Swimmingpools ein und ließen die Wasseroberfläche in einem türkisfarbenen Glanz erstrahlen, der wie farbiger Rauch aussah. Konnte ein Mensch in einer noch vollkommeneren Umgebung leben? Mittendrin in diesem Paradies stand Grady Harrelson und log, ohne rot zu werden, während Saber Bledsoe sehr wahrscheinlich gerade Maisgrütze und Bohnen von einem Blechteller löffelte und über die Besucher nachdachte, die später, wenn die Nachtwache das Licht ausschaltete und das Gefängnis in Dunkelheit tauchte, an sein Bett kommen würden.

Ich starrte Gradys Vater an, sodass er nicht anders konnte, als meinen Blick zu erwidern. »Grady tut sehr wohl anderen Menschen weh, Mr. Harrelson. Letzten Sommer sind ein paar Halbstarke vom anderen Ende der Stadt zu einer Party auf dem Sunset Boulevard gekommen. Grady und seine Freunde haben sie so brutal verprügelt, dass sie um Gnade winselten. Einen der Burschen haben sie auf die Motorhaube eines Autos gehievt, ihn dort mit ausgestreckten Gliedmaßen festgehalten und sein Gesicht zu Brei geschlagen.«

»Das mag nicht richtig gewesen sein, aber für mich hört es sich so an, als hätten diese Kerle selbst Schuld gehabt«, sagte Mr. Harrelson.

»Vielleicht sollten Sie sich mal mit Detective Jenks unterhalten«, sagte mein Vater. »Ein mexikanisches Mädchen wurde in den Heights ermordet, eine Prostituierte. Jemand hat ihr das Genick gebrochen, und zwar nur zwei Blocks von dem Ort entfernt, an dem später ein Auto ausbrannte. Detective Jenks ist der Meinung, dass es eine Verbindung zwischen diesen beiden Fällen gibt. Und es sieht alles danach aus, als wollte jemand meinem Sohn und seinem Freund Saber Bledsoe die Sache anhängen.«

Mr. Harrelson rümpfte die Nase unter seiner Brille und

lächelte. »Damit haben wir nichts zu tun«, sagte er. »Und ich denke, dass wir uns an diesem Punkt besser voneinander verabschieden. Wenn Sie noch einmal Fragen zum Verhalten meines Sohnes und seiner Freunde haben, dann wenden Sie sich doch bitte an die zuständigen Behörden. Ich möchte noch eine Sache loswerden, bevor wir auseinandergehen: Meinem Empfinden nach erfährt die Verletzung des Atlas-Jungen bei der ganzen Diskussion zu wenig Beachtung. Wenn ich das richtig verstanden habe, kann der Junge froh sein, dass sein Kopf noch auf seinen Schultern sitzt. Verzeihen Sie bitte, ich wollte nicht noch einmal damit anfangen. Grady, kannst du bitte dafür sorgen, dass die Außenlichter eingeschaltet sind, damit Mr. Broussard und Aaron den Weg hinausfinden? Danke.«

Mein Vater starrte ins Leere. Sein Hut lag auf dem Tisch, mit der Krone nach unten. Er nahm ihn in die Hand und drückte die Krempe gerade. Dann stand er auf. Die Nacht zuvor hatte er nicht gut geschlafen, zudem war er früh aufgestanden und zur Bank gegangen, um die fünfhundert Dollar abzuheben und meine Kaution zu bezahlen. Er sah zehn Jahre älter aus, als er eigentlich war.

»Bleiben Sie ruhig sitzen. Wir finden allein raus«, sagte er. Mr. Harrelson nickte, nahm sein Buch zur Hand und begann zu lesen. Noch nie zuvor hatte ich einen derart arroganten Menschen gesehen.

Grady öffnete uns die Eingangstür und hielt sie auf, während wir hinausgingen. Die Nacht war erfüllt von dem Geruch nach Blumen und Flechten und dem Dunst des Sprinklersystems. Grady wollte gerade die Tür hinter uns schließen, als mein Vater sich umdrehte und sie wieder aufdrückte. »Sag deinem Vater, er soll rauskommen.«

»Das Gespräch ist für ihn beendet«, sagte Grady. »So ist er nun mal. Manchmal kann er ein wenig komisch sein.« Mein Vater hatte seinen Hut noch nicht wieder aufgesetzt. Er hielt ihn an der Krone, zusammengedrückt zwischen seinen Fingern, und zeigte damit auf Grady. »Hol ihn raus, junger Mann. Ich möchte dich nicht in Verlegenheit bringen, also tu besser, was ich dir sage. *Jetzt.*«

»Wenn Sie unbedingt wollen.«

Grady ging ins Haus zurück und kam kurz darauf mit seinem Vater wieder, der immer noch das Buch in der Hand hielt, die aufgeschlagene Seite mit dem Daumen markiert. Zum ersten Mal konnte ich einen Blick auf den Umschlag erhaschen. Es war eine Essay-Sammlung von Harry H. Laughlin.

»Ja, bitte?«, sagte er.

»Ihr unhöfliches Verhalten ist wahrscheinlich einer mangelhaften Erziehung und Ihrer Herkunft geschuldet, Mr. Harrelson, sodass ich Sie nicht dafür verantwortlich machen möchte«, sagte mein Vater. »Allerdings spricht der Grad Ihrer Unhöflichkeit eher für eine grundsätzliche Verachtung gegenüber der zivilisierten Welt als für die Unkenntnis selbiger. Sie scheinen nicht über das zu verfügen, was William James als den ›kritischen Sinn‹ bezeichnete; ein dem Menschen eigener Wesenszug, den man auch als den Fingerabdruck Gottes auf unserer Seele ansehen könnte; eine Eigenart, die sich nicht erlangen oder erlernen lässt. Entweder wird man damit geboren, oder man wird nicht damit geboren. Bei Ihnen scheint Letzteres der Fall zu sein.« Mein Vater setzte seinen Hut auf. »Sie haben ein prächtiges Anwesen hier. Wie ich schon sagte, erinnert es mich an einen anderen Ort. Einen Ort, von dem ich glaube, dass Sie ihn nicht verstehen würden. Guten Abend, Sir. Komm, Junge.«

Wir gingen die Kiesauffahrt entlang zu unserem Wagen. Ich hörte nicht, dass die Tür hinter uns geschlossen wurde, und ich schaute auch nicht zurück. Ich hatte das Gefühl, dass Clint Harrelson eine Weile brauchen würde, um das zu verarbeiten, was er gerade gehört hatte. Und ich ahnte, dass Grady eine schwere Zeit bevorstand.

Ich sollte recht behalten und von Gradys Pein auf einem Weg erfahren, den ich nie für möglich gehalten hätte.

Zunächst einmal lud ich aber meinen alten Herrn zu einem Cherry-Milchshake im Walgreens auf der Westheimer ein. Wir saßen nebeneinander am Tresen, die Jukebox spielte Musik, und an der Wand brummte ein großer Ventilator vor sich hin.

Ich behielt meinen Job an der Tankstelle, was sehr wahrscheinlich auch damit zu tun hatte, dass der zweite weiße Junge, der dort arbeitete, zur Armee musste und danach nur noch ich da war, um zu kassieren, wenn der Besitzer freihatte. Ich musste nun allerdings auch am Sonntag arbeiten, was bedeutete, dass ich vor meiner Schicht zum Gottesdienst ging, um sieben Uhr früh. Die Kirche war nicht weit entfernt und befand sich an der Ostgrenze von River Oaks.

Nach meinem nächsten sonntäglichen Gottesdienst kehrte ich im Costen's auf der anderen Straßenseite ein, wo ich mir am Tresen ein paar Toasts und eine Tasse Kaffee bestellte. Kurz darauf bemerkte ich, dass ich mein Messbuch auf der Kirchenbank vergessen hatte, und ging noch einmal zurück. Die Kirche war leer, zumindest glaubte ich das. Ich holte mein Buch und wollte das Gebäude gerade durch die Seitentür verlassen, als ich hörte, wie jemand aus dem Beichtstuhl kam und dabei entweder die Kniebank gegen die Kabine stieß oder mit der Tür knallte. Einen Moment später trat Grady Harrelson durch den Seitenausgang ins Freie. Wir standen nur wenige Meter voneinander entfernt auf dem schattigen Rasenstreifen zwischen Kirche, Kloster und einem überdachten Fußweg. Außer uns war niemand zu sehen. Der Morgen war noch kühl, die Wände der Gebäude von einem feuchten Film überzogen.

»Spionierst du mir etwa nach?«, sagte er.

Seine Augen waren rot, sein Gesicht verkniffen. Ob aus Scham oder Reue oder weil er schwitzte – ich konnte es nicht sagen. Ich war nicht wütend auf Grady, hegte noch nicht einmal Groll gegen ihn. Falls überhaupt, dann empfand ich Mitleid. »Wie geht's, Grady?«

»Ich hab gefragt, ob du mir nachschnüffelst.«

»Das hier ist meine Kirche, hier gehe ich zum Gottesdienst. Ich wusste gar nicht, dass du auch Katholik bist.«

»Bin ich auch nicht.«

»Dann willst du jemanden besuchen?«, sagte ich.

»Spielst du jetzt den Komiker?«

»Nein, überhaupt nicht«, sagte ich. »Ich freue mich, dich zu sehen.«

»Schwer zu glauben.«

»Ist irgendetwas in der Kirche passiert?«, fragte ich.

Er sah mich argwöhnisch an. »Können die Typen da drinnen anderen Leute erzählen, was man ihnen anvertraut hat? Ich meine, wenn man kein Katholik ist, dürfen sie's dann weitersagen?«

»Nicht, dass ich wüsste.«

»Was soll das heißen?«

»Nein, sie dürfen es niemandem erzählen.«

Er warf einen Blick auf die Kirchentür hinter sich und

schaute dann wieder zu mir. Anschließend starrte er auf sein in der Sonne geparktes Cabrio. Das Verdeck war heruntergeklappt, der weiße Stoff zusammengefaltet, und der rosafarbene Lack wirkte so cremig und glatt, als könnte man einen Löffel hineintauchen.

»Wir sind noch nicht fertig miteinander«, sagte er.

»Womit?«

»Niemand schlägt mir ins Gesicht.«

»Wenn ich es ungeschehen machen könnte, würde ich es tun. Für mich ist die Sache durch.«

Er hatte versucht, das Thema zu wechseln, aber es hatte nicht funktioniert. Er kniff die Augen zusammen, beugte die Schultern nach vorn und kratzte sich am Oberarm. Wie es aussah, wollte er die lässige Haltung und den Look der harten Jungs imitieren, die er sehr wahrscheinlich sogar beneidete.

»Manchmal macht man irgendeinen Scheiß, ohne es wirklich gewollt zu haben, verstehst du?«

»Ich bin mir nicht sicher«, erwiderte ich.

»Die Sache mit Valerie ... als ich dir erzählt hab, wir hätten rumgemacht und so? Das war erfunden.«

Ich nickte, wollte zu dem Thema aber nichts weiter sagen. Er verschränkte die Arme vor der Brust. »Wenn du jemandem von der Sache hier erzählst, weißt du, was passieren wird, nicht wahr?«

»Von welcher Sache?«, fragte ich.

»Dass ich hier war.«

»Du darfst jetzt nicht sauer auf mich sein, Grady, aber ich habe Neuigkeiten für dich: Keine Menschenseele interessiert sich dafür, dass du oder ich hier waren. Da hat gerade ein Vogel auf deine Windschutzscheibe gekackt. Das interessiert auch niemanden. Das ist doch alles unwichtiger Kram.«

»Du hast immer einen schlauen Spruch auf Lager, nicht wahr?«, erwiderte Grady.

Was sollte ich da noch sagen? Ich dachte darüber nach, was wohl in dem Beichtstuhl geschehen war. Ich wollte ihn nicht danach fragen, glaubte aber die Antwort zu kennen. »Kann ich dir irgendwie helfen, Grady? Ich hab auch schon einiges an schweren Zeiten durchgemacht. Vielleicht hatten wir einfach nur einen schlechten Start. Es muss ja nicht immer so weitergehen.«

Sein Gesicht wirkte wie ein in die Luft gemaltes Porträt, seine Augen ausdruckslos, seine Lippen steif. »Nein«, sagte er.

»Was, nein?«

»Nein, ich brauche keine Hilfe.«

»Ich mach mich jetzt besser auf den Weg zur Arbeit. Wir sehen uns«, sagte ich.

Die Sonne war noch nicht über die Kirche geklettert, und die Leeseite des Gebäudes lag noch im Schatten. Vor der weiß verputzten Wand blühten lilafarbene Rosen. Grady zupfte an seinem Kragen, als hätte er sich zu warm angezogen und müsste nun die in seinem Hemd gefangene Hitze ableiten. Er hielt den Handrücken vor den Mund und hustete. »Wie geht es ihr?«

»Wem?«

»Val.«

»Es geht ihr gut.«

»Freut mich. Sorg dafür, dass es so bleibt«, meinte er.

Warum hatte er das gesagt? Was hatte Valerie über die von Neid erfüllten Menschen gesagt? Dass sie unbelehrbar waren, unfähig, sich zu verändern? »Was war das zum Schluss?«

»Du hast schon verstanden.«

»Du hast dich freiwillig gemeldet«, sagte ich. »Und du

wärst in Korea gelandet, hätten sie dich nicht krankheitsbedingt ausgemustert. Du brauchst mir nichts mehr zu beweisen, also lass doch einfach die Nummer vom harten Kerl, okay?«

»Du weißt einen Scheiß über meinen Armeedienst, Broussard. Warum hältst du also nicht einfach die Klappe?«

»Dann erzähl du mir nicht, wie ich Valerie zu behandeln habe.«

»Glaubst du echt, ich bräuchte Typen wie dich, damit sie mir sagen, dass ich kein Schisser bin?«, sagte er. »Du hast meinem alten Herrn gesteckt, dass ich geholfen habe, diese Kerle auf der Party am Sunset Boulevard auseinanderzunehmen. Jetzt hab ich mal Neuigkeiten für dich: Ich hab niemanden verprügelt. Der Großteil ging auf die Kappe von Vick Atlas – derselbe Typ, der dich und Bledsoe an die Stoßstange von seinem Wagen ketten und durch die Gegend schleifen will. Und damit ist es ihm verdammt ernst.«

Vielleicht hätte ich nichts mehr sagen sollen, denn im Grunde sprach ich mit einem kleinen Jungen, der immer ein kleiner Junge bleiben würde. Aber ich war auf der Party am Sunset Boulevard gewesen und hatte alles mit angesehen. Ich konnte seine Lügen einfach nicht mehr ertragen und seine besitzergreifende Haltung Valerie gegenüber auch nicht. Selbst heute noch, sechzig Jahre später, bereitet mir das Bauchschmerzen. Hatte er sie tatsächlich »Val« genannt?

»Es waren deine Freunde, die den Kerl auf die Motorhaube gehievt haben. Du hättest sie aufhalten können. Stattdessen hast du gelacht, als ihr danach gegangen seid«, sagte ich. »Der Bursche musste ins Krankenhaus gebracht werden, ins Jeff Davis, als Sozialfall, verstehst du? Wenn du mich fragst, war das eine verdammt feige Nummer.«

Keine Antwort. Er biss sich auf die Unterlippe und drehte seinen Oberkörper zur Seite, als würde er sich in Position für einen Haken bringen.

»Was ist los? Hat's dir die Sprache verschlagen?«, fragte ich.

»Du glaubst gar nicht, was ich gerade mit dir tun könnte.«

»Dann tu's doch, Mann. Komm, mach schon.«

Auf dem Weiß seines linken Auges tauchte ein Blutfleck auf, seine Augenlider zuckten.

»Du hältst dich wohl jetzt für einen ganz tollen Hecht, weil dein Alter meinem Vater die Meinung gegeigt hat, was?«, sagte er. »Aber ich verrat dir was, Broussard, mein alter Herr braucht nur mit den Fingern schnipsen, und dein Vater schrubbt ab sofort Toiletten. Dein Alter ist ein Säufer, deine Mutter hat eine Elektroschocktherapie hinter sich. Wenn wir wollen, können wir deine Familie jederzeit wie Ungeziefer zertreten.«

»Der Priester hat dir geraten, dich der Polizei zu stellen«, sagte ich.

Sein Gesicht war plötzlich weiß wie eine Wand. »Was hast du gerade gesagt?«

»Du hast ihm etwas gebeichtet, eine schlimme Tat. Vielleicht die Sache mit dem toten mexikanischen Mädchen«, sagte ich. »Aber du wirst dich natürlich nicht stellen. Denn du bist Abschaum, Harrelson, nicht wert, dass man auf dich spuckt.«

Ich ließ ihn stehen und ging, ohne mich noch einmal umzuschauen. An der Ecke sah ich, wie sein Wagen vom Parkplatz auf die Straße rollte, viel zu langsam für den ankommenden Verkehr. Ein vorbeifahrendes Auto hupte, aber Grady beschleunigte nicht. Er schien wie erstarrt und kroch an die Ampelkreuzung heran. Als es grün wurde, fuhr er weiter, nur mit dem Handballen am Steuer und ohne auf den Lkw zu achten, der vor ihm abbiegen wollte. Er wirkte wie ein Mann, dessen Vergangenheit es nicht wert war, sich daran zu erinnern, und dessen Zukunft es nicht lohnte, sie überhaupt zu leben. Seine Worte über meinen Vater und meine Mutter hatten jegliches Mitgefühl in mir pulverisiert. Das Mitleid und die Nachsicht, die ich nur Minuten zuvor törichterweise für ihn empfunden hatte, waren verschwunden.

Mit dem Messbuch in der Hand überlegte ich, was wohl Paulus über meine Rolle als Überbringer der guten Nachricht zu sagen gehabt hätte.

Kapitel 14

Die Tage vergingen. Sabers Vater nahm eine zweite Hypothek auf das heruntergekommene Heim der Bledsoes auf und benutzte das Geld, um die Kaution für seinen Sohn zu bezahlen und einen Anwalt zu konsultieren, den er im Telefonbuch gefunden hatte. Saber rief mich sofort an, als er zu Hause eintraf. Ich dachte, er würde sich verabreden wollen, aber dem war nicht so.

»Bei uns gibt's nur noch Labberkäse und vertrocknete Cracker zu essen«, sagte er. »Mein Vater sammelt alte Zeitungen und karrt sie zur Papiermühle raus.«

Die Papiermühle befand sich mitten in einer riesigen Müllhalde, einem mehrere Hundert Hektar großen, von Seemöwen umschwärmten Gebirge aus aufgetürmtem Abfällen. Es war ein abscheulicher Ort, zu dem die Verzweifelten und Armen pilgerten, die sich mehr schlecht als recht durchs Leben kämpften, indem sie an den Haustüren alte Zeitungen und Pappreste erbettelten, um sie später für bestenfalls einen Penny pro Pfund an die Mühle zu verkaufen. Die verzweifelten Gesichter dieser Menschen glichen denen der Lumpensammler aus dem finsteren Mittelalter.

»Soll ich meinen Vater fragen, ob dein alter Herr einen Job an der Pipeline kriegen kann?«

»Mein Alter denkt, dein Dad würde ihn wie einen Nigger behandeln. Genau das waren seine Worte.«

»Das ist doch lächerlich.«
»Wenn du mich demnächst nicht allzu oft zu Gesicht bekommst, dann heißt das nicht, dass ich zur Army gegangen bin«, sagte er.
»Willst du wegfahren?«, sagte ich.
»Nee, ich hab ein paar Connections im Knast gemacht. Erinnerst du dich noch an die Mexikaner in der Gemeinschaftszelle?«
»Das waren doch *Pachucos*. Die Typen schlitzen dich auf, vom Bauchnabel bis zur Kehle«, sagte ich.
»In letzter Zeit ein paar KKK-Meetings besucht, Aaron?«
»Du weißt doch, was ich meine«, antwortete ich und merkte, dass ich rot wurde.
»Bis Baldrian, Aaron. Halt die Ohren steif und die Schlange in der Hose. Ooops, dafür ist es wohl schon zu spät, oder? Wie geht's Valerie eigentlich?«
Ich legte auf.

Ich liebte die Sommerzeit. Die Nachmittagsgewitter waren von der Art, dass man gern draußen blieb und den Regen genoss. Wenn der Himmel dann aufklarte und sich wieder in ein sanftes Blau verwandelte, sahen die Wolken im Westen aus wie Feuerstreifen, manchmal auch wie aufgehäufte Pflaumen oder Pfirsiche. Ganz gleich, was der Tag auch bringen mochte, für mich war jeder neue Morgen wie ein Geschenk, das es zu feiern galt. Der Grund für meine Freude war simpel: Ich liebte nicht nur die Jahreszeit. Ich liebte Valerie Epstein. Und ich wusste, Valerie liebte mich.

Ich liebte ihren Geruch, die Geschmeidigkeit ihrer Haut und die Fältchen um ihre Augen, wenn sie lachte. An den Abenden gab es nicht genug Zeit, um all die Dinge zu tun, die nur für uns erfunden schienen. Was wir auch unternahmen, alles war ein großes Abenteuer. Wir gingen zum Schlittschuhlaufen auf die Eisbahn, die sich in einer der ärmsten Gegenden Houstons befand, zu Baseballspielen ins Buffalo Stadium und zu Rhythm-and-Blues-Konzerten in die Stadthalle, wo Weiße in der Galerie sitzen mussten, weil die besten Plätze und die Tanzfläche für Mexikaner und Schwarze reserviert waren. Für eineinviertel Dollar sahen wir B. B. und Albert King, Big Mama Thornton und Johnny Ace.

An einem Freitagabend fuhren wir runter nach Galveston zum Balinese Club, der sich auf einer einhundertachtzig Meter langen Seebrücke befand und von der Maceo-Familie betrieben wurde. Am Himmel stand der Mond, darunter lag der schiefergrüne Golf, und unter uns rauschten die Wellen durch das Pfahlwerk der Seebrücke. Der Eingang des Balinese Clubs war von Neonlichtern eingerahmt und mit japanischen Lampions geschmückt. Der Himmel war schwarz und von Sternen gesprenkelt, die Luft schwer vom Geruch eines bevorstehenden Sturms. Vor der Tür konnten wir schon die Musik einer Tanzkapelle hören.

Am Eingang nahm Valerie meine Hand. »Das ist wirklich eine feine Adresse, nicht wahr?«, sagte sie.

»Ja, hier ist sogar schon Frank Sinatra aufgetreten.«

»Du machst Witze, oder?«

»Bob Hope war auch schon hier.«

Als sie hineingehen und mich an der Hand hinter sich herziehen wollte, zögerte ich, ohne genau zu wissen, warum. Es hatte nichts damit zu tun, dass der Club der Maceo-Familie gehörte, denn die besaß überall auf der Insel Casinos, Bingohallen, Nachtclubs und Restaurants. Selbst die Spielautomaten in den Bierkneipen gehörten ihnen. Ich spürte ein Zittern in meiner Brust, gleichzeitig tauchte dieser bandförmige Druckschmerz an der Seite meines Kopfes wieder auf – Signale, die sich manchmal vor einem meiner Blackouts einstellten. Ich schaute zum Boulevard. »Vielleicht gehen wir lieber ins Jack-Tar und gönnen uns ein großes Dinner mit frittierten Garnelen und allem Pipapo.«

»Aber die bieten doch auch hier Meeresfrüchte an, oder? Ich habe gehört, das Essen hier soll sehr gut sein.«

»Das ist es wirklich, stimmt«, sagte ich und befühlte meine Schläfe.

Die Eingangstür öffnete sich. Ein blonder Mann in einem Sommer-Tuxedo und eine hinreißend aussehende Frau in einem Abendkleid, beide mit Konfetti in den Haaren, kamen die Treppe hinunter. Die Kapelle hatte gerade mit »Tommy Dorsey's Boogie Woogie« begonnen, und ich sah Valerie und ihr neues weißes Kleid an.

»Okay, lass uns reingehen«, sagte ich. »Komm, ich zeig dir, wo die Bilder von Sinatra und Hope hängen.«

Warum ich zögerte? Es hatte nichts mit dem Club zu tun, sondern mit der Umgebung. Galveston war das Revier der Mafia, und der Balinese Club wirkte wie eine Erinnerung an die Worte von Grady Harrelson. Die Worte, die er vor der Kirche zu mir gesagt hatte und denen zufolge Vick Atlas Saber und mich an die Stoßstange seines Wagens ketten und durch die Gegend schleifen würde. Es war schwer, die durch diese Äußerung heraufbeschworenen Bilder aus meinen Gedanken zu verbannen. In einem vergeblichen Versuch, dem Bösen nicht noch mehr Macht zu geben, hatte ich weder meinem Vater noch Saber von der Drohung erzählt.

Ganz am Ende der Seebrücke befand sich ein Casino, zu dem nur ausgewählte Gäste und sogenannte High Rollers –

Zocker, die um besonders hohe Summen spielten – Zutritt hatten. An den Tischen und auf den Tanzflächen hingegen, die sich in den teleskopartig hintereinander angeordneten Räumen befanden, traf man ein eher gemischtes Publikum an, zu dem auch sieben Franzosen gehörten, unrasierte Seemänner mit Matrosenkäppis auf den Köpfen, die gerade vor uns tanzten. Wir bekamen einen Tisch neben einem offenen Fenster, an dem wir das Salz im Wind riechen und das Klatschen der Wellen im Pfahlwerk unter uns hören konnten. Auf der karierten Tischdecke stand ein Lampenzylinder, in dem eine Kerze brannte, daneben lag das in roten Servietten eingewickelte Essbesteck. Valerie streckte den Arm über den Tisch aus und drückte meine Hand. Noch nie war ich so glücklich gewesen. Wir bestellten Krabbencocktails, einen Probierteller mit Häppchen sämtlicher Gerichte und einen Krug Eistee, in dem Minzzweige schwammen.

Dann sah ich ihn. Er stach unter den Gästen heraus wie ein ganz offensichtlich Wahnsinniger in einer Gruppe normaler Menschen. Er fiel auf wie ein Lächeln, das nicht zu den Augen im dazugehörigen Gesicht passt. Und wie ein feucht-fettiger Händedruck, der eine Welle der Übelkeit deinen Arm hinauf und direkt in deinen Magen hineinsenden kann, war auch er nicht zu ignorieren.

Sie folgte meinem Blick. »Ah, der Kotzbrocken«, sagte sie. »Du kennst ihn?«

»Der Kerl kam oft zu den Highschool-Matches, wenn Reagan gegen San Jacinto spielte. Eigentlich wollte ihn niemand da sehen, ganz besonders nicht die Cheerleader, die er ständig anbaggerte.«

Vick Atlas saß an einem Tisch auf der anderen Seite der Tanzfläche und schaute zu uns herüber, grinsend, trotz der schwarzen Klappe, die er über einem Auge trug. Er hob die Hand und winkte mit den Fingern. Ich tat so, als hätte ich ihn nicht gesehen. »Komm, lass uns tanzen.«

»Ich denke, wir sollten bleiben, wo wir sind.«

»Warum?«

»Wenn wir tanzen, wird er versuchen, abzuklatschen.«

»Dann sagen wir ihm, dass er verschwinden soll.«

Wir tanzten ein wenig und gingen anschließend zu unserem Tisch zurück, wo eine grüne Flasche Champagner in einem silberfarbenen Kübel voller Eiswürfel auf uns wartete. Ich rief den Kellner zu uns. »Die Flasche muss für jemand anders sein. Wir haben sie nicht bestellt.«

»Nein, Sir. Die Flasche ist für Sie. Mr. Atlas schickt sie, zusammen mit seinen besten Grüßen.« Der Kellner trug ein gestärktes weißes Jackett, eine schwarze Fliege und eine ebenfalls schwarze Hose mit hoher Taille. »Es ist ein Geschenk.«

»Räumen Sie das ab, wir sind strenge Baptisten. Sagen Sie ihm, wir wüssten die Geste zu schätzen.«

Der Kellner packte den Kübel mit beiden Händen und trug ihn zur Bar. Seine Miene war ausdruckslos, sein Blick stur geradeaus gerichtet, um bloß nicht in die Richtung von Vick Atlas schauen zu müssen.

»Das hättest du nicht tun sollen«, sagte Valerie.

»Wir haben sowieso keinen Platz auf dem Tisch dafür«, erwiderte ich. »Da kommt schon unsere Bestellung.«

Wir begannen zu essen, aber keiner von uns blickte von seinem Teller auf. Ich fühlte es mehr, als ich es sah, dass Atlas zu unserem Tisch kam. Ein Schatten fiel auf meinen Arm.

»Na, wie geht's euch beiden Hübschen?«, sagte er.

»Danke, wir können nicht klagen«, antwortete ich.

»Und ihr mögt keinen Champagner, oder wie?«

»Nicht heute Abend.«
»Im Copacabana hab ich dich doch mit Champale gesehen. Vielleicht wollt ihr ja lieber ein Bier trinken? Wie wär's mit einem guten deutschen Gerstensaft?«
Ich antwortete nicht. Valerie aß in kleinen Bissen, den Blick gesenkt.
»Nein?«, sagte er. »Wenn du rausschaust, kannst du die kleinen Fische in den Wellen springen sehen. Sie machen das, wenn ein Sandhai oder ein Barrakuda hinter ihnen her ist. Ist 'ne harte Welt da draußen. Unter Wasser, meine ich.«
»Ja, diese Barrakudas sind wirklich schlimme Burschen«, sagte ich.
»Nicht so schlimm wie einige Typen, die ich kenne. Richtiger Abschaum, kann ich dir sagen. Wie findest du eigentlich meine Augenklappe?«
Ich hörte auf zu essen und schaute auf die Flamme in dem Glaszylinder. »Ist mir nicht aufgefallen.«
»Was muss man eigentlich anstellen, um deine Aufmerksamkeit zu erlangen, Broussard? Könnte sein, dass ich das Auge verliere.«
»Tut mir leid, das zu hören.«
»Ist Schicksal, oder? Würdest du mir da zustimmen? Dumm gelaufen, Pech gehabt?«
»Ich bin nicht schuld daran, Vick.«
»Hab ich das vielleicht behauptet?«
»Lass uns zufrieden«, sagte Valerie.
»Du bist Valerie Epstein, nicht wahr?«, sagte er. »Gehst auf die Reagan, richtig? Ich kenne ein paar von deinen Freundinnen.«
Sie schaute aus dem Fenster, hinaus zu den Wellen, die schwarz und glänzend wie Öl im Mondlicht wogten. Das

flackernde Licht der Kerze lag auf ihrem Gesicht, und ihre Wangen waren rot, wie vom Wind verbrannt.

»Warum lässt du uns nicht einfach zufrieden, Vick?«, sagte ich.

»Ich soll euch zufriedenlassen? Sollst du haben, mein Bester. Ich wollte mich ja nur wegen des Champagners erkundigen. Ich dachte, vielleicht gefällt den beiden ja der Jahrgang nicht. Nächstes Mal schicke ich euch einen Eistee rüber. Wie steht's mit einem Tänzchen, Miss Valerie?«

»Wir essen«, antwortete sie.

»Ich meine auch nach dem Essen. Ich würde wirklich gern mal mit dir das Tanzbein schwingen. Ist doch in Ordnung für dich, Aaron, oder?«

»Lass uns gehen«, sagte Valerie zu mir.

»Nein«, sagte ich.

»*Nein,* sagt er. Richtig so, Aaron. Du bist ein echter Kumpel, Junge. Wusstest du eigentlich, dass letzte Nacht jemand Gradys rosa Cabrio geklaut hat?«

»Nein, wusste ich nicht.«

»Muss ein Profi gewesen sein. Gibt nicht viele Leute, die einen Caddy kurzschließen können. Grady ist ziemlich fertig wegen der Angelegenheit.«

»Traurige Geschichte«, sagte ich.

»In der Tat, traurige Geschichte. Deshalb hat mein Vater auch ein paar Freunde angeheuert, die nun nach dem Kerl suchen sollen. Ich darf mich doch kurz zu euch setzen, bis wir tanzen, oder?«

»Was willst du, Vick? Wir haben dir nichts getan.«

»Das weiß ich jetzt auch. Danke für die Auskunft. Wenn Typen wie du den Mund aufmachen, kann man sicher sein, dass es die Wahrheit ist. Ich mein's ehrlich, Mann, kommt direkt aus dem Herzen. Ich würd dir keinen Mist erzählen.« Er zog sich einen Stuhl vom Nachbartisch heran und setzte sich zu uns. »Wo treibt sich der Bledsoe-Bengel heute Abend rum? Sitzt er immer noch im Knast? Oder ist er schon wieder draußen und baut Scheiße? Das ist 'ne Type, ich sag's dir ...«

»Wir müssen jetzt gehen«, sagte Valerie.

»Immer mit der Ruhe, kleine Lady. Erst müssen wir noch tanzen«, sagte Atlas. »Die Story glaubt mir kein Mensch: Ich lerne Aaron kennen, dann schmeißt mir jemand einen Stein ins Auge, und am Ende tanze ich mit seiner Freundin. Vorausgesetzt, es macht ihm nichts aus, klar. Klingt doch simpatico für dich, Val, oder?«

»Warum hast du nach Saber gefragt?«, sagte ich.

»Ist halt ein faszinierendes Kerlchen, dieser Bledsoe. Hab gehört, dass viele von den Teilen an seiner Karre gestohlen sind. Und ein Knabe, der Autoteile klaut, knackt bestimmt auch mal einen Wagen, oder? Andererseits würdest du dich ja ganz bestimmt nicht mit so einem Kerl rumtreiben, nicht wahr, Aaron? Krieg ich eigentlich jetzt 'ne Antwort wegen dem Tänzchen? Meine Lady wartet nämlich auf mich, drüben an unserem Tisch. Du müsstest sie kennen, Aaron.«

Ich folgte seinem Blick über die Tanzfläche. An einem langen Tisch in der Ecke saß Cisco Napolitano mit ein paar Männern, die so aussahen, als wären sie gerade frisch aus Miami eingeflogen. Sie trug ein schulterloses schwarzes Abendkleid und ein rosafarbenes Anstecksträußchen am Handgelenk. Eine Sekunde lang glaubte ich, sie würde meinen Blick erwidern.

»Also, was ist nun mit dem Tänzchen, Aaron?«, sagte Atlas.

»Ich will aber keinen langsamen Tanz, hörst du? Wir warten auf 'ne zackige Nummer. Ich mag ja den Bop. Jitterbug ist out, der Bop ist in. Es gibt sogar 'nen Dirty Bop. Wusstet ihr das? Können wir gern mal machen, Val, also du und ich. Den normalen Bop meine ich natürlich.«

»Ich möchte nicht mit dir tanzen«, sagte Valerie. »Haben wir das ein für alle Mal klargestellt? Und jetzt lass uns bitte in Ruhe.«

»Die Lady ist direkt. Das respektiere ich selbstverständlich. Blöd, dass du dich nicht für mich einsetzt, Aaron.« Er lehnte sich zu mir herüber. Ich konnte seinen Atem auf meiner Wange spüren. »Macht aber nichts. Wir sind ja Kumpels, richtig? Sag doch was, Aaron. Mit 'nem Kerl wie mir hast du einen Kumpel fürs Leben, Mann.« Er grinste Valerie an und legte seinen Arm über meine Schulter. Ohne dass ich es wollte, griff meine Hand das Steakmesser, das neben meinem Teller lag. Als er den Arm bewegte, stieg mir der Mief seiner Achselhöhle in die Nase. »Freunde?«

»Sicher doch«, sagte ich, den Blick stur geradeaus gerichtet.

»Siehst du, geht doch, mein Bester.«

Er nahm seinen Arm von meiner Schulter, und ich glaubte, er wäre fertig mit mir. Ich hätte es besser wissen sollen. Er spuckte sich auf den Finger, schob seinen Arm hinter meinem Kopf vorbei und schmierte mir seinen Speichel ins Ohr.

Noch nie hatte ich einen solchen Ekel empfunden, noch nie hatte ich mich derart erniedrigt gefühlt. Ich fuhr meinen Ellbogen aus und rammte ihn Atlas ins Gesicht. Gleichzeitig presste ich eine Serviette in mein Ohr. Ich wollte ihn in Stücke reißen, sein Gesicht zu Brei schlagen, seinen Kiefer zermalmen und seine Rippen wie Stieleisstäbchen entzweibrechen. Aber ich tat es nicht. Mein Ellbogencheck hatte ihn noch nicht mal zum Bluten gebracht. Die Tanzkapelle schmetterte »One O'Clock Jump«, und nur wenige Gäste, falls überhaupt, schienen bemerkt zu haben, dass es an unserem Tisch ein Problem gab.

Valerie reichte mir ihre Serviette. Ich tauchte sie in mein Wasserglas ein und wusch mir das Ohr aus. Atlas hielt sich die Wange, schien aber ansonsten gelassen. Dann bemerkte ich, dass er einen Preis für seine Attacke gezahlt hatte, einen Preis, mit dem er nicht gerechnet hatte. Seine Augenklappe war verrutscht und offenbarte einen Blick auf die tatsächliche Art seiner Verletzung. Das Auge sah aus wie eine blaugefärbte Kugel vom Durchmesser eines Zehn-Cent-Stücks und sonderte ein durch Infektion oder Medikamente produziertes Sekret ab. Das umgebene Gewebe wies allerdings weder Wunden noch Quetschungen oder Nähte auf, wie man es bei einer Verletzung durch einen stumpfen Gegenstand hätte erwarten können. Stattdessen war die Haut verschrumpelt, Brauen und Wimpern abgesengt. Das Auge von Vick Atlas war von einer Flamme oder einer Explosion verletzt worden, nicht durch einen Ziegelstein.

»Es war ein Kanonenschlag, ein Feuerwerkskörper«, sagte ich.

»Kanonenschlag? Feuerwerkskörper? Wovon redest du, Mann?«, sagte er und schob die Klappe wieder über sein Auge.

»Ihr habt Böller aus den Autos geworfen. Baby Giants vielleicht oder M-80s. Und einer von denen ist in deinem Gesicht explodiert«, sagte ich. »Du und Grady, ihr habt uns reingelegt, Vick.«

»Damit hast du gerade zugegeben, dass du in der Nacht im Park warst, du Schlaumeier.«

»Verschwinde! Wenn du nicht sofort gehst, werde ich etwas tun, das dich bis auf die Knochen blamiert.«

Er sagte nichts. Ein feuchter Film trat auf sein gesundes

Auge. Seine Unterlippe war angeschwollen, wo mein Ellbogen ihn getroffen hatte. »Aha. Und was soll das sein?«

»Glaub mir, du willst es nicht wissen. Aber die Leute, die es sehen, werden sich bis in alle Ewigkeit daran erinnern.«

Die Kapelle beendete ihre Version von »One O'Clock Jump«. Vick schaute über seine Schulter auf die Musiker, als würden diese eine Lösung für sein Problem parat halten. »Gut, belassen wir's erst mal dabei. Aber glaub mir, irgendwann kriege ich dich.«

»Nein, *du* bestimmt nicht. Du wirst jemand anders schicken. Ihr Typen seid alle gleich. Ihr zieht solche Sachen nie selbst durch.«

Er stand auf und schaute sich um, als wäre nichts gewesen. »Schön' Abend noch, Miss Val. Du hast Klasse, Mädchen, und das gefällt mir. Falls ich irgendwann mal was für dich tun kann, lass es mich wissen. Es war mir eine Ehre, mit dir an einem Tisch gesessen zu haben.«

Er wartete, dass sie etwas erwidern würde, aber Valerie schaute nur nach unten auf ihren Teller.

»Dann eben nicht«, sagte er. »Bis bald, ihr zwei Hübschen. Vielleicht seh ich dich mal wieder, Aaron. Vielleicht auch nicht. Wer kann das schon wissen? Ist 'ne große Welt da draußen.«

»Nicht groß genug«, sagte ich.

»Das werden wir ja sehen, Klugscheißer.«

Die Kapelle fing wieder an zu spielen. Vick drängelte sich durch die Tanzenden hindurch zu seinem Tisch, anstatt um sie herumzugehen.

Valerie hob den Kopf und öffnete die Augen. »So etwas habe ich noch nie erlebt. Was hattest du eigentlich vor? Womit wolltest du ihn blamieren?«

»Nichts.«

Sie schaute mich eine ganze Weile an. »Du bist der beste Junge, der mir je begegnet ist.«

Es gibt Komplimente, die du nicht vergisst und von denen du niemandem erzählst. Du versteckst sie an einem geheimen Ort in deinem Inneren, für den Rest deines Lebens, und wenn dann diese Momente kommen, in denen deine Welt in Trümmern liegt, holst du sie hervor, und sie helfen dir dabei, dich selbst wiederzufinden.

Kapitel 15

Nachdem ich die Rechnung bezahlt hatte, verließen Valerie und ich den Club, hinaus in den warmen Abend, wo der Wind durch die Palmen auf dem Seawall Boulevard rauschte. Eine Minute zuvor hatte ich Cisco Napolitano gehen sehen, während Vick Atlas an seinem Tisch sitzen blieb und sich mit seinen Freunden unterhielt. Als Valerie und ich zu meinem Wagen spazierten, steuerte Cisco einen dunkelblauen Buick vom Parkplatz und hielt an der Bordsteinkante auf der anderen Straßenseite. Ich nahm an, dass sie auf Atlas wartete.

»Ist das die Frau, von der du mir erzählt hast, die Bekannte von Bugsy Siegel?«, fragte Valerie.

»Ja, das ist sie.«

»Warum starrt sie uns an?«

»Ich glaube, sie ist einfach ein bisschen durchgedreht. Wahrscheinlich wäre ihr Leben ganz anders verlaufen, wenn sie sich nicht mit ein paar finsteren Gestalten eingelassen hätte. Soll ich sie dir vorstellen?«

»Nein.«

Aber Cisco ließ uns keine Wahl. Als wir am Buick vorbeigingen, öffnete sie die Tür und stieg aus. Die Neonlichter des Clubs warfen ein marmorartiges Muster auf ihre sonnengebräunte Haut, das schwarze Abendkleid und die rosafarbenen Orchideen ihres Blumenarmbands. Ihr Haar hing an ihrem Hals herunter wie ein paar ineinander verschlungene Schlangen. »Kommt Mr. Hohlbirne auch gleich?«

»Ich hab nicht auf ihn geachtet. Warum geben Sie sich mit so einem Widerling ab, Miss Cisco?«, sagte ich.

»Buße für meine Geburt, schätze ich. Ich habe versucht, dich zu warnen, Kiddo, aber du wolltest ja nicht hören. Und jetzt zieh Leine.«

Klare Ansagen schienen nicht ihr Problem zu sein.

Aber es war noch nicht vorbei. Als wir gerade gehen wollten, kam Atlas aus dem Club. Er ging zum Kofferraum des Buick, holte etwas heraus und setzte sich auf den Beifahrersitz. Cisco Napolitano machte einen U-Turn, sodass sie an uns vorbeifahren konnte. Atlas ließ eine Kette aus dem Autofenster baumeln. Durch die Kettenglieder waren vier Seilschlaufen gezogen. Als er auf unserer Höhe war, schüttelte er die Kette, dass sie rasselte. »Sag Hallo zu deiner Zukunft, Arschloch.«

Am nächsten Morgen rief ich Saber an. Niemand ging ran. Am Abend versuchte ich es erneut, aber Mr. Bledsoe legte wieder auf. Am folgenden Morgen nahm Mrs. Bledsoe ab. »Ist er denn nicht mit dir unterwegs?«, fragte sie.

Zwei Tage später, meine Eltern waren gerade arbeiten, tauchte Saber an unserem Haus auf. Die Fenster seines Wagens waren von einem Staubfilm überzogen, die Kotflügel und Radkappen verdreckt. Er fuhr bis unter den überdachten Teil der Einfahrt und stellte erst dort den Motor ab. Als er ausstieg, schaute er sich zur Straße um, obgleich es keinen Verkehr gab und in den Vorgärten der Nachbarn niemand zu sehen war. Aus seiner Gesäßtasche lugte ein Umschlag heraus, den das Gewicht seines Körpers in eine halbrunde Form gepresst hatte. Er kaute Kaugummi, mit laut schnalzenden Geräuschen. Seine Augen waren wie mexikanische Springbohnen; nicht eine Sekunde lang konnten sie auf einem Punkt verweilen. »Meine Mom meinte, du wolltest mich sprechen?«

»Ich hatte eine Auseinandersetzung mit Vick Atlas im Balinese Club, unten in Galveston. Seine Augenklappe ist runtergerutscht. Erinnerst du dich noch an die Kanonenschläge, die die Kerle bei dem Rennen im Herman Park aus dem Auto geworfen haben? Sein Auge ist verbrannt. Unser Ziegelstein hat vielleicht die Windschutzscheibe zertrümmert, mit der Verletzung seines Auges hat er nichts zu tun.«

»Und das haben die Cops nicht herausfinden können?«

»Wahrscheinlich haben sie den Arztbericht nicht gelesen. Oder er war ihnen egal.«

»Mistkerle.«

»Damit sind wir raus aus der Sache«, sagte ich. »Jetzt haben sie nur noch diese an den Haaren herbeigezogene Anzeige wegen des Einbruchs bei Krauser.«

Saber begann schneller auf dem Kaugummi herumzukauen, seine Augen brannten Löcher in die Luft.

»Das ist doch an den Haaren herbeigezogen, nicht wahr?«, sagte ich.

»Wen interessiert's, Mann? Krauser und diese Idioten, die mich da rumgeschubst haben, werden uns die Sache so oder so anhängen.«

»Mein Vater hat mit meinem Boss an der Tankstelle gesprochen«, sagte ich. »Der hat nämlich gesehen, wie der Detective meine Schuhe untersucht hat. Er meinte, da wäre noch keine Farbe an den Sohlen gewesen. Der Detective hat die Farbe erst in Krausers Haus an meine Schuhe geschmiert.«

»Spielt doch keine Rolle. Wenn sie uns so nicht beikommen können, werden sie's auf 'ne andere Art versuchen. Alles beim Alten.« Er zog den Umschlag aus seiner Gesäßtasche und gab ihn mir. Er war zugeklebt. »Mach's besser erst im Haus auf.«

»Was ist da drin?«

»Achthundert Benjamins.«

»*Wie viel?*«

»Ist für deine Kaution, die Reinigung von deinem vollgepissten Wagen und die Anwaltskosten von deinem Vater. Wenn du mehr brauchst, sag Bescheid. Ist kein Problem.«

»Woher hast du das?«

»Gebrauchtwagenhandel. Houston hat jetzt ein rosafarbenes Caddy-Cabrio weniger. Und zwar das von Grady Harrelson.«

»Das hat Vick Atlas also gemeint. Und ich dachte, er wäre übergeschnappt. Du hast Gradys Wagen geklaut?«

»Die Mexikaner aus dem Knast haben mir ein wenig geholfen. Und in Nuevo León freut sich jetzt ein Polizeichef über sein neues Auto.«

»Ich kann nicht glauben, dass du das wirklich getan hast. Wie viel hast du dafür bekommen?«

»Nicht besonders viel. Wir mussten es durch drei teilen und außerdem noch ein paar Kerle an der Grenze schmieren. Danach haben wir unsere Ressourcen zusammengeworfen und eine neue Business-Connection aufgetan. Dieses Geschäft hat sich dann richtig gelohnt. Mein Anteil waren zweitausendachthundert.«

»Und was hast du dafür gemacht?«, fragte ich und spürte, wie sich mein Herz zusammenkrampfte.

»Bin von einer Seite des Rio Grande auf die andere überge-

setzt ... mit etwas Mary Jane und 'ner Riesenladung Yellowjackets und Redwings im Gepäck.«
Ich gab ihm den Umschlag zurück. »Davon will ich nichts hören, Saber. Spende das Geld einer Kirche, oder schmeiß es meinetwegen im Fifth Ward aus dem Fenster, aber bring es nicht hierher.«
»Ist das dein Ernst?«, sagte er.
»Voll und ganz.«
Er nahm den Kaugummi aus dem Mund und warf ihn in das Hortensienbeet meiner Mutter. »Was sollen wir denn bitte schön tun? Uns weiter fein hinten anstellen, um irgendwelchen Leuten in den Arsch zu kriechen?«
»Halt dich von diesen Mexikanern fern.«
»Manny und Cholo sind meine Freunde. Beide haben in Gatesville gesessen, Manny hat sogar ein Jahr in Huntsville abgerissen. Die lassen sich von niemandem was gefallen.«
»Hör doch nur mal, wie du redest«, sagte ich.
»Hier, nimm das Geld.«
»Auf keinen Fall.«
Er setzte sich in den Wagen, zog die Tür zu und ließ den Motor aufheulen, sodass sich die überdachte Einfahrt mit öligem Qualm füllte. Ich ging um den Wagen herum zu seinem Fenster. Er hatte die Schulter gegen die Tür gelehnt und saß mit der typisch lässigen Haltung eines Halbstarken hinter dem Lenkrad. Die Ärmel seines T-Shirts hochgerollt, eine nicht angezündete Zigarette zwischen den Lippen, schaute er mich an wie der unbekümmerte Saber, den ich kannte.
»Grady Harrelson meinte, Vick Atlas hätte gedroht, uns beide an die Stoßstange seines Wagens zu ketten und dann eine kleine Spritztour zu unternehmen«, sagte ich. »In Galveston hat Atlas im Vorbeifahren eine Kette aus dem Fenster

baumeln lassen und mir zugerufen: ›Sag Hallo zu deiner Zukunft, Arschloch!‹«

»Und ich bin der Typ, dessen Leben im Arsch sein soll? Das ist wirklich ein Brüller.«

Er setzte auf die Straße zurück. Als er davonfuhr, dröhnte »Lawdy Miss Clawdy« von Lloyd Price aus den gestohlenen Lautsprechern in seinem Wagen.

Ich fuhr zum Hauptquartier der Polizei in der Innenstadt und erklärte, dass ich mit Detective Merton Jenks sprechen wollte.

Der Beamte am Empfangstresen blickte noch nicht einmal auf. »Der ist beim Lunch.«

»Es ist elf Uhr vormittags.«

»Er isst fünf Mal am Tag.«

»Wann wird er zurück sein?«

»Hat er nicht gesagt.«

»Und wo isst er für gewöhnlich?«

Der Polizist schaute mich an. »Zwei Blocks die Straße runter. Der Laden mit der Krankenbahre und der Magenpumpe an der Eingangstür.«

Ich dachte erst, er hätte einen Witz gemacht, aber als ich zwei Häuserblocks gelaufen war und Jenks durch das Fenster einer Billardkneipe sah, wusste ich Bescheid. Es war eine ziemliche Spelunke, mit einem Lunchtresen und einem Schalter, an dem die Gäste ihre Sozialhilfe-Schecks einlösen und Kautionszahlungen vornehmen konnten. Jenks saß am Tresen über sein Essen gebeugt; ein Meatball-Sandwich und eine Schüssel Pinto-Bohnen, die er mit einem Löffel aß. Da ich dringend austreten musste, ging ich erst mal an den Billardtischen vorbei zur Toilette. Nachdem ich mein Geschäft verrichtet hatte, wusch ich mir die Hände, trocknete sie an meiner Hose ab und wartete, bis jemand hereinkam, um den Türknauf nicht berühren zu müssen. Auf dem Rückweg lief ich abermals durch den Zigarettenqualm, der so dicht und giftig wie eine Wolke Insektenvernichtungsmittel über den Billardtischen waberte, und setzte mich, ohne um Erlaubnis zu fragen, neben Detective Jenks an den Tresen. »Haben Sie sich hier schon mal die Toiletten angesehen?«

»Das ist noch gar nichts. Du solltest mal einen Blick in die Küche riskieren«, antwortete er.

»Warum essen Sie dann hier?«

»Wegen den philosophischen Erkenntnissen, zu denen mir diese Umgebung verhilft.« Er wischte sich den Mund mit einer Papierserviette ab. »Was willst du?«

»Den Arztbericht über die Verletzung von Vick Atlas haben Sie mittlerweile gelesen, richtig?«

»Ja, da hat der Anwalt von deinem alten Herrn ganze Arbeit geleistet. Und jetzt raus mit der Sprache: Was willst du?«

»Mein Vater hat jemanden gefunden, der bezeugen kann, dass Saber und ich unschuldig sind, was den Einbruch bei Mr. Krauser angeht.«

»Gut für euch. Du hast mir immer noch nicht gesagt, was du willst.«

Bei unserem letzten Gespräch war Jenks sehr freundlich gewesen, jetzt wirkte er verärgert. Aber ich hatte keine Ahnung, warum, und so fragte ich ihn nach dem Grund.

»Ich bin Mordermittler, Junge«, sagte er. »Du kannst es dir vielleicht nicht vorstellen, aber ich muss mich um andere Sachen kümmern als um diesen Teenager-Bullshit.«

»Vick Atlas hat Saber und mir gedroht, uns an die Stoßstange seines Wagens zu ketten. Sagen Sie mir, was ich tun muss, damit das alles ein Ende hat.«

»Was du tun musst? Das fragst du mich ernsthaft?«

»Wen soll ich denn sonst fragen?«, sagte ich. »Und außerdem: Was ist eigentlich dieser Detective Hopkins für ein Typ, der uns den Einbruch bei Mr. Krauser anhängen wollte?«

Zwei Männer, unrasiert, laut und mit zerknitterter Kleidung, stellten ihre Queues in das Regal an der Wand und setzten sich neben uns. Sie griffen sich zwei Karten und begannen zu bestellen.

»Die Plätze hier sind reserviert«, sagte Jenks.

»Für wen?«, sagte einer der beiden.

»Für mich«, erwiderte Jenks.

Sie standen auf. Einer der Männer stieß verärgert gegen den Sitz seines Hockers und starrte uns an. Dann suchten sie sich einen neuen Platz.

»Hopkins hat bei der Sitte in Galveston gearbeitet«, sagte Jenks.

»Und?«

Er verdrehte die Augen, als könne er nicht fassen, dass es immer noch nicht klick bei mir gemacht hatte. »Gut, dann versuch ich's noch mal anders: Hopkins hat die gleichen Fascho-Ansichten wie dein Lehrer Krauser. Außerdem besteht sein Hirn fast vollkommen aus Kautabak. Kombiniere das mit Hopkins' Verbindungen in Galveston, und du hast eine Antwort auf deine Frage.« Er biss in sein Sandwich.

»Ich komme nicht mit.«

»Ist das dein Ernst, Junge?« Er legte das Sandwich auf den Teller. »Da fließen Unsummen aus Galveston in die Casinos und Hotels in Vegas und Reno. Die Schmalzlocken werden langsam seriös. Clint Harrelson ist eine große Nummer, aber er wird die Spaghettifresser erst wieder finanzieren, wenn sie den Ärger los sind, den du angezettelt hast. Das Problem ist das tote mexikanische Mädchen. Hast du sie ermordet?«

»Nein, natürlich nicht.«

»Wenn du es nicht getan hast, wer dann?«

»Grady Harrelson und seine Freunde?«

»Ich wusste, dass du ein schlaues Bürschchen bist.«

»Ich habe Grady in der Kirche getroffen. Er war bei der Beichte. Dabei ist er noch nicht mal katholisch.«

Jenks nahm einen weiteren Bissen von seinem Sandwich und legte es dann wieder auf dem Teller ab. »Hat er dir etwas verraten?«

»Nicht direkt. Er hatte Angst, dass der Priester ihn anzeigen könnte.«

»Was hast du ihm gesagt?«

»Das Beichtgeheimnis verpflichtet den Priester zu absoluter Verschwiegenheit, auch wenn der Beichtende kein Katholik ist«, sagte ich.

»Erzähl mir genau, was Grady Harrelson dir gesagt hat.«

Ich schilderte Jenks mein Gespräch mit Grady in allen Einzelheiten. Ich war noch nicht fertig, da schüttelte er schon den Kopf. »Das reicht nicht.«

»Ich glaube, er hat den Mord an dem Mädchen gebeichtet«, sagte ich.

Seine Hemdsärmel waren hochgekrempelt, seine Jacke lag auf der Theke. Als er sich die Schläfen zu massieren begann, konnte ich die von einer grünen Vene durchzogene Tätowierung mit dem roten Fallschirm auf seinem Arm sehen.

»Meine Freundin meint, Sie wären mit ihrem Vater beim OSS gewesen«, sagte ich.

»Wie heißt deine Freundin?«

»Valerie Epstein.«
Ich sah in seinen Augen, wie sein Gehirn zu arbeiten begann. »Ihr Vater ist Goldie Epstein?«
»Ich weiß seinen Vornamen nicht. Hat sie recht? Sie waren beim Nachrichtendienst des Kriegsministeriums?«
Er starrte ins Leere, sein Daumen rutschte auf dem Löffel hoch und runter.
»Habe ich was Falsches gesagt?«, fragte ich.
»Was hält Mr. Epstein von der Angelegenheit?«
»Ich weiß, dass er den Vater von Grady Harrelson nicht ausstehen kann. Er meinte zu Mr. Harrelson, dass er ihn töten würde, wenn er versuchen sollte, Valerie oder ihm zu schaden.«
»Das hat er gesagt?«
»Ja, Sir.«
Jenks griff nach seiner Kaffeetasse, trank aber nicht davon.
»Glauben Sie, Mr. Epstein hat übertrieben?«, fragte ich.
Die beiden Billardspieler unterhielten sich nun noch angeregter und lauter. »Ihr Typen haltet jetzt mal die Fresse, oder ich komme rüber«, rief Jenks und drehte sich wieder zu mir. Er atmete tief durch die Nase ein und überlegte wahrscheinlich, wie viel er mir gegenüber preisgeben konnte. »Hier kommt die Kurzversion: Mr. Harrelson täte gut daran, noch eine zusätzliche Lebensversicherung abzuschließen.«
»Sie haben meine Frage noch nicht beantwortet, Sir.«
»Welche Frage, verdammt noch mal? Mein Gott, Junge, mit deinen Eltern kann man wirklich nur Mitleid haben.«
»Was muss ich tun, damit das alles ein Ende hat?«
»Jetzt stell ich dir mal eine Frage: Wo ist dein Kumpel Bledsoe? Aus irgendeinem Grund hast du kein Wort über ihn verloren.«

»Ich mache mir Sorgen um ihn.«
»Pass lieber auf dich selbst auf, Junge. Bledsoe ist die geborene Kanalratte; einfach nicht totzukriegen.«
»Ich weiß, wie ich aus der Sache rauskomme, Sir. Aber ich brauche Ihre Hilfe.«
»Du bist siebzehn Jahre alt und glaubst die Zauberformel zur Lösung aller Probleme gefunden zu haben? Klingt ein bisschen abgehoben, oder?«
»Das tote Mädchen war die Cousine von Loren Nichols.«
»Und?«
»Er weiß, wer es getan hat, aber er traut sich nicht, es zu sagen. Ich kann mit ihm reden, aber ich muss ihm Sicherheiten geben.«
»Wie kommst du auf die Idee, dass ein Kerl wie Nichols auch nur einen Finger für einen Burschen wie dich krumm machen würde?«
»Ich weiß, wie er sich fühlt.«
Jenks winkte dem Kellner zu. »Packen Sie bitte das Sandwich ein, und bringen Sie mir die Rechnung.«

Nach der Arbeit suchte ich im Telefonbuch die Nummer von Loren Nichols heraus. Er hob beim zweiten Klingeln ab.
»Ich muss mit dir reden. Kann ich vorbeikommen?«, sagte ich.
»Broussard?«
»Ja.«
»Sag, was du zu sagen hast.«
»Nicht am Telefon.«
»Stehen Mommy und Daddy neben dem Apparat?«, sagte er.
»Lass meine Eltern aus dem Spiel. Ich glaube, Grady Har-

relson hat deine Cousine umgebracht. Und ich frage mich, wann du endlich mal deinen Kopf aus dem Arsch ziehen willst.«

»Komm in die Heights, und sag mir das ins Gesicht.«

»Worauf du wetten kannst«, sagte ich und legte auf.

Aber ich sollte mein Wort nicht halten können.

Kapitel 16

Schuld daran war meine Mutter. An manchen Tagen machte sie früher Feierabend und fuhr mit dem Bus zu einer Klinik, wo sie eine psychosoziale Sprechstunde aufsuchte. Hin und wieder traf sie dort Jimmy McDougal, den androgyn wirkenden, etwas sonderbaren Jungen aus der Nachbarschaft. Jimmy war unscheinbar, dazu linkisch und hoffnungslos gutgläubig, wenn jemand auch nur etwas nett zu ihm war. Er konnte einem leidtun, denn jeder machte sich über ihn lustig. Er saß in einer Ecke des Wartezimmers, die Hände zwischen seinen Oberschenkeln eingeklemmt und das Gesicht auf den Boden gerichtet, als hätte er sich eingenässt. Meine Mutter setzte sich neben ihn und strich ihm mit der Hand über den Rücken. »Was ist los, Jimmy? So schlimm kann's doch gar nicht sein, oder?«

»Nein, Ma'am«, sagte er, während seine Füße im Sekundentakt auf und ab wippten. »Geht mir super.«

»Du musst dich nicht verstellen, Jimmy. Willst du mir erzählen, was dir Sorgen bereitet?«

Energisch schüttelte er den Kopf. »Alles okay, Miz Broussard. Wirklich.«

»Ist es wegen Mr. Krauser? Hat er dir wehgetan?«

»Mr. Krauser nimmt mich mit zu Baseballspielen und trainiert Basketball mit mir im YMCA. Bis neulich zumindest.«

»Erzähl mir die Wahrheit, Jimmy.«

Er beugte sich nach vorn und senkte den Kopf. Seine Finger verkrampften sich, die Haut um die Gelenke färbte sich weiß. »Ich möchte nicht mehr darüber sprechen, Miz Broussard.«

»Weißt du was? Wir fahren jetzt zu uns nach Hause und gehen der Sache auf den Grund. Ich habe Mr. Krauser gewarnt.«

»Oh, Miz Broussard, eigentlich möchte ich das nicht.«

»Ich habe diesem widerlichen Kerl gesagt, dass er dich zufriedenlassen soll und dass er es andernfalls mit meiner Reitpeitsche zu tun bekommt.«

»Ich hab schon genug Ärger, Miz Broussard. Mehr kann ich wirklich nicht gebrauchen.«

»Weswegen hast du Ärger, mein Junge?«

»Manchmal sage ich einfach die falschen Sachen. Ich übe die Sätze in meinem Kopf, wie sie richtig sind und so, aber dann kommen sie trotzdem jedes Mal falsch raus. Ganz gleich, wie ich es anstelle, ich steh immer wieder wie der Depp vor allen anderen da.«

»Ist das dein Baseballcap?«

»Ja, Ma'am.«

»Dann setz es auf, wir gehen.«

Sie nahmen einen überfüllten Bus, der sich bei achtunddreißig Grad durch den dichten Verkehr und die Dieselabgase auf der West Alabama Street hinunterquälte. Am Icehouse, der Stammkneipe meines Vaters, stiegen sie aus und gingen zu Fuß zu dem kleinen, mit Efeu bewachsenen Steinhaus auf der Hawthorne Street, in dem wir wohnten. Als sie durch die Tür kamen, wollte ich mich gerade auf den Weg in die Heights machen, um Loren Nichols einen Besuch abzustatten.

»Aaron, bring uns bitte zwei Gläser Wasser mit Eis, während ich mit Jimmy spreche«, sagte meine Mutter. Sie zog die lange Nadel aus ihrem Pillbox-Hut, setzte ihn ab und schaltete anschließend den Deckenventilator im Wohnzimmer ein.

»Was ist los?«, fragte ich.

»Ich habe Jimmy in der Klinik getroffen, und jetzt werden wir uns ein wenig unterhalten.«

Ich ging in die Küche, aber durch die offene Tür konnte ich jedes Wort mitanhören.

»Ich kenne die Zeichen, Jimmy. Wo hat dich dieser Mann angefasst?«

»Es war unabsichtlich. Das erste Mal, meine ich.«

»Das erste Mal, als er dich berührt hat?«

»Ja. Ich war bei ihm zu Hause. Wir hatten trainiert, und ich habe mich dann dort geduscht. Er wartete, dass ich fertig wurde, damit auch er duschen konnte. Und als ich rauskam, ist er mit mir zusammengestoßen.«

»Als du aus der Dusche kamst?«, sagte sie. »Warst du da unbekleidet?«

»War ich …?«

»Warst du *nackt*?«

»Ja, ich war nackt. Er hat mich fast umgerissen. Als er mir dann aufhalf, hat er sich über mich gebeugt, und es hat mich berührt. Unabsichtlich.«

»*Es?* Du meinst …«

»Ja, Ma'am.«

»Hat er das später noch einmal getan? Nicht unabsichtlich?«, fragte sie.

»Eine Woche später hab ich bei ihm übernachtet, auf der Couch. Ich bin mitten in der Nacht aufgewacht, und da saß er neben mir und machte etwas.«

»Das reicht, Jimmy, du musst nicht weiterreden.«

»Doch, ich muss, Miz Broussard. Er rieb an meinem Bein. Er hat gesagt, ich hätte Muskelkrämpfe gehabt und im Schlaf geschrien.«

»Ist schon gut, Jimmy. Wo bleibt das Wasser, Aaron?«

Ich wollte nicht ins Wohnzimmer gehen. Ich wollte nicht, dass Jimmy sich noch mehr schämen und genieren musste. Die Möglichkeiten, sexuellen Missbrauch und Pädophilie auf angemessene Weise zur Anzeige zu bringen, waren damals noch sehr begrenzt. Für gewöhnlich wurde das Opfer beschuldigt oder der Lüge bezichtigt und die Angelegenheit so schnell wie möglich unter den Teppich gekehrt. Jeder, der das Thema erneut aufs Tableau brachte, wurde bloßgestellt.

Ich stellte zwei Gläser mit eisgekühltem Wasser auf ein Tablett und brachte es ins Wohnzimmer. Dann setzte ich mich mit Bugs, Snuggs, Skippy und Major auf die Stufen der Ziegelsteintreppe in der überdachten Einfahrt. Die Fenster standen offen, und so konnte ich das Gespräch zwischen meiner Mutter und Jimmy weiterverfolgen.

»Sie wollen ihn doch jetzt nicht etwa anrufen, oder?«, sagte er.

»Im Moment bin ich so wütend, dass ich es dir nicht mal genau sagen kann.«

»Er wird es nicht mehr machen. Er ist fertig mit mir, wegen dieser Frau.«

»Welche Frau?«

»Miss Cisco. Sie fährt einen Rocket 88 und kommt aus Las Vegas oder so. Mr. Krauser meinte, er würde jetzt mehr Zeit mit ihr verbringen, und dass ich nicht mehr bei ihm aufkreuzen soll. Aber dann hat sie ihn abgesäbelt. Da hab ich mich gefreut.«

»Sie hat ihn verlassen?«

»Ja. Ich war sogar da, als sie es gemacht hat. Ich bin rüber, um mein Fahrrad zu holen. Er hatte nämlich versprochen, es zu reparieren, aber dann hing es nur ewig an einem Nagel in seiner Garage. Sie sagte zu ihm, er hätte sein Wort gebrochen, weil er keine Jungs in irgendwelche Sommerlager geschickt hatte. Und dann meinte sie, er hätte jetzt bei Clint Harrelson ver…«

»Was hat er?«

»Es ist ein schlimmes Wort.«

»Ich denke, ich werde es überleben.«

»Sie sagte, Mr. Krauser hätte bei Clint Harrelson für immer und ewig verschissen.«

»Gut, aber das interessiert mich alles nicht. Was mich interessiert, bist du, Jimmy, und das, was man dir angetan hat. Und deshalb werden wir uns jetzt mit Mr. Krauser unterhalten.«

Die manische Seite in der Persönlichkeit meiner Mutter hatte die Oberhand gewonnen, und ich wusste, dass es zu nichts Gutem führen würde. Ich stand von der Treppe auf und ging durch den Seiteneingang ins Wohnzimmer. »Mutter, ich denke, wir sollten Jimmy jetzt nach Hause fahren und die Sache vergessen.«

»Das werden wir nicht tun. Du fährst uns jetzt zum Haus von Mr. Krauser, Aaron.«

»Das ist eine schlechte Idee, Mutter. Mr. Krauser wird kein anderer Mensch, nur weil ihm jemand die Meinung sagt.«

»Es gibt nur eine Art, wie man mit White Trash wie Krauser umgeht«, erwiderte sie. »Man behandelt diese Menschen wie das, was sie sind. Weißer Abschaum. Dieser Mann ist aber nicht nur weißer Abschaum, sondern zudem auch noch pervers. Und jetzt fährst du uns bitte zu seinem Haus.«

»Jawohl, Ma'am.«

Die darauffolgenden Ereignisse sollten zu den beschämendsten und tragischsten meines Lebens werden. Selbst heute noch fällt es mir schwer, darüber zu berichten.

Mit meiner Mutter auf dem Beifahrersitz und Jimmy McDougal auf der Rückbank fuhr ich zu dem bunkerartigen Haus von Mr. Krauser. Durch die hohe Stirn, das flaumige blonde Haar, die milchweiße Haut und die kaum erkennbaren Augenbrauen sah Jimmy ein wenig aus wie ein Außerirdischer, der von Menschen eingefangen und in einen Käfig gesperrt worden war. Auf dem Schoß meiner Mutter lag ihre Reitpeitsche.

»Du wirst doch damit nicht auf ihn losgehen, oder?«, sagte ich.

»Das liegt ganz an ihm«, antwortete sie.

Ich hielt am Bordstein vor Krausers Haus.

»Nein, nicht hier. Park den Wagen in der Einfahrt«, sagte sie. »So kann er nicht in sein Auto springen und abhauen.«

Nachdem ich den Motor abgestellt hatte, beugte sie sich zu mir herüber und drückte auf die Hupe. Anschließend stieg sie aus und hämmerte mit der Faust gegen die Haustür. Als Mr. Krauser öffnete, trug er einen dunkelblauen Anzug und ein Hemd ohne Krawatte. Die Haare waren feucht gekämmt. Er sah aus, als wollte er gerade zu einem Termin aufbrechen. Noch nie hatte ich einen derart überraschten Mann gesehen.

»Kommen Sie raus, Mr. Krauser«, sagte meine Mutter.

»Wollen Sie nicht lieber reinkommen?«, sagte er.

»Nein, will ich nicht. Sie kommen auf der Stelle raus und entschuldigen sich bei diesem Jungen hier. Dann werden Sie vor mir, Aaron, dem lieben Herrgott und wer auch immer noch zuhören mag, schwören, dass Sie sich ab sofort von ihm fernhalten.«

Ich sah die Verwirrung und die Angst in Krausers Augen. In seiner Psyche, wahrscheinlich auch in seinem Körper, schien aber noch etwas anderes vor sich zu gehen, etwas sehr viel Schlimmeres. Ich war zu jung, um zu verstehen, wie sich die Vergänglichkeit ohne offensichtlichen Grund in das Leben eines Mannes schleichen konnte, der eigentlich in seinen besten Jahren sein sollte. Krausers Haut war grau und begann hier und da schlaff herunterzuhängen, Haare wuchsen ihm aus Ohren und Nase, und er hatte sein Hemd schief zugeknöpft. Er sah aus wie ein Mann, der durch die dunkle Nacht der Seele gegangen war.

»Ich wollte gerade zum Arzt«, sagte er.

»Ich glaube, Sie sollten sich eher um einen Seelsorger bemühen«, sagte meine Mutter.

»Aaron!«, sprach er mich plötzlich an. »Gib's zu! Du und Saber, ihr beide seid bei mir eingebrochen, stimmt's? Sag die Wahrheit, Junge. Ich nehm's dir nicht übel, aber ich muss es wissen.«

»Nein, Mr. Krauser, wir sind nicht bei Ihnen eingebrochen«, sagte ich.

»Sie kommen jetzt sofort hier raus zu mir, Sie widerwärtige Person, Sie. Andernfalls komme ich zu Ihnen rein«, sagte meine Mutter.

»Mutter, bitte«, sagte ich.

Die Nachbarn waren aus ihren Häusern gekommen, der Briefträger hatte angehalten, und auf der anderen Straßenseite schaute eine Frau von ihrer Veranda zu uns herüber. Ein vorbeifahrendes Auto bremste ab, der Fahrer und seine Beifahrerin starrten wie gebannt auf das Geschehen.

»Verdammt sollen Sie sein«, schimpfte meine Mutter. Ich war mir sicher, dass sie in diesem Moment nicht mehr mit Krauser sprach, sondern sich einem Geist aus ihrer Vergangenheit entgegenstellte, einem gesichtslosen Mann, der sich im Schlaf an ihr vergangen hatte.

Der erste Hieb traf Krauser im Gesicht. Dann begann sie gezielt und methodisch auf ihn einzuschlagen, wieder und wieder, und überzog seinen gesamten Körper mit Schlägen. Die Peitsche war starr und hart, das Leder eng um den Metallstab in ihrer Mitte genäht, die Spitze mit einem geflochtenen Knoten versehen. Krauser schirmte seinen Kopf mit den Händen ab, als würde er von einem Bienenschwarm attackiert. Am Ende musste ich meine Mutter festhalten, meine Arme um ihren Körper schlingen, damit sie von ihm abließ.

Wir ließen Mr. Krauser blutend vor seiner Tür zurück und fuhren nach Hause. Keiner von uns sprach ein Wort. Wir waren wie betäubt von dem, was wir gerade gesehen oder getan hatten.

Zu Hause ging meine Mutter ins Bad und verriegelte die Tür. Als mein Vater von der Arbeit kam, erzählte ich ihm, was geschehen war. Er klopfte an die Badezimmertür, den Blick auf den Boden gerichtet. Als meine Mutter nicht antwortete, setzte er seinen Hut auf und ging zum Icehouse.

Am selben Abend noch verschaffte sich Mr. Krauser Zugang zu einem der höchsten Gebäude in Houstons Innenstadt. Über das Treppenhaus arbeitete er sich bis ganz nach oben vor und fand einen Notausgang, der ihn aufs Dach des Gebäudes führte. Er sprang. Fünfzehn Stockwerke tief.

Am nächsten Morgen traf ich mich mit Saber bei Costen's. »Es kam mir fast so vor, als wollte Krauser, dass wir es gewesen waren, die seine Auszeichnungen und Medaillen zu Konfetti verarbeitet haben und nicht irgendwer anders.«

»Warum hatte er sich so auf uns eingeschossen?«, sagte Saber und schlürfte mit ein paar Strohhalmen seinen Erdbeermilchshake.

»Weil er geahnt hat, dass es jemand anders gewesen ist. Jemand, der von Clint Harrelson oder dessen Leuten geschickt wurde.«

»Und warum sollten die das machen?«

»Ich habe auch nicht alle Antworten, Sabe. Ich weiß nur, dass meine Mutter sich heute krankgemeldet hat und in die Kirche gegangen ist. Dabei geht sie nie in die Kirche.«

»Glaubst du vielleicht, Krauser hatte schlaflose Nächte, als wir im Knast waren? Glaubst du, es hat ihn einen Scheiß interessiert, dass mein Vater gefeuert wurde? Der Kerl hat mit dem Alten von Grady Harrelson unter einer Decke gesteckt, verstehst du? Diese Typen haben nichts anderes verdient.«

Durch das Fenster konnte ich unsere Autos auf dem Parkplatz sehen. Wir hatten nebeneinander geparkt, unbeabsichtigt, aber unsere Kühlerhauben zeigten in unterschiedliche Richtungen. Neben Sabers Wagen stand ein Studebaker, in dem zwei Mexikaner mit Drapes saßen. Sie hatten die Türen geöffnet, um für Frischluft zu sorgen.

»Gestern hab ich mit Jenks gesprochen«, sagte ich. »Er hat nach dir gefragt.«

Saber blickte auf. Drüben bei der Comicabteilung brummte ein großer Ventilator und blätterte mit jeder Umdrehung seiner Flügel Hunderte von Zeitschriftenseiten um. »Was hast du ihm erzählt?«, fragte er.

»Nichts Wichtiges.«

»Zur Hölle mit dem Typen.«

»Sieh zu, dass du diese Kerle da draußen loswirst«, sagte ich.
»Welche Kerle?«
»Die im Studie.«
Er stocherte mit den Strohhalmen in seinem Milchshake herum.
»Haben die den geklaut?«, fragte ich.
»Wer klaut denn bitte schön einen Studie?«
»Jemand, der weiß, dass die Kisten jetzt schon Sammlerstücke sind.«
Er schaute zum Parkplatz, dann wieder zu mir. Ich hoffte, er würde etwas sagen. Irgendetwas, das mir zeigte, dass der alte Saber noch bei mir war. *Komm schon, Sabe. Zwei oder drei Worte nur. Meinetwegen auch bloß eins.*
Doch das einzige Geräusch, das ich vernahm, war das Rascheln der flatternden Comichefseiten. Ich schaute durch das Fenster zu den beiden Mexikanern. Mit geschlossenen Augen lagen sie in ihren zurückgestellten Autositzen und entspannten. Die Hemden hatten sie aufgeknöpft, sodass man ihre Oberkörperbehaarung und ihre Tätowierungen sehen konnte. Für einen Moment lang hasste ich sie. Oder zumindest hasste ich das, was sie darstellten.
»Warum guckst du so komisch?«, fragte Saber.
»Diese Typen sind Drogenhändler«, sagte ich. »Sie sind erbärmlicher als Zuhälter und betrügen ihre eigenen Leute.«
»Wer ist wohl schlimmer, Aaron? Die Kerle, die auf einem Bohnenfeld zur Welt kommen und ihr Leben lang als ›Tortillafressen‹ und ›Spics‹ beschimpft werden? Oder dieser Mistkäfer von Detective, der uns was anhängen wollte?«
»Warum wollte Krauser glauben, dass wir beide in sein Haus eingebrochen sind?«

»Wenn wir mal zu viel Zeit haben, buddeln wir ihn aus und fragen ihn.«
Ich stand auf. »Wir sehen uns, Sabe.«
»Hey, Aaron?«, sagte er.
Mit einem langen, schlürfenden Geräusch sog er die Reste seines Milchshakes durch die Strohhalme. Ich lächelte ihn an. *Mach schon, Sabe. Sei wieder der arglose Teenager, den ich kenne. Mein alter Kumpel.*
»Hab in Reynosa meine Unschuld verloren!«, sagte er. »Soll keiner sagen, das Leben als Gesetzesbrecher hätte keine Vorteile. Nachteil ist vielleicht, dass ich mir dabei 'nen Tripper eingefangen hab. Krauser war ein Arschloch. Kann nur hoffen, dass der Teufel ihm ab und an ein Bier spendiert.«
Er grinste, als hätte er gerade eine Brücke über den enormen Abgrund geschlagen, der zwischen uns lag.
Auf dem Weg nach draußen kaufte ich ein Captain-Marvel-Comic, sodass ich mich lesend stellen konnte und die Mexikaner, mit denen wir in der U-Haft-Zelle gesessen hatten, nicht beachten musste. Im Vorbeigehen hörte ich, wie einer der beiden einen Öffner in eine Getränkedose stach und der in die Höhe spritzende Inhalt auf den Asphalt klatschte. Biergeruch stieg mir in die Nase. Als ich mich umschaute, sah ich, wie sie lachten und sich das Bier aus dem Haar strichen, ohne sich um die Familien und Kinder zu scheren, die ihre Einkaufswagen über den Parkplatz schoben.
Ich ließ den Motor an und machte mich auf den Weg in die Heights, zum Haus von Loren Nichols.

Wieder einmal befand ich mich, wie Saber es ausgedrückt hätte, auf Indianerterritorium. Genauer gesagt, in der unbefestigten Einfahrt, die zu dem Haus von Loren Nichols führte, diesem zweistöckigen, von Termiten zerfressenen und auf Hohlblocksteinen aufgebockten Gebäude aus dem vorigen Jahrhundert. In einem Schaukelstuhl auf der Veranda saß die alte Frau mit dem manisch starrenden Blick und dem zerzausten Haar. Ich stieg aus dem Wagen. »Ist Loren zu Hause, Ma'am?«

Sie antwortete nicht. Ihr Körper wirkte ausgedörrt, ihre Hände wie Vogelkrallen, ihre Kleidung hing so lose an ihrem Körper herunter, dass man ihre Brust sehen konnte.

»Ich bin hier hinten, wenn du mit mir sprechen willst«, sagte eine Stimme.

Mit freiem Oberkörper und einem Schraubenzieher in der Hand stand Loren im Tor einer ungestrichenen Garage. Die alte Frau beachtete ihn nicht. Ihr Gesicht war verzerrt, aber ich konnte nicht sagen, ob aus Angst oder lautloser Wut.

»Danke sehr, Ma'am«, sagte ich, denn ich wollte nicht unhöflich sein und mich wortlos von ihr abwenden. »Loren wartet in der Garage auf mich. Es war nett, Sie kennenzulernen.«

Warum mich ihr Schicksal so mitnahm? Vielleicht, weil ich den gleichen Ausdruck – diesen Blick, bei dem man glaubte, in eine Höhle voll aufgeschreckter Fledermäuse zu starren – bereits in den Augen meiner Mutter gesehen hatte. Ich ging zur Garage. »Ist das deine Großmutter?«, fragte ich Loren.

»Nein, das ist meine Mutter.«

»Sorry. Ist dein Vater zu Hause?«

»Was kümmert dich das?«

»Weiß nicht. Hab einfach nur gefragt.«

»Er ist in Huntsville.«

»Er sitzt in Huntsville?«, sagte ich.

»Nein, er arbeitet dort als Wärter. Du fragst zu viel, Jun-

ge. Geht's um diesen Lehrer, der vom Dach gesegelt ist, oder warum bist du hier?«
»Es geht um deine Cousine, Wanda Estevan.«
»Du bist wie eine Hämorrhoide, Broussard. Egal, wo ich hingehe, du bist immer da und nervst.«
»Ist doch gar nichts gegen den Ärger, den dir die Atlas-Bande einbrocken kann. Der Junior hat mir neulich gedroht, mich hinter sein Auto zu ketten. Du weißt doch, wer Vick Atlas ist, oder?«

Er schien nachzudenken, seine Aufmerksamkeit verschiedenen Dingen gleichzeitig zu widmen. Er warf den Schraubenzieher in die Luft und fing ihn wieder auf. »Und das hat dir Atlas ins Gesicht gesagt?«

»Mehr oder weniger.«

»Du kannst es mir erzählen, während ich arbeite. Aber lehn dich nicht gegen die Wand, sonst stürzt die Hütte ein.«

Er ging in die Garage, wo auf einer Werkbank ein Gitarrenverstärker stand. Daneben lag ein Lötkolben und eine kirschrote E-Gitarre. Er stützte die Hände auf der Werkbank ab und starrte auf den Staub, der vor ihm in einem Sonnenstrahl schwebte. Unter seiner Haut zeichnete sich seine Wirbelsäule ab, und beide Seiten seines Rückens waren von länglichen Narben überzogen, manche so fein wie die Schnurrhaare einer Katze. Bei unserer Prügelei hatte er auch kein Hemd getragen, aber diese Narben waren mir nicht aufgefallen.

»Gut, ich erklär's dir«, sagte er. »Aber wenn du jemandem erzählst, dass wir uns unterhalten haben, ist das der Gong zur zweiten Runde. *Comprende?* Wanda hat in ein paar Clubs in Galveston angeschafft, manchmal auch in Big D, weil da viele Politheinis wohnen. Diese Clubs waren im Grunde eine Falle, um Politiker und Ölbarone erpressen zu können. Da hat sie auch Harrelson kennengelernt.«

»Er war ein Kunde in diesen Clubs?«

»Nein, aber er hängt mit Atlas rum und tut so, als wäre er ein Gangster, ein harter Mistkerl mit dicker Brieftasche. Er hat Wanda ein paarmal ausgeführt, und wahrscheinlich hatten sie auch was miteinander, war ja schließlich ihr Geschäft. Dummerweise hat sie sich in den Kerl verliebt. Der hat sie aber fallen lassen, woraufhin sie durchgedreht ist. Und dann bist du aufgetaucht.«

»In dem Drive-in in Galveston?«

»Harrelson wusste, dass du bei Valerie Epstein aufkreuzen würdest, und er hat uns gesagt, dass wir dich aufmischen sollen.«

»Und ihr habt das dann einfach gemacht? Weil er es euch gesagt hat?«

Er beugte sich über den Verstärker, lötete einen Draht und legte den Kolben beiseite. Die Narben auf seinem Rücken schienen von schlecht verheilten Wunden zu stammen. »Harrelson meinte, dass er Wanda freibekommen und auf eine Kosmetikschule schicken könnte, wenn wir dich vertreiben. Außerdem hat er meinem Bruder eine Teamster-Karte versprochen.«

»Sie *freibekommen?*«, sagte ich.

»Von welchem Stern kommst du eigentlich? Glaubst du vielleicht, man könnte bei der Mafia einfach kündigen und Stütze beantragen?«

»Was ist mit deinem Rücken passiert?«

»Giftefeu.«

»Hat dir schon mal jemand gesagt, dass du wie Chet Baker aussiehst?«

»Ja, bekomm ich die ganze Zeit zu hören. Was ist eigentlich los mit dir, Mann? Hast du Knete in der Birne, oder warum laberst du so einen Käse?«

»Kann ich mal die Gitarre sehen?«

»Bedien dich.«

Ich nahm das Instrument und legte mir den Gurt über die Schulter. Das Kirschholz-Finish war zerschrammt, aber der Hals war gerade, das Griffbrett sauber, die Stimmwirbel geölt, und die neuen Saiten lagen flach über den Bundstäbchen.

»Ist ein bisschen verstimmt. Was dagegen, wenn ich sie stimme?«

»Mach, was du willst«, sagte er und wandte sich wieder dem Verstärker zu. Ich sah jedoch, dass er aus dem Augenwinkel zu mir herüberlinste und keinesfalls so desinteressiert war, wie er tat.

»Weißt du, was ein Gewissenskonflikt ist?«, sagte ich und drehte an einem Stimmwirbel.

»Bleib mir mit diesem Gequatsche vom Leib, Mann.«

»Ganz deiner Meinung. Ich kann dieses salbungsvolle Gerede auch nicht ab.«

»*Was* für ein Gerede?«

»Als wir uns geprügelt haben, da wollte ich dich umbringen, Loren. Ich hätte es auch getan, wenn Saber nicht dazwischengegangen wäre.«

»Ich hab gesagt, du sollst mir mit diesem Gequatsche wegbleiben. Ich bin niemandem etwas schuldig. Und das bedeutet, dass auch mir niemand etwas schuldig ist«, sagte er. »Du hast vorhin nach meinem alten Herrn gefragt. Meine Mutter ist mit mir schwanger geworden, als sie vierzig war. Da hat mein Vater sie gegen zwei Zwanzigjährige eingetauscht.«

Als Kind musste ich Besoffene abziehen und Snack-Automaten aufbrechen. In Gatesville gab es nichts, was ich nicht schon durchhatte. ›Fickt euch alle mal!‹, hab ich zu denen gesagt. Und das sage ich noch heute. Das ist mein Motto. ›Ich scheiß auf euch!‹ In Großbuchstaben. Ist das jetzt angekommen?«

»Worauf du wetten kannst.« Ich holte ein Plektrum aus der Uhrentasche meiner Hose, griff einen E-Akkord und zog das Plättchen über die Saiten. »Wo hast du die her?«

»Eddy Pearl's, das Pfandhaus auf der Congress Street.«

»Liegt gut in der Hand, und die Bünde klirren nicht.«

Wieder gab er sich gleichgültig, als ich mich für sein Instrument interessierte. Er beugte sich über den Verstärker. Vom Lötkolben stieg ein Qualmwölkchen in sein Gesicht, und die gespannte Haut auf seinem Rücken verwandelte die länglichen Narben in blasse Streifen.

»Schon mal ein Foto vom Grabtuch von Turin gesehen?«, fragte ich.

»Was für ein Ding?«

»Vergiss es.«

»Sorry, dass ich jetzt so direkt frage, aber kann's sein, dass du dir Yellowjackets reinziehst? Du kommst nämlich echt eigenartig rüber. Brauchst nicht drauf zu antworten«, sagte er. »Okay, und jetzt stöpsel mal die Gitarre ein, und lass uns schauen, was passiert. Ich sag das nicht zum Spaß, Mann. Ich glaub langsam echt, dass die dich als Kind ein paarmal zu heiß gebadet haben.«

»Danke für die Blumen«, sagte ich. Er verdrehte die Augen.

Ich steckte das Gitarrenkabel in den Verstärker und schlug noch einmal einen E-Akkord an. Wie eine sich magisch öffnende Blüte rollten die sechs Noten aus dem Lautsprecher, und zum ersten Mal überhaupt sah ich ein Lächeln auf dem Gesicht von Loren. »Wow«, sagte er.

Ich hob den Gurt von meiner Schulter, um ihm das Instrument zurückzugeben.

»Nein, mach du. Ich kann nur G und D, aber das war's dann auch schon«, sagte er.

»Pass auf, ich zeig dir was«, sagte ich. »D kennst du ja schon. Und so greifst du ein E, aber du machst es mit dem Zeigefinger zu einem geschlossenen Akkord, den du dann auf dem Hals hoch und runter schieben kannst. Hier, schau, ich benutze nur E und D.«

Ich begann »The Steel Guitar Rag« zu zupfen. Er verschränkte die Arme vor der Brust und machte große Augen.

»Wow, das ist echt toll, Mann.«

»Kennst du ›Malagueña‹? Basiert auch auf dem E-Akkord.«

Ich schlug die ersten drei Akkorde des bekannten andalusischen Songs von Ernesto Lecuona an.

»Scheiße, Mann«, sagte Loren.

»Hier, versuch's mal.« Ich reichte ihm die Gitarre.

Er hatte Schwierigkeiten, die Akkorde zu greifen. Ich setzte seine Finger an den richtigen Stellen auf die Saiten und zeigte ihm dann, wie er mit dem Zeigefinger die Saiten niederdrücken musste, um den Akkord auf dem Griffbrett zu verschieben.

»Siehst du! Besser, als du gedacht hast«, sagte ich.

»Na ja, geht so, würde ich sagen.« Er zog die hinter seinem Ohr steckende Zigarette hervor und schob sie sich zwischen die Lippen. Dann fischte er ein Streichholzheftchen aus seiner Jeanstasche, warf es aber, ohne sich die Zigarette anzustecken, auf die Werkbank, um ein weiteres Mal den Akkord zu greifen und ihn auf dem Griffbrett zu verschieben.

»Ich muss dir was gestehen, Loren. Es wäre eine Lüge, würde ich behaupten, dass ich mir keine Sorgen wegen der Drohung von Vick Atlas mache.«

»Hast du Schiss?«

»Nenn es, wie du magst.«

»Willst du meine ehrliche Meinung?«, fragte er.

Ich wartete.

»Du hast allen Grund, dir Sorgen zu machen«, begann er. »Atlas hat einen Hirnschaden. Sein Alter hat ihm mal irgendwas über die Rübe gezogen. Wenn du es mit so einem Kerl zu tun hast, musst du aufpassen, dass er nicht die Spielregeln festlegt.«

»Du meinst, ich soll ihm zuvorkommen und ihn angreifen?«, fragte ich.

»Nein, genau das will er ja. Du wartest, dass er zu dir kommt. Und glaub mir, er wird zu dir kommen. Ein Vollidiot wie der will ein Publikum. Also lässt du ihn seine Show aufziehen. Du hältst die Füße still und verkneifst dir jeglichen Kommentar, verstehst du? Und du versuchst auch nicht, den netten Kerl zu spielen. Du machst einen auf TSKA. Du weißt doch, was das bedeutet, oder?«

Ich nickte.

»Du wartest also, dass seine Party richtig in Gang kommt. Wartest, dass ihm richtig einer abgeht, mit seiner Freundin in der ersten Reihe. Und wenn er dann denkt, deine Unterhose hätte sich braun gefärbt, dann knipst du ihn aus.«

»Ich knipse ihn aus?«

Er legte die Gitarre auf eine Decke und zog ein Schubfach unter der Arbeitsfläche auf. »Das hier ist eine .32er. Die Seriennummern sind weggeätzt, der Griff ist mit umgedrehtem Isolierklebeband umwickelt. Keine Chance für Fingerabdrücke.

Du drückst ihm die Mündung auf die Stirn und knipst ihn aus. Falls du Zeit hast, pumpst du noch jeweils eine Kugel in Ohren und Mund. Wenn du das Eisen nicht liegen lässt, kippst du Motoröl drüber und schmeißt es später in einen Bayou oder ins Meer. Hier, nimm. Gehört dir.«
»Nein, danke.«
»Du machst einen Fehler.«
»Möglich, aber dann ist es mein Fehler.«
»Vorhin hast du was von einem Tuch von irgendwem erzählt. Was war das?«
»Das Leichentuch von Jesus Christus.«
»Bist du eigentlich komplett durchgedreht?«, sagte er.
»Wahrscheinlich«, sagte ich.
Er warf den Revolver in die Schublade und schob sie zu.
»Du willst Atlas nicht umlegen? Gut, das ist deine Entscheidung, Broussard. Da gibt es allerdings ein Szenario, das wir noch nicht besprochen haben. Was, wenn er sich Valerie schnappt? Mach die Augen zu und denk mal drüber nach. Und dann sag mir, welche Bilder du siehst.«

Ein Schweißtropfen, kalt wie ein Eiszapfen, lief an meinen Rippen hinunter in meine Unterhose.

Kapitel 17

Fünf Tage nachdem Mr. Krauser in den Tod gesprungen war, ging ich gemeinsam mit meiner Mutter zu seiner Beerdigung, die in einer kleinen protestantischen Kirche in der Nähe seines Hauses stattfand. Ein gutes Dutzend Trauergäste saß in den Kirchenbänken, darunter der stellvertretende Schuldirektor sowie zwei weitere Lehrer, aber kein einziger Schüler. Der Vater von Mr. Krauser, ein Mann mit gebeugtem Gang, Schuppen auf den Schultern seines Anzugs und einer tragbaren Sauerstoffflasche in der Hand, legte eine gelbe Rose auf den Sarg. Der Pfarrer las drei Passagen aus dem Buch der Psalme, die meiner Meinung nach wenig mit Mr. Krauser zu tun hatten. Anschließend trat ein Mann aus Krausers Bowlingteam vor, um eine Trauerrede zu halten. Er ließ allerdings die Manuskriptblätter fallen und schaffte es nicht, sie wieder in die richtige Reihenfolge zu bringen, sodass er seine Rede improvisieren musste. Er schloss mit den Worten: »Tritt ihnen ordentlich in den Arsch, Krausey, wo immer du auch sein magst.« Draußen hämmerte ein Specht in einen Telefonmast.

Möglich, dass Mr. Krauser am Ende doch ein Gewissen hatte. Möglich, dass er sich weigerte, junge Menschen in die Umschulungscamps von Clint Harrelson zu schicken, und dafür einen Preis bezahlen musste. Möglich, dass er von Zwängen getrieben wurde, die er nicht verstand. Wie immer dem auch gewesen sein mag, ich empfand kein Mitleid für ihn. Er benutzte seine Position, um andere zu demütigen und herabzusetzen, um sie zu beschämen und Selbsthass in ihnen zu säen. Für mich gab es keine niedrigere Lebensform auf Erden als diese, noch nicht einmal Drogendealer und Zuhälter waren derart erbärmlich.

Meiner Meinung nach saß an diesem Tag nur *ein* Opfer in der Kirche, und zwar meine Mutter. Ihre Augen blicklos, ihre Worte ohne Leben, ihr Geist unfähig, sich zu konzentrieren. Die Depression, die in der Holland-Familie wie ein Erbstück von einer Generation zur nächsten weitergereicht wurde, hatte sich wieder in ihrer Seele eingerichtet. Über die Jahre hatte man ihr mit Pharmazeutika und Vitamininjektionen, mit stationären Therapien und Elektroschockanwendungen zu helfen versucht. Doch diese Bemühungen waren wie Regentropfen am Panzerglas ihrer Neurosen abgeperlt. Ich hatte früh gelernt, dass man nicht sterben muss, um in der Hölle zu landen. Als ich in der Kirchenbank neben ihr saß, wusste ich, dass sie uns bereits verlassen hatte und ihr Geist in den von Entbehrung und Einsamkeit geprägten Jahren ihrer Jugend wandelte.

Wenn ich überhaupt etwas für Mr. Krauser empfand, dann Zorn. Wie die meisten Selbstmörder, die ihren Abgang in Technicolor inszenierten und die Hauswände und Bürgersteige ihrer Gemeinden mit ihrem Blut tränkten, hatte auch Krauser jemanden dazu verdammt, fortan in Sack und Asche zu gehen – meine Mutter. Als wir die Kirche verließen, legte ich meinen Arm um sie. Ihre Knochen fühlten sich zerbrechlich und hohl wie die eines Vogels an. Am liebsten hätte ich Krausers Sarg vom Katafalk getreten.

Das eigentliche Drama, sofern es auf dieser Beerdigung überhaupt eins gab, spielte sich jedoch auf der anderen Straßenseite ab, wo Jimmy McDougal unter einer Virginia-Eiche auf seinem Fahrrad hockte. Es wirkte, als wollte er sich gerade auf den Weg machen. Ich brachte meine Mutter zum Auto und ging zu ihm. Ich war überzeugt davon, dass Krauser sich auf die eine oder andere Weise an ihm vergangen hatte. Jimmys Eltern waren ungebildet und arm, oft trug er Sachen aus der Kleiderkammer. Sehr wahrscheinlich plagten ihn in Bezug auf Krausers Tod ähnliche Schuldgefühle wie meine Mutter.

»Wo willst du hin, Partner?«, sagte ich.

»Nirgends.«

Er stand breitbeinig auf dem Gehweg, das Fahrrad zwischen seinen Beinen, die Hände fest um die Gummigriffe des Lenkers geschlossen. In dem am Vorbau angebrachten Korb lag ein Umhängebeutel mit mehreren Taschen.

»Hast du da dein Lunchpaket drin?«, fragte ich. »Riecht jedenfalls ziemlich gut.«

»Ich arbeite im Drugstore, und eigentlich muss ich jetzt los. Ich bin nur zufällig hier vorbeigekommen.«

»Jimmy, du kannst dich von dieser Sache nicht so runterziehen lassen. Du hast nichts Falsches getan.«

»Ja, ich weiß«, sagte er.

»Du bist ein guter Junge. Das weiß jeder hier. Mr. Krauser hingegen war ein abscheulicher Mensch.«

»Wie kommt es dann, dass du hier bist?«

»Meine Mutter fühlt sich schlecht wegen der Sache. Aber eigentlich sollte sie das nicht. Und du auch nicht.«

»Ich bin spät dran, Aaron.«

»Komm doch mal vorbei, wenn du Lust hast. Dann gehen wir ins Kino oder ins Buffalo Stadium zu einem Baseballspiel. Was meinst du?«

»Sicher doch, Aaron. Danke für die Einladung. Wir sehen uns.«

Er stellte den rechten Fuß auf die Pedale und wollte gerade losradeln, als ich einen weißen, zylinderförmigen Gegenstand mit einer glatten Oberfläche in einer der Taschen des Umhängebeutels sah. Ich hielt den Lenker seines Fahrrads fest. »Einen Moment.«

»Lass mein Rad los«, sagte er.

»Was ist das da in deinem Beutel?«

»Nichts«, sagte er und drückte den Verschluss der Tasche zu. Es war jedoch zu spät, ich hatte das goldene SS-Zeichen auf dem weißen Griff schon gesehen. Es war der Dolch, der mal auf Krausers Schreibtisch gelegen hatte.

»Woher hast du den?«, fragte ich.

»Mr. Krauser hat ihn mir gegeben.«

»Ein Kerl wie Krauser hätte seine Kriegstrophäen nicht verschenkt.«

»Doch, hat er aber. Ich schwöre dir, dass er ihn mir geschenkt hat.«

»Du und Saber ... *ihr* seid bei Krauser eingestiegen und habt seine Bude kurz und klein geschlagen, stimmt's? Sag mir die Wahrheit, Jimmy. Na los, mach schon.«

Er versuchte den Lenker aus dem Griff meiner Hand loszureißen und schlug das Vorderrad auf den Boden, dass der Korb wackelte. »Ich muss jetzt los. Die feuern mich sonst.«

»Ich werde es niemandem sagen, Jimmy. Aber du musst jetzt ehrlich zu mir sein. Saber hat mir Lügen aufgetischt und ist jetzt mit ein paar wirklich finsteren Typen unterwegs. Außerdem wurde *ich* wegen der Sache verhaftet, die ihr verbockt habt.«

»Die werden mich nach Gatesville schicken. Hast du eine Ahnung, wie es dort ist? Warum tust du mir das an? Weißt du denn nicht, was die da mit Jungs wie mir machen?«
Er hatte recht. Die Härte des Gesetzes traf stets diejenigen am heftigsten, mit denen man es machen konnte; in diesem Fall einen zurückgebliebenen Jungen, chancenlos seit seiner Geburt. »Ich weiß, Jimmy, du wolltest es Krauser bloß heimzahlen.« Ich ließ den Lenker los. »Komm doch mit mir zum Rodeo. Dieses Jahr reite ich bei den Erwachsenen mit.«
Ich versuchte zu lächeln, aber Jimmy war verängstigt. Er stieß sich mit einem Fuß vom Boden ab und rollte aus dem Schatten. Sein Rad schlingerte, und er hatte Mühe, es unter Kontrolle zu bringen. Im Licht der Sonne schienen seine blasse Haut und sein dünnes Haar fast durchsichtig.

An diesem Abend führte ich Valerie aus, ins Kino. Ich erinnere mich nicht an den Titel des Films und weiß auch nicht mehr, worum es ging. Mein Erinnerungsvermögen hatte sich auf sonderbare Weise verändert. Wenn ich mit Valerie zusammen war, erinnerte ich mich nur noch an sie und an unsere Zweisamkeit. Alles andere wurde zur Nebensache. Wo auch immer wir waren, was auch immer wir unternahmen, ich achtete nur auf ihre Berührungen, den Geruch ihrer Haare, das Licht in ihren Augen.

Sie trug Faltenröcke, dazu Oxfords oder rosafarbene Chucks und weiße Blusen mit Rüschen. Es mochte der typische Look eines Mädchens unserer Generation gewesen sein, aber irgendwie stand sie stets über all den anderen. Sie kaute ständig Kaugummi. Ich kannte niemanden, der so viele Kaugummis verschlang wie sie, ganze Lkw-Ladungen. Sie war Mitglied in der National Honor Society, engagierte sich in der Theatergruppe, im 4-H-Club, im Schachverein und im Debattierzirkel. Ganz gleich, wo wir hingingen, ich war unheimlich stolz auf sie. Ich fragte mich lange Zeit, welcher ihrer Elternteile mehr Einfluss auf sie gehabt hatte – ihre Mutter oder ihr Vater. Vielleicht keiner von beiden. Denn die Nazis hatten ihre Mutter im Krieg getötet, und Mr. Epstein ging einer Arbeit nach, bei der er kaum zu Hause war. So wie ich das sah, war Valerie allein aufgewachsen. An diesem Abend fragte ich sie, welche Grundsätze und Regeln sie von ihrem Vater mit auf den Weg bekommen hatte.

»Keine«, antwortete sie, als hätte sie meine Frage überrascht. »Als ich meine erste Periode bekam, hat er mich zum Tanzen ausgeführt. Er sagte, dass ich nun eine junge Frau sei und dass er stets meine Entscheidungen respektieren und mir nie seine Meinung aufzwingen würde. Er versprach, mich niemals zu verurteilen und stattdessen jederzeit für mich da zu sein und immer für mich einzustehen, ganz gleich, was geschehen würde. Und falls mir ein Mann Gewalt antun oder mich belästigen sollte, so sagte er, würde er ihn und die Menschen an seiner Seite töten.«

Das Evangelium nach Mr. Epstein. Amen.

Sie küsste mich auf die Wange.

»Wofür war das?«

»Dafür, dass du so ein wundervoller Junge bist«, antwortete sie.

»Ich werde im Herbst achtzehn.«

Sie küsste mich noch einmal.

Noch Fragen, warum ich ständig mit Valerie zusammen sein wollte?

Den Großteil ihrer Zeit verbrachte Valerie nicht in den vielen Clubs und Organisationen, in denen sie Mitglied war, oder mit Schularbeiten, sondern beim Lesen in der öffentlichen Bücherei. Das große Geschenk der Regierung an unsere Generation waren die Fahrbibliotheken, eingerichtet von der Arbeitsbeschaffungsbehörde WPA. Diejenigen von uns, die sich in die Welt der Bücher verliebten, taten das nicht durch die Schullektüre, sondern durch die Abenteuer von Nancy Drew, Richard Halliburton und den Hardy Boys. Eines Tages, dessen war ich mir sicher, würde Valerie einmal Bibliothekarin werden. Sie glaubte mit fast schon religiöser Überzeugung an das Wissen, das sich eine Person ganz allein zwischen den muffigen Bücherregalen einer kleinen Bibliothek in Nord-Houston aneignen konnte.

Nach dem Film gingen wir etwas trinken, und ich erzählte ihr, dass Jimmy McDougal und Saber diejenigen waren, die Krausers Wohnung verwüstet hatten. Und dass mein alter Freund Saber mich verraten hatte.

»Aber wirklich sicher sein kannst du dir der ganzen Sache nicht, oder?«, sagte sie. »Dieser Junge, dieser Jimmy, der hat dir schließlich nicht gesagt, dass es so gewesen ist.«

»Das musste er nicht. Ich hatte immer das Gefühl, dass Saber in diese Sache verwickelt war. Als ich ihn gefragt habe, ist er ausgewichen und hat abgewiegelt. Das Eigenartige war nur, dass Krauser unbedingt glauben wollte, dass wir es waren.«

»Warum?«

»Weil er Angst vor Clint Harrelson hatte und vor den Leuten, die für ihn arbeiten. Wahrscheinlich glaubte er in eine Falle getappt zu sein, genau wie wir. Und dann hat ihm Cisco Napolitano auch noch den Laufpass gegeben, weil er seine Position als Lehrer nicht missbrauchen wollte, um andere Schüler in Harrelsons Indoktrinationslager zu schicken. Schon merkwürdig ... ein Kerl, der den langen Weg bis zur

Elbe überlebt hat, und nun hat er sich ohne Grund umgebracht.«

Vielleicht war meine Erklärung etwas eigennützig. Und vielleicht entlastete ich meine Mutter auf Kosten eines Selbstmordopfers. Aber das war mir egal. Sie hatte ihre Schuld in dieser Welt bereits bezahlt – ganz im Gegensatz zu Krauser, vollkommen gleich, wie viele Nazis er getötet haben mochte.

Valerie nippte an ihrer Black Cow, schob den Mix aus Coca-Cola und Vanilleeiscreme dann aber beiseite und zog Stift und Schreibblock aus ihrer Tasche. »Wie hieß das Buch, das Clint Harrelson bei eurem Besuch gelesen hat?«

»Irgendwas mit ›Eugenik‹ stand auf dem Einband. Der Autor hieß Laughlin.«

Sie machte sich ein paar Notizen. »Ich kümmere mich drum.«

»Vielleicht solltest du dich nicht zu sehr in diese Sache reinhängen«, sagte ich.

Sie warf mir einen Blick zu, bei dem ich blinzeln musste. Das war vielleicht der einzige Nachteil, wenn man in Valerie Epstein verliebt war: Sie ließ sich nichts sagen.

»Ich meine ja bloß ... Detective Jenks ist diesen Kerlen seit Jahren auf der Spur, und das Einzige, was dabei rausgekommen ist, sind ein Haufen Magengeschwüre.«

»Wo ist Saber jetzt?«

»Unterwegs mit ein paar mexikanischen Drogenhändlern.«

»Sag ihm, dass ich ihn sprechen möchte.«

»Weswegen?«

»Er hat zugelassen, dass man dich für eine Tat verhaftet, die er begangen hat. Dazu würde ich ihm gern mal die Meinung geigen.«

»Das lassen wir lieber«, sagte ich.

Unter dem Tisch trat sie mit ihren Chucks auf meine Cowboystiefel.

»Schon gut. Falls ich ihn sehe, sag ich's ihm«, versprach ich.

Sie begann auf meinen Füßen herumzutrampeln.

»Okay, okay. Ich rufe ihn an«, sagte ich.

»Du merkst nie, wenn ich dich auf den Arm nehme, oder?«, antwortete sie.

Noch nie zuvor hatte ich einen Menschen mit derart hell strahlenden Augen gesehen.

Valerie begann mit ihrer Recherche zu Clint Harrelson in der öffentlichen Bücherei ihrer Nachbarschaft und verlagerte sie wenig später in die Bibliothek der Rice University. Die Tankstelle, in der ich arbeitete, lag ganz in der Nähe des Campus. Das Universitätsgelände war mit zahlreichen Eichenbäumen bepflanzt, und sowohl im Sommer als auch im Winter grünte und blühte es dort. Die Gebäude lagen bereits tief im Schatten, als ich im Sonnenuntergang zum Lesesaal ging. An einem Tisch mit vielen aufgeschlagenen Büchern saß Valerie und schrieb in ihr Notizheft. Ich musste sofort an Nancy Drew denken, wie sie mit ihrem Füllfederhalter gegen die dunklen Kräfte ankämpfte, die River Heights zu zerstören drohten. Obwohl ihre Mutter von den Nazis ermordet worden war, glaubte Valerie fest daran, dass die Menschen grundsätzlich gut waren. Ich hatte Zweifel daran, dass sie in einer öffentlichen Bücherei oder in einer Universitätsbibliothek irgendetwas über Clint Harrelson oder die Figuren der Unterwelt von Galveston herausfinden würde, das wir noch nicht wussten. Aber ich wagte es nicht, ihr das zu sagen.

»Und, was hast du herausgefunden?«, fragte ich und setzte

mich in meiner grün-weiß gestreiften Tankstellenmontur ihr gegenüber an den Tisch.

»Clint Harrelson war auf einer Militärakademie in Virginia«, sagte sie. »Dann bekam er ein Empfehlungsschreiben von einem Senator für West Point, wo er aber rausflog, als bekannt wurde, dass er einen anderen Kadetten misshandelt hatte. Und jetzt pass auf: Später, an der Northwestern University in Illinois, tat er es wieder. Mr. Harrelson und seine Verbindungsbrüder hängten einen Jungen mit dem Kopf nach unten über das Geländer eines Piers und ließen ihn schließlich los, sodass der arme Kerl auf die Wellenbrecher im Wasser aufschlug. Es war ihnen jedoch nicht genug damit, diesen Jungen umzubringen und seine Leiche zu verstecken. Mr. Harrelson und seine Freunde haben kurz darauf noch einmal genau das Gleiche mit einem anderen Jungen getan. Der überlebte allerdings.«

»Woher weißt du das alles?«

»Die Zeitungen von Chicago sind hier auf Mikrofilm archiviert. Rate mal, in welchem Fach Mr. Harrelson einen Abschluss hat. Anthropologie. Und hier, schau mal, was ich über die Atlas-Familie und die Aktivitäten der Mafia an der Golfküste gefunden habe.«

Eigentlich wollte ich es gar nicht sehen. Ich hatte keinerlei Zweifel darüber, was für Menschen die Harrelsons und die Atlases waren. Diese Leute und andere ihres Schlages besiegelten ihre Geschäfte mit Baseballschlägern, während das Gesetz und die rechtschaffene Bevölkerung die Augen verschlossen. Nicht nur entlang der gesamten Golfküste gab es Bordelle und Spielsalons, sondern auch in Mississippi, einem angeblich trockenen Bundesstaat. Keines dieser Etablissements musste sich verstecken, alle wurden offen betrieben, mit Erlaubnis der zuständigen Behörden. Überall gab es Spielautomaten und einarmige Banditen, und in Louisiana standen in einigen Bars sogar Cops mit Uniform und Dienstmarke am Revers hinter der Theke und schenkten Mixgetränke an minderjährige Gäste aus. Ich wollte Valerie jedoch nicht wissen lassen, was ich von den Informationen hielt, die sie so mühevoll zusammengetragen hatte. Wer wollte sich schon dem Groll von Nancy Drew aussetzen?

Ich las ihre Notizen, schaute mir die markierten Seiten in den Büchern an und täuschte so viel Interesse vor wie eben möglich. »Hast du Lust auf Fried Chicken zum Abendessen, drüben bei Bill Williams?«

»Ich muss nach Hause und meinem Vater mit der Einkommenssteuer helfen«, sagte sie.

»Aber für ein Getränk hast du doch noch Zeit, oder?«

»Besser nicht. Wir sehen uns morgen, Aaron.«

Ich begleitete sie zu ihrem Wagen, dem viertürigen Chevrolet ihres Vaters. Damals besaßen die meisten Familien nur ein Auto, viele gar keins. Der Wagen der Epsteins stand in einer Sackgasse, im Schatten einiger Kiefern, deren Silhouetten sich im Gegenlicht der Sonne abzeichneten. Es hatte gerade geregnet, Kiefernnadeln bedeckten Frontscheibe und Dach des Chevrolet. Im Studentenwohnheim waren die Lichter angegangen, ebenso in den Büros einiger Professoren – ein Beleg dafür, dass die Zivilisation eine Konstante war, das Böse jedoch nicht. So wollte ich es zumindest glauben. Das beklemmende Gefühl in meiner Brust wurde ich trotzdem nicht los. Es war so wie an jenem Tag am Strand in Galveston, als ich mich zur dritten Sandbank hinausgewagt hatte und durch einen Quallenschwarm geschwommen war. Ich wollte sie nicht gehen lassen.

»Ich fahre hinter dir her«, sagte ich.
»Nein, das wirst du nicht tun.«
»Bitte.«
Sie gab mir einen leichten Kuss auf den Mund. »Wir sehen uns morgen früh, Kemosabe.«

Während ich ihr nachsah und die Rücklichter ihres Wagens wie Rubine in den Schatten funkelten, versank die Sonne hinter den Campusgebäuden.

Kapitel 18

Es war ein Abend mitten in der Woche. Nur wenige Fahrzeuge fuhren auf der zweispurigen Straße, auf der sie in den Norden der Stadt unterwegs war. Im finsteren Himmel über ihr knisterte die Elektrizität, als würde jemand Zellophanfolie zerknüllen. Die Fenster ihres Wagens waren heruntergekurbelt. Sie atmete den klaren Geruch des Gewitters ein und spürte die Kälte des Windes, der den Staub über den Asphalt fegte. Als sie an einer Ampelkreuzung halten musste, an der weit und breit keine anderen Autos zu sehen waren, roch sie Benzin. Bei Grün schaltete sie in den ersten Gang, fuhr über die Kreuzung und schaute in den Rückspiegel, wo sie ein Wetterleuchten in den Wolken aufblitzen sah. Für einen Moment glaubte sie eine Tropfspur auf dem Asphalt entdeckt zu haben. Sie schaute auf die Kraftstoffanzeige. Der Tank war leer.

Links und rechts neben der Straße befand sich eine mit Unkraut überwucherte Brachfläche. Bis auf ein verlassenes Haus an der einen Ecke der Kreuzung und eine weit ausladende Eiche an der anderen war weit und breit nichts zu sehen. Ungefähr einen Block entfernt, konnte sie ein paar beleuchtete Gebäude ausmachen. Bis nach Hause waren es noch zwei Meilen, aber sie erinnerte sich, drei Blocks zuvor an einer noch geöffneten Tankstelle vorbeigefahren zu sein. Sie wendete den Wagen und fuhr langsam an die rote Ampel heran. Dann ruckte der Motor plötzlich und ging aus.

Sie legte den zweiten Gang ein und versuchte den Motor des noch rollenden Wagens durch Einkuppeln wieder anzulassen. Erfolglos. Der rechte Vorderreifen streifte die Bordsteinkante, und als der Wagen stand, wurden die Schweinwerfer schwächer, denn die Batterie hatte den Geist aufgegeben. Sie versuchte ein vorbeifahrendes Auto heranzuwinken, aber der Fahrer hielt nicht an. Der Wind wurde stärker und rüttelte ihren Wagen durch. Wie Hagelkörner prasselten kurz darauf die ersten Regentropfen gegen die Frontscheibe.

Sie kurbelte die Fensterscheiben hoch. Im Rückspiegel tauchte ein Scheinwerferpaar mit eingeschaltetem Fernlicht auf und näherte sich. Der Wagen hielt etwa zehn Meter hinter ihr am Straßenrand. Dann schaltete der Fahrer den Motor ab, nicht aber die Scheinwerfer. Der Himmel über ihr war nun schwarz, die Regentropfen auf ihrer Windschutzscheibe so groß wie Fünf-Cent-Münzen. In dem fremden Wagen rührte sich nichts.

Sie trat auf das Gaspedal und drückte den Anlasserknopf, ohne Erfolg. Sie zog die Schlüssel aus dem Zündschloss ab und umklammerte sie mit ihrer rechten Hand, wobei sie die Spitze eines Schlüssels zwischen Zeige- und Mittelfinger hervorstehen ließ. Dann starrte sie in den Rückspiegel, bis ihre Augen zu tränen begannen. Der Fahrer des fremden Wagens schaltete die Scheinwerfer aus. Die Windschutzscheibe war dunkel wie ein Schieferdach, undurchdringbar für ihre Blicke, Dampf stieg von der Motorhaube auf. Sie öffnete die Tür und trat hinaus in den Regen.

»Wer sind Sie?«, rief sie.

Keine Antwort.

»Ich habe eine Pistole. Und ich werde sie benutzen«, fügte sie hinzu.

Bei dem Wagen handelte es sich um einen 1949er oder 1950er Ford mit einem externen Scheinwerfer auf der Fahrerseite. Ein Blitz zuckte am Himmel auf, und sie konnte das Gesicht eines Mannes hinter dem Lenkrad erkennen. Er trug eine dunkle Mütze mit schwarzlackiertem Schirm. Mit einem Quietschen öffnete sich die Tür auf der Fahrerseite, und der Mann stieg aus. Er trug eine Regenjacke aus schwerem Gummi, unpolierte schwarze Schuhe und eine Hose mit Lampassen. Auf der Beifahrerseite stieg ein anderer Mann aus, ebenfalls in Regenjacke, ebenfalls mit Schirmmütze. Er hatte eine Taschenlampe in der Hand, in der anderen einen kleinen Benzinkanister. Die Männer kamen auf sie zu. Der Fahrer, ein groß gewachsener Mann Mitte dreißig, hatte scharfe Gesichtszüge und machte einen gelassenen, wohlwollenden Eindruck. Gut einen Meter vor ihr blieb er stehen.

»Hab gesehen, wie Ihr Wagen gestottert hat, und da dachte ich mir, wird was mit dem Kraftstoff sein«, sagte er. Der Regen lief an seiner Mütze und seiner Jacke herab. Er tastete den Bereich unter der Stoßstange ab und roch an seiner Hand. »Wahrscheinlich ein Loch im Tank.«

»Sie sind keine Polizisten«, sagte sie.

»Wie kommen Sie darauf?«

»Die Jacken. Die Polizisten hier tragen andere.«

»Wir sind vielleicht keine Harris County Cops, aber Cops sind wir sehr wohl«, sagte er. »Sie können von Glück reden, dass wir hier vorbeigefahren sind. Ist eine schlimme Gegend.«

»Ich wohne hier. Und diese Nachbarschaft ist ganz gewiss keine *schlimme Gegend*«, sagte sie.

Ein Auto kam die Straße entlanggefahren. Der andere Mann winkte es mit seiner Taschenlampe vorbei.

»Ich werde zu Fuß nach Hause gehen«, sagte sie.

»Wir fahren Sie hin«, sagte der Fahrer.

»Nein, das werden Sie nicht.«

»Das ist eine eigenartige Einstellung, Missy«, sagte er. »Besonders zwei Polizeibeamten gegenüber, die nur helfen wollen. Haben Sie etwas in Ihrem Wagen, das wir nicht sehen sollen?«

»Sie sind keine Polizeibeamten«, sagte sie. »Echte Cops tragen keine Schuhe mit Schnür-Ösen, die das Licht reflektieren.«

Die beiden Männer sahen sich an. »Sie müssen aus dem Regen, Missy«, sagte der Fahrer. »Und wir müssen jetzt einen Blick in Ihren Wagen werfen.«

»Verschwinden Sie«, sagte sie.

Der Fahrer drehte ihr das Handgelenk um und zog ihr die Schlüssel aus der Hand. Dann warf er den Bund auf den Boden des Wagens und schob sie durch die Fahrertür. Als sie versuchte, aus dem Wagen zu springen, stieß er sie zurück und kettete sie mit Handschellen am Lenkrad fest. Er schaute über seine Schulter auf ein heranfahrendes Auto. Die Reifen surrten auf dem Asphalt, das Scheinwerferlicht huschte über sein Gesicht. Sein Haar war ungepflegt, und er hatte einen Überbiss. Er war älter, als sie vermutet hatte. Der Mann stellte sich so, dass sie nichts sehen konnte, während sein Partner das Auto vorbeiwinkte.

»Mein Vater wird mich suchen«, sagte sie. »Er weiß, auf welchen Straßen ich normalerweise nach Hause fahre.«

Der Fahrer strich ihr mit dem Handrücken über die Wange. »Ich hasse es, Ihnen das antun zu müssen, Missy. Aber Auftrag ist Auftrag. Vielleicht hätten Sie Ihre Nase weiter in Ihre Bücher anstatt in fremder Leute Angelegenheiten stecken sollen.«

Der zweite Mann öffnete die Beifahrertür und beugte sich in den Wagen.

»Was soll das werden?«, sagte sie.

Sie hörte, wie er den Verschluss des Kanisters abschraubte. Dann roch sie das Benzin, das er im Wageninneren auf dem Boden und den Plastikbezügen der Sitze verteilte. Sie zog und zerrte an den Handschellen.

»Hören Sie, Missy«, sagte der Fahrer. »Ich würde die Sache gern so einfach wie möglich für Sie machen. Deshalb gebe ich Ihnen jetzt eine Injektion. In zehn Sekunden werden Sie nichts mehr spüren. Schließen Sie die Augen.«

Sie hatte das Gefühl, ihr wild hämmerndes Herz würde ihr jeden Moment die Lungen abschnüren. Tränen traten ihr in die Augen. »Warum tun Sie das?«

»In dieser Lage versuchen alle, etwas Zeit zu schinden. Das ist auch okay. Aber es wird nichts am Ergebnis ändern, Sweetheart.«

»Nennen Sie mich nicht *Sweetheart!*«

»Nicht gerade der Moment, um Befehle zu erteilen, oder?«

Sie spuckte ihm ins Gesicht.

»Ich nehm's Ihnen noch nicht mal übel«, sagte er. Er wischte sich den Speichel von Wange und Mund. »Aber jetzt sind Sie auf sich allein gestellt. Geh vom Wagen weg, Seth.«

Der andere Mann drehte den Verschluss auf die Kanistertülle und machte einen Schritt zurück. Er hatte darauf geachtet, keine der Oberflächen im Wageninneren mit den Fingern zu berühren, und trat nun mit dem Fuß gegen die Beifahrertür, um sie zu schließen. Der Fahrer zog ein Streichholzheftchen aus seiner Hemdtasche und brach ein Zündholz ab. Er beugte sich nach vorn und zog das Streichholz über die Reibefläche.

Sie starrte ihm in die Augen und drückte mit beiden Unterarmen auf die Hupe. Sie blinzelte nicht, nicht einmal dann, als der Mann das Streichholzheftchen anzündete und in eine kleine Fackel verwandelte.

»Sie hätten die Injektion nehmen sollen«, sagte er. »Sie sind ein hübsches Ding, und glauben Sie mir, ich hasse das hier. Aber Sie haben es nicht anders gewollt, kleine Lady.«

Kapitel 19

Die Flamme brannte bis zu seinen Fingerspitzen herunter und erlosch dann in seiner Hand. Er ließ die abgebrannten Streichhölzer fallen und trat von Valeries Wagen zurück. Ein großer Buick mit einem Kühlergrill, der aussah wie eine Reihe verchromter Schneidezähne, donnerte auf der Straße heran. Er bremste ab und kam mit einem abrupten Rucken knapp hinter Valeries Stoßstange zum Stehen. Die Fahrertür flog auf, und im nächsten Moment stand Vick Atlas auf der Straße, das Sakko geöffnet, eine Pistole mit Perlmutt-Griffschalen im Gürtel. Er trug seine Augenklappe. »Was glaubt ihr Kerle eigentlich, was ihr hier macht?«

»Mr. Atlas?«, sagte der Fahrer des Ford.

»Weg von dem Wagen!«, erwiderte Atlas.

»Ja, Sir«, sagte der Fahrer. Er wischte den Ruß der erloschenen Streichhölzer von seinen Fingern und hielt die Hände hoch, um zu zeigen, dass sie leer waren.

»Du, mit dem Kanister«, sagte Atlas. »Du stellst das Ding jetzt auf den Boden.«

»Sofort«, sagte der Mann.

Atlas kam ein paar Schritte näher, sodass er in Valeries Fahrzeug hineinschauen konnte. »Nehmt ihr die Handschellen ab.«

Der Fahrer beugte sich in den Wagen und öffnete mit einem kleinen Schlüssel beide Schlösser. Sein Überbiss und die Leere in seinen Augen ließen sie an einen Barrakuda denken, der vor der Glaswand eines Aquariums auf und ab schwamm. Ohne sie anzusehen, nahm er ihr die Handschellen ab und verstaute sie in seiner Hosentasche.

»Dafür bist du dran, Freundchen«, sagte sie.

Er antwortete nicht. Seine Aufmerksamkeit galt voll und ganz Vick Atlas. »Wir wollten ihr nur einen Schrecken einjagen.«

»Für wen arbeitet ihr?«, fragte Atlas.

»Weiß nicht.«

»Du willst mir sagen, du wüsstest nicht, für wen du arbeitest? Denkst du vielleicht, ich bin blöd? Willst du mir das vielleicht mit dieser saudämlichen Antwort sagen? Dass ich blöd bin?«

»Wir kriegen nur einen Anruf. Dann erledigen wir den Job«, sagte der Fahrer.

»Ich weiß, wer ihr Typen seid«, erwiderte Atlas. »Und ich sage euch, die Sache hier wird Konsequenzen haben, wenn ihr versteht, was ich meine.«

»Wir verschwinden jetzt besser, Mr. Atlas«, sagte der Fahrer und trat mit erhobenen Händen ein paar Schritte zurück in Richtung seines Wagens.

»Natürlich verschwindet ihr jetzt«, sagte Atlas. »Und zwar pronto.«

Die beiden Männer stiegen in den Ford. Der Mann mit dem Überbiss ließ den Motor an und fuhr rückwärts zur nächsten Straßenkreuzung, wo er die Scheinwerfer einschaltete und in eine Seitenstraße einbog. Atlas beugte sich zu der im Wagen sitzenden Valerie und bot ihr seine Hand an. »Komm, Valerie, ich fahr dich nach Hause. Um die Typen kümmere ich mich morgen. Du wirst sie nie wiedersehen.«

Sie bewegte sich nicht.

»Was ist los? Vertraust du mir nicht?«, fragte er.

»Woher willst du wissen, dass mein Wagen nicht fährt?«

»Wenn noch Benzin im Tank wäre, wärst du sicherlich abgehauen und hättest diese Penner stehen lassen. Genau das sind sie nämlich, ein paar miese Penner. Aber diese Aktion werden sie teuer bezahlen.«

»Die beiden trugen Polizeiuniformen. Es hätte gut und gern eine Kontrolle sein können. Und mein Tank könnte auch noch voll sein. Du kannst nicht gewusst haben, dass da jemand ein Loch hineingestochen oder die Benzinleitung gekappt hat.«

Er lächelte. »Ich komm gerade nicht ganz hinterher. Ich biete dir doch nur an, dich nach Hause zu bringen, weil ich denke, dass du noch etwas mitgenommen von der ganzen Sache sein könntest und vielleicht nicht selbst fahren willst«, sagte er. »Hör zu, ich werde hier draußen ziemlich nass. Willst du nun, dass ich dich fahre, oder nicht?«

»Woher wusstest du, wo ich bin?«

»Ich war auf dem Weg zu dir nach Hause«, sagte er. »Ich wollte dir sagen, dass mir ein paar Sachen zu Ohren gekommen sind. Und zwar, dass dir jemand etwas antun will. Kann ich mich vielleicht auf die Rückbank setzen? Nicht mehr lange, und ich bin komplett durchgeweicht. Außerdem hatte ich ein schlechtes Gewissen wegen der Sache im Balinese Club. Mein Auftritt da, also, das ist normalerweise nicht meine Art.«

»Doch, das ist sehr wohl deine Art. Du bist ein Gangster.«

»Wie bitte? Was soll der Mist? Ich hab dir gerade das Leben gerettet. Das waren richtig finstere Burschen, die zwei«, sagte er. »Und jetzt setz ich mich auf die Rückbank. Wenn's dir nicht passt, hast du Pech gehabt.«

Sie versuchte die hintere Tür zu verriegeln, aber er riss sie auf und stieg ein, bevor sie den Türknopf herunterdrücken konnte. Er zog ein Taschentuch hervor und tupfte sich Gesicht und Haare ab. »Diese Typen waren im Auftrag von irgendwem anders unterwegs. Fragst du dich nicht, wer sie geschickt haben könnte? Ich tippe auf Grady. Hast ja gehört, was der Typ meinte: Sie wollten dir einen Schrecken einjagen. Sehr wahrscheinlich, damit du wieder zu Grady zurückläufst.«

»Grady würde so etwas nicht tun.«

»Ach nein? Hast du vielleicht Psychologie studiert? Den Jungen haben sie als Kind zu oft und zu lange auf den Topf gesetzt. Der tut alles, um seinen Willen zu kriegen. Sein alter Herr hat für seine Ausmusterung bei den Marines gesorgt, damit er nicht nach Korea muss.«

»In Ordnung, du hast mir das Leben gerettet. Vielen Dank dafür. Und jetzt steig bitte aus meinem Wagen aus.«

»Hast du sie nicht mehr alle?«, sagte er und tippte sich an die Stirn. »Ich will doch nur dein Bestes. Schau, wenn du irgendwohin willst, rufst du mich an, und ich schicke dir einen Fahrer. Wenn dich irgendwelche Leute nerven oder belästigen, rufst du mich an, und ich sorge dafür, dass sie von der Bildfläche verschwinden. Frag einfach, und du bekommst alles von mir.«

»Ich werde jetzt zu Fuß nach Hause gehen. Und ich möchte dich bitten, mir nicht zu folgen.«

Er beugte sich nach vorn und legte seine Hände auf ihre Schultern. Sein feuchter Atem strich über ihr Ohr. Es schien, als würde er seine Gedanken ordnen und sich seine Worte zurechtlegen, als würde er gleich etwas sagen, das er noch nie zuvor gesagt hatte und auch niemals wiederholen wollte. »Weißt du, du gefällst mir. Du bist anders als alle, die ich bisher kennengelernt habe. Ich hingegen bin bloß ein stinknormaler Kerl. Mag sein, dass ich etwas anders aussehe, und manche Leute meinen, ich wäre ein schlimmer Finger, aber ich bin keiner von den bösen Buben. Und ich bin auch nicht wie mein Vater. Er tut Menschen weh, weil ihm das Spaß macht. Ich aber helfe den Leuten. Ich lasse mir nichts gefallen und setze mich für meine Freunde ein. Und dir werde ich auch helfen. Ich bin anders als die anderen. Das war's schon, was ich dir sagen wollte.«

Der Gestank des Benzins war unerträglich. Schwer und feucht kroch er in ihre Lungen und schien das Innere ihres Schädels zu verkleben. Sie konnte nicht einmal ansatzweise irgendeinen Sinn in seinen Worten erkennen und hatte das Gefühl, jeden Moment ohnmächtig zu werden. Dann spürte sie seine Finger, wie sie sich in ihre Schultern pressten. Er rüttelte sie, als wollte er sie aus einem Nickerchen erwecken.

»Nun sag doch endlich was.«

»Danke, Vick«, sagte sie. »Aber du musst mich jetzt in Ruhe lassen.«

Er drückte sein Gesicht in ihr Haar. Der Regen hatte nachgelassen, die Windschutzscheibe war fast wieder frei. Dann verschwand die Wärme seines Atems in ihrem Nacken.

»Okay, dann bring ich dich heim«, sagte er. »Meinetwegen kannst du die Bullen rufen. Du kannst mir aber auch vertrauen, dass ich mich um die Angelegenheit kümmere. Wie ich gehört habe, ist dein Vater ein Kriegsheld. Vielleicht hat der ja auch ein paar Ideen, was man mit solchen Kerlen machen sollte. Ich schätze, er denkt genauso darüber wie ich. Und jetzt los, spring in meinen Wagen. Oder willst du die Sache zwischen uns gleich wieder kaputt machen?«

Die Sache zwischen uns? Sie öffnete die Tür, presste die Handtasche und den Beutel mit den Büchern an ihre Brust und stieg aus dem Wagen. Das Blut war ihr in die Beine gesackt, ihr Körper hatte sich in Blei verwandelt. Er kroch vom Rücksitz, unfähig, die Erregung in seiner Hose zu verbergen. Sein Haar war glatt wie Robbenfell, seine Zähne standen unter der verunstalteten Lippe hervor, sein sichtbares Auge glomm wie ein Stein am Boden eines verdreckten Aquariums.

»Hey, wo willst du hin?«, rief er, als sie losrannte. »Bin ich denn wirklich so ein Scheusal? So kannst du mich nicht behandeln!«

Sie rannte in Richtung der Kreuzung, sprang auf den Gehweg und hetzte weiter am Rand des leeren Grundstücks entlang, den beleuchteten Häusern des nächsten Blocks entgegen. Sie hörte, wie er die Tür seines Wagens öffnete und dann zuschlug, wie er den Motor anließ und das Gaspedal im Leerlauf durchtrat. Der Mond war durch die Wolken gebrochen und überflutete nun mit seinem zinnfarbenen Licht den Gehweg, die Brachfläche und die Eiche. Sie rannte auf das leere Grundstück neben der Straße, dorthin, wo ihr sein Wagen nicht folgen konnte. Sie sprang über unkrautüberwucherte Schutthaufen, über eine schimmlige Matratze, auf der ein benutztes Kondom lag, über Berge aus Glasscherben und einen Hundekadaver mit einem Fell so steif wie ein Lampenschirm. Sie kam an einem Pferdeunterstand vorbei, zusammengehämmert aus Brettern und RC-Cola-Reklameschildern, und erreichte kurz darauf einen weiteren Gehweg. Dann sprintete sie über eine beleuchtete Straßenkreuzung in ein Wohnviertel, in dem Virginia-Eichen und Magnolienbäume wuchsen und die Häuser breite Veranden hatten, mit

Schaukelstühlen, vom Überdach herabhängenden Blumenkörben und Windspielen – ein vertrauter Anblick eigentlich, der ihr Schutz und Sicherheit verheißen sollte, aber an diesem Abend nichts dergleichen tat. Sie hatte sich ihren schlimmsten Vorstellungen hingegeben, doch es kümmerte sie nicht, denn diese waren allemal den Erinnerungen an die drei Männer auf der Straße vorzuziehen; Erinnerungen, die sie für immer begleiten würden. Sie schaute sich nicht um, sondern rannte weiter bis zum nächsten Block, wo sie um die Ecke bog und ihr Zuhause sehen konnte. Die Straße war vollkommen leer. Sie sah weder Autos auf dem Asphalt noch Menschen auf den Gehwegen oder Veranden, ja noch nicht einmal menschliche Umrisse hinter den Vorhängen und Jalousien der Häuser. Es war, als wäre die Erde von der Menschheit gereinigt und in eine Theaterkulisse verwandelt worden.

Am nächsten Tag nahm ich mir frei und blieb die ganze Zeit bei ihr. Ein Abschleppwagen brachte den Chevrolet der Epsteins in die Werkstatt. Mr. Epstein sprach mit ein paar uniformierten Cops, anschließend mit einem Beamten in Zivil. Keiner von ihnen schien sonderlich überzeugt von Valeries Bericht. Vick Atlas besaß ein Penthouse-Apartment in Montrose, war aber seit drei Tagen nicht gesehen worden. Der Anwalt seines Vaters behauptete, Vick sei in Mexiko. Anrufe im Haus von Familie Atlas in Galveston waren erfolglos, denn es ging niemand ans Telefon. Zwei Tage nachdem die falschen Polizisten Valerie terrorisiert hatten, tauchte Detective Merton Jenks am Haus der Epsteins auf. Ich war auch dort. Mich noch einmal über ein Zusammentreffen mit Merton Jenks zu freuen hätte ich zu diesem Zeitpunkt nicht mehr für möglich gehalten. Als er an die Tür hämmerte, hallte das Echo seiner Faustschläge im Wohnzimmer wider. Ich machte ihm auf. Nach einem Blick durch das Fliegengitter sagte er: »Hätte ich mir denken können.«

»Das ist nicht besonders fair, Sir.«

»Wo ist das Mädchen?«

»Ihr Name ist Valerie.«

»Geh und hol sie. Ihren alten Herrn auch.«

»Der ist nicht hier.«

»Großartig«, erwiderte er genervt. Er öffnete die Tür und betrat, ohne um Erlaubnis zu fragen, das Haus. »Wo ist sie?«

Ich rief Valerie, die gerade oben war. Jenks starrte mir mit bohrendem Blick ins Gesicht, aber der Quell seines Ärgers blieb ein Geheimnis, zumindest für mich.

»Egal, was ich euch Plagegeistern sage, es kommt einfach nicht bei euch an, oder?«, sagte er. »In der Polizeistation Downtown hält sich das Mitleid für euch in Grenzen. Die Kollegen meinen, dass es eben Menschen gibt, die Ärger anziehen, und solche, die rausgehen und danach suchen. Im Moment bin ich der einzige Freund, den ihr beide habt.«

»Sir, um ein Haar hätten die Typen Valerie bei lebendigem Leib verbrannt.«

Er ging zur Treppe und hämmerte mit der Faust auf das Geländer. »Ich muss mit dir sprechen, Miss Epstein. Los, komm endlich runter!«

»Warum zeigen Sie nicht ein wenig Respekt?«, sagte ich.

»Du hältst besser die Klappe.«

»Immer das Gleiche ... wenn Leute wie Sie Angst bekommen, dann lassen sie ihre Wut an den Hilflosen und Schwachen aus«, sagte ich.

»Wann kommt Goldie wieder?«

»Mr. Epstein?«
»Wer denn sonst?«
»Der ist bei der Arbeit«, sagte ich.
Aber Jenks hatte sich schon von mir abgewandt und schaute die Treppe hinauf zu Valerie. Sie trug eine Jeans und Sandalen, dazu ein hellbraunes Cowboyhemd, auf dessen Taschen zwei sich aufbäumende Pferde gestickt waren.
»Ich bin Detective Merton Jenks«, sagte er. »Ich wollte mir deine Geschichte noch einmal anhören und dir außerdem ein paar Fragen stellen. Es wird nicht lange dauern.«
»Haben Sie Vick Atlas gefunden?«, fragte sie.
»Noch nicht«, antwortete Jenks.
»Dann glaubt doch sowieso niemand meine Version der Geschichte.«
»Im Moment bin ich mir nicht mal sicher, wie deine Version genau aussieht. Und deshalb bin ich hier.«
Wir setzten uns ins Wohnzimmer, wo sich über uns der Deckenventilator drehte und Valerie noch einmal ihre Geschichte in allen Einzelheiten erzählen musste.
»Atlas konnte also nicht erklären, woher er wusste, dass bei deinem Wagen kein Benzin mehr im Tank war?«, sagte Jenks.
»Richtig. Und woher wusste er, dass es falsche Cops waren, die mich nicht nur zu einer Routinekontrolle angehalten hatten? Auf der Fahrerseite ihres Autos war ein beweglicher Scheinwerfer montiert, wie bei einem Polizeiwagen.«
»Du glaubst also, Atlas hat das alles eingefädelt?«
»Das hoffe ich zumindest.«
»Wie meinst du das?«
»Andernfalls hieße das ja, dass diese Kerle mich tatsächlich verbrennen wollten.«
»Du hast einem der Typen ins Gesicht gespuckt?«

»Dem mit dem Überbiss.«

Er zog eine beigefarbene Aktenmappe aus seiner Jackentasche. »Hier sind zwei Sätze mit Polizeifotos. Kommen dir diese Männer bekannt vor?«

Sie nahm ihm die Fotos aus der Hand und schaute sie an. Dann zeigte sie auf das Profil eines Mannes, dessen obere Zahnreihe über die Unterlippe ragte. »Das ist der Mann, der mir die Handschellen angelegt hat. Bei dem anderen bin ich mir nicht sicher. Der mit dem Überbiss nannte ihn Seth.«

»Seth Roberts. Er saß schon in Huntsville und in Raiford in Florida. Der Kerl, den du angespuckt hast, musste neun Jahre im Staatsgefängnis von Nevada abreißen, weil er seine Lebenspartnerin erdrosselt hat. Ich werde dir jetzt noch zwei andere Fotos zeigen. Dabei geht es mir nicht darum, dich zu erschrecken oder wie auch immer geartete Rachegefühle zu befriedigen. Ich will lediglich sicherstellen, dass die Männer auf diesen Fotos diejenigen sind, die dich mit Handschellen ans Lenkrad gefesselt und dann Benzin im Inneren deines Wagens verschüttet haben. Dein Vater hätte möglicherweise etwas dagegen, dass ich euch diese Fotos zeige, aber es muss nun mal sein.«

»Gut, dann zeigen Sie mir die Fotos, Mr. Jenks«, sagte sie.

»*Detective* Jenks, bitte.«

Die Fotos hatten das Format 20 × 27 und zeigten zwei nackte Männerkörper, zusammengekauert in einem Straßengraben, die Hände abgeschnitten und mit Einschusslöchern in Ohren, Mund und Stirn.

»Ich erkenne den Mann, der mir die Handschellen angelegt hat«, sagte sie. »Bei dem anderen bin ich mir nicht sicher.«

»Das ist Seth Roberts.«
»Wer hat sie getötet?«, fragte sie.
»Vick Atlas meinte, er würde die Angelegenheit für dich regeln?«, sagte Jenks.
»Er hat es anders formuliert.«
»Aber er hat den Kerlen Konsequenzen angedroht?«
»Das hat er zumindest gesagt.«
Jenks steckte die Fotos wieder ein. »Wie fühlst du dich?«
»Raten Sie mal«, antwortete sie.
»Du bist eine sehr mutige junge Lady«, sagte er.
»Glauben Sie, dass Vick Atlas diese Männer getötet hat?«
»Der Junge ist einundzwanzig, sieht aber aus wie ein Vierzigjähriger, und sein alter Herr ist ein Psychopath. Wenn ich einen Sohn wie Vick Atlas hätte, würde ich mir die Genitalien abschneiden und einbetonieren lassen.« Jenks schüttelte den Kopf und rieb sich mit den Händen über die Knie. »Ich weiß nicht, wer diese Männer getötet hat.«
»Was verschweigen Sie uns?«, fragte ich.
»Vick Atlas entscheidet nicht, wer lebt und wer stirbt. Sein Vater gibt die Befehle. Wenn der alte Mann jemanden in die ewigen Jagdgründe schickt, dann geht es um Geld. Hier ist aber kein Geld im Spiel.«
»Woher wissen Sie das?«, fragte sie.
»Ich weiß es nicht. Wenn ich einen Tipp abgeben müsste, würde ich sagen, dass Vick Atlas eine Situation geschaffen hat, in der er den edlen Retter spielen kann. Später hat sich dann eine andere Person eingemischt.«
»Wer?«, fragte ich.
»Jemand ohne Gewissen oder Skrupel«, sagte er. »Ach ja, hast du Cisco Napolitano in letzter Zeit gesehen?«

An diesem Nachmittag tat ich etwas, woran ich wenige Monate zuvor noch nicht einmal zu denken gewagt hätte. Ich rief die Auskunft im Houston Police Department an und sagte dem Beamten am anderen Ende der Leitung, dass ich ein Reporter von der *Houston Press* sei und gerade einen Artikel über einige herausragende Polizeibeamte schreiben würde.

»Er war doch beim OSS, richtig?«, sagte ich. »Das ist doch ziemlich bemerkenswert, finden Sie nicht?«

»Ja, ist es, aber darüber sprechen Sie besser mit ihm selbst«, sagte der Beamte.

»Schon in Ordnung. Ich habe die Fakten für den Artikel ja schon zusammen. Ach ja, ich habe vergessen, wie viele Jahre er in Kalifornien als Polizeibeamter gearbeitet hat. Oder war es in Nevada?«

»Nevada war's. Fünf Jahre, wenn ich mich nicht irre. Aber fragen Sie ihn noch mal deswegen. Wie war Ihr Name noch gleich?«

»Franklin W. Dixon«, antwortete ich.

»Wie?«

Ich konnte mit ansehen, wie meine Mutter jeden Tag, vielleicht sogar jede Stunde, etwas weiter abglitt. Sie war überzeugt, dass ihre öffentliche Demütigung von Mr. Krauser zu dessen Suizid geführt hatte. Ganz gleich, ob im Westen Wolken in der Form von Flamingoflügeln den Abendhimmel durchzogen, ob der Regen ihre Kaladien, Hibisken, Hortensien und Rosen wässerte und die Luft mit einem Geruch wie aus *Tausendundeine Nacht* durchströmte, dem Buch, das sie als Kind sehr wahrscheinlich vor dem Wahnsinn bewahrt hatte – es interessierte meine Mutter nicht. Die Welt mochte ein noch so wunderbarer Ort sein, ihre Augen waren so leer und ausdruckslos wie die eines Menschen, der in eine Krypta starrt. Mein Vater und ich fuhren mit ihr mexikanisch essen, zu Felix' Mexican Restaurant. Aber als ich das Elend in ihrem Gesicht sah, wusste ich, dass die Stimmen, die nur sie hören konnte, wieder zu ihr sprachen, und dass unser Familienarzt ihr sehr bald zu einer neuen Elektroschocktherapie riet, die sie mit einem Gummiball im Mund und mit an die Pritsche gefesselten Hand- und Fußgelenken über sich ergehen lassen würde.

In diesem Moment der Erkenntnis fasste ich mitten im Restaurant den Entschluss, alles Notwendige zu tun, notfalls auch zu lügen, um zu verhindern, dass sie noch tiefer in den Wahnsinn abglitt, den die Hollands in ihren Genen trugen und der von der Welt der Wissenschaft, mit ihrer Quacksalberei und Ignoranz, nur zusätzlich befeuert wurde.

»Ich habe mit einem der Detectives gesprochen, die den Tod von Mr. Krauser untersucht haben, Mutter«, sagte ich. »Der Detective meinte, dass Mr. Krauser möglicherweise entführt und vom Dach des Gebäudes gestoßen wurde.«

Sie aß mit kleinen Bissen, ihr Blick starrte ins Nichts. Ich wartete darauf, dass sie etwas sagen würde, aber meine Worte schienen keine Wirkung zu haben. Dann schaute sie mich an, ihre Augen leer und auf einen Punkt neben meinem Gesicht fixiert. »Warum sollte das jemand tun?«

»Vielleicht, weil Mr. Krauser mit Leuten zu tun hatte, die obdachlose Jungs in Umerziehungslager stecken wollen«, sagte ich.

»Das hat er wirklich getan?«, fragte sie.

»Die Möglichkeit besteht«, erwiderte ich.

Meine Mutter nahm einen weiteren Happen und kaute

langsam. Mein Vater schaute sie an, als würde er jemandem zusehen, der auf einem Drahtseil über einen Canyon balanciert. Die einzige Situation, in der mein Vater vor den Augen meiner Mutter Alkohol trank, war der gemeinsame Restaurantbesuch, bei dem sich für gewöhnlich eine Art Waffenstillstand zwischen den Kräften seiner Sucht und ihrer Intoleranz einstellte. An diesem Abend in Felix' Mexican Restaurant jedoch hatte er sich kein Bier zum Essen bestellt. Meines Wissens war es das erste Mal, und ich ahnte, wie schwer es für ihn gewesen sein musste.

»Hör auf das, was Aaron sagt«, sagte er. »Ich glaube, er hat sich informiert und weiß, wovon er spricht.«

Sie legte Messer und Gabel zu einem X gekreuzt auf ihren Teller.

»Hast du keinen Hunger mehr?«, sagte er.

»Ich hätte heute Nachmittag nicht dieses Sandwich essen sollen«, sagte sie. »Gibt es hier auch eine Dessertkarte? Ich kann mich nicht mehr erinnern, wie dieses Dessert heißt, diese Eiscreme mit Zimt und Minzblättern?«

»Es heißt genau so, wie du sagst: Eiscreme mit Zimt und Minzblättern«, sagte er.

»Das würde ich jetzt gern haben. Ein Dessert, das kalt und süß ist und ein wenig nach Minze schmeckt. Damals am Guadalupe River, als ich noch ein kleines Mädchen war, haben wir oft mit einer kurbelbetriebenen Eismaschine auf der Veranda gesessen und uns dieses Eis selbst gemacht. Es war wundervoll, die Sommerabende auf der Veranda zu verbringen und Eis zu essen. Irgendwann sollten wir da mal für ein Wochenende hochfahren.«

»Das ist eine großartige Idee«, sagte mein Vater. »Was hältst du davon, Aaron?«

Vielleicht lag etwas Wahrheit in meinen Worten über den Tod von Mr. Krauser. Und vielleicht konnte eine Lüge Gnade und Erbarmen bringen, wenn Tugend es nicht vermochte. Ich wollte nicht über die Antwort nachdenken. Meine Mutter schien glücklich. Es war ein seltener Moment im Leben eines leidgeprüften Menschen.

Kapitel 20

Am nächsten Abend fuhr mein Vater in die Heights, um sich bei Mr. Epstein vorzustellen. Mr. Epstein hatte mir gesagt, dass er kein Kommunist war, zumindest »im Moment nicht«. Ich war mir nicht sicher, was das bedeuten sollte. Für mich war der Kommunismus ein derart lächerliches System, dass eine rational denkende Person ihn weder ernst nehmen noch fürchten konnte. Gleichermaßen war ich überzeugt, dass Menschen, die sich einmal einer solch tristen Gesinnung verschrieben hatten, nicht die Fähigkeit besaßen, sich wieder vollkommen davon zu befreien.

Mein Vater bat mich nicht, ihn zu begleiten. An die politischen Meinungsverschiedenheiten zu denken, die mir in seinem Gespräch mit Mr. Epstein unvermeidlich schienen, bereitete mir Bauchschmerzen. Nach nicht mal einer Stunde war er wieder zurück und ging in sein kleines Arbeitszimmer, um an dem Buch über die Geschichte seiner Familie weiterzuarbeiten. Als ich sah, wie er den Füllfederhalter auf ein leeres Blatt Papier setzte, während in dem Aschenbecher neben seinem Unterarm eine Lucky Strike glomm, wusste ich, dass er in einer anderen Welt war – sehr wahrscheinlich inmitten der Männer mit den zerlumpten, grauen und braunen Uniformen, die in sengender Julihitze an einem Ort namens Cemetery Hill einen Hügel hinaufstürmten.

Ich zog mir einen Stuhl heran und setzte mich hinter ihn.

Er schaute nicht von seiner Arbeit auf. »Alles in Ordnung?«, sagte ich irgendwann.

»Ach, hallo, Aaron«, antwortete er. »Du hast mir ja einen Schrecken eingejagt. Fast hätte ich dich für einen Yankee-Scharfschützen gehalten.«

»War Mr. Epstein zu Hause?«

»Ja, zu Hause war er schon ...«

Ich wartete darauf, dass er fortfuhr. Aber er tat es nicht.

»Das hört sich nicht allzu gut an«, sagte ich.

»Mr. Epstein ist ein Ideologe durch und durch. Ein linker zwar, aber trotzdem ein Ideologe.«

»Was ist ein Ideologe?«

»Jemand, der mit religiösem Eifer einer politischen Abstraktion anhängt, die sich nur Kretins ausgedacht haben können«, sagte er. »Wenn du mal auf einen triffst, nimm die Beine in die Hand, Aaron. Solche Leute fackeln die eine Hälfte des Planeten ab, um die andere zu retten, ohne zu verstehen, was sie eigentlich motiviert.«

»Was motiviert sie denn?«

»Kontrolle, Macht, Penisneid, Sehnsucht nach der Brust der Mutter, die Tatsache, dass die meisten von ihnen schon hässlich zur Welt gekommen sind ... Gott allein weiß es. Zehn Leute vom Schlag eines Mr. Epstein könnten in einer Nacht ganz New York City in Flammen aufgehen lassen.«

Ich schaute auf die Manuskriptseite vor ihm, auf der die Tinte trocknete. »Arbeitest du noch an Pickett's Charge?«

»Zum Teil, aber da gibt es noch eine andere Geschichte bei dieser Attacke, von der nicht viele Menschen wissen. Nach dem Angriff nämlich, als der Hang mit verwundeten und toten Konföderierten übersät war, kamen die Unionssoldaten aus ihrer Deckung hervor, stampften mit den

Gewehrkolben auf den Boden und riefen ›Fredericksburg, Fredericksburg, Fredericksburg‹. Sie taten es, um die nun unterlegene Südstaatenarmee zu verspotten, die ihnen beim Angriff auf die Marye's Heights eine ordentliche Abreibung verpasst hatte.«
Ich wusste nicht, was er mir damit sagen wollte, aber er kam meiner Frage zuvor. »Es gibt nichts Ruhmreiches bei alledem. Nichts Gutes kommt vom Krieg. Er bringt nur noch mehr Hass, Leid und Tote hervor. In Chambersburg wurden freigeborene Schwarze, Männer, Frauen und Kinder, aus ihren Häusern gezerrt und in Richmond auf den Auktionsblock gestellt. Auch Einheiten aus Louisiana waren bei dieser Aktion dabei. General Robert E. Lee sah den Terror in Chambersburg, aber er tat nichts, um ihn zu stoppen. Die Entführung und der Verkauf von Schwarzen unterscheidet sich in nichts von den Taten der Nazis. Das ist es, wohin uns die Ideologie bringt, Aaron.«
Ich hatte ihn noch nie so reden gehört. Ich ging in die Küche und machte uns beiden einen Kaffee. Dann brachte ich ihn ins Arbeitszimmer und sah meinem Vater beim Schreiben zu.

Der erste Anruf in Bezug auf die Vorgänge im Haus der Harrelsons ging um 22:33 Uhr bei der Polizeistation von River Oaks ein. Eine Nachbarin, die anonym bleiben wollte, sagte: »Die Dschungelmusik, die aus dem Haus der Harrelsons dröhnt, raubt mir den Schlaf. Mir tun schon die Ohren weh, und auch mein Mann ist stinksauer, und der ist fast taub! Wären Sie so nett, etwas wegen der Angelegenheit zu unternehmen?« Es folgten Anrufe, in denen Anwohner von den Schreien und Schüssen berichteten, die sie gehört hatten. Und von dem bizarren Ende ihres Nachbarn – dem Anthropologen, Ölbaron, Reisproduzenten und offensichtlich auch beinharten Rassisten Clint Harrelson. Ein Ende, das sie von ihren Balkons aus oder durch die Bambushecke auf der Rückseite des Hauses mit angesehen hatten. Ein Song dröhnte aus den Lautsprechern im Gesellschaftszimmer: ein wummerndes Schlagzeug, explodierende Pianoakkorde, eine kreischende Klarinette und ein paar heulende Hörner, zusammengehalten von einem treibenden 4/4-Backbeat – ein Frontalangriff auf das Nervenkostüm der Nachbarschaft. Die Unterwasserbeleuchtung des Swimmingpools war eingeschaltet, seine Oberfläche von den Ringen der Regentropfen gekräuselt. Mit einem Mal wurde die Glasschiebetür des Gesellschaftszimmers aufgerissen, und Clint Harrelson stürzte heraus, barfuß, in Boxershorts und leichenblass. Er rannte los, rutschte aber am Beckenrand aus. Als er über seine Schulter einen Blick zurück warf, wirkte sein Gesicht wie das eines Mannes, der im Blitzlicht einer Fotokamera gefangen war. Eine Gestalt mit Kapuzenjacke trat aus dem Gesellschaftszimmer, richtete die mit beiden Händen gegriffene Halbautomatik auf den Fliehenden und zielte. Der erste Schuss traf einen Sonnenschirm und krachte in die Mauer auf der Rückseite des Anwesens. Der zweite jedoch drang von hinten in das Knie von Clint Harrelson ein und riss ihm die Beine unter dem Körper weg. Die ausgeworfenen Patronenhülsen tanzten auf dem Betonboden.

Harrelson fiel auf einen leinenbespannten Liegestuhl und umklammerte sein Knie, als wollte er es hoch an seine Brust ziehen. Seine Finger waren von glänzendem Blut überzogen, sein Mund weit aufgerissen, sein Schmerz zu groß, um ihm mit Worten oder Schreien Ausdruck zu verleihen.»Warum

tust du das?«, presste er hervor. »Bitte. Wir können die Sache noch drehen. Das ist weder gut für dich noch für sonst jemanden. Sei doch vernünftig. Es gibt Alternativen, du musst mir bloß zuhören.«
Die Person mit der Kapuzenjacke ging auf ihn zu. Harrelson versuchte zu fliehen und stützte sich auf den Poolmöbeln auf, während er das getroffene Bein hinter sich herzog. Die Schüsse, die folgten, traten aus seiner Brust, Bauch und Kehle wieder aus. Er stürzte mit dem Kopf voraus in den Pool, die Arme schwammen seitlich ausgestreckt auf dem Wasser. Dann ging er unter, und ein roter Rauch stieg aus seinen Wunden nach oben. Am Ende trieb Clint Harrelson auf der Oberfläche, die Glieder reglos, die Haare wie an die Kopfhaut geklebt, während das blaue Wasser über seinen Rücken schwappte.

Der Schütze ging durch den Patio, dann über den Rasen und zwischen ein paar Kamelienbüschen hindurch zum Tor, das er, bevor er in die Dunkelheit entschwand, sorgfältig hinter sich schloss. Die Augenzeugen waren anfangs wie erstarrt. Später sagten sie aus, das Gefühl gehabt zu haben, die Zeit wäre stehen geblieben. Traumatisiert vom Schicksal des armen Mr. Harrelson wären sie nach den Schüssen wie in einem Zeitlupenfilm gefangen gewesen. In ihren Morgenmänteln versammelten sie sich auf der Veranda eines Nachbarn, tranken den vom Hausherrn ausgeschenkten Whiskey und tauschten sich über ihre Fassungslosigkeit aus. Am nächsten Tag ließen sie durch ihre Anwälte mitteilen, dass die von ihnen gemachten Zeugenaussagen wegen des schlechten Wetters in der vorherigen Nacht nicht als verlässlich gelten könnten, und baten des Weiteren darum, ihre Namen nicht an die Presse weiterzugeben und sämtliche Nachfragen von Behördenseite an ihre Rechtsanwälte zu richten. Irgendwann kamen mexikanische Arbeiter, die das Wasser aus dem Pool abließen, Kacheln und Beton mit Lauge abschrubbten und die Filter mit Desinfektionsmittel säuberten. Von der sterblichen Hülle auf dem Seziertisch im Leichenschauhaus einmal abgesehen, spülten die Arbeiter alle irdischen Reste und Spuren von Clint Harrelson mit den Kiefernnadeln in die Kanalisation.

Die Meldung landete auf den Titelseiten der drei großen Tageszeitungen der Stadt. Die *Houston Press* brachte zudem ein Foto von Grady bei seiner Ankunft im Beerdigungsinstitut: dunkle Sonnenbrille, weißer Anzug, schwarze Nelke im Revers, angespannte Kiefermuskeln, die Hände an den Seiten zu Fäusten geballt wie ein New Yorker Gangster, der nur mit Mühe seinen Schmerz und seine Wut zurückhalten konnte. In der Bildunterschrift wurde er als Absolvent mit ausgezeichneten Leistungen, erfolgreicher Quarterback und Marine beschrieben. Auch im Bild, direkt hinter Grady, war Vick Atlas zu sehen.

Dem Artikel zufolge war Grady auf einem Segeltrip gewesen, als ihn die Nachricht vom Tod seines Vaters erreicht hatte. Ich las den Bericht zu Ende und fuhr zu Valerie. Ich war mir sicher, dass wir alle in die Mordermittlungen hineingezogen würden. Mittlerweile war ich genauso zynisch wie Saber, was unser Rechtssystem anging, und das nicht ohne Grund. Als ich bei Valerie ankam, sagte sie mir, dass Merton Jenks schon ihren Vater vernommen hatte.

»Warum?«, fragte ich.

»Jenks glaubt, dass er es getan haben könnte«, sagte sie.

Ich wich ihrem Blick aus, und ein Moment der Stille stellte sich ein. »Aber dein Vater würde so etwas doch nicht wirklich tun, oder?«, sagte ich.

Es war keine aufrichtige Frage. Ich wusste es besser. Mr. Epstein war kein Mann, der auf Seitenstraßen durchs Leben schlich. Ich hoffte nur, dass Valerie ein Alibi für ihn hatte. Denn ich konnte und wollte ihn nicht als einen Mann sehen, der einen Mord begangen haben könnte.

»Was ist der Unterschied zwischen jemandem, der so etwas ›nicht wirklich‹ tut, und jemandem, der es tatsächlich tut?«, fragte sie.

»Was die Leute sagen und was sie tun, ist nicht immer dasselbe«, antwortete ich.

»Ich weiß, dass er einen unbewaffneten Menschen nicht erschießen würde«, sagte sie.

»Und das war's? Bewaffnete Menschen zu erschießen ist also okay?«

»Er hat in Jugoslawien erlebt, wie die SS auf dem Dorfplatz Zivilisten mit Draht erhängte und die Angehörigen zum Zuschauen zwang.«

Valerie war in der Lage, Bilder zu kreieren, die wie zu stark gespannte Gummibänder gegen die Innenseiten meines Schädels klatschten.

»Aber er war doch mit dir zu Hause, als Mr. Harrelson ermordet wurde, nicht wahr?«, sagte ich.

»Nein, war er nicht. Er war auf dem Rückweg von Beaumont. Dafür hat Jenks mich gefragt, ob du zum Zeitpunkt des Mordes bei mir gewesen bist.«

»Ich? Warum ich?«

»Außerdem wollte er wissen, ob du tatsächlich diese Blackouts hast.«

Jenks war ein Meister, wenn es darum ging, andere Leute zu verunsichern. »Das heißt, ganz gleich, was du ihm geantwortet hast, du musstest mich belasten. Wenn ich keine Blackouts habe, bin ich ein Lügner. Wenn ich doch Blackouts habe, könnte ich alles Mögliche verbrochen haben.«
»So in der Art, ja.«
»Und, was hast du ihm gesagt?«
»Dass alles stimmt, was du ihm erzählt hast. Und dass er seinen fetten Arsch aus meinem Haus bewegen soll.«
»Das hast du zu Jenks gesagt?«
Sie antwortete nicht, sondern kaute stattdessen laut schmatzend auf ihrem Kaugummi herum. Wie hätte ich sie nicht lieben können?

An diesem Nachmittag kam Jenks zum Haus meiner Eltern. Ich wusste, dass er irgendwann kommen würde, und ich wusste auch, dass er nicht wegen mir, meiner Mutter, meinem Vater oder wegen des Mordes an Clint Harrelson kam und auch nicht wegen Krausers Selbstmord oder dem Tod der mexikanischen Prostituierten Wanda Estevan. Ebenso wenig ging es ihm um Sabers angeblichen Einbruch bei Krauser, den Diebstahl von Gradys Cabrio, die abgefackelte Angeberkiste von Loren Nichols oder die beiden Ex-Sträflinge, die Valerie terrorisiert und, nackt und mit abgesägten Händen, in einem Straßengraben ihr Ende gefunden hatten. Detective Jenks hatte keine Agenda, er führte einen Krieg gegen alles und jeden. Er schien der mittelalterlichen Mythologie entsprungen und ähnelte einem Tempelritter, der in seiner Rüstung schlief und Gott pries, während er die Köpfe enthaupteter Sarazenen auf die Katapultschaufeln lud, um sie zurück in die Reihen der Angreifer zu schleudern.

Ich setzte mich mit ihm an den Redwood-Tisch im Garten hinter dem Haus. Meine Tiere gesellten sich zu uns. Es war eigenartig, aber sie schienen stets genau zu wissen, wann ich sie brauchte. Major lag im Schatten, alle viere von sich gestreckt, den Bauch und den Schwanz in den Rasen gedrückt. Bugs, Snuggs und Skippy saßen auf der Tischplatte, die sie seit dem Babyalter mit ihren Kratz- und Fäkalspuren überzogen hatten. Jenks trug ein kurzärmeliges Hemd und hob in einem fort seine auf die Tischplatte aufgestützten Unterarme hoch, ohne sich den Ursprung der gallertartigen Substanz erklären zu können, die an seiner Haut klebte. »Ist das ein Maulbeerbaum da hinten?«

»Ich denke schon.«

Mit einem fragenden Blick wischte er sich noch einmal den Unterarm ab. »Wann kommen deine alten Herrschaften nach Hause?«

»Schwer zu sagen. Sie sind einkaufen, und da meine Mutter nicht selbst fährt, muss mein Vater sie bringen.«

»Befürwortet dein Vater den eigenverantwortlichen Schutz von Haus und Herd?«

»Ja, Sir, ich denke, das kann man sagen.«

»Was für Schusswaffen besitzt er?«

»Er war nie ein großer Freund von Schusswaffen.«

»Das habe ich nicht gefragt.«

»Ich dachte schon.«

»Du hättest Baseball-Pitcher werden sollen«, sagte er. »Hast du schon mal gesehen, wie sich ein Pitcher kurz vor dem Wurf an den Schirm seiner Mütze fasst oder den Gürtel zurechtzieht? Genau daran erinnerst du mich mit deinen Antworten.«

»Ich schmiere Vaseline auf meine Bälle?«

»Hör zu, ich kann auch mit einem Haftbefehl wiederkommen. Und vielleicht überlasse ich die Angelegenheit dann einem wirklich mies gelaunten Kollegen.«

»Sie haben Valerie gefragt, ob ich bezüglich meiner Blackouts gelogen hätte.«

»Ja, das habe ich. Glaubst du, du wärst in der Lage, jemanden wie Clint Harrelson zu töten, wenn er vor dir steht?«

»Vielleicht.«

»Ich glaube nicht«, sagte er.

»Wie bitte?«

»Ich kann Killer riechen. Ein Mensch kann einen anderen Menschen töten, aber deshalb ist er noch lange kein Killer. Ein Killer kommt mit einem Gestank auf die Welt, den er niemals wieder loswird.«

»Warum sind Sie dann hier?«

»Ich war in dem Waffenladen, in dem dein Vater die .45er gekauft hat. Es ist das Kaliber, mit dem Mr. Harrelson erschossen wurde.«

»Sie glauben, mein Vater würde einen Mord begehen? Das ist Wahnsinn.«

»Ich werde dir jetzt mal ein Geheimnis verraten«, sagte Jenks. »Manchmal interessiert es den Staat nicht, wem der Kopf rasiert und ein Wattebausch in den Arsch geschoben wird. Hauptsache, irgendwer wird auf den Stuhl geschnallt und mit ein paar Tausend Volt auf die andere Seite katapultiert. Manchmal ist's ihm sogar egal, wenn es eine Frau ist. Solange nur irgendjemand das Hirn gebrutzelt kriegt, scheißen die Leute drauf, wen's am Ende trifft. Du glaubst, die Cops sind dein Problem, Junge? Dann bist du schief gewickelt.«

»Wenn Sie so mit mir reden, sage ich Ihnen gar nichts mehr, Detective Jenks.«

Er hatte sein Notizbuch geöffnet und auf den Tisch gelegt, aber bisher nicht ein Wort geschrieben. Der Wind zerrte an den Seiten in der Rundringmechanik. »Weißt du, wer Jack Hemingway ist?«

»Der älteste Sohn von Ernest Hemingway.«

»Ich bin mit ihm am D-Day hinter den deutschen Linien abgesprungen. Er wurde angeschossen und von der SS gefangen genommen. Die SS hielt sich jedoch nicht mit Verwundeten auf. Jack sollte exekutiert werden, aber ein SS-Offizier, der mal mit Jacks Vater Ski gefahren war, ließ ihn in ein Krankenhaus bringen. Wahre Geschichte.«

»Was ist mit Ihnen geschehen?«

»Ich konnte entkommen.«

»Warum erzählen Sie mir das?«

»Weil ihr Kids aus Südwest-Houston ein paar Bücher lest und dann glaubt, über alles Bescheid zu wissen.«

»Warum hören Sie nicht auf zu lügen, Sir?«, sagte ich.

Er trug seinen Fedora, aber die Dunkelheit in seinem Gesicht stammte nicht vom Schatten des Huts. Er schloss sein Notizbuch und hob seinen Zeigefinger. »Ich warne dich. Ich hab kein Problem damit, dir eine zu knallen.«

»Sie haben mir nie gesagt, dass Sie mal als Cop in Nevada gearbeitet haben.«

Er erhob sich von der Bank. Ein grauer Geruch waberte um seinen Körper, eine Mischung aus Nikotingestank, Deodorant und Bierschweiß. Er warf seine Visitenkarte auf den Tisch. »Sag deinem Vater, er soll mich anrufen. Er ist nicht verdächtig, aber wir haben seinen Namen in den Aufzeichnungen von Clint Harrelson gefunden. Offenbar hielt er deinen Vater für ein subversives Element und wollte ihn seinen paranoiden Kollegen in Dallas melden. Sag ihm einfach, dass ich ihm ein paar Fragen stellen muss, um ihn von den Ermittlungen auszuschließen.«

»Waren Sie mal mit Miss Cisco zusammen?«

Er schien mich nicht gehört zu haben. Zumindest tat er so. Stattdessen roch er an seinem Unterarm. »Ist es das, was ich denke, dass es ist?«

»Ich glaube, sie ist gar nicht so ein übler Mensch ... Miss Cisco, meine ich. Vielleicht wäre ihr Leben anders verlaufen, wenn sie etwas mehr Glück gehabt hätte.«

»Was auch immer dir zustoßen mag, Kleiner, du hast es sehr wahrscheinlich verdient. Ach ja, ein Kollege von der Sitte hat mir erzählt, dass dein Kumpel Bledsoe neuerdings Goofballs in den Heights vertickt. Wenn du ihn siehst, sag ihm, er kommt besser zu mir, bevor ich zu ihm komme.«

Kapitel 21

Sabers Vater hatte einen Job bei Jolly Jack Ice Cream ergattert. Sehr wahrscheinlich war es eine schreckliche Demütigung für ihn. Die Eiscremewagen von Jolly Jack wurden mit Pedalkraft angetrieben, für gewöhnlich von Schulabbrechern im Teenageralter. Mr. Bledsoe musste sich nun jeden Morgen in einer Lagerhalle neben einer Pferdekoppel melden und, zusammen mit seinen jugendlichen Kollegen, sein Eisfahrrad mit in Zeitungspapier eingewickeltem Trockeneis, kistenweise Stieleis, Schokoriegeln und Dixie-Cups-Eisbechern beladen. Dann radelte er los, bei fünfunddreißig Grad Celsius, ungewaschen, unrasiert und nach billigem Wein stinkend, manchmal auch nach dem Erbrochenen der vorherigen Nacht. Wer wollte Saber da die miese Laune verübeln?

Leider bestand das Problem nicht mehr nur in seiner miesen Laune. Er hatte sich von ein paar finsteren Gesellen aus Mexiko anwerben lassen. Ich fuhr zum Haus der Bledsoes, aber seine Mutter hatte keine Ahnung, wo ihr Sohn steckte.

»Aber Saber wohnt doch noch hier, oder, Miz Bledsoe?«, sagte ich.

»Als wenn dich das interessieren würde«, antwortete sie und schlug mir die Tür vor der Nase zu.

Ich wusste jedoch, wo ich ihn an einem milden Sommerabend wie diesem finden würde. Saber hatte allerlei Fantasien, und in einer von ihnen ging es darum, dass er ein wunderschönes Mädchen auf der Rollschuhbahn an der South Main kennenlernen würde. Regelmäßig fuhr er mit seinem Wagen raus zu dem großen Zelt, aus dem Orgelmusik, das Klackern der Rollschuhe auf dem Parkettboden und das stete Brummen der gigantischen Ventilatoren drang, und parkte in der Nähe des Eingangs, sodass er die Rollschuhläufer auf der Bahn beobachten konnte. Ab und an schaute er in den Rückspiegel, um sich die Haare zu kämen, an den Seiten immer streng nach hinten, rauchte ein paar Zigaretten, trank aus einer Literflasche Jax und tat so, als würde er auf jemanden warten. Irgendwann ging er dann hinein, aß einen Baby-Ruth-Schokoriegel und schaute den Mädchen dabei zu, wie sie Hände haltend, mal langsamer, mal schneller, manchmal sogar rückwärts laufend, an ihm vorbeisausten. Sie trugen pastellfarbene Angorapullover, Pudelröcke mit breiten, schwarz glänzenden Gürteln und, die Mutigen unter ihnen, Creolen und Push-up-BHs. Wenn sie an ihm vorbeiliefen, sog er ihren Geruch ein wie den Duft eines Blumengartens. Ihre Blicke jedoch trafen sich kein einziges Mal. Er hätte genauso gut ein Holzpfeiler sein können.

Wenn er schließlich nach Hause fuhr und zu Bett ging, masturbierte er wahrscheinlich, versteckte seine Unterhose in den Tiefen des Wäschekorbs und schlüpfte am nächsten Morgen wieder in die Rolle des unbekümmerten Tricksters, des durchtriebenen Schelms, der sich über die romantischen Rituale lustig machte, die das Leben an amerikanischen Highschools bestimmten.

Ich musste mir all diese Details über Saber und seine geheime Welt wieder und wieder ins Gedächtnis rufen, andernfalls hätte ich sehr wahrscheinlich den verletzlichen und unschuldigen Jungen vergessen, der seit der Elementary School mein bester Freund gewesen war. Auch wenn Saber sich gerade mit ein paar finsteren Gestalten herumtrieb, war ich mir sicher, dass er sich eine Kugel für mich einfangen würde. Wenn du einen solchen Freund hast, wendest du dich nicht von ihm ab, niemals, ganz gleich, was er anstellt.

Die Sonne ging gerade unter, als ich auf den Parkplatz vor dem Zelt der Rollschuhbahn fuhr. Ich entdeckte Sabers Wagen. Die Fenster waren heruntergelassen, sodass der Wind Staub in den Innenraum wehte. Neben Sabers Karre parkte ein kanariengelber 1946er Ford Cabrio mit Speichenrädern, Weißwandreifen, Blue-Dot-Einsätzen in den Rücklichtern und verchromten Glöckchen an den Doppelendrohren der Auspuffanlage. Am Eingang stand ein Mann mit einem Eiswagen und einem Papierhut auf dem Kopf. Er verkaufte Sno-Cones – kleine Becher mit Eissplittern, per Hand vom Block geschabt und mit Fruchtsirup übergossen. Ich gönnte mir einen Cone mit Pfefferminzgeschmack, ging durch den Eingang ins Zelt und setzte mich auf einen der Holzsitze, die sehr wahrscheinlich von der Zuschauertribüne eines Baseballfelds stammten. Ich entdeckte Saber am Imbissstand, wo er gerade mit ein paar Scheinen bezahlte, die er aus einem handgefertigten, aufwendig verzierten und mit einer Kette an seinem Gürtel befestigten Lederportemonnaie zog, dass ich noch nie zuvor bei Saber gesehen hatte. Die beiden Mexikaner aus dem Gefängnis standen neben ihm und schlürften Limonade durch Strohhalme. Sie trugen Lacklederschuhe und dunkle Drapes mit weißen Nähten, dazu Kunstseidenhemden, die Ärmel zugeknöpft, den Saum nicht in die Hose gesteckt.

Saber und die zwei Mexikaner unterhielten sich mit vier Mädchen, die um die fünfzehn oder sechzehn Jahre alt waren und zu einem ganz besonderen Schlag gehörten. Mädchen mit schlechter Haut, die in Sozialsiedlungen wohnten, sich in die engsten Shorts zwängten, die sie finden konnten, und sich den Namen ihres Freundes auf die Innenseite der Oberschenkel tätowieren ließen. Sie waren plump und derb; ein leichtes Ziel für raffinierte Kerle, die ihnen erzählten, wie schön, schlau, tough und lustig sie doch waren – viel zu gut für die Sozialhilfe-Loser, mit denen sie sich normalerweise die Zeit vertrieben.

Ich schlich mich von hinten an Saber heran, der gerade einen Chili-Hotdog von einem Pappteller aß, und eigentlich dachte ich, er hätte mich nicht gesehen.

»Na, was ist los, Aaron?«, sagte er, ohne sich umzudrehen.

»Nichts eigentlich. Hab mich nur gefragt, wo du gesteckt hast«, sagte ich.

Die Mexikaner ließen die Mädchen aus ihren Limonadenflaschen trinken und grinsten, wenn diese die Strohhalme zwischen ihre Lippen schoben.

»Ich bin jetzt fest in die Gebrauchtwagenbranche eingestiegen«, sagte Saber.

»Aha, und wem gehört das Ford Cabrio da draußen?«

»Der Onkel von Manny und Cholo hat ihnen den Wagen gegeben. Willst du mal 'ne Runde drehen?«

»Nein, danke. Ich mag's nicht so gern, Handschellen angelegt zu bekommen. Wer sind die Mädchen?«

»Die drücken sich hier rum. Wir fahren nachher noch zum Prince's Drive-in. Willst du mitkommen?«

»Hast du die Sache mit Gradys Vater gehört?«, sagte ich.

»Ja, eine Tragödie von unvorstellbarem Ausmaß, Mann. Hab mir die Augen wund geheult. Komm, fahr zum Prince's mit uns.«

»Nein.«

Er warf einen Blick über die Schulter, um sicherzugehen, dass er außer Hörweite der Mexikaner war. »Hast du ein Problem mit der Hautfarbe der Jungs?«

»Nein. Und hör auf, das immer vorzuschieben«, sagte ich.

Er zuckte mit den Schultern und aß weiter.

»Wusstest du, dass ein paar Typen versucht haben, Valerie bei lebendigem Leib zu verbrennen?«, sagte ich.

Der lässige Ausdruck wich von seinem Gesicht. Für einen Moment sah ich den alten Saber vor mir, den Saber hinter der Maske. »Nein, hab ich nichts von gehört.«

»Möglich, dass Vick Atlas dahintersteckt. Jedenfalls lagen die Typen danach tot im Straßengraben. Nackt und die Hände abgesägt.«

Sein Blick wandte sich von mir ab und blieb irgendwo im Raum hängen. Sehr wahrscheinlich suchte er nach Rechtfertigungen, um weiterhin das tun zu können, was er tat. Er biss wieder in seinen Chili-Hotdog. »Manny und Cholo haben Connections. Harte Typen, wie gemacht für einen ernsthaften Rachefeldzug.«

»Die Leute von Vick Atlas würden diese Typen nicht mal ihre Klos schrubben lassen.«

»Du wahrscheinlich auch nicht, oder?«, sagte er. »So hört sich dein Gerede zumindest für mich an, Aaron.«

»Die Story kannst du jemand anders verkaufen«, sagte ich.

Er warf sein Essen in den Mülleimer. »Komm mit uns zum Prince's, wenn du Bock hast. Ich muss jetzt wieder zu meinen Leuten.«

»Deinen Leuten?«

»Mein alter Herr verkauft Stieleis, Aaron! Im Moment stelle ich das Essen auf den Tisch, und ich zahle auch die Raten für die Hypothek. Ohne Manny und Cholo würde nichts von beidem gehen. Die Jungs sind in Ordnung, und sie akzeptieren mich so, wie ich bin.«

»Die werden sich den Arsch mit dir abwischen.«

»Du klingst wie dein alter Herr«, sagte er. »Du spielst den Südstaaten-Gentleman, aber in Wirklichkeit hältst du dich für was Besseres.«

Er ließ mich stehen und ging, den Unterkiefer nach vorn geschoben, die Schultern gebeugt, in der typischen Haltung halbstarker Gangmitglieder.

»Hey, sprich nicht so über meinen Vater«, rief ich ihm hinterher, aber er reagierte nicht.

Ich ging zu meinem Wagen und fuhr die South Main runter Richtung Herman Park. Entlang des Boulevards und in den Virginia-Eichen auf dem Campus der Rice University gingen die Lichter an. Ich hätte weiterfahren sollen, aber die Sache ließ mir keine Ruhe. Ich riss das Lenkrad herum und wendete den Wagen mit einem U-Turn, den die anderen Autos mit einem Hupkonzert quittierten. Am Prince's Drive-in bog ich auf den Parkplatz ein und fuhr die Autoreihen ab. Sabers Wagen war nicht da, ebenso wenig das kanariengelbe Ford Cabrio. Ich nahm an, dass die drei nicht ohne weibliche Begleitung in dem Drive-in auftauchen wollten. Alles drehte sich bei ihnen um Mädchen. Und so fuhr ich noch einmal zur Rollschuhbahn.

War ich unfair zu Saber? Ich überlegte. Auf keinen Fall.

Es war fast dunkel, die Hitze des Tages beinahe verflogen. Ich fuhr auf den Parkplatz. Sabers Wagen war immer noch da, ebenso der Ford. Ich stieg aus und ging hinein. Es waren nun mehr Gäste im Zelt als zuvor, die Musik war beschwingter, und ein leichter Geruch von Schweiß, Talkumpuder und Haarspray lag in der Luft. Ich ging wieder hinaus und entdeckte Saber, die beiden Mexikaner und die Mädchen zwischen zwei Schuppen. Sie tranken Dosenbier, rauchten und kicherten. Als der Wind drehte, wusste ich, was im Tabak war. Ich ging zu ihnen.

»Komm mit, Sabe«, sagte ich.

»Ist nicht drin, Aaron«, sagte er. »Ich feiere hier gerade mit meinen Partnern.«

Die Mädchen ließen handgerollte Joints rumgehen und beugten sich nach vorn, wenn sie lachten. Sie schauten mich an wie einen Luftballon, der sich von der Leine losgerissen und in ihre Mitte verirrt hatte.

»Hey, du, ich bin Manny«, sagte einer der Mexikaner. »Das da ist Cholo. Warum tauchst du ständig da auf, wo wir gerade Spaß haben?«

Er war dünner als sein Freund, schien angespannter, seine Haut dunkler und an Armen und Hals von mehr Tätowierungen überzogen. Cholos Augen hingegen wirkten sanft, warm und nicht sonderlich bedrohlich. Ich war überzeugt davon, dass beide fähig waren, mir die Eingeweide aus dem Leib zu schneiden und dabei Bier zu gurgeln.

»Hey, hörst du, was ich sage, *Gusano?*«, sagte Manny. »Erst warst du mit uns in der U-Haft-Zelle. Dann seh ich dich im Drugstore, und jetzt kommst du hier zur Rollschuhbahn. Du tauchst immer wieder da auf, wo wir sind, und langsam geht mir das auf den Keks.«

»Tut mir leid, das zu hören«, sagte ich.

»Komm uns nicht auf die Tour, Mann«, sagte Cholo. »Willst du mit uns um die Häuser ziehen? Wir haben 'ne Bude im Fifth Ward, weißt du. Da leben nicht nur Farbige. Wir kommen ganz gut klar da. Vielleicht magst du ja auch Musik? Wir haben jede Menge Platten, alles Mögliche. Oder

möchtest du ein Tänzchen schieben, hä?« Er schaute zu den Mädchen.
»Was ist ein *Gusano*?«, fragte ich.
»Das bedeutet so viel wie *Compadre*«, antwortete Manny.
»Es bedeutet ›Wurm‹«, sagte ich.
»Richtig schlaues Bürschchen bist du, was?«
»Er ist in Ordnung, Manny«, sagte Saber. »Wir sind schon seit Ewigkeiten Kumpels.«
»Für mich sieht er nicht wie ein Kumpel aus. Aber wenn du es sagst, dann glaub ich's dir«, sagte Manny. Seine Augen musterten mich von oben bis unten. »Sind wir jetzt Freunde oder was? Willst du eine Umarmung, Mann?«
Ich hielt seinen Blick, antwortete aber nicht. Seine Augen waren glasig, ohne Ausdruck. Er nahm einen Zug von seinem Joint, den er fest zwischen zwei Fingern eingeklemmt hatte, und schien dabei nicht ein einziges Mal zu blinzeln. »Du denkst, du bist ein echter Macho, nur weil du groß bist, was? Aber ich sag dir was, ein paar Stunden im Knast machen dich noch lange nicht zum Ex-Knacki, Mann. Ein Tag in Huntsville, und du trägst ein Brautkleid. Die Jungs da würden dir einen Güterzug den Arsch hochrammen.«
»Du beschissener Bohnenfresser.«
Noch nie zuvor hatte ich dieses Wort benutzt. Mein Mund war wie ausgetrocknet. Ich versuchte zu schlucken, aber da war nichts, was ich hätte schlucken können, nur ein bitterer Geschmack.
»Er hat's nicht so gemeint«, sagte Saber.
»Oh doch, dieser *Chico* meint, was er sagt, Mann. Aber ist in Ordnung, Saber«, sagte Manny. Er schaute mich wieder an. »Wir mögen dich, Mann. Kein Grund, sauer zu sein, oder? Das mit Huntsville hab ich nur zum Spaß gesagt. Glaub

mir, dir würd's gefallen. Könnte mir vorstellen, dass ein Kerl wie du da schnell Anschluss findet. Und eh du dichs versiehst, bringt dir jemand einen Schleier in die Zelle und stellt dich seinen Kumpels vor, wenn du verstehst ...«

»Okay, das reicht. Komm her«, sagte ich.

»Lass gut sein, Aaron«, sagte Saber.

Manny grinste. Seine Zähne glänzten so weiß wie frische Kaugummis. Saber schob sich zwischen uns und schubste mich nach hinten, als ich keine Anstalten machte, zurückzuweichen. »Geh nach Hause, Aaron.«

Ich starrte ihn eine ganze Weile lang an. Die Mädchen hörten auf zu kichern. Eins von ihnen ließ den Kopf hängen. Cholo hakte den Daumen in seine rechte Hosentasche ein. Ein Streifenwagen raste die South Main entlang. Ohne Sirene, aber mit eingeschalteter Rundumleuchte.

»Ein schönes Leben noch, Sabe.«

»Nun sei doch nicht so«, rief er mir hinterher. »Komm schon, Aaron. Wir sind doch Kumpels.«

Als ich zu Hause ankam, war mein Vater im Icehouse. Meine Mutter wusch das Geschirr ab.

»Das hättest du doch für mich stehen lassen können«, sagte ich.

»Ach, das macht mir nichts aus. Detective Jenks hat sich gemeldet«, sagte sie. »Du sollst ihn zurückrufen.«

»Weswegen?«

»Er meinte, er muss dich zu einem Sachverhalt konsultieren.«

»*Konsultieren?*«

»Das ist der Ausdruck, den er verwendet hat. Er klang wie ein echter Gentleman.«

»Alles nur Show«, sagte ich.

»Dieser Zynismus steht dir nicht, Aaron. Detective Jenks war sehr nett und ist ganz offensichtlich ein Mann mit guter Erziehung, auch wenn er aus einfachen Verhältnissen stammen mag.«

Sehr früh schon hatte ich gelernt, dass jede Autoritätsfigur, die meiner Mutter auch nur ein paar respektvolle Worte schenkte, sich sofort in einen Ersatz für den Vater verwandelte, den sie niemals hatte. Die Folgen waren fast immer desaströs. Aber ich mochte ihr nicht widersprechen, und so ging ich ins Arbeitszimmer meines Vaters, um Merton Jenks unter der Nummer anzurufen, die er hinterlassen hatte.

»Was wollen Sie?«, sagte ich.

»Wie wär's mit ein paar Manieren, Junge?«, erwiderte er.

»Wir können Ihnen nicht helfen, Detective Jenks. Und wir begehen auch keine Verbrechen. Warum lassen Sie uns nicht einfach in Ruhe?«

»Du kennst dich doch mit Musik aus und weißt, was die Kids heutzutage so hören, oder? Also halt jetzt einfach mal die Klappe und beantworte meine Fragen. Oder ich komme persönlich vorbei«, sagte er.

»Sir, sagen Sie mir doch einfach, was Sie wollen.«

»Als Clint Harrelson durchsiebt wie ein Käse im Swimmingpool landete, lief in seinem Haus eine Single auf dem Plattenspieler. Der Song hieß ›Boogie Woogie Stomp‹ von Albert Ammons. Kennst du das?«

»Klar, kenn ich das.«

»Das Komische an der Sache: Da waren keine anderen Platten dieser Art in den Regalen. Kein Jazz, kein Swing, kein Boogie Woogie, generell keine Schwarzenmusik. Und die Leute, die Harrelson kannten, meinten, er konnte das

Zeug nicht ausstehen und hätte es nie in seinem Haus erlaubt. Irgendeine Idee, wer diese Scheibe auf seinem Plattenspieler aufgelegt haben könnte?«

»Nein, Sir«, sagte ich.

»Hört Grady Harrelson nicht solche Musik?«

»Typen wie Grady hören nur Mist. Zeug von Pat Boone und so«, antwortete ich. »Außerdem habe ich gelesen, dass Grady auf einem Segelbootausflug war, als er vom Tod seines Vaters erfuhr.«

»Und unter deinen Bekannten hat niemand ein Motiv, um Clint Harrelson abzuknallen?«

Ich dachte an meine Unterhaltung mit Sabers mexikanischen Freunden, ganz besonders an das, was Cholo gesagt hatte. Sie wohnten im Fifth Ward, im Zentrum des Schwarzenviertels, und sie hatten eine Menge Platten in ihrer Wohnung. Die Musik von Albert Ammons war genau das, was man in den Barbershops und Schönheitssalons der Schwarzen, nicht aber in einer weißen Nachbarschaft hören und kaufen konnte. Saber glaubte, dass Clint Harrelson seinen Vater hatte feuern lassen. Außerdem hatte er Gradys Cabrio gestohlen und nach Mexiko verkauft. War sein Drang nach Rache so groß, dass er in das Haus der Harrelsons einbrechen, den Vater mit einer Rhythm-and-Blues-Scheibe quälen und anschließend erschießen würde?

Es klang lächerlich. Andererseits war Saber mithilfe eines zurückgebliebenen Jungen in das Haus von Mr. Krauser eingebrochen und hatte dessen Sammlung persönlicher Erinnerungsstücke zerstört.

»Was ist los? Ins Koma gefallen?«, sagte Jenks.

»Warum müssen Sie mich eigentlich immer beleidigen?«

»Weil du mich verdammt noch mal anpisst.«

Im Hintergrund hörte ich ein Geräusch, das so klang, als würde jemand einen Öffner in eine Bierdose stechen.
»Wie bitte? *Ich* pisse *Sie* an?«, sagte ich.
Wie aus dem Nichts tauchte meine Mutter auf. »Wage es ja nicht, solche Ausdrücke in diesem Haus zu benutzen«, schimpfte sie und riss mir den Hörer aus der Hand. »Detective Jenks, ich habe das Gespräch in der Küche mit angehört. Sie sind eine große Enttäuschung. Am liebsten würde ich Ihnen den Mund mit Seife ausschrubben. Unterstehen Sie sich, noch einmal hier anzurufen!«
Als sie den Hörer auf die Gabel legte, zog sie rasch ihre Finger zurück, als wäre die Oberfläche des Apparats von Bakterien verseucht.

Ich nahm ein Bad und legte mich auf mein Bett. Ein Strom kühler Luft, ins Haus gesogen vom Dachventilator, strich durchs Zimmer. Major und die Katzen hatten es sich an meiner Seite bequem gemacht und schnurrten und schnarchten so selig, wie es nur schlafende Tiere vermögen. In diesem Moment vermittelte mir unser Zuhause ein eigenartiges Gefühl von Ruhe und Frieden. Es sollte jedoch nicht lange anhalten.

Mein Vater kam spät nach Hause. Beim Eintreten rempelte er gegen den Türrahmen und streifte die Bilder im Flur. Ein paar Minuten später sah ich ihn durch die halb offene Badezimmertür. Er saß auf dem Wannenrand und rauchte eine Zigarette. Die Hose hatte er schon ausgezogen und trug nur noch Hemd, Unterhose, Socken und die Strumpfhalter unter seinen Knien. Sein Gesicht war zerfurcht, seine Bartstoppeln grau, seine Hand zitterte, als er die Zigarette an die Lippen führte.

»Daddy?«, sagte ich.
Er drehte den Kopf zu mir, als würde ich aus großer Entfernung zu ihm sprechen. »Aaron? Warum bist du noch wach? Musst du morgen nicht arbeiten?«
»Kann ich dir irgendwie helfen?«
Er starrte ins Leere. »Nein, nicht wirklich. Niemand kann das. Und genau das ist ja der große Witz an der Sache. Es ist alles hinüber. Alles. Es war nur ein Traum am Bayou Teche. *Parti avec le vent.*«
Ich hörte das Papier der Zigarette knistern, als er am Filter sog. Und auch wenn ich fürchtete, dass die Glimmstängel eines Tages sein Verderben sein würden, war das nicht die größte Angst, die in diesem Moment in mir wohnte. Mich musste niemand mehr von der Existenz der Hölle überzeugen. Sie war keine feuerrote Grube im Jenseits. Nein, sie loderte in der menschlichen Brust und zerfraß Nacht für Nacht das Innere ihres Wirts.

Kapitel 22

Am nächsten Tag führte ich Valerie in einen Hamburgerladen zum Lunch aus und setzte sie anschließend zu Hause ab. Danach fuhr ich zu Loren Nichols weiter, ohne ihr etwas davon zu sagen. Mittlerweile hatte ich erkannt, dass ich wie ein Narr durch die Welt gegangen war. Ich war in dem Glauben erzogen worden, dass Gut über Böse siegte, am Ende immer die Gerechtigkeit triumphierte und Gott an unserer Seite war. In einer Zeit, in der wir die ganze Welt in ein Sklavenlager hätten verwandeln können, hatten wir die kaputt gebombten Länder unserer Feinde durch den Marshall-Plan wiederaufgebaut. Folgte daraus nicht zwangsläufig, dass auch zu Hause Gerechtigkeit walten würde?

Ich glaube nach wie vor an diese Prinzipien, aber wenn man älter wird und die rosarote Brille der Jugendzeit ablegt, erkennt man irgendwann, dass die Wahrheit oft nicht einfach nur schwarz oder weiß ist, sondern in allerlei Graustufen daherkommt. Ich hatte geglaubt, dass die Menschen, die so viel Leid über uns gebracht hatten, irgendwann dafür zur Verantwortung gezogen würden. Tatsache war aber, dass Valerie beinahe bei lebendigem Leib verbrannt worden war, aber niemand deswegen im Gefängnis saß. Ich bezweifelte sogar, dass die Polizei die richtigen Personen befragt hatte, um die Tat aufklären zu können. Auch wenn Jenks ihr glauben mochte, viele seiner Kollegen taten es nicht. Warum sollten sie sich auch für das Schicksal eines siebzehnjährigen jüdischen Mädchens aus den Heights interessieren?

Als ich an die Haustür der Nichols klopfte, hatte es gerade angefangen zu regnen. Loren tauchte auf der anderen Seite des Fliegengitters auf. Er trug ein weißes T-Shirt und eine weiße Hose. Sein Gesicht war ausdruckslos, und er machte keine Anstalten, die Fliegengittertür zu öffnen. Sein feuchtes Haar war nach hinten gekämmt und kringelte sich im Nacken. »Ich muss gleich zur Arbeit.«

»Wo arbeitest du denn?«

»In Luby's Cafeteria, als Kellner.«

»Ich fahr dich hin.«

Er schaute an mir vorbei, um zu sehen, ob noch jemand in meinem Wagen saß. Dann öffnete er die Fliegengittertür. »Komm rein. Wir gehen besser hoch. Meine Mutter schläft gerade.«

Das Innere des Hauses wirkte wie ein Mausoleum, die Einrichtung wie in Gebrauchtwarenläden zusammengekauft, und beim Anblick des Treppengeländers hatte ich Angst, es könnte zusammenbrechen, bevor wir den oberen Absatz erreichten. Lorens Zimmer jedoch war eine komplett andere Geschichte. Die Wände waren mit Bleistiftzeichnungen von Menschen, alten Autos und Tieren behängt, an der Decke baumelten Modelle von Kampfflugzeugen aus dem Zweiten Weltkrieg. Es waren wahre Kunstwerke, in die er viel Arbeit gesteckt hatte: Zuerst hatte er die zierlichen Einzelteile aus dünnen Balsaholzplatten mit einem Cutter ausgeschnitten, dann dem Modellbauplan folgend aneinandergefügt, zusammengeklebt und die Oberflächen mit Seidenpapier überzogen, um das Flugzeug danach mit einem feinen Pinsel anzumalen und abschließend mit Abziehbildern zu bekleben – je nach

Modell mit dem Hakenkreuz der Nazis, dem weißen Stern der Amerikaner oder der aufgehenden Sonne des japanischen Kaiserreichs. Auf dem Bett lag seine E-Gitarre, die in den Verstärker auf dem Teppichboden eingestöpselt war. Durch das Fenster konnte ich die Blechdächer auf den Nachbarhäusern sehen, die der Rost lila gefärbt hatte, ebenso die Palmen, die Virginia-Eichen und die Kiefern, die sich im Wind wiegten. Das Panorama wirkte eher wie ein Ort in der Karibik als ein heruntergekommener Stadtteil in Nord-Houston.

»Wie viel willst du für die .32er, die du mir neulich gezeigt hast?«, fragte ich.

»Wegen den Kerlen, die Valerie anzünden wollten?«

Ich antwortete nicht.

»Ich hätte sie dir niemals zeigen sollen«, sagte er. »Hast du eine konkrete Person im Visier?«

»Ich denke, Vick Atlas steckt dahinter.«

»Würde ich nicht drauf wetten.«

»Wer soll es dann gewesen sein?«

»Glaub mir, Mann, wenn ich's herausfinde, wird es einigen Typen richtig dreckig gehen.«

»Wie viel willst du für die Pistole, Loren?«

»Nichts. Die steht nicht zum Verkauf. Weiß Valerie davon?«

»Nein, tut sie nicht. Und ich will auch nicht, dass du es ihr erzählst.«

»Seit wann kannst du mir Befehle erteilen? Wer hat den Alten von Grady Harrelson umgelegt?«

»Warum fragst du das ausgerechnet mich?«, sagte ich.

»Weil du ganz offensichtlich keine Ahnung hast, was du eigentlich treibst, und am Ende wahrscheinlich den falschen Kerl abknallen würdest.«

»Ich brauche die Pistole. Gibst du sie mir oder nicht?«
Er starrte mich an.
»Okay, dann geh ich jetzt«, sagte ich.
»Bist du dir sicher, dass du diese Grenze überschreiten willst, Broussard?«, sagte er.
»Das ist auch so eine Sache, die mich richtig an dir nervt, Loren. Du sprichst die Leute ständig mit dem Nachnamen an.«
»Wenn du jemanden kaltmachst, besuchen sie dich.«
»Wer besucht wen?«, sagte ich.
»Die Toten. Es ist nicht so wie im Film.«
»Du hast schon mal jemanden getötet?«
»Ach, halt die Klappe.«
»Du hast mir die Pistole angeboten. Und jetzt steh gefälligst zu deinem Angebot, oder lass es bleiben.«
Ich sah, wie die Hitze aus seinem Gesicht wich.
»Warte kurz, ich hol eben einen Regenschirm«, sagte er.
»Wie läuft's eigentlich mit der Gitarre?«
»Jetzt hör auf, vom Thema abzulenken, Mann. Glaub mir, du willst nicht in Gatesville einsitzen. Ich spreche eigentlich nie drüber, weil's mir die Leute eh nicht glauben würden ... aber Gatesville ist noch schlimmer als Huntsville, besonders was die Duschräume und die Werkzeugschuppen angeht, wenn du verstehst, was ich meine.«
»Verstehe. Was ich nicht verstehe, bist *du*«, sagte ich.
»Was?«
»Diese Zeichnungen hier und die Modellflugzeuge an der Decke, das sind Kunstwerke, Mann. Mit deinem Talent könntest du alles Mögliche machen. Hast du schon mal drüber nachgedacht, es in Hollywood zu probieren? Ich mein's ernst.«

Er schaute aus dem Fenster zu einem Mülleimer, den der Wind im Regen über die Straße trieb. »Dein Vater ist Ingenieur oder so was. Du wohnst in einem guten Viertel. Du machst Musik und bist mit dem schönsten Mädchen in ganz Houston zusammen. Aber du kommst wegen einer Wegwerfknarre zu mir, um einen Schwachkopf wie Vick Atlas umzunieten? Ich mag zwar im Jugendknast und in Gatesville groß geworden sein, aber glaub mir, Mann, ich bin nicht derjenige von uns beiden, der langsam mal klarkommen muss.«

»Was ist eine Wegwerfknarre?«

»Ich werd's bereuen. Das weiß ich jetzt schon.« Er schüttelte den Kopf. »Na los, komm mit.«

Was ich als Nächstes tat, war nicht rational, aber es war mir egal. Ich besorgte mir die Adresse des Unternehmens der Familie Atlas in Galveston und sagte Valerie, dass ich am Abend zu ihr kommen würde.

»Du willst da ganz allein hinfahren?«, sagte sie.

»Warum nicht? Die Cops haben uns nicht geholfen.«

»Dann komme ich mit.«

»Das ist keine gute Idee.«

Mir war sofort klar, dass ich die falschen Worte gewählt hatte.

»Aaron, entweder wir stecken beide in der Sache drin, oder du lässt mich damit zufrieden. Gib Bescheid, wenn du dich entschieden hast.«

Eine Stunde später waren wir in Galveston und fuhren den Seawall Boulevard entlang. Der Golf war schiefergrün und die Wellen gelb vom aufgewirbelten Sand, wenn sie sich aufbäumten und am Strand brachen. Die Luft roch nach Jod und Messing, nach Salz und Seetang. Das Unternehmen der

Atlas-Familie handelte mit Immobilien und vertrieb Verkaufsautomaten. Der Firmensitz befand sich in einem grau gestrichenen und in Strandnähe gelegenen Wohnhaus aus dem neunzehnten Jahrhundert. Zum Grundstück gehörte eine kleine eingezäunte Rasenfläche mit ein paar Blumenbeeten und, seitlich vom Haus, ein Parkplatz mit einem Belag aus zerstoßenen Muscheln. Auf dem Dach des Gebäudes waren ein Blitzableiter und eine Wetterfahne angebracht, auf der Veranda standen Schaukelstühle, und auf dem Rasen befand sich ein kleiner Pavillon, der mit einem Sternenbanner geschmückt war. Als Kunde konnte man sich kaum eine einladendere und beruhigendere Umgebung für seine Geschäftsabschlüsse wünschen.

Über der Eingangstür läutete eine Glocke, als wir eintraten. Die Rezeption war allerdings nicht besetzt. Durch die offene Tür des Speisezimmers konnte ich vier Männer sehen, die gerade Sandwiches aßen. Sie schoben sich große Fleischstücke zwischen die Zähne und wischten sich die Münder mit dem Handrücken ab.

Ich hatte Angst, machte mir jedoch hauptsächlich deswegen Sorgen, dass andere dies bemerken könnten. Durch ein Seitenfenster konnte ich den Golf sehen und die Wellen, die über die dritte Sandbank hinwegrollten, und ich musste an den Tag denken, an dem ich durch den Quallenschwarm geschwommen war.

Die drei Männer, die mit Jaime Atlas am Tisch saßen, waren mittleren Alters, hatten Hängebacken, breite Schultern und dicke Bäuche und trugen Hawaiihemden, die sie nicht in ihre Hosen gesteckt hatten. Sie gehörten zu der Sorte Mensch, die ihre Körper mit Zigaretten, Alkohol und ungesundem Essen malträtierte und die daraus resultierenden

Verschleißerscheinungen wie einen Orden vor sich hertrug. Aus ihren Augen starrte die gleiche tote Leere, die ich schon in den Blicken von Bugsy Siegel und Frankie Carbo gesehen hatte. Es fehlte nicht viel, und ich hätte mich zurück in den Quallenschwarm gewünscht. Jaime Atlas hörte auf zu essen, hielt das Sandwich aber weiter mit der ganzen Faust gepackt. Seine eng zusammenstehenden Augen erinnerten an die eines Frettchens. »Was wollt ihr?«, sagte er.

»Wir wollen mit Mr. Atlas sprechen. Sie sind doch Mr. Atlas, oder?«

»Wer bist du? Wie heißt du? Hast du einen Termin gemacht?«

Meine Handflächen kribbelten, meine Zunge schien am Gaumen festzukleben. »Ich bin Aaron Holland Broussard.«

»Der Broussard, der meinem Jungen einen Ziegelstein ins Auge geschleudert hat?«

»Da sind Sie falsch informiert, Mr. Atlas. Vick hat versucht, einen Kanonenschlag auf ein anderes Auto zu werfen, und dabei ist ihm der Knaller im Gesicht explodiert.«

»Wo zum Teufel hast du denn die Story her?«

»Hat Sie die Staatsanwaltschaft nicht informiert? Die Polizei auch nicht? Vick hat sich die Verletzungen an seinem Auge selbst zugefügt.«

Ich sah, wie sein Gesicht zusammenschrumpfte, als würde die Wut ihm sämtliche Flüssigkeit aus dem Körper saugen. »Was glaubst du eigentlich, wer du bist, hier hereinzuspazieren und diesen Scheiß zu erzählen? Na los, antworte gefälligst! Keiner kommt hier reinmarschiert und erzählt mir irgendeinen Mist über meinen Sohn. Wer hat dir gesagt, dass du hier einfach so auflaufen und das machen kannst, hä? Steh da nicht so doof rum, Mann. Antworte! Hast du einen

Sprachfehler oder Taubstumme in der Familie, oder was ist los?«

In diesem Augenblick wurde mir klar, dass Vick nicht nur seinen Vater belogen hatte, sondern Atlas senior in der Angelegenheit auch keinen Kontakt mit den Behörden hielt. Angestachelt durch Vicks falsche Informationen, hatte der Vater seine Wut dann gegen Saber und mich gerichtet.

»Es gab neulich einen Vorfall, bei dem zwei Männer meine Freundin terrorisiert haben. Gut möglich, dass Vick dahintersteckt«, sagte ich. »Außerdem hat er sein Gesicht in ihr Haar gepresst. Ist Ihr Sohn hier, Mr. Atlas? Ich würde mich gern mit ihm über die Angelegenheit unterhalten.«

»Hat man dir keine Manieren beigebracht?«, sagte er. »Du platzt unangemeldet in die Mittagsrunde fremder Leute und wirfst mit Anschuldigungen um dich! Wo arbeitet dein Vater? Los, wir holen ihn her und fragen ihn, was das soll. Wer ist der Mann? Was macht er?«

Der Akzent von Atlas senior erinnerte an die Bronx oder die Arbeiterviertel von New Orleans, wo jeder Vokal rund wie ein Baseball war. Seine Augenbrauen sahen aus wie Halbmonde aus Fell, die man ihm an die Stirn geklebt hatte. Er wischte sich die Mayonnaise von der Lippe und schmierte sie von der Hand ins Tischtuch. In der Zwischenzeit starrten seine drei Kumpanen Valerie unverhohlen an und zogen sie förmlich mit ihren Blicken aus, ohne sich um meine Anwesenheit oder das Unbehagen in ihrem Gesicht zu scheren.

»Wie wär's, wenn Sie und Ihre Kollegen selbst erst mal ein paar gottverdammte Manieren an den Tag legen?«, sagte ich.

Atlas senior schob das Sandwich auf den Teller. Er atmete schwer, seine Augen glühten, hinter seiner Unterlippe blitzte ein Eckzahn hervor. Was auch immer er erwidern wollte, er kam nicht dazu, es zu sagen.

»Ich habe mich über Sie erkundigt«, sagte Valerie, »an der Bibliothek der Rice University. Egal, wo Sie gelebt haben, die Leute hielten Sie allerorts für einen schrecklichen Menschen. Sogar Lucky Luciano hat gesagt, dass man Ihnen nicht vertrauen kann. In Griechenland hat man Sie des Landes verwiesen, weil Sie ein Zuhälter und Drogenschmuggler waren. In New Orleans haben Sie einen Taxifahrer umgebracht. Vielleicht sollten Sie sich mal überlegen, regelmäßig eine Kirche oder eine Synagoge aufzusuchen, um Ihr Leben umzukrempeln. Die Leute in Ihrer Umgebung schämen sich nämlich, mit Ihnen bekannt zu sein.«

Ich starrte sie von der Seite an. Ihr Profil sah aus wie der Masttopp eines Schiffes, das durch die Wellen pflügt.

»Sie sagt die Wahrheit«, fügte ich an. »Ich war mit ihr in der Bibliothek. Da gibt es tonnenweise Material über Sie, Mr. Atlas.«

Die Augen von Jaime Atlas waren schwarz wie Obsidian. »Raus!«

»Nein. Mit Ihrem gebellten ›Raus‹ werden Sie uns nicht los«, erwiderte Valerie. »Und ich sag Ihnen noch etwas: Ihr Sohn hat ernsthafte psychische Probleme, vielleicht sogar einen Hirnschaden. Die Leute behaupten, dass Sie es waren, der sein Gesicht so verunstaltet hat. Sie sollten sich was schämen! Was für ein Vorbild sind Sie denn bitte schön? Schauen Sie doch nur mal die Kerle an, mit denen Sie sich abgeben. Das sind Männer, die Frauen drangsalieren, weil sie absolute Feiglinge sind. Starren Sie mich nicht so an. Schauen Sie lieber auf sich selbst. Was sind Sie denn schon? Nichts. Fette Männer, die nach Salami stinken.«

Mr. Atlas ging zum Telefon an der Rezeption und wählte eine Nummer. »Hier ist Jaime Atlas«, sagte er in die Sprechmuschel, während er uns anstarrte. »In meinem Büro sind ein paar Jugendliche aufgetaucht, die Ärger machen. Schicken Sie einen Beamten her.«

Er legte den Hörer zurück auf die Gabel und kam wieder in das Esszimmer. »So, und jetzt noch mal zu der Geschichte mit dem Kanonenschlag, der Vick im Gesicht explodiert sein soll ...«

»Genauso ist es gewesen«, sagte ich.

»Wenn du lügst, dann ...«, sagte er.

»In meiner Familie lügt niemand, Mr. Atlas. Vorhin wollten Sie doch wissen, was für ein Mann mein Vater ist. Ich sag's Ihnen: Er ist ein Mann, der im Ersten Weltkrieg fünf Mal aus dem Graben gesprungen und aufs Schlachtfeld gestürmt ist. So ein Mann ist mein Vater.«

Als wir wegfuhren, legte ich meinen Arm um Valerie und zog sie an mich.

»Worüber lachst du?«, sagte sie.

»Ich muss an die Gesichter von den Kerlen denken, als du Tacheles geredet hast.«

»Die sind noch glimpflich davongekommen, glaub mir. Wenn mein Vater rausfindet, dass sie mit den Kerlen unter einer Decke stecken, die Benzin in meinen Wagen geschüttet haben, dann sind sie tot. Und das ist keine Übertreibung, Aaron.«

Wir wollten gerade auf den Seawall Boulevard auffahren, als der rot-schwarze Rocket 88 von Cisco Napolitano mit offenem Verdeck um die Ecke kam.

»Halt an!«, sagte Valerie.

»Warum?«

»Ich will ihr was sagen.«

»Was willst du ihr sagen?«

»Hast du gesehen, wie diese Männer mich angestarrt haben? Am liebsten würde ich ein Vollbad nehmen. Diese Cisco macht mit solchen Leuten gemeinsame Sache, aber aus irgendeinem Grund scheint sie nie einen Preis dafür bezahlen zu müssen. Außerdem taucht sie immer wieder in deiner Nähe auf ... Und jetzt halt endlich den Wagen an!«

»Ganz ruhig, Valerie.«

»Siehst du denn nicht, dass sie dich manipulieren will? Mein Gott, was habe ich diese Leute satt!«

Ich lenkte den Wagen zur Straßenmitte und hielt an. Cisco Napolitano tat das Gleiche. Sie hatte die Sonnenbrille in die Haare hochgeschoben, ihr Gesicht war vom Wind gerötet.

»Was treibst du denn hier?«

Bevor ich antworten konnte, lehnte sich Valerie über meinen Schoß zum Fenster. »Wir kommen gerade von diesem menschlichen Abschaum, mit dem Sie Ihre Zeit verbringen«, sagte sie. »Als wir ankamen, sprachen die Kerle gerade über Sie, Miss Cisco. Keine Ahnung, was genau das Thema war, aber diese Typen haben die ganze Zeit gelacht. Ich an Ihrer Stelle würde mir eine andere Spielwiese suchen.«

»Netter Versuch, Kleines«, sagte Cisco.

»Ach ja?«, erwiderte Valerie. »Dann steck ich Ihnen gleich noch was. Die Kerle meinten, dass Merton Jenks während seiner Zeit als Cop in Nevada Stammgast in Ihrem Unterhöschen war. Aber vielleicht haben sie sich das auch nur ausgedacht.«

Ciscos Gesicht war mit einem Mal aschfahl. Valerie zeigte ihr den Finger und formte dann mit den Lippen ein lautloses

»Fuck you«. Ich trat aufs Gaspedal, bevor die Sache außer Kontrolle geraten konnte.

»Ich kann nicht glauben, dass du das wirklich getan hast.«

»Halt dich von ihr fern, Aaron. Ich will nicht, dass du Kontakt mit ihr hast.« Sie lehnte ihren Kopf zurück in den Sitz und schloss die Augen. »Ach, ich liebe den Geruch des Golfs und das Geräusch der Wellen, wenn sie auf den Sand klatschen. Hast du Lust, schwimmen zu gehen? Bis hinter die Mole, vielleicht sogar bis zur dritten Sandbank raus?«

»Wir haben keine Badesachen dabei.«

»Wir können bis zur Spitze der Insel fahren. Zu dieser Tageszeit ist da niemand.«

»Niemand, bis auf Hammerhaie und Quallen.«

»Mir egal«, sagte sie. »Magst du sie?«

»Cisco?«

»Ja, stehst du auf sie?«

»Überhaupt nicht«, log ich, nicht bereit zuzugeben, dass mich diese Frau faszinierte und ich insgeheim hoffte, dass sie eine bessere Person war, als andere dachten.

»Doch, das tust du. Du denkst, dass sie ein guter Mensch ist, aber das ist sie nicht. Sie ist schlecht. Sie wird versuchen, uns zu zerstören.«

»Das stimmt nicht. Du irrst dich.«

Sie zog ihre Hand von meiner zurück und starrte aus dem Fenster. Als ich sie fragte, ob sie immer noch zur Inselspitze runterfahren und dort schwimmen gehen wollte, antwortete sie nicht. Erst als wir zurück auf dem Highway Richtung Houston waren, sprach sie wieder mit mir.

Am nächsten Tag tauchte Saber an der Tankstelle auf. Er trug Drapes statt Jeans, glänzende Lacklederschuhe statt der halbhohen mit Ketten behängten Boots und hatte sich Haarwasser in seinen Bürstenschnitt gerieben und die Haare an den Seiten nach hinten gekämmt. Er zündete sich eine Zigarette mit einem Feuerzeug an, das ich noch nie bei ihm gesehen hatte; eines dieser japanischen Modelle, die in einer mit dem Bild des Fuji verzierten Lederhülle steckten.

»Wo hast du dich denn neu eingekleidet?«, sagte ich.

»In einem Laden auf der Congress Street«, sagte er und schaute zur Seite auf die Straße. »Die haben da auch diese Hemden von Mr. C mit den breiten, nach oben gestellten Kragen.«

»Warum hängst du dir nicht gleich ein Schild mit der Aufschrift ›Bitte festnehmen‹ um?«, fragte ich.

Er hatte Ringe unter den Augen und zwinkerte in einem fort, wie ein Koffeinsüchtiger. Kaum hatte er an seiner Zigarette gezogen, blies er den Qualm schon wieder durch seine Lippen. Ich fragte mich, wann er das letzte Mal richtig geschlafen hatte.

»Ich hab da eine Rechnung für uns beide beglichen«, sagte er.

Wir standen unter dem Tankstellendach bei den Zapfsäulen. Ich blickte mich um, um sicherzustellen, dass uns niemand hören konnte. »Ich weiß ehrlich gesagt nicht so recht, ob ich es wissen will.«

»Glaub mir, Aaron, du willst es wissen, und du wirst es lieben. Und zwar haben wir den Buick von Vick Atlas geklaut. Das Zündschloss war mit einem Kasten gesichert, aber das hat uns nicht abgehalten. Wir haben uns einfach den Abschleppwagen von Mannys Onkel geliehen und die Karre aus der Einfahrt gehoben.« Mit einem selbstzufriedenen Grinsen wartete er auf meine Reaktion.

Ich verschränkte die Arme vor der Brust. Ich konnte ihm nicht ins Gesicht schauen. »Wann?«

»Letzte Nacht. Der gute Vick hat sich gerade mit einer Braut vergnügt, in einer Garagenwohnung nicht weit von Montrose. Zum Abschied hab ich ihm mit Kreide einen Spruch in der Einfahrt hinterlassen: ›Fick dich, Fudd!‹«

»Bring die Kiste wieder zurück. Oder stell sie irgendwo ab, wo er sie finden kann«, sagte ich.

Er nickte. »Ja, macht Sinn. Erst klau ich die Karre von dem Typen, der uns nach Gatesville schicken wollte, und dann bring ich sie ihm wieder zurück. Soll ich ihm vielleicht noch 'ne Entschuldigungskarte schreiben oder was?«

»Valerie und ich haben gestern seinen alten Herrn in Galveston besucht und ihm die Meinung gegeigt. Die werden jetzt natürlich denken, dass wir dahinterstecken.«

Er schaute zur Straße, auf den Strom der Autos, die den Boulevard auf und ab fuhren, und zog an seiner Zigarette. Am liebsten hätte ich ihm eine verpasst. Stattdessen nahm ich ihm den Glimmstängel aus der Hand, trat ihn mit dem Fuß aus und warf die Kippe in den Ölkanister, der an der Tankstelle als Aschenbecher diente.

»Da ist noch ein anderer Grund, warum ich hier bin«, sagte er. »Wir haben den Buick durchsucht, bevor er an einen Gebrauchtwagenhändler aus Juárez ging. Im Kofferraum lag eine Kette mit Seilschlaufen dran. Manny wollte wissen, was es damit auf sich hat.«

»Manny ist mir egal. Warum erzählst du mir das?«

»Manny und Cholo wissen nicht, dass der Buick von Vick Atlas war«, sagte Saber. »Ich bin nur der Kundschafter, verstehst du? Ich finde den Wagen, den ein Kunde will, und dann wird die Kiste klargemacht. Die Situation könnte allerdings etwas heikel werden, wenn die beiden herausfinden, dass sie gerade den Wagen eines Mitglieds der Atlas-Familie geklaut haben.«

»Dazu fällt mir echt nichts mehr ein, Saber.«

Er zog eine neue Zigarette aus der Schachtel, schob sie dann aber wieder zurück. »Erinnerst du dich noch, als wir mal unten in Freeport waren und in der Brandung geangelt haben? Du hast bis zur Brust in den Wellen gestanden und hattest einen Teufelsrochen an der Leine, ein Riesenvieh. Du hast ihn dann raus auf den Sand gezogen und bist danach gleich wieder ins Wasser rein. Du hattest noch nie Angst, Aaron. Das dachtest du vielleicht, aber du hattest nie Angst.«

»Trenn dich von diesen Kerlen«, sagte ich. »Wir fangen noch mal neu an.«

»Ich schulde denen Geld, Aaron. Ich habe die Hypothek für das Haus meiner Eltern abbezahlt.«

»Wie viel?«

»Willst du nicht wissen, glaub mir«, sagte er. »Die Jungs schmuggeln Braunes von der Grenze nach San Antone und Houston.«

»Heroin?«

»Ich bin mächtig in die Scheiße getreten, Mann.«

Seine Augen glänzten. Ich hob den Arm, um meine Hand auf seine Schulter zu legen, aber er trat einen Schritt zurück und versuchte zu lächeln. Dann stieg er in seinen Wagen und ließ den Motor an. Als er auf die Straße rollte, streckte er den erhobenen Daumen aus dem Fenster. Er überfuhr das Stoppschild, als wäre es gar nicht da, trat das Gaspedal durch und verschwand in den Schatten der Virginia-Eichen, die den Boulevard überdachten.

In der darwinistischen Welt der amerikanischen Highschool-Kultur hatte ich vor allem eins gelernt: Die Lichter der Liebe und des Mitgefühls erloschen oftmals früh und rasch, und Freundschaften basierten häufig auf Notwendigkeit sowie emotionaler Abhängigkeit und sonst gar nichts. Ich hatte das Gefühl, dass Vick Atlas und Grady Harrelson einander insgeheim verabscheuten, weil beide im jeweils anderen ihre eigene Einsamkeit und die Vernachlässigung durch den Vater erkannten. Zudem einte die zwei noch eine andere Sache: Ihr Neid auf die Zuneigung von Valerie Epstein.

Am nächsten Tag waren meine Eltern beide nicht zu Hause, als ich von der Arbeit kam. Ich wusch mich, zog mir frische Sachen an und versuchte nachzudenken. Ich hatte gesagt, dass die Menschen in meiner Familie niemals logen. Meistens stimmte das auch. In einer alles andere als perfekten Welt, so dachte ich es mir zumindest, gab es jedoch Situationen, in denen eine Lüge tugendhafter war als die Wahrheit. Ich fütterte Major, Bugs, Snuggs und Skippy und zog mir dann einen Stuhl zum Telefon im Flur heran. Ich setzte mich und suchte die Nummer von Vick Atlas im Telefonbuch heraus. Beim zweiten Klingeln ging er ran. »Wer ist da?«, bellte er.

»Hey, Vick. Wie läuft's?«, antwortete ich.

»Wer spricht da?«

»Aaron Holland Broussard.«

Für einen Moment herrschte Stille. »Was willst du, du Clown?«

»Du hast diese beiden falschen Cops vertrieben, die Valerie wehtun wollten. Dafür hast du was gut bei mir.«

»Du und ich, wir beide sind noch lange nicht fertig miteinander. Wenn du glaubst, du könntest dich jetzt bei mir einschleimen, dann vergiss es lieber gleich wieder. Wird nicht passieren. Du endest als lange rote Schleifspur auf dem Asphalt, mein Freundchen.«

»Vielleicht hat dir ja dein Vater erzählt, dass Valerie und ich vor ein paar Tagen in seinem Büro waren.«

»Kannst von Glück reden, dass du nicht auf dem Fleischerhaken gelandet bist.«

»Sag mal, kann es sein, dass sie dir vor zwei Nächten die Kiste geklaut haben?«

Wieder Stille.

»Hörst du, was ich sage?«, fragte ich.

»Erzähl weiter.«

»Ich hatte befürchtet, dass du auf die Idee kommen könntest, ich und Saber wären es gewesen.«

»Der Gedanke ist mir gekommen, stimmt.«

»Ich war's nicht.«

»Wie steht's mit dem Spargeltarzan?«

»Saber? Keine Chance. Würden wir vielleicht deine Kiste klauen und dich dann anrufen, um dir zu sagen, dass wir es nicht gewesen sind?«

»Wer war's dann? Montrose ist nicht gerade das Viertel, wo du Angst haben musst, dass sie dir die Karre kurzschließen. Hast du darauf auch eine Antwort, du Komiker?«

Er hatte mir eine Falle gestellt, denn die Zündung seines Wagens war nicht überbrückt worden. Vick war smarter, als ich gedacht hatte.

»Gestern Abend war ich im Prince's Drive-in«, sagte ich. »Im Wagen neben mir saßen ein paar von Gradys Kumpels und haben sich ziemlich laut unterhalten. Ich hab gehört, wie einer der Typen sagte: ›Vick Atlas hat gerade einen weggesteckt, als wir den Buick geklaut haben. Die Kiste findet er nie im Leben wieder.‹«

»So, so … Highschool-Football-Prolls aus betuchten Elternhäusern schließen neuerdings fremde Autos kurz? Interessante Theorie, Broussard. Zumindest wird's nie langweilig mit dir.«
»Ich wollte nur meine Informationen weiterleiten. Was du damit anstellst, ist deine Sache.«
»Warum sollte Grady mein Auto klauen wollen?«
»Keine Ahnung, Vick. Jemand hat sein Cabrio gestohlen, und vielleicht denkt er, du hättest was damit zu tun.«
»Für diese Erklärung gibt's noch nicht mal den Trostpreis, du Schleimbeutel.«
»Wie du meinst. Sorry, falls ich dich genervt habe«, sagte ich. »Ach ja, eine Sache noch: Dein Wagen wurde nicht kurzgeschlossen. Die Kerle haben eine andere Story erzählt. Anscheinend war die Rückseite des Zündschlosses mit so einer Art Kasten gesichert.«

Ich konnte hören, wie sein Atem über die Sprechmuschel strich. »Und wie sollen es die Kerle dann geklaut haben, du Pissnelke?«

»Keine Ahnung.«

»Komm mir nicht mit *keine Ahnung*, du Arschkrampe. Ne Menge Autos haben diese Sicherungskästen.«

»Die Kerle meinten, sie hätten in der Einfahrt eine Nachricht für dich hinterlassen, die du ganz bestimmt nicht übersehen würdest. Ich glaube, es war so was wie ›Fick dich‹ oder ›Fick dich, Elmer Fudd‹. Sie sagten, sie hätten es mit Kreide geschrieben, und ihrer Meinung nach war es ein absoluter Brüller.«

Fast konnte ich spüren, wie die Hitze seines Körpers durch den Telefonhörer kroch. »Dieser Schwanzlutscher«, knurrte er.

»Hör zu, Vick, ich hab nur versucht, das Richtige zu tun. Sorry, wenn du jetzt sauer bist. Deine Beschimpfungen haben mir übrigens sehr gefallen. Irgendwann möchte ich mal Schriftsteller werden. Du hast mir gerade eine Menge Material geliefert.«

Es klickte, und die Leitung war tot.

Kapitel 23

Für Rodeoleute sind die zwei Wochen vor und nach dem Nationalfeiertag am vierten Juli wie Weihnachten. Denn dann ist der Zirkus in der Stadt, und das Land erinnert sich ein wenig an seine Ursprünge, wenn große Preisgelder auf die Cowboys warten, die bereit sind, die längsten acht Sekunden der Welt hinter sich zu bringen. Dieses alljährlich wiederkehrende Spektakel namens The Houston Livestock Show and Rodeo war das größte und wichtigste Event der Stadt: Feuerwerksraketen stiegen über dem Messegelände in die Höhe, vor dem Himmel zeichnete sich die Silhouette eines Riesenrads ab, und der Geruch von karamellisiertem Popcorn, Hotdogs und Zuckerwatte lag in der Luft, während sich die Musik der Fahrgeschäfte mit dem Knallen an den Schießbuden und dem Geschrei der Ausrufer vor den Schaubuden mischte. Feuerspucker spien entflammte Kerosinwolken in die Höhe, und die Rodeoreiter saßen in Chaps, den klassischen Lederbeinkleidern der Cowboys, und Stiefeln mit großen Spornrädchen unter im Wind flatternden Sonnensegeln und ließen sich Steak-Sandwiches schmecken. Für mich waren diese Bilder so zauberhaft und wunderschön, als wären sie direkt vom Deckengemälde der Sixtinischen Kapelle heruntergefallen, aber ich hatte Zweifel, dass der Rest der Welt sie ebenso sehen würde.

Ich fuhr mit Valerie im Riesenrad, was sich anfühlte, als

würden wir zu den Sternen hinaufsteigen. Und vielleicht sogar besser, denn wenn unsere Gondel ganz oben anhielt, damit am Einlass weitere Fahrgäste zusteigen konnten, schien die ganze Welt unter uns davonzugleiten. Die Menschen am Boden waren nicht viel mehr als Strichmännchen, unsere Probleme weit entfernt und auf der Erde gefangen, als säßen wir in der schützenden Hand eines göttlichen Wesens. Ich legte meinen Arm um ihre Schulter.

»Du hast gesagt, Cisco Napolitano würde versuchen, uns zu zerstören. Aber es ist genau anders herum. Sie sieht sich selbst in dir«, sagte ich. »Sie glaubt, Jaime Atlas hätte die Harrelsons gezwungen, Saber und mir das Leben schwer zu machen, als Rache für Vicks Verletzung.«

»Moment. Diese Frau will so sein wie ich?«, fragte Valerie. »Wie bist du denn auf diese geniale These gekommen?«

»Du bist all das, was sie nicht ist. Du wirst von anderen Menschen bewundert und geliebt. Sie nicht. Sie wird benutzt, vom Abschaum dieses Planeten. Und weißt du, was das große Rätsel dabei ist, zu dem ich einfach keine Antwort finde?«

»Nein, weiß ich nicht. Verrat's mir, Schlaumeier.«

»Warum ein Mädchen wie du mit einem Kerl wie mir zusammen ist.«

Sie versuchte, ernst zu schauen, aber ich sah, wie sich kleine Fältchen in ihren Augenwinkeln bildeten.

»Wenn die Leute mich danach fragen, sag ich ihnen meistens, dass du nicht nur schlechte Augen, sondern auch eine miserable Menschenkenntnis hast«, sagte ich.

Dieses Mal lachte sie. Und was für ein Lachen sie hatte! Sie lachte so, wie sie Kaugummi kaute. Es war ein Ausdruck purer Lebensfreude.

Wir aßen Hamburger und gingen in Richtung der Rindermesse. Zweimal hatte ich auf dem Weg den Eindruck, dass uns jemand folgte, ein groß gewachsener Mann mit einem Fedora. Am Eingang zum Sam Houston Coliseum, dem Hauptveranstaltungsort, setzte ich mich auf eine Bank, während Valerie auf die Toilette verschwand. Ich starrte gerade nach unten auf die Spitzen meiner Cowboystiefel, als ich merkte, wie sich das Holz der Bank unter dem Gewicht eines großen Mannes durchbog, der neben mir Platz nahm. Ich brauchte nicht aufzuschauen, um zu wissen, wer es war. Aus dem Augenwinkel konnte ich die Pall Mall zwischen den Fingern seiner hohlen Hand sehen, und der Geruch der um seinen Körper wabernden Wolke, diese Mischung aus Nikotin, scharfer Seife, Pfefferminzbonbons und wirkungslosem Deodorant, kroch mir in die Nase.

»Schönen guten Abend, Detective Jenks«, sagte ich.

»Reitest du dieses Wochenende?«, fragte er.

»Ja, Sir, morgen. Ich habe einen Bullen namens Original Sin gezogen.«

»Trittst du in der Junior-Division an?«

»Nein. Ich habe bei meinem Alter ein wenig geschummelt und starte jetzt im Hauptwettkampf.«

»Bist du mit Valerie unterwegs?«

»Das müssten Sie doch wissen. Sie folgen uns seit einer Stunde.«

»Ich werde wohl langsam alt«, sagte er.

»Sie sind einen Kopf größer als alle anderen Besucher.«

»Ich habe ein paar Informationen über die beiden Gangster, die Valerie so übel mitgespielt haben. Sieht so aus, als hätten die Typen illegale Craps-Spiele veranstaltet und den üblichen Verdächtigen keine Prozente gezahlt. Wahrscheinlich hat man sie deshalb kaltgemacht.«

»Dann hatte es nichts mit Vick Atlas oder Grady Harrelson zu tun?«, sagte ich.

»Dieser Abschaum braucht keine besonderen Gründe, um sich gegenseitig an die Kehle zu gehen.« Er hustete, zog eine kleine, in eine Papiertüte eingewickelte Flasche aus der Jackentasche und nahm einen Schluck. Es schien, als würde ihm der Inhalt Kraft geben oder zumindest Trost spenden. »Codein«, sagte er und schaute auf das Fläschchen. »Früher nannten wir es G.-I.-Gin. Bläst die Rohre frei.«

»Was wollen Sie von uns, Sir?«

»Mir sitzen eine Menge Leute im Nacken. Ausgerechnet in der wohlhabendsten Gegend von River Oaks landet ein Kerl wie Clint Harrelson in Stücke geschossen in seinem Swimmingpool. Die Nachbarn sind nicht besonders glücklich über die Vorstellung, dass der Mörder ganz in der Nähe wohnen könnte.«

»Was hat das mit uns zu tun?«, sagte ich.

»Vielleicht 'ne ganze Menge. Vielleicht auch gar nichts. Die Wahrheit ist, ich bin mir nicht mal sicher, wer du eigentlich bist, mein Junge. Ich hab mich mit eurem Familienarzt unterhalten.«

»Unserem Familienarzt? Der Mann ist ein Quacksalber und hat meine Mutter zur Elektroschocktherapie geschickt.«

»Er hat mir erzählt, dass du tatsächlich eine Art Erinnerungsstörung hast, die allerdings sehr viel ernster ist, als du es darstellst. Er meint, es wäre wie ein alkoholbedingter Filmriss, nur ohne den Alkohol. Soll heißen: Die betreffende Person kann während des Blackout sehr viel mehr Schaden anrichten als ein Betrunkener. Hört sich das für dich wie eine akkurate Beschreibung des Phänomens an?«

»Sie glauben, ich hätte Mr. Harrelson erschossen?«

»Um ehrlich zu sein, kommt's mir fast so vor, als hätte jeder in deiner Familie irgendwann schon mal jemanden erschossen. Ich müsste auch mal mit Valerie reden.«

Er ließ seine Zigarette auf den Boden fallen und trat sie aus. Durch den Eingang konnte ich das Sägemehl auf dem Boden des Coliseum sehen, ebenso die Tiere in ihren Gehegen und das Licht über ihren Köpfen. Am liebsten wäre ich in diesem Moment bei ihnen gewesen; mittendrin in diesem Geruch nach Holzspänen, Dung, Ammoniak und Tierfutter.

»Sir, ehrlich gesagt kann ich Ihre Vorgehensweise nicht mal ansatzweise nachvollziehen. Leute wie Vick Atlas und sein Vater oder Grady Harrelson und seine Freunde laufen frei auf der Straße herum, und Sie haben nichts Besseres zu tun, als Valerie zu befragen?«

»Grady Harrelson sagt, er wäre am Mordabend unten in Kemah zum Segeln gewesen. Valeries Nachbarn allerdings haben Grady an diesem Abend bei Familie Epstein zu Hause gesehen.«

Ich spürte, wie es mir die Luft aus den Lungen presste.

»Vielleicht haben sie sich im Datum geirrt.«

»Die Nachbarn kennen Grady und seinen Vater. Und beim Datum sind sie sich hundertprozentig sicher.«

»Das ergibt keinen Sinn für mich.«

»Warum nicht? Weil Valerie dir nichts von Gradys Besuch erzählt hat?«

Ich konnte ihn nicht ansehen. »Vielleicht war sie ja gar nicht zu Hause. Vielleicht hat Grady nur an die Tür geklopft und ist dann wieder gefahren.«

»Nein, sie war an diesem Abend ganz sicher zu Hause«, sagte er. »Die Lichter waren an, und drei verschiedene Nachbarn haben übereinstimmend über Gradys Besuch ausgesagt.«

Ich sah Valerie, wie sie durch die Menge kam. Sie trug einen Baumwollrock, dazu Chucks und ein Jeanshemd mit aufgestickten Kaktusblüten. Ich erhob mich, wie man es mir beigebracht hatte, wenn sich eine Frau näherte. Sie lächelte und war ganz offensichtlich etwas verunsichert über die Anwesenheit von Detective Jenks. Er stand ebenfalls auf und bot ihr den Platz an, auf dem er gerade gesessen hatte. Sie setzte sich zwischen uns, und Jenks erzählte ihr, was er mir kurz zuvor berichtet hatte. Sie schaute auf die Tiere im Coliseum und zeigte keinerlei Reaktion, während er redete.

»Ich kann mich nicht mehr daran erinnern, was an diesem Abend los war oder wen ich getroffen oder nicht getroffen habe«, sagte sie, nachdem Jenks geendet hatte.

»Du kannst dich nicht daran erinnern, ob du Besuch hattest? An dem Abend, an dem der Vater deines Ex-Freundes ermordet wurde?«

»Ich treffe mich schon länger nicht mehr mit Grady. Er hat zwar noch eine Zeit lang regelmäßig angerufen, aber das war's.«

»Dann haben uns deine Nachbarn belogen?«

»Das müssen Sie meine Nachbarn fragen.«

»Das habe ich getan. Und genau deshalb bin ich hier«, sagte Jenks. »Bring mich nicht auf die Palme, Valerie.«

»Sie lassen sich von einer siebzehnjährigen Highschool-Schülerin aus der Fassung bringen?«, sagte sie.

»Ich habe gesagt, dass du mich besser nicht auf *die Palme* bringst. Darin scheinst du nämlich eine Expertin zu sein, Missy.«

»War Grady nun unten in Kemah oder nicht?«, fragte ich Jenks, aber ich meinte es nicht ernst. Ich glaubte, was Jenks gesagt hatte. Grady war bei Valerie zu Hause gewesen, und sie hatte es mir nicht erzählt. Es war, als würde sich ein Abgrund unter meinen Füßen auftun.

Jenks hustete, als hätte er eine Gräte verschluckt. Er steckte sich eine neue Zigarette in den Mund. »Klingt so, als würde irgendjemand lügen. Also, Valerie, raus mit der Sprache, wer sagt hier die Unwahrheit?«

»Darauf habe ich keine Antwort«, erwiderte sie und hob die Nase in die Höhe.

Jenks zündete seine Zigarette an und blies den Qualm gerade aus seinem Mund heraus. Dann fuhr er sich mit dem Handrücken über die Lippen.

»Diese Dinger werden Sie noch ins Grab bringen, Sir«, sagte ich.

»Nein, ihr verdammten Kids werdet mich ins Grab bringen. Ihr geht mir nämlich so dermaßen auf den Sack, das könnt ihr euch gar nicht vorstellen.«

»Es gehört sich nicht, in Anwesenheit einer Lady so zu fluchen«, sagte ich.

»Einer von euch, wenn nicht sogar ihr beide, steht kurz davor, eine Straftat zu begehen«, sagte er. »Beihilfe nach der Tat nennt sich das nämlich, was ihr gerade macht.«

Er stand auf. Sein Gesicht sah grau und müde aus, die Haut wirkte rau wie Schmirgelpapier, seine lange Nase wie eine Träne. Er warf die Zigarette auf den Boden und trat sie sofort aus, aber die Blutsprengsel auf dem Filter hatte ich trotzdem gesehen.

»Valerie, wenn du tatsächlich Grady Harrelson deckst, begehst du den schlimmsten Fehler deines Lebens«, sagte er.

»Und du, Aaron Holland Broussard, du verhältst dich geradeso, als hättest du dich hinter einer Wolke versteckt, während Gott das Hirn verteilte. Lass dich doch nicht von einem

Nichtsnutz wie Harrelson verarschen. Du bist hundert Mal mehr Mann als dieser Spinner. Wie heißt der Stier noch mal, den du gezogen hast?«

»Original Sin.«

»Dann wünsch ich dir 'ne sanfte Landung, Junge.«

Er verschwand in der Menge, den Fedora tief in die Stirn gezogen, die Dienstmarke und den gehalfterten Stupsnasenrevolver unter seiner Jacke verborgen. Seine Schultern wirkten massiv, sein Gang selbstbewusst, aber sie konnten nur leidlich über den Tod in seinen Lungen hinwegtäuschen.

Valerie und ich liefen die Gänge zwischen den Rindergehegen und den Geflügel- und Kaninchenkäfigen entlang, ohne einander anzuschauen. Ich kämpfte mit dem Gefühl, verraten worden zu sein. Ein Gefühl wie eine Flamme, die sich durch ein Blatt bohrt, dabei ein kreisrundes Loch in das Papier frisst und nichts als verkohlte Fetzen zurücklässt. Wer im Haus eines Alkoholikers aufwächst, lernt eine Lektion, die er nie vergisst: Der Drang, die Sucht zu befriedigen, steht an erster Stelle, alles andere ist zweitrangig. Der tägliche Vertrauensbruch ist die Normalität.

Wir blieben vor einem Gehege stehen, in dem eine große Sau, eine Kreuzung aus Yorkshire und Hampshire, eine Reihe rosa-grau gescheckter Ferkel säugte. Ich hatte schon immer etwas für Tiere übrig gehabt. Meine Lieblingsgeschichte im Alten Testament war die von Noah und der Flut, die – das glaubte ich damals, und das glaube ich auch heute noch – sowohl Juden als auch Christen bewusst fehlinterpretieren. In der vorsintflutlichen Welt gebot Jahwe den Menschen, dass das Steinmesser niemals die Haut eines Tieres brechen sollte. Die ersten Kreaturen, die die Arche betraten, waren keine

Menschen, sondern Tiere, die in Paaren in ihr neues Zuhause aus Gopherholz marschierten. Als dann die Erde reingewaschen und der Bogen in den Himmel gehängt war, sollte der Mensch ein Verwalter und kein Ausbeuter sein und den ihm anvertrauten Kreaturen kein Leid zufügen. All das wollte ich Valerie erzählen, aber ich konnte es nicht. Es fühlte sich an, als hätte sie ihr Boot von meinem losgeschnitten und würde zu einem Ort treiben, an dem Grady Harrelson auf sie wartete.

»Warum hast du für ihn gelogen?«, sagte ich.

»Ich habe nicht für ihn gelogen«, sagte sie. »Ich habe es lediglich vermieden, Informationen weiterzugeben, die ihm schaden könnten.«

»Das ist auch eine Lüge, die Lüge der Auslassung.«

Sie legte die verschränkten Arme auf das Gatter des Geheges und schaute zu der Sau, die ihre Ferkel säugte. »Grady ist in seinem Inneren noch ein Kind. Ich hätte mich niemals mit ihm einlassen sollen. Ich wusste, dass es nirgendwohin führen würde.«

»Warum hast du es dann trotzdem getan?«

»Weil der Junge, den ich liebte und heiraten wollte, in Korea gefallen war.«

Ein neben uns stehendes Pärchen linste zu uns herüber und schaute wieder weg. Valeries Hände öffneten und schlossen sich in einem fort, ihre Augen funkelten. Kinder mit Luftballons in den Händen rannten die Gänge auf und ab, ihre Schuhe überzogen von Sägespänen und dem Dreck aus den Abflüssen der Gehege. In meinem Kopf drehte sich alles. Der Ammoniakgestank und das Gefühl, dass Valerie entweder eine Fremde war oder ich von der gleichen Art Neid getrieben wurde, die ich in anderen Menschen so sehr verabscheute, waren zu viel. Das neben uns stehende Pärchen drehte sich um und ging.

»Warum hast du mir nicht gesagt, dass du ihn deckst?«, fragte ich.

»Weil ich weiß, was Strafvereitelung ist, und da wollte ich dich nicht mit hineinziehen. Warum glaubst du wohl, dass Jenks gesagt hat, du wärst hundert Mal mehr Mann als Grady?«

»Er glaubt, ich hätte Minderwertigkeitsgefühle gegenüber einem Kerl wie Grady?«

»Genau das denkt er. Wenn du mich fragst, wird es langsam Zeit, dass du sie loswirst.«

»Fein, aber lass uns die Sache mal von einer anderen Seite betrachten«, sagte ich. »Was, wenn Grady nicht so unschuldig am Tod seines Vaters ist, wie er vorgibt?«

»Das ist albern«, erwiderte sie.

»Wer hat dem mexikanischen Mädchen, dieser Wanda Estevan, das Genick gebrochen? Sie selbst wird es ganz sicher nicht gewesen sein.«

Ich sah, wie sich ihre Wangen färbten und ihre Nasenlöcher weiteten, aber nicht etwa, weil sie wütend war. Ich erkannte die Angst, wenn ich sie sah, ganz besonders in den Gesichtern der Menschen, die sich nur selten fürchteten.

»So etwas würde Grady niemals tun.«

»Erinnerst du dich noch an deine Worte in dem Drive-in, als du ihm seinen Absolventenring hingeworfen hast? Du hast ihm gesagt, er wäre grausam. Und du hast mich gewarnt, was er und seine Freunde mit mir anstellen könnten. Du hattest recht, Val. Grady und seine Freunde sind grausam, und sie sind aus dem gleichen Grund grausam, aus dem auch Mr. Krauser grausam war: Sie wissen, dass sie nicht geliebt werden und dass sie Hochstapler sind und dass die anderen ihnen auf die Schliche kommen und sie entlarven werden.«

Ich wollte noch mehr sagen. Ich glaubte zum Beispiel, dass Valerie ihrem Vater den Mord an Mr. Harrelson durchaus zutraute, und dass sie nicht mit ansehen wollte, wie eine unschuldige Person für diese Tat büßen musste. Aber dieses Mal behielt ich meine Gedanken für mich.

»Du weißt also bestens Bescheid über all das, wie?«, sagte sie schmollend.

»Ja, das tue ich, weil ich mit Angst und Furcht aufgewachsen bin, genau wie Grady, und noch dazu aus den gleichen Gründen. Aber ich bin nicht mehr so. Mein Leben hat sich verändert, weil ich jemanden kennengelernt habe … die Person, mit der ich jetzt zusammen bin, das schönste Mädchen in ganz Texas. Und jetzt lass uns gehen und schauen, was all diese Tiere dazu zu sagen haben.«

Ich mochte mich zwar so verhalten, als würde Angst keine Rolle mehr in meinem Leben spielen, aber die Wirklichkeit sah anders aus. In jener Nacht träumte ich von Bullen. Nichts bei einer Rodeoveranstaltung ist gefährlicher als das Bullenreiten, und in jener Zeit, der Zeit vor gepolsterten Westen und Helmen mit Gesichtsschutz, war die Gefahr für Leib und Leben noch um einiges höher. Der Reiter konnte von den Hörnern des Bullen aufgespießt oder entzweigerissen werden, er konnte sich im Halteseil verfangen und von dem Tier in der Arena umhergeschleift, zu Brei getrampelt oder in die Seitenwände gerammt werden. Ein Bulle war in der Lage, sich wie ein Korkenzieher in die Luft zu schrauben und sich blitzschnell um die eigene Achse zu drehen, auf seine Vorderläufe zu springen und dabei seine Hinterbeine zwei Meter hoch in die Luft zu wuchten. Er konnte aus dem Nichts emporschnellen oder wild bocken und den Reiter nach vorn über seinen Kopf schleudern, um ihn auf seinen Hörnern aufzuspießen oder, wenn ihm gerade danach war, ihm Hals und Rückgrat zu brechen. Zudem war die Muskulatur entlang seiner Wirbelsäule so stark und flexibel, dass er in einer Bewegung den Rücken in die eine und die Beine in die andere Richtung zu reißen vermochte. Der Ritt auf einem solchen Tier war in etwa so, als würde man mit einem Laster an der Kante eines Abgrunds entlangrasen, während sich die Räder von den Achsen lösen, die Bremsen versagen, das Getriebe auseinanderfliegt und die Windschutzscheibe zerbirst.

Original Sin war berüchtigt. Er hatte in Amarillo einen Reiter aufgespießt, in San Angelo einen Rodeoclown zermalmt und war in Big D über die Seitenwände in die Zuschauerränge gesprungen. Zitternd und zu einer Kugel zusammengerollt, wachte ich um zwei Uhr früh aus meinem Albtraum auf. Ich setzte mich auf die Bettkante und versuchte meine Gedanken zu ordnen. In meinem Traum war es nicht um Original Sin gegangen. Ich hatte von Detective Merton Jenks geträumt: Er hatte sich in mich verwandelt, oder ich mich in ihn, und einer von uns, wenn nicht sogar wir beide, war kurz vor dem Tod gewesen. Der Traum hatte mir noch etwas anderes gezeigt. Die Atemzüge, mit denen ich wie selbstverständlich Luft in meine Lungen sog, waren für Jenks sowohl fortwährende Qual als auch ein Privileg, das er bald verlieren würde. Er hatte Kommandoaktionen in Jugoslawien überlebt und war mit dem Fallschirm hinter den deutschen Linien abgesprungen, nur um jetzt einen schmerzvollen und demütigenden Tod zu sterben; herbeigeführt von Pall-Mall-Zigaretten. In der Bibelgeschichte hatte Jesus innegehalten und die Hilferufe des Blinden am Straßenrand erhört. Für mich war Merton Jenks der blinde Mann, und in meiner Naivität wollte ich etwas tun, um ihm zu helfen.

Im Badezimmer brannte Licht, die Tür stand halb offen. Mein Vater hockte auf dem Wannenrand und rauchte eine Zigarette.

»Kannst du nicht schlafen?«, fragte ich.

»Ich schnarche, und ich wollte deiner Mutter etwas Ruhe gönnen«, antwortete er.

Es war natürlich nicht die Wahrheit. Wie alle Depressiven litt auch mein Vater unter Schlaflosigkeit. Zudem brauchte er sein Nikotin mindestens so dringend wie seinen Alkohol.

Ich wollte ihm von meinen Gefühlen erzählen, aber ich tat es nie, weil ich wusste, dass ich seinen Schmerz damit nur noch größer machen würde. Stattdessen berichtete ich ihm von meiner Angst vor der Startbox, vor dem Moment, in dem ich mich auf den Rücken von Original Sin setzen würde, dieser achtzehnhundert Pfund schweren Mordmaschine mit dem schwarzen Fell.

»Ich werde da sein und zuschauen«, sagte er.

»Mutter kommt nicht?«

»Du weißt doch, wie sie ist. Sie mag keine Menschenaufläufe.«

»Du meinst, sie mischt sich nicht gern unters ›gemeine Volk‹, wie sie es nennt.«

»Jeder hat seine Marotten. Das macht uns menschlich. Nur wenn wir über die Makel anderer hinwegsehen, wiegen auch unsere eigenen nicht so schwer.«

Ganz gleich, wie hart sie mit ihm ins Gericht ging, aus dem Mund meines Vaters hatte ich noch nie ein unfreundliches oder kritisches Wort über meine Mutter gehört.

»Ich hatte Angst vor Original Sin, aber geträumt habe ich von Detective Jenks«, sagte ich. »Jetzt fühle ich mich gut. Wie kommt das?«

»Wenn wir über die Probleme anderer Menschen nachdenken, scheinen unsere eigenen nicht mehr so wichtig.«

»Ich habe das Gefühl, dass er immer noch in Miss Cisco verliebt ist.«

»Die Frau aus Nevada? Du musst diese Person vergessen, Aaron. Genauso müssen wir die Harrelsons und die Atlas-Familie aus unserem Leben verbannen.«

»Wer, denkst du, hat Mr. Harrelson ermordet?«

»Jemand seines Schlages. Jemand, der ebenfalls von Hass erfüllt ist, verschrobene Ideen hat und sich für die linke Hand Gottes hält.«

Er warf seine Zigarette in die Toilette, wo sie zischend unterging.

»Glaubst du, Mr. Epstein könnte es getan haben?«, fragte ich.

»Ist Mr. Epstein fähig, einen Menschen zu töten? Ich würde sagen, ja. Würde er einen unbewaffneten alten Mann erschießen? Ich bezweifle es. Aber das sind die Sorgen anderer Menschen, Aaron. Pass auf, dass du sie nicht zu deinen eigenen machst.«

»Das ist manchmal nicht so leicht.«

»Ich weiß«, sagte er.

Kapitel 24

Den Rat meines Vaters, mich nicht einzumischen, befolgte ich nicht. Früh am nächsten Morgen fuhr ich zum Haus von Grady Harrelson und klopfte an die Tür. Als niemand antwortete, klopfte ich noch einmal etwas lauter. In einem japanischen Seidenbademantel, blau und mit grünen Drachen bedruckt, öffnete Grady die Tür. Er war unrasiert, hatte rote Augen und schien nicht sonderlich erfreut über den frühen Besuch. »Was ist dein scheiß Problem, Broussard?«
»*Mein scheiß Problem?*«, sagte ich. »Mal überlegen ... die Tatsache, dass du die Cops über deinen Aufenthaltsort an dem Abend angelogen hast, an dem dein Vater ermordet wurde? Oder die Tatsache, dass Valerie dich gedeckt hat und dafür jetzt selbst Probleme bekommt? Aber egal, deswegen bin ich nicht hier. Ich muss mit Cisco Napolitano sprechen. Kannst du mir ihre Nummer geben?«
»Warum sollte Cisco sich mit dir treffen wollen?«
»Ein Bekannter von ihr stirbt gerade, und das wollte ich ihr mitteilen.«
»Was für ein Bekannter?«, fragte er.
»Was kümmert's dich? Wie wär's, wenn du dich einmal nicht wie ein Mistkerl aufführst und einem Mitmenschen einen Gefallen tust?«
Er versuchte mich am Kragen zu packen. »Du hörst mir jetzt mal zu ...«

»Fasst du mich noch einmal an, reiß ich dir die Hand ab und stopf sie dir in den Hals«, sagte ich.

Hinter ihm konnte ich die Beine eines Mädchens sehen, das auf den oberen Stufen der Treppe stand. Sie war barfuß und nur mit einem Slip bekleidet. Ihre Haut war braun und an den Knien etwas faltig. Obwohl ich nur ihre untere Körperhälfte sah, hatte ich irgendwie das Gefühl, dass sie ein unschuldiges Ding war, vollkommen fehl am Platz im Haus eines Kerls wie Grady Harrelson. »Leg dich wieder hin«, herrschte er sie an.

»Wer ist das Mädchen?«, fragte ich.

»Du immer mit deiner Fragerei. Eine Freundin. Und nein, es ist nicht Cisco, falls du das gedacht haben solltest.«

»Das wusste ich auch so«, sagte ich.

Er warf mir einen finsteren Blick zu. Sein Atem roch sauer, das Weiß seiner Augen war von geplatzten Kapillaren durchzogen. »Komm rein. Ich will dich was fragen.«

»Zu welchem Thema?«

»Vick Atlas.«

»Ich hab keine Lust, über Vick Atlas zu sprechen.«

»Hilfst du mir, helf ich dir«, sagte er.

Ich trat ein. Als er die Tür hinter mir zuzog, klirrten die Kristallanhänger des Kronleuchters an der Decke. Ich folgte ihm in die Küche und konnte gar nicht so recht glauben, dass er mich ins Haus gebeten hatte. Immerhin war ich der Kerl, der ihm das Mädchen weggeschnappt und ihm ins Gesicht geschlagen hatte. Eigentlich war ich überzeugt, dass er nach wie vor auf Rache sann. »Die Sache mit deinem Vater tut mir leid, Grady«, sagte ich, während ich hinter ihm herging.

»Er hatte den letzten Lacher auf seiner Seite.«

»Wie bitte?«

»Mein alter Herr hat alles in einen Trust gesteckt. Bis ich vierzig bin, komme ich nicht an die Kohle ran, sondern kriege nur ein Taschengeld zur Sicherung meines Lebensunterhalts ausgezahlt. Ist ungefähr so, als würde dir jemand eine Packung Windeln vererben. Setz dich doch.« Er goss Wasser in einen Topf, schüttete Kaffeepulver hinein und stellte ihn auf den Gasherd. »War es Vick, der Valerie diese Gangster auf den Hals gehetzt hat, um dann den Helden spielen zu können?«

»Das musst du ihn fragen«, antwortete ich.

»Er schwört, nichts mit der Sache zu tun zu haben. Ich weiß nicht mehr, was ich noch glauben kann. Die Atlas-Familie ist eine Bande von Psychopathen. Die lügen sogar dann, wenn sie es gar nicht müssten. Ich weiß ja noch nicht mal, aus welchem Land sie tatsächlich stammen. Die ganze Familie sieht aus, als hätte man sie aus den Körperteilen anderer Menschen zusammengetackert. Mein Vater meinte mal, sie würden sich mit Morden brüsten, die sie nicht begangen haben.«

»Warum hast du dann mit ihnen zu tun?«

»Geld ist Geld. Entweder hast du es, oder du hast es nicht. Falls nicht, darfst du bei anderen Leuten den Rasen mähen«, sagte Grady. »Du bist ein schlauer Kerl. Glaubst du etwa den Scheiß, der in der Zeitung steht? Die schreiben doch eh nur, was man ihnen sagt. Genauso sieht's in Politik und Wirtschaft aus … alles ein großes Schmierentheater, inszeniert für die kleinen Leute.«

Er holte eine Milchflasche aus dem Kühlschrank und zog eine Packung Cornflakes aus einer Schublade. Irgendetwas sagte mir, dass er mich nicht hereingebeten hatte, um über die Atlas-Familie zu reden.

»Du musst mir die Wahrheit über eine Sache sagen, Broussard. Du und Bledsoe, ihr habt mein Cabrio geklaut, stimmt's?

Ehrlich gesagt, kann ich's euch nicht mal verdenken. Ich hab euch übel zugesetzt.«

»Ich stehle keine Autos.«

»Dann war es Bledsoe?«

»Keine Ahnung. Ich bin nicht der Hüter meines Bruders.« Er goss die Milch über die Cornflakes und setzte sich.

»Auch welche?«

»Nein, danke. Wer ist das Mädchen?«

»Eine Mexikanerin. Warum interessiert dich das?«

»Weil du sie mies behandelst.«

»Meine Güte!« Er stand auf, ging zum unteren Treppenabsatz und rief nach oben. »Sophia, möchtest du auch etwas frühstücken?« Keine Antwort. Er kam zum Tisch zurück. »Hast du wirklich Blackouts?«, fragte er. »Die Leute sagen, du brauchst nur ein paar Bier zu trinken oder dich über irgendwas zu ärgern, und schon rennst du los und machst irgendeinen Scheiß, den du nicht kontrollieren kannst.«

»Dann meinen die Leute jemand anders«, sagte ich.

Er studierte mein Gesicht. Milch und Cornflakes tropften vom Löffel, als er ihn zum Mund führte. »Mein Vater wollte drei Millionen in den Bau eines neuen Casinos in Vegas stecken. Dann hatte er plötzlich Vorbehalte, was Geschäfte mit Schmalzköpfen anging. Als du und ich aneinandergerieten, sagte er ihnen, dass sie dir Manieren beibringen sollten und, was ihm noch wichtiger war, dem alten Herrn von Valerie gleich mit. Irgendwann hat er dann die Casino-Kohle eingefroren, und jetzt steh ich da und hab keine Ahnung, wo sie ist.«

Durch die Glastür der Küche konnte ich den leeren Swimmingpool sehen, ebenso das harte Licht auf dem Betonboden des Patios, die schmucklosen Gartenmöbel und die vernachlässigten Topfpflanzen, deren Blätter sich bereits braun färbten.

»Und was habe ich mit der Sache zu tun?«, fragte ich.

»Dein Onkel hat Beziehungen zu gewissen Leuten und ist ein Geschäftspartner von Frankie Carbo«, antwortete er.

»Mein Onkel ist Boxpromoter.«

»Muss ich es wirklich noch einmal sagen? Er kennt Frankie Carbo. Hast du eine Ahnung, wie viele Menschen Frankie Carbo auf dem Gewissen hat? Ich will dieses Geld, und Frankie Carbo kann es für mich zurückholen.«

»Dann hat dein Vater uns all diesen Ärger eingebrockt, um seine Probleme mit der Mafia zu lösen?«

»Ein wirklich großartiger Kerl, nicht wahr? Außerdem hat's ihm natürlich nicht geschmeckt, dass du über seinen Sohn triumphierst.«

»Angenommen, ich helfe dir ... Was ist für mich drin, außer der Nummer von Miss Cisco?«, fragte ich.

»Dein Freund Bledsoe treibt sich mit ein paar Drogenhändlern rum. Ich kenne Leute, die den Kerlen das Handwerk legen können.«

»Ich will nichts mit deinen zwielichtigen Freunden zu tun haben, und ich werde mich auch nicht bei meinem Onkel für dich einsetzen.«

»Wie du meinst.«

»Krieg ich nun die Telefonnummer von Miss Cisco oder nicht?«

Er rieb sich an der Nase. »Wenn du glaubst, du könntest ihr Herz zum Schmelzen bringen, dann vergiss es lieber gleich. Hinter diesen Prachttitten versteckt sich ein Eisberg.«

»Ich tue das für jemand anders, Grady, nicht für mich selbst.«

Er holte einen Bleistift und einen Zettel aus einem Schubfach, schrieb die Nummer auf und reichte mir das Papier. Ich faltete den Zettel und schob ihn in meine Tasche. Auf der Treppe sah ich wieder die Füße des knapp bekleideten Mädchens, und ich beschloss, es noch einmal zu versuchen und ihm ins Gewissen zu reden. Es ging mir nicht nur um das Mädchen auf der Treppe, sondern auch um Wanda Estevan, der man nur zwei Häuserblocks von Lorens brennendem Wagen entfernt das Genick gebrochen hatte. »Warum immer mexikanische Mädchen?«

»Lass gut sein, Dr. Freud.«

»Ich könnte mir vorstellen, dass der Tod von Wanda Estevan ein Unfall war. Warum sich nicht der Sache stellen und es hinter sich bringen?«

Er rieb sich den Nacken und öffnete und schloss dabei ein paarmal die Augen, als wäre er immer noch nicht ganz wach. Dann trank er einen Schluck Kaffee, direkt aus dem Topf, sodass der braune Satz an seinen Lippen kleben blieb. Er beugte sich zu mir nach vorn. »Du fragst, warum ich mexikanische Mädchen mag? Ich sag's dir: Die wissen, wann sie ihren Mund halten und wann sie ihn weit aufsperren müssen. Kapiert?«

»Du bist wirklich ein ganz besonderes Exemplar, Grady. Bleib ruhig sitzen, ich finde allein raus.«

Anstatt Cisco Napolitano anzurufen, ging ich in die Stadtbibliothek und suchte im Einwohnerverzeichnis ihre Adresse heraus. Sie wohnte in Montrose, im selben Gebäude wie Vick Atlas. Ich beschloss, dass ich für einen Tag genug Zeit damit verbracht hatte, die Probleme anderer Menschen zu wälzen, und konzentrierte mich auf den bevorstehenden Abend; den Abend, an dem ich auf dem Rücken von Original Sin aus der Startbox schießen würde.

Die Zuschauertribünen waren voller Menschen, die sich für das Rodeo in Schale geworfen hatten. Die Ladys trugen ihre schönsten Baumwollkleider, die Herren gestärkte Jeans und kurzärmelige Hemden. Ein unablässig brummendes Geräusch erfüllte das Coliseum. Es klang wie in einem Bienenstock. Ich stand hinter den Startboxen, in dem Bereich, in dem sich auch die anderen Reiter aufhielten. Es war eine Bruderschaft, wie es keine zweite gab. Die meisten der Jungs kamen aus Texas, Oklahoma, Wyoming, Montana oder Kanada. Aber ganz gleich, woher sie stammten, alle schienen mit dem gleichen näselnden Akzent zu sprechen. Ihre Körper wirkten wie aus Eichenholz gehauen, und sie hatten alle Entenfüße und einen Gang, als wären sie es nicht gewohnt, auf ebenem Untergrund zu laufen. Ich trug Chaps über meiner Jeans, wie all die anderen Reiter auch, aber meine hatten keine Fransen und nur eine Farbe: ein sonnengebleichtes Gelbbraun. Sie stammten von meinem Großvater, der sie als alter Mann getragen hatte. Ich hatte noch etwas Zeit, bevor ich über die Wand der Startbox klettern und mich auf den Rücken von Original Sin setzen würde. In der Stunde zuvor war ich drei Mal zur Toilette gegangen.

Valerie saß mit einigen ihrer Freundinnen aus dem 4-H-Club auf der anderen Seite der Arena. Meinen Vater konnte ich allerdings nicht entdecken. Normalerweise saß er bei öffentlichen Veranstaltungen stets an der gleichen Stelle: bei Baseballspielen hinter der ersten Base, beim Gottesdienst in der hintersten Kirchenbank, im Kino direkt am Gang, bei einer Pferdeschau am Geländer und bei sämtlichen Rodeos, an denen ich teilgenommen hatte, in der zehnten Reihe hinter den Startboxen. Ich ließ meinen Blick über die Ränge schweifen, aber ich konnte ihn nicht sehen. Es gab nur noch sehr wenige freie Plätze, die meisten davon gehörten Zuschauern, die kurz zu den Imbissständen gegangen waren. Ich war niedergeschlagen und spürte, wie mich der Mut verließ und meine Entschlossenheit schwand. Doch dann sah ich ihn, wie er meine Mutter die Treppe hinunterführte. Sie trug weiße Handschuhe und einen Pillbox-Hut, den Schleier nach hinten gelegt. Ich winkte ihnen zu, doch in den Schatten hinter den Startboxen konnten sie mich nicht sehen.

Ich sah auch Saber und Manny und Cholo. Saber winkte mir zu, und ich winkte zurück. Seine beiden Freunde aßen Barbecue-Sandwiches und leckten sich die Sauce von den Fingern. Ich ging zur Toilette. In der Vorhalle der Arena hatte ein Schwarzer einen Schuhputzstand mit erhöhten Sitzen für die Kunden aufgebaut. Eine Gruppe junger Rodeofans, Jungs aus der kleinen Stadt Tomball, ließ sich gerade die Stiefel polieren. Sie schauten sich die vorbeigehenden Mädchen an und rauchten selbst gerollte Zigaretten, während der Schuhputzer zum Takt der Rhythm-and-Blues-Musik aus seinem Kofferradio ihre Stiefel zum Glänzen brachte. Eigentlich hätte es eine beschauliche Szene sein sollen, wie man sie auf der Titelseite der *Saturday Evening Post* sah. Aber dem war nicht so.

Eine Gruppe Halbstarker aus Nord-Houston – allesamt mit Drapes, pomadisierten Ducktail-Frisuren und spitz zulaufenden Schuhen mit Sohlenbeschlägen – schlenderte gerade durch die Vorhalle. Sie gingen im sogenannten Sträflingsgang, bei dem die Schultern nach vorn gebeugt und die Schritte übertrieben lang waren und die Arme wie tot an den Seiten hingen. In der Gruppe entdeckte ich Loren Nichols. Er trug zwar Cowboystiefel und eine Jeans, diese allerdings ohne Gürtel, sodass sie ihm im klassischen Greaser-Look tief auf den Hüftknochen hing. Als sie den Schuhputzstand passierten, machte einer der Jungs aus Tomball »Quack, quack«. Es war einer dieser Momente, die ewig zu dauern schienen. Eine Beleidigung, eine Provokation, die durch nichts wiedergutzumachen war. Die beiden Gruppen verachteten einander mehr, als Weiße und Farbige oder Latinos dies taten, und wenn man sie nach dem Grund für die gegenseitige Geringschätzung fragte, konnten sie es nicht erklären und antworteten für gewöhnlich mit Sätzen wie: »Die wollen's doch nicht anders, Mann.«

Loren ging auf die Toilette, allein. Ich ging hinterher und stellte mich an das Urinal neben ihn. Er hatte mich nicht bemerkt und schaute zur Tür, während er sich erleichterte.

»Hey«, sagte ich.

»Ach, du bist das, Broussard. Siehst gut aus mit den Chaps und dem Hut«, sagte er.

»Ich bin in ein paar Minuten dran«, sagte ich. »Und Loren, vielleicht hältst du dich besser fern von den Typen.«

»Welchen Typen?«

»Die Halbstarken, mit denen du unterwegs bist.«

»Das sind meine Freunde. Und ich fänd's besser, wenn du nicht so über sie sprichst.«

»Okay, verstanden. Pass auf, ich kenne die Jungs am Schuhputzstand. Die kommen aus Tomball und sind vollkommen harmlos. Die denken sich nichts dabei, also ignoriert sie doch einfach.«

»Und *ob* die sich was dabei denken.«

»Vergiss sie, Mann«, sagte ich. »Das ist die Sache nicht wert.«

»Nicht meine Entscheidung.«

Ich zog den Reißverschluss meiner Hose zu, wusch mir

die Hände und ging zum Spiegel, wo Loren sich die Haare kämmte. »Ich habe hier zwei Pässe, reservierte Sitzplätze«, sagte ich und zog mein Portemonnaie hervor. »Die waren eigentlich für Valerie und eine Freundin, aber sie ist jetzt mit den Leuten von ihrem 4-H-Club unterwegs. Nimm du die Tickets.«

»Nein, Mann.«

»*Ja, Mann*«, sagte ich und stieß ihm mit dem Zeigefinger gegen die Brust.

»Du machst dir zu viele Sorgen, Broussard.«

»Nenn mich nicht dauernd beim Nachnamen.«

»Okay, *Aaron*. Du bist echt von einem anderen Stern, Mann. Aber du bist kein schlechter Kerl.« Er nahm mir die Tickets aus der Hand.

»Besser, du pflanzt deinen Arsch auf einen dieser Plätze«, sagte ich.

»Was reitest du eigentlich?«

»Einen Bullen.«

»Wusste ich doch, dass du lebensmüde bist.« Er hielt die Tickets hoch. »Danke, Mann.«

Ich ging vor ihm aus der Toilette und schaute mich nicht noch einmal um. Seine Freunde belagerten eine Imbissbude, die circa zwanzig Meter von dem Schuhputzstand entfernt war. Keiner von ihnen hatte etwas gekauft. Sie schienen auf Loren zu warten. Ich lief durch die Vorhalle, passierte ein Sicherheitstor, dann vorbei an dem Gehege für die Bullen und Pferde zu dem Ladebereich hinter den Startboxen. Ich schaute hoch in die Ränge und versuchte meine Eltern auszumachen, aber im blendenden Licht konnte ich sie nicht entdecken. Dafür sah ich Manny, mit einem Grinsen im Gesicht. Er stand auf, zeigte mir den Mittelfinger und griff sich dann in den Schritt. Hinter mir hörte ich einen Bullen, der in seiner Startbox wütete.

Als ich mich auf Original Sin setzte, klapperten meine Zähne so laut; ich war mir sicher, dass der Mann am Tor es hören konnte. Ich packte das um den Körper des Stiers geschlungene Seil und spürte, wie Original Sin zwischen meinen Schenkeln zu einem wahren Orkan anschwoll, während er unablässig gegen die Seitenwände der Startbox rammte. Ich griff meinen Heiligenanhänger und sprach im Flüsterton das Ave Maria. Nach wenigen Worten schon hatte ich den Faden verloren und schrie: »Tor auf!«

Das Gatter schwang zur Seite, und Original Sin preschte mit mir auf dem Rücken hinaus – aus dem Schatten der Startbox hinein in eine Welt gleißenden Scheinwerferlichts, in der schon die Rodeoclowns mit ihren Fußballschuhen, grellen Kostümen und geschminkten Gesichtern warteten. Die vom Bullenseil herabhängende Metallglocke läutete ohne Unterlass, während Original Sin sich ein ums andere Mal in die Luft schraubte, wieder auf allen vieren landete und dabei meine Wirbelsäule so verdrehte, dass sie sich wie eine viel zu straff gespannte Fahrradkette anfühlte. Beim Aufprall glaubte ich jedes Mal, entzweigerissen zu werden, während sich die Sporen meiner Stiefel in den Nacken des Stiers bohrten und mein Kopf so weit nach hinten überstreckt wurde, dass er fast das Hinterteil des Tiers berührte.

Die Clowns rotierten im Kreis um uns herum, die Scheinwerferlichter verwandelten sich in grelle Kleckse, meine Chaps flatterten durch die Luft, mein Hintern rutschte mit jedem Aufprall mehr zur Seite, und ich sehnte den brummenden Signalton herbei, den Buzzer, aber er kam nicht.

Ich glaubte, die Stimme meines Vaters zu hören. *Weiter so, Junge! Der Bulle, den du nicht reiten kannst, muss erst noch geboren werden.* Wieder schraubte sich Original Sin spiralförmig in die Luft, riss dann jedoch den Kopf in die entgegengesetzte Richtung. Für einen Sekundenbruchteil sah ich die anderen Reiter auf den Seitenwänden, ihre Gesichter voller Schreck und Sorge. Dann spürte ich das Blut auf meiner Wange und wusste, dass mich ein Horn erwischt hatte und ich gleich seitlich vom Bullen kippen würde. Ich wusste auch, dass mein Arm sich in dem Bullenseil verheddert hatte und nun die Gefahr bestand, unter den Hufen von Original Sin zu landen und wie eine Stoffpuppe durch die Arena geschleift zu werden.

Aber ich hatte Glück, und nichts dergleichen geschah. Als der Buzzer erklang, kam er mir vor wie die Stimme Gottes. Dann ließ ich einfach los und wurde durch die Luft geschleudert. Mein Arm hatte sich aus dem Seil gelöst, und obwohl ich mit der Seite auf den Boden krachte, wusste ich bei der Landung, dass alles in Ordnung war. Die Clowns lenkten Original Sin von mir ab und lockten ihn fort. Mein Hut saß immer noch auf meinem Kopf, und die Wunde unter meinem Auge fühlte sich an wie ein Ehrenabzeichen, als die Zuschauer sich applaudierend und jubelnd erhoben und die anderen Reiter mir den Staub von den Sachen wischten, mir auf die Schulter klopften und dabei Sachen sagten wie »Ein verdammter Teufelsritt, Junge!« oder »Casey Tibbs sollte sich besser in Acht nehmen«.

Aber ich wurde disqualifiziert. Ich hatte den Bullen während des Ritts mit meiner freien Hand berührt, gleich am Anfang, als er aus der Startbox gepresct war. Egal. Der Beifall professioneller Rodeoreiter war mir Anerkennung genug. Ein

Sanitäter säuberte die Wunde in meinem Gesicht und versorgte sie mit einem Verband. »Besser, du lässt das nähen«, sagte er. »Andernfalls bleibt eine Narbe.«

Von irgendwo außerhalb der Arena, möglicherweise von den Imbissständen in der Vorhalle, drangen mit einem Mal eigenartige Geräusche zu uns. Zuerst war da nur ein einzelner Schrei, wahrscheinlich von einer Frau, doch anschließend schwollen diese Geräusche an wie der Wind, wenn er durch den Wald rauscht, dabei immer schneller und heftiger wird und am Boden liegende Äste und Sträucher mitreißt. Dann schnappte ich Gesprächsfetzen auf.

»Niedergestochen.«

»Wie viele?«

»Wer wurde erstochen?«

»Eine Lady da hinten meinte, es wäre ihr Sohn.«

»Was? Es ist jemand gestorben?«

»Stimmt das wirklich?«

»Ein junger Bursche hat ein Springmesser gezogen, eins dieser italienischen. Das sagen die Leute zumindest.«

Mit einem gut sieben Zentimeter breiten, quadratischen Mullverband auf der Wange ging ich raus in die Vorhalle zu der Menschenmenge vor dem Schuhputzstand. Ich stieg auf das Geländer hinter den Stadionsitzen, um über die Köpfe der Menschen hinwegsehen zu können. Ein blonder Junge mit Kurzhaarschnitt, Jeans und Cowboyhemd lag rücklings am Boden, den Hut unter seinen Kopf gestopft. Sein Hemd war offen, auf der Wunde unter seiner linken Brustwarze klebte die Verpackungsfolie einer Zigarettenschachtel. Zwei Sanitäter versuchten, eine Rollbahre durch die Menge zu schieben. Ein offenes Springmesser, die wellige Klinge glänzend und von Streifen rot wie Nagellack überzogen, lag auf dem

Betonboden. Lorens Greaser-Freunde standen mit nach vorn ausgestreckten Händen an einer Wand, während drei uniformierte Cops sie abtasteten, ihnen gegen die Innenknöchel traten, damit sie die Beine spreizten, und ihre Hemd- und Hosentaschen nach außen kehrten. Münzen, Schlüssel und ein paar Messer fielen zu Boden. Loren war nicht unter ihnen.

Seifige, rotweinfarbene Blasen traten auf die Lippen des Jungen. Die Frau neben ihm, wahrscheinlich seine Mutter, war untröstlich. Sie schlug mit den Fäusten auf die Brust eines Zuschauers ein, der sie zu beruhigen versuchte. Die Finger des am Boden Liegenden umklammerten den Unterarm eines Mannes, der in Anzughose und weißem Hemd mit Ansteckfliege neben ihm kniete und in der freien Hand eine offene Bibel hielt. Das Gesicht des Jungen war aschfahl, im Schritt seiner Jeans zeichnete sich ein dunkles Dreieck ab. Als die Sanitäter sich ihren Weg durch den Pulk gebahnt hatten, starrte der Junge plötzlich nach oben an die Decke und hörte auf zu atmen. Es war, als hätte jemand ein Netzkabel aus seinem Hinterkopf herausgezogen.

Mit einem Mal schwieg die Menge, selbst diejenigen, die nicht sehen konnten, was geschehen war. Alle schienen zu spüren, dass der Junge gestorben war. Ich stieg von dem Geländer herunter und stand nun mitten in der Menschenmenge. Vor mir flüsterte ein Mann seinem Freund zu: »Bei uns zu Hause würde man mit den Typen kurzen Prozess machen.«

Jemand griff von hinten meine Schulter. Es war Loren. »Was ist passiert?«, sagte er.

Anstatt zu antworten, packte ich seinen Oberarm und zog ihn in Richtung der Toiletten. Er versuchte sich loszureißen und über die Menschenmenge hinwegzusehen, was geschehen war. »Sag schon, Aaron. Was ist da los?«

»Einer dieser Boys aus Tomball ist tot. Wo bist du gewesen?«

»Auf der Tribüne, mit meinem Mädchen. Du hast uns doch diese Pässe gegeben ...«, sagte er. »Haben die Cops schon jemanden festgenommen?«

»Das ist das kleinste Problem.« Ich schob ihn weiter an der Mauer entlang, weg von der Menge. »Schau nach unten.«

»Wieso? Was soll das?«

»Die kennen dich. Ich hab gesagt, du sollst nach unten schauen.«

»Wer kennt mich?«

»Die Cops.«

»Das sind meine Freunde da hinten.«

»Ja, und einer von denen hat gerade ein Highschool-Kid umgebracht.«

»Weswegen?«

»Wegen nichts und wieder nichts. Absolut gar nichts. Das ist das traurige Ende, wenn alle den harten Kerl spielen. Ein Junge macht das Quaken einer Ente nach, und irgendwer rammt ihm dafür ein Messer in die Brust. Die Frau, die da geschrien hat, war die Mutter des Burschen. Willst du ihr vielleicht erklären, warum ihr Sohn tot ist?«

»Hör auf mit dem Scheiß, Mann. Ich trage niemals ein Messer bei mir.«

»Ja, aber diese Typen schon. Was meinst du, wird wohl passieren, wenn die der Meute in die Hände fallen?«

»Sie sind immer noch meine Freunde.« Wieder versuchte er, von mir loszukommen.

»Das sind nicht deine Freunde. Das sind Rudeltiere, genauso wie die stinkreichen Kids, die sich mit Grady rumtreiben.«

»Ich bin nicht wie Grady Harrelson, und meine Freunde sind auch nicht so.«

»Halt die Klappe.«

An der Wand vor uns standen ein paar Münztelefone. Ich schob ihn in eine der Telefonzellen hinein und stellte mich davor, sodass er nicht rauskonnte. Seine Haare hingen ihm in den Augen, sein Gesicht glühte. »Lass mich raus.«

»Ich hab gesagt, du sollst die Klappe halten. Wo ist dein Mädchen?«

»Auf der Toilette.«

»Bist du mit dem Auto hier?«

»Mit dem Truck von meinem Bruder.«

Ich nahm meinen Hut ab und setzte ihn Loren auf den Kopf. »Komm, geh neben mir her und schau auf den Boden.«

»Warum tust du das?«

»Weil du zu dumm bist, um auf dich selbst aufzupassen.«

»Bist du sicher, dass der Junge tot ist?«

»Das Messer hat ihn direkt am Herz erwischt.«

»Um Himmels willen. Ich muss mein Mädchen holen.«

»Damit sie auch festgenommen oder von der Menge in Stücke gerissen wird?«, sagte ich.

Die Menschen strömten an uns vorbei und liefen in Richtung des Schuhputzstands. Durch ein Fenster sah ich draußen die Rundumleuchte eines Krankenwagens, dessen Martinshorn gerade verklang, als wäre es in einen Brunnen gefallen. Fast konnte man die Erregung der aufgebrachten Menge riechen, den Gestank eines Rudels wilder Tiere.

»Ich hab einen der Kerle gesehen«, sagte jemand.

»Wo?«, sagte eine andere Person.

»An den Klos. Gerade war er noch da. Er ist mit den anderen Burschen reingekommen.«

»Geh weiter«, sagte ich zu Loren. »Dreh dich nicht um.« Ich packte seinen Oberarm noch fester, aber er leistete keinen Widerstand mehr. Ein uns entgegenkommender Mann rempelte mich an. Er entschuldigte sich nicht, schaute noch nicht einmal auf, sondern hastete im Gedränge der ihm Folgenden einfach weiter. Ich konnte das Wehklagen der Mutter hören, das von Mal zu Mal mehr Zuschauer aus den Rängen in die Vorhalle lockte.

»Ich mag's nicht besonders, davonzulaufen«, sagte Loren. »Ich habe nichts Falsches getan.«

»Da ist noch einer von denen!«, rief jemand. »Der Greaser da hinten!«

Ein Cop blies in seine Pfeife. Die Menschen, die eben noch an uns vorbeigehastet waren, schienen sich plötzlich im Zeitlupentempo zu bewegen. Langsam drehten sie die Köpfe, und mir kam es so vor, als wären alle Blicke auf uns gerichtet. Ich zog Loren weiter. Vor uns befand sich der Eingang des Ladebereichs, der zu den Startboxen führte. »Hey, du«, schrie jemand. »Haltet den Kerl! Das ist ihr gottverdammter Anführer. Der Typ mit der Ducktail-Frisur.«

Wir liefen durch den Eingang in Richtung Ladebereich und schlüpften anschließend durch eine Seitentür, die zu einer freien Fläche unter den Zuschauerrängen führte. Nachdem ich die Tür hinter uns zugezogen hatte, streifte ich meine Stiefel ab, löste die Verschlüsse meiner Chaps und schob sie von meiner Jeans. »Hier, zieh die an. Ich hol sie mir später bei dir ab. Aber pass gut auf sie auf. Diese Chaps haben meinem Großvater gehört.«

»Ich hab keine Angst«, sagte Loren.

»Ich schon«, sagte ich. »Jetzt zieh sie endlich an. Und komm mir nicht mit dummen Sprüchen, sonst verpass ich dir eine.«

Die Rodeokapelle begann »The Eyes of Texas« zu spielen. Auf einmal ertönte ein gewaltiges Donnern, das den Bretterboden und die Tragbalken über uns erbeben ließ, als würden Elefanten die Treppen der Zuschauertribüne hinaufstürmen. Staub und Schmutz regnete auf uns herab. Entweder verließen die Massen gerade die Ränge, oder sie kehrten auf ihre Plätze zurück. Ich konnte nicht genau sagen, was der Fall war. Dann riss jemand die Tür hinter uns auf und leuchtete mit einer Taschenlampe auf uns. Hinter dem Lichtstrahl sah ich eine Dienstmarke und einen geholsterten Revolver aufblitzen. »Was zum Teufel treibt ihr beiden hier?«, sagte der Mann.

»Die Blase leeren«, sagte ich. »Wir wollten uns nicht durch den Auflauf in der Vorhalle quälen.«

»Warum hast du deine Stiefel ausgezogen?«

»Ich bin vorhin vom Stier geflogen und hab 'ne Menge Dreck in den Tretern.«

»Okay, seht zu, dass ihr fertig werdet, und dann raus mit euch«, sagte er. »In der Vorhalle liegt ein toter Junge. Möglich, dass sein Mörder davongekommen ist.«

»Wie alt war der Junge?«, fragte Loren.

Halt die Klappe, Loren.

»Siebzehn, achtzehn, so in dem Dreh«, sagte der Cop. »Er war mit seiner Mutter hier. Kennt ihr die Boys aus Tomball?«

»Nein, Sir«, sagte Loren.

»Sind gute Jungs«, sagte der Cop. »Eine gottverdammte Schande ist das alles.«

Er leuchtete noch einmal mit seiner Taschenlampe über unsere Gesichter und unsere Körper. Dann schaltete er sie aus und ging. Die Tür ließ er offen. Lorens Beine sahen lang wie Ofenrohre in den Chaps meines Großvaters aus.

»Du gehst weiter und bleibst nicht stehen, bis du beim

Truck von deinem Bruder angekommen bist«, sagte ich. »Und schau dich nicht um. Ganz gleich, wie sehr du es auch tun willst, dreh dich nicht um.«

»Wollte der Cop mir eben etwas sagen?«

»Nein, du hattest nichts damit zu tun, Loren.«

»Der Junge muss irgendetwas gemacht haben. Vielleicht hat er ja selbst ein Messer gezogen.«

»Ach, jetzt hör doch auf, dir was vorzumachen, Loren. Für diese Jungs ist eine Traktorenausstellung in der Sporthalle ihrer Highschool ein bedeutendes Ereignis. Das Rodeo ist das Größte für sie. Ihre einzige Sünde ist ihre Arglosigkeit. Die glauben, dass ein Kampf nur mit den Fäusten ausgetragen wird.«

Ich wollte Lorens Situation nicht noch schlimmer machen, als sie schon war. Doch ich hatte die Fassungslosigkeit und die Angst im Gesicht des Jungen gesehen, genau wie die Hilflosigkeit in seinen Augen, und ich wusste, dass ich diese Bilder nicht so schnell wieder loswerden würde. Insgeheim hoffte ich, dass man Lorens Freunde zu Brei schlagen würde.

»Es tut mir echt leid für den Jungen«, sagte er. »Ich meine, wer nimmt solche Bauern denn schon ernst? Wenn ich dabei gewesen wäre, hätte ich es verhindern können.«

»Glaubst du etwa, deine Kumpels machen sich solche Sorgen um dich wie du um sie? Das Messer lag auf dem Boden, und ich wette, da sind keine Fingerabdrücke drauf. Mal sehen, welchem Esel sie am Ende den Schwanz anstecken.«

»Nein, der Schuldige wird sich melden.«

»Sicher doch. Deshalb hat man denen auch allen Handschellen angelegt«, sagte ich.

»Alle hatten Handschellen?«

»Alle hatten Handschellen, und alle wurden herumgeschubst. Keiner hat sich zu der Tat bekannt. Der Typ mit dem Messer ist ein feiger Mistkerl.«

Loren riss die Augen auf und schaute über seine Schulter. »Was ist mit meinem Mädchen?«

»Das waren reservierte Plätze. Ich weiß, wo sie sitzen wird. Mach dir keine Sorgen, ich fahr sie nach Hause.«

»Ich muss dir noch was sagen. Ich saß in Gatesville, weil ich mit einer Luftpistole auf einen Kerl geschossen und ihn dabei fast umgebracht habe. Der Typ hat meine Schwester bei einem Picknick ihrer Junior-Highschool-Klasse befummelt und hatte es nicht anders verdient. Mich hat die Sache trotzdem fertiggemacht. Normalerweise bin ich nicht so, Aaron.«

»Das weiß ich.«

»Woher?«

»Du bist wie ich. Du verkaufst dich unter Wert und hast keine besonders hohe Meinung von dir selbst.«

Er lief durch die Menge in der Vorhalle, meinen Hut tief in die Stirn gezogen, die Chaps meines Großvaters über seiner Jeans. Niemand beachtete ihn. Und dann verschwand er durch die Tür.

Sein Mädchen konnte ich nicht finden. Dafür fand ich Valerie, mit der ich die Zuschauerränge hochging, wo wir uns zu meinen Eltern setzten. Ich erzählte ihnen nicht, was ich in der Menschenmenge gesehen hatte, und Loren erwähnte ich auch nicht. Das Rodeo wurde fortgesetzt, aber wir machten uns zeitig auf den Weg. In einer Notaufnahme ließ ich die Narbe in meinem Gesicht mit einundzwanzig Stichen versorgen, anschließend kehrten wir in einem BBQ-Restaurant ein und gönnten uns ein spätes Dinner.

Später sprach ich ein stilles Gebet für den ermordeten Jungen und versuchte den Blick aus seinen Augen zu vergessen.

Nach all diesen Jahren verfolgt er mich noch immer. Es war ein Blick der Reue. Reue nicht wegen der unbedachten Worte, die er vielleicht gesprochen haben mochte, sondern Reue, dass er nicht genug Zeit gehabt hatte, um zu erkennen, wie vergänglich das Leben war. Ich dachte über das Manuskript meines Vaters nach, über die Yankeesoldaten, die mit ihren Gewehrkolben am Cemetery Ridge auf den Boden stampften und »Fredericksburg, Fredericksburg, Fredericksburg« skandierten, und ich fragte mich, ob sie der Blick in den Abgrund für immer verdorben oder in dessen bereitwillige Wärter verwandelt hatte.

Aus einem Grund, den ich mir nicht genau erklären konnte, hatte ich das Gefühl, die Einsamkeit meines Vaters nun besser zu verstehen.

Kapitel 25

Am nächsten Morgen fuhr ich zu dem mehrgeschossigen Apartmentgebäude von Cisco Napolitano, das sich an einem blumenbepflanzten Kreisverkehr im Stadtteil Montrose befand. Als sie die Tür öffnete, trug sie noch einen Pyjama und war ungeschminkt. Sie lehnte sich gegen den Türrahmen. Ich konnte den oberen Teil ihrer Brüste sehen, aber das schien ihr nichts auszumachen. Sie wirkte benommen, und einen Moment lang war ich unsicher, ob sie überhaupt etwas sagen würde. »What's the haps, Kiddo?«, presste sie schließlich hervor.

»Nichts Besonderes.«

Sie bat mich nicht herein. Ihr Gesicht sah älter aus, die Haut trocken, fast schon schuppig. Ihre Augen hatten rote Ränder und saßen tiefer als sonst in ihren Höhlen, beinahe so, als würde sie aus einer Maske starren.

»Dürfte ich reinkommen?«, sagte ich.

»*Dürfte ich?* Deshalb mag ich dich so. Ja, du *dürftest,* du kleiner Honey Bunny.«

Ich fragte mich, ob sie vielleicht ein paar Goofballs zu viel geschluckt hatte. Sie drückte die Tür hinter mir zu und zeigte auf den Verband unter meinem Auge. »Bist du mit deiner Freundin aneinandergeraten? Wie heißt sie noch mal?«

»Valerie? Nein, so etwas kommt bei uns nicht vor.«

»Dann hast du dich beim Rodeo verletzt?«

»Ja. Ich hab's bis zum Buzzer geschafft, aber ich wurde disqualifiziert.«

»Gib mir eine Minute, damit ich mich anziehen kann. Ich fühle mich nicht so gut heute Morgen. Du musst mich gleich mal zu einem Laden fahren.«

Die Vorhänge waren zugezogen, das kunstvoll ausgeschmückte Zimmer in gelbes Licht getaucht. Die Farben des Raums wirkten warm, die orientalisch und arabisch anmutenden Möbelstücke sorgfältig zusammengestellt. »Ich bin hergekommen, um Ihnen von Detective Jenks zu erzählen«, sagte ich.

»Der schon wieder?«

»Ich glaube, er hat ein Emphysem, vielleicht sogar Lungenkrebs. Und ich habe das Gefühl, dass ihm nicht mehr viel Zeit bleibt.«

Sie schaute durch die Vorhänge hinaus auf den Kreisverkehr, auf die in der Mitte gepflanzten Blumen, vielleicht auch zu den Autos auf der Straße. »Und warum erzählst du gerade *mir* davon?«

»Weil ich weiß, dass Sie beide in Reno oder Las Vegas mal ein Pärchen waren. Ich denke, er ist ein guter Kerl, auch wenn er sich manchmal wie ein Bauarbeiter aufführt.«

»Du steckst deine Nase in zu viele Angelegenheiten, die dich nichts angehen. Wie kommst du auf diesen Quatsch mit dem Emphysem?«

»Der Mann hört sich an, als wäre seine Brust mit Metallspänen gefüllt, und an den Filtern seiner Kippen klebt Blut.«

»Ich will dir mal was über Merton Jenks erzählen, Kleiner.«

»Können Sie mich vielleicht Aaron nennen?«

»Merton war in Vegas bei der Sitte, als Undercover-Bulle.

Und glaub mir, er hat da perfekt reingepasst, wenn du verstehst, was ich meine.«

Sie wartete. Als ich nicht antwortete, fuhr sie fort. »Irgendwann stand ich vor Gericht, und er ließ mich hängen. Ich musste als ›wichtige Zeugin‹ elf Monate im Bezirksgefängnis schmoren. Ich kann von Glück reden, dass die mich da drinnen nicht erledigt haben.«

»Vielleicht macht er sich deshalb Sorgen um Sie.«

»Du bist wirklich ein Witzbold, Junge.«

»Wohin fahren wir?«

»La Farmacia im Fifth Ward, Honey Bunny. Mich hat's übel erwischt.« Sie machte eine Pause, ihr Gesicht war jeder Emotion. »Und mit Merton geht's wirklich bergab?«

»Was weiß ich.«

Sie schloss und öffnete die Augen, als hätte sie den Faden verloren. Ich wusste nicht genau, ob ich schon einmal ihre nackten Arme gesehen hatte. Ich kannte die Zeichen. Die Drogen hatten ihren Vormarsch gerade erst begonnen; aus den Slums und den Grenzregionen hinein in die Mittelschichtsviertel des gesamten Landes. Eine entsprechende Kultur hatte es in Houston zwar immer schon gegeben, oftmals war es dabei aber um Anschein und Pose gegangen. Halbstarke tränkten Stofftaschentücher mit Feuerzeugbenzin, hielten sich den Lappen vor Nase und Mund und liefen schnüffelnd durch die Gegend, teils um anzugeben, teils für einen billigen Rausch. Bei Livekonzerten gingen manchmal Joints herum, und die Leute vom Land lernten das Zigarettenrollen, kurz nachdem sie laufen konnten. Mit dem Heroin allerdings, dem Smack, H, Joy Juice, Teer, China Pearl, wie wir es auch nannten, kam die Party erst richtig in Fahrt.

Miss Cisco ging ins Schlafzimmer, um sich anzukleiden.

Auf dem Tisch neben dem Fenster lag ihre Handtasche. Der Kordelzug war lose, und der obere Teil der Tasche hing schlaff herunter. Eigentlich war ich nicht der Typ, der einfach so die Sachen einer fremden Frau durchwühlte, doch dann steckte ich den kleinen Finger in die Öffnung und zog sie auf. Ich hätte erwartet, ein Fixerbesteck zu finden – einen Löffel, eine Spritze, einen Gummischlauch oder zumindest ein Feuerzeug. Aber Fehlanzeige. Stattdessen lag zwischen ihren Kosmetikartikeln, der Taschentuchpackung, dem Portemonnaie, den Autoschlüsseln und dem losen Kleingeld eine .45er Automatik aus Armeebeständen. Das gleiche 1911er Modell, das mein Vater gekauft hatte, um unsere Familie zu beschützen. Das gleiche Kaliber, mit dem der Vater von Grady Harrelson erschossen worden war.

Ich trat einen Schritt zurück und verschränkte die Arme vor der Brust, als könnte ich damit die Entdeckung ungeschehen machen.

»Was tust du da?«, sagte Miss Cisco.

»Wie bitte?«

»Siehst du dir die Blumen im Kreisverkehr an?«, fragte sie.

»Hin und wieder gehe ich runter und gieße sie.«

Sie ging auf mich zu. Kam näher. Und dann noch näher. Sie hatte ein langärmeliges, magentafarbenes Kunstseidenhemd angezogen, das im Licht die Farbe zu verändern schien. Dazu trug sie eine mit Taschen besetzte Kakihose und Stiefeletten aus weichem Leder, die Reißverschlüsse an den Seiten nicht geschlossen, mit weißen Strümpfen, wie sie kleine Mädchen anhaben. Ich trat noch einen Schritt zurück.

»Halt still«, sagte sie, ihre Augen nur wenige Zentimeter von meinen entfernt. Sie zog den Wundverband auf meiner Wange ein Stück zurück, küsste die sternenförmige Narbe, die

Original Sin mir mit seinem Horn zugefügt hatte, und strich anschließend den Verband und das Pflaster darüber wieder glatt. Sie hatte sich die Zähne geputzt oder Mundwasser benutzt. Der Blick in ihren Augen war benebelt, verdorben.
»Nehmen Sie Redwings?«, sagte ich.
»Heißen die Dinger hier so, ja?«
»Die werden Ihnen das Hirn zerfressen«, sagte ich.
»Magst du mich?«
»Sicher«, sagte ich.
»Wie sehr?«
»Nun, ich bin vorbeigekommen, nicht wahr?«
»Warum?«
»Weil ich glaube, dass Sie sonst keine Freunde haben. Und weil ich Detective Jenks helfen wollte.«
Sie lehnte sich nach vorn und presste ihre Lippen auf meinen Mund. Ich wich zurück und rammte dabei den Tisch.
»Keine Sorge«, sagte sie.
»Keine Sorge wovor?«
»Was du gerade denkst.« Irritiert griff sie ihre Tasche. »Wenn du kein Mädchen hättest, wäre es vielleicht anders. Die Franzosen nennen es den Übergang, von der Mutter zur Freundin. Warum hast du in meine Tasche geschaut?«
»Es war nicht mit Absicht.«
»Lüg mich nicht an, Aaron. Fragst du dich, warum ich eine Pistole habe?«
»Nein«, log ich.
»Gradys Vater hat sich mit drei Millionen Dollar an einem Konsortium beteiligt. Jetzt hängt die Kohle in irgendwelchen Banken fest. Dieses Geld war fest zugesagt und wurde bereits für zwei im Bau befindliche Casinos ausgegeben. Glaubst du wirklich, die Typen in Kansas City und Chicago würden zu-

lassen, dass ein verhätschelter Scheißer wie Grady die Kohle einfach behält?«
»Was hat das alles mit Ihnen zu tun?«, fragte ich.
»Ich soll das Geld wiederbeschaffen.«
»Mit Ihrem Aussehen und Ihrem Verstand, Miss Cisco, könnten Sie ein Filmstar sein. Warum geben Sie sich mit diesen Höhlenmenschen ab?«
»Weil ich nicht will, dass mir jemand Säure ins Gesicht schüttet.«
Ich versuchte ihrer Logik zu folgen und bekam Kopfschmerzen. Sie schob mir die Haare aus der Stirn und studierte mein Gesicht, als würde sie gerade jemanden schminken. Es war offensichtlich, dass ich ihre Sichtweise oder die Welt, in der sie lebte, niemals verstehen würde. »Ich glaube, ich sollte lieber gehen, Miss Cisco.«
»Nein, bleib. Du kannst auch meinen Rocket 88 fahren. Ist das nicht der feuchte Traum von euch Teenagern? Ich glaube, ich werde den Sitz zurückstellen und mich ein wenig schlafen legen. Irgendwie bin ich heute Morgen nicht ich selbst.«
»Warum fahren wir überhaupt zu dieser Farmacia?«
»Weil es mir dann wieder bessergeht. Du musst mir helfen. Und hör auf zu diskutieren.«
»Ich diskutiere nicht.«
»Halt still.« Sie legte ihre Hand um meinen Nacken, biss sanft in meinen Hals und ließ mich wieder los.
»Warum haben Sie das getan?«
»Wahrscheinlich bin ich einfach nur ein bisschen verdreht«, sagte sie. Dann zwinkerte sie. »Sag mir nicht, da würde sich bei dir nichts regen.«
Ich weiß nicht, warum ich Miss Cisco mochte. Ich denke, mir war bewusst geworden, dass wir manchmal als bösartig

bezeichneten, was eigentlich nur eine Art Bedürftigkeit war. Hinzu kam, dass sie einiges auf sich genommen hatte, um mich zu beschützen, obwohl sie damit alles aufs Spiel setzte.

Ich fuhr sie in das Viertel, in dem ich das Springmesser gekauft hatte. Es war Sonntagmorgen, auf den Straßen sah man nur wenige Menschen. Unter der Markise eines Schnapsladens saß eine blinde Farbige und spielte Slide-Gitarre. Die Gegend erinnerte mich an die Blackouts, die mir so viel Ärger eingebracht hatten. Blackouts, die mich manchmal bis zur Bewegungsunfähigkeit paralysierten, sodass ich kaum atmen konnte. Ich wollte nicht, dass sie wiederkehrten, und ich wollte auch nicht über sie nachgrübeln. Miss Cisco schien meine Gedanken lesen zu können. Kurz bevor wir unser Ziel erreichten, einen Drugstore mit einem rechteckigen Schild an der Fassade, auf dem einfach nur »La Farmacia« stand, drehte sie ihren Kopf zu mir und sagte: »Welches Geheimnis schleppst du mit dir rum, Kiddo?«

»Wie bitte?«

»Nun tu doch nicht so. Jeder hat ein Geheimnis, für das er sich schämt. Meine Mutter hat's mir erzählt. Und sie hat's von ihrer Kundschaft gelernt. Sie war eine Hure in New Orleans.«

»Ich habe Blackouts. Später gibt es dann Löcher in meinen Erinnerungen, die ich nicht mehr füllen kann. Manchmal kommen sie durch Alkohol, manchmal, wenn ich wütend bin. Es kommt vor, dass ich in eine Art Tiefschlaf falle und später wie ein Zombie durch die Gegend laufe, bis mich jemand wach schüttelt.«

Sie schloss wieder die Augen. »Sei doch froh. Was würde ich dafür geben, nur die Hälfte der Dinge vergessen zu können, die ich schon in meinem Leben getan habe.«

»Was ich meine, ist, dass ich nicht weiß, wozu ich in der Lage bin. Also male ich mir oft die schlimmsten Dinge aus. Und später bin ich dann nicht sicher, ob ich mir nur gerade etwas vorstelle oder mich an etwas erinnere, das tatsächlich geschehen ist.«

Sie merkte, wie der Olds langsamer wurde, und schaute sich um. »Da sind wir ja schon. Zeit für ein kleines bisschen Medizin.«

»Der Laden ist geschlossen.«

»Nicht für mich«, sagte sie.

»Haben Sie gehört, was ich gerade gesagt habe, Miss Cisco?«

»Ja, hab ich. Und ich sag dir was: Vergiss den Quatsch. Nicht mal zugekokst bis unter die Haarspitzen würdest du einem Schmetterling etwas zuleide tun. Gib mir ein paar Minuten, okay? Ich fühle mich, als müsste ich gleich kotzen. Hat aber nichts mit dir zu tun. Mir ist nur der Affe heute Morgen auf den Rücken geklettert, und jetzt spielt er da verrückt.«

Fünfzehn Minuten später war sie immer noch nicht zurückgekehrt. In einer kleinen Gasse, irgendwo hinter der Apotheke, glaubte ich das tiefe Dröhnen von Sabers Doppelauspuff zu hören, wie es von den Fassaden der Ladengeschäfte widerhallte. Ich wusste nicht, ob er mittlerweile zu seinen neuen Freunden in den Fifth Ward gezogen war. Es fiel mir schwer, über Saber nachzudenken und darüber, wie unsere Freundschaft verschwunden war, als hätte sie jemand den Abfluss hinuntergespült. Meine Mutter hatte früher nie Freunde gehabt, auch keinen Vater oder gar ein Zuhause. Der Großteil ihres späteren Lebens war von Kummer und Verzweiflung geprägt. Aus diesem Grund wusste ich um die Bedeutung eines Freundes wie Saber. Wir hatten uns in der siebten Klasse an einer Bushaltestelle kennengelernt, wo mich zwei Mitschüler drangsalierten und herumschubsten. Als Saber das sah, griff er sich seine große Wasserspritzpistole, die er mit Urin aus dem Tierheim gefüllt hatte, und verpasste den beiden Jungs eine anständige Ladung mitten ins Gesicht.

Wieder hörte ich den Doppelauspuff, schwächer allerdings und am Ende einer anderen Straße. Kurz darauf war es hinter mir, dieses unverwechselbare Röhren. Ich schaute in den Rückspiegel und sah Sabers Wagen, der in meine Richtung fuhr. Öliger Qualm stieg unter der Motorhaube und aus den Auspuffrohren hervor. Ich stieg aus dem Olds und versuchte ihn anzuhalten. »Hey, Sabe!«, rief ich. »Ich bin's.«

Ich konnte ihn kaum sehen, so dicht war der Qualm. Er fuhr an mir vorbei, und um ein Haar hätte mich seine hintere Stoßstange am Bein erwischt. Ich war mir nicht sicher, ob er mich überhaupt bemerkt hatte, und so rannte ich los, um ihn einzuholen. »Saber, was machst du?«, rief ich. »Ich bin's, Aaron!«

Ich winkte ihm immer noch mit den Händen nach, als er bei Rot über die Kreuzung fuhr. Dann stand ich da, verwirrt, mitten auf der Straße, und versuchte mir einzureden, dass er mich nicht erkannt hatte.

Die blinde Frau, die unter der Markise des Schnapsladens Gitarre spielte, schob ihren gläsernen Bottleneck über das Griffbrett und begann zu singen.

I was sitting down by my window,
looking out at the rain.
Something came along, got ahold of me,
and it felt just like a ball and chain.

Als ich die Straße hinunterblickte, auf die menschenleeren Gehwege, die geschlossenen Läden, die stillgelegte Tankstelle unter der Virginia-Eiche an der Ecke und die rußigen Qualmwolken, die Sabers Wagen zurückgelassen hatte, glaubte ich in das Gesicht des Todes zu schauen, und das meine ich nicht im metaphorischen Sinne. Der Anblick war so real wie der eines frisch ausgehobenen Grabes am Rand einer Sumpflandschaft, in dem sich weiße Nacktschnecken durch den Boden wühlen.

Ich klopfte an die Eingangstür des Drugstores und rüttelte an der Klinke. Die Fenster waren dreckig, der Tresen und die Regale im Inneren von einer Staubschicht überzogen. Ich ging um das Gebäude herum zur Hintertür und schaute durch das Glasfenster in einen spärlich eingerichteten Raum. Nur ein Tisch und zwei Stühle standen dort, von der Decke baumelte ein Kabel mit einer nackt in der Fassung steckenden Glühbirne herab. Miss Cisco saß mit dem Rücken zu mir auf einem der Stühle. Ihr schwarzes Haar lag zerzaust auf ihren Schultern. Ein Mann mit einem Gesicht, das von Farbe und Form her einer grob gestopften Socke ähnelte, beugte sich gerade über sie und nahm ihr den um ihren Oberarm geschlungenen Binder ab. Im Hals einer Weinflasche steckte ein Kerzenstumpf, dessen Flamme unruhig flackerte. Daneben lag ein verbogener Löffel, die Unterseite schwarz vom Ruß. Sie drehte ihr Gesicht ins Licht. Es strahlte, war erfüllt von Frieden und tief empfundenem Glück, wie das Gesicht einer Person, die gerade einen Orgasmus erlebt hatte. Erst glaubte ich, sie würde mich anschauen, doch dann wurde mir klar, dass die dunklen Abgründe, in die sich ihre Augen verwandelt hatten, sehr wahrscheinlich nichts und niemanden mehr wahrnahmen.

Sie öffnete die Tür und hakte sich bei mir unter. »Ach«, sagte sie. »Scheint so, als wäre mir das weiße Pferdchen ein wenig durchgegangen. Komm, sei so lieb, bring mich zum Wagen und fahr mich nach Hause, okay? Kannst du das für mich tun, mein Großer? Du weißt doch, wo's langgeht, nicht wahr?«

Sogar jetzt, in diesem Moment, vollkommen neben sich stehend, war sie wunderschön, und ich hatte gewisse Gedanken, die mich bis in die Nacht begleiteten. Gedanken, die, so vermute ich zumindest, alle Männer hatten. Gedanken, wegen derer man sich schämte, sich als Verräter fühlte, unwürdig der Partnerin an seiner Seite. Aber gut, zumindest dachte ich nicht daran, diesen Fantasien nachzugehen, selbst wenn ich es hätte tun können. Ich schätze, ich lernte gerade, dass man im Angesicht des Todes bereitwillig alles, was einem lieb und heilig ist, für einen weiteren Tag auf Erden hergibt.

Drei Tage später fuhr ich in die Heights zu Loren Nichols. Gerade als ich an der Bordsteinkante hielt, sah ich, wie er an der Ecke aus dem Bus stieg und zu seinem Haus ging. Er trug ein weißes T-Shirt, eine von Schmutz überzogene weiße Hose und hatte eine schwarze Brotdose in der Hand. Noch nie hatte ich einen Menschen mit einem so coolen Gang wie Loren gesehen.

»Kommst du von der Arbeit?«, fragte ich.

»Ja, ich arbeite jetzt in einem Supper Club.«

»Und da musst du dein eigenes Essen mitbringen?«

»Du hast noch nicht in einem Restaurant gearbeitet, oder?«

»Nein, hab ich nicht.«

»Mach das mal, und du wirst nie wieder irgendwo essen

gehen. Die Hälfte der Leute in der Küche sind abgehalfterte Alkis, die in der Bahnhofsmission schlafen. Wenn die Fleischbällchen runterfallen, sammelt sie einer von denen mit einer Kehrschaufel wieder auf und bestreut sie mit geriebenem Käse. Nach Feierabend schrubben sie die Tische mit dem Wischmopp aus dem Klo ab, weil es ihnen zu lange dauert, sie mit der Hand abzuwischen. Kommst du wegen deiner Chaps?«

»Ja. Und ich wollte fragen, wie's dir geht.«
»Wegen dem Jungen, der erstochen wurde?«
Ich antwortete nicht.
»Hab sein Bild in der Zeitung gesehen«, sagte er. »Ehrlich gesagt, krieg ich sein Gesicht nicht mehr aus meinem Kopf.«
»Valerie und ich wollen heute Abend eine Runde Minigolf spielen. Wir dachten, dass du vielleicht mitkommen magst.«
»Weiß nicht so recht.«
»Magst du kein Minigolf?«
»Ist nicht meine erste Wahl in Sachen Abendgestaltung.«
»Ich hab dir was mitgebracht.«
Er schaute auf meine Hand. »Ein Buch?«
»Es heißt *Das Rolandslied*.«
»Worum geht's?«
»Um Mut und die Schlacht von Roncevalles. Mein Cousin Weldon hat es im Krieg bei sich getragen. Er bekam drei Purple Hearts, dazu noch den Bronze und den Silver Star.«

Er kratzte sich an der Wange und wandte seinen Blick von mir ab. »Danke«, sagte er und nahm mir das Buch aus der Hand. »Du versuchst aber nicht, mich zu einem Kirchgänger zu machen, oder?«
»Nicht im Traum.«
»Komm mal kurz mit.«

Wir gingen in die Garage hinter dem Haus. Er stellte die Brotdose auf der Arbeitsbank ab, zog die Chaps meines Großvaters von einem Haken und reichte sie mir. »Ich hab über ein paar Dinge nachgedacht, nachdem es den Jungen beim Rodeo erwischt hat. Ich hätte dir die .32er nicht geben sollen. Wenn erst Blut an deinen Händen klebt, ist es zu spät. Du könntest nicht damit umgehen.«

»Nett von dir, dich so zu sorgen.«

»Halt die Klappe und hör zu. Heute Morgen waren ein paar Freunde hier und meinten, dass es Gerede gibt. Die Leute erzählen über dich. Über Bledsoe auch.«

»Was soll das bedeuten?«

»Grady Harrelson und Vick Atlas waren mit ein paar Schlampen im Prince's Drive-in. Die beiden sind jetzt dicke Kumpels. Man sagt, du hast Atlas angerufen und ihm verklickert, Harrelsons Freunde hätten seine Karre geklaut. Einer von meinen Kollegen kennt Atlas ziemlich gut. Und dieser Kollege sagt, Atlas hätte dich mit dieser Braut aus Vegas gesehen. Atlas zufolge ist die Schnitte jedoch Eigentum der Mafia.«

»Sie wohnt in dem Apartmentgebäude, in dem auch Vick Atlas wohnt. Am Sonntagmorgen hab ich sie zu einer Apotheke im Fifth Ward gefahren.«

»Sie muss in ein Schwarzenviertel, um ein Rezept einzulösen?«

»Es ist ein klein bisschen komplizierter.«

»Sprechen wir von Heroin?«

»Ja, tun wir.«

»Ist in deinem Oberstübchen 'ne Ader geplatzt, oder was?«

»Ich dachte, ich würde jemandem einen Gefallen tun. Ich bin nämlich wegen Merton Jenks zu ihr gefahren. Mit dem war sie mal zusammen, und jetzt stirbt er gerade an Krebs oder einem Emphysem oder so was.«

Er schnipste mit den Fingern. »Jetzt weiß ich, was los ist. Es war dieser Stier. Wie hieß er noch gleich? Original Sin? Das Vieh muss dir auf den Kopf getreten sein.«

»Hoffe, dir gefällt das Buch. Mach's gut.«

»Ich bin noch nicht fertig«, sagte er. »Dein Kumpel Bledsoe dealt für ein paar Mexikaner mit H. Und sie bezahlen keine Prozente an die üblichen Verdächtigen, wenn du verstehst. Es heißt, dass sie deswegen fällig sind. Alle, Bledsoe und auch die Mexikaner. Du kannst nicht einfach in Houston oder Galveston Heroin verticken, ohne eine Erlaubnis dafür zu haben.«

»Das kann ich auch nicht ändern.«

»Ich hab gerade versucht, mich bei der Navy zu melden«, sagte er. »Aber im Rekrutierungsbüro haben sie mir gesagt, dass ich mich verpissen soll.«

»Du denkst, jemand ist hinter dir her?«

»Möglich«, sagte er.

Ich warf mir die Chaps meines Großvaters über die Schulter. »Val und ich holen dich um sieben ab.«

»Ich weiß nicht, wie ich's dir sagen soll, Aaron. Ich glaube, die werden dich umlegen. Möglich, dass Atlas senior eine Bombe ins Auto deiner Eltern legt.«

»Mein Vater war an der Somme und in St. Mihiel dabei.«

»Keine Ahnung, was das bedeuten soll. Bombe ist Bombe. Tot ist tot.«

»Sieben Uhr«, sagte ich.

Als ich den Motor meines Wagens anließ, fühlte sich mein Magen an, als hätte ich eine Flasche Rohrreiniger getrunken.

Am nächsten Tag hatte ich frei. Ich rief im Houston Police Department an und fragte nach Detective Jenks.

»Der ist heute nicht da«, sagte ein Sergeant.

»Alles in Ordnung mit ihm?«

»Wer spricht da eigentlich?«

»Aaron Holland Broussard. Ich bin ein Freund von Detective Jenks. Könnten Sie mir seine Privatnummer geben?«

»Ja, hab ihn mal über dich reden hören«, sagte der Sergeant und legte auf.

Eine Stunde später klemmte ich mir einen Bleistift zwischen die Zähne und rief noch einmal an. Am anderen Ende meldete sich derselbe Beamte.

»Franklin W. Dixon hier, Kulturredakteur bei der *Houston Press*. Unser Fotograf soll für eine Story ein paar Aufnahmen bei Detective Jenks machen. Jetzt hat der Trottel aber den Zettel mit der Adresse verloren, und der für diesen Artikel zuständige Schreiberling ist gerade nicht im Büro. Könnten Sie mir vielleicht die Adresse von Detective Jenks durchgeben?«

»Bleiben Sie einen Moment dran«, antwortete der Sergeant. »Die steht hier in den Akten.«

Das Haus befand sich in einem alten, ländlichen Viertel in der Nähe des Galveston Highway. Blechdächer, Elliott-Kiefern und unbefestigte Straßen dominierten das Panorama. Es gab auch eine freiwillige Feuerwehr und einen Gemischtwarenladen. Nachts konnte man von hier aus die chemischen Abgasfahnen sehen, die wie Geister über dem elektrisch strahlenden Glanz der Ölraffinerien von Texas City waberten. Jenks lebte in einem ziemlich heruntergekommenen Bungalow mit biskuitfarbenem Anstrich und sturmsicheren

Außenjalousien. Im Vorgarten stand ein Pekannussbaum, an dem eine Reifenschaukel hing. Die Pfeiler der Veranda waren mit Fahnentuch in den Nationalfarben dekoriert, der Pfad zur Eingangstür von Rosenbüschen gesäumt. Das Fliegenschutzgitter war ausgehakt, die dahinter befindliche Haustür stand offen. Ich klopfte gegen den Türrahmen. Jenks kam in Socken zum Eingang, mit einer Zeitung in der Hand und einer Brille auf der Nase. »Woher weißt du, wo ich wohne?«

»Ich glaube, Sie haben's mir mal gesagt.«

»Nein, habe ich nicht.«

»Haben Sie ein paar Minuten?«

Er drückte die Fliegengittertür auf und ging zurück ins Wohnzimmer. Über dem Kaminsims hing eine Flinte mit Steinschloss, an der anderen Wand eine gerahmte Sammlung verschiedener Medaillen und Orden. Neben einer gepolsterten Couch befand sich ein Regal mit Magazinen und Taschenbüchern, und auf dem Kaffeetisch stand ein Blumenstrauß, eingewickelt in blaue und silberfarbene Folie. Ich sah und hörte sonst niemanden im Haus; nichts wies auf die Anwesenheit einer Frau im Leben von Detective Jenks hin.

»Warst ziemlich fleißig, was?«, sagte er und zeigte auf die Blumen.

»Wie bitte, Sir?«

»Schau dir die Karte an.«

Ich zog die Grußkarte aus dem Strauß.

»Na los, lies sie vor«, sagte er.

»Merton, du bist in vielerlei Hinsicht sehr wahrscheinlich ein Wichser, aber ich hab schon weitaus schlimmere Kerle kennengelernt. Ruf mich an, wenn du jemanden brauchst, der deine Batterien auflädt. Ich hatte schon immer was für

Loser übrig.« Ich steckte die Karte wieder in den Strauß.
»Ziemlich poetisch.«
»Hast du Cisco erzählt, dass ich krank bin?«, sagte er.
»Ja, Sir, ich hab ihr meinen Eindruck geschildert.«
»Ich liebe es, wie du die Dinge formulierst, Junge.«
»Miss Cisco meinte, Sie hätten ihr unrecht getan.«
»Und du bist hergekommen, um mir das zu sagen?«
»Nein, Sir. Ich glaube nicht, dass Sie ihr unrecht tun würden.«

Er ließ sich in einen Polstersessel sinken und legte die Füße auf einem stoffbezogenen Hocker ab. »Setz dich.«

Ich nahm auf der Couch Platz. Er zog eine ungeöffnete Schachtel Zigaretten aus der Hemdtasche und schaute durch das Fenster auf einen Vogel, der auf dem Verandageländer saß. Fast schien es, als hätte er vergessen, dass ich im Raum war.

»Ich schleppe da etwas mit mir rum«, sagte ich. »Und ich kann mich niemandem anvertrauen. Zumindest kenne ich niemanden, der es verstehen würde.«

Seine Augen suchten mich im Halbdunkel des Zimmers. »Vielleicht solltest du dich mit einem Seelsorger unterhalten.«

»Die meisten von denen sind doch mit ernsthaften Problemen überfordert.«

»So hab ich das noch nie betrachtet.« Er zog den roten Streifen von der Folie seiner Zigarettenschachtel ab.

»Wollen Sie die wirklich rauchen?«, sagte ich.

»Wenn man erst mal an der dritten Base ist, spielt eine Zigarette mehr oder weniger auch keine Rolle mehr.« In seinem Gesicht waren keinerlei Emotionen zu erkennen, weder Angst noch Groll, Trauer oder Reue. Nachdem er die Zigarette angezündet hatte, schaute er mich durch den Qualm hindurch an.

»Ich habe Träume«, sagte ich. »In einem sehe ich, wie Mr. Harrelson an seinem Swimmingpool stirbt. In diesem Traum habe ich eine .45er in der Hand. Sie haben mir gesagt, Sie könnten einen Killer riechen, und dass ich keiner wäre.«

»Glaubst du vielleicht, du hättest Mr. Harrelson getötet?«

»Nicht ich direkt. Vielleicht ein anderes Ich. Eins, das ich nicht rauslasse, außer in meinen Träumen.«

»So ein Quatsch. Hört sich an wie ein verdammter Hollywoodschinken.«

»Das ist ein dämlicher Kommentar. Sie sind aber nicht dämlich.«

Ich wartete darauf, dass er wütend wurde, aber er tat es nicht. Er zog an seiner Zigarette, die Spitze färbte sich glutrot. »Was wolltest du sonst noch wissen?«

»Loren Nichols sagt, dass Jaime Atlas eine Bombe in das Auto meiner Eltern legen könnte.«

»*Das* hat er dir gesagt?«

»Ja, Sir.«

»Und jetzt willst du wissen, ob Jaime Atlas tatsächlich derart brutal oder verrückt ist?« Ich nickte. Er starrte ins Leere. »Willst du etwas essen oder einen Kaffee?«

»Nein, Sir, ich will, dass Sie mir die Wahrheit sagen.«

»Jaime Atlas war als Vollstrecker für den Mob in Chicago und New York tätig. Unter anderem hat er einem Mann den Kopf in einer Schraubzwinge zerquetscht. Anderen ist er mit einem Schweißbrenner zu Leibe gerückt. Angefangen hat er für gewöhnlich in den Achselhöhlen, um sich dann nach unten zu den Genitalien vorzuarbeiten.«

Ich konnte spüren, dass meine Augen glänzten. Dann begann der Raum sich zu drehen.

»Alles okay?«, sagte Detective Jenks.

»Ja, Sir. Ich denke schon.«

»Nein, ist es nicht. Das Böse ist in dein Leben getreten, ohne dass du etwas dafür kannst. Daran gehen viele Menschen zu Grunde. Sie geben sich selbst die Schuld, als hätten sie verdient, was ihnen zustößt.«

»Was kann ich tun?«

»Überhaupt nichts. Du wolltest die Wahrheit. Das ist die Wahrheit.«

Er hustete in die Hand, als würden ein paar Glasscherben in seinen Lungen feststecken. Dann drückte er die Zigarette im Aschenbecher aus und rieb sich mit den Händen über die Knie. Ich fühlte mich hilflos, als würde ich davongleiten. Was war mit den Gerichten, der Polizei, den Sheriffbüros, den Staatsanwälten, dem FBI, dem Bewährungssystem, den Gefängnissen, den Krankenhäusern für geistesgestörte Straftäter? Sie sollten doch die Unschuldigen beschützen. Warum wurde meine Familie alleingelassen und diesen Kriminellen geopfert? Draußen wehte der Wind vom Golf herüber, die Luft war durchsetzt mit Salz und Regen, und die Kiefern glänzten in der Sonne.

»Ich würde sie am liebsten alle umbringen«, sagte ich.

»Wen umbringen?«

»Jaime Atlas. Seinen Sohn. Die Menschen, die für ihn arbeiten. Die Menschen, die zulassen, dass diese Typen frei herumlaufen. Jeden einzelnen dieser Scheißkerle.«

»Du machst mir langsam Sorgen.«

Ich stand auf, um zu gehen. »Wer wird sich um Sie kümmern?«

»Sich um *mich* kümmern?«

»Nun, es ist ziemlich offensichtlich, dass Sie niemanden haben. An Ihren Kippen klebt Blut, und wenn Sie Luft holen, hört es sich an, als hätten Sie einen Schrottplatz in der Lunge.«

»Cisco hat dir gesagt, dass ich ihr unrecht getan habe?«

»Wie bitte?«, sagte ich, unfähig, seinen Gedankensprüngen zu folgen.

»Dass ich sie verraten habe?«

»Nicht in diesen Worten.«

»Du trägst eine Menge Wut in dir, mein Junge«, sagte er. »Pass auf, dass sie sich nicht gegen dich selbst richtet. Dann reißt sie dich nämlich im Handumdrehen in Stücke.«

Kapitel 26

Als ich heimkam, färbte sich der Himmel schwarz, und das Haus knarzte unter der Kraft des Windes, obwohl es aus Stein gebaut war. Ich brachte Major, Skippy, Bugs und Snuggs rein und setzte mich mit meiner Gitarre in das Arbeitszimmer meines Vaters. Auf dem Schreibtisch lagen in einem sorgfältig aufgeschichteten Stapel die Seiten seines Manuskripts. Ohne sie zu berühren, begann ich die vom Großvater meines Vaters erzählte Schilderung der Ereignisse zu lesen, die sich am 13. Dezember 1862 bei Marye's Heights zugetragen hatten. Die Jungs in den nussbraunen Uniformen hatten sich mit ihren Musketen und Artilleriegeschütze oben auf der Anhöhe hinter einer Steinmauer verschanzt. Den ganzen Nachmittag über waren Unionstruppen den Berg hinaufgestürmt, eine Welle nach der anderen, und zu Tausenden dahingeschlachtet worden. Irgendwann war der Punkt gekommen, an dem die Angreifer in ihrem eigenen Blut ausrutschen und die Konföderierten nicht mehr auf sie schießen mochten.

Ich fragte mich, wie jemand derart mutig sein konnte. Und ich fragte mich, warum ich mich nicht der Angst entledigen konnte, die mich aufzufressen schien. Die Antwort war simpel: Ich fürchtete um meine Eltern, und ich hasste mich selbst dafür, sie diesen Gefahren ausgesetzt zu haben. Zudem stellte sich ein Syndrom bei mir ein, das, so sollte ich später erfahren, typisch für die meisten Opfer von Gewaltverbrechen ist.

Ich hatte keine Antworten. Ich war ein Teenager, nicht mal achtzehn Jahre alt. Ich liebte meine Eltern, ich liebte Valerie, und ich liebte meine Tiere. Alles, was ich wollte, war, mit ihnen zusammen zu sein und all die Atlases und Harrelsons dieser Welt zu vergessen. Leider funktioniert es nicht so mit dem Wahn, dem Unflat und den Verstrickungen des Menschen prahlerischen Getriebes.

Als Sabers Wagen in unsere Einfahrt rollte, fielen die ersten Tropfen des bevorstehenden Regengusses vom Himmel. Am Innenspiegel baumelten zwei Plüschwürfel. Kaum war er ausgestiegen, fing er an zu lachen, ohne auch nur ein Wort gesagt zu haben.

»Was ist so lustig?«, fragte ich.

Er schüttelte den Kopf, unfähig, seinen Lachanfall zu stoppen. Er taumelte rückwärts, lehnte sich gegen das Auto und versuchte zu Atem zu kommen.

»Bist du betrunken?«, fragte ich.

Ihm standen die Tränen in den Augen. »Du wirst es nicht glauben.«

»*Was* glauben?«

Er begann zu erzählen, verfiel aber erneut in einen Lachanfall und musste die Wagentür öffnen und sich setzen. »Ich hab gerade Grady Harrelson ins Gehirn gepisst, Mann«, sagte er und verlor erneut die Kontrolle. »Großartige Nummer, sag ich dir. Er wird Wochen brauchen, um dahinterzukommen. Ich hab ihn wirklich meisterhaft gefickt, und es kann gut sein, dass es ihm noch richtig an den Kragen geht.« Er beugte sich nach vorn und lachte so heftig, dass er sich den Bauch halten musste. Sein Kopf färbte sich rot.

»Was hast du getan?«, sagte ich.

»Grady hat sich's in einem Motel auf dem Wayside Drive gemütlich gemacht … mit der Alten von einem Kerl, der Nachtschichten für einen Abschleppdienst abreißt. Ein absolutes Tier, sag ich dir. Der Kerl saß schon zweimal wegen schwerer Körperverletzung in Huntsville. Grady hat sich ein neues Cabrio gekauft, das genauso aussieht wie der Wagen, den wir ihm geklaut und nach Mexiko vertickt haben. Ich bin den beiden Turteltäubchen gestern Abend zum Motel hinterhergefahren, und als sie zum Essen gegangen sind, hab ich dem Zimmermädchen zwei Dollar gegeben, damit sie einen Teller voll Schokoladentäfelchen in Gradys Zimmer stellt. Die Schokolade hatte ich vorher mit Abführmittel bestrichen.« Er fing wieder an zu lachen.

»Jetzt reiß dich mal zusammen«, sagte ich.

Er wischte sich das Gesicht mit einem Taschentuch ab. »Warte, warte, es wird noch besser. Also: Nach dem Essen hab ich zuerst mal sein neues Cabrio geklaut und anschließend ein paar Stunden gewartet, damit das Abführmittel richtig reinhaut. Dann hab ich die Notrufnummer von diesem Abschleppdienst angerufen. War natürlich der Ehemann der Alten dran. Ich bestell ihm also einen schönen Gruß von seiner Frau und steck ihm die Adresse des Motels, in dem sie sich gerade von Grady durchnudeln lässt.« Saber konnte sich nicht mehr halten und stampfte mit dem Fuß auf den Boden. »Ich hab mir das Spektakel dann von der anderen Straßenseite aus angesehen. Das Tier fährt also mit dem Abschleppwagen vor und tritt die Tür des Motelzimmers ein. Drinnen sitzt Grady in Unterhose, und die Braut dreht natürlich vollkommen durch. Grady versucht die Situation zu erklären, aber als er mitbekommt, dass sein neues Cabrio verschwunden ist, beschuldigt er das Tier, den Wagen geklaut zu haben.« Saber versuchte aufzustehen, fiel aber zurück in den Fahrersitz. Er keuchte, seine Nase tropfte, sein gesamtes Gesicht war von Tränen bedeckt.

»Saber, wann wirst du endlich erwachsen?«

»Niemals. Komm schon, Aaron, jetzt sei nicht so ernst«, antwortete er. »Du hättest Grady sehen sollen, Mann, mit seiner braun gefärbten Unterhose. Jedenfalls kommen immer mehr Leute aus ihren Motelzimmern, und die Bullen brüllen sie an, dass sie wieder reingehen sollen. Dann beschimpft Grady einen Cop, und der Typ stößt ihn auf den Asphalt. Sein Gesicht war weiß wie eine Wand, Mann. Ich sag dir, ich stand kurz vorm Nervenzusammenbruch.«

»Was passiert mit Gradys Auto?«

»Wird im Schwarzenviertel abgestellt.«

»Das hört sich aber ganz und gar nicht nach deinen Freunden an«, sagte ich.

»Manny und Cholo? Die wollen sich nicht noch mehr Ärger mit Leuten wie Vick Atlas und Grady einhandeln. Weißt du, was Manny zu mir gesagt hat? ›Leg dich besser nicht mit Leuten an, die die Strippen ziehen.‹«

»Wow, das sind wirklich ganz schlaue Burschen, was? Wann hörst du endlich auf, diesen Typen auf den Leim zu gehen?«, sagte ich. »Komm rein.«

»Wozu?«

»Um dein Gesicht zu waschen.«

»Du solltest dich mal ein bisschen entspannen, Aaron«, sagte er und schien sich etwas beruhigt zu haben. »Es wird sich alles regeln. Und wir werden immer Kumpels sein, richtig?«

»Ich war nicht derjenige, der sich neue Freunde gesucht hat«, sagte ich.

»Okay, dann lag ich also mal daneben. Jetzt lach doch mal wieder. Das letzte Highschooljahr liegt vor uns, Aaron! Das wird irre, Mann.«

»Versprich mir, dass du das Auto irgendwo abstellst, Saber.«

»Ja, ja. Ich kann mit der Kiste eh nichts anfangen.«

»Wo ist das Cabrio jetzt?«, fragte ich.

»Bei Manny in einer Garage. Da ist es sicher. Du machst dir zu viel Sorgen. Komm, lass uns ein paar Bier holen, und dann setzen wir uns in den Park.«

»Es könnte sein, dass Jaime Atlas gerade plant, meine gesamte Familie auszulöschen«, sagte ich. »Detective Jenks hat mir erzählt, dass der alte Atlas als Vollstrecker in Chicago und New York tätig war. Er hat seine Opfer mit einem Schweißbrenner bearbeitet; erst die Achselhöhlen, dann die Genitalien. Vielleicht ist mir deshalb nicht zum Lachen zumute.«

Die Heiterkeit verschwand aus seinem Gesicht. Er wischte sich die Augen ab, und mir fiel auf, wie lang seine Wimpern waren und wie sehr sie denen eines Mädchens ähnelten. »Das hat Jaime Atlas wirklich getan?«

Fast eine Stunde prasselte der Regen auf die Erde hernieder und setzte die Straßen unter Wasser. Dann war der Sturm vorbei, und der Himmel strahlte wieder hell und heiß wie zuvor. Ich fuhr zu Valerie. Mr. Epstein kroch auf allen vieren durch den Vorgarten und jätete das Unkraut zwischen den Rosenbüschen. Nur mit einer abgeschnittenen Hose bekleidet, hockte er in der prallen Sonne. Das goldfarbene Haar auf seinem Rücken war nass vom Schweiß, seine Arme von den Dornen zerkratzt und von einer Schicht Dreck überzogen. Er schaute zu mir auf und grinste. »Valerie ist drin.«

»Wie geht es Ihnen, Sir?«, sagte ich und hörte mich dabei an wie mein Vater, wenn er fremde Männer ansprach.

Er antwortete nicht, sondern grinste mich nur weiter an. Ich hatte mich stets etwas unwohl in seiner Gegenwart gefühlt, was vielleicht damit zu tun haben mochte, dass ich eine intime Beziehung zu seiner Tochter unterhielt. Vielleicht gab es aber auch noch einen anderen Grund. Ich wusste wenig von der Gewalt, die im Leben einiger Männer eine Konstante, für andere ein letztes Mittel und eine nicht existente Option für eine dritte Gruppe war. Ich wusste jedoch, dass Mr. Epstein nicht zu der letztgenannten Kategorie zählte. Wie aber war er einzuordnen? Er war ein Linker und möglicherweise ein Ideologe. Als Soldat einer Eliteeinheit musste er seine Gegner, vielleicht sogar Zivilisten, auch mit Messern oder bloßen Händen umgebracht haben. Wie wäscht man sich je wieder rein von einer derartigen Schuld?

Ich setzte mich auf die Treppe und versuchte seinen Blick zu halten. »Ich habe heute mit Detective Jenks gesprochen.«

»Und, wie läuft's so bei Merton?«

»Ich glaube, dass er sehr krank ist. Die Lungen. Vielleicht auch das Herz.«

»Das tut mir leid. Merton weiß, wie man denen beikommt.«

»Sir?«

»Er trägt zwar eine Dienstmarke, aber er schreibt seine eigenen Gesetze. Das machen die im Endeffekt alle.«

»Wer sind *die*?«

Er grinste mich noch einmal an. »Die eben.«

»Mr. Epstein, es tut mir sehr leid, dass ich all diesen Ärger in Valeries Leben geschleppt habe.«

»Du hast nichts damit zu tun.«

»Fast hätte ich's Ihnen geglaubt, Sir.« Wieder antwortete er nicht. Ich redete weiter. »Detective Jenks hat mir ein paar schreckliche Dinge über Jaime Atlas erzählt.«

Mr. Epstein saß nun in der Hocke und wischte seine dreckigen Hände an der abgeschnittenen Hose ab. Seine Augenbrauen hingen voller Schweißperlen. »Egal, wer dich angreift, er ist im Endeffekt nur ein Mensch. Und, ob du es glaubst oder nicht, die meisten Mörder sind Feiglinge.«

»Jaime Atlas hat den Kopf eines Mannes in einer Schraubzwinge zerquetscht.«

»Du darfst nicht alles glauben, was du hörst.«

»Detective Jenks hat sich das ausgedacht?«

»Nein, sehr wahrscheinlich hat Jaime Atlas das tatsächlich getan. Wenn es aber hart zur Sache geht, nehmen diese Typen ganz schnell die Beine in die Hand. Das sind keine Menschen, die in Kriegen dienen. Sie profitieren höchstens davon.«

Ich war nicht an seinen Gedanken über die Atlas-Familie interessiert. Die Frage, die mir im Kopf herumspukte, war eine ganz andere, aber ich konnte mich nicht dazu durchringen, sie ihm zu stellen.

»Es macht mir nichts aus«, sagte er.

»Wie bitte?«

»Was auch immer du sagen oder fragen willst, es macht mir nichts aus.«

»Was glauben Sie, wer Mr. Harrelson ermordet hat?«

Er griff nach der Hacke und machte sich mit energischen Hieben an einem Büschel Unkraut zu schaffen. In den Hautfalten an seinem Hals hatten sich schmutzige Ringe gebildet.

»Hab ich etwas Falsches gesagt, Sir?«

»Nein. Geh und sprich mit Valerie. Eine Frau hat für dich angerufen. Sag ihr, dass sie das zukünftig lassen soll.«

Valerie stand in der Küche und wusch das Geschirr ab. Ich griff mir ein Handtuch und begann abzutrocknen. Ihr Hals war rot angelaufen.

»Dein Vater meinte, es hätte jemand für mich angerufen?«
»Ja, diese Frau, Cisco irgendwas.«
»Und sie hat *hier* angerufen?«
»Hab ich das nicht gerade eben gesagt? Warum hast du überhaupt Kontakt mit dieser Person, Aaron?«
»Ich habe versucht, Detective Jenks zu helfen. Er stirbt gerade.«
»Verstehe, aber was hat *sie* damit zu tun? Warum muss sie hier bei uns zu Hause anrufen?«
»Ich weiß es nicht. Hat sie eine Nummer hinterlassen?«
»Ja, hat sie. Aber ich dachte, die wüsstest du eh schon auswendig.«
»Sei nicht so, Val.«
»Wie denn?«
»Kann ich euer Telefon benutzen?«
»Du weißt, wo es steht.« Sie donnerte einen Teller in das Abtropfgestell.

Das Telefon befand sich im Flur. Ich wählte die Nummer, die Valerie notiert hatte. Miss Cisco hob beim ersten Klingeln ab. »Wo bist du gewesen?«
»Wo *ich* gewesen bin?«, fragte ich.
»Begreifst du überhaupt, was geschehen ist?«
»Ich habe keine Ahnung, wovon Sie überhaupt sprechen.«
»Von wo aus rufst du an?«
»Vom Apparat in Valeries Haus. Was spielt das für eine Rolle?«
»Können sie dich hören?«
»Schätze schon. Was ist eigentlich los?«

»Such dir einen anderen Apparat und ruf mich noch einmal an.«

»Nur wenn Sie mir sagen, worum es eigentlich geht, Miss Cisco.«

»Hör endlich auf, mich ›Miss‹ zu nennen. Ich kann diese heuchlerische Förmlichkeit von euch Südstaatlern nicht ausstehen. Hast du eine Ahnung, was für eine Dummheit dein Freund begangen hat? Auch nur den Hauch einer Ahnung?«

»Sprechen Sie von Saber?«

Sie legte auf. Valerie stand noch am Abwaschbecken, den Rücken zu mir gewandt. »Würdest du einen kleinen Ausflug mit mir machen?«, sagte ich.

Sie antwortete nicht.

»Bitte«, sagte ich.

Sie trocknete ihre Hände ab. »Na gut«, sagte sie.

Ich umarmte sie, drückte sie fest an mich und vergrub mein Gesicht in ihrem Haar. Es war mir egal, ob ihr Vater uns sehen konnte. »Ich liebe dich«, sagte ich. »Ich werde dich lieben, solange ich lebe.«

Wir fuhren zu einem Drugstore. Drinnen sorgten die sich an der Decke drehenden Ventilatoren für angenehm kühle Temperaturen. Ich bestellte zwei Schoko-Milchshakes, ging in eine der Telefonkabinen und zog die Tür hinter mir zu. Ich konnte Valerie am Tresen sitzen sehen, wo sie ein Magazin las. Ich konnte auch die Eingangstür sehen, den Verkehr auf der Straße, die Zeitungsjungen an der Ecke, wie sie ihre Zeitungen zusammenschnürten. Es war eine Szene, wie man sie in vielen Arbeitervierteln im Amerika des Jahres 1952 hätte beobachten können. Es gab allerdings einen Unterschied. Das Licht vor der Tür war so gleißend wie das

Funkeln Tausender Rasierklingen. Die durch die Tür hereinströmende Luft roch nach heißem Straßenteer und Abwasser. Der Lärm des Verkehrs klang metallisch und war durchsetzt von schrillen Autohupen. Ich wählte die Nummer von Miss Cisco.

»Bist du das?«, antwortete sie.

»Ja«, sagte ich. Ich starrte durch das Plexiglas der Telefonkabine hinaus auf die Straße, auf das flimmernde Licht und die harten Farben.

»Dein Freund hat Gradys Cabrio gestohlen, nicht wahr? Das Cabrio, das der Ersatz für das andere Cabrio war, das dein Freund ihm geklaut hat.«

»Welcher Freund?«

»Verkauf mich nicht für dumm, Aaron, außer du willst unbedingt miterleben, wie dein Kumpel auf einem Spieß gegrillt wird. Wo ist der Wagen?«

»Ich weiß es nicht.«

»Wo ist dein Freund?«

»Keine Ahnung.«

»Ich würde dich gerade am liebsten durch die Wand drücken.«

»Ich hab die Blumen gesehen, die Sie Detective Jenks geschickt haben. Nette Geste, fand ich.«

»Sag deinem Kumpel, er soll den Wagen an einem Ort seiner Wahl abstellen. Dann kann er dich anrufen und uns sagen, wo das Cabrio steht. Es ist ganz einfach.«

»Wer ist *uns?* Ich gehöre zu keinem *uns,* Miss Cisco.«

»Und ich dachte, du wärst ein intelligenter Bursche.«

»Nein, ich bin stockdoof. Der beste Beweis dafür dürfte sein, dass ich dieses Gespräch hier führe«, sagte ich.

»Weißt du, was Bugsy Siegel immer sagte? ›Lass dich bloß

nie mit rechtschaffenen Leuten ein, Cisco.‹ Ich hätte auf ihn hören sollen. Mach's gut, Aaron. Ich hab's versucht.«

»Was ist mit dem Auto? Warum plötzlich dieses Drama wegen einem Cabrio?«

Sie legte auf. Ich drückte den Hörer auf die Gabel und öffnete die Tür der Telefonkabine. Am Eingang des Drugstores fuhr gerade ein limonengrüner 49er Hudson vorbei, tiefergelegt und mit Peitschenantenne auf dem Dach. Es folgten ein Pick-up mit einer hässlichen, uringelben Farbe und ein Dragster, ein aufgemotzter Wagen für Beschleunigungsrennen, dessen freiliegender Merc-Motor mit Doppelvergasern sowie verchromten Luftfiltern und Zylinderkopfmuttern bestückt war. Etwas weiter entfernt, stieg ein Kerl mit freiem Oberkörper, verdreckter Jeans und Cowboystiefeln gerade auf eine Harley.

Ich setzte mich neben Valerie und trank von meinem Milchshake. Durch die Tür konnte ich das Flimmern der Hitze auf dem Gehweg sehen und das Quietschen des Rollbretts hören, auf dem sich ein verkrüppelter Mann fortbewegte. Der Pick-up fuhr ein zweites Mal vorbei, gefolgt von dem Kerl auf der Harley und dem Dragster. Der limonengrüne Hudson war auf den Parkplatz eines Hamburger-Restaurants gefahren, wo rot uniformierte Kellner auf ihren Metalltabletts die Bestellungen zu den Autos der Kunden brachten. »Kennst du irgendwelche von den Typen da draußen?«

»Welche Typen?«, fragte Valerie.

»Die Typen, die hier dauernd um den Block herumfahren.«

»Ich sehe niemanden.«

Ich ging zur Tür. Auf der anderen Straßenseite standen zwei Männer, die aus dem Hudson ausgestiegen waren, unter einem Baum und rauchten eine Zigarette. Sie trugen Drapes, spitz zulaufende Schuhe und Hemden, die über ihren Hosengürteln hingen. Ihren Wagen hatten sie unter dem Planendach des Restaurantparkplatzes abgestellt, ohne jedoch etwas zu essen geordert zu haben. Ich trat vor den Drugstore und schaute zu ihnen hinüber. Falls sie mich bemerkt hatten, zeigten sie es nicht. Der Dragster stand an der Ampel. Der Fahrer sah aus wie einer von Gradys Freunden, ein Footballspieler mit Kurzhaarschnitt und Oberarmen so massig wie Schinkenkeulen. Ich erinnerte mich daran, ihn einmal in der Umkleide meiner Highschool gesehen zu haben, wie er das Gesicht eines spindeldürren Burschen in seinen Schritt drückte, um ihn dann zu fragen: »Na, wie gefällt dir das, Furzfresse?«

Ich lief in Richtung des Dragsters, aber als die Ampel auf Grün sprang, fuhr er davon. Weder Fahrer noch Beifahrer nahmen Notiz von mir. Ich ging wieder in den Drugstore.

»Wahrscheinlich geht meine Fantasie gerade mit mir durch.«

»Was hat die Frau gesagt?«, fragte Valerie.

»Miss Cisco?« Ich bemühte mich um einen neutralen Gesichtsausdruck.

»Wegen ihr sind wir doch hierher gefahren, oder?«

»Grady Harrelson hat sich ein neues Cabrio gekauft, weil ihm jemand das alte gestohlen hat«, sagte ich. »Nun wurde ihm auch der neue Wagen geklaut.«

»Das kann kein Zufall sein. Niemand hat so viel Pech.«

»Doch, Grady schon.«

»Das hört sich eher wie das Werk von Saber Bledsoe an.«

»Du weißt doch, wie Saber ist. Ihn kontrollieren zu wollen ist, als würdest du versuchen, den Lauf des Halleys'chen Kometen zu verändern.«

»Es ist immer dasselbe: Er kriegt Ärger und zieht dich mit rein. Ich hab genug davon, Aaron«, sagte sie. Ich konnte es ihr nicht übel nehmen.

Der gelbe Pick-up fuhr wieder vorbei. »Bleib hier, Valerie. Wenn irgendwelche Leute reinkommen, sprich nicht mit ihnen. Ich bin gleich wieder da.«

Ich ging zur Hintertür und riskierte einen Blick in die Gasse auf der Rückseite des Drugstores. Einer der Männer aus dem 49er Hudson stand auf dem Gehweg und rauchte. Am anderen Ende hockte der Kerl mit dem freien Oberkörper vor seinem Motorrad und fummelte an der Kette herum, als gäbe es irgendein technisches Problem. Auf seinem Rücken zeichneten sich die Knochen seiner Wirbelsäule ab, und an seinem Gürtel lugte aus einer kleinen Tasche ein Messer hervor. Ich trat aus dem Drugstore hinaus in die Gasse. Sie war gepflastert und von Abfalltonnen gesäumt. Es war über zweiunddreißig Grad heiß, aber der Wind fühlte sich kühl an.

Ich berührte den Verband auf meiner Wange. Warum, kann ich nicht genau sagen. Vielleicht aus demselben Grund, aus dem deutsche Burschenschafter ihre Schmisse behielten.

»Wenn ihr mir was sagen wollt, dann los. Hier bin ich.«

Keiner der beiden Männer schien mich gehört zu haben. Dann stand der Kerl an der Harley auf, drehte sich um und sah mich an. Seine Jeans hing ihm so tief auf der Hüfte, dass man das Schamhaar sehen konnte. Seine Haut war blass und von einem glänzenden Film aus Öl, Schmiere und Schweiß überzogen. Er fischte einen Kamm aus der Gesäßtasche, stellte den Kopf schräg, führte die Arme nach oben und brachte seine Ducktail-Frisur in Form. Ich konnte seine stark behaarten Achselhöhlen sehen.

»Arbeitet ihr Typen für Grady?«, sagte ich.

Keiner von beiden antwortete.

»Kann mich nicht entsinnen, Ärger mit euch gehabt zu haben«, sagte ich.

Der Biker steckte den Kamm weg und zog ein Springmesser aus seiner rechten Hosentasche. Mit einem Knopfdruck ließ er die Klinge herausspringen und begann sich die Fingernägel zu säubern, als wäre ich gar nicht da. Hinter mir hörte ich Schritte; der Mann aus dem Hudson kam auf mich zu. Ich schaute mich nach einem Gegenstand um, der als Waffe dienen könnte, und griff mir den Deckel einer Abfalltonne.

»Wir hatten gehofft, dass du uns vielleicht weiterhelfen kannst«, sagte der Kerl mit den Drapes. »Du bist doch mit Bledsoe unterwegs, richtig?«

»Saber Bledsoe?«

»Ja, kennst du ihn?«, fragte er.

»Er ist mein Freund.«

»Das ist gut. Du bist ein ehrlicher Typ«, sagte er. Sein mahagonifarbenes Haar war gerade nach hinten gekämmt und oben etwas gewellt. Er hatte Aknenarben auf den Wangen. Nase, Augen und Mund schienen zu klein für sein Gesicht, wie Schrotkugeln, die in die Mitte eines Tellers gerollt waren.

»Bledsoe ist mit ein paar Bohnenfressern im Bunde, richtig?«

»Davon weiß ich nichts.«

Er hob seine Hand, um mir zu zeigen, dass ich still sein sollte. »Was ich sagen will: Wir interessieren uns nur für die Mexen. Bledsoe bekommt einen Freifahrtschein. Einer von den Bohnenfressern heißt Manny. Kennst du diesen Scheißer?«

»Noch nie von ihm gehört«, sagte ich.

»Irgendeine Idee, wo wir ihn finden könnten?«

»Vielleicht vögelt er ja gerade deine Schwester. Ruf sie doch mal an«, sagte ich.

»Dafür bist du fällig, Junge«, sagte der Biker, der näher gekommen war, während ich mit seinem Kompagnon gesprochen hatte. Er hielt immer noch das Messer in der Hand; die scharfe Seite zeigte nach oben. »Ich hab noch ein Messer dabei, Mann. Lust auf ein kleines Tänzchen, nur wir beide?« Er grinste.

»Nein.«

»Das war mir klar«, sagte er. »Ist die Hose schon voll?«

Wer A sagt, muss auch B sagen, dachte ich und machte ein paar Schritte zur Mitte der Gasse. »Steck den Brieföffner weg. Dann schauen wir mal, was passiert.«

Der Kerl mit den Drapes schnipste seine Zigarette gegen die Wand. »Schluss mit dem Quatsch. Wo haben die Arschgeigen das Cabrio, Kumpel? Komm uns noch einmal dumm, und wir brechen dir sämtliche Knochen.«

»Ich weiß nicht, wo der Wagen ist.«

Die beiden schauten sich an. In der Gasse war es totenstill.

»Los, verpass ihm einen Schnitt«, sagte der Kerl mit den Drapes.

Es klang beiläufig, fast schon gleichgültig, wie er den Befehl gab, eine unbewaffnete Person zu verletzen. Ich starrte ihn an, wie ich noch nie zuvor einen anderen Menschen angestarrt hatte. Und ich fragte mich, ob man mir wohl etwas vorwerfen konnte, sollte ich unter diesen Umständen jemanden umbringen.

Ich drehte mich um und wollte wieder in den Drugstore gehen. Doch in der Tür stand Gradys kurzhaariger Kumpel und versperrte mir den Weg wie eine Mauer.

»Wo ist Valerie?«, sagte ich.

»Damentoilette, glaube ich«, sagte er und lächelte, als würde er es gut mit mir meinen.

»Kannst du mich bitte durchlassen?«

»Sorry, geht nicht«, antwortete er.

»Du warst mal Linebacker. Und dein Team war texanischer Vizemeister, oder?«

Seine Augen wirkten mit einem Mal trüb und abwesend, als würde er versuchen, sich an jemanden zu erinnern, den er einmal gekannt hatte. Dann fing er sich wieder. »Ich kann dich nicht durchlassen, Mann. Sorry.«

Ich wusste nicht mehr weiter. »Valerie hat mit dieser Sache nichts zu tun. Wenn ihr etwas zustößt, wird ihr Vater euch töten. Und glaub mir, das ist kein dummer Spruch.«

»Niemand wird einem Mädchen wehtun«, sagte er. Dann flüsterte er mir zu: »Hey, Mann, gib denen doch einfach, was sie wollen.«

Ich drehte mich wieder zur Gasse um. Der Kerl mit den Drapes stand anderthalb Meter von mir entfernt. Er kratzte sich mit einem Finger im Nacken. Die andere Hand hatte er hinter dem Rücken versteckt. »Mach deine Hand auf.«

»Warum?«

»Du hast es nicht anders gewollt, Boy. Und du weißt, *warum*. Alles im Leben hat Konsequenzen.«

»Mein Vater wird dich drankriegen.«

»Mir schlottern schon die Knie.« Er wartete. »Los, Broussard, bringen wir's hinter uns.«

»Bringen wir *was* hinter uns?«

»Gib mir deine Hand. Ist gleich vorbei.«

»Was ist gleich vorbei?«

»Es kann nur auf eine Weise enden. Und du weißt, wie. Warum hinauszögern? Akzeptier's doch einfach.«

»Leck mich«, sagte ich. Ich schubste ihn und sagte es noch einmal: »Leck mich!«

Dann sah ich das Rasiermesser in seiner linken Hand. Als seine rechte nach meinem Handgelenk griff, hörte ich einen

Pick-up, der gerade am Ende der Gasse hielt. Quietschend wie ein Blechdach, das vom Dachstuhl gehebelt wird, öffnete sich die Beifahrertür. Es war Loren Nichols, der mit einer geschmeidig an seiner Seite herunterhängenden Kette in der Hand aus dem Wagen stieg.

»Was gibt's, Loren?«, sagte der Kerl mit den Drapes mit misstrauischem Blick.

»Ihr Pisser zieht jetzt besser Leine. Fasst noch mal einer von euch meinen Kumpel an, mach ich Hausbesuche, klar?«, sagte Loren. Er schaute den Typen mit der G.-I.-Frisur an, der noch immer in der Tür stand. »Das gilt auch für dich, Fettsack.«

»Alles cool. Mit dir haben wir doch keinen Ärger, Loren«, sagte der Kerl mit den Drapes.

»Nein, habt ihr nicht. Noch nicht«, erwiderte Loren.

Sie schwiegen. Anders wussten sie ihre Scham nicht zu verbergen. Dann waren sie verschwunden. Einfach so.

Loren hängte mir die Kette über die Schulter, legte seine Hand in meinen Nacken und zog meinen Kopf ganz nah an seine Stirn. »Hau ab, Mann. Verlass die Stadt.«

»Ich werde nicht davonlaufen.«

»Ich wusste, dass du das sagen würdest«, antwortete er und stieß einige Male sanft mit seinem Schädel gegen meine Stirn. »Manche Leute können einfach nicht anders, als den Helden zu spielen.«

Kapitel 27

Ich fuhr Valerie nach Hause. Später, als meine Eltern das Haus verlassen hatten, schob ich die .32er von Loren unter den Sitz meines Autos und verstaute das Springmesser mit der Stilettoklinge, das ich in der Pfandleihe gekauft hatte, in meiner Hosentasche. Was ich damit anfangen wollte? Ich wusste es nicht. Als es dämmerte, setzte ich mich mit meiner Gibson in den Garten hinter dem Haus. Major saß zu meinen Füßen, die Katzen auf dem Redwood-Tisch, und ich versuchte ein wenig Gitarre zu spielen und die Ereignisse am Drugstore zu vergessen.

Ich konnte mich jedoch nicht konzentrieren. Ich sah Bilder eines menschlichen Gesichts, das sich zu einem Haferbrei auflöste; einen Kerl mit Drapes, der um sein Leben bettelte; sein Blut, das über eine Abfalltonne spritzte. Ich legte die Gibson in den Gitarrenkoffer zurück und warf Majors Gummiball in den Garten. Als er zu mir zurückkehrte und darauf wartete, dass ich den Ball zwischen seinen Zähnen hervorziehen und noch einmal werfen würde, war ich in Gedanken versunken. Im Haus klingelte das Telefon.

Zuerst wollte ich nicht rangehen. Ich war sicher, dass es kein Freund war, der da anrief. »Hallo?«

»Hey, Aaron. Ich bin's, Saber. Ich sitze mächtig in der Scheiße, Mann.«

»Hab schon gehört.«

»Was hast du gehört?«

»Grady weiß, dass du sein Cabrio geklaut hast. Mir haben übrigens drei Kerle in einer Gasse aufgelauert. Einer von denen wollte mich mit einem Rasiermesser bearbeiten.«

»Echt jetzt?«

»Denkst du vielleicht, dass ich mir so etwas ausdenke?«

»Wie bist du davongekommen?«, fragte er.

»Allein hätte ich's nicht geschafft. Loren Nichols hat mir geholfen.«

»Wer waren die Typen?«

»Zwei von denen habe ich noch nie gesehen. Der dritte war Bud Winslow, der Footballspieler. Erinnerst du dich an den Kerl?« Plötzlich war die Leitung vollkommen still, nicht einmal das knatschende Geräusch seines Kaugummis war noch zu hören.

»Saber?«

»Yeah, ich erinnere mich an ihn. Neunte Klasse. Er hat mich auf die Turnmatte runtergedrückt und mir sein Paket ins Gesicht gepresst.«

»Tja, der Arsch ist jetzt einer von Gradys Handlangern.«

Saber begann wieder auf seinem Kaugummi zu kauen. »Gradys Cabrio hat sich als Dukatenscheißer entpuppt.«

»Wie bitte?«, sagte ich.

»Aus der Verkleidung der Fahrertür hat ein Hundert-Dollar-Schein hervorgelugt. Also haben wir die Blenden abgeschraubt und jede Menge Geldbündel in der Tür gefunden. Das Gleiche auf der anderen Seite und unter den Fußmatten. Aber es war nicht nur Bares. In der Polsterung der Rücksitze waren kleine Goldbarren versteckt. Das Cabrio war wie Fort Knox auf Rädern.«

»Von wie viel Geld reden wir?«

»Neunhunderttausend und ein paar Zerquetschte. Bei dem Gold weiß ich nicht genau, was es wert ist.«

»Stell das Auto irgendwo ab, ruf die Cops an, und gib ihnen einen anonymen Tipp.«

»Ich hab's nicht mehr.«

»Was ist mit dem Wagen passiert?«

»Wir haben ihn in eine Hehlerwerkstatt gebracht, die Mannys Onkel gehört. Der Onkel weiß aber nichts von dem Geld. Manny hat alles wieder im Auto verstaut und sich dann mit der Kiste davongemacht, bevor sein Onkel den Braten riechen konnte.«

»Und du weißt nicht, wo er jetzt ist?«

»Nein. Cholo weiß es auch nicht. Warum fährt Grady mit all diesem Geld in seinem Cabrio herum?«

»Wahrscheinlich hatte sein Vater es versteckt. Der schuldete es nämlich der Mafia. Ich schätze mal, dass er irgendwo anders noch mehr gebunkert hat.«

»Ich weiß nicht, was ich tun soll«, sagte Saber.

»Wir müssen hart bleiben, Sabe.«

»Tut mir leid, dass ich dich da reingezogen habe, Aaron. Du warst mein bester Freund, und ich hab mich wie ein Haufen Scheiße aufgeführt.«

»Schuld haben allein die Quallen«, sagte ich.

»Was haben die Quallen mit der Sache zu tun?«

»Alles. Wo bist du jetzt?«

»In einer Telefonzelle.«

»Wohnst du noch zu Hause?«

»Der alte Mann hat mich rausgeschmissen.«

»Halt dich von Manny und Cholo fern«, sagte ich.

»Die haben mich benutzt, nicht wahr?«

»So läuft es manchmal«, sagte ich. »Hin und wieder setzen

die guten Jungs ihr Vertrauen in Leute, mit denen sie besser nichts zu schaffen hätten.«

Ich hörte, wie er am anderen Ende der Leitung weinte.

Ich brachte Major, Skippy, Bugs und Snuggs ins Haus und ging in das Büro meines Vaters. Ausgebreitet auf seinem Tisch lagen gut zwanzig Manuskriptseiten. Er hatte an einer Schilderung der erfolglosen Angriffe von General Robert E. Lee gegen die Stellungen der Potomac-Armee auf dem Malvern Hill gearbeitet. Ohne Artillerieunterstützung hatte Lee fünftausend Männer gegen die Unionslinien geschickt. Das Ergebnis war eine Katastrophe gewesen, die sich später am Cemetery Ridge wiederholen sollte. In seiner Darstellung der Ereignisse hatte mein Vater eine Geschichte über den Rebel Yell, den Schlachtruf der Konföderierten, eingebaut, die er mir schon einige Male erzählte hatte. Er behauptete, dass es eigentlich kein Schlachtruf, sondern ursprünglich ein Fuchsruf war, ein Lockruf für die Jagd. Als kleiner Junge am Bayou Teche hatte er viele Kriegsveteranen erlebt, die zur Belustigung der Kinder diesen eigenartig trillernden Ruf vorführten, der sich im Krieg aus den Kehlen Tausender Jungen und Männer erhoben hatte, wenn sie in ihren sonnengebleichten, nussbraunen und moosgrauen Lumpenuniformen durch Artilleriequalm und Staub hindurch auf die Unionslinien zugestürmt waren. Meinem Vater ging es nicht um den Klang des Rufs, sondern um das, was er repräsentierte. Es war eine Reihe hintereinander ausgestoßener »Woos«, ähnlich den Rufen einer Eule, mit runden und kontrollierten Vokalen, die eher aus den Lungen gepresst als herausgeschrien wurden. Ich versuchte mir vorzustellen, wie es gewesen sein mochte: mit meiner leeren Muskete durch aufstiebende Erdfontänen zu rennen und sowohl meine Stimme als auch die Angst in meiner Brust zu kontrollieren, während die Schrotladungen des Gegners, seine Kartätschen, Kettenkugeln und Granaten meine Freunde und Waffenbrüder in Stücke reißen. Woher den Mut nehmen, den es dafür braucht? Was tun, wenn einem die Beine den Dienst versagen? Warum nicht die Waffen fallen lassen und davonlaufen wie jeder andere Normalsterbliche auch? Wohin gehen, um dieses Maß an Tapferkeit zu finden? Ich kannte die Antwort. Entweder war man mutig, oder man war es nicht. Man bekam keine Tapferkeitsmedaille, weil man durch einen Quallenschwarm geschwommen war. Ich ahnte, dass mir der lange Weg hinauf auf den Hügel Golgatha erst noch bevorstand.

Ich kaufte eine Literpackung Eiscreme und fuhr zu Valerie. Ihr Vater war arbeiten, in der Raffinerie in Port Arthur. Wir hatten das Haus für uns allein. Valerie besaß einen Plattenspieler von Stromberg-Carlson. Wir schlossen ihn an ein Verlängerungskabel an und bauten ihn auf der Veranda an der Rückseite des Hauses auf. Anschließend lud Valerie sechs 78er in den Plattenwechsler und breitete einen Quilt auf dem Rasen aus. Ich legte meinen Kopf auf ihren Schoß, und wir löffelten die Eiscreme direkt aus der Packung. Die Sonne war verschwunden, und der Himmel änderte seine Farbe von Lila zu Dunkelblau. Ich konnte ihr frisch gewaschenes Kleid riechen und spürte ihre Finger, wie sie durch mein Haar fuhren und meinen Hinterkopf streichelten. Ich schloss die Augen und hatte das Gefühl, davonzudriften. Der Plattenwechsler legte eine neue 78er auf, und der Song »Marie« ertönte. Kurz darauf wurde die Platte erneut gewechselt, und die Klänge des gemächlichen »Tommy Dorsey's Boogie Woogie« erfüllten den Garten. Sie stiegen an und fielen ab, wurden von den Haus- und Garagenwänden zurückgeworfen, als säßen wir mitten im Orchester.

»Ich wusste gar nicht, dass du Platten von Tommy Dorsey hast«, sagte ich, die Augen immer noch geschlossen.

»Ich habe auch nur diese beiden.«

»Dann mag dein Dad Tommy Dorsey?«

»Grady hat sie mir geschenkt.«

»Ach was?«

»Was soll dieses *Ach was?*«

»Nichts. Ich hätte nur nicht gedacht, dass Grady Jazz oder Swing aus den Vierzigern hört.«

»Er mochte die Musik, weil sein Vater sie hasste. Der alte Harrelson konnte Dinge nicht ausstehen, die mit Schwarzen oder Juden zu tun hatten.«

Ich nahm ihre Hand und steckte mir ihre Finger in den Mund.

»Warum hast du das jetzt gemacht?«, fragte sie.

»Weil du gut schmeckst.«

»Ich mach mir Sorgen um dich, Aaron.«

»Das brauchst du nicht.«

»Mein Vater hat mir eine Pistole hingelegt. Er meinte, ich soll die Polizei rufen, wenn einer von diesen Kerlen zu unserem Haus kommt.«

»Das ist ein guter Rat.«

»Nein, du verstehst es nicht. Er sagte, ich soll die Polizei benachrichtigen, aber nicht auf sie warten, sondern die Kerle erschießen, sollten sie ins Haus kommen.« Ich öffnete die Augen. Valerie blickte mich von oben herab an.

»Hör nicht auf ihn. Es gibt immer einen anderen Weg«, sagte ich.

»Glaubst du das wirklich?«

Ich wollte »Ja« sagen. Aber ich konnte es nicht. Ich war derjenige mit dem Springmesser in der Tasche und dem manipulierten .32er Revolver unter dem Autositz. Und ich war derjenige mit den Rachefantasien. Die Wahrheit war, dass ich am liebsten das Neue Testament vergessen und mich in die orgiastische Gewalt von Moses, Josua und meinem Namensvetter Aaron geflüchtet hätte, um die Landschaft mit dem Blut meiner Feinde zu tränken.

»Wie sieht dieser andere Weg aus?«, sagte sie.

Ich drückte sie auf den Quilt und vergrub mein Gesicht in ihrem Haar. So hielt ich sie für eine ganze Weile, ohne etwas zu sagen, dann legte ich meinen Kopf auf ihre Brust und lauschte ihrem sanften Herzschlag.

Bevor ich mich auf den Heimweg machte, tat ich etwas, das ich noch nie zuvor getan hatte. Ich hielt im Schwarzenviertel und bat einen Farbigen, mir einen Sechserpack Lone Star und eine Viertelliterflasche Whiskey zu kaufen. Anschließend fuhr ich in den Herman Park, setzte mich im Dunkeln unter einen Baum, leerte die Whiskeyflasche und trank vier Bier. Wäre ich nicht sturzbetrunken eingeschlafen, ich hätte die restlichen zwei Flaschen auch noch geleert. Als ich wieder aufwachte – oder besser gesagt, als ich wieder zu mir kam –, saß ich am Steuer meines Wagens, der die Westheimer hinunterrollte. Es war 23:48 Uhr, und ich hatte keine Ahnung, wie ich vom Herman Park zur Westheimer Road gekommen war. Ich fuhr am Tower Theatre vorbei, danach an der Eisdiele in dem Holzrahmenhaus und schließlich an der Feuerwehr, in der nach dem Angriff auf Pearl Harbor eine Rohstoff-Sammelstelle der Armee für die Abgabe gebrauchter Reifen, alter Zeitungen, Kleiderhaken und Ähnlichem mehr eingerichtet worden war.

Als ich das Haus betrat, roch meine Mutter sofort den Alkohol an mir und wurde wütend. Ich fühlte mich schrecklich, sie so verletzt zu haben, aber noch schrecklicher fühlte ich mich angesichts der Tatsache, dass sie sehr wahrscheinlich meinen Vater für meine Trunkenheit bestrafen würde.

Der nächste Tag kroch im Zeitlupentempo vorbei. Ich konnte mich nicht daran erinnern, wo ich in der Zeit zwischen dem Besäufnis im Herman Park und meinem Erwachen auf der einige Meilen entfernten Westheimer Road gewesen war, geschweige denn, was ich getan hatte. Während der Arbeit hörte ich mir in dem winzigen Radio im Büro die Lokalnachrichten an und überlegte, ob ich möglicherweise versucht hatte, mich an den drei Kerlen zu rächen, die mich in der Gasse hinter dem Drugstore in die Mangel genommen hatten. Später kaufte ich mir die Nachmittagsausgabe der *Houston Press* und las die Polizeimeldungen. Nichts. Ich redete mir ein, dass ich mir sehr wahrscheinlich zu viele Sorgen machte.

Kurz vor fünf rollte der Rocket 88 von Cisco Napolitano mit heruntergelassenem Verdeck auf das Tankstellengelände und hielt an den Zapfsäulen. Sie hatte eine dunkle Sonnenbrille auf der Nase und trug eine weiße Bauernbluse, die einen freien Blick auf ihre Brüste, fast bis runter zu den Nippeln, gewährte. Mittlerweile war ich den Anblick gewohnt. Nicht gewohnt war ich, dass jemand auf dem Beifahrersitz saß. Es war Bud Winslow, der Kerl, der gern die Gesichter schwächerer Kids in seinen Genitalbereich drückte.

Ich schnappte mir einen Putzlappen und eine Flasche Scheibenreiniger und ging raus zu Ciscos Wagen. »Volltanken?«

»Steig ein«, sagte sie.

»Ich arbeite«, antwortete ich.

»Besser, du tust, was sie sagt«, warf Bud ein.

»Hast du nicht zugehört, als Loren neulich meinte, dass du dich verpissen sollst?«, sagte ich.

»Was hattest du gestern Abend am Haus von Bud verloren?«, fragte Cisco.

»Keine Ahnung, wovon Sie sprechen«, sagte ich.

»Ich hab deine Karre vor meinem Haus gesehen«, sagte Bud. »Zweimal sogar. Du bist ausgestiegen und hattest irgendetwas in der Hand. Aber dann sah es so aus, als hättest du's dir anders überlegt, und du bist wieder weggefahren.«

»Du wohnst in Bellaire, richtig?«, sagte ich.

»Du *weißt,* wo ich wohne.«

»Und genau deshalb fahre ich auch nicht nach Bellaire. Hab gehört, das Viertel ist zu einer wahren Jauchengrube verkommen.«

Ich sah, wie mein Boss mich durch das Bürofenster beobachtete. Ich öffnete den Tankdeckel des Rocket 88, steckte die Zapfpistole in die Öffnung und starrte auf die Anzeige an der Säule. Cisco stieg aus dem Wagen und blieb hinter mir stehen. »Was hast du an seinem Haus getrieben?«

»Gar nichts. Ich war zu Hause. Und überhaupt ... Was kümmert Sie das alles?«

»Ich sag's dir ...« Ihre Stimme klang gedämpft, entweder weil sie absichtlich leiser sprach oder die Zähne aufeinandergepresst hatte. »Weil Buds Vater ein Geschäftspartner von Jaime Atlas ist. Wir wollen Gradys Wagen wiederhaben. Kapiert?«

»Nein.«

»Du nervige kleine Mistkröte, du.«

Das Benzin lief über. Rasch trat Cisco einen Schritt zurück, damit ihre Schuhe nichts abbekamen.

»Macht ein Dollar achtundsiebzig«, sagte ich. »Soll ich den Ölstand prüfen?«

Ihre Nasenlöcher waren so stark geweitet, dass man meinen konnte, sie würde in einem Kühlraum stehen und eiskalte Luft einatmen. »Gib deinem dämlichen Freund meine Nummer und sag ihm, er soll mich anrufen.«

»Ich glaube, der gute Sabe hat die Stadt verlassen. Hat davon gesprochen, nach Hollywood zu gehen.«

Sie nahm ihre Brille ab. Die Haut um ihre Augen war weiß und faltenübersät, ihre Pupillen wie Tintentropfen. »Mein Arsch steht auf dem Spiel.«

Sie sagte nicht »Kiddo« oder »Kleiner«, und sie sagte auch nicht »Aaron«. Ich glaube, ihre Angst war so groß, dass sie nur das Allernötigste hervorbrachte.

»Was ist mit meinen Eltern?«, fragte ich.

»Das sind erwachsene Menschen. Sie sollen auf sich selbst aufpassen. Was haben die denn jemals für dich getan, außer dir gehörig dein Oberstübchen verkorkst zu haben?«

Ich schaute ihr in die Augen und fragte mich, wer eigentlich in ihrem Inneren zu Hause war. Nein, falsch. Ich glaubte in diesem Moment genau zu wissen, wer oder was in ihr lebte. Es war die Gestalt aus dem Schatten; die Gestalt, vor der man uns alle gewarnt hatte. Und dieser Gedanke machte mir Angst.

»Es tut mir leid, falls ich Ihnen unrecht getan haben sollte, Miss Cisco. Ich habe Sie stets für eine sehr nette Lady gehalten und hatte immer den Eindruck, dass Sie ein sehr viel besserer Mensch waren als all die Gestalten in Ihrem Umfeld.«

Ich sah, wie sich ihre Lippen öffneten und ihr Gesicht bebte. Sie griff in ihre Handtasche und zog die Geldscheinklammer hervor, um für das Benzin zu bezahlen. Der Rücken ihrer rechten Hand war von Sommersprossen überzogen, vielleicht waren es aber auch Leberflecke. Ihre Finger zitterten.

Als ich nach Hause kam, fand ich einen Zettel mit einer Nachricht von meiner Mutter an der Tür des Eisschranks: »Dein Vater und ich sind zur Walgreens-Apotheke gefahren. Ich habe schreckliche Kopfschmerzen. Dein Essen steht im Eisschrank. Bitte trink heute keinen Alkohol. Ich hatte keine Zeit, um Major und die Katzen zu füttern.«

Ich holte Major, Bugs, Snuggs und Skippy ins Haus, füllte ihre Futternäpfe und goss frisches Wasser in die große Schale, aus der sie tranken. Mein Großvater, der ehemalige Texas Ranger, hatte einen Grundsatz geprägt, dem alle Mitglieder der Holland-Familie folgten: Füttere erst deine Tiere, bevor du dich selbst an den Tisch setzt. Anschließend zog ich eine saubere Jeans und ein gestärktes Hemd mit kurzen Ärmeln an, holte den Teller mit meinem Essen aus dem Eisschrank und setzte mich an den Tisch. Es gab Wurst, russische Eier und Kartoffelsalat. Ich wollte nicht, dass das Telefon klingelte. Außer Valerie fiel mir keine Person ein, die einen vernünftigen Grund für einen Anruf gehabt hätte. Ich biss in eins der Eier und starrte auf den Apparat im Flur, als ob ich ihn mit der Kraft meiner Gedanken zur Ruhe zwingen könnte. Ich war noch nicht mit dem ersten Ei fertig, da klingelte es.

»Hallo?«, sagte ich.

»Das ist der erste und letzte Anruf dieser Art«, sagte die Stimme am anderen Ende der Leitung. »Entweder, du triffst jetzt die richtige Entscheidung, oder die Kacke ist so heftig am Dampfen, dass du in zwölf Stunden nicht mehr weißt, ob du Männchen oder Weibchen bist. Du denkst, ich wäre durchgedreht? Du hast keine Ahnung, was durchgedreht bedeutet. Und wenn du meinst, du würdest schon irgendwie mit dem ganzen Scheiß klarkommen, dann sei gewarnt; ich werde dich in Scheiße ersäufen. Kann gut sein, dass du dich für einen harten Rodeocowboy hältst, der erst unser Geld klaut und uns dann sagt, dass wir uns ficken sollen. Aber ich sag dir was: Ich werd dir zeigen, was es bedeutet, gefickt zu werden.«

»Vick?«

»*Was?* Bist du taub, Mann? Soll ich rüberkommen und dir die Gehörgänge durchpusten?«

»Geht's um Gradys Auto?«

»*Geht's um Gradys Auto,* fragt der Wichser! Ich hab meinen Vater gebeten, mir die Sache zu überlassen. Nur aus diesem einen Grund steckt noch keine brennende Zigarre in deinem Auge, Mann. Denkst du, ich mache Scherze? Du hast einen Köter und drei Katzen. Hab die Viecher in eurem Garten gesehen. Wie wär's mit einer kleinen Aufwärmübung? Ich kann Katzen sowieso nicht ausstehen. Und zu klein geratene Vogelhunde kann ich auch nicht ab. Hörst du mir zu? Tu nicht so, als würdest du mir nicht zuhören, Mann. Hey, antworte mir gefälligst!«

»Besser, du hältst dich von unserem Haus, meinen Tieren und meiner Familie fern, Vick.«

»*Halt dich von unserem Haus fern,* sagt er. Der Penner hat echt Nerven. Ausgerechnet der Kerl, der seine Nase ständig in die Angelegenheiten anderer Leute steckt, will jetzt, dass ich mich von seinem Haus fernhalte.«

»Ich esse gerade zu Abend.«

»Ach, Seine Hoheit isst gerade zu Abend? Und? Denkst

du vielleicht, das hilft dir jetzt aus der Patsche, oder was? Du bringst uns das Auto zurück. Und zwar bis morgen um diese Zeit. Andernfalls bring ich dich zum Leuchten, Mann. Ich zieh dir die Eingeweide mit der Kneifzange aus dem Bauch.«
»Halt dich fern von uns, du kranker Bastard.«
Ich legte den Hörer auf die Gabel und starrte das Telefon an, als wäre es ein Lebewesen. Dann nahm ich den Hörer wieder ab, legte ihn neben den Apparat und warf ein Kissen darüber, um nicht hören zu müssen, wie das Tuten des Freizeichens das Haus erfüllte.

Ich wusste, wohin mein Vater nach der Fahrt zur Walgreens-Apotheke gehen würde. Ich fragte ihn, ob ich ihn begleiten könne.
»Und ich habe immer gedacht, du würdest das Icehouse nicht mögen«, sagte er. »Lust auf eine Grapette?«
»Ja, Sir. Außerdem würde ich gern ein Thema besprechen, über das ich mir Sorgen mache.«
»Und welches Thema wäre das?«
»Schlafwandeln und solche Sachen.«
»Deine Mutter meinte, du wärst letzte Nacht betrunken gewesen.«
»Besser, wir sprechen erst im Icehouse darüber, Daddy.«
Wir gingen die drei Häuserblocks bis zu seiner Lieblingsbar und setzten uns draußen unter einem in der Brise flatternden Sonnensegel auf eine Bank. Die Dämmerung hatte eingesetzt. Der Himmel war voller Vögel. Nach und nach ließen sie sich in den Bäumen nieder, die dem Großteil der Nachbarschaft Schatten spendeten.
»Oben in den Heights haben mich drei Kerle in einer Gasse in die Mangel genommen«, sagte ich. »Einer von ihnen

wollte mit einem Rasiermesser auf mich losgehen. Loren Nichols hat mich rausgepaukt.«

Sein Gesichtsausdruck veränderte sich nicht, seine Augen sehr wohl. »*Wer* wollte dich mit einem Rasiermesser verletzen?«

»Ich kenne seinen Namen nicht. Aber Bud Winslow war dabei. Der Kerl war Linebacker im Team von Grady Harrelson.«

Der Kellner brachte auf einem Tablett ein Jax für meinen Vater, dazu ein Glas und einen Salzstreuer, die er nacheinander vor ihm auf den Tisch stellte. Dann servierte er mir eine Grapette und ging wieder. Die Augen meines Vaters waren die ganze Zeit über fest auf mein Gesicht gerichtet. »Erzähl weiter«, sagte er.

»Es könnte sein, dass ich gestern Abend zum Haus von Winslow nach Bellaire gefahren bin.«

»Wie kommst du darauf?«

»Winslow kam heute mit Cisco Napolitano zur Tankstelle und meinte, er hätte gesehen, wie ich vor seinem Haus geparkt habe und aus dem Wagen gestiegen bin.«

»Und du kannst dich nicht daran erinnern?«

»Nein, Sir.« Ich machte eine Pause. »Ich hatte eine Klinge dabei.«

»Eine was?«

»Das Springmesser mit der Stilettoklinge.«

Er war wie erstarrt, und obwohl die Markise im Wind flatterte, bewegte sich auf seinem Kopf kein einziges Haar. »Ich glaube, in deinem Leben tritt gerade ein leicht erklärbares Phänomen auf, Aaron. Es hängt mit dem Wesen des Bösen zusammen.«

»Du meinst das Messer?«

»Nein. Das Böse ist wie eine Flamme, besitzt aber keine eigene Substanz, aus der heraus es sich speisen könnte. Deshalb muss es sich in den Menschen einnisten. Du stellst dir vor, Taten zu begehen, die in Wirklichkeit das Werk anderer sind.«

»Aber was, wenn ich jemanden verletzt habe?«

»Das hast du nicht. Bisher nicht und auch in Zukunft nicht. Zumindest nicht willentlich.«

»Vick Atlas hat angerufen.«

»Darüber will ich nichts hören. Diese Leute existieren nicht für uns. Wenn sie sich unserem Haus nähern, müssen wir eine Entscheidung treffen.«

»Sir?«, fragte ich.

»Vielleicht kommt es aber auch gar nicht dazu. Weißt du, was wir beide jetzt gut gebrauchen könnten? Eine Scheibe von diesen Hemstead-Wassermelonen, die der Stand an der Westheimer verkauft.«

Er legte fünfundsiebzig Cent auf den Tisch, genug für Bier, Limonade und Trinkgeld. Noch nie hatte ich erlebt, dass mein Vater ein Glas Alkohol stehen ließ.

Kapitel 28

Am nächsten Morgen zog Saber wieder im Haus seiner Eltern ein. Ich war einigermaßen überrascht, denn ich hatte Mr. Bledsoe für einen verbitterten und nachtragenden Mann gehalten. Wahrscheinlich war er aber, wie die meisten, ein besserer Mensch, als man glaubte. Ohne Frage bedurfte es einer großen Portion Courage, die Erniedrigung herunterzuschlucken und sich auf einem Eisfahrrad von Jolly Jack den Lebensunterhalt zu verdienen – ganz besonders angesichts der Route, die Mr. Bledsoe durch das eigene Viertel führte, vorbei an den Leuten, die nun annahmen, dass er seinen Job in der Abdeckerei wegen Trunkenheit verloren hatte.

Jedenfalls rollte der gute alte Sabe am selben Tag unsere Auffahrt hinauf, parkte den Wagen unter dem Überdach und verkündete, dass er mit Manny und Cholo durch war, ebenso mit den Autodiebstählen, den Goofballs und der guten Mary Jane. Ich war mir jedoch nicht ganz sicher, ob Manny und Cholo auch mit ihm durch waren. Grady Harrelson und Vick Atlas waren es ganz sicher nicht.

Sabers Heimkehr brachte ein weiteres Problem mit sich. Unsere Feinde wussten nun, wo er zu finden war.

»Wo hast du dir denn das Veilchen eingefangen?«, fragte ich.

Am Rand seines Auges prangte ein dunkelblau und lila gefärbter Bluterguss. »Musste Cholo einfach Manieren beibringen.« Er grinste, wohlwissend, wie absurd er klang.

»Was haben sie mit Gradys Wagen angestellt?«

»Keine Ahnung, Mann. Die beiden wissen, dass die Angelegenheit ein paar Nummern zu groß für sie ist, und scheißen sich gerade mächtig in die Hose. Stell dir vor, die wollten tatsächlich, dass ich sie nach Mexiko fahre. Klasse Idee, oder? ›*Hola, señor,* irgendwas zu verzollen? Ach, eine Million Dollar, sagen Sie? Klar doch, kommen Sie rein.‹«

»Vick Atlas hat gedroht, Major und den Katzen etwas anzutun.«

»Der Kerl hat euer Haus beobachtet?«

»Er oder jemand, den er beauftragt hat«, sagte ich.

»Der Typ gehört in der Mitte durchgeschnitten, wenn du mich fragst. Hast du die Sache mit deinen Leuten beredet?«

»Mit meinem Vater.«

»Und, was hat er gesagt?«

»Dass wir möglicherweise ein paar schwere Entscheidungen treffen müssen.«

»Ach, komm schon, Aaron, lass dich davon nicht runterziehen«, sagte Saber.

»Ich glaube, ich hatte wieder einen Blackout und bin mit einem Springmesser in der Hand am Haus von Bud Winslow aufgetaucht.«

Saber kniff die Augen zusammen und tat so, als hätte er mich nicht gehört. »Lass uns heute Abend eine Runde Minigolf spielen. Wir müssen wieder zu unseren alten Gewohnheiten zurückkehren.«

»So funktioniert das nicht.«

»Doch, das tut es«, sagte er. »Du musst die Sache mal etwas positiver angehen. Ich hol dich um acht ab. Sag Valerie, dass wir dann zu ihr rüberfahren. Kopf hoch, wir sind zurück im Spiel, Junge!«

Ich schaute Major und den Katzen zu, wie sie langsam und voller Vertrauen, Unschuld und Neugier die Auffahrt hinauf in unsere Richtung liefen.

»Einen hab ich noch für dich«, sagte Saber. »Was sagt die Badewanne zur Kloschüssel?«

»Keine Ahnung, erzähl's mir.«

»Ich krieg genauso viele Ärsche wie du zu sehen, aber ich muss dafür nicht halb so viel Scheiße schlucken.«

Saber war Saber. Schicksal war Schicksal. Ich hatte das Gefühl, durch ein schwarzes Loch zu fallen. Als er auf die Straße zurücksetzte, hielt er den ausgestreckten Daumen aus dem Fenster, um mir zu signalisieren, dass er alles unter Kontrolle hatte.

Bevor ich das Haus verließ, rief ich Merton Jenks an. »Wie geht es Ihnen?«, fragte ich.

»Du solltest dir lieber um deine eigene Gesundheit Sorgen machen.«

»Ist Miss Cisco auf einen Besuch vorbeigekommen?«

»Du hast ein großes Problem, Aaron. Du willst gern an Leute glauben.«

»Und das ist schlecht?«

»Für dich schon. Du hast das Urteilsvermögen einer Eule, die sich an einem hellen Tag mitten auf den Highway setzt.«

»Vick Atlas und seine Bande wollen meiner Familie oder meinen Tieren etwas antun.«

»Bist du dir da sicher?«

»Ich habe nicht den geringsten Zweifel.«

Er antwortete nicht, und fast glaubte ich, die Leitung wäre unterbrochen.

»Sind Sie noch dran?«, sagte ich.

»Was zur Hölle hast du vor, Boy?«
»Wir sehen uns.«
Ich legte auf und machte mich auf den Weg zum Apartmentgebäude von Vick Atlas.

In einem Aufzug, der wie ein Vogelkäfig aussah, fuhr ich zum Penthouse hoch. Vick öffnete mir die Tür in einer roten Boxhose von Everlast und einem Trägerhemd. Seine Schultern und seine Brust waren von schwarzen Haaren bedeckt. An den Füßen trug er Sportschuhe mit flachen Sohlen, an den Händen blaue Boxhandschuhe, bei denen sich die Finger um ins Leder eingenähte Holzzapfen schlossen. »Wie bist du hier hochgekommen?«
»Mit dem Aufzug.«
»Was ist mit deinem Gesicht passiert?«
»Das hier?«, sagte ich und strich mit den Fingern über den Verband auf meiner Wange.
»Ja, *das*.«
»Da hat mich ein Bulle erwischt.«
»Ein Stier oder ein Cop?«
»Rate mal.«
Hinter ihm sah ich einen schweren Sandsack an einer Stahlaufhängung baumeln. Die Luft, die aus seinem Apartment strömte, roch widerlich, seine Augen sahen aus wie zwei nicht aufeinander ausgerichtete Kugellager. Er schaute einmal an mir hoch und runter. »Forderst du mich?«
»Was sollte ich denn von dir fordern?«
»Meine Güte, bist du bescheuert. Ist das vielleicht ein Trick? Willst du dich prügeln oder einfach nur eine große Klappe riskieren? Na los, sag schon. Was soll das hier weiden?«

»Ich will, dass du mich umbringst. Dann rösten sie dich auf dem Stuhl, und meine Tiere und meine Eltern sind vor dir sicher.«

»Du bist doch komplett durchgedreht, Mann.«

»Ich schätze mal, wir werden nie dicke Freunde werden, Vick. Und da dachte ich, ich schau mal, wie dir das hier gefällt ...«

Ich rammte ihm die Faust ins Gesicht und spürte beim Aufprall meiner Fingerknöchel, wie die Haut unter seinem Auge aufriss. Ich war nicht stolz auf die Raserei und die Gewalt, von der ich wusste, dass ich zu ihr fähig war, und ich ahnte, dass Vick keine Vorstellung davon hatte, was ihm bevorstand.

Später erinnerte ich mich verschwommen daran, dass er einmal aufgestanden war und versucht hatte, ins Bad zu fliehen; dass er dabei im Flur das Telefon von einem Tisch gestoßen und dann im Badezimmer den Duschvorhang mit sich gerissen hatte, als er in die Badewanne gekracht war. Ich erinnerte mich auch an die Blutspritzer, die aussahen, als hätte man sie mit einer Peitsche an die Wand gemalt. Als ich ging, kniete er am Boden, stieß jämmerliche Klagelaute aus und hielt sich mit beiden Händen die Nase.

Ich nahm die Treppe bis ins Erdgeschoss und verließ das Gebäude durch den Hinterausgang. Draußen traf ich auf eine schwarze Frau, die in den Mülltonnen kramte. Sie trug einen Lappen um den Kopf gewickelt, der ihr die Haare aus den Augen halten sollte. »Sind Sie verletzt, Suh?«

»Alles bestens«, sagte ich. »Bei Ihnen alles in Ordnung?«

»Ja, Suh. Mit mir ist alles in Ordnung.«

»Haben Sie kein Essen zu Hause?«

»Die haben mir die Sozialhilfe gestrichen.«

Ich gab ihr zwei Dollar aus meinem Portemonnaie. Ihre Handfläche und die Unterseite ihrer Finger hatten die goldbraune Farbe von Sattelleder. Sie schloss die Finger ihrer kleinen Hand um die beiden Geldscheine und steckte sie in die Tasche ihres Kleides. »Vorn steht ein Polizeiwagen. So wie Sie aussehen, Suh, gehen Sie besser nicht an denen vorbei.«

»Nein, Ma'am, das werde ich besser nicht tun. Danke sehr.«

Ich setzte mich in meinen Wagen und fuhr davon. Ich glaubte die Sirene eines Feuerwehrautos zu hören, konnte aber weit und breit keine Rettungsfahrzeuge sehen. Als ich an einer roten Ampel halten musste, wurde das Sirenengeheul so laut, dass ich fürchtete, es würde meinen Wagen auseinanderreißen. Dann sprang die Ampel auf Grün, und die Welt um mich herum war still. Wie ein Mann, der von einer Sekunde auf die nächste mit Taubheit geschlagen war, fuhr ich nach Hause.

Ich wusch mich, säuberte meine Kleidung unter dem Wasserhahn, wrang sie aus und versteckte sie ganz unten im Wäschekorb. Dann schrubbte ich die Badewanne mit Ajax aus. Als mein Vater nach Hause kam, erzählte ich ihm, was geschehen war.

»Ich wünschte, das hättest du nicht getan«, sagte er.

»Ich habe keinen anderen Ausweg gesehen, Daddy.«

»Das ist eine interessante Herangehensweise. Kann der Rest von uns etwa auch so handeln? Frei nach dem Motto: ›Dieses und jenes gefällt mir nicht, also schlag ich jetzt jemandem das Gesicht ein.‹ Hört sich das vielleicht vernünftig für dich an?«

»Wenn du es so darstellst, dann eher nicht.«

Wir standen in der Küche. Der Garten hinter dem Haus

lag im Schatten. Die Katzen hockten auf dem Redwood-Tisch, und Major sprang immer wieder in die Höhe, um eine Spottdrossel zu erwischen, die von einer Telefonleitung auf ihn herabstieß.

»Wie schlimm hast du den Atlas-Jungen verletzt?«, fragte mein Vater.

»Ich hab ihn nicht gefragt, wie schlimm es war. Und ein Junge ist er auch nicht.«

»Es spielt keine Rolle, was er ist. Du hättest ihn nicht angreifen sollen.«

Ich zeigte aus dem Fenster nach draußen. »Was ist mit Major, Skippy, Snuggs und Bugs? Wer steht für sie ein?«

Mit einem kurzen Nicken wandte er den Blick von mir ab. »Das ist ein Argument.« Er öffnete den Eisschrank und schaute hinein, als würde dort eine Flasche Bier oder Wein auf ihn warten. Wie ich schon erwähnte, erlaubte meine Mutter aber keinen Alkohol im Haus. Wenn es tatsächlich das war, wonach er suchte, dann sollte er kein Glück haben.

»Willst du zum Icehouse rübergehen?«, sagte ich.

»Nein, eigentlich nicht.« Er setzte sich an den Esstisch.

»Was sollen wir tun, Daddy?«

Der Kragen seines Hemds war nicht zugeknöpft, und auf seiner Brust war ein hellroter Sonnenbrand in der Form eines V zu sehen. Seine Fingernägel waren kurz geschnitten und sauber, jedes Haar auf seinem Kopf Teil einer makellosen Frisur. »Es ist an der Zeit, einigen Leuten zu sagen, dass sie gefälligst ihren Job machen sollen.«

»Und welche Leute sollen das sein?«

Er machte einen Termin bei Detective Dale Hopkins, dem Ermittler, der Saber und mich im Zusammenhang mit dem

Einbruch bei Mr. Krauser verhaftet hatte. Wir trafen ihn in der Polizeistation, in einem winzigen, fensterlosen Raum, der nur mit einem Holztisch, drei Stühlen und einem im Boden verankerten D-Ring ausgestattet war. Die Stahltür des Raums stand einen Spaltbreit offen, sodass ich die uniformierten Beamten auf dem Flur sehen konnte. Hopkins trug einen zinnfarbenen Anzug. Er machte sich nicht die Mühe, meinem Vater oder mir die Hand zu schütteln. Die Haut auf seinem Gesicht war so straff gespannt wie ein Trommelfell, und der Nikotingestank, den er verströmte, war erbärmlich. Er trug ein Klemmbrett bei sich. Als er sich setzte, ließ er es, möglicherweise mit Absicht, auf den Tisch knallen. »Geht's um Vick Atlas?«, sagte er.

»Um Vick Atlas und um meinen Sohn«, erwiderte mein Vater.

»Um Vick Atlas und um Ihren Sohn also. Und was genau ist das Problem?« Er lächelte, als wollte er höflich und freundlich wirken.

»Wir wollen wissen, ob mit Vick Atlas alles in Ordnung ist«, sagte mein Vater. »Außerdem möchten wir uns entschuldigen. Sie sind derselbe Beamte, mit dem ich am Telefon gesprochen habe, nicht wahr?«

»Mit Entschuldigungen haben wir nichts zu tun, Mr. Broussard. Vick Atlas hat keine Anzeige erstattet. Alle Sünden sind also vergeben.«

»Ich glaube, ich habe mich noch nicht klar genug ausgedrückt«, sagte mein Vater. »Meinem Sohn tut leid, was er getan hat. Das sollte es ihm zumindest. Aber das ist nur einer der Gründe, aus denen wir hergekommen sind. Wir glauben, dass die Atlas-Familie plant, uns Schaden zuzufügen. Was mein Sohn getan hat, war falsch. Aber im Grunde wollte er nur unsere Haustiere schützen. Können Sie mir vielleicht erklären, warum Menschen wie Jaime Atlas, sein Sohn und Leute seines Schlages tun und lassen können, was sie wollen, und sogar mit Mord davonkommen?«

Hopkins' Augen waren wie Glas, seine Pupillen wie Samenkörner. »Dazu habe ich keine Meinung.«

»Das ist wirklich erstaunlich«, sagte mein Vater.

»Wie bitte?«

»Ist es nicht offensichtlich, dass es bei dieser Angelegenheit um sehr viel mehr als eine Auseinandersetzung zwischen Teenagern geht? Die Harrelsons und die Atlas-Familie sind in diese Sache verwickelt, ein Lehrer hat Selbstmord begangen, mein Sohn fürchtet um sein Leben ... und Sie, Sie sitzen hier und tun so, als würden Sie das alles nicht mitkriegen.«

»Ihr Ton gefällt mir nicht.«

»Werden Sie Vick Atlas oder seinen Vater befragen?«

»Nein.«

»Können Sie mir das bitte erklären?«

»Es wurde keine Anzeige erstattet. Und es wird auch keine geben.«

»Warum nicht?«

»Vick Atlas und sein Vater haben mir gesagt, dass es ein fairer Kampf war. Für sie ist die Sache erledigt.«

»Und Sie glauben denen?«, fragte mein Vater.

»Was ich glaube, spielt keine Rolle. Wenn Sie aber meine Meinung wissen wollen – das Problem ist Ihr Sohn.«

»Aaron ist der Initiator des Ganzen?«

»Der was?«

»Wissen Sie, Korruption verströmt einen unverwechselbaren Gestank. Sie ist wie eine Infektion, die der Betreffende in seinen Drüsen mit sich herumschleppt.«

Die Spannung im Raum war deutlich zu spüren. Ich schaute zu der Stahltür hinüber, in die jemand einen Penis und ein Paar Hoden eingeritzt hatte. Weiter hinten im Flur brüllte jemand durch die Gitterstäbe seiner Zelle nach einer Rolle Toilettenpapier.

»Ich bin selbst zu dem Apartmentgebäude rausgefahren«, sagte Hopkins. »Ich habe mit dem Mann an der Rezeption gesprochen, der den Vorfall gemeldet hat. Er hat gesehen, wie Ihr Junge durch den Hinterausgang raus ist. Und er hat auch gesehen, wie Ihr Sohn bei den Mülltonnen stehen geblieben ist, sich mit einer Niggerin unterhalten und der Frau Geld gegeben hat. Irgendeine Vorstellung, warum er das tun sollte, nachdem er kurz zuvor erst jemandem die Scheiße aus dem Leib geprügelt hat?«

»Nein, das weiß ich nicht.«

»Vielleicht, weil die beiden schon einmal miteinander zu tun hatten? Ist das eine Möglichkeit?«

»Könnten Sie sich etwas klarer ausdrücken?«, sagte mein Vater.

»Die Frau hat mal in einem Bordell gearbeitet.«

»Es fällt mir schwer, Ihren Andeutungen zu folgen«, sagte mein Vater.

»Ich denke, die Situation spricht für sich selbst, oder etwa nicht?«, sagte Hopkins.

»Ich habe der Frau zwei Dollar gegeben, weil sie nichts zu essen hatte«, sagte ich zu meinem Vater.

Doch er schaute mich nicht mehr an. Sein Blick war starr auf Detective Hopkins gerichtet, und es war ein Blick, den ich noch nie zuvor bei meinem Vater gesehen hatte.

»Hab ich was Falsches gesagt?«, fragte Hopkins. Ein Grinsen umspielte seine Mundwinkel.

Mein Vater legte seine Hand auf meinen Arm. »Lass uns von hier verschwinden, Junge.«

Das darfst du ihm nicht durchgehen lassen, Daddy, dachte ich.

Aber mein Vater nahm seinen Fedora vom Tisch, und wir gingen, schweigend und nebeneinander, den Flur hinunter. Ich sah mich noch einmal um. Hopkins stand mit dem Rücken zu uns in einer Gruppe uniformierter Cops und erzählte ihnen etwas. Sie lachten, als würden sie sich gerade einen Witz anhören. Vor meinen Augen flimmerte es, mein Herz war ein Eisklumpen.

Dann sagte mein Vater: »Warte hier auf mich, Aaron.«

Er drehte sich um und ging zurück. Ich folgte ihm, auch wenn er etwas anderes gesagt hatte. Die uniformierten Cops wandten sich von dem Geschichten erzählenden Detective ab und richteten ihre Aufmerksamkeit auf meinen Vater. »Was vergessen?«, sagte Hopkins. Einer der Cops lachte.

»Ich habe schon alle möglichen Arten von Menschen kennengelernt«, begann mein Vater. »Verzweifelte Männer in Flüchtlingslagern, Häftlinge im Angola-Knast, Psychopathen, die es genossen, deutsche Bauernjungen mit Maschinenpistolen niederzumähen. Bei jedem dieser Männer gab es jedoch eine Erklärung für sein Verhalten. Sie, Detective Hopkins, sind von einem gänzlich anderen Schlag. Sie protzen mit Ihrer Macht und brüsten sich mit dem Missbrauch selbiger. Sie amüsieren sich über die Leiden anderer. Sie haben die Zunge und die Instinkte eines Feiglings, aber auch die eines Tyrannen. Eines Tages werden die Menschen erkennen, dass Sie all das verachten und entehren, was ihnen lieb und heilig ist. Und wenn dieser Tag kommt, werden sich diese Menschen gegen Sie wenden, Detective. Wagen Sie es nicht, uns zu nahe zu kommen. Wagen Sie es nicht, den Namen meines Sohnes in den Dreck zu ziehen.«

Er legte seinen Arm über meine Schulter, und dann verließen wir das Gebäude. Bis auf das Gezeter des Häftlings, der nach Toilettenpapier verlangte, herrschte Stille im Flur. Kurz darauf war auch er verstummt.

Kapitel 29

Am nächsten Tag hatte ich frei und musste nicht zur Tankstelle. Die Polizei postierte eine Wache vor unserem Haus. Valerie und ich fuhren runter nach Freeport, wo wir, ausgestattet mit einfachen Angelruten aus Bambusstöcken, Schwimmern und Garnelen als Köder, in die Wellen hinauswateten und auf Trommler, Katzenwelse und Fleckenforellen fischten. Es war windig, die brechenden Wellen waren gelb vom Sand, und über uns kreisten und krächzten die Möwen. Wir fingen einen Kreuzwels und einen Stachelrochen, warfen sie aber wieder ins Meer. In einem Bierlokal direkt am Strand, dessen Innenbereich mit Spielautomaten, einer Jukebox und einem Shuffleboard ausgestattet war, genehmigten wir uns ein paar Po'boy-Sandwiches. Es war wunderbar, für eine Zeit lang all den Problemen zu entfliehen, die in Houston auf uns warteten.

Ich wollte nicht über Vick Atlas und das, was ich ihm angetan hatte, nachdenken. Ebenso wenig mochte ich mir Gedanken über mögliche Vergeltungsaktionen seinerseits machen. Stattdessen grübelte ich über all die Dinge nach, die sich als Folge meines Streits mit Grady Harrelson in dem Drive-in-Restaurant in Galveston ereignet hatten. Bis dahin hatte ich angenommen, dass Eifersucht das Problem gewesen war. Zu einem Teil stimmte das auch. Aber mit etwas Abstand betrachtet, deutete einiges darauf hin, dass es um

Geld und Macht ging, weniger um den Verlust einer Teenagerliebe.

Was war zum Beispiel mit dem Mord an Clint Harrelson? Je intensiver ich mich mit dieser Frage beschäftigte, desto mehr kam ich zu der Überzeugung, dass es in dieser Geschichte Elemente gab, über die ich noch nicht sorgfältig genug nachgedacht hatte. Der Diebstahl von Gradys mit Banknoten und Goldbarren vollgestopftem Cabrio war eines dieser Elemente. Wie hatte Saber in einer Stadt von der Größe Houstons herausfinden können, wo Grady sich mit der Frau des Abschleppwagenfahrers vergnügte? Was hatte es mit Gradys Beziehungen zu mexikanischen Mädchen und seinen Verbindungen zu Mexikanergangs auf sich? War Grady am Ende doch sehr viel schlauer, als ich angenommen hatte? Wurden Saber und ich nur benutzt und an der Nase herumgeführt?

Als wir wieder bei Valerie zu Hause waren, ging sie hoch, um sich zu duschen. Ihr Vater war nicht da. Ich nahm den Hörer vom Telefon im Flur und wählte Gradys Nummer.

»Hast du eine Minute?«, sagte ich.

»Wenn du einen Rettungsring suchst, hast du die falsche Nummer gewählt«, sagte er.

»Warum sollte ich einen Rettungsring brauchen?«

»Vielleicht, weil du einem Sadisten und stadtbekannten Psychopathen die Scheiße aus dem Leib geprügelt hast? Was hast du eigentlich in der Birne, Mann? Dachtest du vielleicht, Vick würde dich in Ruhe lassen, wenn du ihm die Fresse polierst?«

»Harte Worte, um den Mann zu beschreiben, der nach der Ermordung deines Vaters an deiner Seite war.«

»Meine Uhr sagt mir, du hast noch fünfzehn Sekunden.«

»Warum trittst du den Cops nicht langsam mal in den Allerwertesten, damit die Ermittlungen zum Mord an deinem Vater in Gang kommen?«

»Weil ich weiß, warum er ermordet wurde.«

Auf diese Antwort war ich nicht vorbereitet gewesen. »Du weißt, wer es getan hat?«

»Nicht genau. Mein Vater mochte Jungs. Genauso wie Krauser, dieser heimliche Hinterlader. Diese Kids in seinen Umerziehungslagern, die hatten mehrere Rollen zu erfüllen, wenn du verstehst. Er war ein Freak und hat es verdient, auf diese Weise zu sterben. Noch weitere Fragen?«

»Du hast Wanda Estevan getötet.«

»Ach ja? Ich an deiner Stelle würde den Ball flachhalten, Kumpel. Wie wär's, wenn du erst mal versuchst, dein eigenes Leben auf die Reihe zu kriegen? Ach, stimmt ja. Du hast keins mehr. Vick wird dir das Fell über die Ohren ziehen.«

»Ich glaube, ihr Tod war ein Unfall. Und ich denke, du kannst aus dieser Sache rauskommen, Grady, wenn du dich entscheidest, reinen Tisch zu machen und die Wahrheit zu sagen.«

Er legte auf.

Valerie kam im Bademantel die Treppe herunter. Sie hatte sich ein Handtuch um den Kopf gewickelt. »Mit wem hast du telefoniert?«

»Grady.«

»Das lohnt sich nicht, Aaron.«

»Hat er dir jemals erzählt, dass sein Vater ein Päderast war?«, sagte ich.

Sie schaute mich verblüfft an. »Nein.«

»Waren da jemals kleinere Jungs im Haus der Harrelsons?«

»Das weiß ich nicht. Ich war nie dort. Mr. Harrelson mochte keine Juden. Ganz besonders nicht meinen Vater.«

»Grady meinte, sein Vater hätte es verdient, auf diese Weise zu sterben. Kann es sein, dass er missbraucht wurde?«

»Wenn ja, dann hat er es mir gegenüber nie erwähnt. Er ist zu den Marines gegangen, um seine Männlichkeit zu beweisen. Harrelson senior hat dann aber klammheimlich für Gradys Entlassung gesorgt. Ich glaube, Grady hat ihm das nie verziehen.«

»Vielleicht wollte Gradys Vater nur vermeiden, dass sein Sohn in Korea stirbt.«

»Bei der Entlassung aus dem Armeedienst ging es nicht um Grady. Es ging um seinen Vater. Der alte Harrelson hielt Grady für einen Feigling und hatte Angst, dass sein Sohn Schande über den Namen der Familie bringen würde.«

»Und Grady wusste das?«

»Mr. Harrelson erzählte Grady, dass er ihn, wie er es ausdrückte, *hinter den Linien* bräuchte, um diese armen Jungs in seinen Lagern zu drillen.«

»Ich habe ein schlechtes Gefühl, Val. Ich glaube, wir sind in eine Falle getappt.«

»Wen meinst du mit ›wir‹?«

»Dich, Saber und mich.«

Sie streichelte meine Wange. »Du machst dir zu viele Sorgen über Dinge, die dich eigentlich nicht beunruhigen sollten. Dein Problem ist, dass du anderen Menschen Eigenschaften zurechnest, die sie gar nicht haben.«

Sie schaltete den Plattenspieler ein und ließ »Tommy Dorsey's Boogie Woogie« laufen. Dann legte sie ihre Hände auf meine Schultern, schloss die Augen und begann sich zu bewegen. Kurz darauf tanzten wir, langsam, im Zwei-Viertel-Takt, eingehüllt von Dorseys Orchester. Ich drückte sie fest an mich und presste mein Gesicht in ihr feuchtes Haar.

»Wollen wir hochgehen?«, flüsterte ich.

»Lass uns hierbleiben. Das ist gerade so wundervoll. Ich wünschte, es könnte ewig so sein.«

»Warte, ich stell es ein wenig lauter.«

»Nein, halt mich einfach fest. Genau so, wie du es gerade tust.«

Dann merkte ich, dass sie weinte. »Warum weinst du?«

»Wegen allem. Es ist so, wie du sagst. Und ich versuche mir etwas anderes einzureden. Ich glaube, etwas Schreckliches wird geschehen. Mein Vater ...« Sie konnte nicht weitersprechen.

»Was ist mit deinem Vater?«

»Er hat mir eine Nachricht geschrieben und einen Hundert-Dollar-Schein danebengelegt. Wenn er bis zum Abendessen nicht zurück ist, soll ich zu meiner Tante nach Austin fahren. Ich habe in seinem Schrank nachgesehen. Er hat seine Grease Gun mitgenommen.«

»Wo ist er hingegangen?«

Ich starrte sie an. Die Platte war zu Ende. In der plötzlich einsetzenden Stille fühlte ich mich, als würde ich an der Seite der Erdkugel hinunterrutschen. »Sag mir bitte, dass Grady seinen Vater getötet hat.«

»Warum willst du das glauben?«

»Weil ich mir sonst den Kopf darüber zermartere, dass der Killer jemand ist, der auch uns töten will.«

»Ich weiß nicht, was Grady getan oder nicht getan hat. Es stimmt, dass er hier war, wenige Stunden vor dem Tod seines Vaters. Seine Freunde meinen, er wäre an diesem Abend auf einem Segelboot gewesen. Wahrscheinlich sagt Grady die Wahrheit.«

»Lass uns nach Mexiko fahren.«

»Und dann?«

»Dann heiraten wir.«

»Du musst aufs College gehen.«

»Wozu?«

»Um Schriftsteller zu werden.«

»Ich werde Schriftsteller, und ich werde dein Ehemann sein. Lass uns hochgehen.«

Sie wandte den Blick von meinen Augen ab. »Können wir es ein anderes Mal tun?«

»Sicher«, erwiderte ich.

»Es macht dir nichts aus?«

Ich schüttelte den Kopf. »Es ist nicht wegen mir, oder?«

»Natürlich nicht«, sagte sie.

Aber ich war nicht überzeugt.

Valerie rief mich um sieben Uhr abends an. Ihr Vater war gerade nach Hause gekommen und stand nun unter der Dusche.

»Ist alles in Ordnung?«, fragte ich.

»Er meint, dass das alles vorbeigehen wird.«

»Woher will er das wissen? Ist er so eine Art tibetanischer Mönch und hat hellseherische Fähigkeiten oder was?«

»Das ist nicht sehr respektvoll.«

Ich schwieg und versuchte meine Wut zu zügeln. »Hast du noch Lust auf ein Eis? Die Sonne geht erst nach neun unter.«

»Vielleicht morgen.«

»Na gut, dann sage ich jetzt wohl besser Gute Nacht.«

»Es ist erst abends.«

»Nein, ist es nicht«, sagte ich.

Am nächsten Morgen suchte ich in der Zeitung nach Meldungen über Gewaltverbrechen, in Straßengräben abgelegte

Leichen und Schießereien auf dem Betriebsgelände der Atlas-Familie. Ich fand nichts, was man mit Mr. Epstein in Verbindung hätte bringen können.

Die größte Angst meiner Mutter bestand darin, dass sie jemand anschaute und das verarmte, kleine Mädchen sehen könnte, das einsam und barfuß vor einem heruntergekommenen Haus stand.

Ich saß hinten im Garten, als ich hörte, wie sie durch die Vordertür hereinkam. Offenbar hatte sie früher Feierabend gemacht. Durch das Küchenfenster sah ich, wie sie mit zitternden Händen Wasser aufsetzte, um sich einen Tee zu kochen. Ich ging ins Haus und zog vorsichtig die Tür hinter mir zu. »Alles in Ordnung, Mutter?«

»Mir war etwas schwindelig auf der Arbeit«, sagte sie. »Ich denke, ich habe irgendetwas Verdorbenes gegessen.« Ihr Vokabular, um ihre Depressionen zu beschreiben, war ebenso unerschöpflich wie ihre Rechtfertigungen für die Einnahme von Medikamenten. Auch die Widersprüche, die sich in ihrer Person manifestierten, waren zahlreich. Sie war eine mutige Frau und fürchtete weder Krankheit noch Tod oder Verdammnis. Sie war überzeugt, dass die meisten Männer von Natur aus vulgär und unehrlich waren, und doch waren es ebenjene onkelhaften Männertypen, denen sie üblicherweise zum Opfer fiel.

»Setz dich. Ich mach das für dich.«

»Danke, Aaron. Du bist so ein guter Junge. Ich hab den Salat zu lange im Eisschrank stehen lassen. Das wird es gewesen sein«, sagte sie. »Heute früh kam dieser Mann in die Filiale. Er war aus San Angelo. Er wollte ein Konto eröffnen, und ich sagte ihm, dass ich dafür nicht zuständig wäre. Aber er schien sich gar nicht dafür zu interessieren, was ich sagte.

Er bestand darauf, mich zu kennen.« Sie saß jetzt am Tisch und starrte ins Leere, als würde sie mit sich selbst reden. »Er hat mich mit meinem Spitznamen aus Kindertagen angeredet und dabei hämisch gegrinst«, sagte sie. »Er hat mir gesagt, wer meine Brüder waren, als ob ich nicht selbst wüsste, wie sie heißen. Ich sagte ihm, er solle zum Schalter von Mr. Benbow gehen, um sein Konto zu eröffnen. Und ich sagte ihm, dass ich mir seine Dreistigkeiten verbitte. Dann bin ich in den Pausenraum gegangen und habe den Salat gegessen, obwohl er schon etwas eigenartig schmeckte. Ich bin so durcheinander, und ich ärgere mich so unheimlich über mich selbst. Es tut mir leid, dich damit zu behelligen, Aaron. Aber die ganze Sache hat mich ein wenig aus der Bahn geworfen.«

»Ach, Mutter, das war nur einer dieser Taugenichtse, über die es sich nicht nachzudenken lohnt«, sagte ich.

»Du hast recht, genau das war er. Es gibt keine niedrigere Lebensform als diese Art von weißen Männern. Sie behandeln die Schwarzen schändlich und nutzen jede Situation, um Frauen mit ihren Blicken auszuziehen. Sie sind dumm, vulgär und zudringlich, und sie lieben es, die Hilflosen und Schwachen zu demütigen. Manchmal möchte ich es diesen Männern heimzahlen und ihnen etwas antun. Ganz ehrlich, das würde ich nur allzu gern tun.« Die Nägel ihrer ineinander verkrampften Finger hinterließen kleine weiße Halbmonde an ihren Handballen. »Könntest du mich bitte zum Haus von Mrs. Ludiki fahren? Ich muss meine Gedanken ordnen und herausfinden, warum ich mich von diesem rüpelhaften Kerl so dermaßen habe durcheinanderbringen lassen.«

Meine Mutter hatte nie den Führerschein gemacht, und so musste ich sie hinbringen. In meinen Augen war Mrs. Ludiki ein Fluch; eine Wahrsagerin, die in den Höhlen außerhalb von Granada aufgewachsen war und als Muttersprache das Spanisch der Gitanos sprach. Sie wohnte in einem kleinen ungestrichenen Holzrahmenhaus, dessen Vorgarten von den überreifen und faulenden Früchten der dort wachsenden Persimonen- und Granatapfelbäume übersät war. Ich hielt sie weder für eine Hochstaplerin, noch glaubte ich daran, dass sie tatsächlich schwarze Magie praktizierte. Es war eher andersherum. Ich war überzeugt, dass sie durch exzellente Menschenkenntnis Einblicke in das Innenleben ihrer Kunden hatte und um deren Neigungen wusste. Folglich waren ihre »Wahrsagungen« nichts als logische Schlussfolgerungen über das wahrscheinliche Verhalten einer bestimmten Person. Das eigentliche Problem war die Leichtgläubigkeit und die Verzweiflung meiner Mutter. Mrs. Ludiki hörte ihr zu und sprach Warnungen aus, die sich nicht aus der Lage der Gestirne speisten, sondern aus den emotionalen Problemen und der psychischen Krankheit meiner Mutter.

Ich versuchte jedoch nicht, ihr diesen Besuch auszureden. Es gab schlimmere Menschen als Mrs. Ludiki. Sie hatte Haare wie Stachelschweinborsten, die sie unter einem Bandana zu bändigen versuchte, und sie trug derart viele Gold- und Perlenketten, Armreife und Schmuckstücke, dass sie beim Gehen rasselten. Ihr »Wahrsagezimmer« war eine vom Qualm brennender Weihrauchstäbchen und Duftkerzen erfüllte Kammer. Das Zentrum bildete ein Tisch mit Tarotkarten, deren Motive ihre Ursprünge in ägyptischen und byzantinischen Darstellungen und den Legenden der Kreuzritter sowie deren Suche nach dem Heiligen Gral hatten. Im Grunde waren diese Karten wie eine bebilderte Geschichte; die kulturelle Schuld der westlichen Welt gegenüber den Ländern des Nahen Ostens.

Die Gespräche mit Mrs. Ludiki waren stets sehr weitschweifend. Meine Mutter konnte nicht zugeben, dass sie Angst hatte. Sie konnte nicht eingestehen, dass sie von Medikamenten abhängig war. Sie konnte nicht darüber sprechen, dass sie die Highschool in der zehnten Klasse verlassen musste, um arbeiten zu gehen, und mit siebzehn einen sehr viel älteren Mann geheiratet hatte. Ganz so, als wären Armut, Einsamkeit und Verzweiflung in den Augen des Schöpfers unverzeihbare Makel.

»Ich bin furchtbar durcheinander«, sagte sie zu Mrs. Ludiki. »Aber es ist auch nicht so, als wäre etwas schrecklich Schlimmes geschehen. Heute Morgen gab es einen kleinen Vorfall in der Bank. Da war ein Mann sehr unhöflich und beharrte darauf, mich zu kennen, obwohl das nicht stimmte. Eigentlich macht mir das nichts aus, und im Grunde geht es mir gut, bis auf diese leichte Lebensmittelvergiftung, die ich habe. Wie ist es Ihnen denn so ergangen, Mrs. Ludiki?«

»Ich denke, wir können diesem Problem schnell auf den Grund gehen, Mrs. Broussard«, sagte Mrs. Ludiki und legte die Tarotkarten in Form eines Rades aus. »Schauen Sie, da. Da ist ein Mann, der Stäbe auf seinem Rücken trägt und unter seiner Last zusammenzubrechen droht. Er lässt sein eigenes Unglück und seine Unzufriedenheit an anderen aus. Er verachtet die Spiritualität und die Güte anderer Menschen. Er ist zu bemitleiden, auf keinen Fall aber zu fürchten.«

»Glauben Sie, das ist der Mann, den ich heute Morgen getroffen habe?«

»Ja, das tue ich. Also werde ich ihn wieder in den Stapel schieben und seinem Schicksal überlassen.«

Ich dachte, damit wären wir am Ende. Aber Mrs. Ludiki hatte – wie alle Personen, die mit der feinen Membran spielen, die die menschliche Seele zusammenhält – Türen geöffnet, durch die meine Mutter niemals hätte gehen sollen.

»Wer ist die Figur, die mit dem Kopf nach unten an den Baum gefesselt ist?«, fragte meine Mutter.

»Das ist der Gehängte.« Mrs. Ludiki versuchte die Karte auszutauschen, bevor sich ein Gespräch über deren Bedeutung entspinnen konnte.

»Das ist die Karte des Todes, nicht wahr?«, fragte meine Mutter und presste dabei den Zeigefinger auf den Kartenrand.

»Der Gehängte ist der heilige Sebastian, der erste Märtyrer Roms. Er war ein Soldat, der von seinen Kameraden hingerichtet wurde.«

Meine Mutter sah sich die Karte genau an. Die Figur hatte einen blassen und dürren Körper, der nur von einem Lendentuch bedeckt wurde. »Er sieht Aaron ziemlich ähnlich, nicht wahr? Schauen Sie doch nur. Verblüffend, oder?«

»Nein, Mrs. Broussard, wir müssen uns davor hüten, falsche Schlüsse aus dieser Karte zu ziehen.«

»Sind das Pfeile?«

»Es sind Bolzen. Die Legionäre feuerten Bolzen aus ihren Armbrüsten.«

»Was ist die nächste Karte auf dem Stapel?«

»Ich weiß es nicht und würde vorschlagen, wir widmen uns den anderen Dingen, die noch im Rad liegen«, sagte Mrs. Ludiki mit trübem Blick. »Es gibt in jedem Fall Wohlstand hier. Gute Gesundheit ebenfalls. Ja, es scheint einige sehr positive Elemente in Ihrem Leben zu geben.«

»Nein, der Gehängte steht an der Spitze des Rades. Und wenn eine Karte nicht ganz eindeutig ist, wird stets eine weitere gezogen, um das Bild eindeutig zu machen. Zeigen Sie mir bitte die nächste Karte, Mrs. Ludiki.«

Mrs. Ludiki zog die nächste Karte vom Stapel und legte sie mit dem Bild nach oben unter den Gehängten. Sie zeigte ein Skelett in Ritterrüstung, das auf einem weißen Pferd ritt.
»Das ist der vierte der apokalyptischen Reiter aus dem Buch der Offenbarung«, sagte meine Mutter.
»Ja, das ist er«, sagte Mrs. Ludiki.
»Der Tod?«
»Ja.«
»Ich verstehe«, sagte meine Mutter. Sie stand auf und wühlte in ihrer Handtasche. Sie kniff die Augen zu. »Ich habe vergessen, wie viel die Sitzung kostet. Tut mir leid. Es waren ein Dollar und ...«
»Heute berechne ich Ihnen nichts«, sagte Mrs. Ludiki. »Es hat mich gefreut, Sie zu sehen. Und bitte ziehen Sie keine falschen Schlüsse aus den Karten.«
»Ja, wahrscheinlich haben Sie recht«, sagte meine Mutter. »Es war ein verrückter Tag. Und jetzt entschuldigen Sie mich, ich bin etwas in Eile. Aaron, sagst du Mrs. Ludiki noch Auf Wiedersehen?«
»Auf Wiedersehen, Mrs. Ludiki.«
Sie erhob sich von ihrem Stuhl, brachte es jedoch nicht fertig, uns ins Gesicht zu sehen. Und so stand sie da, diese im Grunde wohlmeinende Frau, behängt mit allerlei Tüchern und klimperndem Schmuck, eingehüllt vom Geruch ihrer Kerzen und Weihrauchschalen, und war unfähig, das Elend aufzulösen, das sie mit ihren Karten befeuert hatte.
Draußen nahm ich den Arm meiner Mutter und öffnete ihr die Beifahrertür des Wagens. »Möchtest du einen kleinen Ausflug machen? Oder sollen wir uns einen Film anschauen?«
»Nein, ich fühle mich nicht gut. Aber vielen Dank, Aaron.

Er sah aus wie du. Du hast die Ähnlichkeit doch auch gesehen, oder?«

»Der Gehängte? Auf keinen Fall, Mutter. Der Kerl sah aus wie dieser Neunzig-Pfund-Hänfling, der in der Charles-Atlas-Werbung den Sand ins Gesicht bekommt.«

Sie wurde aschfahl. Charles *Atlas?* Hätte ich einen unpassenderen Vergleich wählen können? Wohl kaum. Ich hatte den schlechtmöglichsten gefunden.

Auf dem Heimweg hielt ich an einem Getränkeladen und kaufte meiner Mutter eine Lime-Coke. In meinem Kopf glaubte ich das Ticken einer Uhr zu hören. Und ich hatte nicht das Gefühl, dass ich mir die Geräusche einbildete.

Kapitel 30

Meine Angstzustände waren inzwischen fast so schlimm wie die meiner Mutter. Ich rief Valerie an. »Ich muss mit deinem Vater sprechen«, sagte ich.

»Er ist in seinem Club.«

»Welcher Club?«

»Der Club an der Driving Range, an dem er hin und wieder mal ein paar Stündchen verbringt. Was ist los mit dir, Aaron?«

»Was mit *mir* los ist?«

»Ist es wegen gestern?«, sagte sie. »Weil ich es nicht tun wollte?«

»Nein, das konnte ich absolut verstehen«, sagte ich. »Mach dir keine Gedanken deswegen. Nicht eine Sekunde lang.«

»Okay. Und warum willst du mit meinem Vater sprechen?«

»Weil ich genug von all dieser Geheimniskrämerei habe.«

»Hol mich ab, und ich komme mit.«

»Nein, ich muss allein mit ihm reden, nur er und ich.«

»Hast du das Gefühl, etwas falsch zu machen?«

»Ich habe das Gefühl, dass nicht mit offenen Karten gespielt wird.«

»Mein Vater behandelt mich wie eine erwachsene Frau. Ich habe keine Geheimnisse vor ihm.«

»Aber er hat Geheimnisse«, sagte ich.

»Wie bitte?«

»Ich muss ständig raten, wovon er eigentlich redet. Immer wieder deutet er an, irgendetwas zu wissen, aber er spricht nicht offen darüber.«

Sie gab mir die Adresse des Clubs und fragte anschließend, ob ich später vorbeikommen würde.

»Wenn du magst«, sagte ich.

»Na, was denkst du denn?«, erwiderte sie.

Die Driving Range war eine große Wiese, auf der die Golfer lange Schläge übten, und befand sich in einem fast schon ländlichen Teil von Houston, an dem die Urbanisierung vorübergegangen war. Hier konnte man noch Spuren des späten neunzehnten Jahrhunderts finden: Weidelandflächen, Virginia-Eichen, die in der kargen Strauchlandschaft vor sich hin dörrten, sowie einen Gemischtwarenladen mit integriertem Saloon und einer breiten Veranda, auf der zur Erntezeit Tonnen mit Pekannüssen standen. Der »Club« von Mr. Epstein war eine ehemalige Bar der American Legion, die nun im Kollektiv von Veteranen des Zweiten Weltkriegs betrieben wurde. Im Inneren war es dunkel und kühl, und es roch nach Fassbier, Käse und stark gewürztem Räucherfleisch. An der mit gestanzten Blechen verkleideten Decke hingen mehrere mit Holzflügeln bestückte Ventilatoren. Der Barkeeper sagte mir, dass Mr. Epstein gerade auf die Toilette gegangen war und ich gern am Tresen warten und in der Zwischenzeit eine Limonade trinken könnte.

Es war eine eigenartige Umgebung, eine Art Zwischenwelt, die wenig mit dem Texas zu tun hatte, in dem ich aufgewachsen war. An den Pfeilern entlang der Wand hingen Zeitungen in hebräischer Sprache, und es gab Tische für Domino, Kartenspiele und Schach. Mir fiel eine lange Vitrine mit einer Reihe von Ausstellungsstücken auf: verschiedene Sportpokale, eine aufblasbare Rettungsweste, eine Pilotenjacke der Flying Tigers, ein Foto vom V-J Day am Times Square, eine israelische Flagge, eine Aufnahme von französischen Fallschirmspringern, die gerade in einem Reisfeld landeten.

Eins der Fotos warf mich um wie ein Faustschlag ins Gesicht. Zu sehen waren sechs Männer in Tarnanzügen ohne Rangabzeichen, alle mit Bart und Schlapphüten. Die Arme über die Schultern des Nebenmannes gelegt, standen sie vor einem verbrannten Panzer, hinter dem sich eine Düne abzeichnete. Der Mann in der Mitte war Mr. Epstein. Neben ihm stand eine Person, von der ich eigentlich gehofft hatte, sie nie wiedersehen zu müssen; nicht einmal auf einem Foto. Auf den Rand des Bildes hatte jemand »Palästina, 1947« geschrieben.

Mehr als dass ich ihn sah, spürte ich Mr. Epstein in meinem Rücken.

»Valerie hat angerufen und dich angekündigt«, sagte er. »Wollen wir uns ein ruhiges Eckchen suchen?«

»Sind Sie das da auf dem Foto?« Ich versuchte zu lächeln.

Mit zusammengekniffenen Augen schaute er auf das Bild. »Ja, das bin ich.«

»Sie waren im israelisch-palästinensischen Krieg?«

»Ich war da ein paarmal im Einsatz, ja. Keine große Sache.«

»Der Mann neben Ihnen sieht aus wie mein Metallwerklehrer.«

»Ja, das ist der alte Krauser. Ziemliche Type, muss man schon sagen.« Mr. Epstein setzte sich an einen Tisch, schaute beiläufig im Raum umher und wartete darauf, dass ich ihm gegenüber Platz nahm. »Also, was hast du auf dem Herzen?«

Ich versuchte die diffuse Abneigung zu unterdrücken, die

ich Mr. Epstein gegenüber bislang empfunden hatte. Für mich schien es oft so, als würde er erwarten, dass andere Menschen sich seiner Wahrnehmung der Welt, seinen Erfahrungen und seinem Wissen anpassten.

»Mr. Krauser war einer der schlimmsten Menschen, die ich je kennengelernt habe«, sagte ich.

»Nicht jeder ist mit ihm klargekommen, stimmt.«

»War er beim OSS?«

»Eine Zeit lang.«

»Meiner Meinung nach hätte er auf der anderen Seite kämpfen sollen.«

»Du meinst bei den Krauts?«

»Nein, bei den Nazis«, sagte ich.

»Was weißt du denn über Nazis?«

»Das sind Tyrannen. Wie Krauser. Sie vergehen sich an den Schwächeren.«

»Es waren Naziwissenschaftler, die unsere Interkontinentalraketen entwickelt haben«, sagte er.

Es folgte ein kleiner Exkurs über die Operation Paperclip und das Raketenprogramm in Redstone, Alabama, bei dem sein Blick durch den Raum wanderte. Dann brach er abrupt ab und kratzte sich an den Händen, als ob er mir schon mehr als genügend Zeit gewidmet hätte.

»Mr. Epstein, Valerie hat mir erzählt, dass Sie mit einer Maschinenpistole losgezogen sind. Und als Sie wieder da waren, sagten Sie wohl: ›Das wird alles vorbeigehen.‹ Was meinten Sie damit, Sir?«

»Ich hab mit ein paar Leuten gesprochen.« Er machte eine Pause, um zu sehen, ob ich verstanden hatte. »Ich will sagen: Ich habe mit ihnen *gesprochen*. Verstehst du, was ich meine?«

»Leute, die für die Atlas-Familie arbeiten?«

»Ich habe nicht gesagt, für wen sie arbeiten.«

»Und Sie haben mit denen auf eine Art *gesprochen*, die sie niemals vergessen werden?«

»Diese Leute sind nicht an dir interessiert. Die wollen das Geld der Harrelsons. Halt dich aus ihren Angelegenheiten raus, und sie lassen dich zufrieden. Außerdem solltest du dich von Grady Harrelson fernhalten. Wenn du das machst, wird alles bald vorbei sein. Eigentlich ist es ganz einfach.«

»Die *Angelegenheiten* dieser Leute interessieren mich nicht, und ich wollte auch nie mit Grady Harrelson zu tun haben. Ich war da, als er Streit mit Valerie hatte und sie beleidigte. So bin ich überhaupt erst mit ihm in Kontakt gekommen.«

»Junge, ich versuche dir nur klarzumachen, in was für eine Welt du da hineingestolpert bist.«

»Woher kennen Sie diese Leute, Sir?«

»Was spielt das für eine Rollte? Ich kenne sie eben.«

»Valerie hat mir erzählt, warum die Regierung Lucky Luciano aus dem Gefängnis entlassen hat.«

»Ach ja?«, sagte er und verschränkte die Hände.

»Luciano sollte dafür sorgen, dass die Werftarbeiter knapp bei Kasse blieben. Kennen Sie daher diese Leute? Haben Sie oder Ihre Freunde mit der Mafia zusammengearbeitet?«

Er bat den Kellner, uns zwei Orangenlimonaden von Nesbitt's zu bringen.

»Warum beantworten Sie nicht meine Frage, Mr. Epstein?«, sagte ich.

»Luciano wurde aus dem Gefängnis entlassen, um die Spionageaktivitäten auf den Werften zu unterbinden.«

»Ich habe gelesen, dass es überhaupt keine Spionage gab. Stattdessen hat Luciano ein Schiff abfackeln lassen, damit ihn seine Leute aus dem Knast holen und als mustergültigen

Patrioten dastehen lassen konnten. Er hat das Heroin in die Schwarzenviertel gebracht und über zwei Jahrzehnte hinweg Menschen ermordet.«

Mr. Epstein beugte sich nach vorn, die Stirn in Falten gelegt. Seine Haut war sonnengebräunt, sein Haar wie eine goldene Lockenperücke, seine blassblauen Augen so kühl und freudlos wie Eiswürfel am Boden eines Cocktailglases. »Entweder behandelst du die Welt, wie sie dich behandelt, oder du wirst ihr zum Opfer fallen. Was auch immer du tust, mein Sohn, Valerie wirst du nicht mit ins Verderben ziehen.«

»Krauser hat mich auch so genannt.«

»Wie?«

»*Mein Sohn.*«

»Ich verstehe nicht, worauf du hinauswillst.«

»Es war eine Beleidigung«, sagte ich.

»Wie bitte?«

»Wissen Sie, Mr. Epstein, ich glaube, alles, was Sie mir gerade erzählt haben, ist nichts weiter als ein Haufen gequirlte Scheiße.«

»*Gequirlte Scheiße?* Na, das nenn ich mal originell.«

Der Kellner brachte die bestellten Nesbitt's. Mr. Epstein sah ihm nach und schaute mir dann wieder ins Gesicht.

»Merton Jenks hat euch Fotos von den beiden Männern gezeigt, die Valerie mit Benzin übergossen haben?«

»Ja. Sie waren nackt, ihre Hände abgesägt.«

»Aber sie hatten es verdient, nicht wahr?«

»Es steht mir nicht zu, solche Urteile zu fällen.«

»Du verstehst mich immer noch nicht. Was ich sagen will, ist, dass sie einen Fehler gemacht haben.«

Ich spürte, wie mein Mund immer trockener wurde. Unter dem Tisch krampften sich meine Hände um meine Ober-

schenkel; ob aus Angst oder Wut, konnte ich nicht sagen.
»Ich weiß nicht, ob ich noch mehr über dieses Thema erfahren will. Was für ein Mensch sägt einer anderen Person die Hände ab?«
»Das ist die Welt, von der ich gesprochen habe. Die Welt, in die du hineingeraten bist.«
»Ich glaube, ich will nichts mehr darüber hören.«
»Möglich, dass du gar keine Wahl hast«, sagte er.
»Ich wollte, dass Valerie mit mir durchbrennt. Und ich bin mir sicher, dass wir eines Tages heiraten werden. Ich lasse mich nicht davonjagen, Mr. Epstein.«
»Ich will dich nicht davonjagen. Es ist Valeries Entscheidung, und die respektiere ich. Ich sage dir lediglich, dass du vorsichtig sein sollst, aber mir scheint, du bist kein guter Zuhörer.«
»Nein, Sir, Sie bedrohen mich.«
Er zog ein Taschenmesser hervor und begann seine Fingernägel zu säubern. »Trink deine Limonade.«
»Trinken Sie sie doch selbst«, sagte ich.
Ich stand vom Tisch auf und ging, hinaus in den Wind. Auf der anderen Straßenseite schlugen Männer, Frauen und Teenager auf der Driving Range Golfbälle hoch hinauf in einen Himmel, der von purpurfarbenen Gewitterwolken durchzogen war. Wie Hagelkörner hüpften die weißen Bälle auf dem grünen Belag, den man dort ausgerollt hatte, wo sich einst eine Mastparzelle befunden hatte. Hinter mir hörte ich, wie die Fliegengittertür des Clubs von Mr. Epstein zuschlug.
Kommt im Leben aller jungen Menschen, die gerade die Welt entdecken und die Schuppen der Jugend abstreifen, irgendwann einmal der Moment, an dem sie ganz sicher wis-

sen, dass sie für den Rest ihres Lebens froh und dankbar darüber sein werden, dass der eigene Vater der eigene Vater und die eigene Mutter die eigene Mutter ist, ganz gleich, wie viele Makel diese auch haben mögen?

An diesem Abend holte mich Saber mit seinem Wagen ab, und wir fuhren raus zum gegenüber der Rice University gelegenen Bill Williams' Drive-in. Saber wollte später noch zur Rollschuhbahn.

»Valeries alter Herr war also ein dicker Kumpel von Krauscr?«, sagte er.

»Vielleicht waren sie nur Kollegen in einer Kommandoeinheit oder haben zusammen bei der Aufklärung gearbeitet«, sagte ich.

»Nimm die Tomaten von den Augen, Aaron. Du sprichst hier über den Kerl, der sehr wahrscheinlich dein Schwiegervater wird.«

»Okay, das ist wirklich eine etwas deprimierende Aussicht. Was ist das für ein klirrendes Geräusch?«

»Ich hab nichts gehört.«

Ich blickte zum Rücksitz, dann auf den Boden des Wagens. »Was ist in den Flaschen da?«

»Kleine Sicherheitsmaßnahme«, sagte er. Es waren dünnhalsige Flaschen von dunkelgrüner Farbe, alle eng von einem Lappen umwickelt, der am Flaschenboden festgeklebt war.

»Sind das Molotowcocktails?«

»Nur für den Fall der Fälle.«

»Deine Kiste ist eine Brandbombe auf vier Rädern, Saber.«

»Mag sein, aber es gibt schlimmere Dinge, als mit einem anständigen Feuerwerk abzutreten, oder?«

Auf der South Main war die für einen lauen Sommerabend

übliche Klientel unterwegs: Lowrider, Halbstarke, Cabrios voller junger Mädchen, Biker auf der Suche nach Frischfleisch und leichten Opfern, Footballprolls, geschniegelte Kids, die an einem Mittwochabend zur Kirche gingen. Jemand warf eine Wasserbombe auf die Straße, Musik plärrte aus den Boxen der Autoradios, und vom Asphalt hallte das Dröhnen der frisierten Auspuffanlagen wider.

Saber fuhr in das Drive-in-Restaurant und bestellte uns beiden eine Portion Fried Chicken. Aus den Lautsprechern erklang Jo Staffords »You Belong To Me«.

»Dieser Song verfolgt mich«, sagte ich.

»Wieso?«, fragte Saber.

»Er beschreibt, wie die Dinge sein sollten. Aber sie sind nicht so.«

»Du solltest aufhören, dir das Hirn zu zermartern.«

»Ich glaube, wir wurden da in etwas hineingezogen, Sabe. Ein Spiel, das wir nur verlieren können.«

»Machst du Witze? Du bist ein verdammter Rodeoheld, und ich bin wieder am Drücker, und zwar in absoluter Höchstform, Mann. Niemand kann uns aufhalten.«

Ich sah einen Wagen voller Halbstarker, der mit voll aufgedrehtem Autoradio den Mittelgang des Drive-in entlangfuhr. »Woher wusstest du, dass Grady sich für sein Schäferstündchen in dieses Motel zurückgezogen hatte?«

»Manny hatte ihn gesehen und war ihm gefolgt. Dann hat er es mir gesteckt.«

»In einer Metropole von der Größe Houstons sieht Manny rein zufällig und dazu noch am anderen Ende der Stadt einen Kerl aus River Oaks, den *wir* hassen und dem *du* das Auto geklaut hast?«

»Es war so, wie ich's dir gerade gesagt hab.«

»Und dir kommt das nicht irgendwie komisch vor?«
»Nein.«
»Hat Manny dir gesagt, dass du das Auto klauen sollst?«
»Ich weiß nicht mehr genau, wessen Idee das war. Was spielt das auch für eine Rolle?«
Die Halbstarken parkten ihren Wagen am Ende der Gasse. Einer von ihnen stieg aus und ging zur Toilette. Er trug Drapes, aus deren Gesäßtasche ein langer Kamm herausragte. Sein Hemd war offen und steckte nicht in der Hose. Als er an unserem Wagen vorüberging, schaute er mich an. Er hatte ein schmales Gesicht, einen kleinen Mund mit schief stehenden Zähnen, bronzefarbenes Haar, in dem die Pomade glänzte, und eine riesige Ducktail-Frisur.
»Grady hat mir mal erzählt, er hätte Verbindungen mit mexikanischen Gangstern«, sagte ich.
»Du meinst also, Manny und Grady hätten irgendeinen tollen Geheimplan ausgetüftelt und mich benutzt, um Gradys Karre mitsamt dem darin versteckten Geld zu klauen?«
»Ich schätzte mal, das ergibt keinen rechten Sinn. Aber irgendetwas in der Richtung muss es gewesen sein.«
»Du hast eine Sorgenmaschine statt einem Hirn zwischen deinen Ohren, Mann. Und zur Krönung zermarterst du dir die Birne über die falschen Sachen.«
»Was wären denn die richtigen?«
»Vick Atlas vielleicht, dieser Psychopath? Oder sein Vater, der andere Menschen mit einem Schweißbrenner bearbeitet?«
»Ich hab neulich den Fußboden mit ihm aufgewischt, und bis jetzt hat er noch nichts deswegen unternommen«, sagte ich, und ich ahnte, dass es töricht klang.
»Ja, weil die Cops einen Streifenwagen vor eurem Haus postiert haben.«

»Mein Vater hat ihn weggeschickt. Er meint, das wäre entwürdigend.«

»Wie bitte? Aber warum ist er dann überhaupt erst mit dir zur Polizei gerannt?«

»Er sagt, er hätte nicht um Polizeischutz gebeten. Er wollte nur, dass die Cops ihren Job erledigen und die Atlas-Familie hinter Gitter bringen.«

»Ich wette, die Jungs in Blau haben sich sofort an die Arbeit gemacht«, sagte Saber.

Auf einem Tablett brachte die Kellnerin unser Essen; Fried Chicken mit Pommes und einen Milchshake für jeden. Der Halbstarke kam wieder aus der Toilette und brachte seine Tolle in Form. Dann wechselte er abrupt die Richtung und steuerte auf uns zu. Er steckte den Kamm in die Gesäßtasche und lehnte sich ein Stück herunter, um durch das offene Beifahrerfenster schauen zu können. Sein Atem roch süß vom Kaugummi in seinem Mund. »Wie läuft's so, Mann?«

»Läuft so«, antwortete ich. »Kennen wir uns?«

»Ich war mal auf der Reagan Highschool und hab dich bei ein paar Footballspielen und ein oder zwei Tanzveranstaltungen gesehen«, sagte er. »Hat Loren dich gefunden?«

»Loren wer?«

»Nichols, Mann. Loren Nichols. Du bist doch Aaron Broussard, oder nicht?«

»Loren sucht mich?«, sagte ich.

»Yeah, der war vorhin schon mal hier. Ich dachte, ich sag dir eben Bescheid.« Er legte den Unterarm auf das Dach des Wagens. Der Wind fuhr unter sein Hemd. »Er wollte zum Herman Park, mit ein paar Girls aus Bellaire.«

»Loren zieht neuerdings mit Mädchen aus Bellaire durch die Gegend?«

»Ich geb bloß weiter, was er gesagt hat, Mann. Wollt ihr beiden vielleicht ein bisschen Maria rauchen?«

»Nein, danke.«

Er beugte sich noch weiter hinunter, sodass er Sabers Gesicht sehen konnte. »Du bist Bledsoe, oder?«

»Und?«, sagte Saber.

»Hab von dir gehört. Du hast deinen Riemen durch ein Loch in der Decke ins Klassenzimmer baumeln lassen. Verrückte Nummer, Mann.«

Saber schaute ihn an. »Ich hab die Kiste gerade gewaschen.«

»Und?«

»Wäre schön, wenn du deine Pfoten vom Dach nimmst.«

»Ich sag Loren, dass ich euch gesehen hab«, sagte er. Dann klopfte er auf den Türrahmen und ging.

»Kennst du den Kerl?«, sagte ich.

»Nein.«

»Meinst du, der könnte Verbindungen zu Vick Atlas haben?«

»Worauf du wetten kannst«, sagte Saber. Er legte den Knochen, an dem er gerade knabberte, auf das Tablett zurück und stieg aus. »Oh, Mann, verdammt … hab ich einen Hals!«

»Was ist los, Saber?«, sagte ich.

»Ich hab die Schnauze voll von diesem Scheiß.«

»Was meinst du?«

»Dauernd von diesen Typen verarscht zu werden.«

»Komm zurück, Saber«, sagte ich und stieg ebenfalls aus.

Saber ging zu dem Wagen der Halbstarken und beugte sich runter zum Fenster auf der Fahrerseite. »Keine Ahnung, was der Typ auf dem Rücksitz euch erzählt hat. Tatsache ist, der Junge ist läufig. Hat uns gerade angemacht, um uns in den Herman Park zu locken. Ich geh jetzt rein und ruf die Cops.

Das hier ist nämlich ein Laden mit Stil, kapiert? Ich an eurer Stelle würde den Kerl irgendwo rausschmeißen. Der weiß doch nicht mal, wie man Stil schreibt.«

Ich dachte, damit wäre unser Schicksal besiegelt. Aber nichts passierte. Saber glühte förmlich. In seiner Naivität glaubte er, er hätte sich dem Bösen entgegengestellt und es mit einer List geschlagen. Ich war anderer Meinung. Mir schien es wahrscheinlicher, dass die Jungs in dem Wagen vor lauter Angst lieber Sabers Beleidigungen schluckten, als Vick Atlas Nachrichten überbringen zu müssen, die er nicht hören wollte. Sie kamen aus ärmlichen Verhältnissen und versteckten ihre Unsicherheit, indem sie die Zoot-Suit-Kleidung der Vierzigerjahre trugen. Tatsächlich jedoch verfügten sie nicht einmal über das Vokabular, um die Triebe zu beschreiben, die ihr Leben bestimmten.

»Denen haben wir's gezeigt, oder?«, sagte Saber, als wir auf der South Main Richtung Rollschuhbahn fuhren.

Ich schaute aus dem Fenster, ohne zu antworten.

»Hab ich dir schon erzählt, dass ich mich mit der Orgelspielerin von der Rollschuhbahn unterhalten hab?«, sagte er. »Ich glaub, die steht auf mich.«

»Du bist der Beste, Saber«, sagte ich.

Wolken gelb wie Schwefel türmten sich dicht gedrängt bis zum Horizont auf, und fast schien es, als wären wir unter einem Ozean gefangen, der gerade über die Erde hinwegspülte.

Kapitel 31

In dieser Nacht konnte ich nicht einschlafen. Am nächsten Morgen stand ich erst um neun Uhr auf. Meine Eltern waren bereits zur Arbeit gegangen, und meine Mutter hatte die Katzen und den Hund gefüttert, was eigentlich meine Aufgabe war. Ich machte mir einen Kaffee und schlug die Zeitung auf. Auf der ersten Seite der Lokalnachrichten war ein Foto von einem Pick-up, der seitlich von einem Zug gerammt und zermalmt worden war. In dem dazugehörigen Artikel stand, der Fahrer des Wagens habe versucht, den Bahnübergang bei geschlossener Schranke zu passieren. Sehr wahrscheinlich seien die beiden Insassen – Manuel Delgado (21) und Cholo Ramirez (22) – sofort tot gewesen.

Ich spürte, wie mir der Schweiß auf die Stirn trat. Mein Magen brannte, als hätte jemand ein Streichholz über die Schleimhaut in seinem Inneren gezogen. Ich rief Cisco Napolitano an. Sie nahm ab und räusperte sich, bevor sie Hallo sagte.

»Ich muss mit Ihnen sprechen, Miss Cisco«, sagte ich.

»Du schon wieder?«

»Kann ich vorbeikommen?«

»Nein, halt dich bloß von meinem Apartment fern.«

»Warum?«

»*Warum?* Hast du das gerade wirklich gefragt? Dann war das vielleicht doch jemand anders, der das Badezimmer von Vick Atlas blutrot getüncht hat?«

»Ich brauche Hilfe«, sagte ich. »Ich muss Ihnen ein paar Fragen stellen, mit denen ich sonst zu niemandem gehen kann.«

Sie machte ein Geräusch, das wie ein Ballon klang, aus dem die Luft entweicht. »Wo bist du?«

»Zu Hause.«

»Ist noch irgendjemand da?«

»Nein, Ma'am.« Ich gab ihr die Adresse durch. »Ich mache das nur aus einem einzigen Grund«, sagte sie. »Ich habe dich als Mistkröte beschimpft. Und das tut mir leid.«

»Sind Sie in Gefahr, Miss Cisco?«

»Ich glaube, ich werde Nadel und Faden mitbringen und dir ein für alle Mal den Schnabel zunähen.«

Ich machte Rührei, gab geriebenen Käse und klein gehackte grüne Zwiebeln hinzu und setzte noch mehr Kaffee auf. Dann schnitt ich drei Rosen vom Rankegitter und steckte sie in eine Wasserflasche, die ich auf den Tisch stellte. Als Cisco Napolitano in ihrem Oldsmobile ankam, fuhr sie die Einfahrt bis zum Ende hinauf und parkte unter der Überdachung, sodass der Wagen de facto hinter dem Haus stand und von der Straße aus nicht zu sehen war. Fast hätte ich sie nicht erkannt. Sie trug eine Latzhose, ein weißes T-Shirt und Segelschuhe mit Karomuster ohne Socken und hatte die Haare in einem Pferdeschwanz nach hinten gebunden. Ich drückte das Fliegengitter der Hintertür auf. Major und die Katzen schlüpften nach ihr ins Haus.

»Was ist denn das hier alles?«, sagte sie mit einem Blick auf den Essenstisch.

»Spätes Frühstück? Frühes Mittagessen? Ein Omelett, das mein Hund gern verputzen würde?«

»Ich muss etwas Unverzeihliches in einem früheren Leben getan haben«, sagte sie. Sie setzte sich und schaute mich an. Es war kein Make-up auf ihrem Gesicht, und die Haut um ihre Augen war grau. »Was wolltest du mich fragen?«

»Gestern Abend haben ein paar Kerle versucht, Saber und mich in eine Falle zu locken. Ich glaube, die Typen waren Handlanger von Vick Atlas.«

»Sie wollten euch irgendwohin locken?«

»Ja, in den Herman Park.«

»Was hast du denen gesagt?«

»Nicht viel. Saber hat ihnen ordentlich Bescheid gestoßen. Obwohl sie zu fünft waren, haben sie es sich gefallen lassen.«

»Hört sich nach ein paar Taugenichtsen auf Vicks Gehaltsliste an. Was wolltest du noch wissen?«

»Woher wussten Sie, dass Saber das Cabrio von Grady vor dem Motel geklaut hatte?«

»Einer dieser Schwachmaten aus seiner Truppe hat versucht, einen Goldbarren in einem Leihhaus zu versetzen.«

Ich schob die aufgeschlagene Lokalseite der Zeitung zu ihr. Sie betrachtete das Foto, das den zermalmten Pick-up auf den Gleisen zeigte.

»Die beiden Mexikaner, die mit Saber zusammengearbeitet haben, hießen Manny und Cholo«, sagte ich.

Sie schaute eine ganze Weile auf das Foto und die ersten Absätze des Artikels. Dann blickte sie auf und sah mich an.

»Und du glaubst, sie wurden ermordet?«

»Ich weiß es nicht«, sagte ich.

»Sie wurden nicht ermordet. Zumindest nicht von Atlas oder seinen Leuten.«

»Ach, die Totschläger von Atlas haben gewisse Standards oder wie?«

»Diese Leute verschleiern ihre Arbeit nicht. Im Gegenteil, sie stellen sie zur Schau.«

»Wollen Sie einen Kaffee? Oder ein bisschen Rührei? Hier, nehmen Sie.« Ich schob etwas Rührei auf ihren Teller. »Toasts sind auch gleich fertig.«

Sie stützte ihre Stirn auf den Fingern ab. »Gut, hier sind die Neuigkeiten: Gerade sind zwei Kerle aus Palermo angekommen. Echte Spaghettifresser mit Schmalzlocken, wenn du verstehst. Körper aus Stahl, Augen schwarz wie Tintenfässer. Die kennen das Opfer nicht, das Opfer kennt sie nicht. Außerdem sind ihre Fingerabdrücke nicht im System. Haben sie den Auftrag erledigt, fliegen sie zurück nach Sizilien, setzen sich ihre Kinder aufs Knie und spielen ›Hoppe, hoppe Reiter‹.«

»Und wen sollen die hier umbringen?«, sagte ich. Doch die Worte aus meinem Mund klangen, als hätte sie jemand anders ausgesprochen, leer und heuchlerisch. Ich wollte die Antwort auf meine Frage nicht hören. Nein, falsch. Ich wollte, dass Cisco mir sagte, eine andere Person wäre das Ziel, nicht ich oder meine Eltern.

»Die Person, die Jaime Atlas ihnen nennt«, antwortete sie. »Du hast seinem Sohn das Gesicht zerschlagen. Die Wunde hat sich entzündet. Vielleicht lässt der Alte es dir durchgehen, vielleicht auch nicht. Was er eigentlich will, ist das Geld der Harrelsons aus Gradys Cabrio. Und jetzt frag mich nicht, wie das alles ausgehen wird. Ich weiß es nicht. Ich weiß nur, dass ich mich gern so weit wie möglich von Typen fernhalte, die wie ein Knoblauchfeld stinken.« Sie nahm ihre Gabel und aß zwei Happen.

»Sie sehen anders aus«, sagte ich.

»Ja, bin gerade dem Mormonenchor beigetreten.«

»Sie sehen aus wie eine Lady, die im Garten gearbeitet hat.

Ich meine, Ihre Haare und Ihre Sachen … hübsch sehen Sie aus.«

Ich konnte die wachsende Irritation in ihrem Gesicht sehen. »Du bist zu jung, um solche Dinge zu mir zu sagen.«

»Tut mir leid.«

»Ich bin seit sechs Tagen von der Kanüle weg«, sagte sie. »Und ich gehe zu diesen Meetings, wo sich Leute treffen, die Probleme haben, wie ich sie habe. Keine Ahnung, ob deren Punkteprogramm bei mir funktionieren wird oder nicht. Wahrscheinlich eher nicht.«

Sie zog einen braunen Umschlag aus der Tasche ihres Overalls und legte ihn auf den Tisch. Er war mit einem roten Faden umwickelt. »Hier sind sechshundert Dollar. Gönn deinen Eltern und dir eine kleine Ferienreise. Und nimm Bledsoe mit. Ich versuche mit Vick zu reden. Bei dem Alten hat es keinen Zweck. Der hat vor zehn Jahren sogar mal seinem Geschäftspartner die Nase abgebissen.«

»Ich soll meinen Eltern sagen, dass wir uns verstecken müssen?«, sagte ich.

»Wenn du es ihnen nicht anders verkaufen kannst, dann ja.«

»In meiner Familie löst man Probleme nicht auf diese Weise.«

»Weißt du, warum der Süden den Bürgerkrieg verloren hat?«, fragte sie. »Die haben einfach nie kapiert, dass man nicht mehr kämpfen kann, wenn man tot ist. Setz dich hin, und iss was, okay? Du machst mich nervös. Pass auf, vielleicht erledigt sich die Sache ja ganz von allein. Hab einfach ein bisschen Geduld.«

»Genau das hat Mr. Epstein auch gesagt. Aber der ist im Grunde auch ein Mörder und keinen Deut besser als die Atlas-Bande.«

»Dann hast du ganz offensichtlich keine Ahnung, was Jaime Atlas alles getan hat.«

»Detective Jenks hat's mir erzählt.«

»Merton kennt nicht die Hälfte der Geschichten. Zum Beispiel die Sache mit diesem Mädchen in dem Freudenhaus in Reno ...«

»Erzählen Sie weiter«, sagte ich.

»Besser nicht. Bring deine Mutter aus der Stadt.«

»Warum meine Mutter?«

»Jaime Atlas tötet mit Vorliebe Frauen. Was glaubst du eigentlich, mit wem du es hier zu tun hast? Der Kerl ist der Teufel in Menschengestalt.«

Als hinter mir die Brotscheiben aus dem Toaster sprangen, zuckte ich zusammen.

»Scheiße«, sagte sie. Dann schaute sie auf die Rosen. »Hast du die für *mich* gepflückt?«

»Ich dachte, mit den Blumen sieht alles ein wenig freundlicher aus.«

»Ich kann leider nicht zaubern, Aaron.« Sie stand vom Tisch auf. »Mach die Augen zu.«

»Warum?«

»Tu einfach, was ich dir sage.«

»Miss Cisco, ich weiß nicht, ob das eine gute Idee ist.«

»Tu's einfach«, sagte sie.

Ich schloss die Augen. Dann spürte ich, wie sie ihre Arme um meine Schultern legte und mir einen leichten Kuss auf die Wange gab. Als ich die Augen öffnete, steckte sie mir eine der Rosen in die Brusttasche. »Du hast ein schönes Zuhause und eine nette Familie. Gib gut darauf acht.«

»Warum haben Sie mir die Rose in die Hemdtasche gesteckt?«

»Wahrscheinlich, weil du sie verdienst und ich nicht. Oder so etwas in der Art.«

Sie griff sich den Umschlag mit dem Geld und ging, ohne ein weiteres Wort zu sagen. Major lief zur Fliegengittertür und schaute ihr nach.

An diesem Abend führte ich Valerie ins Kino aus, ins Loew's Theatre in der Innenstadt, um *Viva Zapata!* zu sehen. Erst wollte ich in *Zwölf Uhr mittags* gehen, aber Valerie meinte, der Film sei voller Anspielungen auf Joseph McCarthy, den Ausschuss für unamerikanische Umtriebe und die Verfolgung der Hollywood Ten.

»Woher weißt du das?«, fragte ich.

»Mein Vater hat das gesagt«, antwortete sie.

Sehr wahrscheinlich war die Information korrekt, aber wenn sie von Mr. Epstein stammte, wollte ich nichts davon wissen.

»Ich hab gehört, Brando ist großartig als Zapata«, sagte ich.

»Anthony Quinn spielt seinen Bruder und Joseph Wiseman einen Verräter. Ich liebe Joseph Wiseman.«

»Okay, dann sollten wir uns auf jeden Fall *Zapata* ansehen«, sagte sie.

Für zwei Stunden versanken wir im revolutionären Mexiko. Als wir aus dem Kino kamen, war der Himmel türkis gefärbt, der Wind zerrte an dem Sternenbanner auf der anderen Straßenseite, und das Bild von Marlon Brando, in einem Viehgehege sitzend und in Stücke geschossen, hatte sich in unser Gedächtnis eingebrannt. Ich legte den Arm um Valeries Schultern. Im Licht der Leuchtreklame sah sie so wunderschön aus, dass mich ein schmerzender Stich durchfuhr. Einen Moment lang stellte ich mir vor, wie wir die gepackten Koffer in mein Auto warfen und auf dem Highway 66 Richtung Westen fuhren, immer der Sonne hinterher bis nach Hollywood und zu den Stränden von Santa Monica und Malibu.

Dann sah ich auf der anderen Straßenseite einen Mann in einem kastenförmigen Viertürer aus den Vierzigern. Trotz der Hitze trug er einen Anzug und einen Fedora. Es war zu dunkel, um sein Gesicht erkennen zu können.

»Warum bleibst du stehen?«, sagte Valerie.

»Der Kerl in dem schwarzen Wagen da drüben ...«

»Was ist mit ihm?«

»Er hat eine Kamera. Da, siehst du? Mit Teleobjektiv.«

Er richtete die Kamera auf uns. Ich schirmte Valerie ab, indem ich mich vor sie stellte, mit dem Rücken zur Straße. Ein gutes Dutzend Passanten liefen an uns vorbei. Als ich mich wieder umdrehte, reihte sich der Wagen gerade in den Verkehr ein. Dieses Mal konnte ich das Gesicht des Fahrers deutlich sehen. Seine Haut glich billiger Raufasertapete, die Augen standen weit auseinander, seine Finger sahen aus wie ums Lenkrad geschlungene Bratwürste.

Ich stieß mit einem Passanten zusammen. »Tut mir leid«, sagte ich.

»Wenn ich so ein hübsches Mädchen an der Hand hätte, wäre ich auch abgelenkt«, entgegnete er.

Der Wagen fuhr um eine Kurve und war verschwunden. Ich hatte noch nicht einmal Zeit, mir das Kennzeichen einzuprägen.

»Wer war das?«, sagte Valerie.

»Cisco Napolitano meinte, dass Jaime Atlas ein paar Kerle aus Sizilien angeheuert hat.«

»Auftragsmörder? Warum hast du mir nichts davon erzählt?«

»Ich dachte, dass sie vielleicht übertreibt.«
»Hast du es deinen Eltern gesagt?«
»Die haben schon genug Kummer.«
»Ich werd's meinem Vater sagen.«
»Vielleicht war der Kerl auch nur ein Tourist. Lass es gut sein, okay?«
»Du willst nicht, dass mein Vater Bescheid weiß?«
»Jeder muss seine eigene Wasserflasche tragen«, sagte ich.
»Wie bitte?«
»Ist ein Spruch der Erdölarbeiter.« Ich legte meinen Arm wieder über ihre Schultern. Ihr Nacken war angespannt, ihre Rückenmuskulatur hart wie ein Brett. »Uns wird nichts geschehen«, sagte ich. »Am Ende gewinnen immer die Ehrlichen und Aufrechten.«

Sie nahm meine Hand von ihrer Schulter und umschlang meinen Arm. »Es wird nicht einfach so vorbeigehen, oder?«

»Wie schaut's aus, hast du Lust auf einen Schoko-Shake?«

Am nächsten Morgen kam Loren Nichols zur Tankstelle. Er fuhr den Wagen seines Bruders, einen Pick-up mit vanillefarbener Grundierung. Seine Haare waren frisch gewaschen. Sie hingen an seinem Kopf herunter wie ein schwarzer Wischmopp. »Na, alles fit im Schritt?«

»Alles lose in der Hose. Und selbst?«, antwortete ich.

»Hör zu, ich muss dich um einen Gefallen bitten. Sonntags fahr ich für drei Dollar am Nachmittag einen Kirchenbus durch die Gegend. Und jetzt haben die Gemeindemitglieder mich überredet, heute Abend mit einer Vierer-Combo bei einem ihrer Kirchenpicknicks aufzutreten. Bei zwei der Songs werde ich sogar der Leadsänger sein.«

»Das ist großartig, Loren.«

»Ja, dummerweise hat meine Gitarre nach einem Kurzschluss Feuer gefangen.« Er schaute zu der Virginia-Eiche, die sich durch den Betonboden neben der Tankstelle gekämpft hatte.
»Und jetzt willst du dir meine Gibson ausleihen?«
»Valerie hat mir erzählt, wie sehr du an der Gitarre hängst.«
»Können Valerie und ich zu dem Auftritt kommen?«, sagte ich.
»Das fände ich toll.« Er strich sich die Haare zurück.
»Kennst du Hopkins, diesen Peckerwood-Scheißer von einem Zivilbullen?«
»Ja, kenn ich. Der hat Saber und mich mal festgenommen.«
»Hat mich auf dem Revier ausgequetscht, der Kerl. Wollte Sachen über dich und Bledsoe wissen, und über Vick Atlas und das Cabrio von Grady Harrelson.«
»Warum solltest du irgendetwas über Harrelsons Cabrio wissen?«
»Hab ich ihm auch gesagt. Dann hat er mich über diese beiden Typen ausgefragt, die mit Bledsoe unterwegs waren. Die beiden, die neulich von einem Zug überrollt wurden. Davon hast du doch gehört, oder?«
»Hab's in der Zeitung gelesen.«
»Hopkins meinte, jemand hätte sie verfolgt, als sie über den Bahnübergang fahren wollten.«
»Was hast du ihm gesagt?«
»Dass ich keine Ahnung habe, wovon er spricht. Er meinte, ich soll ihn nicht für dumm verkaufen. Kanalratten wie ich hätten doch sowieso nichts anderes zu tun, als in der Gosse herumzuschnüffeln.«
»Was hast du geantwortet?«

»Dass er seiner Alten mal anständig die Rosette versilbern soll, weil's mir bei meinem letzten Besuch so vorkam, dass sie's nicht besorgt kriegt.«

»Das hast du zu einem Zivilbullen gesagt?«

»Ist nicht viel passiert, außer dass mir einer seiner Kakerlakenfreunde von hinten einen Schuh über den Schädel gezogen hat. Aber sag mal, was soll dieses Theater um Harrelsons Cabrio?«

»Im Innenraum des Wagens ist Geld versteckt, und die beiden Mexikaner haben sich mit der Kiste aus dem Staub gemacht.«

»Von wie viel Geld reden wir?«

»Fast eine Million. Vielleicht mehr.«

»Jetzt verarschst du mich, oder?«

»Nein, das ist die Wahrheit, Loren. Die Atlas-Familie hat sogar ein paar Auftragsmörder aus Sizilien einfliegen lassen, um das Cabrio zu finden.«

Er drückte seinen Kragen glatt und schaute zur Seite auf die Straße. Der Wind fuhr durch sein Haar und unter sein Hemd. »Hopkins ist dirty, oder?«

»Du meinst korrupt? Keine Ahnung.«

»Er war bei der Sitte in Galveston. Das bedeutet, dass er entweder auf der Gehaltsliste der Atlas-Familie stand oder den Job da an den Nagel gehängt hat, weil er sich nicht bestechen lassen wollte. Und jetzt mal ehrlich, wirkt Hopkins vielleicht wie eine ehrliche Haut auf dich?«, sagte Loren.

»Du denkst, er kennt diese Auftragskiller?«

»Ein Kerl wie der mischt überall mit, wenn er ein paar Dollar nebenbei machen kann. Hat Bledsoe das Cabrio von Harrelson geklaut?«

»Musst du ihn selbst fragen.«

»Gut, dachte ich mir. Dann frage ich mich aber, warum ihn noch niemand eingesackt und in Einzelteile zerlegt hat? Und warum haben die dich noch nicht auseinandergenommen?«

»Vielleicht planen sie das ja gerade.«

»Vielleicht. Aber warum ist es noch nicht passiert? Und bitte streng jetzt mal dein Oberstübchen an.«

»Irgendjemand weiß bereits, wo das Cabrio ist?«

»Bingo. Siehst du, was für ein schlaues Kerlchen du bist?«

»Was sollte ich deiner Meinung nach tun?«

»Weißt du, was ich in Gatesville gelernt habe? Lass andere Leute nicht wissen, was du denkst. Das Schweigen jagt ihnen eine Heidenangst ein. Deshalb stecken die Wärter die Häftlinge auch gern in Einzelhaft. Kurioserweise ist es die eine Sache, die auch die Schließer über alles fürchten. Nicht umsonst lassen sie dauernd ihre Radios laufen und schreien sich in der Umkleide an, als wären sie taub. Wenn sie nichts hören, müssen sie sich nämlich mit ihren eigenen Problemen beschäftigen.«

»Wann ist der Auftritt?«, sagte ich.

»Um sieben. Die Veranstaltung findet draußen auf dem Campingplatz der Baptisten statt. Erst muss ich aber alle Kids mit dem Bus einsammeln. Ach ja, ich hab das Buch gelesen, *Das Rolandslied*. Ist ziemlich gut. Ist dieser ganze Kram wirklich mal passiert?«

»Er passiert immer noch«, sagte ich.

»Du bist ein komischer Kauz, Mann. Ein echt komischer Kauz.«

Auf dem Heimweg hielt ich an einer Kirche und setzte mich ganz hinten im Schatten auf die letzte Bank. Außer mir war nur der Hausmeister da, der mit einem Besen den Boden zwischen den Kirchenbänken fegte. Mittlerweile war ich zu der Überzeugung gekommen, dass meine Blackouts nicht einfach nur Filmrisse waren, sondern die Aufgabe hatten, meinen wahren Charakter vor mir selbst zu verbergen. Und so saß ich in dieser Kirche, umgeben vom Geruch des Weihrauchs, dem Plätschern der Weihwasserbrunnen und dem Flackern der Kerzen in den blauen und roten Gläschen, und musste mir eingestehen, dass ich Vick Atlas und seinen Vater und, um das Maß vollzumachen, auch Grady Harrelson umbringen wollte und am liebsten die Erlaubnis einer göttlichen Hand dafür erbeten hätte.

Meine Gedanken erschienen mir obszön, eine Beleidigung für diesen Ort und die Mächte, von denen ich glaubte, dass sie auf der anderen Seite des Vorhangs walteten. Hier, das wurde mir schnell klar, würde ich vergebens nach Unterstützung für mein Anliegen suchen. Ich ging hinaus, fast blind im grellen Licht der Sonne.

Kapitel 32

Ich aß früh mit meinen Eltern zu Abend und holte anschließend Valerie ab, um zu dem Campingplatz zu fahren, an dem Lorens Baptistenfreunde ihre Gemeindetreffen abhielten. Der Campingplatz wurde von einem milchig-braunen, von Zedern und Pinien gesäumten Bach durchzogen. Es gab einen Spielplatz mit Schaukeln und Wippen und ein großes grünes Gebäude, das reichlich baufällig wirkte und in seinem Inneren ein Basketballfeld und Tischtennisplatten beherbergte. Es war das erste Mal, dass ich ein Gemeindetreffen von Protestanten besuchte. Damals, zumindest im Süden, begegnete man Katholiken wie mir stets mit Argwohn. Uns wiederum hatte man eingeschärft, keinen regelmäßigen Umgang mit den Nachkommen von Martin Luther und Johannes Calvin zu pflegen.

»Ich fühle mich ein wenig, als würde ich feindliches Gebiet betreten«, sagte ich.

»Warum sollten sie sich mit dir aufhalten, wenn sie auf eine Christusmörderin wie mich zurückgreifen können?«, entgegnete Valerie.

Mir fiel keine passende Antwort ein.

Zwischen den Pick-ups und alten Autos auf dem Parkplatz neben dem grünen Gebäude parkte ein leerer, gelber Bus. Loren wartete an der Vordertür und rauchte eine Zigarette. Er trug eine navyblaue Anzughose mit hoher Taille, dazu ein langärmeliges weißes Cowboyhemd mit einem silberfarbenen Binder inklusive Krawattenspange. Das feucht gekämmte Haar hing über seinen Hemdkragen. Ich parkte neben dem Bus, holte meinen Gitarrenkoffer vom Rücksitz und reichte ihn Loren. »Da liegen noch ein paar flache Plektren und ein Daumenpick drin.«

»Danke.« Er ließ seine Zigarette auf den Boden fallen und trat sie aus. Dann hob er die Kippe auf, zog das Papier vom Filter ab und ließ den Wind die Tabakreste davontragen. Er atmete tief ein und streckte den Hals, als wäre ihm der Kragen zu eng.

»Nervös?«, sagte ich.

»Ich schwitze wie in der Sauna«, antwortete er.

»Du wirst das sicher ganz toll machen«, sagte Valerie. »Ich habe im Rhetorikkurs gelernt, dass man bei einem Auftritt oder einer Rede nicht eine einzelne Person ansehen soll. Es ist besser, wenn du auf die Wand am Ende des Saals schaust. Auf diese Weise denken alle Zuschauerinnen und Zuschauer, du würdest sie ansehen.«

So sprach Valerie: stets korrekt, grammatikalisch einwandfrei und präziser als notwendig. Als ich sie im Zwielicht von der Seite anschaute, den Glanz auf ihrer Haut und die Freude in ihren Augen sah, wusste ich, dass ich, ganz gleich, was auch geschehen mochte, mich nie wieder von ihr trennen können würde, noch nicht einmal im Tod. Ich hatte das Gefühl, dass wir bereits miteinander verschmolzen waren; ein Fleisch und eine Seele; Liebende mit einer engeren Verbindung als so manches Geschwisterpaar; Weggefährten bis zum Grab und darüber hinaus. Und es war ein eigenartiges Gefühl.

»Was spielt ihr eigentlich?«, fragte ich.

»›Keep on the Sunny Side‹ und ›Blue Moon of Kentucky‹

und noch ein paar andere Songs … falls wir nicht vorher von der Bühne fliegen.«

»Hört sich toll an, Loren«, sagte ich.

»Glaubt ihr, dass ich das hinkriege?«, sagte er.

»Wir sitzen ganz vorn«, erwiderte Valerie. Mehr brauchte sie nicht zu sagen.

Mit meinem Gitarrenkoffer in der Hand machte er sich auf den Weg zur Hintertür des Gebäudes, während Valerie und ich den Vordereingang benutzten und uns einen Platz auf den Zuschauertribünen suchten, die das Basketballfeld säumten. Ein paar Minuten später war die Halle prall gefüllt. Kinder tobten mit an Stöcken befestigten Luftballons auf dem Basketballfeld herum, während die Musiker auf der Bühne alles vorbereiteten. Die Gemeindemitglieder, in deren Mitte wir saßen, hatten die sonnengebräunte Haut, die rauen Hände und die kargen Gesichter von Menschen, für die Entbehrungen und schwere körperliche Arbeit so normal waren wie der tägliche Sonnenaufgang. Ihre verwaschene Kleidung war gestärkt und gebügelt, ihre Augen voller Erwartung und Freude über eine Veranstaltung, die sie als Anerkennung für ihr Leben und ihre Arbeit ansahen.

Lorens Band kam auf die Bühne. Falls er nervös war, ließ er es sich nicht anmerken. Er war so groß, dass er sich zum Mikrofon hinunterbeugen musste, als die ersten Töne von »Blue Moon of Kentucky« erklangen. Und dann stand er im Scheinwerferlicht und sang – sein feuchtes Haar schwarz und glänzend, seine Wangen eingesunken, sein Stimmumfang wie der von Porter Wagoner. Als der Song zu Ende war, begann das Publikum zu klatschen, erst zaghaft, dann frenetisch. Die Überraschung war für Loren am größten. Ungläubig schaute er sich um, als ob die Zuschauer nicht für ihn, sondern für eine andere Person klatschen, grölen und mit den Füßen auf den Boden stampfen würden. Ohne Pause glitt er in den nächsten Song über, das durch die Carter Family bekannt gewordene »Keep on the Sunny Side«. Anschließend folgten »Lovesick Blues« von Hank Williams und »I Saw the Light«. Als er damit durch war, holte ihn das Publikum für fünf weitere Zugaben zurück auf die Bühne.

Valerie schaute sich um. »So etwas habe ich noch nie erlebt.« »Ich werde Biff Collie anrufen. Biff ist ein guter Kerl, der wird ihm helfen.«

»Wer?«

»Biff Collie, der Discjockey vom Cook's Hoedown, der da auch die Sänger und Bands präsentiert.«

»Dieser Erfolg hier ist auch dein Verdienst, Aaron.«

»Ach was.«

»Loren tut so, als hätte er alles im Griff, aber tatsächlich hat er keinerlei Selbstvertrauen. Er hat mir erzählt, dass du ihm seine ersten Akkorde gezeigt hast. Du machst dir keine Vorstellung davon, wie viel ihm das bedeutet.«

In der Pause gingen wir zu einem langen Tisch mit Essen und Getränken und kauften ein paar Hotdogs und zwei Cokes. Loren kam mit meinem Gitarrenkoffer unter dem Arm zu uns. Die Leute schüttelten ihm die Hand und klopften ihm auf den Rücken, aber er nickte nur, beschämt von dem Lob und der Zuneigung des Publikums. Er reichte mir den Gitarrenkoffer. »Ich muss mal rausgehen.«

»Wieso?«, fragte ich.

»Mein Kopf fühlt sich an, als wäre er mit Heliumgas gefüllt. Gut möglich, dass ich gleich aus den Latschen kippe.«

»Iss einen Hotdog«, sagte Valerie.

»War ganz in Ordnung, oder?«, sagte er.

Valerie und ich grinsten.

»Hat's euch gefallen?«, fragte er.

»Na, was denkst du denn?«, sagte ich.

Dann kamen ein paar Mädchen und umringten ihn. Valerie und ich gingen hinaus. Der Himmel im Westen war rot wie ein Schmiedefeuer. Ein lilafarbener MG bog von der zweispurigen Bundesstraße ab, rollte über den Rasen des Campingplatzes und parkte in der Nähe des Kirchenbusses. Grady Harrelson stieg aus und blickte sich argwöhnisch um. Dann starrte er uns an, ohne sich zu bewegen. Ich war mir nicht sicher, ob er nur verlegen wegen seines britischen Sportwagens war oder Angst vor den Menschen hatte, in deren Mitte er sich plötzlich befand.

»Was macht der denn hier?«, sagte ich.

»Keine Ahnung, aber es ist besser, wenn Loren ihn nicht sieht«, sagte Valerie.

»Wieso? Was hat Loren gesagt?«

»Loren glaubt, dass Grady für den Tod seiner Cousine verantwortlich ist.«

»Das glaube ich auch.«

»Lass mich mit ihm sprechen«, sagte sie.

»Wie wär's, wenn wir beide mit ihm reden und ihm sagen, dass er uns zufriedenlassen soll?«

»Schau ihn dir an. Er ist bemitleidenswert«, sagte sie.

Ich erwiderte nichts. Wahrscheinlich hatte sie recht. Aber ich hatte gelernt, dass Menschen, die bemitleidenswert wirkten und nichts zu verlieren hatten, dich im nächsten Moment in Stücke reißen konnten.

Wie sich herausstellte, wollte Grady nur einen von uns beiden sprechen. »Hallo, Valerie«, sagte er. »Wie geht's, Aaron? Hast du kurz Zeit für ein Gespräch?«

»Woher wusstest du, dass wir hier sind?«, fragte sie.

»Ein Nachbar hat es mir gesagt. Könnte ich vielleicht kurz mit Aaron unter vier Augen sprechen?«

»Entweder sprichst du mit uns beiden oder mit keinem von uns«, sagte ich.

Er trug Jeans, Sandalen und ein Polohemd mit einem gestickten Krokodillogo auf der Brusttasche. Eine dicke Haarsträhne hing über einem seiner Augen. Irgendwie brachte es Grady immer wieder fertig, mit seinem Auftreten und seinem Look wie ein Sinnbild unserer Zeit zu wirken: trotzig, selbstgefällig und auf beiläufige Art glamourös, aber auch gefährlich und ohne Kenntnis seiner selbst. »Ich hab eine Jagdhütte südlich von Beaumont. Warum fahrt ihr da nicht für eine Weile hin und macht Urlaub? Raus aus der Stadt, bis sich die Angelegenheit erledigt hat.«

»Welche Angelegenheit?«, fragte ich.

Er drehte sich um und schaute zum Himmel hinauf. »Sieht aus, als würden die Wolken brennen, findet ihr nicht?«

»Was macht dir solche Sorgen, Grady?«

»Die Dinge sind außer Kontrolle geraten. Das kann schon mal passieren, und deswegen bin ich hier. Ich will nicht, dass ihr verletzt werdet.«

»Dann hör auf, dich wie ein Idiot aufzuführen«, sagte Valerie. »Bist du wegen der Auftragsmörder aus Sizilien hier?«

Seine Wangen waren mit einem Mal kalkweiß. »Ihr habt sie gesehen? Sie sind wirklich hier?«

»Hat Vick sie angeheuert oder sein alter Herr?«, sagte ich.

Er trat einen Schritt zurück, antwortete aber nicht.

»Hat Vick sie geschickt?«, fragte ich noch einmal.

»Ich bin nicht gerade Vicks Vertrauensperson«, sagte er.

»Aber gut, wie es aussieht, ist es ohnehin Zeitverschwendung, mit euch zu sprechen. Ich wünschte, wir wären uns nie begegnet, Broussard.«

»Ich habe dir nie etwas getan, Grady«, sagte ich. »Wenn ich ehrlich bin, hast du mir stets leidgetan.«

»*Ich* habe *dir* leidgetan?«, sagte er. »Wie kommst du denn auf den Scheiß?«

»War nett, dich zu sehen. Mach's gut«, sagte ich.

Sein Gesicht war wie das eines verletzten Kindes. Sein Blick wanderte zum Eingang des grünen Gebäudes. »Ich wusste nicht, dass ihr mit *dem da* hier seid.«

Ich drehte mich um und sah Loren, der auf uns zukam.

»Fahr nach Hause, Grady«, sagte Valerie. »Jetzt gleich.«

»Warum sagst du nicht Broussard, dass er sich verziehen soll?«, entgegnete er. »Du warst *mein* Mädchen, bevor er gekommen ist und alles versaut hat.«

Mit beharrlichen Schritten kam Loren näher. Grady trat ein Stück zurück. Loren zeigte mit dem Finger auf Grady. »Du Scheißkerl, du!«

»Geh lieber«, sagte Valerie zu Grady, fast schon im Flüsterton. »Ich rede mit ihm.«

»Nein, das wirst du nicht tun«, sagte Grady. Mit an den Seiten herabhängenden Armen trat er noch ein paar Schritte zurück. Dann schluckte er.

»Was hast du hier zu suchen?«, fragte Loren.

»Ich unterhalte mich mit meinen Freunden«, antwortete Grady.

»Das ist unsere Gegend«, sagte Loren.

»Was soll das heißen, *unsere Gegend?*«

»Das, was ich gesagt habe. Du hast hier keine Freunde.«

»Ist ein freies Land, soweit ich weiß«, sagte Grady.

Genau das waren die Worte gewesen, die ich am Drive-in in Galveston zu Grady gesagt hatte.

»Von wegen freies Land, Harrelson«, sagte Loren. »Du hast meine Cousine Wanda auf dem Gewissen, und es gibt nur einen Grund, warum du noch nicht im Knast sitzt: Die Leute interessieren sich einen Scheißdreck für eine mexikanische Prostituierte mit gebrochenem Genick. Aber ich weiß Bescheid. Du bist ein Nichtsnutz aus River Oaks, Mann, ein absoluter Penner, der es bei den Marines nicht gebracht hat und dann nach Hause zu Papa gerannt ist, um den harten Kerl zu spielen, indem er es mit einer Schulabbrecherin aus ärmlichen Verhältnissen treibt.«

»Ich bin hier rausgefahren, weil ich helfen wollte«, sagte Grady. »Ich glaube, das war ein Fehler.«

»Vollkommen richtig. Und jetzt verzieh dich wieder in deinen Teil der Stadt«, sagte Loren.

»Du und deine Spezies, ihr macht mich echt fertig«, sagte Grady.

»*Meine Spezies?* Willst du vielleicht, dass ich dich zusammenfalte, in dein Auto stopfe und der Welt zeige, was für ein verschissener Feigling du bist?«

»Du kannst mich mal kreuzweise, Mann. Ich muss los«, sagte Grady.

»Kreuzweise? Was meinst du?«

»Wie wär's, wenn du dir von Valerie mal die Bibliothek zeigen lässt. Da gibt's einen dicken Schinken namens Wörterbuch. Wird dir bestimmt gefallen.«

Ich konnte die Verwirrung in Lorens Gesicht sehen, seine Hilflosigkeit angesichts eines Wortes, das er noch nie zuvor gehört hatte.

»Mein Vater hat uns sitzen lassen, als ich noch ein Kind

war«, sagte er. »Aber wenn er heute noch bei uns wäre, hätte ich ganz bestimmt keinen Schiss, ihm meine Musik vorzuspielen.«

Grady öffnete und schloss seine an den Seiten herabhängenden Hände. Das Gesicht hatte er leicht zur Seite gewandt, als wollte er einem heißen Wind ausweichen. »Was quatschst du da?«

»Einer deiner Freunde hat sich mal drüber lustig gemacht, dass dein Alter dich zu Hause nicht Gatemouth Brown hören ließ«, sagte Loren. »Wanda war zu gut für dich. Und ich glaube, dass du dich deshalb an ihr vergriffen hast. Du bist ein Scheißkerl, und ganz gleich, was du machst oder wo du bist, ein Blick in den Spiegel reicht aus, damit du dich daran erinnerst.«

Falls ich jemals gesehen haben sollte, wie die Seele eines Menschen zusammenschrumpft, dann in diesem Moment. Grady sah aus, als würde sein Mund in sich zusammenfallen und seine Augen den Fokus verlieren, als hätte ihm jemand den Boden unter den Füßen weggezogen. »Ach ja?«

»Verpiss dich einfach«, sagte Loren. »Das ist unsere Gegend. So sind die Regeln, Mann. Du solltest sie kennen. Typen wie du haben sie aufgestellt.«

Dann tat Grady das Bizarrste, was ich je einen jungen Mann in der Öffentlichkeit habe tun sehen. Er zog sich das Polohemd über den Kopf, drehte sich um und streckte uns seinen gebräunten Rücken entgegen. Tätowiert über seinen Schulterblättern stand dort das Wort VALERIE, jeder Buchstabe aus einer Reihe roter Herzen geformt. »Sie wird immer bei mir sein, und es gibt nichts auf dieser Welt, was du dagegen tun könntest, Broussard. Und zu dir, Nichols, kann ich bloß eins sagen: Du warst schon ein Loser, als du geboren wurdest. Ich hoffe, du bist an Broussards Seite, wenn mit ihm abgerechnet wird.«

Ich merkte, wie mein Körper sich in Gradys Richtung bewegte.

»Ich gehe«, sagte er. »Euch allen noch ein schönes Leben. Ciao, Val. Ob du's glaubst oder nicht, ich dachte echt, du wärst die Eine für mich.«

Dann ließ er uns stehen und ging, das Polohemd immer noch in der geballten Faust. Ich vermutete, dass Harrelson senior seinem Sohn viele Lektionen erteilt hatte. In einer muss es darum gegangen sein, die Schwachstellen seines Widersachers auszuloten und allein mit Worten schreckliche Wunden zu reißen. Ich lief ihm nach und holte ihn an seinem MG ein. Er lächelte vor sich hin.

»Ich weiß nicht genau, was es ist, aber irgendetwas passt an der Story mit deinem Alibi nicht zusammen«, sagte ich. »Es ist ein Detail, etwas, das du gesagt hast, oder Valerie oder Detective Jenks.«

Der Himmel hatte sich dunkelrot gefärbt, Schatten legten sich über den Campingplatz. Sein Blick suchte mein Gesicht ab. »Du wärst ein wirklich mieser Pokerspieler.«

»Ich bin nicht derjenige von uns beiden, dem gerade der Schweiß auf der Oberlippe klebt«, erwiderte ich.

Der Abend war noch nicht vorbei. Nachdem Grady gefahren war, entdeckte ich einen schwarzen, kastenförmigen Viertürer zwischen den Zedern und Pinien am Ufer des Baches, der sich durch das Gelände des Campingplatzes schlängelte. Hinter dem Steuer saß ein bulliger Kerl mit einem Fedora auf dem Kopf, der gerade ein Fernglas zu seinen Augen führte.

»Dreh dich nicht um«, sagte ich.

»Was ist los?«, fragte Valerie.

»Der Wagen, den wir beim Kino gesehen haben, steht drüben bei den Bäumen. Drin sitzt ein Kerl, der uns mit einem Fernglas beobachtet.«

»Der Mann mit der Kamera?«, sagte sie.

»Kann ich nicht genau sagen.«

»Sprichst du von diesen Auftragskillern?«, sagte Loren, seinen Blick fest auf meine Augen fixiert.

»Nur einer, der Typ in dem Auto da«, sagte ich. »Das ist der Wagen, den wir vor dem Kino gesehen haben. Drin saß ein Mann, der uns fotografiert hat.«

»Und du bist sicher, dass es dieser Wagen war?«, sagte Loren.

»Todsicher.«

Dann beging der Mann hinter dem Lenkrad einen Fehler. Er legte das Fernglas beiseite und zündete sich eine Zigarette an. Kurz bevor er das Streichholz aus dem Fenster schnipste und dabei in meine Richtung schaute, erhellte das Licht der Flamme sein Gesicht. Ich sah seine weit auseinanderstehenden Augen, seine raue Haut, die Finger, die wie Würstchen aussahen.

Trotz meiner Warnung drehte sich Loren um. Dann schaute er mich an. »Ist es der Typ?«

»Ich würde meinen Arsch drauf verwetten.«

»Geh zu deinem Wagen, und lass den Motor an«, sagte er.

»Was auch immer du gerade vorhast, Loren, tu es nicht. Denk nach!«, erwiderte ich.

»Vom Denken krieg ich nur Kopfschmerzen.«

»Die Cops werden dich nach Huntsville schicken, Loren«, sagte Valerie. »Wenn sie dich nicht vorher umbringen.«

»Die Cops interessieren sich nicht für Blechschäden«, sagte er.

»Blechschäden?«, sagte Valerie.

Loren wandte sich von uns ab und ließ beim Weggehen einen Schlüsselring um einen Finger rotieren.

Ich hätte ihn aufhalten können. Ich wollte nicht mit ansehen müssen, wie er verletzt, von den Cops verprügelt oder ins Gefängnis gesteckt wurde. Andererseits konnte ich unmöglich wissen, dass es tatsächlich dazu kommen würde. Wahrscheinlich respektierte ich Loren einfach zu sehr, um mich ihm in den Weg zu stellen.

Aber ich versuchte es. »Loren! Komm zurück!«, rief ich. »Da drin wollen eine ganze Menge Leute mit dir sprechen. Ich rufe Biff Collie an und arrangiere was! Kein Witz, Mann. Ich kenne Biff ganz gut.«

Mein Gefasel von einem lokalen Discjockey klang an diesem Ort wahrscheinlich vollkommen lächerlich. Valerie packte mich am Arm. »Lass ihn gehen. So ist Loren nun einmal ... anders als all die anderen.«

Mein Vater hatte einmal gesagt, dass diejenigen unter uns, die ans Kreuz geschlagen wurden, für gewöhnlich selbst nach diesem Schicksal suchten. Denn erst danach, nachdem wir sie ermordet hatten, verwandelten sie sich in unsere Fackelträger. Ich hoffte, Loren war nicht losgezogen, um Hammer und Nägel für seine eigene Kreuzigung zu besorgen.

Er stieg in den Bus, setzte sich hinter das Lenkrad und ließ den Motor hochdrehen. Mit offener Tür fuhr er aus der Parklücke, setzte im Halbkreis zurück, richtete den Bus aus und visierte im Seitenspiegel das Ziel an. Dann trat er das Gaspedal durch.

Es war ein wundervoller Anblick. Der Bus raste mit kreischendem Motor rückwärts, schaukelte und hüpfte über den unebenen Grasboden, direkt auf den kastenförmigen Wagen zu. Zuerst schien der Mann hinter dem Lenkrad nicht zu verstehen, was gerade passierte. Dann riss er geschockt den Mund auf und wich vor dem nahenden Bus zurück, als würde da eine Abrissbirne auf sein Gesicht zurasen. Der Aufprall drückte Türen, Trittbrett und Stoßstange ein und kippte den Wagen fast auf die Seite. Krachend fiel er zurück auf seine vier Räder, wobei die Windschutzscheibe zerbarst und sich wie zerstoßenes Eis auf die Motorhaube ergoss.

Loren schaltete in den ersten Gang, fuhr ein Stück nach vorn, um den Bus erneut auszurichten, und rammte den Wagen ein zweites Mal. Wie ein Bulldozer schob er ihn langsam auf den Bach zu. An der Böschung angelangt, kippte der Kombi zur Seite und rutschte in einer Wolke aus Staub und Dreck ins Wasser. Die Menschen im Gebäude und auf dem Parkplatz begannen davonzulaufen. Der Fahrer des Wagens kroch die gegenüberliegende Böschung hinauf, fand auf dem rutschigen Boden aber nur schwer Halt. Er hatte seinen Fedora verloren, sodass nun die grauen Haare seines Kurzhaarschnitts zu sehen waren. Er griff nach einer aus dem Boden ragenden Baumwurzel und hievte seinen Körper in die Höhe. Sein Anzug und auch sein Hemd waren von Matsch bedeckt. Er war ein riesiger Kerl, die Backen dick wie die eines Streifenhörnchens, sein Hals von Fettrollen überzogen. Für einen Moment stand er ganz still da, als würde er eine Entscheidung fällen. Dann verschwand er zwischen den Zedern und Persimonenbäumen, bis man nur noch das Knacken der toten Zweige unter seinen Füßen hörte.

Loren sprang aus dem Bus, rannte zu meinem Wagen und warf sich auf den Rücksitz. »Worauf wartest du?«

Ich konnte mich nicht bewegen. Auch Valerie war erstarrt.

»Schmeiß die Kiste an. Wir müssen verschwinden«, sagte er. »*Time to boogie!*«
Valerie rüttelte an meinem Arm. »Er hat recht. Fahr los, Aaron. Los, mach schon, wach auf.«
In diesem Moment dachte ich nicht an den verbeulten Gemeindebus oder das Chaos auf dem Parkplatz oder die Möglichkeit, dass Loren ins Gefängnis wandern würde. Ich dachte nur an das, was er gerade gesagt hatte. Das eine Wort, das mir entfallen war. Der Schlüssel zum Schließfach. Das Detail, das ich übersehen hatte, obwohl es so offensichtlich gewesen war, und das nun die von blutigem Königsmord, Schuld und Ehrsucht geprägte Welt des Grady Harrelson enttarnen würde.

Kapitel 33

Wir fuhren zu einem Drive-in im Norden der Stadt und parkten den Wagen im Schatten, abseits der neonfarbenen Leuchtreklame und des hell beleuchteten Essbereichs im Inneren des Restaurants. Loren spähte in einem fort durch die Heckscheibe hinaus. »Ich geh schnell zum Münztelefon und ruf meinen Bruder an, damit er mich abholt. Ihr bleibt so lange im Wagen, okay? In ein paar Tagen wird sich die Aufregung gelegt haben.«

»In ein paar Tagen?«

»Pass auf, ich erklär dir, wie's laufen wird: Der Wagen, den ich gerammt hab, ist sehr wahrscheinlich geklaut. Der Fahrer wurde nicht verletzt und wird einen Teufel tun und wegen der Sache zur Polizei rennen. Und die Cops? Die interessieren sich einen feuchten Kehricht für den Wagen oder den Kerl. Ich werde dem Priester, der mir den Job gegeben hat, den Schaden an dem Bus bezahlen. Wird wahrscheinlich das Ende meiner Busfahrerkarriere sein, aber was soll's.«

»So einfach ist das?«, sagte ich.

»Ich werde für ein paar Tage abtauchen«, sagte er.

»Auf dem Campingplatz hast du ›It's time to boogie‹ gesagt.«

»Und?«, fragte er.

Ich sah Valerie an. »Du meintest doch, Grady hätte dir seine Tommy-Dorsey-Platten gegeben, weil sein Vater weder Jazz noch andere Schwarzenmusik in seinem Haus hören wollte.«

»Ja, so war's.«

»Er hat dir die Platten ›Tommy Dorsey's Boogie Woogie‹ und ›Marie‹ gegeben, richtig?«

Sie nickte.

»Wann genau hat er sie dir gegeben?«, fragte ich.

»An dem Nachmittag, bevor sein Vater ermordet wurde.«

»Und das waren die einzigen Platten, die er bei sich trug?«

»Nein, er hatte einen ganzen Stapel dabei. Er meinte, er hätte sie von ein paar Mexikanern bekommen.«

»Hatte er noch eine andere Boogie-Woogie-Platte dabei?«

Sie schaute durch die Fensterscheibe nach draußen auf die Schatten und die Neonlichtstreifen, die das Restaurant einhüllten. »Er hatte noch eine Platte von Albert Ammons.«

»Welche?«

»›Boogie Woogie Stomp‹«, antwortete sie. »Er liebte diese Aufnahme.«

Mir schauderte. »Das war der Song, der im Haus der Harrelsons lief, als Mr. Harrelson in Stücke geschossen wurde.«

Sie starrte mich an. »Du meinst, nachdem Grady bei mir war, hat er seinen Vater ermordet und ist dann zum Segeln gefahren?«

»Danach sieht es zumindest aus«, sagte ich.

»Und das überrascht euch jetzt, oder was?«, sagte Loren. Er stieg aus dem Wagen und stützte sich mit dem Unterarm am Dach ab. »Ein kleiner Tipp am Rande: Lasst Harrelson nicht wissen, dass ihr ihm auf die Spur gekommen seid. Und erzählt die Geschichte besser nicht den Cops.«

»Warum nicht?«, sagte Valerie.

»Glaubst du wirklich, dass die auf eurer Seite sind? Sogar dein alter Herr ist anderer Meinung.«

»Merton Jenks ist ein aufrechter Cop«, sagte ich.

Loren sah durch das Fenster des Drive-in zu den Leuten, die drinnen aßen. »Darum mag ich dich so, Aaron. Selbst wenn die ganze Welt in Schutt und Asche liegt, glaubst du immer noch an das Gute. Du machst mich echt fertig, Junge.«

Ich schaute ihm nach, als er wegging. »Nicht auszumalen, zu was es dieser Kerl mit ein bisschen Bildung bringen könnte.«

Valerie streichelte meinen Nacken und legte ihren Kopf gegen meine Schulter.

»Hast du gehört, was ich gesagt habe?«, fragte ich.

»Ja«, antwortete sie. Sie zog mich näher zu sich heran, hielt meine Hand und strich mit ihrem Kopf über meine Wange.

»Warum sagst du nichts?«, fragte ich.

»Du glaubst. Andere glauben nicht. Loren weiß das. Und auch wenn du es nicht wahrhaben willst, deshalb liebe ich dich.«

Wir schwiegen, bis Loren vom Münzfernsprecher zurückkehrte.

Als ich zu Hause ankam, war bis auf die Schreibtischlampe im Arbeitszimmer meines Vaters alles dunkel. Ich schloss die Eingangstür auf und ging durch das Wohnzimmer, am Schlafzimmer meiner Eltern vorbei, zum Büro meines Vaters. Er war am Schreibtisch eingeschlafen, sein Kopf ruhte auf den vor ihm ausgebreiteten Armen. Im Aschenbecher lag eine bis auf den Filter heruntergebrannte Zigarette, neben dem Manuskript der geöffnete Füllfederhalter. Daneben stand eine Kaffeetasse. Ich nahm die Tasse und roch daran.

Mein Vater hatte stets eine Whiskeyflasche in der Garage oder im Kofferraum seines Wagens deponiert, die er allerdings niemals mit hineinnahm. Meines Wissens war es das erste Mal, dass er im Haus Alkohol getrunken hatte.

Ich setzte mich auf den freien Sessel an der Wand. Der Deckenventilator sog ein angenehm kühles Lüftchen durch die Fliegengitter ins Haus. Bugs, Snuggs und Skippy saßen auf der Fensterbank. Ich wollte meinen Vater aufwecken und ihm von den Auftragskillern erzählen, die aller Wahrscheinlichkeit nach von der Atlas-Familie angeheuert worden waren. Und ich wollte ihm auch davon berichten, wie Loren den Wagen am Campingplatz in den Graben geschoben hatte. Aber ich wusste, dass es zu nichts Gutem führen würde. Wäre mein Vater beim Cemetery Hill dabei gewesen, er wäre mit den anderen den Hügel hinaufgestürmt, ohne zu zögern und ohne sich von den scheunentorgroßen Löchern abhalten zu lassen, die Kartätschen und Traubenhagel der Yankees in die eigenen Reihen rissen. Jedes Wort über meine Ängste und Sorgen, das wusste ich, hätte die Last auf seinen Schultern nur noch vergrößert, hätte ihn noch öfter ins Icehouse oder in die Garage getrieben, wenn meine Mutter schlief.

Ich hörte Majors Krallen auf dem Fußboden klackern und dann seinen Schwanz, wie er beim Wedeln gegen die Bücherregale schlug. Mein Vater hob den Kopf. »Oh, hallo, Aaron. Ich hab dich gar nicht reinkommen gehört.«

»Ich wollte dich nicht aufwecken«, sagte ich.

»Ist alles in Ordnung?«, fragte er.

»Ja, Sir, alles in Ordnung.«

»Ich hatte einen Traum«, sagte er. »Wir waren wieder in Louisiana. Du warst fünf Jahre alt, und ich hab dich zum Zirkus mitgenommen. Erinnerst du dich noch daran?«

»Ja, Sir, das tue ich.«
»Du warst unheimlich beeindruckt von der Giraffe, die du in den Tiergehegen gesehen hast. Du konntest einfach nicht glauben, dass es ein derart großes Tier gibt.«
»Ich erinnere mich.«
»Bist du sicher, dass alles in Ordnung ist?«, fragte er noch einmal. »Warst du mit Valerie bei diesem Gemeindetreffen, bei eurem Freund?«
»Ja, Sir. Wir hatten viel Spaß.«
»Hat dein Freund auch gesungen?«
»Ja, das hat er. Und den Leuten hat es sehr gefallen.«
»Das war sehr nett von dir, Aaron. Ich bin sicher, er wird sich immer an deine Hilfsbereitschaft erinnern. Ist deine Mutter wach?«
»Sie schläft.«
Ich konnte seine Enttäuschung sehen. »Ich denke, ich werde noch einen kleinen Spaziergang machen. Wenn ich mich abends für ein Nickerchen aufs Ohr lege, wache ich nachts ständig auf und komme nicht mehr zur Ruhe. Schließ die Tür ab, okay? Ich nehme meinen Schlüssel mit.«
»Soll ich uns eine warme Milch machen und uns etwas zu essen holen? Da steht ein ganzer Apfelkuchen im Eisschrank.«
»Das ist zu viel Aufwand. Ich bin bald zurück.«
Er nahm seinen Hut vom Kleiderhaken im Flur, trat auf die Veranda hinaus und zog vorsichtig die Tür hinter sich zu, um meine Mutter nicht aufzuwecken. Durch das Fenster konnte ich ihn sehen, wie er im Mondlicht davonging; sein Schatten auf dem Gehweg wie ein körperloser Geist, der niemals den Weg nach Hause findet.

Am nächsten Morgen schaute ich in den Spiegel. Man hatte mir die Fäden bereits sechs Tage nach dem Arztbesuch entfernt, aber ich hatte noch einen medikamentengetränkten Verband tragen müssen, damit sich die Wunde nicht entzündete. Ich zog das Pflaster von meiner Haut und warf den Verband in den Mülleimer. Die Narbe sah aus wie ein zerrissenes Ausrufezeichen in roter Farbe, das aus meinem Auge getropft war. Ich hätte mich nur allzu gern für einen preußischen Duellanten gehalten, einen draufgängerischen Glücksritter oder einen der Deputy Marshals an der Seite von Doc Holliday und Wyatt Earp bei der Schießerei am O. K. Corral. Vielleicht wollte ich auch einfach ein mutiger Kerl sein, ein Kerl wie Loren, der sein eigenes Schicksal hintangestellt und eine Haftstrafe in Huntsville riskiert hatte, um einem Freund zu helfen. Aber alles, was ich im Spiegel sah, war ein siebzehnjähriger Junge mit fahlen Augen, der erkannt hatte, dass er, wollte er seinen Eltern helfen, seinen achtzehnten Geburtstag möglicherweise nicht mehr erleben würde. Ich hielt mir die Hand vor den Mund, doch der gallehaltige Schwall aus meinem Magen bahnte sich trotzdem seinen Weg.

Ich fuhr zur Tankstelle, bemerkte allerdings erst bei meiner Ankunft, dass ich eine Stunde zu früh dran war. Um elf rollte Merton Jenks in einem ausgebeulten, schwarz-weiß lackierten Streifenwagen an die Tankstelle und parkte auf dem Rasen neben den Herrentoiletten. Derart verwahrloste Dienstwagen sah man eigentlich nur in den Schwarzenvierteln, gefahren von farbigen Streifenpolizisten. Jenks stieg nicht aus. Ich ging zum Beifahrerfenster. »Was darf's sein, Sir?«, sagte ich.

Er drückte mir eine Vierteldollarmünze in die Hand. »Hol mir eine Coca-Cola.«

»Sonst noch etwas?«

»Nicht frech werden, Freundchen«, sagte er.
Ich brachte ihm die Coke und sein Wechselgeld.
»Spring rein«, sagte er.
Ich setzte mich auf den Beifahrersitz und ließ die Tür offen, um für Frischluft zu sorgen. Er trank die halbe Coke in einem Zug und rülpste. »Wo ist Loren Nichols?«
»Zu Hause oder auf der Arbeit, denke ich.«
»Erzähl mir doch keinen Käse.«
»Ich weiß nicht, wo er ist, Detective Jenks.«
»Wo hast du ihn hingefahren, nachdem ihr euch gestern Abend vom Campingplatz davongemacht habt?«
»Zu einem Drive-in. Da hat er jemanden angerufen und ist allein weiter.«
»Wohin?«
»Keine Ahnung.«
»Mit wem hat er das Drive-in verlassen?«
»Das kann ich Ihnen nicht sagen, Detective Jenks.«
»Würde es dir besser gefallen, wenn ich dich in eine Zelle stecke?«
Ich schüttelte den Kopf.
»Bedeutet das, du willst nicht ins Gefängnis, oder du wirst mir nichts erzählen?«
»Es bedeutet, Loren ist ein guter Kerl, und er wollte uns helfen.«
»Sicher doch«, sagte er. »Zeit für einen Blick ins Familienalbum.«
Er schlug einen Aktenhefter auf und zeigte mir ein Schwarz-Weiß-Foto, auf dem ein großer Mann in einem sackförmigen Anzug zu sehen war. Die Hände an eine Bauchkette gefesselt, stieg er gerade aus einem Gefangenentransporter der Polizei.
»Kommt dir dieser Kerl bekannt vor?«

»Er war auf dem Campingplatz der Kirchengemeinde.«
»Und saß am Steuer des Wagens, den Nichols in den Graben geschoben hat, korrekt?«
»Ja, das war der Kerl.«
»Sein Name ist Devon Horowitz. Im Alter von fünfzehn Jahren hat er angefangen, Morde zu Dumpingpreisen anzubieten. Sein Geschäftspartner bei diesen Hundert-Dollar-Kills war Jaime Atlas.«
Ich konnte spüren, wie mein Herz zu rasen begann. »Haben Sie ihn in Gewahrsam?«
»Wäre ich dann hier?«, erwiderte er.
»Die haben vor, mich umzubringen, richtig?«
Er stützte den Ellbogen auf dem Fensterrahmen auf und massierte sich die Stirn. »Es heißt, dass zwei oder drei Ausknipser in der Stadt sind. Die sind hinter dem Geld von Clint Harrelson her. Die Mafia lässt sich nicht beklauen. Gut möglich, dass die gar nicht an dir interessiert sind. Ich kann's aber nicht sicher sagen. Ich will ehrlich zu dir sein, Aaron. Weißt du, warum ich diese Schrottkiste hier fahre?«
»Nein, Sir.«
»Ich arbeite nur noch halbtags aufgrund meines Gesundheitszustands. Außerdem stehe ich kurz davor, alles hinzuschmeißen. Deshalb hat mir die Chefetage diese Blechdose zugeteilt. Verstehst du, was ich dir sagen will?«
»Was ist ein Ausknipser?«, fragte ich.
»Ein Killer. Er drückt den Aus-Knopf bei seinen Opfern. Ich hab dich gefragt, ob du verstehst, warum ich in dieser Schrottmühle durch die Gegend fahre.«
»Ihre Vorgesetzten haben keine Verwendung mehr für Sie, und deshalb setzen Sie jetzt einiges daran, mir zu helfen.«
Er fischte eine Schachtel Lucky Strikes aus seiner Hemd-

tasche. Dann warf er sie auf das Armaturenbrett. »Ich werde nach Mexiko runtergehen. Zum Lake Chapala, um genau zu sein. Dort soll ich ein paar Kubaner trainieren, die eine Invasion in ihrem Heimatland planen. Was hältst du davon?«

»Mexiko hat kein besonders gutes Gesundheitssystem«, erwiderte ich.

»Du hast deine Berufung verfehlt, Junge. Hättest Leichenbestatter werden sollen.«

»Miss Cisco hat Ihnen davon erzählt, dass jemand die Mafia prellen will. Und auch von den Auftragskillern, nicht wahr?«

»Brauchte sie nicht. Ich war bei der Sitte in Vegas, als Bugsy Siegel das Flamingo hochzog. Und ich kannte den Kerl, der ihn umgelegt hat. Einmal hab ich ihn mit dem Kopf nach unten aus einem Zugfenster baumeln lassen.«

»Und ob sie es Ihnen erzählt hat«, sagte ich.

Er nahm eine Zigarette aus der Schachtel auf dem Armaturenbrett und steckte sie sich in den Mund. »Du hast wirklich ein Talent dafür, mich auf die Palme zu bringen.«

»Ich werde zu denen hingehen und mich stellen, damit sie es tun«, sagte ich.

»Was tun?«

»Sie wissen, was ich meine.«

Er nahm seine Zigarette aus dem Mund. »Ich scheuere dir gleich eine, Junge!«

»Erschießen Sie mich meinetwegen. Es ist mir egal, was Sie tun. Schauen Sie mir in die Augen, und sagen Sie mir, dass ich lüge.«

»Vielleicht wird sich ja alles regeln. Hab etwas Geduld.«

»Werden Ihre Kollegen mir helfen? Werden Sie mir helfen?

Werden die Gerichte die Atlas-Familie hinter Gitter bringen?«

Er starrte mir direkt in die Augen, ohne zu antworten.

Ich machte früh Feierabend und fuhr nach Hause. Dort wusch ich mich, zog eine saubere Kakihose und meine Cowboystiefel an, dazu ein kurzärmeliges weißes Hemd mit einem Streifen kleiner pinkfarbener Rosen auf den Schultern. Ich rief Valerie an, aber niemand ging ans Telefon. Ich schrieb meinen Eltern eine Nachricht: »Ich bin bei Saber. Bis später.« Dann setzte ich meinen Cowboyhut auf, den Hut, den ich auf dem Rücken von Original Sin getragen hatte, und ging raus in den Garten hinter dem Haus. Die Sonne war rot und von einem Staubschleier eingehüllt. Ich hob Major, Bugs, Snuggs und Skippy einen nach dem anderen auf den Arm und drückte sie.

Als ich bei Saber ankam, lag er unter einem am Straßenrand geparkten Pritschenwagen, um das Öl zu wechseln. Ich fragte mich, wie es wohl seinen Nachbarn gefiel, dass da ein mit Pipeline-Rohren beladener Truck in ihrer Straße parkte. Saber war barfuß, trug kein T-Shirt und hatte getrockneten Straßendreck in seinen Haaren und seinem Gesicht, als er unter dem Laster hervorkroch. »Was ist los, Rodeomann?«

»Ich brauch deine Unterstützung.«

»Wobei?«, sagte er.

»Ich muss der Sache ein Ende machen und die Leute loswerden, die mich schnappen wollen.«

Er stand auf. Sein schmaler Oberkörper war käseweiß und von glänzendem Schweiß überzogen, seine Augen so feucht, dass er blinzelte. »Wir machen's wie die Indianer. Zuschlagen und verstecken, richtig?«

»Ich brauche jemanden als Zeugen.«
»Als Zeugen für was?«
»Was auch immer passieren mag.«
»Ich hol uns eben zwei RC Colas, okay?«
»Ich hab nicht viel Zeit, Saber. Bist du dabei oder nicht?«
»Ich brauche erst mal was Kaltes zu trinken«, sagte Saber. »Wie findest du eigentlich den Truck von meinem alten Herrn? Hat einen neuen Job bekommen; Pipeline-Rohre in die Erdölfelder liefern. Ich bin gleich wieder da.«

Saber ging ins Haus. Wie dünne Stöckchen zeichneten sich Rippen und Wirbelsäule unter seiner Haut ab. Durch das Fenster sah ich, wie er gestenreich mit seinem Vater sprach. Er kam mit zwei von eiskalten Wasserperlen überzogenen Flaschen RC Cola wieder. Dann setzte er sich auf den Boden, ein Bein ausgestreckt, den Rücken gegen das Rad des Lasters gelehnt. »Also noch mal von vorn, worum geht's?«

»Du hast immer gesagt, du würdest mich jederzeit unterstützen.«

»Meinte ich auch so«, sagte er und schaute dabei geradeaus.

»Ich weiß bloß nicht, worum's überhaupt geht.«

»Ich werde diese Leute zu einer Entscheidung zwingen. Entweder machen sie mich fertig, oder sie lassen meine Eltern und mich ein für alle Mal zufrieden.«

»Langsam, Aaron, langsam. Und jetzt überleg erst mal kurz, was du da gerade gesagt hast.«

Ich setzte mich neben ihn. Die Cola rührte ich nicht an. »Ich brauche deine Hilfe, Saber.«

»Weißt du, Aaron, der alte Mann ist jetzt schon vier Tage trocken, und ich helfe ihm bei der Arbeit. Mit den Pipeline-Rohren und den Touren und so. Möglich, dass wir heute Abend noch mal losmüssen, nach Beaumont.«

Er wartete, dass ich etwas sagen würde. Dass ich ihm sagte, ich bräuchte ihn doch nicht, ich hätte mir die Sache nicht richtig überlegt, es wäre in Ordnung, sich von mir abzuwenden und mich hängen zu lassen.

»Schon okay«, sagte ich. »Kann ich vielleicht die beiden Molotowcocktails aus deinem Auto haben?«

»Komm schon, Aaron. Was willst du mit den Dingern?«

»Mir fällt schon was ein.«

»Vergiss es, Mann.«

»Gibst du sie mir oder nicht?«

Er schaute weg. »Die sind nicht echt.«

»Was?«

»Sind mit Wasser gefüllt, die Dinger. Alles nur Show.«

Ich hörte das Glockenspiel des Eiscremewagens am Ende der Straße. Kurz darauf kamen die Kinder der Nachbarschaft mit ein paar Münzen in den Händen aus ihren Häusern gerannt.

»Vergiss es«, sagte ich und stellte meine Cola auf das Gras. »Mir ist was aufgegangen, die letzten ein, zwei Tage. Früher habe ich nie verstanden, warum sich Grady mit einem Kerl wie Vick Atlas herumtreibt. Dann habe ich darüber nachgedacht, warum du und ich immer so viel zusammen gemacht haben. Unsere Väter haben ein Alkoholproblem, aber wir haben uns nie von ihnen abgewendet. Und als mir das klar wurde, habe ich erkannt, woher die Verbindung zwischen Grady und Vick stammt. Beide sind mit einem Vater groß geworden, den sie hassten. Komisch, oder? Wir glauben, dass wir nichts mit diesen Typen gemeinsam haben, aber in mancherlei Hinsicht sind wir genau wie sie.« Ich stand auf, nahm meinen Hut ab und wischte mir über die Stirn. Meine Beine fühlten sich weich und wackelig an.

»Wo willst du hin?«, fragte Saber.

»Ich hatte mir die Sache nicht gut überlegt, Sabe«, sagte ich. »Wir sehen uns später.«

Als ich zu meinem Wagen ging, stieß ich versehentlich meine Flasche um. Die Cola versickerte im Gras am Straßenrand.

Kapitel 34

Ich fuhr in den Norden der Stadt und hielt in einem staubigen Park. Ein paar mexikanische Kinder feierten eine Geburtstagsparty und schlugen mit Stöcken auf eine Piñata ein, die von der Querstange einer Schaukel herabhing. Ich parkte hinter einem Toilettenhäuschen aus Beton, zog Lorens .32er Revolver unter dem Sitz hervor und ging damit in einen Pinienhain hinter dem Backstop eines Softballfeldes. Dort holte ich die Patronen aus der Trommel und warf sie in einen Mülleimer. Anschließend verstaute ich den Revolver in meiner Hosentasche, öffnete das Springmesser, schob die Spitze unter den Sockel eines Trinkbrunnens und riss den Griff nach oben, sodass die Klinge abbrach. Dann ließ ich das Messer zuschnappen und schob es zu dem Revolver in meiner Tasche. Ich setzte mich auf die Zuschauertribüne des Softballfeldes und schaute den Kindern dabei zu, wie sie auf die Pappmaché-Puppe an der Schaukel einschlugen, bis sie irgendwann zerplatzte und papierumwickelte Karamellbonbons auf den staubigen Boden regneten.

Ich kann nicht genau sagen, wie lange ich dort saß. Ich schwitzte unter dem Hut und legte ihn, mit der Krone nach unten, auf den Tribünensitz neben mir. Dann stützte ich die Hände auf meine Knie, senkte den Kopf und schloss die Augen. Auf meinen Lidern flackerte ein rot glühender Punkt, und das Licht der Sonne streichelte mir wie ein warmer Finger über den Nacken. Ein einlullender Geruch, wie der von Blumen, die zu lange in der Vase standen, schwebte mit dem Wind heran. Der Vater meiner Mutter, Hackberry Holland, hatte einmal gesagt, dass der Tod wie ein Mohnfeld sei. Jede dritte Nacht, so erklärte er, ritt er tief in das Feld hinein, bis die Beine seines Pferdes vom Milchsaft der Samenkapseln überzogen und das Fell des Tieres mit den roten Blütenblättern bedeckt waren. Er sagte, der Tod sei ein langes Feld, das keine Zäune habe, aber zu einem Abgrund führe, hinter dem ein blauer Himmel liege. Großvater war im Vorjahr von uns gegangen, um, so glaubte ich zumindest, sich mit den Viehtreibern und Gesetzeshütern, den Saloongirls und Indianern zu vereinen, deren Gesellschaft sein Leben geprägt hatte. Ich fragte mich, ob er wohl am Abgrund warten würde, um mir den Weg auf die andere Seite zu zeigen.

»Alles in Ordnung, Mister?«, sagte eine zarte Stimme.

Ich öffnete die Augen, und vor mir stand ein kleines mexikanisches Mädchen. Ihr glänzendes schwarzes Haar wirkte wie eine Mütze auf ihrem Kopf. Sie trug ein Schürzchen und hatte ein rosafarbenes Band in den Haaren. »Sie sahen aus, als wären Sie eingeschlafen. Beinahe sind Sie runtergefallen«, sagte sie.

»Dann muss ich besser aufpassen«, sagte ich.

»Wollen Sie ein Stück Kuchen?«

»Wer hat denn Geburtstag?«

»Ich. Wir haben auch Eiscreme. Wollen Sie ein bisschen?«

»Das ist sehr nett von dir, aber ich habe schon gegessen.«

»Hat Ihnen jemand wehgetan?«

Ich musste einen Moment überlegen, was sie meinte. »Du meinst diese Narbe hier? Die ist von einem Stier.«

»Dann sind Sie ein Cowboy?«
»Nicht so richtig. Ein Wochenend-Cowboy vielleicht. Wie heißt du?«
»Esmeralda.«
»Happy Birthday, Esmeralda.«
»Sind Sie wegen irgendetwas traurig?«
»Nein, es ist ein feiner Tag. Einen prachtvolleren als diesen hättest du dir für deinen Geburtstag kaum wünschen können.«
»Sie reden komisch.«
»Ich rede wie mein Vater.«
»Dann muss Ihr Vater komisch sein.«
»Das könnte man wahrscheinlich so sagen. Ich habe leider kein Geschenk für dich, aber hier hast du einen Quarter. Na, wie gefällt dir das?« Als ich aufstand, kippten die Baumkronen zur Seite, und ich fragte mich, ob ich nicht doch eingeschlafen war.

»Danke sehr«, sagte sie. Dann rannte sie los, hielt aber noch einmal an und sagte: »Geben Sie acht, dass Sie nicht noch mal verletzt werden. Bye-bye.«

Ich schaute ihr nach, wie sie zu den anderen Kindern lief. Am liebsten hätte ich ein Jahrzehnt meines Lebens aufgegeben und mich zu ihnen gesellt, um wieder in meine Kindheit zurückzukehren; zurück in die dunklen Tage des Krieges, als Banner mit goldenen Sternen in den Fenstern der Häuser hingen und wir uns vereint denen entgegenstellten, die das Licht der Zivilisation auslöschen und die Welt in ein Sklavenlager verwandeln wollten. Wie ein Mann, der zu viel getrunken hatte, ging ich zu meinem Wagen zurück und fuhr zu einer Billardkneipe in den Heights.

Diese Bar als einen unwirtlichen Ort zu beschreiben wäre eine Untertreibung. In jenen Jahren war Houston die Stadt mit der höchsten Mordrate und trug den Beinamen Murder City Capital. Nur vierzig Meilen entfernt befand sich der Ort Cut and Shoot, dessen Name angeblich auf eine brutale Auseinandersetzung zwischen den Bewohnern über das Aussehen ihrer Kirche zurückging. Gewalt war ein fester Bestandteil der Kultur dieses Landstrichs. Sie lag quasi in der Luft und schien von einer Generation auf die nächste vererbt zu werden – möglicherweise schon seit den Massakern in Goliad und Alamo, der Schlacht von San Jacinto, den Fehden während der Reconstruction oder der systematischen Ausrottung der Indianer. Eine der bekanntesten Bierkneipen Houstons trug den Namen Bloody Bucket.

Die Kundschaft der von mir aufgesuchten Billardkneipe in den Heights bestand aus Vagabunden, Gaunern, Glücksspielern, 9-Ball-Abzockern und nachtaktiven Streunern. Mehr aus Notwendigkeit denn Interesse hatten sie ein enzyklopädisches Wissen über Kautionsagenten; die örtlichen Streifenpolizisten, die sie Kakerlaken nannten; Kredithaie; illegale Craps-Partien; Callgirls (denn in Houston gab es keine Bordelle); Hehler; Geldwäscher; Straßenräuber und Diebe, die Freier und Betrunkene ausnahmen; Tresorknacker; Wettmanipulatoren; Brandstifter und Drogenhändler. In gewisser Weise stellte diese Billardkneipe eine andere Welt dar, eine Welt, in der nicht gegen die menschliche Natur angekämpft wurde und in der man die perfiden Neigungen, die sich im Unterbewusstsein versteckten, gewähren ließ.

Ich ging zum Münztelefon im hinteren Teil der Kneipe, schloss die Falttür und wählte die Nummer von Vick Atlas. Es ging niemand ran. Ich bestellte einen Kaffee am Tresen, wartete fünfzehn Minuten und versuchte es erneut. Dieses Mal hob er ab.

»Hallo, Vick«, sagte ich. »Ich werd's kurz machen.« Schweigen am anderen Ende der Leitung.

»Bist du noch dran?«

»Ist das meine Lieblingshämorrhoide, die da spricht?«

»Ich komme gerade von der Polizeistation und wollte dir die neuesten Infos geben, Vick. Die haben sich da über deinen Auftragskiller unterhalten. Du weißt schon, der Kerl, der mit deinem alten Herrn früher die Hundert-Dollar-Kills besorgt hat. Ich komme gerade nicht auf den Namen ...«

»Wie immer habe ich keine Ahnung, wovon du eigentlich sprichst. Versuchst du wieder den Komiker zu spielen? Geht's darum? Lässt du ein Aufnahmegerät mitlaufen, oder was soll das?«

»Dein Mann hatte einen Unfall auf dem Campingplatz der Baptistengemeinde, Vick. Der Gemeindebus hat ihn mitsamt seinem geklauten Wagen in einen Graben geschoben. Jetzt fällt mir auch sein Name wieder ein: Devon war der Vorname.«

»Wo bist du?«

»Devon Horowitz«, sagte ich. »Die Cops meinten, der Kerl wäre schwachsinnig, so wie du und dein Vater auch. Sie sagten, eure Sippe hätte die Gabe von König Midas, nur umgekehrt. Alles, was ihr berührt, verwandelt sich in Scheiße.«

»Warum sagst du mir das nicht ins Gesicht?«

»Deshalb rufe ich ja an. Ich würde mich gern mit dir treffen.«

»Denkst du vielleicht, dass ich blöd bin?«, fragte er.

»Nein, ganz und gar nicht. Du hast Angst. Ich glaube, du hasst deinen Vater, und dein Vater hasst dich. Aber egal, ich bin jedenfalls in den Heights.« Ich sagte ihm den Namen der Bar und die Adresse.

»Was hast du vor, Arschloch?«

»Schick nicht einfach deine Jungs, Vick. Komm selbst vorbei. Zeig mir, dass du nicht der Schisser und rückgratlose Schwachkopf bist, für den dich alle Welt hält.«

Ich legte auf, setzte mich an die Theke und schaute zwei Männern beim 9-Ball zu. Meine Ohren knackten so laut, ich konnte nicht mal das Klatschen der Kugeln hören, wenn sie in die Ledertaschen rasten.

Ich ging zur Toilette, wusch mir das Gesicht und schaute in den Spiegel. Mein Puls überschlug sich, mein Atem glich einem Keuchen, während an meinem Gesicht Wasserperlen hinunterliefen wie Tauwassertropfen an einem Kürbis. Die Toilette sah aus, als wäre sie hundert Jahre alt. Oben an der Wand befand sich ein Spülkasten mit einer Kette. Der Fußboden bestand aus Holzplanken, die wegen der immer wieder überlaufenden Toilettenschüssel und des verspritzten Urins von dunklen Flecken überzogen und weich wie Kork waren. Ein dreckiges Handtuch baumelte von einem über der Toilette angebrachten Automaten herab. Trotz alledem fanden sich an den Wänden keine Schmierereien, keine eingeritzten Botschaften oder Namen. Das mochten sonderbare Beobachtungen sein, aber in gewisser Weise beschrieben sie die Situation, in der ich mich befand. Ich hatte die Zeiger meiner Uhr abgebrochen und war in einer Epoche und einer Kultur gefangen, die mehr mit der Vergangenheit als mit der Zukunft zu tun hatte. Möglicherweise waren meine Blackouts wie Etappen einer Reise zu genau diesem Punkt gewesen; einem zurückgelassenen Ort, von einer Dreckschicht überzogen und nach Pisse stinkend, an dem niemand es wagte, seinen Namen in die Toilettenwand zu ritzen, da ihm andernfalls die Finger gebrochen wurden.

Ich ging wieder zum Münztelefon und rief Valerie an. Durch die Plastikfenster der Falttür konnte ich sehen, dass der Barkeeper mich beobachtete. Valerie ging beim zweiten Klingeln ans Telefon. »Bist du das?«, sagte sie.

»Ja, ich bin's.«

»Wo bist du?«

Ich sagte es ihr.

»Was tust du da? Dort wimmelt es von Kriminellen.«

»Wie im Rest der Stadt auch.«

»Was ist mit dir los, Aaron?«

»Nichts. Ich wollte bloß mit dir sprechen.«

»Saber hat angerufen. Er meinte, du wärst bei ihm gewesen und hättest verrücktes Zeug erzählt.«

»Er übertreibt. Pass auf, Val, ich muss ein paar Sachen erledigen. Könntest du mir einen großen Gefallen tun?«

»Was?«

»Ich möchte, dass du mit meiner Mutter sprichst. Dass du ihr näher bist, verstehst du? Sie ist sonderbar und eigen, aber ihr Herz ist am rechten Fleck.«

Sie machte ein Geräusch, als würde sie sich das Haar aus dem Gesicht pusten. »Entweder kommst du jetzt zu mir, Aaron, oder ich fahre raus zu dieser Billardkneipe.«

»Wenn ich hier fertig bin, komme ich bei dir rum.«

»Du kommst *bei mir rum?* Ich hasse es, wenn du so sprichst. Das ist die Sprache dummer Leute, die sich besonders nachlässig ausdrücken wollen. Seit wann redest du so?«

»Ich liebe dich, Valerie.«

Sie schwieg.

»Hast du mich gehört?«
»Was ist los, Aaron? Ist es wegen dem Kerl vom Campingplatz? Ist er wieder aufgetaucht?«
»Nein, ist er nicht. Mach dir keine Sorgen. Und sag Saber, ich habe alles unter Kontrolle.«
»Ich muss auf das Kind der Nachbarn aufpassen. Ich kann hier nicht weg, Aaron. Bitte, tu mir das nicht an.«
»Ich muss los. Denk dran, was ich dir wegen meiner Mutter gesagt habe, okay?« Vorsichtig legte ich den Hörer auf die Gabel.

Ich bat den Barkeeper um einen weiteren Kaffee. Seine Schultern und seine Brust schienen aus Beton, auf seinen Fingern prangten tätowierte Buchstaben, die ich nicht entziffern konnte. Er goss mir Kaffee in die Tasse, stellte die Kanne dann aber auf einem Geschirrtuch auf der Theke ab statt auf der Heizplatte der Kaffeemaschine. »Was machst du hier?«

»Ich warte auf jemanden«, antwortete ich.

»Der Laden hier ist kein Nachbarschaftstreff.«

»Ich wusste nicht, dass ich hier jemanden störe.«

»Auf wen wartest du, Kleiner?«

»Die Namen weiß ich nicht.«

Er stellte die Kaffeekanne auf die Heizplatte und wischte den feuchten Fleck weg, den sie auf der Theke hinterlassen hatte. »Woher kommst du?«

»Houston.«

»*Wo* in Houston?«

»Aus dem Südwesten der Stadt.«

Er schaute durch die Tür hinaus auf die Straße. »Der zweite Kaffee geht aufs Haus. Trink aus.«

»Sie wollen, dass ich gehe?«

Schnaufend blies er die Luft aus seiner Nase und atmete tief ein. »Versau mir nicht den Tag. Das ist das A und O in diesem Laden. Meinst du, du kriegst das hin?«

»Ja, Sir. Sind Ihnen irgendwelche komischen Typen aufgefallen?«

»Was meinst du mit komisch?«

»Schmalzköpfe.«

»Das hier ist kein Streichelzoo. Und das Wort, das du gerade gesagt hast, hören wir hier nicht so gern.«

»Kerle mit Pistolen, die andere Leute umlegen«, sagte ich.

Er warf das Geschirrtuch in die Luft, fing es wieder auf und ließ mich stehen.

Ich schaute auf die Uhr. Fünf Minuten vergingen, dann zehn. Die beiden 9-Ball-Spieler legten ihre Queues wieder ins Regal an der Wand zurück, bestellten sich Bier vom Fass und setzten sich an den Tresen, wo sie ein paar hartgekochte Eier pellten. Der Barkeeper las eine Zeitung, die er vor sich ausgebreitet hatte. Ich bemerkte, wie er aufblickte und etwas oder jemanden auf der Straße beobachtete. Als ich mich auf meinem Barhocker umdrehte, sah ich einen kastanienbraunen Packard, einen Woody-Kombi mit Holzpaneelen in der Karosserie, Weißwandreifen und verchromten Speichenrädern. Er fuhr bis zum Ende des Häuserblocks und verschwand. Der Barkeeper faltete die Zeitung zusammen und kam zu mir, wobei er eine Hand auf dem Tresen entlangzog.

»Paar Typen da draußen sind jetzt schon das zweite Mal um den Block rum«, sagte er.

»Die in dem Kombi?«

Er nickte.

»Ich kenne niemanden mit einem Kombi«, sagte ich.

»Vorhin sind sie in der Gasse hinter der Bar rumgeschlichen.« Ich antwortete nicht. Er stützte seinen Arm auf dem Tresen auf. »Das sind Killer. Einer von denen hat versucht, durch die Hintertür in den Laden zu linsen. Willst du mir vielleicht sagen, was hier los ist?«
»Kennen Sie Merton Jenks?«, fragte ich.
»Jeder kennt Merton Jenks.«
»Rufen Sie ihn an, wenn's hier knallen sollte.«
»Hast du den Verstand verloren, Junge?«
»Ich glaube nicht.«
»Mach dich vom Acker. Sofort.«
»Ich fänd's toll, wenn ich noch etwas bleiben könnte.«
»Du wirst es toll finden, noch am Leben zu sein, falls ich mich wiederholen muss.«
»War einer von den Kerlen vielleicht so ein Riesentyp? Devon Horowitz heißt er.«
Der Barkeeper ballte die Faust und streckte mir drohend seinen Zeigefinger ins Gesicht.
Ich verließ die Bar durch die Vordertür. Draußen fuhr ein mit kleinen Kindern beladener Spritschlucker vorbei. Mir war, als wäre das kleine mexikanische Mädchen darunter und hätte mir zugewunken. Ich hob den Arm, um zurückzuwinken, aber da bog der Wagen ab und war verschwunden.
Einen Häuserblock weiter stand der Kombi am Bordstein vor einer Pfandleihe. Das von der Windschutzscheibe des Wagens reflektierte Sonnenlicht war so hell wie eine Schweißflamme. Ich glaubte, in dem Gleißen einen Mann aus dem Wagen steigen zu sehen, aber selbst im Schatten der Hutkrempe konnten meine Augen seine Züge nicht erkennen.
Der Fahrer des Kombis legte den Rückwärtsgang ein, wendete mitten auf der Kreuzung und fuhr davon. Ich ging zu

meinem Wagen und machte mich auf den Weg nach Montrose, zum Apartment von Vick Atlas.

An der Rezeption hielt mich der Pförtner auf. »Sir, Sie können nicht nach oben gehen.«

»Warum nicht?«

»Sind Sie nicht die Person, die Mr. Atlas angegriffen hat?«

»Nicht, dass ich wüsste. Ist Vick da?«

»Mr. Atlas ist weggefahren. Bitte verlassen Sie das Gebäude.«

»Sie meinen, er ist nicht hier?«

»Wenn Sie hochgehen, werde ich die Polizei rufen.«

»Ich fahre flugs hoch und schaue nach, okay? Sie leisten hier großartige Arbeit, Sir. Ich werd's Vick ausrichten.«

Ich fuhr mit dem Fahrstuhl zum Penthouse hinauf und klopfte an die Tür. Niemand öffnete. Dann ging ich bis zum Ende des Flurs und schaute nach unten in die Gasse hinter dem Gebäude. Dort standen zwei Männer an einem kastanienbraunen Kombi und unterhielten sich. Sie waren jung und schlank, gekleidet in schwarze Hosen und makellose, vom Wind aufgeblähte weiße Hemden mit hochgerollten Ärmeln. Das lange schwarze Haar trugen sie gerade zurückgekämmt und mit einem kleinen Pferdeschwänzchen im Nacken, das aussah wie bei einem Matador. Ich öffnete das Fenster und trat auf die Feuerleiter hinaus. Der Stahl quietschte unter meinem Gewicht. Die beiden Männer schauten nach oben. Ich lehnte mich über das Geländer und hob eine Hand zum Gruß. Keiner der beiden reagierte. Stattdessen fuhren sie mit ihrer Unterhaltung fort und beobachteten die Straße und das andere Ende der Gasse, wo mein Wagen stand. Sie hatten mich nicht erkannt. Cisco Napolitano hatte gesagt, dass Auftragskiller stets von außerhalb in die Stadt gebracht wurden und ihre Opfer nicht kannten. Der Einzige, der mich hätte erkennen können, war Devon Horowitz. Er hatte zwar vor dem Kino ein Foto von mir gemacht, aber aus einem schlechten Winkel und bei schwachem Licht.

Vick Atlas war nicht in der Billardkneipe in den Heights aufgetaucht, und nun hatte ich ihn auch zu Hause nicht angetroffen. Ich ging zurück in den Flur und nahm den Aufzug nach unten in die Lobby. »Sie hatten recht«, sagte ich zum Pförtner. »Vick ist nicht da. Aber hinter dem Gebäude stehen zwei seiner Freunde. Killer aus Sizilien, müssen Sie wissen. Ich werde den beiden von Ihnen ausrichten, dass sie das Gelände verlassen sollen, okay?«

Ich ging hinaus. Die Sonne im Westen hatte sich in eine rötlich-lilafarbene Schmelze verwandelt, und die Wolken schienen in Flammen zu stehen. Die Brise aus dem Süden war frisch und kühl und roch nach Regen und Blumen. Der kastanienbraune Kombi war verschwunden, ebenso die beiden Männer, die wie Matadore aussahen. Ich machte mich auf den Weg. Der Tag war dabei, sich abzukühlen, und vom Asphalt der Straße, die mich nach River Oaks führte, hallte das Brummen meiner Auspuffrohre wider.

Kapitel 35

Auf dem Weg hielt ich an einem Drugstore und rief zu Hause an. Meine Mutter meldete sich. »Na, willst du doch mit uns zu Abend essen?«

»Tut mir leid, aber ich wurde aufgehalten.«

Dann überraschte sie mich. »Schon in Ordnung. Ich stell deinen Teller in den Eisschrank. Wo bist du?«

»Auf der Westheimer. Ich bin bald zurück. Ist Daddy da?«

»Warte, ich geb ihn dir. Ist alles in Ordnung, Aaron?«

»Sicher.«

»Einen Moment.«

Sie legte den Hörer ab.

»Probleme mit dem Wagen?«, meldete sich mein Vater.

»Nein, Sir. Ich muss ein paar Sachen erledigen. Aber ich wollte etwas fragen.«

»Was meinst du damit, ein paar Sachen erledigen?«

»Damals, als du im Schützengraben lagst, woher hast du den Mut genommen, die Leiter hochzuklettern und mit den anderen aufs Schlachtfeld zu stürmen?«

»Nirgendwoher«, antwortete er.

»Sir?«

»Ich hatte niemals Mut. Keiner von uns hatte welchen. Wir sind auf die Deutschen zugestürmt, weil wir zu viel Angst hatten, in die andere Richtung zu laufen. Wo bist du, mein Junge? Was hast du vor?«

»Ich muss uns diese Kerle vom Hals schaffen.«
»Sag mir, wo du bist, damit ich dir helfen kann.«
»Du hast mir schon geholfen. Alles wird wieder in Ordnung kommen. Wartet nicht auf mich, falls es ein wenig später wird.«

Er begann auf mich einzureden, aber ich hielt den Hörer von meinem Ohr weg, um mich nicht mit seinen Einwänden auseinandersetzen zu müssen. »Es wird schon glattgehen, Daddy«, sagte ich, als er fertig war. »Im August ist der Zirkus in der Stadt. Dann sitzen wir in der ersten Reihe.«

Ich legte den Hörer auf die Gabel, stieg in meinen Wagen und fuhr weiter nach River Oaks – hinein in diese weitläufige Insel mit ihren Eichenbäumen, ihrem Luxus und ihrem falschen Antebellum-Glanz, hinein in die Welt von Grady Harrelson. Am Golf braute sich etwas zusammen, und Zirruswolken, die lilafarbenen Regen brachten, schoben sich über das Blau des Himmels. Ich schaute in den Rückspiegel. Der Packard-Kombi war zwei Blocks hinter mir. Ein Stück nasses Zeitungspapier klatschte gegen die Frontscheibe und wurde vom Wind hinweggerissen. Der Gangknüppel in meiner Hand pulsierte wie ein retinierter Weisheitszahn.

Als ich in der Straße der Harrelsons ankam, hatte sich der Himmel dunkel gefärbt. Der Regen fegte über die Häuser hinweg, und in der Abflussrinne schwamm das Laub der Bäume. Im Haus der Harrelsons brannte kein Licht. Ich parkte am Bordstein, schaltete den Motor aus und wartete. Zwei oder drei Autos fuhren mit eingeschalteten Scheinwerfern die Straße entlang. Sie passierten mich, ohne die Geschwindigkeit zu verringern. Der Kombi war nicht dabei. An der Garage von Gradys Haus parkten zwei Autos, deren Fabrikat ich jedoch nicht erkennen konnte. Ich musste an die Worte meines Vaters denken; seinen Kommentar über das Wesen des Mutes. Ich glaubte, dass er mir die Wahrheit über sich und seine Freunde erzählt hatte. Von Todesangst erfüllt, hatten sie eine Grenze überschritten und sich ihrem Schicksal ergeben, was auch immer dieses für sie bereitgehalten haben mochte. Die Jungs aus dem Mittleren Westen, die an den Marye's Heights starben, oder die Männer aus dem Süden, deren Leichen den Hang am Cemetery Hill pflasterten – sie hätten die Worte meines Vaters verstanden. Ein jeder musste den Mut in sich selbst finden. Diese Aufgabe konnte einem niemand abnehmen.

Und während ich grübelnd in meinem Wagen saß und der Regen auf das Dach und die Windschutzscheibe herunterprasselte, begann ein Gefühl der Wut in mir aufzusteigen. Ich war zu einer Zielscheibe geworden, der Zielscheibe von Grady Harrelson, seinen Freunden und der Atlas-Familie. Dabei hatte ich keinem von ihnen je etwas getan. Wie das Vergewaltigungsopfer oder das missbrauchte Kind hatte auch ich das Gefühl gehabt, dass ich verdiente, was mir angetan wurde, dass ich allein war, dass sich niemand für mich interessierte, dass ich anderen Menschen verhasst sein musste. Ich bereute es, die Patronen aus der Trommel entfernt und die Klinge des Springmessers abgebrochen zu haben. Ich zog die beiden Waffen aus der Hosentasche und legte sie auf meinen Oberschenkel. Ein Stück die Straße hinunter sah ich ein Paar gelbe Scheinwerfer im Regen.

Unruhig wand ich mich im Sitz und wartete, während der Wagen immer langsamer wurde. Der Regen hatte sich in Hagel verwandelt, der nun mit knackenden Geräuschen auf die Bäume und den Rasen, die Straße und das Dach meines Wagens niederging. Es gab keinen Zweifel mehr bezüglich des Fahrzeugs, das in meine Richtung kroch. Die Fensterscheiben waren vom Eis des Hagels verschmiert, sodass ich niemanden erkennen konnte, aber es war ein Packard-Kombi. Mit einem Mal kamen all die Wut und der Schmerz hoch, die sich seit jenem Abend in Galveston in mir angestaut hatten. Ich drückte meinen Hut fest auf meinen Kopf, sprang aus dem Wagen und rannte auf den Kombi zu. Ich konnte zwar die Gesichter der zwei Insassen nicht erkennen, aber ich war mir sicher, dass sie nicht erwartet hatten, mitten in einem Gewitter von einem einzelnen Teenager angegriffen zu werden. Ich schleuderte den Revolver gegen die Windschutzscheibe, ließ das Springmesser mit der abgebrochenen Klinge aufschnappen und versuchte damit das Fenster der Beifahrertür einzuschlagen. Der Fahrer riss den Wagen herum, in Richtung Bordsteinkante, um mich zu rammen. Aber er rauschte ins Leere und drehte ab. Ich warf ihm das Messer hinterher und traf das Heck des Kombis. Dann lief ich durch die Pfützen im Vorgarten der Harrelsons und hämmerte gegen die Tür.

Grady öffnete mir. In der Eingangshalle hinter ihm stand Vick Atlas, ebenso wie Grady eingetaucht in das Licht des Kristallkronleuchters über ihren Köpfen. Vick trug einen Verband auf der Wange; sehr wahrscheinlich wegen der Wunde, die ich ihm beigebracht hatte.

»Was willst du hier?«, sagte Grady.

»Eure Handlanger haben versagt«, sagte ich. »Wie geht's dir, Vick? Dein Gesicht sieht ein wenig geschwollen aus. Hab gehört, die Wunde hat sich entzündet. Aber mach dir nichts draus, die Ladys finden so eine Narbe bestimmt interessant.«

»Warum hast du dieses Arschloch hier angeschleppt, Vick?«, sagte Grady.

»Erzähl keinen Scheiß! Ich hab nichts damit zu tun, dass der Typ hier auftaucht.«

»Vick hatte nicht die Eier für unsere Verabredung in den Heights. Stattdessen hat er seine Schmalzköpfe geschickt und sich in deinem Haus verkrochen, Grady«, sagte ich. »Und jetzt mal ehrlich, ihr beiden habt doch die ganze Zeit über zusammengearbeitet, oder?«

Ich trat ins Haus. Grady schloss die Tür hinter mir und schaute dabei Vick an, als wüsste er nicht genau, was er als Nächstes tun sollte. Vick trug halbhohe Schuhe, eine maßgeschneiderte braune Anzughose, die wie das Unterteil einer Tropenuniform der Marines aussah, und um den Hals ein rosafarbenes Tuch. »Wo ist Bledsoe?«

»Keine Ahnung«, erwiderte ich.

»Er ist doch sonst immer bei dir«, sagte Vick.

»Heute nicht. Ihr beide habt das Cabrio, stimmt's? Und das Geld und das Gold natürlich auch.«

»Du bist ziemlich blöde, einfach so hier aufzutauchen«, sagte Vick.

»Was kannst du mir denn noch antun, das du nicht schon getan hast?«, sagte ich. »Ich habe keine Angst mehr vor dir. Das Gleiche gilt für dich, Grady. Ihr beide seid Abschaum, und eure Handlanger sind unfähige Schwachköpfe.«

»Denkst du wirklich, dass ich mir diesen Scheiß gefallen lasse?«, sagte Vick. »Ich sag dir was: Diesen Scheiß lasse ich mir von *niemandem* gefallen. Du glaubst, dass du hier reinmarschieren und die Fresse aufreißen kannst, hä? Los, antworte mir! Mach schon, ich rede mit dir, Mann!«

»Genau das hat dein Vater auch zu mir gesagt. Warum äffst du den Kerl nach, der dein Gesicht verunstaltet hat? Ist das nicht unheimlich demütigend?«

»Jetzt schalt mal einen Gang zurück«, sagte Grady.
»Ach, das kann der Vickster ab. Stimmt's nicht, Vick?«
»Trockne dich erst mal ab, Broussard«, sagte Grady. »Irgendwie werden wir die Angelegenheit schon klären.«
»Nein, das werden wir nicht«, sagte ich.
»Komm mit«, sagte er und packte meinen Oberarm. »Am Ende des Flurs ist ein Badezimmer. Ich hol dir ein paar trockene Klamotten.«
Ich schob Gradys Hand von meinem Arm. Vick nutzte den Moment, griff sich eine Drehpendeluhr mit Goldrahmen und rammte sie mir seitlich gegen den Schädel. Keine Sekunde später kippte der Fußboden in mein Gesicht.

Als ich wieder aufwachte, lag ich zusammengekauert in einem Fahrstuhl mit Faltgittertür. Mir war übel, die Seite meines Kopfes mit Blut verklebt. Ich setzte mich auf, lehnte mich mit dem Rücken gegen die Fahrstuhlwand und schaute auf die Uhr. Es waren keine zehn Minuten vergangen, seit Vick mich niedergeschlagen hatte. Der Fahrstuhl hatte im Kellergeschoss unter dem Haus gehalten, in einer Garage mit besenreinem Boden, die vom Licht einer Reihe schwacher, an der Decke hinter korbförmigen Schutzgittern montierter Glühbirnen erhellt wurde. Die Falttür des Fahrstuhls war abgeschlossen. In der Garage standen mehrere Autos, einige von ihnen Sammlerstücke, unter anderem auch Gradys rosafarbenes Cabrio; der Wagen, den Saber ihm vor dem Motel gestohlen hatte. Ich konnte hören, wie Vick und Grady sich über mir unterhielten. Ich stand auf, war aber so wackelig auf den Beinen, dass ich beinahe wieder hinfiel.

Ich drückte die Knöpfe zur Bedienung des Fahrstuhls, doch nichts passierte. Entweder war die Stromzufuhr unterbrochen oder der Fahrstuhl blockiert. Ich versuchte das Faltgitter vom Türrahmen loszureißen, aber ohne Erfolg. Dann setzte ich mich auf den Boden, hielt mich am Handlauf fest und rammte meine Füße so heftig in die Tür, dass der gesamte Aufzug bebte. In einem Treppenaufgang hinter dem Cabrio ging das Licht an. Vick Atlas kam die Stufen herunter, eine Spritze in der einen, ein Paar Handschellen in der anderen Hand. »Sorry, dass ich dich so lange warten lasse. Ich musste noch ein paar Sachen aus meinem Wagen holen. Ich würde dir gern sagen, dass es einen leichten und einen schweren Weg bei dieser Sache gibt, aber das wäre gelogen.«

»Mein Wagen steht vor der Tür«, sagte ich. »Und meine Eltern wissen, wo ich bin.«

»Na und? Dann bist du halt hier gewesen und anschließend wieder weggegangen«, antwortete er.

»Was soll die Spritze?«

»Vielleicht habe ich ja doch ein gütiges Herz. Hast du in letzter Zeit mal einen Autofriedhof besucht? Die Schrottpressen, die die da haben, sind wirklich beeindruckend. Jede Wette, dass sie dir gefallen.«

»Ich werde nicht freiwillig mitgehen.«

»Brauchst du nicht. Ich werde dich rausschleifen«, sagte er. »Und wenn wir erst mal auf dem Schrottplatz sind, geht's weiter mit der Schleiferei, wenn du verstehst.« Er steckte sich einen Kaugummi in den Mund und wartete auf eine Antwort. Dann begann er lächelnd auf seinem Kaugummi herumzuknatschen. »Hab's schon einmal gemacht, beim Spring Break in Fort Lauderdale. Da war ein Typ, der glaubte, er würde eine Lady flachlegen. Stattdessen lag er nachher flach, und zwar an einer Kette hinter meinem Wagen.«

»Ist das Geld noch im Cabrio?«

»Was weißt du schon von Geld, hä?«, fragte er.
»Das Geld gehört eigentlich deinem Vater.«
»Dreh dich rum, und steck die Hände durch das Gitter.«
»Warum sollte ich das tun?«
Er zog eine Halbautomatik Kaliber .25 aus der Hosentasche. »Damit ich dir nicht in die Knie schieße oder irgendwo anders hin, wo es verdammt wehtut.«
Mein Blick wurde trüb. Ich drückte die Finger gegen die Seite meines Schädels und schaute auf meine Hand. Sie war voller Blut und Haare. »Was ist mit den Killern?«
Er schloss die Augen, als würde er über die Frage nachdenken müssen. »Was für Killer?«
»Die du in die Heights geschickt hast, um nicht selbst kommen zu müssen. Was, wenn sie das Cabrio sehen? Was, wenn sie deinem alten Herrn erzählen, dass du ihn um eine Million erleichtern willst?«
»Die kennen mich nicht, Arschloch. Du bist echt einfältig, Mann. Und deshalb gewinnen Leute wie ich, und Leute wie du verlieren.«
»Grady wird dich linken, Vick. Wenn ich aus dem Weg bin, wird er Valerie zurückhaben wollen. Das bedeutet, dass er dich loswerden muss, weil er weiß, was für ein Lump du bist. Dann hast du noch ein anderes Problem: Grady glaubt, das Geld gehöre ihm. Warum sollte er es mit dir teilen wollen?«
Für einen Moment sah ich, wie sich seine Augen veränderten, als würde er einem Vogel nachschauen, der zu einem weit entfernten Baum flog. »Das kapier ich nicht.«
»Du glaubst, du würdest das Geld deinem Vater oder der Mafia stehlen. Grady allerdings glaubt, *du* würdest es *ihm* stehlen. Mal ehrlich, hättest du vielleicht Lust, fünfzig Pro-

zent deines Geldes abzudrücken, nur um das zurückzubekommen, was dir ohnehin schon gehört?«
Ein Grinsen umspielte seine Lippen. Ein Grinsen, wie man es bei dummen Menschen sieht, die sich selbst einreden, die großen Rätsel der Welt schon vor langer Zeit gelöst zu haben und nun über sie erhaben zu sein. Er warf die Handschellen durch das Gitter. »Ich werde unseren Ausflug genießen.«
Es klingelte. Ich hörte, wie Grady die Tür öffnete. »Ich glaub, ich spinne«, sagte er.

»Ich weiß, es klingt verrückt, aber zwei Blocks die Straße hoch ist mir die Kiste verreckt«, hörte ich Sabers Stimme sagen.

Kapitel 36

»Können wir reinkommen?«, sagte Valerie. »Wir sind pitschnass.«
»Nein. Los, verschwindet«, sagte Grady.
»Warum führst du dich so auf?«, sagte sie. »Wo ist Aaron?«
»Er hat seinen Wagen hier stehen lassen und ist mit ein paar Typen losgezogen«, sagte Grady. »Ich hab gedacht, er wollte sich mit euch treffen.«
»Da liegt sein Hut auf dem Boden«, sagte sie. »Wo ist er, Grady?«
»Wir hatten einen kleinen Streit«, sagte er. »Nichts, worüber man sich Sorgen machen müsste. Könnt ihr jetzt bitte Leine ziehen?«
»Nein, das werden wir nicht«, sagte Valerie. »Und jetzt raus mit der Sprache! Was verheimlichst du uns? Hast du Aaron etwas angetan?«
»Eine Million verheimlicht er uns«, sagte Saber.
Großartig, Saber! Damit dürften wir alle geliefert sein. Aber wie hätte ich sauer auf ihn sein können? Sabe war losgezogen, um nach seinem alten Freund zu sehen.
»Kommt rein«, sagte Grady.
Ich hörte, wie Saber und Valerie in die Eingangshalle traten und die Tür hinter ihnen ins Schloss fiel.
»Und deine Kiste steht ein Stück die Straße hoch, oder wie?«, sagte Grady.

»Ja, die Schweißnaht an der Ansaugbrücke hat den Geist aufgegeben«, sagte Saber.

»Ich ruf einen Abschleppwagen. Geht aufs Haus«, sagte Grady.

»Wir wollen keinen Abschleppwagen. Wo ist Aaron?«, sagte Valerie.

»Unten«, sagte Grady. »Ich denke, wir sollten die Sache jetzt endlich mal klären. Wartet, ich hol den Fahrstuhl hoch. Ach ja, Vick ist auch da.«

»Vick Atlas ist hier?«, sagte Valerie. »Liegt deshalb die zertrümmerte Uhr da auf dem Boden?«

»Beruhig dich wieder, Val«, sagte Grady.

»Wag es ja nicht, in diesem Ton mit mir zu reden«, sagte sie.

»Ich sag doch nur, dass du nicht so schreien sollst.«

»Was habt ihr mit Aaron gemacht?«, sagte sie.

»Moment, ich lass den Fahrstuhl hochfahren«, sagte Grady. »Ich habe keine Schuld an alledem. Ihr hattet eure Chance, jeder Einzelne von euch, aber ihr wolltet ja nicht hören. Jetzt können wir uns entweder einigen und die Angelegenheit klären, oder es wird richtig hässlich.«

Ich hörte, wie der Antrieb des Fahrstuhls wieder zum Leben erwachte. Nach einem Rucken fuhr er nach oben. Vick stürzte mit der Spritze und der Halbautomatik in der Hand zur Treppe.

Unser Leben lag nun in den Händen von zwei infantilen Männern, beide irrational, von Angst erfüllt, narzisstisch, skrupellos und grausam. Einer von ihnen hatte seinen Vater ermordet, weil dieser ihm verboten hatte, die Musik eines Schwarzen zu hören. Der andere war von seinem Vater – einem Mann, den er hasste und doch imitierte – verunstaltet und sehr wahrscheinlich so heftig misshandelt worden, dass ein Hirnschaden zurückgeblieben war. Wieder dachte ich an meinen Vater und an seine Kameraden; daran, wie sie im Ersten Weltkrieg aus ihren Schützengräben aufs Schlachtfeld hinausgestürmt waren. Und ich fragte mich, ob meine Beine wohl stark genug wären, wenn mir die Stunde schlagen würde.

Der Fahrstuhl hielt im Erdgeschoss, und die Gittertür öffnete sich. Im gleichen Moment tauchte Vick am Ende des Flurs an der Kellertreppe auf.

»Aaron, bist du in Ordnung?«, sagte Valerie. Regenwasser troff von ihrer Kleidung auf den Boden, ihr Haar klebte an ihren Wangen.

»Alles okay, Val«, sagte ich.

Dann schaute sie zu Vick, der auf uns zukam. »Ist das eine Pistole?«

»Mein Schwanz ist es jedenfalls nicht«, sagte er.

»Du bist widerlich«, sagte sie.

»Ich habe ihnen gesagt, dass wir die Sache klären«, sagte Grady. »Hast du mich verstanden, Vick? Wir klären die Sache. Schließlich war ich mal mit Valerie zusammen.«

»Mir egal. Fakt ist, dass wir diese beschissene Situation einzig und allein dir zu verdanken haben«, sagte Vick.

»Mir? Du hast Broussard doch die verdammte Uhr über den Schädel gezogen«, sagte Grady.

»Halt die Klappe. Ich muss nachdenken«, sagte Vick.

»Noch ist nichts Schlimmes geschehen. Wir haben uns nichts zuschulden kommen lassen«, sagte Grady.

»Wiederhol noch mal die Sache mit der Million, Bledsoe.«

»Kann mich nicht erinnern, was in der Richtung gesagt zu haben«, antwortete Saber.

»Er kann sich nicht dran erinnern«, spottete Vick. »Ich liebe euch Typen. Alle fünf Minuten erfindet ihr euch eure eigene Realität. *Ich kann mich nicht erinnern. Ich bin's nicht gewesen. Du bist ein guter Kerl, Vick. Tu mir nichts, Vick. Leih mir doch ein bisschen Geld, Vick.*«

»Bist du die Treppe runtergefallen und auf dem Kopf gelandet, oder was soll das?«, fragte Grady.

»Bring mir eine Rolle Klebeband«, sagte Vick.

»Wozu?«, fragte Grady.

»Soll ich's dir vielleicht aufmalen?«, sagte Vick.

»Tu es nicht, Grady«, sagte Valerie. »Du weißt, was mein Vater macht, wenn uns etwas zustößt.«

»Wenn ich euch unter dreißig Meter Beton begrabe, wirst du ihm nicht mehr viel erzählen können«, sagte Vick. »Und genau das wird passieren, wenn du weiter so die Klappe aufreißt, Missy. So, und jetzt streck die Pfoten nach vorn.«

»Fick dich«, sagte Saber.

»Böser Junge«, erwiderte Vick. Ohne eine Miene zu verziehen oder auch nur zu blinzeln, richtete er die Pistole nach unten und schoss Saber in den Fuß. Die ausgeworfene Patronenhülse prallte von einem Beistelltisch ab.

Saber fiel rückwärts gegen die Wand und rutschte mit vor Schmerz weit aufgerissenem Mund auf den Boden. Blut quoll aus seinem Schuh.

»Du bist das Letzte, Vick, absoluter Abschaum«, sagte ich.

»Wenn ich aus der Sache hier rauskomme, mache ich dich alle. Falls nicht, tut es mein Vater.«

»Schauen wir mal, was du in einer Stunde zu dem Thema zu sagen hast«, erwiderte Vick.

Valerie kniete sich neben Saber und hielt seinen Kopf an ihre Brust. Sie schaute zu Grady auf. »Mach diesem Wahnsinn ein Ende.«

»Du hättest nicht herkommen sollen, Val«, erwiderte Grady. »Du hättest nicht zulassen sollen, dass Broussard sich zwischen uns schiebt. Du hättest mich nicht in diesem Drive-in stehen lassen sollen.«

»Rührende Rede, wirklich«, sagte Vick. Er öffnete das Gitter des Fahrstuhls. »Raus mit dir, Broussard. Die Party hat gerade erst begonnen.«

Draußen im Garten neben dem Haus schlug ein Blitz in die Krone eines Baums ein. Ein großer Ast brach ab und riss die Stromleitung mit sich in den Swimmingpool. Mit einem Mal lag das Haus im Dunkeln. *Das ist meine Chance,* sagte ich mir. Doch Vick kam mir zuvor. Mit einer flinken Daumenbewegung schnippte er sein Feuerzeug an und presste die Mündung seiner Pistole gegen Valeries Schädel. »Denk nicht mal dran, Arschloch, oder ihr Gehirn landet in Bledsoes Schoß. Sieht so aus, als hättest du schon wieder verloren.«

Grady brachte zwei Taschenlampen und eine Rolle Klebeband aus der Küche. Saber saß mit dem Rücken gegen die Wand gelehnt auf dem Boden. Ein Knie hatte er an die Brust gezogen, den verletzten Fuß gerade nach vorn ausgestreckt. Um den Schuh hatte sich eine Blutlache gebildet. Mit den Handschellen kettete Vick den verletzten Saber und Valerie aneinander. Dann zog er eine zweite kleine Halbautomatik aus der Tasche und reichte sie Grady. »Hier, nimm. Die Sicherung ist über dem Abzugsbügel.«

»Ich will das Ding nicht«, sagte Grady.

»Doch, das willst du«, sagte Vick. »Du bist für dieses

Leben geboren, Mann. Du warst schon immer einer von uns.«

»Was wird mit ihm?«, fragte Grady und schaute mich an.

»Der Arsch gehört mir«, sagte Vick. »Wir fahren jetzt zum Schrottplatz von einem Kumpel.«

»Ich kapier's nicht. Was ist der Plan?«, sagte Grady.

»Ich werde ein Versprechen einlösen. Broussard weiß, was ich meine.«

»Du willst ihn wirklich hinter deinen Wagen ketten? Das ist echt krank, Mann«, sagte Grady.

»Schau dir mal an, was er mit meinem Gesicht gemacht hat«, sagte Vick. »Und jetzt erzähl mir nicht, er hätte es nicht verdient. Jeden Tag sickert mir der verdammte Eiter durch den Verband.«

»Was ist mit Val?«, fragte Grady.

Vick leuchtete ihr mit der Taschenlampe ins Gesicht, bis ihre Augen tränten. Dann grinste er Grady an.

»Hör auf damit«, sagte Grady.

»Bekommst du plötzlich Skrupel oder was?«

»Vielleicht.«

»Du musst eine Entscheidung treffen, Grady, aber zum Glück ist sie sehr einfach«, sagte Vick. »Du kannst weiterhin ein Kerl mit jeder Menge Kohle sein oder aber ein Mann, der im Supermarkt die Einkäufe anderer Leute eintütet.«

»Ich rede mit ihr. Sie ist vernünftig.«

»Mittlerweile dürfte sie kapiert haben, dass du deinen Vater ermordet hast, Grady. Wie vernünftig wird sie angesichts dieser Erkenntnis wohl noch sein?«

»Halt besser die Klappe, Vick«, sagte Grady.

Ja, ja, ja, provozier ihn noch ein bisschen mehr, Vick. Aber ich hatte ihn unterschätzt. So dumm war Vick Atlas nicht. Er war ein Stehaufmännchen; ein Kerl, der nicht nur mit einem verunstalteten Gesicht zu leben gelernt hatte, sondern auch mit den Beleidigungen, die damit einhergingen.

»Hab doch nur Spaß gemacht«, sagte er. »Dein alter Herr hat sich die Sache selbst zuzuschreiben. Du hingegen bist ein echt anständiger Kerl, Grady. Spätestens mit deinem Eintritt bei den Marines hast du das unter Beweis gestellt. Ich glaube, dein Alter hatte Schiss, dass du ihn als Versager dastehen lässt.«

»Grady, bitte ... denk nur einen Moment lang nach und hör auf mit diesem Wahnsinn«, sagte Valerie. »Sicher, du hast Fehler gemacht, aber das, war hier gerade abläuft, das bist doch nicht du.«

»Erzähl's ihr«, sagte Vick.

»Was soll er mir erzählen?«, fragte sie.

»Das mit dem mexikanischen Mädchen«, erwiderte Vick.

»Hör auf damit«, sagte Grady.

»Na los, erzähl's ihr.«

»Er meint Wanda Estevan«, sagte Grady.

»Es war ein Unfall. Wir haben den Wagen von Loren Nichols in Brand gesteckt. Sie hat versucht, aus meinem Auto zu springen, und als ich sie zurückhalten wollte, hab ich sie falsch am Hals gepackt. Dabei ist es passiert. Ich fühle mich mies wegen der Sache. Bin sogar zur Kirche gerannt deswegen.«

»Dann lass nicht zu, dass dieser Widerling dein Leben ruiniert«, sagte sie.

»Zeit zum Aufbruch«, sagte Vick. »Ich werde erst mal die Karre von Broussard wegfahren. Val und der Freak kommen mit mir. Du steckst Broussard in den Kofferraum meines Wagens und fährst mir nach. In drei Stunden essen wir Pancakes und Würstchen mit Rührei. Dann ist diese ganze Sache endlich Geschichte.«

»Wofür ist die Spritze?«, fragte Grady.

Vick schaute Valerie an. »Man kann nie wissen.«

Kapitel 37

Wie findet man sich mit dem Tod ab? Oder mit der Gewissheit, dass das eigene Schicksal in den Händen von niederträchtigen Männern liegt? Als die beschriebenen Ereignisse in jener dunklen Nacht in River Oaks ihren Lauf nahmen, hatte ich keine Antwort auf diese Fragen. Bis dahin war der Tod stets eine Abstraktion für mich gewesen, kaum präsent und ohne Einfluss auf mein Leben. Die Geschichten, die wir aus Korea zu hören bekamen, waren stets die von Helden gewesen. Die Wochenschau zeigte amerikanische F-80--Flugzeuge, die flach über die weißen Hügel am Changjin-Stausee hinwegrasten und Bälle brennenden Napalms auf die chinesischen Truppen abwarfen, die den Grenzfluss Yalu überquert und die First Marine Division eingeschlossen hatten. Wir saßen derweil in wohltemperierten Kinosälen und jubelten. Sicherlich verspürten wir auch mal Mitleid beim Anblick eines Marines mit gefrorenem Bart, der mit hochgestrecktem Daumen in die Kamera grüßte, aber eine Sache war gewiss: Tod und Leid kamen nur über unsere Feinde, nicht über uns.

Ich glaube, dass in allen Menschen eine Uhr tickt, eine Uhr, die der Großteil von uns allerdings ignoriert. Und jede dieser Uhren bleibt an einem bestimmten Datum zu einer festgelegten Zeit stehen, ohne dass wir irgendetwas dagegen tun können. An jenem Abend in River Oaks wusste ich, dass meine Stunde gekommen war, aber auch ich konnte es nicht akzeptieren. Der Gedanke ließ meinen Mund austrocknen, meinen Schließmuskel verkrampfen, meinen Blick verschwimmen und füllte meinen Rachen mit Galle. Es fühlte sich an, als wäre das Blut in meinem Körper mit einem Mal verfault. Die Person, die ich für Aaron Holland Broussard gehalten hatte, schien verschwunden, und ich fragte mich, ob mein wahres Ich lediglich ein Feigling war, eine elende Jammergestalt, die in ihrem Leben nichts weiter zustande gebracht hatte, als acht Sekunden auf einem dummen Tier zu reiten und mit klappernden Zähnen durch einen Quallenschwarm zu schwimmen.

Vick zog die Eingangstür auf. Die Häuser der Nachbarschaft lagen ebenfalls im Dunkeln. Der Regen peitschte über den Rasen, die Virginia-Eichen und den Swimmingpool hinweg und prasselte ins Foyer. Grady hatte Schwierigkeiten, Saber auf die Füße zu bekommen. Als Saber schließlich stand, stolperte er und riss Valerie bei seinem Sturz mit nach unten.

»Heb ihn hoch«, sagte Grady.

»Lass die beiden gehen«, sagte ich. »Vick will doch nur mich.«

»Es ist vorbei. Jetzt akzeptier's doch endlich, Broussard«, sagte Grady.

Ich half Saber hoch. Er verlagerte sein gesamtes Gewicht auf das intakte Bein und hielt sich an mir fest. Dann drückte er sein Gesicht in meine Schulter. »Zwei Kerle in einem Woody«, flüsterte er. »Ein Block weiter südlich. Schmalzköpfe.«

Ich hatte keine Ahnung, wie uns diese Information helfen sollte. Aber ich wusste, dass die beiden Sizilianer irgendwie mit unserem Schicksal verbunden waren, dass ihre Anwesenheit Teil eines höheren Plans war, dass es irgendwo einen Ausweg aus der schwarzen Kiste gab, in der wir uns befanden.

»Grady?«, sagte Valerie.

»Ja?«

»Schau mich an.«

»Es hat keinen Zweck, Val.«

»Schau mich an, Grady.«

»Was ist?«

»Wenn ihr mit uns fertig seid, wirst du für immer der Lakai von Vick Atlas sein. Er wird dir alles nehmen, was du hast. Denn du bist schwach, und du brauchst ihn. Er jedoch braucht dich nicht. Warum willst du zulassen, dass er dir so etwas antut?«

»Halt besser die Klappe«, sagte Grady.

»Genug jetzt«, sagte Vick. Er schob Valerie und Saber durch die Tür ins Freie. Dann schaute er zu den von Wind und Regen gepeinigten Baumkronen hinauf. Er drehte sich um, hob meinen Cowboyhut vom Boden auf und setzte ihn sich auf den Kopf. »Okay, los, ihr beiden. Wir machen jetzt einen Ausflug. Bis gleich, Grady.«

Ich schaute den dreien hinterher, wie sie durch die Pfützen in der Einfahrt zu meinem Wagen gingen. Saber, der sein linkes Bein hinter sich herzog, hielt sich an Valerie fest. Grady presste mir seine Fingerknöchel zwischen die Schulterblätter und schob mich auf die Veranda. »Wir gehen durch den Garten an der Seite zur Garage.«

Ein langer gezackter Blitz zerriss die Wolken, und ich sah den Kombi, der, wie Saber gesagt hatte, einen Häuserblock weiter südlich auf der Straße parkte. Wir standen vor dem Tor, das zum Garten neben dem Haus sowie zum Swimmingpool und zur Garage führte. Und zu Vicks Wagen, in dessen Kofferraum mich Grady sperren sollte. Ich hörte ein Knallen, das wie ein feuchter Kanonenschlag klang. Es stammte vom Kombi am Ende der Straße, dessen Motor mit einer Fehlzündung zum Leben erwacht war. Mit einem Mal wusste ich, was als Nächstes geschehen würde. Es war keine Vorahnung, und ich hatte auch keine Erleuchtung, ganz im Gegenteil.

Ich sah mich an der Seite meines Vaters, als er das erste Mal die Leiter des Schützengrabens hinauf aufs Schlachtfeld stürmte; in einem Weizenfeld, golden von der Hitze und rot gesprenkelt vom Blut der Soldaten; zwischen den Märtyrerinnen Perpetua und Felicitas in einer Gladiatorenarena in Karthago; an der Seite der Farmerjungen aus Ohio, die mit leeren Musketen in das Artilleriefeuer der Konföderierten stürmten. Und ich wusste, dass der Tod am Ende doch nicht so schlecht war, dass er mich von meinem weltlichen Dasein befreien würde, um mich mit meinen Brüdern und Schwestern zu vereinen, einigen der Edelsten der menschlichen Gattung.

Ich stürmte los, rannte zu Valerie und Saber und wartete gleichzeitig darauf, dass Grady anlegte und mir in den Rücken schoss. Aber er tat es nicht. Stattdessen beschleunigte der Fahrer des Kombis, lenkte den Wagen in die Mitte der Straße und raste mit einer solchen Geschwindigkeit in unsere Richtung, dass die Räder auf dem überschwemmten Asphalt eine Welle vor sich her schoben, die über beide Bordsteine und auf die Rasenflächen am Straßenrand rollte. Außer dem Fahrer saß nur noch eine weitere Person im Wagen; ein Mann, der gerade eins der hinteren Seitenfenster herunterkurbelte.

Als er sich in Position brachte und das Sturmgewehr an seiner Schulter anlegte, konnte ich sein weißes Hemd sehen, ebenso die Totenblässe in seinem Gesicht, die feinen Hände, die Welle seines Haars über seinen kleinen Ohren und die Leichtigkeit, mit der er sein Ziel anvisierte und sich darauf vorbereitete, endlich abzudrücken.

Das Gewehr in seinen Händen war ein B. A. R., ein Browning Automatic Rifle, dessen Effekt verheerend sein konnte. Der Kombi kam rasch näher und brachte den Schützen in eine Position mit perfekter Schusslinie. Mit zwei Salven konnte er uns alle vier töten.

Der Fahrer schaltete die Scheinwerfer ein, dann das Fernlicht. Die Lichtkegel erfassten Vick. Er trug immer noch meinen Cowboyhut auf dem Kopf, und auf seiner Wange prangte, weiß wie Schnee, der quadratische Wundverband. Ich stürzte mich von hinten in Saber und Valerie, riss sie beide zu Boden und bedeckte sie mit meinem Körper. Dann eröffnete der Schütze das Feuer. Im Magazin muss sich mindestens eine Leuchtspurpatrone befunden haben. Wie ein geradliniger Blitz jagte das Geschoss durch die Dunkelheit und schlug in der Mauer des Badehauses im Garten ein. Die restlichen Patronen rissen Vick Atlas in Stücke. Sein Fleisch, seine Haare, seine Kleidung schienen sich im Scheinwerferlicht aufzulösen. Sein Körper zerbarst, als würde er an zu straff gespannten Drähten hängen. Ich hörte, wie die ausgeworfenen Patronenhülsen mit klickenden Geräuschen vom Fensterrahmen des Kombis abprallten, während hinter uns eine weitere Salve in einen Baum einschlug. Dann fuhr der Kombi langsam davon, auf dem Rücksitz der Schütze mit einem Profil so gleichmütig und reglos wie das einer Statue.

Vick lag im Wasser. Ich stand auf, zog seinen Körper auf den Rasenstreifen neben der Straße, fischte den Schlüssel aus seiner Tasche und öffnete die Handschellen, mit denen Saber und Valerie aneinandergekettet waren. Anschließend hievte ich Saber auf den Beifahrersitz meines Wagens. Meine Hände zitterten. Ich glaubte Valerie weinen zu hören. Vielleicht lachte sie aber auch. Saber grinste, da war ich mir sicher.

Hinter uns sah ich Grady, wie er auf dem Gehweg davonlief, dann noch einmal anhielt und uns anstarrte wie ein verängstigtes Kind.

Epilog

Der Strom kam wieder zurück, und ein Haus nach dem anderen wurde von Licht erfüllt, als hätte der Engel des Todes keine Macht in diesem grün-grauen, moosverhangenen urbanen Wald am Rande der industrialisierten Welt. Ich ging ins Haus und rief die Polizei. Dann tätigte ich einen zweiten Anruf, einen Anruf, von dem ich bis jetzt niemandem erzählt habe.

»Hallo?«, meldete sie sich.

»Hi, Miss Cisco.«

»Aaron? In welchem Schlamassel steckst du nun schon wieder?«

»Lange Geschichte. Haben Sie einen Schlüssel zum Haus von Grady Harrelson?«

Sie wartete kurz, bevor sie antwortete. »Na, was denkst du denn?«

»Detective Jenks meinte, dass er vielleicht nach Mexiko ziehen will. Ich möchte wetten, er hätte nichts dagegen, in einem Caddy-Cabrio in den Süden zu gondeln. Die Kiste ist rosa und steht in Gradys Kellergarage.«

Die Leitung war wieder still.

»Haben Sie gehört, was ich gesagt habe, Miss Cisco?«

»Wo ist Grady?«

»Der ist gerade Hals über Kopf die Straße runter, zu Fuß. Ich glaube nicht, dass er so schnell zurückkommt.«

»Was ist passiert, Aaron?«

»Grady und Vick wollten uns in eine Schrottpresse stecken, aber vorher sollte ich noch hinter Vicks Wagen gekettet und durch die Gegend geschleift werden. Dann hat Vick meinem Freund Saber in den Fuß geschossen, und zum Schluss sind die Killer der Atlas-Familie aufgetaucht und haben aus Vick ein Sieb gemacht.«

»Das denkst du dir doch aus.«

»Wie Sie meinen. In ein paar Minuten wird es hier nur so von Cops und Zeitungsleuten wimmeln. Wenn Sie an dem Caddy interessiert sind, sollten Sie vielleicht ein bisschen später vorbeikommen. Ich glaube nicht, dass irgendjemand auf den Wagen achten wird.«

»Warum tust du das?«

»Irgendwoher muss man sich seinen Nervenkitzel ja holen«, antwortete ich.

Ich sah Grady nie wieder. Er entging einer Verurteilung, indem er die Prozesse in den Gerichten blockierte und verschleppte. Irgendwann war er jedoch bankrott. Es hieß, er hätte aus Angst vor Jaime Atlas Leibwächter angeheuert, die ihn allerdings verprügelten, vergewaltigten und nackt in einem Straßengraben liegen ließen. Fünf Jahre später hörte ich, dass er eine ehemalige Schauspielerin geheiratet hatte, die Pornofilme produzierte und in Hollywood Hills wohnte. 1967 fand man ihn tot in einem Hotel auf der East Fifth Street in Los Angeles, mit einer Spritze im Arm.

Achtzehn Monate nach dem Tod von Vick Atlas erhielt ich einen Brief aus Mexico City mit folgendem Inhalt:

Wie geht's, Kiddo? Ich hoffe, du hast dein Leben wieder einigermaßen auf die Reihe bekommen. Von mir selbst kann ich das nicht unbedingt behaupten, aber wenigstens schieß ich mir nicht mehr den Joy Juice in den Arm. Du bist ein süßer Kerl und hast mich ein paarmal gehörig in Erregung versetzt. Für mein Benehmen damals möchte ich mich entschuldigen. Andererseits war Normalsein noch nie meine Stärke, was M. nicht besonders stört. Ich soll dir Hallo von ihm sagen und dass du bis zum Buzzer oben bleiben sollst. Er hat jetzt mit Strahlentherapie angefangen, ich mit Faltenentfernung. Zum Glück haben wir dank du-weißt-schon-wem jede Menge Kohle. Ob ich mein Leben auf der schiefen Bahn bereue? Darüber müsste ich erst mal in Ruhe nachdenken. So lange halte ich es mit Bugsy, der mal gesagt hat: »Tausendmal besser, als einen Hotdog-Wagen durch die Gegend zu schieben.«

Es stand kein Name unter dem Brief.

Saber verließ im Herbst die Schule und ging zur Army. Im Frühjahr 1953 wurde er in der Schlacht um den Pork Chop Hill eingesetzt und galt danach als vermisst. Einmal tauchte sein Name auf einer Liste der Kriegsgefangenen in Panmunjom auf, aber er wurde nicht wieder zurück in die Heimat geschickt, und über sein weiteres Schicksal war nichts zu erfahren. Es gab Gerüchte über amerikanische Soldaten, die über den Grenzfluss Yalu nach China und vielleicht sogar in die Sowjetunion gebracht und dort für medizinische Experimente missbraucht wurden. Irgendwann starb Sabers Vater. Seine Mutter nahm einen Job in einem Plattenladen in West University an. Jahrzehntelang schrieb sie Briefe an die Regierung und erzählte jedem, der ihr Gehör schenkte, vom Schicksal ihres Sohnes, bevor sie schließlich verrückt wurde. Ich selbst habe mir stets vorgestellt, dass Saber überlebt hatte, dass dieser Trickster – der in unserer Mitte wie eine Schelmfigur aus der Welt der Märchen und Sagen wandelte und seinen kleinen Freund durch ein Loch in der Decke des Klassenzimmers von Mr. Krauser steckte – immer noch irgendwo da draußen war, um Unruhe zu stiften, die Aufgeblasenen und Arroganten lächerlich zu machen und für den Rest von uns Rache zu üben. Und genauso werde ich ihn für alle Zeiten in Erinnerung behalten.

Ein Jahr später lud der Vizepräsident der Firma meines Vaters zur Entenjagd nach Anahuac. Auch mein alter Herr bekam eine Einladung, da er über hervorragende Umgangsformen verfügte und sich mit den teilnehmenden Geschäftsleuten auf kultivierte Weise über jedes erdenkliche Thema unterhalten konnte. Für meinen Vater war dieser Ausflug eher Pflicht als Vergnügen. Den Rückweg nach Houston verbrachte er schlafend auf dem Beifahrersitz des Cadillacs seines Chefs. Es war spät, der Highway weiß vom Nebel. Hinter einer unscheinbaren Kurve raste der Chef meines Vaters in einen liegen gebliebenen Laster, dessen Fahrer es aus unerfindlichen Gründen versäumt hatte, Warndreiecke auf dem Asphalt aufzustellen, um andere Verkehrsteilnehmer zu warnen. Mein Vater wurde nach Houston geflogen. Er starb am nächsten Tag an einem Blutgerinnsel, während ich auf dem Weg vom College zu ihm ins Krankenhaus war.

Meine Mutter wurde einhundertzwei Jahre alt. Bis zum Ende bat sie niemanden um Hilfe und versorgte sich komplett selbst. Ich wurde Schriftsteller, nicht Musiker. Dafür schlug Loren Nichols diesen Weg ein und stand später sogar auf der Bühne des Grand Ole Opry House, wo er Valerie und mir einen Song widmete.

Was aus Val und mir wurde? Nun, es gibt eine bestimmte Art der Liebe, die für die Ewigkeit ist. Sie hat nichts mit dem Schwur der Ehe oder den gesellschaftlichen Normen, dem Geschlecht oder dem Alter der Beteiligten zu tun. Es ist eine Liebe, die noch nicht mal erklärt werden muss. Ist sie einmal da, gehört sie so selbstverständlich zu deinem Leben wie der morgendliche Sonnenaufgang. Du musst sie nicht verteidigen, auch nicht erklären oder rechtfertigen. Der geliebte Mensch zieht einfach in dein Herz ein und bleibt dort bis zum Ende deiner Tage. Es ist ein Bund, der nie gebrochen wird, so unauflöslich wie die Verbindung zu deinem Körper oder deiner Seele.

Mit siebzehn sind Valerie und ich zu einer Person geworden, ein jeder unfähig, Freude in Abwesenheit des anderen zu empfinden. Die Veränderungen in unserem Leben, die örtlichen Trennungen, das Altern unserer Körper – nichts von alledem beeinflusste jemals den in unserer Jugend geschlossenen Bund. Nie mussten wir allein durch Tragödien gehen, allein Lasten schultern, allein Erfolge feiern. Immer nahm der andere Anteil. Ich könnte nicht atmen, wüsste ich Valerie nicht an meiner Seite.

Inzwischen habe ich begriffen, dass die Vergangenheit ein Gefängnis sein kann. Trotzdem gibt es Erinnerungen, die man niemals aufgibt. Sie bleiben, eingebrannt in das Gedächtnis. Wie in die Luft gemalt kommen sie zu dir, in einem Lied, im Sonnenuntergang über dem Meer oder beim Anblick einer windgepeitschten Palme. Wenn ich von Kriegen und Kriegsgeschrei höre und der destruktiven Triebe meiner Mitmenschen müde werde, denke ich an Valerie; wie sie neben mir in meinem Wagen saß, am letzten Tag des Sommers '52, und wir zusammen den Boulevard in Galveston hinunterbrausten, während die Sonne einem geschmolzenen Ball gleich im Golf versank und die schiefergrünen Wellen sich von Schaum überzogen aufbäumten, um am Strand zu einem bunt schillernden Nebel zu zerstäuben. Die Sterne leuchteten bereits am Himmel, das Drive-in, in dem wir uns kennengelernt hatten, war eingehüllt von gelben und roten Neonfarben, und die unter dem Vordach parkenden Autos glänzten im Licht der Leuchtreklame wie Lutschbonbons. Als sie sich dann an mich schmiegte und ihren Kopf gegen meine Schulter drückte, mit ihren Händen meinen Arm umklammerte, wusste ich, dass niemand von uns beiden jemals sterben würde, dass das Leben ein ewig währender Song war, und dass das Wesen und die Geheimnisse der Schöpfung in den Wellen zu finden waren, die am Strand zerschellten und wieder in den Golf hinausgesogen wurden. Ich wusste auch, dass die Gaben des Himmels und der Erde stets dort zu finden sein würden, wo sie schon immer waren; direkt vor uns, im Glanz der Augen derjenigen, die wir lieben.

Danksagung

Ich möchte meinem Lektor Ben Loehnen danken, ebenso meiner Redakteurin E. Beth Thomas und meiner Tochter Pamala McDavid. Ihre unschätzbar wertvolle Hilfe hat diesen Roman zu einem meiner besten gemacht.

James Lee Burke –
Der König der amerikanischen Kriminalliteratur

978-3-453-27101-2

978-3-453-67681-7

978-3-453-67680-0

978-3-453-67716-6

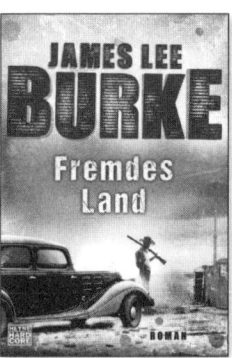
978-3-453-27015-2

978-3-453-27088-6

Leseproben unter **www.heyne-hardcore.de**

»Der finsteren Welt des amerikanischen Autors Donald Ray Pollock entkommt man nicht.«

DIE WELT / Literarische Welt

Leseproben unter heyne-hardcore.de

»Jim Thompson ist mein liebster Krimiautor«
Stephen King

978-3-453-67610-7

978-3-453-67611-4

978-3-453-67606-0

978-3-453-43789-0

978-3-453-43788-3

978-3-453-43787-6

Leseproben unter **www.heyne-hardcore.de**